羅雲鋒 著

大學廣辭・中庸廣辭

上海三聯書店

《華東政法大學 70 週年校慶叢書》
編 委 會

主 任
郭爲禄　葉　青　何勤華

副主任
張明軍　王　遷

委 員
（以姓氏筆畫爲序）

馬長山　朱應平　劉憲權　劉　偉　孫萬懷
陸宇峰　杜　濤　杜志淳　楊忠孝　李　峰
李秀清　肖國興　何益忠　冷　靜　沈福俊
張　棟　陳晶瑩　陳金釗　林燕萍　範玉吉
金可可　屈文生　賀小勇　胡玉鴻　徐家林
高　漢　高奇琦　高富平　唐　波

總　序

以心血和智慧服務法治中國建設

華東政法大學成立 70 週年了! 70 年來,我國社會主義法治建設取得一系列偉大成就;華政 70 年,緣法而行、尚法而爲,秉承着"篤行致知,明德崇法"的校訓精神,與共和國法治同頻共振、與改革開放輝煌同行,用心血和智慧服務共和國法治建設。

執政興國,離不開法治支撐;社會發展,離不開法治護航。習近平總書記强調,沒有正確的法治理論引領,就不可能有正確的法治實踐。高校作爲法治人才培養的第一陣地,要充分利用學科齊全、人才密集的優勢,加强法治及其相關領域基礎性問題的研究,對復雜現實進行深入分析、作出科學總結,提煉規律性認識,爲完善中國特色社會主義法治體系、建設社會主義法治國家提供理論支撐。

厚積薄發七十載,華政堅定承擔起培養法治人才、創新學術價值、服務經濟社會發展的重要職責,爲構建具有中國特色的法學學科體系、學術體系、話語體系,推進國家治理體系和治理能力現代化提供學理支撐、智力支持和人才保障。砥礪前行新時代,華政堅定扎根中國大地,發揮學科專業獨特優勢,向世界講好"中國之治"背後的法治故事,推進中國特色法治文明與世界優秀法治文明成果交流互鑒。

"宛如初昇的太陽,閃耀着綺麗的光芒"——1952 年 11 月 15 日,華東政法學院成立之日,魏文伯院長深情賦詩,"在這美好的園地上,讓我們做一個善良的園工，勤勞地耕作培養，用美滿的收穫來酬答人民的期望"。1956 年 6 月，以"創造性地提出我們的政治和法律科學上的成就"爲創刊詞，第一本法學專業理論性刊物——《華東政法學報》創刊，並以獨到的思想觀點和理論功力，成爲當時中國法學研究領域最重要的刊物之一。1957 年 2 月，《華東政法學報》更名爲《法學》，堅持"解放思想、不斷進步"的治學宗旨，緊貼時代發展脈搏、跟踪社會發展前沿、及時回應熱點難點問題，不斷提昇法學研究在我國政治體制改革中的貢獻度，發表了一大批高水平的作品，對我國立法、執法和司法實踐形成了重要理論支持，在學術界乃至全社會產生了巨大影響。

1978 年 12 月，黨的十一屆三中全會確定了社會主義法制建設基本方針，法學教育、法學研究重新啓航。1979 年 3 月，華東政法學院復校。華政人勇立改革開放的潮頭，積極投身到社會主義法制建設的偉大實踐中：圍遶"八二"憲法制定修訂、土地出租問題等積極建言獻策；爲確立社會主義市場經濟體制、加入 WTO 世界貿易組織等提供重要理論支撐；第一位走入中南海講課的法學家，第一位 WTO 爭端解決機構專家組中國成員，聯合國預防犯罪和控制犯罪委員會委員等，都閃耀着華政人的身影。

進入新世紀，在老一輩華政學人奠定的深厚基礎上，新一代華政人砥礪深耕，傳承中華優秀傳統法律文化，積極借鑒國外法治有益成果，爲中國特色社會主義法治建設貢獻智慧。16 卷本《法律文明史》陸續問世，推動了中華優秀傳統法律文化在新時代的創造性轉化和創新性發展，在中國人民代表大會制度、互聯網法治理論、社會治理法治化、自貿區法治建設，以及公共管理、新聞傳播學等領域持續發力，華政的學術影響力、社會影響力持續提昇。

黨的十八大以來，學校堅持以習近平新時代中國特色社會主義思想爲指導,全面貫徹黨的教育方針,落實立德樹人根本任務,推進習近平法治思想的學習研究宣傳闡釋,抓住上海市高水平地方高校建設契機,强化"法科一流、多科融合"辦學格局,提昇對國家和上海發展戰略的服務能級和貢獻水平。在理論法學和實踐法學等方面形成了一批"立足中國經驗,構建中國理論,形成中國學派"的原創性、引領性成果,爲全面推進依法治國,建設社會主義法治國家貢獻華政智慧。

建校 70 週年,是華政在"十四五"時期全面推進一流政法大學建設,對接國家重大戰略,助力經濟社會高質量發展的歷史新起點。今年,學校將以"勇擔時代使命、繁榮法治文化"爲主題舉辦"學術校慶"系列活動,出版"校慶文叢"即是其重要組成部分。學校將携手商務印書館、法律出版社、上海三聯書店、上海人民出版社、北京大學出版社等機構,出版 70 餘部著作。這些著作包括法學、政治學、經濟學、新聞學、管理學、文學等多學科的高質量科研成果,有的深入發掘中國傳統法治文化、當代法學基礎理論,有的創新開拓國家安全法學、人工智能法學、教育法治等前沿交叉領域,有的全面關注"人類命運共同體",有的重點聚焦青少年、老年人、城市外來人口等特殊群體。

這些著作記錄了幾代華政人的心路歷程,**既是**總結華政 70 年來的學術成就、展示華政"創新、務實、開放"的學術文化;**也是**激勵更多後學以更高政治站位、更强政治自覺、更大實務作爲,服務國家發展大局;**更是**展現華政這所大學應有的胸懷、氣度、眼界和格局。我們串珠成鏈,把一顆顆學術成果,匯編成一部華政 70 年的學術鴻篇巨作,講述華政自己的"一千零一夜學術故事",**更富特色地**打造社會主義法治文化引領、傳承、發展的思想智庫、育人平臺和傳播高地,**更高水準地**持續服務國家治理體系和治理能力現代化進程,**更加鮮明地**展現一流政法大學在服務國際一流大都市發展、服務長三角一體化、服務法治中國建設過程中的新作爲、新擔當、新氣象，向學校 70 年篳路藍縷的風雨征程獻禮，向所有關心支持華政發展的廣大師生、校友和關心學校發展的社會賢達致敬！

七秩薪傳，續譜新篇。70 年來，華政人矢志不渝地捍衛法治精神，無怨無悔地厚植家國情懷，在共和國法治歷史長卷中留下了濃墨重彩。值此校慶之際，誠祝華政在建設一流政法大學的進程中，在建設法治中國、實現中華民族偉大復興中國夢的征途中，乘風而上，再譜新章！

郭爲禄　葉　青

2022 年 5 月 4 日

目录

大學廣辭

中庸廣辭

自序

大學大中之道

愛我中華，強我中華。

何以愛之？何以強之？道愛之，道強之。

道曰何？曰中道、正道、人道、大道、天道。[1]

中道者，中通於天地人三才之正道、大道、天道也。

中通中合於道之愛與強，是真愛，是真強也。道義之愛與道義之強，此中國挺立於世，維持綿延數千載而不墜之根本所在也。

中通正道、大道、天道，曰正，曰中，曰正中，是故中則正，是故以中道愛強我中華，即以中道正我中華。

----

[1] 關於道與天道之具體涵義，請參閱拙文《論"道"：正名與分析》，參見拙著：《論語廣辭》。

中國，中華之中國也，中道之中國也，天下之中國也；中道，中通天道、中通天地人三才之道、中通大道之道也。故中國即是中華中通大道之國。

大學何？学大中之道也；中庸何？用大中之道也。

大者何？天地之大也；中通天地人三才之道，故大；故大中之道乃是天下之大道也。推己及人，以及天下，天下大中，天人中通合一，是大道、大中之道也。

夏曆癸卯年正月初六申時，西曆 2023 年 1 月 27 日

參理成道。

若論所謂學者，中國古代多求為道士，今世多或求為理士。所謂道士，以道自任之士也；所謂理士，猶今曰求知識、求理則之士然。古之所謂道，天道義禮也；今之所謂理，今曰知識、物理、智理、名理等是也。古今之間，士人之分，或有道而隱理則，或有知理而無論道，或道理兼顧參通之。吾謂天道分

為二，曰天則與元道：天則如廣義物理、智理、名理等，皆是；元道乃人道義禮也。有道（元道或人道等）無理，其道恐難成功長久；有理無道，求理何益？故吾今乃曰：參理成道，轉理成道。參轉者，參通天地人三才之道理也，參而中通三才之道理，得一世多世之人道世道，是一世多世之中道也。有已知之天道，有未知之天道，敬順其已知者，畏求其未知者。若夫中者或無定體，中而已矣，而參求其中其通則一，是中道也。

癸卯年正月初七又及

凡例

1. 《大學》《中庸》原文，大要本諸清代嘉慶二十年江西南昌府學版《十三經註疏》中之《禮記註疏》，而稍參酌其他版本。

2. 於《大學》《中庸》原文，每節皆先以大號加粗字體單獨顯示，以尊重經典之原始面目；其次是"廣辭"乃至"補辭"，所增廣補充之新辭皆以正文同號字體納入括弧中，以與原文區別。然為便於尋繹閱讀，亦據其內容而稍分章節，筆者自擬小標題，居於正文之前，概括此章主旨——實則《大學》《中庸》原文無此。

3. 於《大學》《中庸》之"廣辭"或"補辭"之每章節正文，亦皆先錄入《大學》《中庸》原文，而後或增補字詞句乃至章節，俾義理晰明、論述完足、名理貫通、文辭暢達。註疏本乎廣辭或補辭後之文本；其《大學》《中庸》原文和廣辭中之有關疑難字詞之簡略文內註釋①，則以小號字體括入小括弧中，與正文區以別之，俾免妨礙正文之文氣通暢也。

4. 本書之廣辭或補辭，或自撰，或徵引，偶或綜合諸書而撮述。其所撮要徵引者，盡量不改原文，然以統一論述思路故，或為文風一體、文氣暢達故，亦稍有增補字句者，而以同號字體括弧之，以示區別；偶有刪削者，則以小括弧納以存其本辭。偶亦於注釋中重出原文。

5. 有些章節廣辭後或附錄有按語（即"羅按"），實則按語所論，未必是嚴謹確切結論，乃是一些其他思路解釋，聊供參考啟發。

6. 本書之用語（如今之所謂詞、詞語、概念、範疇等），盡量統一之，所謂正名而行文也，如生性、命性、天命、道命、類命、個命（个命）、實命、實德、人伻、伻敬、人份、倫份、中通、中道、理知等，亦欲以此正名整飭，而為中國文語哲學、漢語（語言）哲學乃

---

① 為節省篇幅或免礙正文觀瞻故，此種簡註或有小引而不另註。

至中國哲學之魯殿靈光之奠基成立，或稍致綿薄之力。

7. 關於"參考書目"，起初擬《大學廣辭》與《中庸廣辭》兩書分立而各出參考書目，付梓時乃合而附錄一處；然兩書畢竟有所不同，故仍有所區分；然或有重複者，或有略而未錄者。實則兩書又密切相關，故亦可參互之，如《說文解字註》等。

8. 本書之用字，大體採取通用繁體字形而統一之，盡量避免異體字，然亦偶有例外，如于於①、修脩、裁災、个個②、復複等，蓋亦無傷大雅，讀者自識之。

9. 本書採取繁體橫排，以符合今人閱讀、書寫習慣。

癸卯年正月初十中午

---

① 本書除《尚書》引文仍用"于"外，其他大體皆用"於"。
② 本書用若"個命"等，實則就其本字而言，"个"先於"個"，故乃可為"个命"，或"介命"等。

《大學廣辭》[①]

羅雲鋒

---

① 《大學廣辭》者，吾今增廣《大學》之本文而成之辭章也，所增廣者，皆以小括號標明區別之。欲知《大學》之本文或古本，可另參見鄭、孔之註疏本或朱熹等之註本。

大學之道，在明明德，在新民，在止於至善

大學之道，在明明德，在新（原本蓋作"親"）民①，在止

---

① 原本蓋作"親民"；或曰"親"或為"新"；然亦有作"新"者。本《廣辭》取"新民"
而解讀之，然亦稍兼顧"親民"之意，可謂以"新"包"親"而解之。《尚書》頗多
言"惟新""日新""德日新"云云。或曰先秦時"親""新"通用；或曰"親""新"字
形、讀音相近，古人為文章簡約故，乃用一字而兼表二義，故《大學》下文之論
述似兼顧"新""親"二義；又或曰：古人著述雖或有己見，尤多引用先前聖王之
語，或有一時難以彌縫或統一其文字者，則稍混淆用之，故"親""新"雜出兩
用。鄭玄、孔穎達、王陽明等皆以為當作"親民"，亦頗有理據而可通，有其好
意。王陽明曰："'作新民'之'新'是'自新之民'，與'在新民'之'新'不同，此
豈足為據！'作'字卻與'親'字相對，然非'新'字義。下面'治國平天下'處，
皆於'新'字無發明。如云'君子賢其賢而親其親，小人樂其樂而利其利'、'如
保赤子'、'民之所好好之，民之所惡惡之，此之謂民之父母'之類，皆是'親'字
意。'親民'猶《孟子》'親親仁民'之謂，'親之'即'仁之'也。'百姓不親'，舜
使契為司徒，'敬敷五教'，所以親之也。《堯典》'克明俊德'便是'明明德'，
'以親九族'至'平章'、'協和'便是'親民'，便是'明明德於天下'。又如孔子
言'修己以安百姓'，'修己'便是'明明德'，'安百姓'便是'親民'。說'親民'
便是兼教養意。說'新民'便覺偏了。"王陽明以原本為"親"字，主意是"親"，
而包涵"新"意，亦頗可通。參見：王陽明，《傳習錄註疏》，鄧艾民註，上海古籍
出版社，2012年12月，pp. 6 - 7。又《黃帝書》亦有"畏天愛地親民"之說（"吾
畏天愛地親民，□無命，執虛信。吾畏天愛地親民，立有命，執虛信。吾愛民
而民不亡，吾愛地而地不兄（荒），吾受民□□□□□□□死。吾位不失。
吾句（苟）能親親而興賢，吾不遺亦至矣。"），馬王堆漢墓帛書原本亦作"親"
字，則《大學》原本蓋為"親"字。參見：《黃帝四經今註今譯——馬王堆漢墓出
土帛書》，陳鼓應註譯，商務印書館，2007年6月第一版，p201；喻燕姣、王立翔
主編，湖南省博物館、上海書畫出版社編，《馬王堆漢墓帛書書法·漢隸》（一），
上海世紀出版集團，2021年1月，p. 38。羅按：《黃帝四書》雖曰為黃（轉下頁）

於至善。

大學之道，在明（章明、顯明、長養擴充、發揚光大，動詞①）明（神明，明靈②，光明，形容詞；朱熹解為"虛靈不昧"）德（天性純澈之至德，人類普遍神靈光明本性或命性，亦即《中庸》所謂之"天命之性"德，或孟子所謂"天德""天爵"，天亦謂太陽，或含有太陽之意，曰明，明德即天德，合於天道之德，即中通

（接上頁）老之書，然與先秦儒家之思想關聯亦甚密切，蓋本皆同出一源，所謂"天下一致而百慮，同歸而殊塗"（《周易·繫辭傳》，又見司馬談《論六家要旨》），而後稍分流耳，或曰"諸子出於王官"。若**以黃老之書如《黃帝四書》、《老子》等以證《大學》《中庸》，乃可甚多發明**；或以黃老與儒家互證——如《黃帝四書》與《尚書》即頗多關聯之處——乃至包括儒家在內之先秦諸子互證，然後可一窺先秦學術之總體面貌，乃至因而貫通而有所創作也。茲事體大，將有從長計議述作。限於篇幅，茲不贅述。

① "經緯天地曰文，照臨四方曰明。"參見：《尚書正義》，p. 72；"公者明，至明者有功。"參見：《黃帝四經今註今譯——馬王堆漢墓出土帛書》，陳鼓應註譯，商務印書館，2007 年 6 月第一版，p. 16。

② 《曾子·天圓》：曾子曰："且來！吾語汝。參嘗聞之夫子曰：'**天道曰圓，地道曰方，方曰幽而圓曰明**；明者吐氣者也，是故外景；幽者含氣者也，是故內景，故火日外景，而金水內景，吐氣者施而含氣者化，是以**陽施而陰化**也。**陽之精氣曰神，陰之精氣曰靈；神靈者，品物之本也**（羅按：此蓋言萬物皆含精氣神靈而生，只是萬物所含神靈成分各異而已），**而禮樂仁義之祖也，而善否治亂所由興作也。陰陽之氣，各從其所，則靜矣**；偏則風，俱則雷，交則電，亂則霧，和則雨；陽氣勝，則散為雨露；陰氣勝，則凝為霜雪；陽之專氣為雹，陰之專氣為霰，霰雹者，一氣之化也。毛蟲毛而後生，羽蟲羽而後生，毛羽之蟲，陽氣之所生也；介蟲介而後生，鱗蟲鱗而後生，介鱗之蟲，陰氣之所生也；**唯人為倮匈**（倮，赤體、裸體，倮匈指無毛羽鱗介蔽體）**而後生也，陰陽之精也。毛蟲之精者曰麟，羽蟲之精者曰鳳，介蟲之精者曰龜，鱗蟲之精者曰龍，倮蟲之精者曰聖人；龍非風不舉，龜非火不兆，此皆陰陽之際也。茲四者，所以聖人役之也；是故，聖人為天地主，為山川主，為鬼神主，為宗廟主**。"參見：《曾子輯校》，中華書局，2017 年 12 月，pp. 64 - 68。

天道之德①；德性，德行；鄭玄註：明明德，謂顯明其至德也②），**在新民**（原或

作"親民"，程、朱讀為"新"，新，更新，長養，即長養其明德之意，"新"有"明明德"

---

① 《大學》此處之"明德"即《中庸》中之"天命之性"德，明德、天命之性者，人類普
遍神靈或光明本性也，受之於天，內在本有，人性本明靈而中正。天生此陰陽
之生氣，天命賦予此陰陽之精divider神明或明靈，感此明靈，乃生而為人，而有明
靈性；命性謂生來而有此明靈之心性也——無此明靈則將生為禽獸也；天地
之間，唯人兼得陰陽之精，唯人兼得神靈；冥冥之天所賦予，故曰天命；生而內
在，故曰本性。孟子則直言是善性或性善。詳見拙著：《中庸廣辭》。
② **或讀"在明明德"為："在明明德"**，《說文解字註》曰：《大雅·皇矣》傳曰：**照臨
四方曰明，凡明之至則曰明明，明明猶昭昭也。**《大雅-大明、常武》傳皆云：**明
明，察也。**《詩》言"明明"者五。《堯典》言"朙朙"者一。《禮記·大學篇》曰：
大學之道，在明德朙。鄭云：**明明德，謂顯明其至德也。**《有駜》：在公明明。
鄭箋云：在於公之所但明明德也。引《禮記》**"大學之道在明明德"**，夫由微而
著，由著而極，光被四表，是謂明明德於天下。自孔穎達不得其讀而經義
隱矣。

　　羅按：段玉裁此解似未必。實則兩解皆可通，其意同也。鄭玄註："'明明
德'，謂顯明其至德也。"孔穎達疏曰："'在明明德'者，言'**大學之道'，在於章
明己之光明之德。謂身有明德，而更章顯之**，此其一也。'在親民'者，言大學
之道，在於親愛於民，是其二也。'在止於至善'者，言大學之道，在止處於至
善之行，此其三也。言大學之道，在於此三事矣。"

　　朙（说文解字未收录"明"字头，请参考"朙"字），《说文解字》：照也。從月
從囧。凡朙之屬皆從朙。**明，古文朙，從日。**武兵切。《說文解字註》：朙，照
也。火部曰：照，明也。小徐作昭。日部曰：昭，明也。《大雅·皇矣》傳曰：**照
臨四方曰明，凡明之至則曰明明，明明猶昭昭也。**《大雅·大明、常武》傳皆
云：**明明，察也。**《詩》言"明明"者五。《堯典》言"朙朙"者一。《禮記·大學
篇》曰：大學之道，在明明德。鄭云：**明明德，謂顯明其至德也。**《有駜》：在公
明明。鄭箋云：在於公之所但明明德也。引《禮記》**"大學之道在明明德"**，夫
由微而著，由著而極，光被四表，是謂明明德於天下。自孔穎達不得其讀而經
義隱矣。從月囧。從月者，月以日之光爲光也。從囧，取窗牖麗廔闓明之意
也。囧亦聲，不言者，舉會意包形聲也。武兵切。古音在十部。凡朙之屬皆
從朙。又，《說文解字註》：明，古文從日。云古文作明，則朙非古文也。蓋籒
作朙，而小篆隸从之。干祿字書曰：明通、朙正。顏魯公書無不作朙者。《開
成石經》作明，從張參說也。《漢石經》作明。參見：漢典。

之第一"明"之意："明明德"是明己之明德,是盡己之性,是自修,而"新民"是明民之明德,是盡人之性,是教化民人也;或曰"新民"即覺民教民;鄭、孔作"親民"①),在止(立基,立足,自處;止守,止定)於至善②(,在知命(天命)達(通)道(天道,中通天道大道也,聖也))。

知止而後定靜安慮得

　　知止而後有定,定而後能靜,靜而後能安,安而後能慮,慮而後能得。

　　知止(知當止,即知當"皆止處於至善""皆止處於至善之道與行";止猶居也,知止猶知所止之處;或曰當知"止於一",即"止於心""止於中"、"止於天或天道";"止於一"曰"正",則"止"亦即"正"也、"正心"也、"中"也;或曰知覺其求道之本心;或曰知止即知求道,有求道嚮學之心志;或曰"止於至善"即是下文所謂"止於君臣父子兄弟諸倫位倫道如仁、敬、孝、慈、信等"。皆是皆可通)而後有

① 新民即覺民,乃孟子所謂"先知覺後知""先覺覺後覺"之意,如伊尹即是此類,即長養更新"我"之明德,又長養更新"民"之明德,自新而新民新他也。朱熹解"新"為"革其舊,使之亦有以去其舊染之汙也";鄭註、孔疏作"親民",親愛於民。

② "至善",猶"極"或"太極";"止於至善",猶"無所不用其極":"無極,無有一極也,無有不極也。有一極,則有不極矣。'無極而太極'也,無有不極,乃謂太極;故君子無所不用其極。"參見:王夫之,《船山思問錄》,上海古籍出版社,2000 年 12 月,p. 32。

定（古文作㝎，又㝎，从宀从正，正居、正位、正處也；又曰正定、確定、決定、心定，喻言身心有定主，身心定於正善至善、正道正理、正位正處，唯至善、正道、正理、正位正居是定，而無偏離差貳，無邪惡之欲，不躁求；或曰是夫婦父子兄弟長幼朋友君臣諸倫位倫道有定；或曰定通正，正身心，正倫位），定而後能靜（貞靜不妄動，不離位曰靜；靜即"惟精惟一"，所謂其心清簡澄靜於正善，其身行不妄動，即心無妄念，身無妄動[1]；或曰虛靜，虛心澄靜也；或曰是倫位整肅整齊，如君臣當位然[2]），靜而後能安（安樂，身心安處於正善至善，安樂於道或器

---

[1] 心定於正善道理，則邪惡偏僻皆不思不應，種種外緣無所擾動於心，簡樸純粹，故能清靜。

[2] 曾子引孔子言而解"靜"曰："**陰陽之氣，各從其所，則靜矣**"：曾子曰："且來！吾語汝。參嘗聞之夫子曰：'……陽之精氣曰神，陰之精氣曰靈，神靈者，品物之本也，而禮樂仁義之祖也，而善否治亂所由興作也。**陰陽之氣，各從其所，則靜矣**：偏則風，俱則雷，交則電，亂則霧，和則雨；陽氣勝，則散為雨露；陰氣勝，則凝為霜雪；陽之專氣為雹，陰之專氣為霰，霰雹者，一氣之化也。"參見：《曾子輯校》，中華書局，2017 年 12 月，pp. 64－68。《黃帝書》曰："**至正者靜，至靜者聖。無私者知，至知者為天下稽。**""**君臣當位謂之靜**，賢不肖當位謂之正，動靜參於天地謂之文，誅禁時當謂之武。**靜則安**，正則治，文則明，武則強。安則得本，治則得人，明則得天，強則威行。參於天地，闔於民心。文武並立，命之曰上同。"《釋名·釋言》："**靜，整也。**"《韓非子·喻老》："**不離位曰靜**。"參見：《黃帝四經今註今譯——馬王堆漢墓出土帛書》，陳鼓應註譯，商務印書館，2007 年 6 月第一版，p. 16，p. 103。羅按：若以《黃帝書》與《大學》此文稍作對照，則《大學》之所謂"知止而定靜安慮得"，原本或皆實有所指，未必全是後來儒家尤其是宋明儒家所解釋之虛玄心性修養之法門方術也——雖然，今不取其等級制觀念，而取其心性修養之方法也。或曰"止於至善""知止"之"**止**"，即各止其君臣父子等之倫位與倫禮，"**定**"亦猶"**定正其倫位，如君臣定位等**"，"**靜**"乃曰"**君臣當位，君臣位次整肅，各不離位失位，或君臣之位當謂之靜**"，"**安**"即謂"**君臣當位則上下安、君臣安、天下國家安**"，"**慮**"謂"**思慮天下國家內外之政事**"，"**得**"謂"**天下國家得治**"云云。羅按：《黃帝書》與《大學》《中庸》其多相關者，可見當時諸子百家或則同出一源，或則本多相互影響，蓋《大學》、《中庸》之作者或曾熟讀《黃帝書》也。《黃帝四書·經法·六分第四》全是講"定位"、"定分"之事，觀此可證"定"之涵義；又如《黃帝四書·（轉下頁）

囂樂道,而情性安和,無煩擾躁狂,無患得患失,素行安樂於正善清簡[①];或曰是倫位整肅而後各安其分其倫道、各各安寧),**安而後能慮**(慮則知慮、思慮,能明知思慮別擇也,安樂於道,可見道心深固,凡事皆能以至善、道理計慮別擇,即以"求止至善之心"慮,以道理慮,乃能得其事之宜與正,若夫不以道理計慮,則詐偽僥倖耳,非正慮,亦非能慮也[②];或曰是君臣諸倫位定安整肅,各安其位職,

---

(接上頁)經法·道法》"貴賤有恆位",《經法·君正》"貴賤有別,賢不肖衰也。衣服不相逾,貴賤等也"等,同於儒家之倫理;《黃帝四書·經法·論第六》:"強生威,威生惠,惠生正,**正生靜。靜則平,平則寧,寧則素,素則精,精則神。至神之極,見知不惑。**帝王者,執此道也。是以守天地之極,與天俱見,盡施於四極之中,執六枋(柄)以令天下,審三名以為萬事稽,察逆順以觀於霸王危亡之理,知虛實動靜之所謂,達於名實相應,盡知情偽而**不惑**,然後帝王之道成。"可對應《大學》此處之"知止而定靜安慮得",《黃帝書》此段乃至《論》此整章皆尤講"何以慮、得"(如八政、七法、六柄、三名等),可對照發明之。《黃帝四書·十大經·五正第三》:"黃帝問閹冉曰:'吾欲布施五正,焉**止**焉始?'對曰:'始在於身,中有**正度**,後及外人。外內交接,乃正於事之所**成**。'黃帝曰:'吾既正既**靜**,吾國家愈不**定**。若何?'對曰:'後中實而外正,何患不定?左執規,右執矩,何患天下?……'"此即言"慮、得"之事,《**大學》此段似本此**,且《**大學》或頗借鑒黃老之學也**,所謂"執矩",即《大學》或儒家所謂"絜矩"也。或曰此是先秦儒家與黃老之學等之同源之證明。質言之,黃老之學乃至先秦上古之學術本皆源自帝王之道術,而作為其支流之一之儒家,或《大學》《中庸》等書,乃**將此帝王之道術,轉而為心性修養之法門心術**也。或曰:作為諸子百家之共同來源之**上古大道本來兼包心性修行法門與治平道術二者**,二而一也,則亦是,如《黃帝四書·經法·論第六》亦曰:"實者視人虛,不足者視人有餘。以其有事,起之則天下聽;以其無事,**安**之則天下**靜**。名實相應則**定**,名實不相應則爭。物自正也,名自命也,事自**定**也。"(《黃帝四經今註今譯——馬王堆漢墓出土帛書》,陳鼓應註譯,商務印書館,2007 年 6 月第一版,p. 141)故本廣辭亦兼顧心性修養與治平道術二者為解。限於篇幅,暫不贅述。

① 其心清簡澄靜於正善道理,其身行不妄動,則虛心澄靜,如此則身心能安和治平清簡,則綽有餘裕。安,猶"察其所安"之"安"。

② 安樂於道,道心深固,故安居平和清簡,心行有餘裕,然後從容而能容,能容則能應事,事來而能從容以求止至善之心與正道正理,思慮其本末始終,不倉促蔽心也。

而後能共慮其國家內外之治事也），慮而後能得（得其至善，得止於至善，諸事皆得其至為妥善之"中"，"中"即"中道"；亦曰得事之宜與正。因得其本末始終，乃能得事之宜與正，又得其德與仁與正也，得萬事庶物之成功，即明德、新民、至善，正即各事之宜或至善[1]。或曰得道；或曰得其止於至善。"知止於至善"與"得止於至善"不同，此一"知"猶"志"也，"知之"即"志之""志於所當止"而尚未得，而"得"乃是"實得"其所止。或曰是倫位安定、深思熟慮國家內外之政事而能得天下國家之治平也，或能得治國平天下之道術[2]）[3]。（知止、定、靜、安、慮、得何謂？一者曰修養性道：知止，知止於至善，有求道求學之心志也；定者，心知心有定嚮定主（定嚮定主正嚮於至善與正道正理，一切以至善、正道正理為定嚮；或曰即所謂"正心"）；靜者，心靜不妄念（於非至善、非正道理者；或曰外不能擾，即意靜），身靜不妄動；安者，安樂安處於道理（正道正理）而無妄求（於非至善、非正道理者；或曰內不離主，即意安。意安靜即誠意或意誠）；慮者，本以至善、道理（正道正理）而思慮其正邪是非與當妄曲直（至善與否。或曰即"致知"，使思也）；得者，得止其（諸物或諸事）至善，得其宜（義）與正者（得其至善或道理。或曰即

---

[1] 從容平實而能思慮其全體本末始終，不自蔽其心神耳目，故能得其宜與正也。
[2] 如《黃帝四書·經法·論第六》之所謂八政、七法、六柄、三名等。參見：《黃帝四經今註今譯——馬王堆漢墓出土帛書》，陳鼓應註譯，商務印書館，2007年6月第一版，pp. 123–146。
[3] 鄭曰"得事之宜"。《周易·繫辭下》："子曰：'君子安其身而後動，易其心而後語，定其交而後求。'君子修此三者，故全也。危以動，則民不與也；懼以語，則民不應也；無交而求，則民不與也；莫之與，則傷之者至矣。《易》曰：'莫益之，或擊之，立心勿恒，凶。'"參見：《周易註疏》。

"格物"，得其善惡或效驗也；或曰得其每事之至善）。知止、定、靜、安、慮、得，所以止於至善之道（法），所以知命達道（大道，又或大學之道）之方也。[①] 二者曰治平道術：知止者，知止處也，知止於倫位至道，知止於至善之道，知止於天下國家治平之至道也；定者，正定其倫位，如君臣定位然也；靜者不重力也，清靜不爭也，守位不離位曰靜，君臣當位謂之靜也；安者，君臣（諸倫）當位則君臣上下天下國家安也；慮者，謀慮天下國家內外之政事也；得者，得天下國家平治齊也。是為治平之道術，亦所以大學之者也。）

羅按（補論）：

何謂能得？曰得止於至善，得事之宜與正也。何謂得宜得正？曰得其本末始終而知所先後也。本末始終則乃物事之道理也。得其本末輕重，故知擇取其先後；得其終始，有此始必有此終，有彼始則必有彼終，故嚴其別擇去取。知其一切物事之先後去取，則近于知大道也。

---

① **此以儒家心性修養之法門心術解讀"知止而後定靜安慮得"，實則此數者亦是古代帝王或聖王王治平天下之心法道術也**，如《黃帝四書・經法・論第六》乃至《黃帝四書》全書之所論，故下文又再論之。前註已述，茲不贅。參見：《黃帝四經今註今譯——馬王堆漢墓出土帛書》，陳鼓應註譯，商務印書館，2007年6月第一版。

　　何以能得止於至善，得事之宜正？曰慮也，以此至善之心、道理之心，思慮事之已來未來、本末始終、當然必然、是非正邪、先後輕重等，而擇取之也。

　　何以能慮擇其是非正邪？曰安也，安樂於至善正道（安於正善），而情性安和，虛心純澈，明靈中正，不昧不染，無所窒礙於物慾邪念也。

　　何以能性情安和於虛靈中正？曰靜也，身心不妄動，靜處離物（物事），摒棄惡緣惡念，而後能不為所動，不為內外緣飾之物、慾、邪念所動所趁，故安和也。

　　何以能靜處不動心不妄動（身心不妄動）？曰定也，心志有定，則於心之不安合者，自然不與共鳴，不能內（同納）入也①。

　　何以能心志有定於正善？曰知也、止也、知當止也，知覺此明靈澄澈不昧之求道之本心，知覺此止至善之志，知當止於至善之理、之本末休咎，而後心志定，定於正宜也。

物有本末，事有終始

　　物有本末，事有終始。知所先後，則近道矣（。此

---

① 今曰"頻道"或"同頻（共振）"，非同一頻道之無線電波則不能入也。

何謂邪？一則曰："明德為本，新民為末；知止為始，能得為終。"人之生也，始也明明德，中也新民，終也止於至善，而知命達道、天下治平也。二則曰：明德修身為本，格物致知為始，循而行之，則近道矣）。

[古之欲明明德於天下者，先治其國。欲治其國者，先齊其家，欲齊其家者，先修其身。欲修其身者，先正其心。欲正其心者，先誠其意。欲誠其意者，先致其知。致知在格物。物格而後知至，知至而後意誠，意誠而後心正，心正而後身修，身修而後家齊，家齊而後國治，國治而後天下平。自天子以至於庶人，壹是皆以修身為本。其本亂而末治者否矣。其所厚者薄，而其所薄者厚，未之有也。]①

（三者（明明德、新民、止於至善）次第如何？曰：）物（猶今之所謂外物，包括動植物、自然物等）有本末（喻言之，本則明明德，末則新民），事（猶今之所謂人事。分言之，物是物，事是事，合言之則物即事，事即物，包舉一切動植物、自然物、抽象物及人事等）有終始（始則為求道之心，終則為得道而止至善；始則知止，終則得止，又得治平也）。知所先後（先者，本始也；

---

① 古本此節置於此，《廣辭》乃移置下文。《大學》文本之次序，《廣辭》大體本程頤伊川先生所定本，而又稍增述而調理次序之。

後者，末終也。先以求道，後以達道；先明明德，覺知此心此道，後以新民、止至善，而得道；先以正心誠意，格物致知，後以治國平天下），則近道（大道，大學之道，或曰明、新、止三者之方法）矣①（。此何謂邪？一則曰："明德為本，新民為末；知止為始，能得為終。"②人（或君子）之生也，始也明明德（或自性，或自新），中也新民，終也止於至善而知命達道、天下治平也。③ 二則曰：明德修身為本，格物致知為始，循而行之，則近道矣）。此謂知之至也（知其大道、至道也）。

所謂大學，乃曰君子大人之學，又曰學其道之大者也

（所謂大④學，乃曰君子大人之學⑤，又曰學其道

---

① 孔穎達疏："'物有本末，事有終始'者，若於事得宜，而天下萬物有本有末，經營百事有終有始也。'知所先後'者，既能如此，天下百事萬物，皆識知其先後也。'則近道矣'者，若能行此諸事，則附近於大道矣。"

② 《四書章句集註》。

③ 括號中文字為筆者所增入。增此，則又有類於宗教意蘊者，或可用以補入儒家文化宗教意味，超越性之一維。

④ 音泰，如大師少師之"大"然；今音念如本字：大人，成人；又大道也。

⑤ 對應於少學或小學，少小童蒙之學。

之大者也。道者，天道（尤指尤重元道①）人道也；大者何？志大道大也，乃曰天道人道之大道②、大義（義矩、義方）、大德（行）、大知（知大道，知道理，以大道慮事權衡，而執中有權，是大知也；又曰此"知"即"理"，理知也，分為事理③、物理、名理及其用物之道理，以及理性、智慧等），古謂高明正大之仁義禮樂也。所謂大學學其天道（尤重元道）人道之大者，總言之則曰明明德、新民、止於至善之類，具言之若學習仁義禮樂大道，治平為政之道（行道於國家天下）④，若格物致知（見下文註）、窮究人義事（尤指人事⑤）理（此尤指"事理"即"人事之理"⑥），若研讀六

---

① 天道，分言之則為天象天文天時、天數天則天理、天命、元道，合言之則曰天道，此言天道之"元道"。下文所用類似"名詞"或"概念"，皆仿此，不贅。**詳見拙文：《論"道"：正名與分析》，參見拙著《論語廣辭》。**

② 所謂"元道"。

③ 或所謂"道理"，用道行事之理；然"道理"又可解為"求道立道證道之理"等，則今之所謂論理學、知識論、邏輯學等亦可納入。下文另有詳註，茲不贅。

④ 實則其原意似主要為針對貴族君子之"立身為政大道"，其後則學問與政教機會皆下移，為全民精英教育內容，而明德與新民、止於至善與治平而同重之也，明德、止善亦皆是學道達道，不獨在為政行道。

⑤ 本《廣辭》中，"事""物"或作同義處理，或稍作區分。**就其同義而言，則"事"即"物"，而分"事"或"物"為人事與物事，物事又或曰自然物或天物，今日客觀自然事物或客觀自然物象或現象等。就其異義區分而言，則"事"指"人事"，物指"自然物"或"天物"**，即客觀自然物或客觀自然世界，有時又專指動物禽獸。

⑥ 本《廣辭》中，將**"理"分為事理、物理及"物道（或物道理）"**（"'用物之道'之理""用物之道"，今日物倫理學、物理倫理學或科學倫理學等），**以及：理性及"理性之理"**（今日邏輯學、認識論或知識論），**智慧等——理性、"理性之理"與智慧亦可合名之為"智理"，則"理"可分為事理、物理、物道理、智理。事理者，**人事之理也，如曰吉凶休咎成敗因果之理——**實亦道理，以天道、人**（轉下頁）

經（《詩》《書》《禮》《樂》《春秋》《易》）大道（元道、人道、人義、道義等），而習作踐履之，凡此類皆是也。

小學[1]，則學其天道（尤重元道）人道之道禮儀節之小者，若六藝（禮、樂、射、禦、書、數）、六行（孝、友、睦、姻、任、恤）與乎六德（知、仁、聖、義、中、和[2]）之少小適齡可行者也。古者小學學其禮樂射禦書數，與乎禮樂儀節之小者，若孝、友、睦、姻、任、恤，若灑掃、應對、進退、愛親、敬長、隆師、親友之曲禮然。儀節立，小學成，斯略可成童自立，而後將能習學立其大者也。

（接上頁）道、元道行事之理，而諸事理之總和即為道理，元道散入萬事萬殊則化為萬事萬殊之事理，萬事萬殊皆有其一事一殊之理也；物理者，天物或自然物之理，今曰"物理"為自然科學之理或客觀自然規律等；"物道"或"用物之道""用物理之道"者，用此物之道，與用此物理之道也（即用物處物及用物理之道，若今之所謂"用物處物之價值觀念或價值評判""何以與天物即客觀自然世界相處，如今之所謂生態文明觀念""如何看待物理、自然科學，如今之所謂科學倫理"等）。欲以輔道（道即元道人道），故窮究物理；窮究物理，正所以輔道。天物或庶物自身之理，則曰物理；物與物理用以達道，則曰"物道"，或"用物之道""物理之道""用物理之道"，省曰"物道"或"（物）理道"，而以此不同於專究物理之專技之學。質言之，**"物道"分"用物之道"與"用物理之道"。"物道"與物理，兩者皆須同究物理，方法無二，所推出之物理無二，而初衷與待物理之術異也，異者何？道**（"物道"或"用物之道"、"用物理之道"）**以制導之**（物理），**以輔元道人道也。**

① 小者，本少小意也，少小者學其道禮儀節規模之小者，故曰小學。此與今日中文系所云"小學"，意義不同，中文系之所謂"小學"，乃為漢語音韻訓詁學、漢語語言文字學之意。

② 中、和之外，孟子則言"仁義禮智"，蓋禮言其外，聖言其內也。參見：朱熹著，高愈註，《小學集註》。

道者，天道（尤重元道）人道也；形而上者謂之道（元道、人道），形而下者謂之器（器物，器用）；道有道理（道及其理），仁知（仁而知，知曰理知、理性、智性等）是也；器有器理，所謂物（品物等，如今之所謂自然物，或曰天物）理（今曰客觀自然原理、客觀自然規律等。物理之學可謂今之所謂廣義物理學或自然科學）之學是也，而器以輔道（用其物、用其物理，以輔達元道人道）。物理中亦自有天道（天象天文天時、天數天則天理、天命、元道等，此尤指元道）存焉，物理以輔天道（尤指元道）人道，則亦道也，曰“物道”（所謂用物之道、用物理之道）。

天命之謂性（命性，天命神明或明靈之性），率性（命性）之謂道（元道、人道），修道之謂教。[①] 大道（元道、人道）之學、大道（元道、人道）之教，故曰大教學；大教學於何地？曰大學校也。又有小學校。皆人民（國民）子弟所當共入而通習於道者也。

若夫物（自然物）理之學格（推究格來，詳見下文解釋），又曰物理專科之諸學，則主天數（天數天則，今曰科學或科學原理等）器技之學也（而可用以輔道）；小學校或稍通識其（物理器技諸學，即今之所謂自然科學或自然物理學）小者，大學校則又或各依

---

① 詳見拙著《中庸廣辭》。

其天賦志趣，而各擇其一二專攻，或以自食其力，或以輔道也。大學畢，又可升入道研幾院、器格致院（或曰器格院）而各專深格求之。

聖人用中（有"中通天道"等多重涵義，詳見拙著《中庸廣辭》）修道製禮，故曰：少以學禮（曲禮、幼儀類），大以學道（元道、人道，亦包括成人所學之禮樂等）。古者，"凡生子，擇於諸母（古曰君卿大夫之眾妾也，今曰母親乃至姑母、姨母等，又曰女師、幼師）與可者（品行可為幼師者），必求其寬裕、慈惠、溫良、恭敬、慎而寡言者，使為子師。子能食，則教以右手；能言，男唯女俞（必有答應之聲言）。六年，教之數（數數，如一十百千萬之類）與方名（方位之名如東南西北）。七年，男女不同席，不共食（男女有別。今不必然，而亦知男女有所別而互敬互助）。八年，出入門戶，及即席飲食，必後長者，始教之讓（禮讓）。九年，教之數日（朔望、旬月、天干地支等記時之法）。十年，出就外傅（師傅、老師、先生。前為家教，自此始入校學習），居宿於外，學書計（書法與算法，字體與會計，即六書、九數之學，以期簿書明晰、錢谷精詳等）；衣不帛（bó）襦（上衣）袴（音褲，下衣）（以帛所製之襦袴）（以防奢靡（之心生）[1]）；禮帥（帥循）初（初時所行禮，少時初時所學之幼儀禮數）（而不可懈怠），

---

[1] 高愈註：衣不用帛而用布，以防奢靡。

朝夕學幼儀；（而力治）請（請教，請益於師）肄（習，踐習）簡（簡要，約要）諒（篤實）①（於學業）。十有（又）三年，學樂（高註：八器之音，與其歌舞之事），誦詩②，舞《勺》（美武王之詩樂舞）；成童（十五以上）舞《象》（美文王之詩樂舞），③學射禦（文武兼備）”。此皆古之小學，而今又有伻（原音 bēng，今或可借讀為“平”píng，則可謂之曰“人伻”“人仁”，人之天賦命性、命道、道命皆同也。今曰“平等人權”“平等人格”“基本人權”“基本人道、權利或人際尊重”。詳見下文註解）敬共處之教學也。

年（十五）入大學校（或曰二十入大學校），二十而冠（加冠，成人禮），始學（五）禮（五禮如吉凶軍賓嘉，成人之所當習者，非謂小學已學而始終踐習之曲禮也），可以衣裘帛；舞《大夏》（禹樂），惇（音敦，篤厚）行孝弟博學，不教（教人，好為人師），內（同納，納師所教者而學入於我）而不出（不敢好為人師而出言教人）。④ 至此乃大學其道（大道、元道、人道之大者），博文明德習禮樂，孔子所謂“吾十五有志於學”，而進乎大學也。）

---

① 高愈註：請肄簡要篤實之業，不務誇多而奢靡，蓋切於為己如此。
② 高愈註：詩，樂章也；詩、樂足以養人之性情，和人之血氣，故學之，誦之，舞之。
　　羅按：詩，先秦指《詩經》，今亦可有另行選編製作之童蒙詩篇或詩集，而為今世之詩教也。
③ 高愈註：舞而歌《勺》《象》以為節。
④ 高愈註：“多聞見而不教人，但內納而不外出，以其積之未厚而不可以發見也。舊說：內畜其德而不暴於外，切於為己也。亦通。”以上節選自朱熹之《小學集註》，又參考明人陳選註（《御定小學集註》）與清人高愈註。

《康誥》曰克明德

　　《康誥》曰："克明德。"《大甲》曰："顧諟天之明命。"《帝典》曰："克明峻德。"皆自明也。

　　湯之《盤銘》曰："苟日新,日日新,又日新。"《康誥》曰："作新民。"《詩》曰："周雖舊邦,其命惟新。"是故君子無所不用其極。

　　《詩》云："邦畿千里,惟民所止。"《詩》云："緡蠻黃鳥,止於丘隅。"子曰："於止,知其所止,可以人而不如鳥乎?"《詩》云："穆穆文王,於緝熙敬止!"為人君,止於仁;為人臣,止於敬;為人子,止於孝;為人父,止於慈;與國人交,止於信。[①]

　　子曰："聽訟,吾猶人也。必也使無訟乎!"無情者不得盡其辭。大畏民志,此謂知本。

　　（周公封康叔(康叔時年少)而作）《康誥》,曰："(爾

[①] 古本於"其所薄者厚,未之有也。此謂知本,此謂知之至也"之後,接"所謂誠其意者"一節。《廣辭》此處乃本程頤伊川先生所定本。

當）克（能，能有①）明（動詞，彰明，顯明；或曰亦可作形容詞，光明②）德。"③（伊尹戒大甲（即太甲，商湯嫡長孫，繼立為天子。大甲時年少，不明，伊尹放諸桐④）而作）《大甲》，曰："（爾（為君）當）顧（念）諟（shì，正，奉正；此；聽命，聽言而是之；或曰"題"）天之明（形容詞，光明，光榮）命（授命。"天之明命"即《中庸》所謂"天命之謂性"，天命性靈明德也；又，"照臨四方曰明。"⑤）。"《帝典》（論堯）曰："（堯）克（能⑥）明（章明、顯明）峻（大）德。"⑦（此三者）皆自明（動詞，彰明，顯明）（其明德）也（或解為：皆自"明德"起論；或：此三論，皆自從明德而論起，以言本末始終之意）。（此言"明明德"。）

　　湯（刻戒辭於沐浴之盤，為）之《盤銘》，曰："苟（誠，篤誠）日新（誠使道德日益新進也），日日新（非唯一日之新，當使日日

① 或曰約己，如"克己復禮"之"克"；或曰當，致力，盡力，務必，如作此解則後之"明"乃"章明"之意。皆不取。

② 先秦或上古漢語，詞性尚未分化或嚴格區分，故往往一字兼用作名詞、動詞或形容詞。

③ 《禮記註疏‧大學》："周公封康叔而作《康誥》，戒康叔能明用有德。此《記》之意，言周公戒康叔以自明其德，與《尚書》異也。"

④ 《尚書‧太甲》："太甲既立，不明，伊尹放諸桐，三年，複歸於亳，思庸，伊尹作《太甲》三篇。""惟嗣王不惠於阿衡，伊尹作書曰：'先王顧諟天之明命，以承上下神祇，社稷宗廟，罔不祇肅。天監厥德，用集大命，撫綏萬方。……'"

⑤ 參見《尚書正義》，p. 72。

⑥ 或曰約己，如"克己復禮"之"克"；或曰當，致力，盡力，務必。不取。

⑦ 《禮記註疏‧大學》："《帝典》，謂《堯典》之篇。《尚書》之意，言堯能明用賢峻之德。此《記》之意，言堯能自明大德也。"

益新），又日新（非唯日日益新，又須常恆日新）。"①（湯以此自戒而日日自新其德也（猶天之"於穆不已"或文王之"純亦不已"②）。自新其德者，學道修身（即踐習）就正進德也。）（周公作）《康誥》（戒康叔）曰："（爾當）作（為，造，樹）新民。"（此謂成王既伐管叔、蔡叔，以殷餘民封康叔，周公作《康誥》，戒康叔曰：殷人化紂惡俗（染著同化於商末世暴紂之惡俗邪僻），汝當造作新政教禮俗風習，使之（殷遺民）變改為新人也。）③

---

① 《周易·繫辭》："富有之謂大業，日新之謂盛德。生生之謂易……"可對照參互之。《尚書-湯誥》："**德日新**，萬邦惟懷；志自滿，九族乃離。"孔安國傳："日新不懈怠，自滿志盈溢。"孔穎達疏："《易·繫辭》云：'日新之謂盛德。'修德不怠，日日益新；德加於人，無遠不屆，故萬邦之日新之謂盛德眾惟盡歸之。"又，《尚書-咸有一德》："今嗣王新服厥命，惟心厥德。終始惟一，時乃日新。"參見：《尚書正義》，p. 294，p. 323。

② 參見《中庸廣辭》《詩經》。詩見《詩經·周頌·維天之命》："維天之命，於穆不已。於乎不顯，文王之德之純！假以溢我，我其收之。駿惠我文王，曾孫篤之。"鄭箋曰："命猶道也。**天之道，於乎美哉！動而不止，行而不已。純亦不已也。**"孔穎達疏："毛以為，言維此天所為之教命，於乎美哉，動行而不已！言**天道轉運無極止時也。**天德之美如此，而文王能當於天心，又歎文王：於乎！豈不顯乎？此文王之德之大！言文王美德之大，實光顯也。**文王德既顯大，而亦行之不已，**與天同功。"參見：《毛詩註疏》，pp. 1886-1890，又 pp. 1870-1881。

③ 或曰此引以為"自造作而自為新民""自念其德而自為新民"之意，則仍是"自新"之意。《禮記註疏》："成王既伐管叔、蔡叔，以殷餘民封康叔，《誥》言殷人化紂惡俗，使之變改為新人。此《記》之意，自念其德為新民也。"《尚書·多士》曰："多士，昔朕來自奄，予大降爾四國民命。我乃明致天罰，移爾遐逖，比事臣我宗，多遜。"孔安國傳："四國君叛逆，我下其命，乃所以明致天罰。今移徙汝於洛邑，**使汝遠於惡俗，**比近臣我宗周，多為順道。"（《多士》，p. 625）又曰："成周既成，遷殷頑民，周公以王命誥，作《多士》。……予惟時命有申"，孔安國傳："殷大夫、士心不則德義之經，故徙近王都**教誨之**。……所以徙汝，是我不欲殺汝，故惟是**教命申戒之。**"（《多士》，p. 617，p. 626）《尚書·康誥》（轉下頁）

《詩·大雅·文王》曰："周雖舊邦，其命(天命)惟新。"①(其意曰：岐周雖為曩舊諸侯之邦，然能時時自新其德，上進修休，乃能新命(天命)永長不已也(，此之謂新邦國)；今其(岐周)受天之命，而為天下共主，則唯當常常自新其德，而進德增廣(修業)不止也(或解曰：其所施教命，唯能念德而自新也)②。自新進德不止，乃能成其大德至善，明明德於天下，)是故君子(之自新(進德)新民也，)無所不用其極(即止於至善也；或曰盡心盡力)③。(此言自新而"作新民"。)

《詩·商頌·玄鳥》云："邦畿(王者之都)千里，惟民所止(居止)。"(此曰王君賢，則民人來；氓人(凡民，或遠方流落之氓)皆知擇其政教風俗善好之賢明君臣、禮義樂土(地)而

(接上頁)曰："亦惟助王宅天命，作新民。"孔安國傳："亦所以惟助王者居順天命，**為民日新之教**。"(《康誥》，p. 535)羅按：此皆是"新民"之意。《洛誥》曰："王如弗敢及**天基命定命**，予乃胤保，大相東土，其基**作民**明辟。"孔安國傳："我乃繼文、武安定天下之道，大相洛邑，其始為民明君之治。"參見：《尚書正義》。

① 《大雅·文王》相傳為周公所作，美文王之德功也。又，《尚書·胤征》："舊染汙俗，咸與惟新。"孔安國傳："言其餘人久染汙俗，本無惡心，皆與更新，一無所問。"參見：《尚書正義》，p275。

② 《禮記註疏》："此《大雅·文王》之篇。其詩之本意，言周雖舊是諸侯之邦，其受天之命，唯為天子而更新也。此《記》之意，其所施教命，唯能念德而自新也。"

③ 鄭玄註："君子日新其德，常盡心力，不有餘也。"

來居止也①。)《詩·小雅·緜蠻》云:"緜(音綿)蠻(緜蠻者,鳥聲也)黃鳥,止於丘隅(草木茂盛之岑蔚丘隅)。"(此曰非獨氓人,緜蠻黃鳥猶知擇止於岑蔚丘隅也。② 故)子曰:"於止,(鳥而猶)知其所止,(然則)可以人而不如鳥乎?"(其意曰:黃鳥猶知擇止於丘隅安閒之處,氓人猶知擇止於政教禮義善好之邦畿至善之地,則志在君子義人(古曰君子,乃謂國君之子;今曰君子,乃謂有志向道之人)者(如"今"之君子弟子、將來之天子諸侯及道德治平之士),豈可不如氓人(凡民,或遠方流落之氓)黃鳥? 故君子人也,亦當知所以自明明德而擇止於至善也。)《詩·大雅·文王》云:"穆穆(孔穎達解為嗚呼;朱熹解為深遠)文王,於(如字;或讀曰嗚,歎美辭)緝(qī,緝邊,一針一針地縫,引申為繼續;或讀若jī,緝麻,績。朱熹解為繼續、持續)熙(鄭玄解緝熙為光明,光明之人、之善;緝熙,言持續光大其德)(而)敬止(自處,居處,自得,自依止得之③;敬止

① 《禮記註疏》:"此《商頌·玄鳥》之篇,言殷之邦畿方千里,為人所居止。此《記》斷章,喻其民人而擇所止,言人君賢則來止也。"羅按:然此解似又有"親民"之意? 蓋其語義重心在"止","我王君"治平天下邦國,而止於至善之治化,則民人亦將來依止也;仍有"先自明明德、自新其德、自止於至善,而後民來依止"之意。

② 《禮記註疏》:"此《詩·小雅·緜蠻》之篇,刺幽王之詩。言緜蠻然微小之黃鳥,止在於岑蔚丘隅之處,得其所止,以言微小之臣依託大臣,亦得其所也。"

③ 全句意為:敬而依止於緝熙光明之地。

於光明至善之道地①）！”②（此曰文王之德也廣遠淵懿，而能持續光明其德，敬守止處於緝熙光明之至善也。何謂緝熙敬止於至善？曰：）為人君，止於仁；為人臣，止於敬；為人子，止於孝；為人父，止于慈；與國人交，止於信③。（仁、敬、孝、慈、信，各皆至善之道地也，而皆緝熙敬止之。此言"止於至善"。）

子曰："聽訟，吾猶人也。必也使無訟乎！"（君子明明德；又新民，使民各誠其意，）無情（情實、實理、道理）者不得盡其（詭）辭④，大畏（敬畏，使民對天道人道、

---

① 孔穎達解"止"為助詞，不取。

② 《禮記註疏》："此《大雅·文王》之篇，美文王之詩。緝熙，謂光明也。止，辭也。《詩》之本意，云文王見此光明之人，則恭敬之。此《記》之意，'於緝熙'，言嗚呼文王之德緝熙光明，又能敬其所止，以自居處也。"

③ 鄭玄註："此美文王之德先明，敬其所以自止處。"

④ 孔穎達疏："正義曰：此一經廣明誠意之事，言聖人不惟自誠己意，亦服民使誠意也。孔子稱斷獄，猶如常人無以異也，言吾與常人同也。**'必也使無訟乎'者，必也使無理之人不敢爭訟也。**'無情者不得盡其辭'者，情，猶實也。言無**實情虛誕之人，無道理者，不得盡竭其虛偽之辭也。'大畏民志'者，大能畏脅民人之志，言人有虛誕之志者，皆畏懼不敢訟，言民亦誠實其意也。**'聽訟吾猶人也，必也使無訟乎'，是夫子之辭。'無情者不得盡其辭，大畏民志'，是記者釋夫子'無訟'之事。然能'使無訟'，則是異於人也，而云'吾猶人'者，謂聽訟之時，備兩造，吾聽與人無殊，故云'吾猶人也'。但能用意精誠，求其情偽，所以'使無訟'也。"羅按：孔穎達謂"此一經廣明誠意之事""用意精誠"云云，亦通，而稍牽強，實則此句蓋"使民亦明明德而止於至善"之意也，即所以新民教化之事也，如此則可無訟；故此句恰所以結穴上述三綱領也。故或可改孔穎達之言曰："此一經廣'明明德、新民、止於至善'之事，言聖人不惟自明、自新、自止於至善，亦使民自明、自新、自止於至善也。"如斯而後可。

正道正法恆存其敬畏之心）民志（使不敢有虛誕邪僻之志。大畏民志，意即：使民眾中或有邪志者，畏懼道義正法，而不敢虛誕邪僻其辭也。此即"新民"之法）①，（而新民之德；乃至使各止於至善，則無訟矣（循正道禮義而自明自新自誠止善則無訟，尤無健訟②濫訟）。故曰：君子不惟自明、自新而自止於至善，亦使民自明、自新而止於至善也。教化流行，天下從風而正善。）此謂知本（鄭曰：本，謂誠其意。或曰政教平天下之本，為明德、新民而止於至善也③）④。

---

① 鄭玄註："無實者多虛誕之辭。聖人之聽訟，與人同耳，必使民無實者不敢盡其辭，大畏其心志，使誠其意不敢訟。"羅按：此蓋古之所謂 **"以威民"**，孔穎達疏："帝曰：'皋陶，蠻夷滑夏，寇、賊、姦、宄，汝作士，五刑有服'"曰："《魯語》云：'刑五而已，無有隱者。大刑用甲兵，次刑斧鉞，其次鑽笮，薄刑鞭撲，**以威民。**'"參見：《尚書正義》，pp. 101－102；《黃帝書》曰："四年發號令，則民畏敬。……畏敬者，民不犯刑罰也。"參見：《黃帝四經今註今譯——馬王堆漢墓出土帛書》，陳鼓應註譯，商務印書館，2007 年 6 月第一版，p. 53，p. 56。
② 《幼學瓊林·卷四·訟獄類》："好訟曰健訟。"參見：漢典。又：《易·訟》："上剛下險，險而健，訟。"孔穎達疏："猶人意懷險惡，性又剛健，所以訟也。"後人誤將"健訟"連讀，用以稱"好打官司"。參閱宋洪邁《容齋四筆·健訟之誤》。參見：查字典網：https://www. chazidian. com/zuci-％E5％81％A5％E8％AE％BC/
③ 鄭玄註：本，謂'誠其意'也。
④ 孔穎達疏："'此謂知本'者，此從上所謂'誠意'，以下言此'大畏民志'。以上皆是'誠意'之事，意為行本，既精誠其意，是曉知其本，故云'此謂知本'也。"羅按：此句或乃所以總說"明明德、新民、止於至善"也。

《詩》云：瞻彼淇澳，菉竹猗猗

　　《詩》云："瞻彼淇澳，菉竹猗猗。有斐君子，如切如磋，如琢如磨。瑟兮僩兮，赫兮喧兮。有斐君子，終不可諠兮！"如切如磋者，道學也；如琢如磨者，自修也；瑟兮僩兮者，恂慄也；赫兮喧兮者，威儀也；有斐君子，終不可諠兮者，道盛德至善，民之不能忘也。《詩》云："於戲！前王不忘！"君子賢其賢而親其親，小人樂其樂而利其利，此以沒世不忘也。

　　《詩·衛風·淇澳》云："瞻彼淇（淇水）澳（音 yù，隈厓，隈曲，水岸曲折處，或作奧，通作隩。今或讀作 ào），菉（原文作"綠"，《爾雅》作"菉"，心）竹（萹竹，又曰王芻）猗猗（音 yī，美盛貌，茂盛貌）。[1] 有斐（文章、紋理）

---

[1] 孔穎達疏："此《詩·衛風·淇澳》之篇，衛人美武公之德也。澳，隈也。菉，王芻也。竹，萹竹也。視彼淇水之隈曲之內，生此菉之與竹，猗猗然而茂盛，以淇水浸潤故也。言視彼衛朝之內，上有武公之身，道德茂盛，亦蒙康叔之餘烈故也。引之者，證誠意之道。"孔穎達於《毛詩註疏》中則曰："視彼淇水隈曲之內，則有王芻與萹竹猗猗然美盛，以興視彼衛朝之上，則有武公質美德盛。然則王芻萹竹所以美盛者，由得淇水浸潤之，故武公所以德盛者，由得康叔之餘烈。故又言此有斐然文章之君子，謂武公能學問聽諫，以禮自脩，而成其德美，如骨之見切，如象之見磋，如玉之見琢，如石之見磨，以成其寶器。而又能瑟兮顏色矜莊，僩兮容貌裕寬大，赫兮明德外見，喧兮威儀宣著。有斐然文章之君子，盛德之至如此，故民稱之，終不可忘兮。"參見：《毛詩註疏》上，上海古籍出版社，2013 年 12 月，p. 295。

君子,如切(治骨曰切,如骨之切) 如磋(治象曰磋,如象之磋;象即象牙),如琢(治玉曰琢,如玉之琢) 如磨(治石曰磨,如石之磨)。 瑟(蓋言肅,容色矜莊①) 兮僩(xiàn,武兒,壯勇;孔穎達解為僩然性行寬大,茲不取;蓋為高嚴之意②) 兮,赫(赫然顏色盛美) 兮喧(喧然威儀宣著③) 兮。 有斐君子,終不可諼(音 xuān,忘) 兮!"

(何謂也? 曰:此詩本衛人美衛武公之德者,茲引以明君子人(或賢士德者) 修身明德之道,非關武公其人也。④

① 《說文解字註》:瑟,庖犧所作弦樂也。弦樂,猶磬曰石樂;清廟之瑟亦練朱弦,凡弦樂以絲爲之,象弓弦,故曰弦。《淇奥》傳曰:**瑟,矜莊貌**。《旱麓》箋曰:**瑟,絜鮮貌,皆因聲叚借也,瑟之言肅也**。《楚辭》言"秋氣蕭瑟"。從珡,琴之屬,故從琴,必聲,所櫛切。十二部。參見:漢典。又:《白虎通·禮樂篇》:"瑟者,嗇也,閑也,所以懲忿窒慾,正人之德也。"是"瑟"有"嚴正"義。參見:《詩三家義集疏》,pp. 268 - 269。

② 《說文解字註》:**僩,武兒**(即貌)。《衛風·淇奥》傳:瑟,矜莊兒;**僩,寬大也**。許言僩武兒,與毛異者,以《爾雅》及《大學》皆曰"瑟兮僩兮者,恂栗也"。**恂或作峻,讀如嚴峻之峻,言其容兒嚴栗**,與寬大不相應,故易之。僩,《左傳》《方言》《廣雅》皆作擱(亦音 xiàn)。《左傳》:擱然授兵登陴。服注:**擱然,猛兒也**。杜注:**擱然,勁忿兒**。《方言》:擱,猛也,晉魏之閒曰擱。《廣雅》亦曰:擱,猛也。而荀卿子"塞者俄且通也,陋者俄且僩也,愚者俄且知也",則以陋陋與**寬大反對**,與毛合。蓋大毛公固受《詩》於孫卿子者。從人,閒聲,下切。十四部。《詩》曰:瑟兮僩兮。參見:漢典。

③ 喧,或作咺、烜、宣、烜等,顯也,明也,光明宣著也。"魯'喧'作'烜',齊作'喧',韓作'宣',亦作'愃'。咺、烜、烜皆借字。"參見:王先謙撰,《詩三家義集疏》,pp. 268 - 269。

④ 《詩序》曰:"《淇奥》,美武公之德也。有文章,又能聽其規諫,以禮自防,故能相於周。美而作是詩也。"然孔穎達疏曰:"案《世家》云,武公以其賂士以襲攻共伯,而殺兄篡國。(茲詩)得為美者,美其逆取順守,德流於民,故美之。"參見:《毛詩註疏》上,上海古籍出版社,2013 年 12 月,pp. 293 - 294。然則知古人引喻之道,有但取其義理,不取其真實人事者也。讀者當識之。

"瞻彼淇澳，菉竹猗猗"者，"視彼淇水之隈曲之內，生此菉竹，猗猗然而茂盛，以淇水浸潤故也；喻言之則曰：視彼衛朝之內，上有武公之身，道德茂盛，亦蒙康叔（成王既伐管、蔡，乃以殷遺民封康叔於衛，是為衛國始祖）之餘烈故也（，正可謂淵源有自，而君子明德、新民、止至善之化，遙迤以至於今也）。'有斐君子'者，有斐然文章之君子（賢君賢王，賢士賢人），學問之益矣。"①然則何以成之？亦曰明德、新民、止至善而已矣：）如切如磋者，（師友教諭而）道（道理，道學即學道；或曰論道；或曰導，教導，引導）學也；如琢如磨者，（溫故思索而）自修也（如骨之切，如象之磋，如玉之琢，如石之磨），（"初習謂之學，重習謂之脩"，此即道（或導）學、自修以（自）明其明德也）（以上續言"明明德"）。瑟兮（瑟兮顏色矜莊）僴兮（xiàn，武皃，壯勇；孔穎達解為僴然性行寬大，茲不取；蓋為高嚴之意）者，恂（或讀作"峻"，嚴，高峻，高嚴，嚴栗；或為矜莊之意）慄（嚴慄，慄則有威，不猛而猛矣）（恂慄，顏色嚴峻而使人敬畏戰慄於我之政教命令也②）也；赫兮（赫然顏色盛美）喧兮（喧然威儀宣著）者，威儀也。（恂栗、威儀，所以自矜莊於道義而端肅政教，自新也，故民亦知敬畏，而造作善正政教，以作新民也）。（以上續言"作新民"）有斐君子（止於至

———————————
① 孔穎達疏。
② 即所謂"大畏民志"。

善者）,終不可諼兮者,道（言,意為）（賢士）（賢君賢王、賢士賢人等）盛德至善,故民不能忘也①。《詩·周頌·烈文》云："於戲（嗚呼）! 前王（賢君賢王,原詩指文王與武王）不忘!"②（何以不忘? 曰:）（於此賢德前王（今曰聖賢明王）也,）君子（先前賢君賢王之子孫,今曰賢士賢人③）（則）賢其（賢君賢王）賢而親其親,小人（凡民、小民）（則）樂其（賢君賢王）樂（猶言與民同樂）而

---

① 鄭玄註:"民不能忘,以其意誠而德著也。"
② 《禮記註疏》:"此《周頌·烈文》之篇也,美武王之詩。於戲,猶言嗚呼矣。以文王、武王意誠於天下,故詩人歎美之云:此前世之王,其德不可忘也。"
③ 儒家所謂"先王",其初之本義,乃指貴族君子（國君之子）之先王,非凡民、小民、小人（小民）之先王也。故其"大學",亦祇是教其貴族君子修身齊家、統禦治平之術也——雖則其格物致知、誠意正心、修身齊家乃至治平之術之部分,亦皆有其一定普遍價值或好意存焉。（然亦不可拘泥此論,蓋無論君子凡民,皆受先王道教德政之潤澤,故皆敬愛尊奉之也。）其後則漸漸及於一般平民,而"先王"乃成為華夏民族之"先王",君子乃成為華夏之有志國民子弟也;先王之制法、道德,其中之優良而足資以成華夏普遍文化價值者,乃成為華夏民族之公共文化資源、精神資源和價值資源也。然則其時之"小學"則猶如今之普遍國民教育,其時之"大學"則為今日之有志治平者之專門為政之道教或政治教育也。於今言之,其"小學"可斟酌損益以現代價值,而銜接融合於今之普通國民教育;其"德治為政之大學"亦可斟酌損益以現代價值,而銜接融合於今之治術人才之教育（然其中亦含有普遍心性修養之內容）,或所謂"政治訓練""政治教育""政治學"（乃至創製為具有中國文化價值底蘊之"政治學"）或"政統";然又或可有公權力之外之民間公共服務（私人行仁或民間行仁事業）之教育機制,而又必有政治之外之其他各種專業及其職業道德或專業道德教育,而後由國民自擇取、考選而學習也。此今日之"大學教育"不同於古代之"大學"之所在也。然今之小學教育與大學教育等,雖皆有其相對於古代教育之一定程度之歷史進步,然亦不乏許多缺陷,乃至根本缺陷,是吾所憂慮也。

利其利^①，（故君子、小民皆不忘其明德、_{（新民）}道教良政、至善，各有以思之，）是以_{（以此而）}沒世不忘也_{（以上續言"止於至善"）}。

羅按：

切磋則外有師友教訓請益問答討論，琢磨則一己雕琢磨礪、修飾美化、細繹深思。或曰皆是自我切磋琢磨修養。

道學：言語講習討論；自修：省察克治，遷善改過_{（類於琢磨）}；恂慄：內自矜莊戒慎_{（或曰個蓋為戒慎之意，不必如朱熹解為"武毅"）}；威儀：外在氣象。

---

① 或曰此句意當為："君子美其'賢賢而親親'，小人樂其樂而利其利"。鄭玄註曰："聖人既有親賢之德，其政又有樂利於民。君子小人，各有以思之。"《禮記註疏》："'君子賢其賢而親其親'者，言後世貴重之，言君子**美此前王能賢其賢人而親其族親也**。'小人樂其樂而利其利'者，言後世卑賤小人（此說不合現代人仟價值觀念，當代之以"民眾、平民"等），**美此前王能愛樂其所樂，謂民之所樂者，前王亦愛樂之**。'利其利'者，能利益其人之所利，民為利者，前王亦利益之。言前王施為政教，下順人情，不奪人之所樂、利之事，故云'小人樂其樂而利其利'也。'此以沒世不忘也'，由前王意能精誠，垂於後世，故君子小人皆所念愛。以此之故，終沒於世，其德不忘也。"鄭註、孔疏或不合原意，若如鄭註、孔疏，則當曰"君子美其（或讚其）'賢其賢而親其親'，小人美其（或讚其）樂其樂而利其利"，且文、義皆稍牽纏，恐非，詳見上註；然其初雖意在貴族教育，其後則漸及於一般平民，而孔子亦特倡平民教育之精神，故鄭註、孔疏之新解，乃稍消解其貴族教育之本意，而合於孔子平民教育之精神，亦不可謂其謬也，唯於文法上未改而難合矣。

欲明明德者

（欲明明德者，顧天命而自明峻德；欲新民者，將秉天命之誠性，用中立道，製禮作樂，而行道義禮樂教化與仁政於民，或得位而為政治國，皆必盡心盡力，求道仁民為國無所不用其極；欲止於至善者，凡事各皆臻善合義，不至不息，以俟終生而已矣。古之君子自明明德，自新其人其德，而後明民明德以新民，而共期於道，將以凡事皆止於至善也。其極也，乃至明明德於天下。故曰明明德於天下。）

（欲明明德者，顧（念，亦曰遵循，恪守）天命而自明峻德；欲新民（或曰親民，茲不取。或解作新民又使民親之，亦稍可通）者，將天命之誠性，用中立道（天道、元道、人道），製禮作樂，而行道義禮樂教化與仁政於民，或得位而為政治國，皆必盡心盡力（仁、智、力等），求道仁民為國無所不用其極；欲止於至善者，凡事各皆臻善合義，不至不息，以俟終生而已矣。古之君子自明明德，自新其人其德，而後明民明德以新民，而共期於道，將以凡事皆止於至善也。其極也，乃至明明德於天下。故曰明明德於天下。）

古之欲明明德於天下者

古之欲明明德於天下者，先治其國。欲治其國者，先齊其家，欲齊其家者，先修其身。欲修其身者，先正其心。欲正其心者，先誠其意。欲誠其意者，先致其知。致知在格物。

（今又曰：今之欲明明德於天下者，先長其才；欲長其才者，先治其（大）學；欲治其（大）學者，先立其志（，而習其小學）；欲立其志者，先修其身；欲修其身者，先正其心。欲正其心者，先誠其意。欲誠其意者，先致其知。致知在格物。）

（故）古之欲明明德於天下者①，先治其國②。欲

① 《尚書·立政》："亦越成湯陟，丕釐上帝之耿命。乃用三有宅，克即宅。曰三有俊，克即俊。嚴惟丕式，克用三宅、三俊。其在商邑，用協于厥邑。其在四方，用丕式見德。"孔安國傳："……湯乃用三有居惡人之法，能使就其居，言服罪。又曰**能用剛、柔、正直三德之俊，能就其俊事，言明德。……湯在商邑用三宅、三俊之道，和其邑。其在四方，用是大法，見其聖德。言遠近化。**"讀此可知所謂"明明德於天下國家"者之含義也。參見：《尚書正義》，p. 687。或曰此詳講"明明德"，似乎於"新民"、"止於至善"未作同等闡述。然亦可參見《尚書》中之相關論述，如《尚書·康王之誥》："用端命于上帝，皇天用訓厥道，付畀四方。"(《康王之誥》，pp. 747－748)《尚書·畢命》："王若曰：'嗚呼，父師！惟文王、武王敷大德于天下，用克受殷命。惟周公左右先王，綏定厥家，毖殷頑民，遷于洛邑，密邇王室，**式化厥訓。既歷三紀，世變風移，四方無虞**，予一人以寧。'"又曰："旌別淑慝，表厥宅里，彰善癉惡，樹之風聲。弗率訓典，殊厥井疆，俾克畏慕。申畫郊圻，慎固封守，以康四海。"(《畢命》，p. 751，p. 753)此蓋皆"明明德、新民"於天下之事與意也。

② 此言似曰從諸侯國君中選擇其賢德令聞者為天子。單以此言，難以判斷其（天子得位之事）為天子世襲制抑或天下選賢任能制；然其時能稱家得國者，蓋亦皆貴族子弟，則此亦對貴族子弟而言，乃貴族內部或家族內部之選賢任能制度，王君之眾子中之有德能者乃能得封城邑、家國，能得君卿大夫之位也；無德則不可得封襲位，如此則似不完全以嫡長子繼承制為然。或曰：嫡長子繼承制度乃常制，王君卿大夫士皆以此世襲，而為世襲制，此則經（常）也；然其有不肖子，則黜之不襲，而另選家族子弟中之賢能者，而為選賢任能制，此則權也。亦可對照孟子關於天子之位之"天與之、神享之、民受之"之相關論述，參見《孟子·萬章上》。由此可見，周代之大學，確為貴族子弟之教育，亦為維護貴族統治服務，故似乎過於或片面強調"得位為政""治平"亦即今日所謂"為官""得公職公權力""公共服務"（行仁行道）之一維，而稍缺失作為普通國民、公民、凡民之人生目的之教育內容——雖則其教育內容中不乏有價值之心性道德教育和德治觀念；然而，雖然有此特殊歷史背景乃至"價值觀念的單一或偏頗"等問題或缺陷，當教育下移，教育對象擴展到全體國民，則其中所蘊含之心性道德修養、行道行仁為國為民等之部分內容，仍足資借鑒並為全體國民教育之備選內容；然亦當補充其他心性道德修養與多元人生價值方面之內容，不可單一化，尤其不可將人生價值僅僅化約為乃至庸俗化為所謂的"做官"、"獵權"之一途，此則不但過於狹隘而抹煞了其他諸多人生價值選擇的可能性，且亦從古代"得位行道（仁道、正道）"之義理上退卻下來——當然也不符合社會主義義理所宣稱倡導的"為人民服務"之政治價值觀念——，可謂是每況愈下了。今則可解為人民主權（非"權力之私人 （轉下頁）

治其國者，先齊其家，欲齊其家者，先修（修飾，文飾，修美，猶言以禮文或禮儀修身然；以天道義理或古之禮義修養；正，修正，以正禮——或曰亦謂正道正義——克己、自新、修正、修美吾身吾德[1]）其身。欲修（克己復禮，克己修正於天道義禮）其身者，先正（蓋即"**惟精惟一**"之意，而蘊含多重涵義：①正者，中，正中，正中而在也，正中而冥合中通於天道也，同於《中庸》之"中"。②是，是於天道與至善，以天道與至善是之正之，又直也，直於天道、至善、正義，總言之則曰"**以天正之**"或"以天日或天道正之、是之、直之"。③**止於一，(止於中，止於心)，止於天，止於天道與至善**（"正止或知止於至善"，所謂"正止或知止於至善則心無雜妄""知止而後(心)有定"）。④止，守，止其心，守其心

（接上頁）壟斷"）、全民選任（非世襲制與權力壟斷）、選賢任能（非平庸主義，亦非精英私利集團）、暫攝代理（非終身制）、有限權力（非極權制，而有公權、私權之分際——亦即合理限制公權力，保護私人權利——與制衡制度）、責任政治（非無義務要求與限制，而劬黜庸劣）、法治（非人治，而當依法治理）等之基礎上之行仁行道、公共服務之諸種人生價值觀念之一，以及此《大學》乃至儒家文化）中所蘊涵之有關得公職、行公道仁道之心性道德規範，以及更具普遍價值之普遍心性道德規範與修養內容。此皆閱讀《大學》時所當明瞭也。

[1] 原文蓋是前兩義之結合，今當解為第三義，則"修"仍有"正之"之義，是"正之"與"美德之"之結合，正如"誠"是"正之"與"實有之"二義之結合一樣，則修身、正心、誠意皆言"正之"而又另稍有側重者。《說文解字》：修，**飾**也。從彡攸聲。息流切。《說文解字註》：修：飾也。巾部曰：飾者，㕞也。又部曰：㕞者，飾也。二篆爲轉注。飾即今之拭字，**拂拭之則發其光采**，故引伸爲文飾。女部曰：妝者，飾也。用飾引伸之義。此云修飾也者，合本義引伸義而兼舉之。**不去其塵垢，不可謂之修**（羅按：此謂"正之""新之"），**不加以緆采，不可謂之修**（羅按：此謂"修飾修美之"）。**修之從彡者，洒㩜之也**（羅按：此謂"正之""新之"），**藻繪之也**（羅按：此謂"修飾修美之"）。**修者，治也。**引伸爲凡治之偁。**匡衡曰：治性之道，必審己之所有餘，而強其所不足**（羅按：以上加粗者，可謂修身之法門路徑，或所謂修養論或工夫論）。從彡攸聲。息流切，三部。經典多假肉部之脩。參見：漢典。羅按："（自）修"即"自新"也，自一己言則為"自修自新"，自民之教化言則曰"教民新民"，其實二而一也。

（猶喜怒哀樂之未發時而端肅正中其心神），**守止其心於天道、至善、正義——止、守亦可謂"正在"**（正中其心，正在其心，矜持在焉），**即不可"放其心"**；**或又為"中"**，正中也，心為一身之中之主，猶王者立天下之中，以為民極（準則、中心、典範、號令等），又猶如王為天下之中，君為國之中（所謂"一正君而國治"，即"正國君之心"也），卿大夫為大家之中，父為小家之中，心為一人之中然。⑤今曰**以天道義理或正道正義治正其心**①，即此心向道就正，心繫於正道正義也，《左傳》曰："正直爲正，正曲爲直。"以上四解皆重"天道質正"，同於《中庸》，可見中國文化之本質在於始終重視天道正義也，以此又知所謂"正心"非徒所謂"主靜""主敬"或"靜坐、止觀"云云，乃尤其是"主天主道主中主正主義"，**中國文化乃天道文化、道義文化，中國民族乃天道之民、道義之民也**；今曰"正當性論證"，英語曰 legitimacy 或 justify or justification。⑥或曰**敬，敬其心於天道正義**，又敬畏而戒**慎恐懼、戰戰兢兢**也，猶曰"畏天命，畏大人，畏聖人之言"然，又**靜**也，意為提神靜氣、心神矜持端肅，或端嚴其身心，而持一種端肅敬慎之心理準備態度或狀態——蓋《大學》之"正"與《中庸》之"中"，或皆與古之巫覡或祭祀等相關，而心神敬慎端肅而已。⑦或曰**純**（或凝神、聚精會神，無雜念，無妄念，心不走失迷失），純淨，專一，純澈專一其心於天道正義，即所謂"惟一"。總言之，前四解講"正心"之內在本質或根本，後兩解講"正心"之心態或心理條件②）**其心**（**總包萬慮謂之為心**，心應

---

① 《尚書·立政》："惟正是乂之。"孔安國傳："惟以正是之道治之。"《尚書·君牙》："啟佑我後人咸以正，罔缺。"此"正"即"正道"也。華夏民族及其文化自來為正道文化、天道文化、中道文化也。參見:《尚書正義》，p. 696, p. 763。

② 關於"正"，《說文解字》：正：是也。從止，一以止（羅按："一"者何？"至善"是也，"正心"即"止於一""止於至善"也）。凡正之屬皆从正。𤕋，古文正从二。二，古上字（羅按："上"者何？曰"天"也，"天道"也，"正心"即"止於上""止於天""止於天道"也，亦即《中庸》所謂"中"，"中通於天道"也）。𣥠，古文正从一足。足者亦止也（羅按：亦是"止於至善"之意）。之盛切〖注〗徐鍇曰："守一以止也。"《說文解字註》：正：是也。從一，句。一以止。江沅曰：一所以止之也，如乍之止亡，母之止姦，皆以一止之。之盛切，十一部。凡正之屬皆从正。（轉下頁）

萬端萬事而發謂之"諸意"①；**心受之於天，天命誠性正心**②；又如所謂神③、明④、

（接上頁）關於"是"，《說文解字》：是：**直也，从日正**（羅按：此言"**直於日天**""**是
以日天**""**正以日天**""**以天日、天道而直之是之正之**"之意，同於《中庸》之
"**中**"，中通於天或天道也）。凡是之屬皆从是。是，**籀文是从古文正**。承旨
切。《說文解字註》：是，直也。直部曰：**正見也，从日正**。十目燭隱則曰直（羅
按：此解甚好，可對應《中庸》所謂"慎獨"之意），**以日爲正則曰是**（羅按：此即
"中通天道"之意）。从日正，會意，天下之物莫正於日也。《左傳》曰："**正直爲
正，正曲爲直**。"《五經文字》是入曰部，則唐本从曰也，恐非。承旨切。旨當作
紙。十六部。凡是之屬皆从是。參見：漢典。

① 孔穎達疏："**總**(捴)**包萬慮謂之爲心，情所意念謂之意**。若欲正其心使無傾
邪，必須先至誠，在於憶念也。若能誠實其意，則心不傾邪也。"

② 此"心"乃爲今之所謂"抽象名詞"或哲學範疇，非謂生物學意義上之心臟。"正
心"者，正定其心於天道、命性、至善也；亦即前文所謂"定"或"定心"，定心於天
道、天命(命性)、至善；"知止於至善而後有定"，即正心也。以《中庸》論，"正心"
又即"中"，正在、中正、中通其心於天道、命性，所謂"喜怒哀樂之未發謂之中"是也。

③ 《說文解字》：**神，天神，引出萬物者也**。从示申。食鄰切。《康熙字典》：神，〔古
文〕檀【唐韻】食鄰切【集韻】【韻會】乘人切，音晨。【說文】天神，引出萬物者也。
【徐曰】申即引也，天主降氣，以感萬物，故言引出萬物。//又【皇極經世】**天之神
棲乎日，人之神棲乎目**。//又神明。【書・大禹謨】乃聖乃神。【孔傳】聖無所不
通，神妙無方。【易・繫辭】陰陽不測之謂神。【王弼云】**神也者，變化之極，妙萬
物而爲言，不可以形詰**。【孟子】**聖而不可知之謂神**。//又鬼神。**陽魂爲神，陰魄
爲鬼**。**氣之伸者爲神，屈者爲鬼**。//又諡法。【史記】**民無能名曰神**。參見：漢典。

④ 朙(說文解字未收錄"明"字頭，請參考"朙"字)，《说文解字》：照也。从月从囧。凡
朙之屬皆从朙。**明，古文朙，从日**。武兵切。《說文解字註》：朙，照也。火部曰：
照，明也。小徐作昭。日部曰：昭，明也。《大雅・皇矣》傳曰：**照臨四方曰明，凡明
之至則曰明明，明明猶昭昭也**。《大雅・大明、常武》傳皆云：**明明，察也**。《詩》言
"明明"者五。《堯典》言"朙朙"者一。《禮記・大學篇》曰：大學之道，在明明德。鄭
云：**明明德，謂顯明其至德也**。《有駜》：在公明明。鄭箋云：在於公之所但明明德
也。引《禮記》"**大學之道在明明德**"，夫由微而著，由著而極，光被四表，是謂明明
德於天下。自孔穎達不得其讀而經義隱矣。从月囧。从月者，月以日之光爲光
也。从囧，取窗牖麗廔闓明之意。囧亦聲，不言者，舉會意包形聲也。武兵
切。古音在十部。凡朙之屬皆从朙。又，《說文解字註》：明，古文从日。云古文
作明，則朙非古文也。蓋籀作朙，而小篆隸从之。干祿字書曰：明通、朙正。顏
魯公書無不作朙者。《開成石經》作朙，從張參說也。《漢石經》作明。參見：漢典。

魂^①、魄^②、精^③、靈^④云云（如：附形之靈爲魄，附氣之神爲魂。魄，人陰神；魂，人

---

① 魂，《說文解字》：**陽气也**，从鬼云聲。戶昆切。《康熙字典》：【唐韻】戶昆切【集韻】【韻會】【正韻】胡昆切，音渾。【說文】陽氣也。【易‧繫辭】遊魂爲變。【禮‧檀弓】魂氣則無不之也。【左傳‧昭七年】**人生始化爲魄。旣生魄，陽曰魂**。【疏】**魂魄，神靈之名。附形之靈爲魄，附氣之神爲魂也**。【淮南子‧說山訓】魄問於魂。【註】**魄，人陰神。魂，人陽神**。【白虎通】魂，猶伝伝（猶動）也，行不休於外也，**主於情**。【又】**魂者，芸也，情以除穢**。參見：漢典。

② 魄，《說文解字》：**陰神也**。从鬼白聲。普百切。《說文解字註》：魄，陰神也。陰當作会。陽言气，陰言神者，陰中有陽也。《白虎通》曰：魄者，迫也，猶迫迫然箸於人也。《淮南子》曰：**地氣爲魄**。《祭義》曰：**氣也者，神之盛也；魄也者，鬼之盛也**。鄭云：氣謂噓吸出入者也，**耳目之聰明爲魄**。《郊特牲》曰：**蒐**（即魂）**氣歸於天，形魄歸於地**。《祭義》曰：死必歸土，此之謂鬼，其氣發揚於上，神之箸也，是以聖人尊名之曰鬼神。按蒐魄皆生而有之而字皆从鬼者，**蒐魄不離形質而非形質也**，形質亡而蒐魄存，是人所歸也，故从鬼。从鬼，白聲。《孝經說》曰：魄，白也；白，明白也。**蒐，芸也；芸芸，動也**。普百切。古音在五部。參見：漢典。

③ 精，《說文解字》：**擇也**，从米青聲，子盈切。《說文解字註》：精，擇米也。米字各本奪，今補。擇米謂簡擇之米也。《莊子‧人閒世》曰：鼓筴播精。司馬云：簡米曰精；簡卽柬，俗作揀者是也，引伸爲凡冣好之偁。**撥雲霧而見青天亦曰精**。《韓詩》於《定之方中》云：星，精也。从米，青聲。子盈切。十一部。《康熙字典》：精，【廣韻】【正韻】子盈切【集韻】【韻會】咨盈切，音晶。【說文】擇也。【廣韻】熟也，細也，專一也。【書‧大禹謨】**惟精惟一**。【易‧繫辭】**精義入神以致用也**。//又密也。【公羊傳‧莊十年】觕者曰侵，精者曰伐。【註】精，猶精密也。侵，責之不服，推兵入竟，伐，擊之益深，用意稍精密。//又**靈也，眞氣也**。【易‧繫辭】精氣爲物。【疏】陰陽精靈之氣，氤氳積聚而爲萬物也。【左傳‧昭七年】子產曰：**用物精多，則魂魄强，是以有精爽至于神明**。//又【莊二十五年‧日有食之疏】日者陽精，月者陰精。//又【襄二十八年‧春無水疏】**五星者五行之精：木精曰歲星，火精曰熒惑，土精曰鎭星，金精曰太白，水精曰辰星**。【老子‧道德經】其中有精，其精甚眞。【莊子‧德充符】勞乎子之精。//又【廣韻】**正也，善也，好也**。【禮‧經解】潔靜精微易教也。//又明也。【前漢‧京房傳】陰霧不精。【註】精，謂日光清明也。//又鑿也。【論語】食不厭精。【屈原‧離騷】精瓊靡以爲粻。【註】精，鑿也。//又【韻會小補】巧也。//又【增韻】**凡物之純至者皆曰精**。//又古者以玉爲精。【楚語】一純二精。參見：漢典。

④ 靈，《說文解字》未收錄"靈"字頭，請參考"霛"字：霛，《說文解字》：**霛巫，以玉事神**，从玉霝聲。靈，霛或从巫。郎丁切。《說文解字註》：**霛，巫也**。（轉下頁）

陽神。陽魂爲神,陰魄爲鬼。氣之伸者爲神,屈者爲鬼。氣也者,神之盛也;魄也者,鬼之盛也。毫氣歸於天,形魄歸於地。陽之精氣曰神,陰之精氣曰靈),此雖皆不言"心",亦可相關或對照。**蓋心爲一身之主,所謂"心者,形之君也,而神明之主也",故曰"欲修其身者,先正其心"**①)②。**欲正其心者,先誠**(誠

（接上頁）各本巫上有靈字,乃複舉篆文之未刪者也。許君原書,篆文之下以籀複寫其字,後人刪之,時有未盡,此因巫下脫也字,以靈巫爲句,失之,今補也字。屈賦《九歌》:靈偃蹇兮皎服;又:靈連蜷兮既留,又思靈保兮賢姱。王注皆云:靈,巫也,楚人名巫爲靈。許亦當云巫也無疑矣。引伸之義如諡法曰**極知鬼事曰靈,好祭鬼神曰靈**。曾子曰:**陽之精氣曰神,陰之精氣曰靈**。毛公曰:**神之精明者稱靈**。皆是也。以玉事神。依《韻會》無也字。從王。霝聲。郎丁切。十一部。《康熙字典》:靈,〔古文〕霿霛酃雹鼺【唐韻】【集韻】【韻會】𡆥郎丁切,音鈴。【玉篇】**神靈也**。【大戴禮】**陽之精氣曰神,陰之精氣曰靈**。【書·泰誓】**惟人萬物之靈**。【傳】靈,神也。【詩·大雅】以赫厥靈。//又【大雅·靈臺傳】神之精明者稱靈。//又【詩·鄘風】靈雨既零。【箋】靈,善也。//又【廣韻】福也。又【廣韻】巫也。【楚辭·九歌】思靈保兮賢姱。//又靈氛,古之善占者。【屈原·離騷】欲從靈氛之吉占兮。//又【周禮·地官·鼓人】以靈鼓鼓社祭。【註】靈鼓,六面鼓也。//又【禮·檀弓】塗車芻靈。【註】芻靈,束茅爲人。//又【左傳·定九年】載蔥靈。【註】蔥靈,輬車名。//又【楚辭·天問】曜靈安藏。【註】曜靈,日也。又【揚雄·羽獵賦】上獵三靈之旐。【註】如淳曰:三靈,日月星垂象之應也。//又【廣韻】寵也。//又【禮·禮運】何謂四靈,**麟鳳龜龍**。【爾雅·釋魚】二曰靈龜。【註】即今觜蠵龜。一名靈蠵,能鳴。【史記·龜筴傳】下有伏靈,上有兔絲。//又【諡法】**亂而不損曰靈,不勤成名曰靈,死而志成曰靈,死見神能曰靈,好祭鬼怪曰靈,極知鬼神曰靈**。參見:漢典。

① 王夫之曰:"'欲修其身者,先正其心',聖學提綱之要也。'勿求於心',告子迷惑之本也。**不求之心,但求之意,後世學者之通病**。蓋釋氏之說暗中之,以七識爲生死妄本。七識者,心也。（此本一廢,則無君無父,皆所不忌。）嗚呼!舍心不講,以誠意而爲玉鑰匙,危矣哉!"參見:王夫之,《船山思問錄》,上海古籍出版社,2000年12月,p. 42。

② 《說文解字》:**心,人心,土藏,在身之中**。象形。博士說以爲**火藏**。凡心之屬皆從心。息林切。《說文解字註》:心,人心,土藏也。也字補。在身之中。象形。息林切。七部。博士說以爲火藏。土藏者,古文《尚書》說。火藏（轉下頁）

信、實有而無妄、不欺。分析之，乃蘊含多重涵義，①信，誠信，意合於心，言合於行，即言意合於心行，《書·太甲》："鬼神無常享，享于克誠。"《傳》曰："言鬼神不

（接上頁）者，今文家說。詳肉部肺下。凡心之屬皆从心。《康熙字典》：心：【唐韻】息林切【集韻】【韻會】【正韻】思林切。【說文】人心，土藏，在身之中。象形。博士說以爲火藏。【徐曰】心爲大火，然則心屬火也。【玉篇】【廣韻】訓火藏。//又【荀子·解蔽篇】**心者，形之君也，而神明之主也。**【禮·大學疏】**總包萬慮謂之心。**//又【釋名】心，纖也。所識纖微無不貫也（羅按：《釋名》每多音訓，雖不無一二依據，而尤多牽強附會者，且不言漢字之造字理據，乃至破壞漢字之造字理據，使某些漢字缺乏或失其理性淵源與特質——雖然許慎等亦言假借、轉註確爲（倉頡等原初造字後之）兩種造字法或用字法，後世乃至今世語言學研究亦有持音訓乃至音本位理論者——，筆者頗不以為然也）。//又**本**也。【易·復卦】復其見天地之心乎。【註】天地以本爲心者也。【正義曰】言天地寂然不動，是以本爲心者也。【禮·禮器】如松柏之有心也。【註】得氣之本也。【孔疏】得氣之本，故巡四時，柯葉無凋改也，心謂本也。//又**中**也。心在身之中。【詩序】情動於中。【正義曰】中謂中心。凡言中央曰心。【禮·少儀】牛羊之肺，離而不提心。【註】不提心，謂不絕中央也。【古歌】日出當心，謂日中也。【邵雍清夜吟】月到天心處，言月當天中也。//又東方五度，宿名。【史記·天官書】心爲明堂。//又【禮·明堂位】夏后氏祭心。【註】氣主盛也。//又【月令】季夏祭先心。【註】五藏之次，心次肺，至此則心爲尊也。//又去聲。【吳棫·韻補】息吝切。【外紀】禹曰：堯舜之民，皆以堯舜之心爲心。下心字去聲。//又叶思眞切，音新。【前漢·安世房中歌】我定歷數，人告其心。敕身齊戒，施教申申。//又叶先容切，音松。【詩·大雅】吉甫作頌，如淸風。仲山甫永懷，以慰其心。【前漢·禮樂志】流星隕，感惟風，籋歸雲，撫懷心。//又叶思征切，音騂。【揚子·太經】勤于心否貞。//又叶桑鳩切，音修。【荀子·解蔽篇】鳳凰秋秋，其翼若干，其聲若簫。有鳳有凰，樂帝之心。簫叶疏鳩切。//又叶思敬切，音性。【王微觀海詩】善卽誰爲御，我來無別心。聊復寓茲興，茲興將何詠。【說文長箋】借華心形，故惢字从心，就今文言也。若精蘊同文諸書，各以意闡古文，與今文稍遠，概不泛引。【類篇】偏旁作忄。亦作㣺。◎按《字彙》《正字通》心俱音辛，誤。辛在眞韻，齊齒音也。心在侵韻，閉口音也。如心字去聲，音近信，然不得竟以信字音之者，蓋信字爲眞韻內辛字之去聲，乃齊齒音也。若侵韻內心字之去聲，乃閉口音，有音而無字矣。字有不可下直音者，此類是也。蓋齊齒之辛，商之商也，閉口之心，商之羽也。每一音中，具有五音，不可無別。參見：漢典。

係一人，能誠信者則享其祀。"《禮記·郊特牲》："幣必誠。"《列子·湯問》："帝感其誠，命誇娥氏二子負二山，一厝朔東，一厝雍南。"羅按：由此可知，誠意或意誠之方法或標準即在於"**意合於正心**"，可兼顧心性與工夫之二維。②**誠有其實，實有，誠實，真實，真實無妄**（真實與無妄不同，故下文單列"無妄"義項），"**誠意謂實其心之所識也**"，《易·乾卦》："**閑邪存其誠**。"《疏》曰："言防閑邪惡，當自存其誠實也。"《禮記·大學》："此謂誠於中，形於外。"《韓非子·說林上》："巧詐不如拙誠。"羅按：實則此義同於第①義，"實有"亦是"合"之意，徒一相較言之一獨立言之而已。③**無偽，勿自欺**，《大學》下文曰："所謂誠其意者，毋自欺也。"《禮·樂記》："著誠去偽，禮之經也"，又《中庸》："誠者，天之道也。誠之者，人之道也。"《註》曰："誠者，真實無妄之謂。"——實則此與第②義相同，徒一正說一反說而已。羅按：此亦可為修養論。④**審**，《玉篇》：**審**也。《禮·經解》："故衡誠縣，不可欺以輕重。"《註》曰："誠，猶審也。"如此則"**誠意**"即"**審意**"，審其意以歸於正道也。羅按：此則講明"誠意"之方法在於"審"，而為修養論或工夫論。⑤或曰**誠正**，即誠而正，誠有而正其意，所謂"**無妄之謂誠，不欺其次矣**"[①]；羅按：此仍是講"誠意"之標準，而重道義自證。⑥**多重涵義**，即兼包上述諸多含義，此上古漢語、文化、思想或哲學思考之特徵[②]）（**正**[③]（或善）（"正意"或"正諸意"，正中於道與

---

① "無妄"與"無偽"稍不同。參見：朱熹、呂祖謙，《朱子近思錄》，上海古籍出版社，2000年12月，p.32。

② 《說文解字》：誠，信也。从言成聲，氏征切。《康熙字典》：【唐韻】氏征切【集韻】【韻會】【正韻】時征切，音成。【說文】信也。【廣雅】**敬**也。【增韻】**純也，無偽也，真實也**。【易·乾卦】**閑邪存其誠**。【疏】言防閑邪惡，當自存其誠實也。【書·太甲】鬼神無常享，享于克誠。【傳】言鬼神不係一人，能誠信者則享其祀。【真德秀曰】唐虞時未有誠字，《舜典》允塞即誠之義。至伊尹告太甲始見誠字。【禮·樂記】著誠去偽，禮之經也。【中庸】誠者，天之道也。誠之者，人之道也。【註】誠者，真實無妄之謂。又【玉篇】**審**也。【禮·經解】故衡誠縣，不可欺以輕重。【註】誠，猶審也，或作成。參見：漢典。另可參見拙著：《儒家廣論·先儒論"誠"之若干材料》，社會科學文獻出版社，2017年10月第一版，pp.19-24。

③ 《大學廣辭》增一"正"字，使"誠"但有"誠有"之單義，不再兼有"誠有"（轉下頁）

理也,即《中庸》所謂"發而皆中節",心應諸事端而發為諸意,發而中通於道理,即中節、正意也))**其意**〔①**志,識**(zhì)(兼包動詞含義與名詞含義),**心之識**(動詞含義)**與心之所志所識**(zhì)**者**(志、識 zhì,皆今之所謂"記""記憶"意)(名詞含義)——如此,則"誠其意"猶言"時時識記不忘"然^①——,**引申而為內心意念**,**又**

(接上頁)與"正善"(即"無妄"或"無邪")之二義,目的在於揭櫫"**正意**"之重要性。然依原作者之意,"誠"蓋本涵有"誠正之""誠有而正善之""正善之而後誠之(此一"之"指"正意")"之意,故如仍取"先誠其意"之原文,則"誠"是"誠正"之意,即此"誠"實兼二義:誠與正。然恐讀者或望文生義,徒解"誠"為"實有""不自欺",不知其內涵之"正"義之一維,故筆者特拈出"正"字以揭明強調之。

　　然若如《大學廣辭》之增字變文為"先誠正其意",則"誠"便成為單義詞,只有"誠有""實有"之一義。然揆諸上文"先正其心"而論,則"誠其意"終乃是"誠其正意""誠其意於正道正義"之意也。若夫"誠其意於邪念惡欲",固然是"勿自欺",卻並非"誠其正意""誠其意於正道正義",則豈可哉!王夫之亦有相似論說:"意虛則受邪,忽然與物感通,物投於未始有之中,斯受之矣。**誠其意者,意實則邪無所容也。**意受誠於心知,意皆心知之素,而無孤行之意,故曰無意。慎獨者,君子加謹之功,善後以保其誠爾。後之學者,於心知無功(原註:以無善無惡為心知,不加正致之功。羅按:此亦特拈出一"正"字,與吾意同),始專恃慎獨為至要,遏之而不勝遏,危矣。即遏之已密,但還其虛,虛又受邪之釁,前者撲而後者熹矣。泰州之徒,無能期月守者,不亦宜乎!"若船山此解,則誠意乃是充實其意,充實道理禮義於其意;或曰:凡萬端諸事之來,皆先充實揆度之以正道義禮,則邪惡者無所容也。亦可備一說。參見:王夫之,《船山思問錄》,上海古籍出版社,2000 年 12 月,p. 42。

① 所識(zhì)、志者何?實則皆"天道義理"或"禮義"等也。孟子每言不能"放失其心",然則何以"不放失其心"?亦曰"顛沛造次必於是""時時誠識(zhì)之(天道義理、仁義禮智等)"而已,故曰"欲正其心者,先誠其意",其邏輯或理路在是也。質言之,此處雖曰"意""意念""心音"云云,實則其所**實指或暗指者**,乃是"道""理"而已:**心所當識**(zhì)**者,乃為"道""理"也,而"誠其意"乃是"信合、實有其道、理"。然則何以得其所識**(zhì)**之道、理?亦曰從學、問、格致等而來,故下文乃言"欲誠其意者,先致其知"云云。如此解讀,其間思路甚清晰顯豁,可謂豁然而貫通矣。**

曰**心意**,猶現代漢語之所謂**諸意念**或意念(兼包動詞含義與名詞含義)諸等[①],可為複數形態;②**心音,心言**,猶今之所謂内心語言或"内心之言",然則此解則"意"兼意念與心音而言,蓋古人以為意念必有心音,故許慎曰"從心察言而知意也"[②]——

① "諸等"是筆者所造後綴詞,附於名詞後——亦可作前綴詞——用以表示名詞之複數形態,或以"諸""眾"等字作前綴以表示,以此補漢語不能表達複數之語言缺陷或語法缺陷。然或亦可選用其他"單字"或"單音節"後綴表示之,或更合宜。

② 蓋古人根據經驗,亦知有此"心音""心聲"或"内心獨白、内心語言"乃至"以内心語言進行思維"之一種事實或事理,或以為"内心意念亦有聲音"(如今人日常所謂"大腦中整日整夜喋喋不休、聒噪不息""大腦噪音"等),故造字時乃"從心从音"而作"意"字,或於此可見其時古人之智慧觀念水平或思維水平(乃至心理狀態或道德狀態),乃至而或在一定程度上暗合現代語言學或心理學之科學知識或理論也。如所謂"失去理性者""失智者"或精神病人不能内涵或掩藏其心音或心聲,乃發而為喃喃自語,正是其内心意念(即《大學》所謂"意",或此處所謂"心音")之發,與其内心意念一致,可謂"誠"也。反而是所謂"常人""正常人"或"理性人",因為種種原因,不得已壓抑其"意""心音"或"内心聲音",或多掩飾,則其内心意念、内心聲音、心音、心聲等便不能與外在言音合同,故曰"言、意分離而不誠信"乃至"多偽而不誠信"也——西人福柯於此亦頗多論述,茲不贅言。或曰:蓋太古或上古以後,因為種種原因,人心漸多掩飾或偽善(或解之為人類心理進化或智力進化,如所謂"進化心理學"每持此論,然此蓋當視不同價值觀念而有不同評價或判斷也),心音與言聲不能合一,或内心語言與外語言截然分途,故後人或今人乃以為"意"是無音聲之"純内心意念",而失其"心音""心聲"之義也。然亦或有今人從另一思路,以今律古,而傲慢解曰:上古之人思維水平有限,不能區分"心音"(或"心聲")與"意念",故混作一談,不能在造字、字義(字形、字義未分化)或概念(未能創造更多概念,或為不同概念創造不同文字)上明確區分之,而顯得含渾籠統。此則亦或有誤解、厚誣古人乃至傲慢而自足其智處。然此皆筆者發揮之言,可商榷也。

又:如從現代科學視角言之,則亦可思考:此種種所謂"心音"或"心聲"究竟是來於所謂"心",抑或來自於"腦"或"大腦皮層"? 若據現代科學答曰來自於腦或大腦皮層,則亦可從不同層次分析之:比如"腦細胞"或"腦神經元細胞"層次(細胞生物學維度)、"分子"層次(分子生物學維度、化學維度或生化維度)乃至"原子"層次(物理學維度)等。就細胞生物學維度而言,或可假設所謂"心音"或"心聲"乃是來自於"腦細胞新陳代謝聲""腦細胞呼吸(轉下頁)

然或又解曰"意从心从音,意不可見而象,因言以會意也",則仍是"内心意念"之

(接上頁)聲(細胞器之線粒體)""腦細胞(增殖)分裂聲"或"腦細胞衰老或壞死之('呻吟吶喊')聲"(關於此點,人或皆有所體驗,比如某些常人之頭腦疼、精神病人等之神經疼痛或神經衰弱、學生學習思考時之疲倦感或頭痛欲裂感、内傷或外傷病人等之瀕死體驗、哲學家殫精竭慮而窮究格致時之極度疲倦或空虛之深淵體驗等,皆類似也。並且,從其更本原之層次或機理而言,疼痛或疼痛感,與心音、心聲或腦音,以及下文所述之其他物理維度之電、磁、光、能等,並不能截然區分,或存在著相互關聯影響或因果關係也)、"腦細胞運動聲""神經遞質傳遞聲""神經元放電聲(動作電位)"等。就其原子層次或物理學維度而論,又可從原子、離子、電子、原子核、中子、質子、夸克或電、磁、光、能等維度分析之,則此所謂"心音"或來自於人身尤其是心腦中所包含之相關元素(中國古人則曰氣、陰陽、四大、五行化合等云云)或原子之物理作用或功能,譬如所謂"(原子、離子、電子、原子核、中子、質子等之)碰撞聲""電子躍遷聲"等,或推測其所謂"心音"或僅僅是電、磁、光、能等物理效能及其相應之心理、語言或智能之感覺乃至錯覺(或前述之"生化作用"),正如人類之外在言語之物理聲音一樣,其區別只在於一者内顯、一者外顯而已,或者,"心音"為生化表現,"人類外在語音"為物理表現。分子層次或分子生物學維度則介於上述兩者之間,而又相互關聯,亦可有對於所謂"心音"之相應推測或科學研究。當然,若推擴而言,則"意"或"心音""心聲""腦音腦聲"也罷,"言語"也罷,"語言"也罷,"思維"也罷,可能最終都牽涉"智能"、"理性"、"智性"乃至"靈性""靈魂""生命"之淵源或本質(中國古人亦有其特別之解釋,如曰"陰陽""陰陽之精"即"神明"、五氣六氣及其化合、氣質之偏中、天命等,或謂不經之談,實則亦自涵有玄機,而或體現古人較高乃至更高之思維水平、觀念水平或"科學"水準;此外,道家、佛家於此亦有相應之不同解釋),可謂茲事體大,非三兩言所可盡。筆者於此論題固然暫時無暇作詳細關注乃至進行科學求證,然以經驗言之,則古今人或皆可體驗或理解此所謂"心音""腦音"或"意念之聲"之事實或現象也。精力一時無暇旁騖他顧,故限於當下學殖與篇幅,茲不贅述。

羅按:雖然先秦流傳至今者較少專論今之所謂"科學"者,實則據中國古代目錄學亦知其時頗多"方技"一類之書——雖固或未可直接等同於西方之邏輯理性傳統等——徒其後流失未傳世耳;且又有雖未筆之於專書而實乃普遍體現於其時其世人之觀念、社會與生活中者;乃至於當時"文字"如甲骨文、金文中亦可稍窺其時之"科學水準"或觀念水準也,於當時之世界範圍,固可謂先進(並非盡是後來學者批評清季民國學人所謂"中國古已有之"之牽強附會之情形),甚至亦有於今不解而實乃高明於今者存焉。如此而質言之,言及中國古今之科學技術水平狀況,則非古代中國人之科技不彰,乃(轉下頁)

意。③或曰**心聲意念**,心應萬端萬事,發而為情意,謂之諸意①,乃為中性詞,而有正意、邪意等之分——或曰此"意"特指"正意念",乃為褒義詞,本廣辭增一"正"字,乃解"意"為中性詞。總結之,**心是意**(或識 zhì)**之能藏,意是心之所識**(zhì,包括音聲);**心是能發者,意是所發者;心是體,意是用;"總(揔)包萬慮謂之爲心,情所意念謂之意"②。**"誠其意"即"信合、實有其所識(zhì)、意念、心音於心性、天道、義理,而無偽不欺"也,"誠正其意"者,則又"審之正之"也③

(接上頁)後人或今人瞠乎其後耳,亦即:於西方進行科學革命、工業革命而科技躍升時,中國未有相應表現,遂落後焉。故曰:**非古人不肖,今人不肖耳**;非古人低知、無知、不知,乃今人低知、無知、不知也;又因今人之低知、無知、不知,而既不能講明或彰明古人之"知",又於古人之"知"亦不能發揚光大、推廣進展也。如西方現代科學發現每以古希臘語或其他古代語言詞彙命名之,是西人能發揚光大、推廣進展其固有之文化與科技;則吾華人、中國人何不能推廣現代科學發現而以漢語古字古詞命名之,而發揚擴展吾國之固有文化與科技?!豈必待西人研究發現後乃知中國古人亦有"已著先鞭"也而後以漢字譯名之邪?吾國吾民當於此自強也。

① 孔穎達疏:"若欲正其心使無傾邪,必須先至誠,在於憶念也。"羅按:此解"意"為"憶念",亦是"時時記得"、"時志不忘"之意,或孟子所謂"求放心"之意。

② 孔穎達疏。

③ 關於"意",《說文解字》:意,志也,從心察言而知意也。從心從音。於記切。《說文解字註》:意,志也。志即識,心所識也。意之訓爲測度、爲記。訓測者,如《論語》毋意毋必、不逆詐、不億不信,億則屢中,其字俗作億。訓記者,如今人云記憶是也,其字俗作憶。《大學》曰:"欲正其心者,先誠其意。"**誠謂實其心之所識也**(羅按:此解"意"是"心之所識",甚好。如此,則心是體,意是用,猶今言心是能發者,意是所發者)。"如惡惡臭,如好好色。此之謂自謙。"鄭云謙讀爲慊,慊之言厭也。按厭當爲猒,猒者,足也,從心音,會意,於記切。一部。古音入聲,於力切,**察言而知意**也,說從音之意。《康熙字典》:【唐韻】【集韻】【韻會】於記切【正韻】於戲切,音燚。**志之發也**(羅按:此似解志為心)。【禮·大學疏】**揔包萬慮謂之心,爲情所意念謂之意**(羅按:此亦以心、意對舉)。【禮運】非意之也。【註】意,心所無慮也。【疏】**謂於無形之處,用心思慮也**(羅按:此即"意念"而尤涵動詞含義,尤可見上古字義兼包動詞、名詞、形容詞,或字義之動詞、名詞未分化各狀)。無慮,即慮無也。//又與抑通。【徐鍇曰】見之於外曰意。意,猶抑也。舍其言,欲出而抑之。【大戴禮】武王問黃帝,顓頊之道存乎,意亦忽不可得見歟。意猶抑。【論語】抑與之歟。【漢 (轉下頁)

）①。欲誠（正（或善））其意者，先致（多重涵義，而以第一解為主：

（接上頁）石經】作意，抑猶意，古通用也。//又【轉注古音】於宜切，音醫。【前漢‧韓信傳】意嗚猝嗟。//又叶乙力切，音億。【秦之罘刻石文】大矣哉。宇縣之中，承順聖意。羣臣頌功，請刻於石，表垂乎常式。//又與臆通。【賈誼‧服賦】請對以意。【史記】作臆。【師古曰】叶韻音億。【魏校曰】从心从音。意不可見而象，因言以會意也。參見：漢典。

關於"志"，《說文解字》：志，意也。从心，之聲（羅按：許慎以意、志互訓）。《說文解字註》：志，意也。从心屮，屮亦聲。按此篆小徐本無，大徐以意下曰志也補此爲十九文之一。原作从心之聲，今又增二字，依大徐次於此。志所以不錄者，《周禮》保章氏注云：志，古文識（zhì）。蓋古文有志無識，小篆乃有識字。保章注曰：志，古文識。識，記也。《哀公問》注曰：志讀爲識。識，知也。今之識字，志韵與職韵分二解，而古不分二音，則二解義亦相通。古文作志，則志者，記也，知也。惠定宇曰：《論語》"賢者識其大者"，蔡邕石經作志。"多見而識之"，《白虎通》作志。《左傳》曰：以志吾過；又曰且日志之；又曰歲聘以志業；又曰吾志其目也。《尚書》若射之有志。《士喪禮》志矢注云志猶擬也。今人分志向一字，識記一字，知識一字。古祇有一字一音。又旗幟亦即用識字，則亦可用志字。《詩‧序》曰：詩者，志之所之也。在心爲志，發言爲詩。志之所之不能無言，故識从言。《哀公問》注云志讀爲識者，漢時志識已殊字也。許心部無志者，蓋以其即古文識而識下失載也。職吏切。一部。《康熙字典》：志，〔古文〕㦰【唐韻】【集韻】【韻會】職吏切【正韻】支義切，音鋕。【說文】从心之聲。志者，心之所之也。【論語】志於道。【詩序】在心爲志。//又【廣韻】意慕也。【儀禮‧大射儀】不以樂志。【註】志者，意所擬度也（羅按：蓋以"在心爲志，心發爲意"）。【禮‧少儀】問卜筮曰：義歟，志歟。義則可問，志則否。【註】義，正事也。志，私意也（羅按：此以義、志對舉）。//又準志也。【書‧盤庚】若射之有志。【疏】如射之有所準志，志之所主，欲得中也。//又章志也。【禮‧檀弓】孔子之喪，公西赤爲志焉。子張之喪，公明儀爲志焉。【疏】故爲盛禮，以章明志識也。//又本志也。【左傳‧襄元年】謂之宋志。【註】言宋本志，在攻取彭城也。//又【左傳‧昭二十五年】以制六志。【註】爲禮，以制好惡喜怒哀樂六志。//又記也。與誌同。或作識。【周禮‧春官】小史掌邦國之志。【前漢書】有十志。【師古曰】志，記也。積記其事也。【後漢‧劉駿傳】博見彊志。//又【集韻】昌志切。與幟通。旗也。【史記‧張丞相傳】沛公以周昌爲職志。//又箭鏃也。【爾雅‧釋器】金鏃翦羽謂之鏃，骨鏃不翦羽謂之志。【註】鏃，今之鐕箭。志，今之骨骲。//又叶眞而切，音支。【楚辭‧九章】昔君與我成言兮，曰黃昏以爲期。羌中道而回畔兮，反既有此他志。參見：漢典。

① 《大學廣辭》增字變文曰"誠正其意"，則"誠正其意"之"意"便是中性（轉下頁）

①**獲致**，**招致**，如學習而招致（所知）等^①；②推究，推極，推究致獲；③叩問而權，或權衡——後兩解言致知之方法^②。結合下文，蓋"致知"或"致理知"至少有兩種方式：其一曰"學習而致知""溫故而知新""即已知而推未知"等，其二曰"格物而致知"，詳見下文。其（善惡吉凶成敗之）（**理**）{理，多重涵義，而尤重其**理性**、**理智**、**原理**、**理則**、**真理**、**理據**（理論證明）之意，以補中國古代文化之或不足者：①本為"玉之紋理"之意，②又有治玉、治理之意，③後往往引申而指理則，其意有時指道德規範即義理，有時又指客觀規律，如天理、事理等；在現代漢語中，"理"不但可以擴展包括④事理（人事之理，如今之人文社會科學之理或人事規律）、⑤物理（猶今之所謂自然科學之物理、原理，古時又或名之為天數、天則），還可以擴展指⑥理性、⑦智理如思維術、邏輯學、知識論等方面內容，如儒家之"權""扣其兩端多端而用中""用中有權""執中有權"等。在先秦漢語中，"知"原本亦可包涵"理"之含義，然因為現代漢語中"知"或"智"與"理"的含義稍有區分，故本《廣辭》乃特意增加一"理"字，以特別強調"理"之重要性（即尤其強調其"物理"、⑧"物道理"、"智理"——即邏輯學、思維術、知識論等——之重要性），下文亦增相應之廣辭}③**知**{多重涵義，兼涵能知、所知、行知以及名詞、動詞等多

（接上頁）詞之"意念"之義，故此處取前解，曰"意念"而已。質言之，揆其原作者之意，此"意"之含義之確定，當依乎"誠"之義而定（"意"之義），或解為"誠正其意（念）"（"意"為中性詞），或解為"誠有其正意（念）"（"意"即"正意念"而為褒義詞）；亦即：或則解讀為"欲正其心者，先誠而正其意（念）"，或則解讀為"欲正其心者，先誠有其正意（念）"，依上文，當以前者為尤合。另，佛家亦有"八正道"之說，曰正見、正思維、正語、正業、正命、正精進、正念、正定，其中正思維、正念稍類於此處之正心誠意，正見類於致知等，亦可參酌。

① 先言"當致知、理"（當"先致其知"）；下文乃後言"何以致知"，乃是"格物"也（而"致知之法，在格物"）。

② 孔穎達解為"招致"，致知為"學習"之意。朱熹解為"推極"；或曰為"至"。

③ 正如文中注釋所述，"理"在先秦古文中，除"玉之紋理""治玉、治理"之本義外，原本主要指義理與事理，稍及客觀規律之意（如"天理"或指絕對（轉下頁）

重涵義（詳見下文），**總言之則曰智慧、道理、知識等**①；而"致知"與"誠意"為條件

（接上頁）義理，或指客觀物理），然較少用於指現今所謂之自然物理、科學原理等；然吾今乃增**自然物理、客觀原理或客觀規律**，以及**理性、智理即理性之理、邏輯學、認識論等**之意，從而擴展增加"致知"之意為"致理（義理、事理與物理、物道理、智理等）知"，亦有藉此推動中華文化之創造更新或創造性轉化之微意在焉。

① 先秦儒家之所謂"知"，大體重其人事智慧、人事道義之意，如知禮義、知人云云，皆是也。今乃擴展其涵義，故曰"理、知"，而無論"理"或"知"，其今義皆擴展而至於理性、理則、原理或客觀規律等。

孟子曰："仁之實，事親是也。義之實，從兄是也。**知（智）之實，知斯二者弗去是也**；禮之實，節文斯二者是也；樂之實，樂（lè）斯二者，樂（lè）則生矣；生則惡可已也，惡可已，則不知足之蹈之、手之舞之。"參見：《孟子·離婁上》（7.27）。羅按：孟子此解，將"知"具體化，乃是教育他人之便宜說法耳；而其所謂"知"，確乎尤關乎人事義理智慧等。

孟子曰："由是觀之，無惻隱之心，非人也；無羞惡之心，非人也；無辭讓之心，非人也；無是非之心，非人也。惻隱之心，仁之端也；羞惡之心，義之端也；辭讓之心，禮之端也；**是非之心，知（智）之端也**。人之有是四端也，猶其有四體也。有是四端而自謂不能者，自賊者也；謂其君不能者，賊其君者也。"（參見：《孟子·公孫醜上》（3.6））孟子又曰："惻隱之心，人皆有之；羞惡之心，人皆有之；恭敬之心，人皆有之；是非之心，人皆有之。惻隱之心，仁也；羞惡之心，義也；恭敬之心，禮也；**是非之心，知（智）也**。仁義禮智，非由外鑠（shuò，熔注於）我也，我固有之也。（其不知者，）弗思（求）耳矣，（此則告子"性無善惡論"之過也）。故曰：'求則得之，舍則失之。'"（參見：《孟子·告子下》（12.6）詳見拙著《孟子解讀》）羅按：孟子此解"知"為"是非之心"，是"知義"乃至"理智""智慧""正知、真理"等之意，與《荀子·修身篇》所謂**"是是非非謂之知"**，正相吻合；然亦偏重於人事智慧，或道德判斷、道義判斷之智慧等。

又：由上可知，古人於行文論述時，往往是根據相關論題或論說對象，而進行有針對性之便宜說法，故雖亦每多對某字之"正名"或"概念界定"，而往往有多種說法（不同文本中有不同正名），似若"一字而議論紛紜多歧異"；其次，古人雖亦重"正名"或"訓詁"，如孔子曰"名不正則言不順"（《論語·子路》），荀子更撰《正名》一篇專論"正名"，其他儒者或諸子於其行文中亦每有"正名"之事，若夫古代之"字書"或訓詁聲韻之書如《爾雅》《說文解字》等，更是集中"正名"之意，頗多精密之處，然皆與現代哲學之概念界定、概念分析或邏輯分析稍不同；另外，此種"正名"，亦與漢字之造字本源或造字理（轉下頁）

關係或因果關係：欲誠正其意，先致其知；因致其知，因為知道"正知、真理"，知善惡因果之道、理等，故能別擇，故能誠正其意^①。羅按："上古漢語"之某些"漢

（接上頁）據、漢字之意象特徵，乃至漢字之意義賦予與意義之引申運用特點等，密切相關，從而成為漢字、漢語、漢語思維、漢語文化或中國思想文化之本質特徵之一。質言之，"正名"或"正名法"乃是中國古代哲學或古代思想文化進行哲學思考表達或思想文化思考表達、觀念表達之獨特方式之一，故要讀懂或更好解讀中國古代典籍與思想文化傳統，乃至要進行創造性發揚中國傳統文化，或建設發展當代中國哲學、中國文化、中國文學、中國語言（現代漢語）等，皆離不開對於古代漢字、漢語以及"正名法"之系統研究與創新，尤其**是漢語語言哲學或中國文語哲學之系統研究與建構**，尤為必要乃至緊迫，而非以今律古、以西律中之率爾臧否，乃至思想懶漢式地簡單斥之為不嚴謹、含糊、空疏等，而毫無嚴肅扎實之學術作為。**正名法、漢語語言哲學或中國文語哲學之研究一日無真正之大進展，則中國哲學或漢語哲學（乃至中國文化）便一日無其真正之大進展、大創造也。**

① 然則"如何知正知、真理"？則曰"溫故而知新""即已知而推未知"等，又曰"以格物而致知"也，詳見下文。

　　鄭、孔蓋以**必要條件關係或先決條件關係**（以及先後次序關係）來解釋"欲誠其意者，先致其知"一句，即"致知"是"誠意"之必要條件或先決條件。如此，則"欲誠其意者，在致其知"一句之內在思路或理據便當為："獲致其善惡吉凶成敗之理知，則知別擇，別擇善惡是非而擇其正、善而信實持守其'意'，正是'誠正其意'之工夫，故而能正其'意'而後又誠有其正'意'也"。換言之，"致知乃能意誠正"之原由，在於"據理知而能（知）別擇"也。

　　或曰：前一段之目的論論述思路中，"誠意"原只是"誠信""實有"或"不自欺"之意，並無"正"之意，故不必另加"誠正其意"之說；而"致知"亦只是"獲致其知"、"知善惡"之意，並無別擇之意；而"格物"乃來其善惡之物而已，原無別擇或"來其善物，去其惡物"之意，鄭玄、孔穎達所謂"知於善深""知於惡深"似解"致知"為中性之"學習"乃至"嗜好"，如此則格物致知誠意三事全無"正"、"擇善"或"別擇"之意，此則類於道家"無是非"乃至今之"客觀知識無善惡"或"真理與價值之分"之說，不類儒家觀念，故此或是鄭、孔註疏之疏略處。然而此論亦偏頗，而應結合後一段作全面之理解。在後一段之因果論論述中，"物格而後知至"，即知善惡因果而後知"存善棄惡之理"（正知真理）而後知守正（正知真理）向善也。以此而由本及末，則知無論知、意、心、身、家、國、天下皆當奉以正善（正知真理）也，而無論至（或致）、誠、正、修、齊、治、平，（轉下頁）

字"，尤其是許多用以表達"哲學範疇"之"漢字"，其涵義往往具有高度概括性或包容性，即可以包蘊更深廣之內涵①，比如，第一，有些漢字或範疇兼涵體、用、物三意，或"**體、用、物融涵不分**"，如"知"可包括：（一）**"能知"**（今日理性、知性；（智慧；智理）；良知等，是"體"），（二）**"所知"**（今日道、理、義、禮、學、知識、智慧、智理等，是"知"之"體、用"之"物"或對象，或曰"知"之內容或外延），**以及**㈢**"行知"**（今日動詞之知道、知曉、求知、學習、窮究等，是"體"之"用"）等。第二，此外，上古漢語又往往**"名、動、形融涵不分"**，故一字既可作動詞亦可作名詞，甚至可作形容詞。"知"字即如此：❶若作名詞，其意可包括：道，如天道、人道、物道（用物之道）、物理道（今日物理倫理學或科學倫理學）等；理，如事理、物理、物道理（今日用物之道之理，或可歸入"物道"，不必疊床架屋再立一名，此徒為說明"知"之涵義擴展可能性耳）、智理等；義；禮；事之本末始終先後（即前文所謂"物有本末，事有始終""知所先後"，蓋即"知權""能權"，如此則下文之"格"或為"扣"，"扣其兩端乃至多端而竭之"，"格"或為"扣"之誤）；事之吉凶善惡②（以上兩者

（接上頁）其實皆是"正善"（於正知真理）而已。故《大學》乃至儒家文化或中國文化中之"格物致知"，究竟是求道、求善、求正、求真理之成分和氛圍尤其濃厚也。筆者於"正知"之外，而曰"真知""真理"，本意乃欲於"格正其善惡人事之效驗、理則"之外，而**增解"格物"為"格求自然物界之效驗、理則（物理）、格求效驗而得其自然理則"之意，以補中國文化"格求客觀真理或客觀知識乃至抽象理則"之思想之一維**。詳見下文論述。

① 正如上述，這種以我們今天眼光看來顯得其涵義更具包容性的上古"漢字"或概念，是相應於或適應於其時之思維需求或實際社會生活需求的，並為其後更為細化或精確化的思想闡釋或創新進展提供了空間，倒未必是（因為）先秦古人之思想觀念或概念不精確，而是因為其後之人類思維需求、社會生活需求等對概念的細化和精確性等提出了更高的要求。但那些具有相對本源性或高度包容性的上古概念或範疇仍然具有其價值。

② 鄭注："知，謂知善惡吉凶之所終始也"，羅按：此即知其人事之理也。由此句亦可知："誠意"當解為"誠正其意"為妥，而或優於解為"誠有其正（形容詞）意"，因為，如果解讀為"欲誠而正（動詞）其意者，先致其理知"，則其內在邏輯或理由乃：獲致其善惡吉凶成敗之理知，則自然知所別擇，知其是（轉下頁）

實皆人事之理）（以上涵義亦皆可作動詞"知"之賓語或對象，或理解為用作動名詞，如知道、知理、知義、知禮、知事之本末始終先後，知事之吉凶善惡等）；知識；智，如智慧，理智，理性、智力等；良知等。❷若作動詞，其意可包括：識（zhì），識記、**學習**（此是原字之本義，引申爲所知者，如道、理等）；知曉，覺，喻；**知"止於至善"**——所謂"知止於至善則意誠無雜妄""知止而後（心、意）有定"；學習；窮究，推求等，亦可如上述而接相應之賓語而成為類動名詞。第三，當然，以上乃就其可能擴展之涵義而言，然從歷史主義思路考察之，先秦古人之所謂"知"也，原多指"事理"、"義理"、"智慧"等而言，今擴展而尤其注重物理（乃至"物理道""物道""物道理"）、"智理"等而言①。第四，鄭玄

（接上頁）非，而將擇正棄邪、擇是棄非，則便是正其意，"正其意"後則便是"正（形容詞）意"，則"正其意"後便是"誠有其正（形容詞）意"也。如若解讀為"欲誠有其正（形容詞）意者，先致其理知"，固然亦可通，所謂"獲致其理知後，乃知別擇其正、是，則便將誠有其正意"，然若作此解，於上一句"欲正其心者，先誠其（正）意"，似稍覺牽纏。故似當以前解為優。

① 關於"知"，《說文解字》：知，詞也，從口從矢。陟离切。《說文解字註》：知，詞也。白部曰：矯，識晉也。從白，從亏，從知。按此晉也之上亦當有識字，知矯義同。故矯作知，從口矢。**識敏，故出於口者疾如矢也。**陟离切。十六部。《康熙字典》：〔古文〕疢矧【唐韻】陟離切【集韻】【韻會】珍離切【正韻】珍而切，智平聲。【說文】詞也。從口從矢。【徐曰】**知理之速，如矢之疾也。**//又【玉篇】**識也，覺也。**【增韻】喻也。【易・繫辭】**百姓日用而不知。**【書・皋陶謨】**知人則哲，能官人。**//又漢有見知法。【史記・酷吏傳】趙禹與張湯論定諸律令，作見知法。【註】吏見知不舉劾爲故縱。//又相交曰知。【左傳・昭四年】公孫明知叔孫于齊。【註】相親知也。//又【昭二十八年】魏子曰：昔叔向適鄭，鬷蔑一言而善，執手遂如故知。【楚辭・九歌】樂莫樂兮新相知。//又【爾雅・釋詁】匹也。【詩・檜風】樂子之無知。【註】匹也。//又【廣韻】欲也。【禮・樂記】好惡無節於內，知誘於外。//又猶**記憶**也。【論語】父母之年，不可不知也。//又猶主也。【易・繫辭】乾知大始。【左傳・襄二十六年】公孫揮曰：子產其將知政矣。【魏了翁・讀書雜抄】後世官制上知字始此。//又【揚子・方言】愈也。南楚病愈者，或謂之知。【黃帝素問】二刺則知。【註】上古以小便利腹中和爲知。//又藥名。【日華志】預知子，取綴衣領上，遇有蠱毒，則聞其有聲。//又地名。【左傳・昭二十七年】公徒敗于且知。（轉下頁）

註曰："知，謂知善惡吉凶之所終始也"，蓋古謂事物或人事吉凶善惡休咎之

（接上頁）//又【集韻】【韻會】知義切。【正韻】知意切。與智同。【易·臨卦】知臨大君之宜。【荀子·修身篇】是是非非謂之知（羅按：荀子此處之"正名"甚好）。//又姓。【左傳】晉有知季，即荀首也。別食知邑，又爲知氏。//又【謚法】官人應實曰知。參見：漢典。

關於"識"，《說文解字》：識，常也。一曰知也，從言戠聲。賞職切。《說文解字註》：識，常也。常當爲意字之誤也。草書常意相似，六朝以草寫書，迨草變眞，謵誤往往如此。意者，志也；志者，心所之也。意與志、志與識古皆通用。心之所存謂之意，所謂知識者此也。《大學》"誠其意"，即實其識也。一曰知也。矢部曰：知，識曉也。按凡知識、記識、標識，今人分入去二聲，古無入去分別，三者實一義也。從言，戠聲，賞職切。一部。參見：漢典。

羅按：此一"知"字，原未曾有賓語，乃所謂"名、動、形不分"，故可包涵更豐厚之涵義，如"能知"（今日理性、知性、智慧等，是"體"），"所知"（今日道、理、學等，是內容或外延），以及"行知"（今日動詞之知道、求知等，是"體"之"用"）等，其後意義漸漸分化，而有上述三種涵義，而就其"所知"之義（即偏向於動作之賓語），先秦文字原意主要指道義、事理、義理、智慧等，即"知人事之吉凶休咎成敗之因果效驗或事理"，重點不在於今之所謂客觀物理、科學原理等，然吾今乃增廣其義，上註已述，茲不贅言。故本《廣辭》之所謂"理知"，即兼涵每事（人事）之善惡吉凶成敗之因果必然之理（或諸事理、事理諸等），每物（自然物、自然世界、客觀世界、抽象理論世界或邏輯世界等）之性質變化之自然必然之理（自然律、客觀規律、科學原理、智理）等，總言之即"理"或"理知"（非宋明儒家所謂"天理"，宋明儒家之"天理"仍主要取其道德倫理學之意義，曰義理，或絕對義理），分言之則有事理（義理）、物理、物理道、智理等之分，亦即人事之正邪善惡及其吉凶成敗之因果諸事理，以及物事之因果理則或物理（物理，古曰"天數""天則"，今日自然科學之理則），以及理性、知識論或認識論、邏輯學、智慧等。質言之，《廣辭》之所謂"理知"，合言之，則今分為人事吉凶因果之理則（事理），與客觀自然事物之理則（物理），以及物理道、智理等（上文已有相關注釋，可參看），以此回應上文"器（自然物理等）以輔道"之說，從而使中華文化不獨措意於人事之元道、人道（如倫理、義理），亦將重視物理（天數天則、客觀物理等自然科學）、智理而輔道（元道、人道）新（動詞）道也，從而糾偏古代中華文化重倫理道德而稍輕物理科學之失也——尤以宋明以來為甚。故其意義亦重大也。

羅按：上古漢語，往往"字義包蘊多重涵義"或"名、動、形不分"（名詞、動詞、形容詞不區分，乃至根本無今之所謂詞性概念）而一字兼之，故 （轉下頁）

（接上頁）雖或解"知"為"喻""識""覺"等，若似現代語言學之所謂動詞形態，而實則往往不帶賓語，而同時兼有名詞、形容詞形態，（以現代語法之標準律之）看似語法不明確、字義不確定或不精確，實則涵義尤具包蘊性也。故今日解讀時，一方面不能以今律古，以今日詞義學將其字義限定為單一之意義，另一方面又因為要使今人明了其含義而必須或不得不用詞義更為確定、嚴格之現代詞彙解讀之，兩者適成悖論。為解決此間之悖論，本《廣辭》乃採取"**多重涵義羅列法**"，來對《大學》《中庸》中之關鍵字或哲學範疇進行解讀，還原古字之多重涵義之本來面目，並不以現代語言習慣進行機械化的單一詞義式的解讀，從而將古字的本來涵義狹義化了。此亦應為"**漢語詮釋學**"之基本原則或方法論之一。知此，則知對於中國古典之詮釋，亦不可簡單化採取"白話文翻譯"之方式，因為現代白話文或現代漢語與文言文或古代漢語，在語言形態、語言特徵、語法形態、詞彙形態、字義形態等方面都完全不同，前者無論從字、詞、句等層面都相對帶有更多"字義或涵義包蘊性"或"涵義之立體豐滿形態"（姑且不論其意象性），而白話文或現代漢語則相對更多表現出"詞義單一性""句意單一性"或"單一性之縱向意義鏈條或邏輯意義鏈條"；或者，換一種表述，古代漢語或文言文句子，就其語言外在形態而言，雖然看似同樣為漢字之橫向組合，然由於許多漢字乃蘊涵有"多重涵義"，一個漢字並不僅僅代表一個單一"意義"或單一字義，實際乃是"一個漢字代表一個意義集合體"，故就其內在語義形態而論，則其句意相應便是若干不同"意義集合體"之橫向多重組合，可以生發出更多意義組合關係或意義空間。質言之，因為這種"多重涵義漢字"之存在，一個古代漢語或文言文句子，便可能往往因此蘊涵了多重解讀或多重涵義或更豐厚意義空間，於是無法用一個現代漢語句子去表達其豐厚之涵義——因為這種表述其實是將其多重涵義狹隘化了，這也是"白話文翻譯"之內在缺陷所在（亦即通常所謂"白話譯文"失去了古文之"味道"，所謂"味道"，除了"意象美感""比興類推""心性道德襟懷"等特點之外，其實還是"涵義豐厚深廣"之代名詞，此是古代漢語或文言文之特徵或優勢），當然，從翻譯學而言，幾乎也是許多異語言翻譯之內在缺陷，遑論用歐洲語言來翻譯中國古典經史詩詞了——而應該有其他詮釋方法。古人採取"注釋""釋字""正名""（名物）訓詁"（漢字層面）與"疏"（句子章節層面）、"集註集釋"（全書層面）等方式，筆者則採取重點字詞或哲學範疇之"**多重涵義解讀法**"與全文"**廣辭法**"來處理之，前者即"多重涵義解讀法"還原上古或古代漢字本身之多重涵義性（而不以今律古，削足適屨），後者即"廣辭法"則以"補充或增廣文言論述"之方式，使得上古或古代尤其包蘊深廣之語言風格變為相對字義明晰之文言文論述，既稍明其某些段落句子論述中之具體含義，有不過於破（轉下頁）

理^①；朱熹則曰："（致知，）推極吾之**知識**，欲其所知無不盡也。"所謂致知，蓋有

幾種涵義：①學習，識（zhì）記，引申為理知，然未論及所學、識（zhì）者是否為正

知、真理，故鄭玄謂有"知（zhì）善深""知（zhì）惡深"之分，**致知即致其善惡吉凶**

禍福之理知^②；②致獲其理知或今之所謂知識（shì），即正知或真理；③王陽明

解為"致良知"｝。 致^③（理）知在格（所謂"格"^④，蓋有多重涵義，①至，

（接上頁）壞其語言風格與涵義之豐厚性。當然，廣辭體與白話譯文體一樣，
亦可能存在將原典作縮小化或狹隘化理解之風險，然因為結合"多重涵義解
讀法"和"使用文言或古文"這兩種"以古還古"之方法，而相對減少此種風險。
質言之，現代漢語相對擅長精確意義表達或嚴格邏輯表達，古代漢語則更為
擅長綜合意義表達或豐厚意義表達——從讀者閱讀或領悟之角度言之，則是
重在讀者之"主體領悟"、窮究、格致等。但兩者無法直接對應，故須思量更妥
善之詮釋方法，此即**中國古典詮釋學**之所當關注者也。筆者竊以為，除上述
"多重涵義羅列或注釋法""廣辭體"之外，亦可採取**"多重命題羅列法"**，這類
似於**"集註、集釋"**尤其是**"集疏"**之方式，但亦有所不同，"集疏"是將古人之不
同疏解被動羅列之，"多重命題羅列法"乃是主動挖掘經典或古典中某論題之
內在多重涵義，而以更為嚴格之字詞意義與命題邏輯分別表達羅列出來，則
可同時兼顧"多義性"與"意義明晰性"，或可一試。
① 若以《中庸》證解"格物、致知"，或可融貫之。《中庸》曰："至誠之道，可以前
　知。國家將興，必有禎祥；國家將亡，必有妖孽。見乎蓍龜，動乎四體。禍福
　將至：善，必先知之；不善，必先知之。故至誠如神。"所謂"妖孽者，怪異之事，
　禍之萌。蓋政亂俗醜，人心毀壞，不順萬物之本性，而違逆天道天則天命天性
　人性元道物性物理，則必致怪異亂象也。妖亦作祅，衣服、歌謠、草木之怪謂
　之祅；孽亦作蠥，禽獸蟲蝗之怪謂之蠥"，則所謂禎祥、妖孽等，皆可謂善惡吉
　凶禍福之徵象也。然則以此揆度之，則曰：**知，即知善惡禍福，或有關善惡禍**
　福之理知；致知乃致此理知。物，即禎祥、妖孽、蓍龜、四體之類徵象；格物
　即格來此類徵象也。參見拙著《中庸廣辭》。
② 見上註。
③ 或曰：此"致"或為"至"，不取。
④ 關於"格"，《說文解字》：**木長皃**（貌），从木各聲。古百切。《說文解字註》：格，
　木長皃（貌）。以木長別於上文長木者，長木言木之美也，木長言長之美也。**木**
　長皃者，格之本義；引伸之**長必有所至，故**《釋詁》曰：**格，至也**。《抑詩傳》亦
　曰：格，至也，凡《尚書》"格于上下""格于藝祖""格于皇天""格于上（轉下頁）

來①；②**扣，叩問**；③**推究，窮究，窮究而得之**；④**至**，朱熹亦解“格”為“至”，而又引申之曰：“格，至也，（格物，）**窮至**事物之理，欲其極處無不到也”，朱熹將“格”解為“至”，將“物”解為“事物之理”，易與“致知”之“知”相混淆，故皆不取②；⑤**正，或變革**，此為王陽明之解釋，本《廣辭》亦不取，下文有注釋詳論；⑥**感通，感召，感格**③，等等）物{（一）所謂物，原指事，尤其是人事，今亦可擴展為多重涵義：❶**事也，人事**（然朱熹進一步將其解釋為事物之“理”，“格，至也，（格物，）窮至事物之理，欲其極處無不到也”，此則與“致知”之“知”相混淆，故不取）；❷蓋兼**物**、**事**而

（接上页）帝”是也。**此接於彼曰至，彼接于此則曰來。**鄭注《大學》曰：格，來也，凡《尚書》“格爾衆庶”“格汝衆”是也。至則有摩杚之義焉，如云“**格君心之非**”是也。或借假爲之，如《雲漢傳》曰：假，至也，《尚書》格字，今文《尚書》皆作假是也。有借格爲庋閣字者，亦有借格爲扞垎字者。從木，各聲，古百切，古音在五部。參見：漢典。

① 今人屈萬里言：“格，甲骨文、金文通作各（金文又作（彳各）、客等）。甲金文中，各字用法，多與祭祀之事有關，金文中此義尤顯。各，甲金文俱作，小篆亦然。，為倒止（古趾字但作止），示有足（意謂神靈之足）自上降臨之狀。口則示祝禱以祈神降臨之意。由神降臨之意引申，故格有‘至’、‘來’等義。由祝禱之意引申，故格有告義。神之降臨，由於祭祀者之精誠所感召，故格有感動、感召之義。此義雖不見於古字書，然由此處之‘格于上下’，後文之‘不格姦’，及《君奭》之‘格于皇天’、‘格于上帝’等語證之可知也。”參見：屈萬里，《尚書集釋》，中西書局，2014 年 8 月，p. 5。

② 朱熹曰：“物，謂事物也。須窮極事物之理到盡處，便有一個是，一個非。凡自家身心上，皆須體驗得一個是非。”“致知格物，只是一事……格物以理言也，致知以心言也。”“致知格物，是窮此理；誠意正心修身，是體此理；齊家治國平天下，是推此理。”“‘明明德於天下’以上，皆有等級，到致知格物處便親切，故不曰致知者先格其物，只曰致知在格物也。”參見：《四書大全校註》，p. 30。羅按：朱熹之論雖亦可謂條理分明，然亦似嫌個體意見太過（處處突出其“理”或“理學”），且有時或竟反而易致混淆，故不取。

③ 見前註，參見：屈萬里，《尚書集釋》，中西書局，2014 年 8 月，p. 5。

言,合言之"物"包"物、事",分言之物是物、事是事① ——"物"可包涵多重涵義,《大學》古本指人事,今吾之《廣辭》又增❸"天物""自然物"或"物體"即"客觀自然物事或物體"之義,乃至❹"純理物"或"智物"即"抽象物""純粹抽象理論"等,如邏輯學、知識論、科學理論等,其意欲以使中華文化將亦重視自然物之天數天則、客觀物理、科學理則以及純粹抽象物之抽象智理等之探究,而可用以(其器)輔道

① 《說文解字》:**物,萬物也。牛爲大物;天地之數,起於牽牛,故从牛。**勿聲。文弗切。《說文解字註》:物,萬物也。"牛爲大物",牛爲物之大者,故物从牛,與半同。"天地之數起於牽牛",戴先生原象曰:**"周人以斗、牽牛爲紀首,命曰星紀。**自周而上,日月之行不起於斗、牽牛也。"按許說物从牛之故,又廣其義如此,故从牛。勿聲。文弗切。十五部。《康熙字典》:物,【唐韻】文弗切【集韻】【韻會】【正韻】文拂切,音勿。【說文】萬物也。牛爲大物;天地之數,起於牽牛,故从牛。勿聲。【玉篇】**凡生天地之間,皆謂物也。**【易·乾卦】品物流形。//又【无妄】先王以茂對時,育萬物。【周禮·天官·大宰】九貢,九曰物貢。【註】物貢,雜物,魚鹽橘柚。//又【玉篇】**事也。**【易·家人】君子以言有物,而行有恆。【疏】物,事也。【禮·哀公問】敢問何謂成身,孔子對曰:不過乎物。【註】物,猶事也。【周禮·地官·大司徒】以鄉三物教萬民,而賓興之。//又【詩·小雅】比物四驪。【傳】物,毛物也。【又】三十維物,爾牲則具。【周禮·春官·雞人】掌共雞牲,辨其物。【註】謂毛色也。//又【夏官·校人】凡軍事,物馬而頒之。【疏】物即是色。【楚語】毛以示物。//又【周禮·地官·廿人】若以時取之,則物其地,圖而授之。【註】物地,占其形色,知鹹淡也。草人,以物地相其宜而爲之種。【左傳·昭三十二年】物土方。【註】物,相也,相取土之方面。//又【玉篇】**類也。**【左傳·桓六年】丁卯,子同生。公曰:是其生也,與吾同物。【註】**物,類也。**謂同日。//又【周禮·天官·酒正】辨三酒之物。【疏】物者,財也。以三酒所成有時,故象給財,令作之也。//又【周禮·地官·司門】幾出入不物者。【註】不物,衣服視占不與衆同,及所操物不如品式者。//又【周語】神之見也,不過其物。【註】**物,物數也。**//又【廣韻】旗名。【周禮·春官·司常】雜帛爲物。//又叶去聲。【唐韻正】符沸反。【揚子·太玄經】人人物物,各由厥彙。【阮籍·東平賦】及至分之國邑,樹之表物,四時儀其象,陰陽暢其氣。//又叶微律切。【班固·東都賦】指顧倏忽,獲車己實。樂不極盤,殺不盡物。//又叶微月切。【蘇軾·四達齋銘】孰如此閒,空洞無物。戶牖盍開,廓焉四達。達,陀悅切。參見:漢典。

五

大
學
廣
辭

（元道、人道）；❺或曰"物"是龜甲，格物致知即是占卜[①]，或曰是"玩易"[②]，又或曰"格物"是祭祀天地神祇之事，如《尚書》所謂"格于上下""格于皇天""格于上帝"然——此或皆可稍備一說，然茲不取也；或曰致知乃為了格物，格物即是**行事**，而進一步將"事"明確為"**善事或惡事、吉事或凶事**"等，格物即為了❻擇吉凶善惡，亦即**行善遠惡**；❼或進一步將物明確為**徵象、效驗、果徵**，人事之徵象效驗，如《中庸》所謂禎祥、妖孽、蓍龜、四體等，亦即人事之善惡吉凶休咎之徵象等[③]，吾今又增"天物"或"智物"之效驗、徵驗，而銜接知識論、邏輯學、科學等之理論關注，"何以致知？得其效驗、果徵乃能致知也"，而取知識來源之本原論或因果論，即以行為之後果而獲得經驗主義知識乃至抽象理論知識，"格物"即格來不同人事物事行為之不同後果或效驗，從而獲致經驗主義或抽象理論之正確知理或知識，後者即"致知"之義；此外，又或進一步將"物"明確為❽**物事之兩端乃**

---

① 或曰格物即占卜，物即龜甲之類也。《周易‧繫辭下》："八卦成列，像在其中矣；因而重之，爻在其中矣；剛柔相推，變在其中焉；繫辭焉而命之，動在其中矣。吉凶悔吝者，生乎動者也；剛柔者，立本者也；變通者，趨時者也。吉凶者，貞勝者也；天地之道，貞觀者也；日月之道，貞明者也；天下之動，貞夫一者也。"

② 《周易‧繫辭》："聖人設卦觀象，繫辭焉。而明吉凶，剛柔相推而生變化。是故吉凶者，失得之象也；悔吝者，憂虞之象也；變化者，進退之象也；剛柔者，晝夜之象也。六爻之動，三極之道也。是故君子所居而安者，《易》之序也；所樂而玩者，爻之辭也。是故君子居則觀其象而玩其辭，動則觀其變而玩其占，是以自天佑之，吉無不利。"又曰："富有之謂大業，日新之謂盛德。生生之謂易，成象之謂乾，效法之謂坤，極數知來之謂占，通變之謂事，陰陽不測之謂神。"

③ 或可以《中庸》證解"格物、致知"。《中庸》曰："至誠之道，可以前知。國家將興，必有禎祥；國家將亡，必有妖孽。見乎蓍龜，動乎四體。禍福將至：善，必先知之；不善，必先知之。故至誠如神。"然則以此揆度之，則曰：知，即知善惡禍福，或有關善惡禍福之理知；致知乃致此類理知。**物，即禎祥、妖孽、蓍龜、四體之類徵象；格物即格來此類徵象也。**

至多端：如物事之吉凶善惡、本末始終或先後緩急等。以上八種涵義，❶❷❸❹分別涉及"物"之不同涵義或類別；❻❼❽則涉及"格物"或所格"物"之具體方面，而與"格物"之涵義銜接更為緊密。(二)所謂"格物"，亦可有多重涵義，蓋其意乃為：❶格來或叩問推究**物事之吉凶善惡等**；❷或曰格來、推究、叩問**物事之本末始終或先後緩急**——以此回應上文**"物有本末，事有始終""知所先後"**之說，物事之生長進展有本末始終，故"格"即求得、得來其本末始終也；❸又可回應孔子"扣其兩端而竭焉"，所謂"扣"，**"扣其(物事)兩端乃至多端而竭之"**，"格"或為"扣"之誤；❹又或曰格來、叩問、推究物事之**果徵效驗**①，格之本義為"木長"，引申而為"推究而長來其果徵效驗"之意(所謂果徵效驗，今可包括人事之吉凶因果之效驗②，與物事或客觀自然物事之物理效驗或自然規律效驗，乃至智理之效驗等，如邏輯學、知識論等之同一律、矛盾律、排中律效驗等)；❺王陽明則解"格物"為"正物"，此則為目的論思路，見下文註；❻格物謂"至於物"，即至於人事、庶物，亦即親證實事、務實事、實踐或踐履等，猶今之所謂**"實踐出真知"**(知識或知理之來源論思路)，又猶今之所謂**"學習致知之目的在於改造世界"**("致知"之目的論思路)。(三)所謂"致知在格物"，有幾種思路解釋：❶"何以(能)致知？在於格物也"，猶今之所謂**"實踐方能出真知""有調查實踐，方有真正知識"**(致知即致獲正

---

① 見上註。或曰：格即來其吉凶成敗之效驗也。《周易・繫辭》："聖人設卦觀象，繫辭焉。而明吉凶，剛柔相推而生變化。是故吉凶者，失得之象也；悔吝者，憂虞之象也；變化者，進退之象也；剛柔者，晝夜之象也。六爻之動，三極之道也。是故君子所居而安者，《易》之序也；所樂而玩者，爻之辭也。是故君子居則觀其象而玩其辭，動則觀其變而玩其占，是以自天佑之，吉無不利。"又曰："富有之謂大業，日新之謂盛德。生生之謂易，成象之謂乾，效法之謂坤，極數知來之謂占，通變之謂事，陰陽不測之謂神。"皆可對照參互之。然又有當注意者：先後本末與因果(關係)不同，不可以先後論因果，此為現代邏輯學基本常識，於此亦不可不察，不可誤會而產生邏輯謬誤也。
② 如《中庸》所謂禎祥、妖孽、蓍龜、四體等，見前註。

知真理,格物即格來事物之果徵效驗①,此為理知或今之所謂知識來源之因果論或方法論②;❷"既致知而後能格物",猶今之所謂"學習致知,而後能改造世界"(因為致知(zhì)、識(zhì)記即學習等,所以能格物,能來善惡之事)③,或"既致知,則表現在或體現在能格物"(致知即學習等,格物即能來善惡之事,此為功能

---

① 《中庸》曰:"至誠之道,可以前知。國家將興,必有禎祥;國家將亡,必有妖孽。見乎蓍龜,動乎四體。禍福將至:善,必先知之;不善,必先知之。故至誠如神。"若以《中庸》證之,則曰:**人何以能致知,何以能"前知"? 以其能格來禎祥、妖孽、蓍龜、四體等物之徵象,然後以至誠致其理知也。**見前註。

② 此取"知之來源"之**因果論**或"**致知之方法論**"思路:格物即格致、格來事物之吉凶善惡之始終因果,或效驗,因為此"效驗"或"始終因果",所以乃能獲致其"(真)理"、其"(正)知"。蓋格物之方法即在於"叩問"或"好問"等。然則如何"叩問"?曰:即是孔子所謂"**扣其兩端而竭之**",兩端,謂吉凶善惡、始終因果等效驗是也,而又暗合今之所謂"正反列舉討論法""正反論證法"或"證實法""證偽法"乃至"(科學)實驗法",而有知識論或方法論之涵義。則"欲誠其意,先致其知;致知在格物。物格而後知至,致知而後意誠"之意為:**用此"格物"之方法,然後能致獲正確之"知"或真"理";既已獲此"正知"或"真理",然後乃能"意誠",即其"意"乃能誠信、實持而無妄不欺也。**"致知"是講(學習、獲致)"正知"、"真理"之重要性",格物"是講"致知"或"獲致正知、真理之方法"。質言之,此解乃所以說明致知之方法,或"知"之來源,且與下句"物格而後知至"之意相合,**竊以為當**。

③ 此取理知或知識(似解為"識(zhì)記""學習"等,中性詞,不必然是正知或真理)之**功能論**思路,或"知識(似解為"識(zhì)記""學習"等,同上)功用"之因果論思路:因已致此理、知(似解為"識記""學習"等),所以乃能相應格來善惡之事物(或善惡事物之相應吉凶休咎或始終因果,或效驗),即有此"格物"之能力或功能也。然此解稍有顛倒因果之嫌,並未說明"何以能得理知";且與下句"物格而後知至"等不甚合(兩句之因果關係恰相顛倒,自相矛盾,違反矛盾律),故竊以為當採取上一解。然鄭玄、孔穎達似持此解。

論思路,鄭玄、孔穎達似亦持此解)①;③"**何以能致或判其為'正知''真理'? 在於能格物也**。"猶今之所謂"**實踐是檢驗真理之重要標準**"(格物謂格來效驗,此取理知或知識判斷之效用論)②;④"**致知乃所以為格物也,格物謂來善去惡**",猶今之所謂"**學習致知之目的在於改造世界**"(知謂理知,致知即學習而獲致理知,此取目的論思路,鄭玄、孔穎達、王陽明似亦皆持此解)③;⑤"**何以能致良知? 在於**

---

① 此言致知之功能、表現,似亦**功能論思路**。鄭玄註曰:"知,謂知善惡吉凶之所終始也。格,來也。物,猶事也。其知於善深則來善物,其知於惡深則來惡物,言事緣人所好來也。"

② 即在於能"格來其效驗""有其效驗"也。此為上述"知之來源"之因果論、方法論之變體,今曰知識判斷之"**效驗論**"。

③ 此取"致知之**目的論**"(或功用論)思路(鄭玄、孔穎達、王陽明蓋皆持此思路):致知之目的,在於**格物**,即來善去惡、遷善避惡、趨吉避凶等,則"格物"乃可轉為功用論或修養論、工夫論。

　　王陽明亦持此解,而又有所不同,既有"致良知"之目的論、功用論、修養論、工夫論之思路,又有"何以致良知"之方法論、因果論或反向功能論思路。關於前者,其解"格"為"正""去惡","格物"即"正物","正物"即可謂"去惡擇善",則"致知在格物"之意乃是:"**致良知之後,便能或便當正物,便能或便當去惡擇善**"——然則下一句"物格而後知至"之意乃為:正物乃所以致良知,正物然後乃能致良知,則兩句要麼正好顛倒因果,要麼語意重複,故稍有不妥;且此解致知為"致良知",亦將使"致知"與"正心"難以區分,故本廣辭不取。關於後者,則解"致知在格物"曰:何以致良知? 曰格物正物也;或:因為正物,所以致良知;或因為正物,所以能致良知,然若作如許解讀,則又與下句"物格而後知至"("知之來源或方法"之因果論)語意相重複——當然,亦可說是相應。

　　然或亦可兼涵之,而轉為儒家之**修養論**,其意曰:學習致知為何? 曰:為格物而遷善遠惡也。然此解將與下一句相扞格:物格而後知至,豈曰"有此工夫修養,而後知至"乎? 而一轉為第①解之因果論,則(致知或"知之來源"之)**因果論**(致知在格物:因格物而後乃能致知)與(致知之)**目的論**(物格而後知至:因格物修養而尤能獲致持守其正知真理)兼而有之也。

格物也，格物即正物"（王陽明持此論）。① 總言之，②④⑤<u>大體持致知之目的</u>

---

① 關於"致知"與"格物"之含義。鄭玄註："知，謂知善惡吉凶之所終始也。格，來也。物，猶事也。**其知於善深則來善物，其知於惡深則來惡物**，言事緣人所好來也（羅按：此似解"知"爲"識"(zhì)、"志"，今日"識記、學習、記得、記住""知曉""深深記住"，"致知"之意曰：學習、識記、知曉、深知深記善惡吉凶之理（終始），學習深造於善道善行則來善物善果，學習深造於惡道惡行則來惡物惡果，物事之後果皆循緣其所學習愛好者而來。或曰此解似取"致知是因，格物是果"之因果論，然前後文似稍有扦格，見下文，茲不贅述）。此'致'或爲'至'（羅按：若解爲"至"，亦可曰"至於知"，然不如"致"尤有主動"窮理"之意爲佳）。孔穎達疏："'欲誠其意者，先致其知'者，言欲精誠其己意，先須**招致其所知之事**（羅按："所知之事"即"所學習者"或"所學習之內容"，或曰即理或道理、知識也，此解則似類於程朱所謂"窮理"之意。**然鄭玄、孔穎達之所謂"知"並未明指"正道""善道""正理"，乃是中性描述，故人之所知或有"正道邪道、善道惡道、正理歪理"以及道、理之深淺廣狹之分，即人之體道窮理或有正邪深淺廣狹之分**，言初必須學習，**然後乃能有所知曉其成敗**，故云'先致其知'也。'致知在格物'，此經明初以致知，積漸而大至明德。前經從盛以本初，此經從初以至盛，上下相結也（羅按：此上兩句甚晦澀："格物"和"積漸而大至明德"的內在邏輯是什麼？似兼含有目的論與因果論解讀思路，即：**因果論之"致知而後能行善遠惡"**，目的論之"致知乃所以來善去惡"，然並未講明，或稍微牽纏含糊。然若結合鄭玄註和孔穎達疏，以及古人尤其漢唐學者"疏不破註"之慣例，鄭、孔蓋以"因果論"來解讀"致知在格物"，即：①因致知，所以能格物，能來物，能來善去惡；②因格物，所以能致知；又有稍近於目的論解讀者，而非關涉知識或理論來源之"知識之來源在於格物"之本原論解讀。然筆者以爲：於本原論思路，今當重視補充之）。'致知在格物'者，言若（如果）能學習招致所知(zhì)；（格，來也。）已（或解"若"爲"猶如"，"己"或爲"已"，既也，則其意當爲①：其始能學習而獲致所知識(zhì)者；既獲得所知識(zhì)者，其後之"知能"或"識(zhì)能"便表現在能格來相應之"所知所識(zhì)"之後果即物事後果——如採取此種解釋，則《大學》所謂"致知"，乃有"致善知如正道真理"、"致惡知如邪道歪理"之分。此解中，"致知"與"格物"爲因果關係，"致知"是因，"格物"是果，然此解稍有不甚通處，似不可取）**有所知，則能在於來物**（孔穎達此疏稍含糊而不明達，或有缺字，或孔氏亦不能十分明確其含義，今姑且揆度整理其意曰②：若自己欲藉由學習等而獲致知理或所知識(zhì)者，則在於格來各種物事之善惡之果或因果——格來此善惡因果然後能致獲此"知"或"理知"也。此解中，"致知"與"格物"爲因果關系或因果 （轉下頁）

（接上頁）論,"格物"是因,"致知"是果,而並非"致知是為了格物"之"目的論"理路）。**若知善深則來善物,知惡深則來惡物。言善事隨人行善而來應之,惡事隨人行惡亦來應之**（羅按:此解似為"致知是因,格物是果"之因果論,似與第①解相合,而與第②解扞格。竊以為當取第②解,然亦或可兼包①②兩種含義,其第①種含義乃注重學習致獲正道正理或真理。注意,無論採取何種解釋,《大學》所謂"致知",其所致之知皆有深淺廣狹之分;另外,無論採取①②哪種解釋,鄭、孔之註疏都並無"致知是為了格物"之目的論思路）。**言善惡之來緣人所好也。'物格而後知至'者,物既來,則知其善惡所在**（羅按:吾意以為,此仍當採取前述第②解:物格是因,知至是果,即物事善惡之果來,然後我知物事善惡之必然之理知也,而致知也;然孔氏此疏,似言"致知"之後之智慧或智能:因為已經致知,已知物事之理,所以物來"我"便知其理,即稍與上述"致知是因,格物是果"之第①解相牽連,亦即:既致知之後,則事物一來,"我"便知或便能辨別此種物事之吉凶成敗善惡、本末始終,故曰"知至"——亦即《中庸》所謂"禍福將至:善,必先知之;不善,必先知之。"）。**善事來,則知其至於善;若惡事來,則知其至於惡**（羅按:此與《中庸》"前知"之說若合符節:"至誠之道,可以前知。國家將興,必有禎祥;國家將亡,必有妖孽。見乎蓍龜,動乎四體。禍福將至:善,必先知之;不善,必先知之。故至誠如神。""必先知之"即"既已致知或既已至誠後"之智能之果也,質言之,至誠者何以能前知? 以其至誠於天道也,又以其既已致知或知至也,頗合於第①解）。**既能知至,則行善不行惡也**（羅按:此即致知而後"'意'能誠正"或"能誠正其意",此仍是因果論:因有此知,故能意誠正,或:既有此知,便知去取別擇,故能意誠）。"鄭玄註因其簡略,故或有無以具體評析者;孔穎達疏因其縟析,則可以現代邏輯如同一律、矛盾律等尋繹評析其思路,其論述似稍有歧異,故此且詳細分析之。**綜上所述而質言之,則鄭玄、孔穎達大體以"因果論"解讀"致知在格物"**（①"既致知而後能格物",因為既致知,所以能物格,或:因為究其知理,所以來去善惡之果;②"何以能致知? 在於格物也",因為物格,所以致知）,**又稍及於目的論**（"致知乃所以格物即來善去惡"）。**而又以因果論解讀"格物而後知至"**（因果論之①"既已致知後,故物來即知其善惡",②"因物格,所以知至",即因格來而識其善惡之果或效驗,故能別擇而行善不行惡也）,**而不作"本原論"理解**（為了致究獲得其知理,必須推究格來其效驗;或:只有推究格來其效驗,而後乃能致得其知理）,**然今或當補充此一環節,而增加中華文化之知識論自覺也。以上以鄭玄、孔穎達而代表漢唐儒者之解讀。** （轉下頁）

蓋以第①③解為當也:致知之方法或知識之來源在於"格物",即格來其吉凶善惡休咎之始終因果或效驗也,又曰獲致或判斷"正知、真理"之方法在於得其果徵效驗。質言之,<u>"致知"是講"正知""真理"之重要性,"格物"是講"致知"或"獲致、判</u>

(接上頁)然鄭玄、孔穎達似皆解"知"為具體諸事之吉凶成敗,而所致之諸事之"善惡吉凶成敗之始終諸等"越多,則"知"越多,乃為一種具體化思維,即化抽象之"知"為具體"吉凶成敗",便於讀者理解,固然是註疏之本意,然得之在此,失之在彼,此種解讀似於抽象思維或抽象性方面反有所失,即消去"知"之抽象涵義,而又並未抽象而拈出一抽象之"理"字來代替之,如此解則致知與格物乃是一事,皆涉及"吉凶善惡"而已,從而無法將兩者區分開來。漢唐儒者如鄭玄、孔穎達此解,無論是否更合於古人原意,抑或不合;又無論具體化思維本身之利弊如何(包括具體化思維與抽象化思維之間的優劣比較),於今言之,究竟在抽象思維上有所不足,故筆者乃解"知"為"理、知"(並分別對"理""知"進行分疏,雖稍有疊床架屋之嫌,亦為突出理、智之現代涵義,而擴展吾國既有之思想文化也)——此則或合於宋儒如程朱之解讀——,解"格物"為"格來、叩問、推究事物之效驗,如善惡吉凶成敗、始終本末因果等",前者(致知)抽象為知、為理、為理知,"致知"為抽象思維活動或理論、智識;後者(格物)為"即事物而格長叩問推究其效驗","格物"為具體研究方法、過程等,如此而區分之。

朱熹解"致知"為"推極吾之知識,欲其所知無不盡也",似有以已知而推求未知之意,突出其"致",亦或稍有示範方法論之微意,乃至將致知之方法與格物之方法稍區分之,亦有好意,亦可參悟。質言之,或可解曰:致知有兩種方式:其一曰"學習而致知""溫故而知新""即已知而推未知"等,其二曰"以格物而致知"也。

王陽明解"致知"為"致良知",解"良知"為"是非之心"——而非朱熹等所解之"理"或"知識"——,有"是非之心"則知別擇善惡,知別擇善惡則能意誠也(羅按:此解雖不無道理,然則將使"致知"與"正心"無以區分,故不取);後文又解"格"為"正"去惡,"格物"即"正物","正物"即可謂"去惡擇善",意曰"致良知之後,便能正物,便能去惡擇善",如此解則此前之致知、誠意、正心、修身皆歸於正,而前後文貫通,故此解亦可自圓其說(羅按:但卻使"致知"與"正心"無以區分,前文已述),則頗好,亦是一思路。

斷正知、真理之方法"^①——然亦或可包涵多義^②。}^③

---

① 或曰："**致知是自我而言,格物是就物而言,若不格物,何緣得知? 格物是物物上窮其理,致知是吾心無所不知。格物是零細說,致知是全體說。**"此解雖從朱熹之解說而來,然說得頗分明,亦可與筆者《廣辭》之解讀相貫通,可參悟之。參見:真德秀,《四書集編》,福建人民出版社,2021 年 5 月,p. 31。

② 然"致知在格物"一句乃承上啟下之語,其所謂"格物"或"來其效驗",蓋有兩解:一為前述之**因果論思路**(因格物,故能致知)**或本原論、本體論解讀**(如何致知? 答曰:致理知之方法在於:推究格來其效驗,而後能致其知其理也);一為**目的論之解讀**(致知為何? 答曰:致理知之目的在於:為了用以格來其善惡之物,尤其是來其善物善果也,亦即王陽明所謂"正物")。蓋以承前段或前文而言,則除了前述之**因果論論述或本原論論述**而外,亦或稍可為**目的論論述**:致知之目的在於"格物"而知別擇而獲善去惡也;以啟後段或後文而言,則為因果論論述或本原論論述:欲致其理知,當格物以得之(理知)也。

  　或曰:《大學》中,"古之欲明明德於天下者,先治其國。欲治其國者,先齊其家,欲齊其家者,先修其身。欲修其身者,先正其心。欲正其心者,先誠其意。欲誠其意者,先致其知"這一段,與下一段"物格而後知至,知至而後意誠,意誠而後心正,心正而後身修,身修而後家齊,家齊而後國治,國治而後天下平",應區別解讀之;"致知在格物"則為兩者之轉折點。前一段中之每個論題中之兩造,後者為前者之必要條件或先決條件,乃皆為**次序論論述思路**;後一段中之每個論題中之兩造,前者為後者之必要條件或先發條件,乃皆為**因果論論述思路**。目的論與因果論相輔相成。

  　而"致知在格物"一句稍特殊或稍複雜,蓋可作兩種解讀:一種乃為**目的論或因果論論述思路**,另一種則為**本原論論述思路**。就目的論而解讀,則曰"致知之目的在於格物",格物謂來善去惡也;就其本原論而解讀,則曰"致知之所由,或致知之來源,在於格物",格物謂推究格來其物之效驗或理則也,而後能致知。若夫就其因果論而言,則曰"因致其知,故能格來善物去惡物也",而稍近於而可歸入目的論思路;或曰"因格物,故能致其知也",而稍近於而可歸入本原論論述思路。故大體可從目的論和本原論兩種思路來解讀"致知在格物"一句。此又是一種分析思路。

③ 關於"格物"。鄭玄註:"格,來也。物,猶事也。其知於善深則來善物,其知於惡深則來惡物,言事緣人所好來也。此'致'或為'至'。"(鄭玄解"格"為"來",解此句意為"其知於善深則來善物,其知於惡深則來惡物,言事緣人所好來也"。孔穎達疏曰:"己有所知,則能在於來物。若知善深則來善物,知惡深則來惡物。言善事隨人行善而來應之,惡事隨人行惡亦來應之。言善 (轉下頁)

（接上頁）惡之來緣人所好也。"鄭玄、孔穎達似皆以（主觀）"目的論"解"致知在格物"。孔穎達所謂"能在於來物"，意似為"致知之目的或'能'，在於來其善惡之物，或在於來其善物而去其惡物"，抑或，其意乃為"其所獲致之有關善惡之知，來自於其所來之善惡之物"？語意頗不明。王陽明則解"格"為"正""去惡"，則"格物"即"正物"，"正物"即可謂"去惡擇善"，且與鄭註、孔疏之解"格物"為"來物"或"來其效驗"亦可銜接，且此解使此前之致知誠意正心修身皆歸於正，而前後文貫通，故此解亦可自圓其說，亦好，亦是一思路。鄭玄、孔穎達、王陽明皆持目的論或修養論思路，上文有述，茲不贅。）而程頤解為"窮其理"，"格"即"窮"，"物"即"理；**朱熹則解"格"為"至"，解"格物"為"窮至事物之理，慾其極處無不到也**"（宋儒解"格物"為"來其理""究其理"或"至其理"，然若作此解讀，則"致知"與"格物"乃是一意，都是"求理"，而同義反復也，故似稍不可取）。上文注釋已述，鄭註、孔疏稍有具體化思維之特點，程朱則有抽象思維之新意。筆者此處乃結合而解讀之，解"格"為"叩問推究格來"，解"格物"為"叩問推究格來事物之效驗"，或：叩問、推究而長來其事物之善惡吉凶成敗、本末始終因果之效驗。如此一來，則"格物"為"叩問推究格來效驗或推究事理"之實在研究過程或方法，而"致知"則為"得其知識或事理本身"，從而將兩者區分開來。質言之，程朱之解未具體語及格物方法（雖或有"即已知求未知"之"致知"方法，而似未明白揭櫫其"格物"之具體方法），故本《廣辭》於"格物"之解讀，**乃取其"效驗"之說，於"致知"之解讀，則取其"理知"之說，而將格物與致知區分開來**。故筆者此解"格"（格來；叩問；推究等），乃以"格來、叩問、推究效驗"之意揭示"格物"之方法，此則補程朱之解之所不及，並可與現代科學研究方法接榫（實驗方法、實證主義乃至抽象理論論證等），故筆者採取之。

　　且"理知"、知識或事理按其來源又可分直接知識與間接知識、實踐知識與書面知識，則"致知"又並未排斥間接知識或書面知識之學習之途徑（"致知"之"致"，即所謂"學"等），而"格物"則強調知識之直接來源或本原、知識之判斷標準、知識之產生過程和方法等，以及其"理知"、知識或事理之"有證驗、有效驗"也，即之所謂"能證偽"或"合於事物本身之理"。故此解或有其擴展超越先儒解讀之意義與價值。

　　或曰：格物與致知不同，格物乃其方法、過程，致知乃其目的，故格物是格物，致知是致知，涇渭分明，毫無關聯。此則又有膠柱鼓瑟處。實則"格物"或"叩問推究格來效驗"之方法，亦內在必然涉及某些"致知"之方法，或涉及程朱所謂"推究其理""推極其理""窮其理"之方法，無法截然分開。此（轉下頁）

其國者，先齊其家，欲齊其家者，先修其身。欲修其身者，先正其心。**欲正其心者，先誠其正意。欲誠其正意者**①，先致其理知。致理知在格物。

又或②：古之欲明明德於天下者，先治其國。欲治其國者，先齊其家，欲齊其家者，先修其身。欲修其身者，先正其心。欲正其心者，先誠其正意。欲誠其正意者，先致其知（所知之諸事；知諸事③。此"知"似當為複數

──────────

（接上頁）解不過是特別或尤其強調"格物方法"之獨特性和獨特價值而已。

　　然則格物或格物之方法究竟如何？"格來其效驗"一說，亦稍嫌籠統，當具體論述之。或曰：讀書討論、講習切磋、讀經、溫故知新，或《中庸》所謂慎思、明辨、審問、博文等，皆是致知之方法；灑掃應對、應事接物、言語政事等可謂是格物之方法。或曰，此皆可歸入廣義之"格物"方法。諸如此類之問題，不一而足，又皆可深思。然筆者竊以為，揆諸先秦儒家經典而參悟之，則諸如**"扣其兩端而竭之"、好問、用中、權、執中有權、反經權變等，或皆可謂格物之方法**。關於此一論題，涉及中華文化更生發展之重大論題，尤其涉及與現代知識論、邏輯學、科學方法等之銜接，極為重要，讀者可參考本書下文之相關論述，以及拙著《中庸廣辭》中相關之廣辭或補辭，茲不贅述。

① 此"廣辭"之理據在於：結合上文"欲正其心"、下文"所謂誠其意者，毋自欺也"來固著字義，則亦可解為"誠其正意"。

② 此據鄭玄註、孔穎達疏，而作具體化解讀，或有牽強處。乃所以聊備一說而便於具體化理解耳。

③ 或曰：此或可見古代"漢語"字義之蘊涵豐厚性，亦或可見中國古人抽象邏輯思維能力之某些缺失。鄭玄註"先致其知"曰："知，謂知善惡吉凶之所終始也"，註"致知在格物"曰："格，來也。物，猶事也。其知於善深則來善物，其知於惡深則來惡物，言事緣人所好來也"；孔疏則曰："'欲誠其意者，先致其知'者，言欲精誠其意，先須招致其所知之事，言初始必須學習，然後乃能有所知曉其成敗，故云'先致其知'也"；"'致知在格物'者，言若能學習招致所知。格，來也。己有所知，則能在於來物。若知善深則來善物，知惡深則來惡物。言善事隨人行善而來應之，惡事隨人行惡亦來應之。言善惡之來緣 （轉下頁）

名詞形態，乃言"知諸事或各事"、"所知之諸事"）（事）。致知（事）在

（來自於，即知識本原論思路；或解"在"曰"目的在於"，則為目的論思路）格（來）

（接上頁）人所好也。'物格而後知至'者，物既來，則知其善惡所至。善事來，則知其至於善；若惡事來，則知其至於惡。既能知至，則行善不行惡也。"讀此註疏，可知其大體皆是描述，而非抽象論述，甚至不是概括。在註疏中，鄭玄、孔穎達皆解"知"為"知事"或"所知之事"，而不能抽象出一"理"字，可見其時華夏人之思維仍為經驗思維，"知"或乃是"博識""博聞""博文""每事問""多聞多識"等之義，雖則孔子亦有所謂"舉一反三"之類說法，而似乎終究尚未進入到理論思維或抽象思維層次，故不能提煉或高度概括、抽象出類似"理"這樣的抽象概念來幫助表達，而仍只能用頗為牽纏的描述性說法來表達。換言之，或據此而認為：古中國人至少不大習慣或不善於提煉、抽象或"發明"更具理論性、普遍性的邏輯概念來進行抽象思維，而表現出濃鬱之經驗思維、具體思維、意象思維或描述性思維之特點。實則《春秋》便是此種"知（諸）事""知（諸）義（事之宜）"之書，而非"知理"之書；"知事""知義"只是"博識""博聞"（或有簡單之概括，如所謂"義法"或"書法"——此兩者含義不同——而大體缺少高度之概括乃至普遍規則之抽象，即形式邏輯性或嫌其不足），"知理"卻有求其內在規則、邏輯或概括、抽象為普遍命題、普遍規則之意。質言之，一為博聞博識之學（故重博文記誦），一為求理則、求邏輯之理性之學；一為事象之學，一為抽象之學（或理則之學）。此古今文化或中西文化之根本差異之一也。就此而言，程朱解"知"為"理"，轉漢唐古註"知事"為"理知"或"知理"，乃是中國文化思維方式上之一大進展。雖則其"理"仍不可完全等同於現代所謂之"理則""原理"之意，而仍多"事理"之意。或曰：此或並非先秦古人之本來思想面貌或思維面貌，乃只是註疏者如鄭玄、孔穎達個人之思維特點或思維缺陷而已，乃至僅表現於此句註疏上。此說似亦有理，故當區分註疏者之思維特點與原作者即曾子或子思或先秦人之思維特點——當然，將曾子或子思隨意擴大而作為先親人思維特點之代表，此一做法或所謂"代表性"亦可疑。同時，觀乎先秦孔孟儒者之著作尤其是五經，仍可見此種思維特點，亦或見其弊端。羅按：然此亦粗疏言之，仍將有俟乎將來之深思細察也。

物（事物之善惡之果①）。）

（今又曰：今之欲明明德於天下者，先長其德與才；欲長其德與才者，先治其（大）學（天道、人道、物道或物理道，與乎物理、智理等，即今之所謂自然科學、知識論、科學方法等）；欲治其（大）學者，先立其志（，而習其小學（包括曲禮踐習等））；欲立其志者，先修其身（以曲禮、正禮修身，小學而自立於曲禮、正禮，曲禮謂少小、小事之禮也，此包小學、大學而合言之）；欲修其身者，先正其心。欲正其心者，先誠正其意。欲誠正其意者，先致其理知。致理知在格物。）

---

① 續論古代中國思想文化在思維方法上之缺失。揆諸鄭註、孔疏，其意似曰："致知之原因在於物果之來，亦即：事物之善果或惡果來之，然後吾乃知其事也"，而非謂"致知之方法在於來致其事物之果"；質言之，其意乃是"致知因物果之來（格）"，而非"欲致獲其事之知，當求來其事物之果"。故孔穎達疏"物格而後知至"曰："物既來，則知其善惡所至。善事來，則知其至於善；若惡事來，則知其至於惡。既能知至，則行善不行惡也"，物既來，則知其善惡所至。善事來，則知其至於善；若惡事來，則知其至於惡。既能知至，則行善不行惡也。意曰"只是因為事物之善惡之果之來，而後知其事，而後擇行善而不行惡"，卻根本未論及"知其事之理"或"知諸事之共理"。質言之，"知至"或"知事"只是知此一事之本末始終或善果惡果而已，非是知此"類"事或"此類諸事"之"共理、通理"。漢唐古註始終不言"通理、共理、原理"，只說"（一）事之本末始終成敗吉凶善惡"，乃是"具體化思維方式""事務性思維方式"（具體問題具體分析）、經驗性思維方式，而非抽象思維方式或理論思維方式。就此句乃至其餘相似註疏而言，這是鄭玄、孔疏作為漢唐古註所表現出來的某些根本思維特點之一。羅按：然此亦粗疏言之，仍將有俟乎將來之深思細察也。

羅按：

於先秦時，一般人如何有其國其家？故此經原本顯然系古代對國君之子(君子)等貴族子弟而言。今若欲以之作為國民教育之參考教本，則將改易之。一則不必人人治國平天下(即今之所謂政府公職人員)，另亦有他事他仁，不下於治平之事；二則如曰(公職)治平，則國郡縣鄉之(公職之)位何以得之，何以去之，皆須說明制度之。

身者，身行也，處身行事也；修身即修德。

或曰：先正其心：立其正志。

或曰：心志與意念(意欲)合一而不貳。

才、學、志、道。

王夫之曰："意虛則受邪……誠其意者，意實則邪無所容也。意受誠於心知，意皆心知之素，而無孤行之意，故曰無意。慎獨者，君子加謹之功，善後以保其誠爾。後之學者，於心知無功(原註：以無善無惡為心知，不加正致之功)，始專恃慎獨為至要，過之而不勝過，危矣。即遏之已密，但還其虛，虛又受邪之鑿，前者撲而後者熹矣。泰州之徒，無能期月守者，不亦宜乎！""求放心，則全體立而大用行。若求放意，則迫束危殆，及其至也，逃於虛寂而已。"又曰："不求之心，但求之意，後世學者之通病。……嗚呼！舍心不講，以誠意而為玉鑰匙，危矣哉！"①亦可参悟。

正心，止於一，心在其中，或静或動。以言其動用，猶今言"當用心、經心"或"當經心、用腦子、經（過）腦子"云云，又如"三思而後行"——當然，前者重其"正"、"道"或"正心或正道"，後數者偏重"智"。古人雖知心為一身之正中，或亦每言心為一身之主，然蓋其間或其後亦每視"心"字為一抽象哲學概念，以表明靈、神明、命性、仁知等意，不再徒視其為——或將其直接等同於——生理之心或實體之心，而有所謂明靈之心也。用心，其實就是用其明靈、命性、人性、仁知等——王陽明受孟子啟發而謂為良知良能——而非僅用其生性（生氣）、動物之氣性，猶今言本能或本能反應，祇知有獸性或動物性本能，不知有人性靈明仁知；祇知情慾，不知禮義；祇是頭腦發熱、本能衝動、四肢發達、直覺反應等，都是不用心、不正心之表現也。

所謂正心，兼動靜而言，靜則在(心在焉)、止於一，動則曰用心、經心。反之，若曰"未正心"，猶靜則心不在焉，動則心不在、不用心而放其心也。

止於一，或猶言至於一處，如止於一身之正中即止於一心，又如止於天一，諸如此類，皆是止於一，而其意稍各有偏

① 參見：王夫之，《船山思問錄》，上海古籍出版社，2000 年 12 月，p.42。

重也。

正心之學，古之心理學、情商學也。然未如今之所謂庸俗心理學或庸俗社會心理學等，以其有道有節義法度，非僅謂情感或利益取向也。

正心並不必如一些宋明儒者講得那麼玄虛，實則甚為簡易，有事則（以道理）正心，事來而正心用心應之而已；若夫無事或不涉道義，此心固不失，或靜或動，而皆可囂囂自在，或靜而涵養生息（休息），或動而遊心萬仞乃至四極八荒，或陶冶於真善美之極域風景趣味，又或措施其身於體育（如先秦之射御田獵等）、藝術（美術、音樂、舞蹈等一切藝術）、自然風景、素日間談遊戲生趣、科學研究等事域，皆喜悅歡樂而已，豈必如某些宋明儒者徒為所謂主一、靜坐，或徒為諸如陰陽理氣玄虛之談而後為正心哉？甚至弄得形容枯蒿、無一毫生氣，尤無謂也。於動靜之間，遊心力身於（至）美之事象境域、（至）真之虛玄智理（包括物理或今之科技事業等）、乃至日常生趣之域，皆無所不可也。質言之，不失正，不失中，不失心，則無所不可也。

質言之，格物涉及實踐、實行、行事、踐履等，從實踐及其果徵中觀察學習、觀察、思考、總結、調整等（得其果徵效驗等，亦曰務實），而非僅僅是在書本中學習，如讀書、讀經等，尤其不是宋儒之偏於或過於主靜、主敬乃至玄談之類之"正心"（其末流乃至偏於務虛而不實），而稍忽略其"動"或"任事應事"之"正心"，蓋紙上得來終覺淺，絕知此事要躬行，故須從人事、萬物中格來其果徵而思考驗證，而致知學習之也。宋明清之儒家或多稍偏重虛靜，或偏畸理解所謂正心誠意致知之意，乃至變為玄談虛文，而與物事實踐分離，此其國力不振或民智民氣不能伸張之一因也。

宋明儒者或有偏重務虛者，或終日靜坐、侈言主一、主敬、慎獨、不思以及滅人欲等，最終或將自己弄得形容枯蒿、生氣全無，脫離生活實踐（物），不能與萬物相應，不能務實應事，便只剩玄談內觀之一途。漢儒則不偏執一途而格局相對闊大，元氣淋漓，所謂正心誠意每是"事來而應之而正心誠意"也。慎獨亦如是，有事遇物——包括心上有事有物——時乃用其慎獨功夫，非謂一天到晚無事而正心誠意慎獨也。倘若本來無事，而偏來正心誠意慎獨，有時簡直是生心生意，與正心正意何幹！事來而應，應以正心誠意慎獨，事了事去而心上一片安閒而已。質言之，正心誠意慎獨祇是事來而應耳，不是早晚苦心，無事而偏來擾動其心意，惹心惹意，與此心意為難；更不是早晚棄事逃事而專來與此心為難對壘。其事已正心應之，此心與何者為難對壘克治？無所難無所壘無所克也。終日不處事，不接事，不任事，恰是使此心枯窘之因也。有事有物而格之任之應之，則此心乃有正，心意乃有誠之之功也；若夫本來無事無物，又何必多其惹事惹心惹意！

若無實事，此心自可囂囂神遊於美真善之輕鬆心界，皆在皆正，何等歡喜自在！若是早晚擾動其心意，則其心何能正，何能安閒，何能休息長養？似此者，則我思故我耗神，我"正心"故我"動心放心"而已；我在而不思、安閒自靜或柔順勿力逍遙，則能長養休息也。

或有宋明儒者之所謂靜坐、主敬、正心誠意等修養工夫，有時乃有"我'正'故我不正(在，止於一)"之欲益反損之效。

正心即事來而以命性、天道或禮義道理應之而已，事已則又自在，不必刻意求靜求在，乃至身動於無關命性與天道義理之事，如藝術、美境、體育、智理(真理)、生性之事，皆可也，而其人活潑潑地有生氣，有元氣，有歡喜也。豈必早晚難其心、擾其意哉！心有正(是非之心)之時，亦有囂囂自在而無須正之時。

身心不必刻意求靜而或自靜，或雖動而猶靜。

其實即或靜坐之工夫，亦不必盡用宋明儒家受佛學影響之方法，蓋其術似欲抑之，實乃喚起之、培植之；若夫平日里即活潑潑地自然自如，則有何慾可抑可窒哉？則靜坐獨處時，心上(腦中)亦自是一片囂囂自在之和氣、暖氣而已，歡喜自在，與日月星辰同其休息，與平生人事在心上重溫重憶，純是歡喜而已。若夫平生人事，當時皆本正心合道而為之，則心上相遇重逢亦無悔吝憂傷之情，故爾也。

宋明儒家或有太過拘謹者也。當復其（人）生氣、元氣、自然自如之氣，亦曰復吾中國人之生氣元氣也，以及天道命性之中正之性與正氣也——此則"正心""中和"之道之氣也。

正心應事格物，則此心便不必另正。無事無物，此心乃或有放失走迷之虞。然亦未必全然。

當然亦不可沉溺於物事，乃至無事找事，非己事而強與之（孟子猶曰"雖閉戶可也"），每日冗事糾纏，無片刻之餘閒餘心（心上無一處空虛空閒處），則其身心皆不能堪，如今人每日沉溺手機中之天下世界各種虛虛實實之信息、事務，又不能正心，則亦將疲精勞神而靡殆矣。故格物與養靜當平衡之。

或曰：宋明儒家（或士大夫）或又有太閒者，如避事逃禪等，如寄身於書院、山林等，故侈談心性理氣；漢儒或多任事，心物稍平衡，虛實稍平衡。宋明儒家學說或又窒慾而過，故乃生出一種反動。雖然，閒適也罷，任事也罷，皆是外因，若夫心正，皆無所不可也。

先秦乃至古代中國人之所謂"知"，每指人事智慧、經驗知識乃至人事謀略、權（經與權）或權謀（權力詐謀）、詐謀等，雖亦有一定經驗致知之方法論，但大體並未系統提出類似於現代科學研究之方法論或知識論等。宋儒雖特別拈出一"理"字，且含有主觀絕對理則或客觀規律理則之意，然仍未能發展出系統科學方法論、知識論等。故古代中國人思考行事時，雖不乏其心志仁善、情意剛毅、果敢任事踐履者,然其所謂"知"或"智",則仍然落實於智慧、人事道義、義理抉擇、經驗知識和人事謀略方面,於品物之理則尤其是物理及科學研究方法、科學決策方面,仍多不足,而當時或有時幸或仍能以道義、精神、綜合國力等稍稍彌補其不足,然而其或多意氣用事、蠻幹、虛矯、詐謀、玄虛不實者,乃至託辭折衝樽俎等而實在顢頇愚昧之類,亦復不少,此中國近代以來落後之根本原因之一。今世之所謂聰明智慧者,固非有權謀詐佞、見風使舵等之謂,亦非人情練達、老成世故、老謀深算之謂,乃尤當有科學研究方法、思考方法、現代科學知識理論之謂也。今之致知,與乎格物或行事踐履,亦當進乎此而後可。如曰行事踐履或為政治國乃至治平天下,豈能缺乏現代哲學、現代科學知識理論與現代專業人員(科學家等科學研究人員或所謂專業知識分子,偏重於專業或科學,如現代之所謂 STEM: Science, Technology, Engineering, Mathematics,即科學、技術、工程、數學)? 豈不當學習研究借鑒現代哲學、現代社會科學之研究方法與知識理論乎? 當然,固亦當有治國之士與學(古之道義之士、今之國家公職人員、政治家、人文知識分子或人文道義之士等),而其治國之學術也,固當以現代道義決策,又當有現代品物之學或現代哲學、現代科學、廣義物理學等之知識、理論、方法等以輔道決策也。所謂兼顧現代道義決策(政治決策)與科學決策。則今之欲為治國之士者,其所謂大學或所當大學者,又尤其增廣也。顯然,在現代社會，一個人或公士(政治家、國家公職人員等)固然難以通曉所有科學專業門類之知識與方法理論，然而卻可以通過教育等種種方式使得可能之其人有著相對更高之科學常識水平，從而能夠更好進行政治決策或公共政策之製訂實施，或者，有著更高科學常識水平的政治家或公士便能更好地聽取專業技術官僚(所謂職業文官系統)或專業咨詢機構等之政策建議來進行政治決策等。這些當然有賴於通過教育科研制度、社會創新制度等之設計而使得整個國家國民之科學常識水平能夠得以提高，或有賴於整個國家之所有專業科學領域都能夠發展良好乃至處於世界領先地位，亦即頂層或底層根本制度設計之問題。然則或當區分國民教育與治國學術體系教育，或將治國學術體系之教育納入國民教育等。何以潤澤之，俟乎有志者。

又：

《黃帝書》曰："至正者靜，至靜者聖。無私者知，至知者為天下稽。"①

《黃帝四書·經法·論約第八》："故執道者之觀於天下也，必審觀事之所始起，審其形名。形名已定，逆順有位，死

① 參見：《黃帝四經今註今譯——馬王堆漢墓出土帛書》，陳鼓應註譯，商務印書館，2007年6月第一版，p. 16。

生有分,存亡興壞有處,然後參之於天地之恆道,乃定禍福死生存亡興壞之所在。是故萬事舉不失理,論天下無遺策。故能立天子,置三公,而天下化之。之謂有道。"此亦是《大學》所謂格物致知之法。實則《黃帝書》談格物致知者甚多甚詳備,可熟讀深思體悟之。[①]

《黃帝四書·經法·名理第九》:"道者,神明之原也。神明者,處於度之內而見於度之外者也。處於度之(內)者,不言而信。見於度之外者,言而不可易也。處於度之內者,靜而不可移也。見於度之外者,動而不可化也。動而靜而不移,動而不化,故曰神。神明者,見知之稽也(羅按:此可對照《中庸》論"中和")。有物始生,建於地而洫(溢)於天。莫見其刑(形),大盈冬(終)天地之間而莫知其名。莫能見知,故有逆成。物乃下生;故有逆刑,禍及其身。養其所以死,伐其所以生。伐其本而離其親,伐其興而□□□。後必亂而卒於無名。如燔如卒,事之反也。如由如驕,生之反也。凡萬物群財(材),佻長非恆者,其死必應之。三者皆動於度之外而欲成功者也。功必不成,禍必反自及也。以剛為柔者栝(活),以柔為剛者伐。重柔者吉,重剛者滅。若(諾)者,言之符也,已者言之絕也。已若(諾)不信,則知(智)大惑矣。已若(諾)

---

① 參見:《黃帝四經今註今譯——馬王堆漢墓出土帛書》,陳鼓應註譯,商務印書館,2007年6月第一版,p. 173。

必信，則**處於度之內**也。天下有事，必審其名。名□□循名
廏（究）理之所之，是必為福，非必為災。是非有分，以法斷
之；虛靜謹聽，以法為符。**審察名理冬（終）始**，是胃（謂）廏
（究）理。唯公無私，見知不惑，乃知奮起。故執道者之觀於
天下也，見正道循理，能與（舉）曲直，能與（舉）冬（終）始。故
能循名廏（究）理。形名出聲，聲實調合，禍災廢立，如景（影）
之隋（隨）刑（形），如向（響）之隋（隨）聲，如衡之不臧（藏）重
與輕。故唯執道能虛靜公正，乃見正道，乃得名理之誠（羅按：
此可對照《大學》之論"格物、致知"與"定靜安慮得"）。亂積於內而稱失於
外者伐，亡刑成於內而舉失於外者滅，逆則上洫（溢），而不知
止者亡。國舉襲虛，其事若不成，是胃（謂）得天；其事若果
成，身心無名。重逆以荒，守道是行，國危有央（殃）。兩逆相
功（攻），交相為央（殃），國皆危亡。"①

《黃帝四書·十大經·五正第三》："黃帝問闔冉曰：'吾
欲佈施五正（政），焉止焉始？'對曰：'始在於身，中有正度，後
及外人，外內交接，乃正於事之所成。'（羅按：此言"修身為本"，又即
《中庸》之所謂"中和"）黃帝曰：'吾既正既靜，吾國家愈不定，若何？
'（羅按：此關乎"定靜安慮得"）對曰：'後中實而外正，何患不定？左
執規，右執櫃（矩）（羅按：此即絜矩），何患天下？男女畢迥（音dòng，

---

① 《黃帝四書·經法·名理第九》。參見：《黃帝四經今註今譯——馬王堆漢墓
出土帛書》，陳鼓應註譯，商務印書館，2007年6月第一版，pp. 177-194。

意為同），何患於國？五正（政）既布，以司五明。左規右規，以寺（待）逆兵。'黃帝曰：'吾身未自知，若何？'對曰：'後身未自知，乃深伏於淵，以求內刑（羅按：此即《中庸》所謂"喜怒哀樂之未發謂之中"，又所謂"惟精惟一"，《大學》之"定靜安慮得"）。內刑已得，後乃自知屈吾身。'黃帝曰：'吾欲屈吾身，屈吾身若何？'對曰：'道同者其事同，道異者其事異。今天下大事，時至矣，後能慎勿爭乎？'黃帝曰，'勿爭若何？'對曰，'怒者血氣也，爭者外脂膚也。怒若不發，浸凜是為臃疽。後能去四者，枯骨何能爭矣。'黃帝於是辭其國大夫，上於博望之山，談臥三年以自求也。單才（或解為人名，或解為"戰哉"），閹冉乃上起黃帝曰：'可矣。夫作爭者凶，不爭者亦無成功。何不可矣？'黃帝於是出其鏘鉞，奮其戎兵，身提鼓鞄（枹，fú，本義鼓槌），以禺（遇）之（蚩）尤，因而禽（擒）之。帝箸之明（盟），明（盟）曰：反義逆時，其刑視之（蚩）尤。反義玤倍宗，其法死亡以窮。"①

又：《康熙字典》：格，【唐韻】古柏切【集韻】【韻會】【正韻】各額切，音隔。【說文】木長貌。【徐曰】樹高長枝為格。

又至也。【書·堯典】格于上下。

又來也。【書·舜典】帝曰：格汝舜。

---

① 《黃帝四書·十大經·五正第三》。參見：《黃帝四經今註今譯——馬王堆漢墓出土帛書》，陳鼓應註譯，商務印書館，2007 年 6 月第一版，pp. 233－240。此外可參證者可謂全書皆是，讀者自可閱讀原書，茲不贅引。

又感通。【書·說命】格于皇天。

又變革也。【書·益稷謨】格則承之庸之。

又格,窮究也。窮之而得亦曰格。【大學】致知在格物。

又物格而後知至。

又法式。【禮·緇衣】言有物而行有格也。

又正也。【書·冏命】繩愆糾謬,格其非心。

又登也。【書·呂】皆聽朕言,庶有格命。【疏】格命,謂登壽考者。

又牴牾曰格。【周語】穀洛鬭。韋昭云:二水格。

又頑梗不服也。【荀子·議兵篇】服者不禽,格者不赦。

又殺也。【詩·魯頌】在泮獻馘。【鄭箋】馘謂所格者之左耳。

又舉持物也。【爾雅·釋訓】格格,舉也。

又庋格也。凡書架、肉架皆曰格。【周禮·牛人註】挂肉格。

又敵也。【史記·張儀傳】驅羣羊攻猛虎,不格明矣。

又【爾雅·釋天】太歲在寅曰攝提格。

又【爾雅·釋詁】格,陞也。【方言】齊、魯曰騭,梁、益曰格。

又標準也。【後漢·博奕傳】朝廷重其方格。

又格例。【唐書·裴光庭傳】吏部求人不以資考為限,所獎拔惟其才，光庭懲之，乃爲循資格。

又【廣韻】度也，量也。

又姓。【統譜】漢格班。

又【唐韻】古落切【集韻】【韻會】【正韻】葛鶴切，音各。樹枝也。

又廢格，阻格也。【前漢・梁孝王傳】袁盎有所關說，大后議格。

又格五，角戲也。【前漢・吾丘壽王傳】以善格五召待詔。

又杙也。亦以杙格獸也。【莊子・胠篋篇】削格羅落罘之知多，則獸亂于澤。【左思・吳都賦】峭格周施。

又扞格，不相入也。【禮・學記】發然後禁，則扞格而不勝。【註】格，胡客反。

又【集韻】【韻會】歷各切，音洛。籬落也。【前漢・鼂錯傳】謂之虎落。【揚雄・羽獵賦】謂之虎路。通作格。

又【類篇】曷各切，音鶴。格澤，妖星也。見【史記・天官書】。

參見：汉典。

物格而後知至

物格而後知至，知至而後意誠，意誠而後心正，心正而後身修，身修而後家齊，家齊而後國治，國治而後天下平。自天子以至於庶人，壹是皆以修身為本。其本亂而末治者否矣。其所厚者薄，而其所薄者厚，未之有也。此謂知本。

物有本末，事有終始。知所先後，則近道矣。

（具言之，本則誠意修身為立人之根，末則枝繁葉茂為花果自來之好，乃至家齊國治天下平之善也；本不立，末之無也。始則格物致理知，終則知命達天道；無始，則無終也。盛本於初，大積於小，道也可大可小，似簡易而深微，不積不悟，非可一蹴而就者也，"不積跬步，無以至千里；不積小流，無以成江海"。故又不可躐等，而正本深植，依道則理，原始要終，量力量齒，由小及大，由先及後，循序漸進，自修不懈，力爭上游大道，不至不止，斯亦近於知命達道也。）

物（原指人事，今增廣擴充而為人事、自然物或天物、純理物等之合稱[①]，此言"物"，乃指"物之效驗"）格（叩問推究格來人事吉凶善惡之效驗，與推究格

---

① 天物即指客觀自然物或自然物象、現象等。

來自然物或天物之因緣變化之效驗，亦即自然物或天物之客觀必然規律，古曰天數天則等）而後（理）知（古曰人事之善惡吉凶休咎成敗之因果理知，今增廣擴充而兼包人事之因果理則與自然物或天物之客觀原理、必然規律，乃至"物道理"、"智理"等義，總名之曰理或知或理知）至①，（理）知至而後意誠（正）（既得知此理知，知其善惡吉凶之理，便知去取別擇，守意於正善道理，故能意誠正②），意誠（正）而後心正（正中於道、理、禮、義等；止於正中，止於一，止於道、理，止於事之宜，止於至善也；正在而不放失也），心正而後身修（修治、修美於道理禮義等），身修而後家齊，家齊而後國治，國治而後天下平。③ 自天子以至於庶人，壹是（壹於是，專壹於是，即壹於修身，即專行、專一其事之意④；或解為全皆，即全皆如此）皆以修身（修身包含格物致知、誠意正心修身諸事）為本。其本亂（本亂，謂身不脩諸事也，即兼包格物致知、誠意正心修身諸事而言）而末治（末治，謂家國天下之治也）者否矣。其所厚者（所當篤厚培植者，如根本，如修身，此謂修身諸事為根本。或解曰當厚待者，如父母至親等，不取）

---

① 孔穎達疏曰："'物格而後知至'者，物既來，則知其善惡所至。善事來，則知其至於善；若惡事來，則知其至於惡。**既能知至，則行善不行惡也。**"頗難前後貫通，故不徑取。

② 此以"人事"為解；實則自然物、純理物亦然，曰：既知此"物理""智理""用物理之道理"等，便能意誠正於此理知也。

③ 格物致知、誠意正心修身，可謂是"明明德"之修行，或所謂內聖；齊家治國平天下，可謂是"新民或親民"之用世，或外王；"君子士人凡止皆善、成德至聖"，則是"止於至善"之神化大成。

④ 鄭玄註：壹是，專行是也。孔穎達疏："'壹是皆以修身為本'者，言上從天子，下至庶人，貴賤雖異，所行此者專一，以修身為本。"

（而竟）薄（所得所行用薄弱。羅按：此蓋言本厚而末薄，未之有也，言若能篤厚修身，則必能家齊國治天下平也；或曰天必賦予篤厚之福命也），而其所薄者（於修身根本而淺薄之）（而竟）厚（所得所行用能深厚。羅按：此蓋言本薄而末厚者，未之有也，言若不篤厚修身，而家難齊而天下國家難治平也；或言天必不賦予篤厚之福命也），（其事）未之有也（此句蓋言：其所當厚者為根本，為修身，若根本深固，修身深厚，則自然枝繁葉茂、用行（如齊治平之事）深遠（如得位行道之事）；若夫其根本淺薄、修身淺陋，則自然枝葉枯瘠、用行窘迫，不得固厚高峻也。① 或以人際交接而喻解曰：我厚待於人而人反薄答報於我，我薄待於人而人反厚報於我，此二事未之有也，喻言本末相應，本不修則末不盛，亦當）。② （各隨其所為之厚薄（本之厚薄，修身、內聖之事）而厚薄（末之厚薄，行用、外王之事，蓋言天據其人之實德而賦命也），淵源有自，因果相應，而自食其果也，故敢不以修身為本而篤厚之?）此謂知本（本，身，謂修身內聖或自我修養諸事，所謂古之學者為己）③。

---

① 或解曰：其意，若以命題形式表示之，反言之則曰：其修身諸事篤厚而家國天下竟薄亂不治，其修身諸事瘠薄膚淺而家國天下竟富厚治平，如此悖違常理之事，未之有也；正言之則曰：修身諸事篤厚則家國天下齊治平，修身諸事瘠薄怠惰則家國天下必貧亂不治也。

② 各隨其所為之厚薄而厚薄，淵源有自，因果相應而自食其果也，故敢不以修身為本為厚?! 孔穎達疏："'其所厚者薄，而其所薄者厚，未之有也'者，此覆說'本亂而末治否矣'之事也。譬若與人交接，應須敦厚以加於人。今所厚之處，乃以輕薄，謂以輕薄待彼人也。'其所薄者厚'，謂己既與彼輕薄，慾望所薄之處以厚重報己，未有此事也。言己以厚施人，人亦厚以報己也；若己輕薄施人，人亦輕薄報己。言言厚之與薄皆以身為本也。"按孔疏，則此句蓋亦比喻之言，借與人交接報應之事而論修身之理。

③ 孔穎達疏："本，謂身也。既以身為本，若能自知其身，是'知本'也，是知之至極也。"

（物有本末，事有終始，知所先後（先者，本始也；後者，末終也。先以格物致知誠意正心修身以求道內聖，後以齊家治國平天下以達道行用乃至外王；先明明德，覺知此求道之心，後以新民乃至止至善，而得道；或曰先以正心誠意、格物致知、修身循道，後以齊家治國平天下），則近道（方法次第；或曰大道）矣[1]。）

（具言之，本則誠意修身（兼包格物致知誠意正心修身等內聖工夫，以正道、理知、義禮修身，理知者，正道、正知、真理也）為立人（又立世，自樹立於世）之根，末則枝繁葉茂為花果自來之好，乃至家齊國治天下平之善也；本不立，末之無也。始則格物致理知（正知真理，正道理知也），以學道輔道，終則知命達天道（大道）也；無始，則無終也。盛本於初，大積於小，道也可大可小，似簡易而深微（《中庸》所謂"費而隱"），不積不悟（小積小悟，大積大悟，深積深悟）（非生知之聖，則一時不能知其廣大深微），非可一蹴而就者也，"不積跬步（一舉足之距離，或曰半步），無以至千里；不積小流，無以成江海"[2]。故又不可躐等，而正本深植，依道則理，原始要終，量力量

---

① 以上重複引用《大學》原文。

② 《荀子·勸學篇》："積土成山，風雨興焉；積水成淵，蛟龍生焉；積善成德，而神明自得，聖心備焉。故不積跬步，無以至千里；不積小流，無以成江海。騏驥一躍，不能十步；駑馬十駕，功在不舍。鍥而舍之，朽木不折；鍥而不捨，金石可鏤。蚓無爪牙之利，筋骨之強，上食埃土，下飲黃泉，用心一也。蟹六跪而二螯，非蛇鱔之穴無可寄託者，用心躁也。"

齒，由小及大，由先及後（如溫故而知新等），循序漸進，自修不懈，力爭上游大道（天道、命道、人道、大道等），不至不止，斯亦近於知命（天命）達道（天道）也。）

（或曰[1]：物（事物之善惡之因果或效驗）格（來）而後（事）知（事之知，或知事，即知事之本末始終與善惡吉凶成敗[2]）至[3]，（事）知至而後意誠（正），意誠（正）而後心正，心正而後身修，身修而後家齊，家齊而後國治，國治而後天下平。）

羅按：

或曰物即事。

格物：原意為推究事物吉凶成敗盛衰之始終因果之理，或效驗，或曰即是占卜推究如《易經》、甲骨占卜等。今乃解為一切物事之果徵效驗，曰人事之善惡吉凶之果徵效驗，自然物之伸縮變化之果徵效驗等。

或曰格物即是歷事或應事，而後知人事善惡因果，故此

---

[1] 本諸鄭註、孔疏。

[2] 或曰另尚有“故將擇焉”之意——然鄭玄、孔穎達之註疏於此皆說得含糊，大體皆只言“知”是“知事”“知事之吉凶成敗善惡”，而孔疏又稍言及“別擇”之意，然又不明朗，並未明確指出“知”是“知事”與“別擇”二義之結合。故倘“知”只是“知事”之意，則尚須另有一句言及“別擇”之意，如“知至而後能別擇（善惡而正）之”，“擇正之而後意誠正”，然後全句文義乃可貫通。

[3] 孔穎達疏：“物既來，則知其善惡所至。善事來，則知其至於善；若惡事來，則知其至於惡。**既能知至，則行善不行惡也。**”然此不可謂是“知其理、則而擇”，乃是“知其事、義（事之宜）——即事之吉凶成敗等——而擇”。

後乃有正知正信也。

或曰格物是用事、行事、行道。

或曰格物而後知本,即知至(知之至),知本即知本末輕重始終吉凶及先後去取也。

或曰"致知"是"致獲關乎善果與惡果之知識也",而知所別擇,知吉凶(之始終),而生誠意正信,而正心。蓋正心不徒從善果中來,亦可從惡果中來;不徒從自己經歷中來,亦可從他人經歷中來。

或曰"格"當解為"推究",而尤切於解為"來"。若解為"來",則"格物"為歷事而來其吉凶成敗(之知或理),今之所謂實踐出真知也。倘必事事親歷其成敗吉凶,而後知至,則其費(代價)、其所失亦大矣,又何謂"學以明理"(明吉凶之理)?然則"格"(推究)而知事物吉凶成敗之道理,知"善來善、惡來惡"之必然因果,則已包含鄭注、孔疏之意,故解為"推究"。

或曰:心志與意欲不同。心志則稍類於今之所謂超我,心志嚮焉;意欲則稍類於今之所謂本我、自我,意欲實嚮焉;必二者合一而不貳,自樂其同,而不自欺其異,方不至於心正意邪、心猿意馬而相左扞格矛盾自欺也。誠者,誠如是,誠心、意,志、欲合一也。先致其知,即知事物之應然之本末輕重、必然之始終因果(成敗吉凶)之理,故知擇取先後,別擇去取,因此而固誠其意也。固其正念善念,而怵惕於邪念惡念

（之凶敗）。

有正人（善人）斯有正國，有治人斯有治國；無正人治人
而欲國正國治，即欲本亂而末治，豈可乎？又豈可得乎？何
以得正人？曰格物致知誠意修身也。

萬物（事，如治平齊家等）之本在修身。

厚薄蓋即（本末）輕重之意？

以身為本，以德為本（修身修德），以人（身、德、仁等）為本。

羅按：（以下為供以商榷探討之辭。）

鄭玄、孔穎達：作新民，自新也；致知，即招致、致其善惡
吉凶之始終之知識；格物則來其事，事緣人所好而來。

朱熹：作新民，振起其自新之民，則明明德是自明己德，
而新民是推及他人而新民（自新＋新民），亦可謂新民是"明
民之明德"；致知，即推極（吾人之）知識（理），而將知無不盡；
格物，至物，至於事物之理，而將無處不及，"無所不用其極"
（亦可有知行合一、效驗、證偽、及物之意）。

王陽明：作新民，親民也；致（複歸、複明）其良知（是非之
心），正其事物，歸之於正（去惡為善）。格物，正物去惡。

羅：明明德，天道義理學問，修養踐形；新民，（各）自新
也，而後又新其民也，遷善改過、自修不息，新民新天下，無所
不用其極也；止於至善，希賢希聖，踐行而各皆止處於至善道

義。總曰：明明德，探究彰明而又修養踐行人（類）之明德也，而（新民）日新日明日進之也（民德人德日新，道德進化），不止於至善則不停息其明、新、日進之行腳也。致知，致其理知（今分為人事之理則與品物之理則，後者又包括名理、智理以及客觀事物之理則或物理等）；格物，推究而格來物事（人事與品物或物事，今日人文世界之人事與客觀世界之物事）之果徵效驗（而有本原論與目的論等解讀）。質言之，明（人）己之明德，而以此明德新民（之明德），而俱止於至善。明則彰明知曉，新則溫故知新日新，新民則教化俱新進也。止於至善則身行踐行而得其正善宜適也。明明德於天下，即明人己之明德以新天下之民以俱止於至善也，而包含明明德、新民、止於至善三事。

　　鄭玄蓋解"致知"為"以事理（今或增曰理性）使人誠意"，"致其事物之理"；王陽明則解為"致其本來之良知（本性）"，致即"起、昭章"之意。王陽明"致（良）知"重"起發、昭章人心之本體自靈明"，其"格物"則重"實為之""言行相顧"，故曰心行合一、"良知與實行合一"，未必是常人所理解的"知（知識）行合一"；因為後人今人常人往往將"知"解為"知識"，而此非王陽明本意之"良知"之"知"。

　　或問：若用"致知為致良知"之說，則其《大學》"正心"與"致（良）知"（王陽明）之區別或關係何在？

格物既有"實為之""言行相顧"之義①——此為直接知識;又有推究分析而來示其(吉凶、成敗、是非等)之道理之意——此為間接知識。王陽明似多云前者,未及後者(然亦曰"格正其物")。或曰格物即行用其知、推達其仁德——然此與文勢文義不合。

或問:格物致知正心誠意是明明德(探究義理學問,又自修也),修身齊家是自修、自新、自治,治國平天下是新民而俱止於至善? 止於至善乃俱止於天下大同之至善之世也,以天下大同至善之世,人之各行皆止於至善也。新民亦從"新一己(民)(之身(即修身))"、新一人(民)萬人(民)乃至於新一家萬家,至於新一鄉一縣一郡一國之民,乃至新全天下之民矣。或曰明明德即學問研究"明德"之學而又自修也,有學有明有明德,然後可以新民(己、人、家、國、天下)。

或曰:格物致知即"明明德"也,即為"明明德之學"也。格物(推究格來其果徵效驗)能日新,致知能彰明明德(獲得明德之知識,然此未說及自修)。

或曰:知無不盡,而後能意念無不誠(知、意皆為複數)。

各極其權能才力而上進不止,直至止於至善(平天下,天下

---

① 參見王陽明《大學問》中之相關論述。

為公而太平,則盡皆止於至善也),不可躐等,亦不可故步自封;既不哀怨不得更高位,亦不自足於小德小善,而皆在進德配位,盡心盡力而已;窮極吾知,窮至事理,餘則聽天命而自樂也,所謂知止即知所止也,蓋格物致知到何種地步境界,天即命其處止於何種德位,如此而已。故曰盡人事心力(無所不用其極)而聽天命。

明明德 vs 日日新。

所謂格物者

(所謂格物者,格者,木長致果也,引申而為叩問、推極、來示,叩問推極而來示物之果徵也;物有二義,曰人事與品物,然則格物即叩問格來其人事之果徵與品物之果徵,前曰人事善惡吉凶休咎成敗之因果效驗,後曰品物材質因緣變化之效驗因果。故曰:格物有徵。

其格人事之物也,則曰扣物如扣鐘,力有大小,聲有相應,所謂扣物有聲,在乎其人;則曰好問,叩問推極人事之本末始終,所謂"扣其兩端而竭之",來示其善惡吉凶成敗之果徵也,所謂其人事善者深則來善果,其人事惡者深則來惡果,徵果皆緣其人之所行所好而來;所謂有其因則必有其果,有其行則必有其徵,各各相應而皆得其因果效驗也。

其格品物也,乃曰格來品物之材質因緣變化之徵,乃所以致其品物之理若物理天則然,如水就下,金重木,煤資火,銅便鑄,如天運有出入、四時有寒暑等,亦所以器以輔道,器以善生也。

無徵不信。物徵,而後歸結其理知,故格物乃能致證理知,而真而信。故曰:欲察因果必然效驗,則必格物;欲致證理知,則當格物有徵。其於人事,欲來善物善果徵,則必自止於善;若夫作惡,則惡物惡果徵亦必來也。其於品物,欲知其天數天則或物理名理,器以輔道,則當循理格致。

是故君子必實自叩問、推究、來示其本末始終之果徵效驗,而後致證其理知之真善而學習之,所謂自格物而證明因果必然之道理也。格人事而戒慎恐懼知別擇於善道,格品物而求知天數天則之真,以進悟天道。如是,則應事接物、事天受命行道,皆能務實有理知也。

此之謂格物。)

（所謂格物者，格者，木長致果也①，引申而為叩問②、推極③、來示④，叩問推極(推究擴展事物之始終本末，人事、物事之始終本末與變化等；亦曰叩問，叩問其本末始終而增長收集其所知者，即孔子所謂"扣其兩端而竭焉")而來示(事物之吉凶成敗善惡，此處之善惡亦曰吉凶成敗)物(人事與品物)之果(因果，後果)徵(效驗，徵象，驗證，證據等)也⑤；物有二義，曰人事(一切人事、人文化成之事物等)與品物(即庶物、眾物、萬物，包括眾生物、自然物、純理物等一切外物⑥；自然物又曰天物，天然自然之物，今或分為動植生物與非生物之自然物體等，或曰客觀自然物事或物象，或曰物事)⑦，然則格物即叩問格來其人事之果(人事之吉凶休咎成敗善惡始終先後因果等)⑧徵與品物之果(包括今之所謂實驗自然科學之觀測實驗效果等)徵(效驗)⑨，前曰人事善惡吉

---

① 有其木必有其果；木格必致果，觀果識其木。
② 猶"扣其兩端而竭之"，叩問而格來、增長、竭盡(物之兩端乃至多端萬端，或物之果、物之效驗等)。
③ 猶"竭"，推極即推長而竭盡之，如盡其兩端、因果、效驗云云。
④ 如來示其生長之果、效驗，或因果等。
⑤ 果，生長變化之後果、**效驗與因果**也。
⑥ 名理物、純理物、心意物或智物等是否屬於"外物"，仍可商榷。羅按：名理者，字義、詞義、語義及其義理也。又：吾以"义"字表今之"意義"(meaning)，以"義"字表"義禮、義矩"，稍區別用之。义，有含義、字義、詞義、語義等，又有意义、思义等。义理者，包括名理與意理或智理等。所謂名理，名义之理也；所謂意理或智理，意义或智义之理也；今乃謂之邏輯學、知識論、認識論等是也。
⑦ 品物即萬物，包括生物、自然物(今曰自然物體)、理智物(今曰抽象物)等。
⑧ 人事善惡因果等。
⑨ 品物效驗因果必然之理，包括物理。

凶休咎成敗之因果效驗，後曰品物材質因緣①變化
之效驗因果。故曰：格物有徵（徵象，效驗，驗證，證據等）。

其格（長，木長致果，叩問，推究）人事之物也，則曰扣物如
扣鐘，力有大小，聲有相應，所謂扣物有聲（應），在乎
其人；則曰好問，叩問推極人事之本末始終，孔子所
謂"扣其兩端而竭之"②，來示其善惡吉凶成敗之果
徵效驗（及道理，而後知其善惡因果之道、理也）也，所謂其人事善
者深則來善果，其人事惡者深則來惡果，徵果皆緣其
人之所行所好而來③；所謂有其因則必④有其果⑤，有
其行則必有其徵⑥，各各相應而皆得其因果效驗也

① 猶今之所謂實驗變量。
② 乃至多端萬端，此外如好問、用中、權、執中有權、反經權變等，或皆可謂古之所
謂格物之方法。而今之格物方術又大加增多，當學習之，而不可拘泥於古學。
③ 《孟子·盡心上》："人恒過，然後能改；困於心，衡於慮，而後作；**徵於色，發於
聲，而後喻**。"(13.15)"君子所性，仁義禮智根於心。**其生色也，睟然見於面，
盎於背，施於四體，四體不言而喻**"(13.21)此言人之**修行有徵**也。修行有徵，
人焉廋哉！
④ 《黃帝書》曰："天建八正以行七法：明以正者，天之道也。適者，天度也。信者，
天之期也。極而反者，天之生（性）也。**必者，天之命也**。□□□□□□□□□
者，天之所以為物命也。此之謂七法。七法各當其名，謂之物。**物各合於道
者，謂之理**。理之所在，謂之順。物有不合於道者，謂之**失理**。失理之所在，
謂之逆。逆順各自命也，則存亡興壞可知也。"參見：《黃帝四經今註今
譯——馬王堆漢墓出土帛書》，陳鼓應註譯，商務印書館，2007 年 6 月第一
版，p. 130。
⑤ 果，後果、效驗與因果。又：有其因果則必有其理。
⑥ 所謂有其人事之行而必有其效驗之來。

（故格物能致理知）^①。

　　其格品物（包括天然自然之物，客觀自然物事或物象，今日自然物體、自然物象或現象，或曰物事。乃至所謂純理物）也，乃曰格來品物之材質因緣變化之徵（效驗，如今之所謂實驗科學等），乃所以致其品物之理若物理天則（今日客觀自然規律或原理）^②然，如水就下，金重木，煤資火，銅便鑄，如天運有出入（日出日入，而人亦相應之，所謂"日出而作，日入而息"）、四時有寒暑等，亦所以器以輔道，器以善生也^③。

　　無徵（徵象，效驗，驗證，證據等）不信。物徵（得其效驗等），而後歸結（今日歸納、概括）其理知（人事之理與品物之理），故格物（人

---

① 若言"人事之物"，則一切歷史、古今人事和社會現實或現象等，皆可謂"人事之物"之果徵也（然亦當辨別其"果徵"，如辨偽存真等），而歷史學及其研究方法等則亦可謂間接格物及間接格物方法（然或亦可謂有直接格物之歷史學），而後致其因果自然、必然之理知，而理知至也。故曰讀史研史而能明道、明理。此外如今之社會學、政治學、經濟學等社會科學，皆亦可謂此也。若夫人之平素任事行事而觀格其果徵，思其因果之理等，更是直接格物也。

② 天數。

③ 若言"品物之物"，則吾人日常所觀察之品物或萬物之形態、性質及其變遷演變之跡象，亦皆可謂品物之果徵，而吾人之以觀察、接觸、鍛鍊、組合等而格來其果徵，亦皆可謂"格物（品物或萬物）"或格物而求物理之事，與實驗室中之觀察、實驗等科學研究有其同然者。然於今言之，則科學方法乃可謂"格品物之果徵"以致理知之極為重要之方術也。此外如（科學）方法論、認識論或知識論、科學哲學、智能哲學、邏輯學等，亦可謂品物之一種，名之曰"純智物"或"純理物"等（今謂之抽象概念、抽象理論等），亦有相應格致之方術，亦當研究發展之。

事與品物)乃能致證（征實或證偽）理知，而真而信。故曰：欲
察（觀察，明察）因果必然效驗，則必格物；欲致證理知（人
事之理與品物之理），則當格物有徵。其於人事，欲來善物
（人事）善果徵（之效驗等），則必自止（處）於善；若夫作惡，則
惡物（人事）惡果徵亦必來也。其於品物，欲知其天數
天則或物理（今日客觀物理與自然規律）名理（包括名理、智理等），器
以輔道，則當循理（理性、智理或求理之理，今日邏輯學、認識論或知識
論、實驗科學或科學方法等）格致。

是故君子必實自叩問、推究、來示其（人事）本末
始終之果徵效驗，而後致證其理知果徵而學習之，
所謂自格物（人事與品物）而證明因果必然之道（天道，人道，
人義）理（人事之理與品物之理）也。格人事而戒慎恐懼知別
擇於善道（於正道），格品物而求知天數天則之真（求真，追
求擴展真理），以進（擴展）悟天道（元道等）。如是，則應事（人事）
接物（人事與品物）、事天（客觀自然世界，又天道、天命、天神也、天之主宰
者也）受命行道，皆能務實有理知也。

此之謂格物（人事與品物）。）

羅按：

今又曰：格物者，叩問、推究、推敲事物之兩端，乃至多端

萬端(極端)，而各來示其效驗，使(人)知事(人事)之善惡因果、物(品物)之理則，故皆知其必然之理，而後知以理別擇也。各來示其效驗而後明其理，則以理教人服人，以理行事及物，而非以威權灌輸之、專斷之、強制之[①]；觀其效驗，則類於今之所謂觀察法、實證主義、實驗法等科學研究方法，故又可目為一種研究方法與教學方法。學其理，及其理據、理方(研究方法)，非學其教條；來示其效驗，證其理則(徵實或證偽)，而後方為真格物、真求知、求真知也。

所謂致理知在格物者

　　(所謂致理知在格物者：致理知之術亦多矣，如博學、審問、慎思、明辨、篤行、實踐、親證、察考，如溫故而知新，已知及未知，如好問而好察邇言，扣其兩端而竭焉，如仰觀俯察，稽考本末，文理歸則，如讀書明理、討論講習、切磋琢磨等，皆是矣。若夫應事接物、用中致和、執中有權、反經權變等，是致事理之術；觀察、歸納、統計、實證、假設、實驗、演繹

① 故類於博特斯巴赫共識或博特斯巴赫三原則。

等,是致物理天數之法,又有名理、智理之格求方術,然後正知、真理斯得。而其要皆在於格物,格物有徵,無徵不信。此何故邪?自格物而即事、務實、親證而孚契體會其效驗也;自格物則能獲致其善惡吉凶成敗、因果必然之真實理知;又:自格物而驗證之也。蓋紙上得來或淺,百聞不如一見,道聽途說不如實地調研,故親往考而察格之,信而有徵。此謂格物而致其理知也。)

(朱熹曰:所謂致知在格物者,言欲致吾之知,在即物而窮其理也。蓋人心之靈,莫不有知;而天下之物,莫不有理;惟於理有未窮,故其(理)知有不盡也。是以大學始教,必使學者即凡天下之物,莫不因其已知之理而益窮之,以求至乎其極。至於用力之久,而一旦豁然貫通焉,則眾物之表裡精粗無不到,而吾心之全體大用無不明矣。)

(格物之又一大端,曰格天物也,格天物以知天數物理,以輔道長道、利仁善生也。)

(所謂致理知在格物者:致理知(事理與物理或天數天則,以及義理、智理等)之術(方法)亦多矣,如博學、審問、慎思、明辨、篤行①、實踐、親（親身，實地）證（親往實地）、察考，如溫故而知新，已知及未知，如好問而好察邇言，扣其兩端而竭焉，如仰觀俯察，稽考本末，文理歸（歸納）則（理則，規則），如讀書明理、討論講習、切磋琢磨等，皆是矣。若夫應事接物（人事）、用中致和、執中有權、反經權變等，是致事理之術；觀察、歸納、統計、實證、假設、實驗、演繹等，是致物理天數之法，又有義（名義、意義、智義等）理、智理之格求方術，然後正知、真理斯得。② 而其要皆在於格物（人事與品物），格物有徵（徵驗，效驗，證據），無徵不信。此何故邪？自格物（人事與品物）而即事、務實、親證而孚（信）契（契合，相合）體會其效驗也；自格物則能獲致其（人事之）善惡吉凶成敗、（品物之）因果必然之真實理知（正知、真理）；又：自格物而驗證之也。蓋紙③上

---

① 《中庸》。

② 《大學》古本乃至流傳至今之先秦典籍，雖有言及"格物"者，然稍缺集中詳講"格物""致理知"之方術者，尤其是今之所謂自然物理科學乃至純理論科學如知識論等之格物方術，於儒家十三經中，不能多見之，故今當補充之。由此亦可知，於今世，不可徒倡讀經而不學習現代科學文化常識也。後者乃吾所謂今世之常識教育之重要一維。古代儒家經典中，固然不乏有裨益於心性修養乃至共處、合作、治事者，然亦有其偏頗或欠缺者，故當資益於新知新學，而更生進展，以成吾華新經學乃至新諸子之學，而百家爭鳴、各各燦然光耀也。

③ 此為筆者之廣辭，實則先秦尚無紙，乃龜甲簡帛而已。或當改為"簡帛得來淺"，或曰"方策得來淺"，如《中庸》之所謂"布在方策"。

得來或淺，百聞不如一見，道聽途說不如實地調(調
查)研(研討，研究等)，故親往考(稽考)而察格之，信而有徵。
此謂格物而致其理知也①。）

　　（朱熹曰：所謂致知在格物(人事與品物)者，言欲致
吾之知(知識，智慧，理知等)，在即物(人事與品物)而窮其理(人事
之理，事理，與品物之理，如物理、義理、智理等)也。蓋人心之靈，莫
不有知(智)；而天下之物(人事與品物)，莫不有理(事理，事義，
事之因果規則，以及物理、義理、智理等)；惟於理(事理，事義，事之因果規
則，以及物理、義理、智理等)有未窮，故其知(智，又求知)有不盡
也。是以大學始教，必使學者即凡天下之物(人事與品
物)，莫不因其已知之理(事理，事義，事之因果規則，以及義理、智理、
物理等)而益窮(窮究，究論)之，以求至乎其極。至於用力
之久，而一旦豁然貫通焉，則眾物(人事與品物，天下人間萬
事)之表裡精粗無不到，而吾心之全體大用無不
明矣。）

　　（格物之又一大端，曰格天物(今日自然物、客觀自然萬
物)也，格天物以知天數物理(今日自然萬物之原理、必然規律、客
觀規律等，又曰自然科學原理等)，以輔道長道、利仁善生也。）

────────

① 此之謂"致知在格物"。

羅按：

格有木長之義，木長而有花果之徵，木長以致花果，故格又可引申為窮盡、窮究、推究之意也。格物為推究，然則何以推究？或推究之術如何？則曰格物有徵，即來其效驗。此外又如執其兩端乃至多端以用中等。然或曰此是推究人事之理之術，至於推究自然物理之方法，則今又當廣辭補充之。

所謂致其理知者

（所謂致其理知者，有二義，一曰事理，二曰品物之理，如物理天數，天物運行變化之自然必然之理也，又如名理、智理等。物理名理以輔人道。其致事理也，曰學習格物，以致人事之吉凶成敗因果之理；曰知用人事、品物之本末輕重始終與善惡休咎，與乎先後去取也，而後為人用物行事而行其當然，皆可得其宜。得其事宜者，事皆得其善正理義也，曰道，曰正知真理。故君子必格物學習以致理知，物格而後理知至，而依道理用事不迷惘也。

此謂知之至也。）

（所謂致其理知（人事理則與品物理則如物理天則、义理智理等）者，理知有二義，一曰事理，二曰品物之理（理則），如物理天數，天物（今曰客觀自然物）運行變化之自然必然之理也，又如名理、智理等（品物之理則，亦即物理，物理者，有廣義、狹義之分，廣義乃品物之理、萬物之理，包括智理或抽象物之理，狹義乃今之所謂自然科學或自然物之理）。物理义理（品物之理，萬物之理）以輔人道。其致事理也，曰學習格物（人事與品物），以致人事之吉凶成敗因果之理（事理，人事之理義）；曰知用人事、品物之本末輕重始終與善惡休咎，與乎先後去取也，而後為人用物（品物，有用物之道，則曰物道）行事（人事）而行其當然，皆可得其宜。得其事（人事，包括人用品物之事）宜者，事（人事）皆得其善正理義也，曰道，曰正知真理。故君子必格物（人事與品物，格物，今日直接知識）學習（今日間接知識）以致理知（人事理則與品物理則如天則物理、义理、智理等），物（人事與品物）格而後理知至，而依道理用事（臨事、行事，以及馭意，用心等）不迷惘也。

此謂知（正知與真理；或曰智；或曰求知，知其理知）之至（到）也。）

羅按：

物者，謂一切人事品物器具（物體）也；格物者，乃謂推究一切人事品物之性質變遷、本末始終之徵驗,而後致其理知也。分之則曰:物分為人事與品物,"格人事(之物)"者,乃今之所謂人文社科之學、習與格、致,"格品物"者,乃尤指今之所謂自然(物體)科學以及義理智理之學、習與格、致。依其所格之物類之不同,然則其格物之方術也,既有相異者,亦有相通者。

　　格物非僅即物而已,亦非粗淺敷衍而已,必也精研覃思,深究其本末始終、遷變萬端之徵驗,而後得其正中理則,乃謂格物。故格物有深淺,(致)理知有大小粗細真假之分。

　　格物有格物之法方序程。如今人欲探究某史事,則尋繹其原始文獻(而有原始要終、探本尋末、比類相從等研讀之方),尋訪(訪問)其當時歷事者(而有諮訪之法),查閱其專門學者之格究論著(而自有批註評判去取之術),請益於博通師儒之識見點撥乃至詢於芻蕘(而有諮請問詢之方),諸如此類,然後就吾人本來之靈明智識,循義理智理或邏輯思辨之原則規律(智理等),用吾人已知之天數、理義、中道、常識,精研覃思而極深研幾(精研深微),探本尋末而原始要終,取精用弘而舉一反三,以及得於未知之本末宏微,而終得之於事理物則,與乎人事物理之所宜正真合也。然後格物而致其理知也[1]。

_____

[1]　如今之小中大學之歷史課,其師或列若干論題以供學生擇取,而告之上述格物之法術,其後學生則或去圖書館借書以探究之,或實地詢訪考察之,亦如上述之法方序程,然必當自格物而自致其理知也。

其他如為政、經商、即戎、格自然物體之所謂科學（品物專科之物理學），乃至其下之諸小類屬等，皆各有其殊特之格致方術也。循其已知之天數、公方、公理、常識、義理、智理等，而求其未知（然自在本有）之真知真理、新知新理，乃至"新"天數、新公方、新公理等，亦曰天道人文物理日新日進①，而人道人生日新日善也。故曰：格人事（之徵驗理則）是格物致知，格品物（之徵驗理則）亦是格物致知，而格新其格物之方術公方義法（序程）等（即義理、智理等），仍是格物致知也。格物致知，理器以輔道，所以為人道而終將及於天地之道也。天無不覆，地無不載，如是而成天地大道，亦可謂止於至善矣。

人，天生天命靈明，而各後天自成。故格物須是自格，致理知亦是自致，則自格而自致自知也；然其格也，有格致之公方義法；然其知也，雖曰"格物者（格物者其人）之自知"，然尤是"物之真理本理公理"，故格物而乃合成於真知真理，漸臻於共識公理也（而有品物或物理之公理與人道天道之公理之分）。故曰：用正方，依（已知之）公理，自格物，而致其（未知而本在之）真理，乃至新其公理，而日新日臻於天地宇宙之理（廣義物理與事理——人事之理等）與道（天道與人道）也。

古之小學，既已熟習灑掃應對、進退周旋乃至書（字）數射

---

① 所謂"天道日新"者，乃權宜之說法，實則天道自在，而人之格致天道乃有深淺，或中或不中，故曰"日新日進"。所謂"天不變，道亦不變"，或"天道變，則人道變"云云，皆當作如是看待。

禦之事,及至於大學,而將格物博學致知、究竟理義大道(,而或將以為政治國、明明德於天下)也。(讀)《尚書》是格上古之物(人事、史事);(讀)《春秋》是格"東周(春秋)"時之物(人事、史事);(讀)《易》是格一切物(品物與人事;或"物-人事")而致其人事之理者;(學習)"三禮",合而言之是格當時(農業文明)之一切人事者,分而言之,則《周禮》是格當時之為政治國平天下之人事政事(以及人事中之為政之事)者,《儀禮》是格當時之齊家治國之人事者,《禮記》是格其時(農業文明)一切人事而致明其義理者;《樂》亦是格人事者,而亦有格器樂音聲物體之律理者,所謂"聲律"是也;《詩》固多格(人間日常)人情事理者,然亦稍有格品物或自然物體者,所謂"多識草木鳥獸之名"是也;《爾雅》固仍多格人事者,然稍多格品物或自然物體者,所謂"名物訓詁"是也。① 然《樂》《詩》《爾雅》雖曰有格自然物體之理者存焉,其鵠的則在乎格人事之義理也,此古代中國人文(農業文明)之本色也。今則當有格品物或自然物體之理之格致之學(今日自然科學),又當格製工商業文明時代之新理知,而擴充廣大乎中華天道(廣義天道②)天數、人道人文,而中華之人道人文亦藉之日新日進日善也。

---

① 此外又有種種學問踐習實學之事,豈獨虛文記誦《大學》之一事哉? 果如是,則亦太狹隘也。須知《大學》亦祇《禮記》中之一章耳。
② 參見拙著《中庸廣辭》對於"天道"之解說。

所謂誠正其意在致其理知者

（所謂誠正其意在致其理知者：一者致其人事之理知，故豫學豫知其諸事之本末始終，知其吉凶成敗之因果必然之理，而明乎其善惡利害之果徵也彰然不爽，所謂天道昭昭，人其焉廋？故人將善善惡惡，守正絕邪，趨利避害，而無所顧頊僥倖，如此則其意也將誠正固執不自欺也。意不誠，或在於不知理知，不知天道彰然、理徵必然、因果自然而自欺也；若知天道彰然、理徵必然、善惡因果自然，人無所遁蔽，則當然誠正其意矣。故曰誠正其意在致其理知。

二者致其品物之理知，如此則知天行有常，品物流行而有理則，不為堯存，不為桀亡，敬畏格致而順用之者昌，蒙昧而逆違之者蹶，故法天用物行事，行其當然。

故曰：致理知，於品物則知其必然之理則，如此則知處物用物，利用厚生，輔道推闡，使道日進於高明博厚廣大不止，而萬民蒙其利也；於人事則知其善惡因果必然之理，如此則有戒慎恐懼，則知別擇，別善惡是非正邪而擇止於正善也，所謂“既能知至，則行善不行惡也”，此則“致理知而守其正善”也。以此理知臨事守意，則使諸意念皆歸於正善，如此則能正意而誠有；誠有其正意，則能正心修身而明德也。

人若非生而知之者，則致長其理知而明其明，智也；知其擇善守正而明其德，善也。此之謂格物致理知而明智，意念心身之擇善守正而明德也。

致理知而能誠意，雖然，其一途耳，若夫本性至誠，自可前知，《中庸》曰：“至誠之道，可以前知。國家將興，必有禎祥；國家將亡，必有妖孽。見乎蓍龜，動乎四體。禍福將至：善，必先知之；不善，必先知之。故至誠如神。”此謂誠者天知、誠者自誠也。）

（所謂誠正其意在致其理知者：一者致其人事之理知（事理，即事義，人義，禮義等），故豫學豫知其諸事（諸等事物，此主指人事，然亦可涉及品物等）之本末始終，知其吉凶成敗之因果必然之理，而明乎其善惡利害之果（之後果，之本末始終)徵（徵驗、效驗）也彰然不爽，所謂天道昭昭，人其焉瘦（掩藏）？故人將善善惡惡，守正絕邪，趨利避害，而無所顛頇僥倖，如此則其意也將誠正固（誠有堅固）執（執持）不自欺也（誠信、實有、固執而無妄、不欺）。意不誠，或（有時、或者等①）在於不知（不能致其理知，如不學習，不格物等）理知（無理知，無其正知與真理，不知人事之道理義禮，乃至品物之理則或處品物之道也），不知天道彰然、理徵（徵驗、效驗，又或理證）必②然、因果自然而自欺也；若知天道彰然、理徵必然、善惡因果自然，人無所遁蔽，則當然誠正其意矣。故曰誠正其意在致其理知③。

二者致其品物之理知（品物之理則，如物理、天數天則，或今之

① 此用"或"字者，言尚有其他思路或原因也，蓋"誠正其意"之方術，不徒在致理知之一途，天誠、自誠等，亦皆是也；而"誠意"乃有自身獨立之方術或方法，非謂必借"致理知"之方術乃後可也。下文續有補論。另可參閱《中庸》或拙著《中庸廣辭》。

② 《黃帝書》曰："天建八正以行七法：明以正者，天之道也。適者，天度也。信者，天之期也。極而反者，天之生（性）也。**必者，天之命也**。□□□□□□□□者，天之所以為物命也。此之謂七法。七法各當其名，謂之物。**物各合於道者，謂之理**。理之所在，謂之順。物有不合於道者，謂之失理。失理之所在，謂之逆。逆順各自命也，則存亡興壞可知也。"參見：《黃帝四經今註今譯──馬王堆漢墓出土帛書》，陳鼓應註譯，商務印書館，2007 年 6 月第一版，p. 130。

③ 此解"致知"與"誠意"為條件關係或因果關係：欲誠正其意，先致其理知；因致其理知，因為知道"正知、真理"，知善惡因果之道、理等，故能別擇，故能誠正其意。

所謂自然科學之原理等，又如义理、智理等），如此則知天行有常，品物流行而有理則，不為堯存，不為桀亡，敬畏格致而順用之（品物之理則，天數天則，物理、义理、智理等）者昌，蒙昧而逆違之者蹶（jué，跌倒），故法天用物（此分言之，品物也）行事（此分言之，人事也），行其當然。

故曰：致理知，於品物（萬物，包括自然物、客觀自然之物或客觀自然世界，以及名理物、义理物等）則知其必然之理則（萬物理則，物理，天數天則，或曰自然科學原理等），如此則知處物（萬物，包括動植眾生等）用物（品物，用物乃謂用物之道等），利用厚生，輔道推闡，使道日進於高明博厚廣大不止，而萬民蒙其利也；於人事則知其善惡因果必然之理，如此則有戒慎恐懼，則知別擇，別善惡是非正邪而擇止於正善也，所謂"既能知至（到，有），則行善不行惡也"①，此則"致理知而守其正善"也。以此理知臨事守意（守其意念），則使諸意念（合言之曰意，分言之曰諸意諸念，實則一也）皆歸於正善，如此則能正意而誠有；誠有其正意，則能正心修身而明德也。

---

① 孔穎達疏曰："'物格而後知至'者，物既來，則知其善惡所至。善事來，則知其至於善；若惡事來，則知其至於惡。**既能知至，則行善不行惡也。**"

人若①非生而知之者，則致長（增長）其理知而明（擴充長養，章明、發明等）其明（朱熹曰虛靈不昧，筆者此解靈智虛澄不昧，猶今之所謂仁智、明智、理性、智慧、智力等），知（智）也；知其擇善守正而明其德，善也。此之謂格物致理知而明智，意念（合言之曰意，分言之曰諸意諸念，實則一也）心身之擇善守正而明德也。）

致理知而能誠意，雖然，其一途耳，若夫本性至誠，自可前知，《中庸》曰："至誠之道，可以前知。國家將興，必有禎祥；國家將亡，必有妖孽。見乎蓍龜，動乎四體。禍福將至：善，必先知之；不善，必先知之。故至誠如神。"②此謂誠者天知（命性之知，先天之知）、誠者自誠也。

所謂誠正其意者

所謂誠（正）其意者，毋自欺也。如惡惡臭，如

---

① 此用"若"字者，天道性命，如生性、命性，有其天生而賦命者，或曰潛能，或可謂"生而知之者"也——如云"聖人與我同心性"然；而道理義禮，又有其後天而學習者，可謂"非生而知之者"也——如云"致曲自成"然——，故云爾。詳見拙著《中庸廣辭》。

② 詳見拙著《中庸廣辭》。

好好色，此之謂自謙。故君子必慎其獨也。小人閒居為不善，無所不至，見君子而後厭然，揜其不善，而著其善。人之視己，如見其肺肝然，則何益矣。此謂誠於中，形於外，故君子必慎其獨也。

曾子曰："十目所視，十手所指，其嚴乎！"富潤屋，德潤身；心寬體胖；故君子必誠其意。

所謂誠（正）其意者，（好善惡惡^①，）毋自欺也^②。（善善、惡惡，此之謂正；）如惡_(音 wù)惡臭_(心實嫌之，口不可道)，如好_(音 hào)好_(音 hǎo)色_(心實好之，口不可道)，此之謂自謙_(讀為慊，音愜，qiè，厭也，快足，慊然安靜之貌^③)^④。（自謙，自己也_{(今}

① 增此"好善惡惡"之廣辭，以明"正"意，下文有述。

② 或曰：以此句言，"誠"蓋"誠有""實有"之意，無"正"之意；然揆上下文之論述思路，又需明其"正"——不正，雖誠有何用？——故"誠其意"當補辭為"誠其正意"，文義乃足。

③ 孔穎達又疏曰："以經義之理，言作謙退之字。既無謙退之事，故讀為慊，慊，**不滿之貌**，故又讀為厭，厭，**自安靜**也。"羅按：慊有兩音，qiè，蓋讀為愜，滿足，滿意；又讀 qiàn，不滿，恨。又：此似以通假轉注之法而釋義，稍牽纏。

④ 孔穎達疏："言誠其意者，見彼好事、惡事，當須實好、惡之，**不言而自見，不可外貌詐作好、惡，而內心實不好、惡也。皆須誠實矣。**"或曰："好善惡惡"是"意"，"好惡而惡善"亦是"意"，如不加"正"字而曰"正意"，則"誠意"豈亦包含"誠其'好惡而惡善'之意"邪？以此觀之，但有誠意，不言正意，似亦易致誤解，然則《大學》原文只說"誠意"，似不足也。以此言之，仍當補辭曰"誠其正意"。或補辭為"誠正其意"，所謂誠正者，即心意誠好善惡惡，好善是"正"，惡惡亦是"正"，"正"兼含"善善、惡惡"之二意(所謂"誠正"，即"**實好善**、（轉下頁）

曰"做自己"、做真實自我），誠也，故一心純澈不差亂，而輕盈也（今日不用掩飾，內外一致，表露真實自我，故毫無心理能量之牽纏損耗，故輕鬆輕盈也）。內誠其意，）故君子必慎其獨也。小人閒居為不善，無所不至，見君子而後厭（讀為黶，yǎn，黶，黑色，引申為閉藏貌）然，揜（遮掩）其不善，而著（表現，彰顯，誇張）其善。（然）人（他人與自己）之視己，如見其肺肝然，（既難欺人，尤難欺己，）則（揜著）何益矣（邪）？ 此謂誠（誠有）於中（心），（必）形於外，（善惡諸意不能掩藏，人己共知見，）故君子必慎其獨（而誠正其意）也。

曾子曰："（君子之心意身行（修身行為）也，天知地知，我知爾知，自知他知，眾皆知見之；雖其獨處，猶若）十目所視，十手所指，其嚴（可畏敬，嚴憚）乎！"（《中庸》曰："君子戒慎乎其所不睹（人所不睹時；或曰不可睹者，鬼也），恐懼乎其所不聞（人所不聞時；或曰不能聞者，神也；不睹

（接上頁）實惡惡"，所謂"誠正其意"，即"內在之意念實好善惡惡"也，（內意或其意）好善、惡惡，即是誠正其意。若曰誠有其"好惡而惡善"之意，則成何道理邪?!）。或為《大學》原文之遣字辯解曰：無論其為正意、邪意，而誠意之後，則君子小人判然，人固不欲為小人，故將遷善改過，則誠意後自然將至於正意，故《大學》只說"誠意"，不必說"誠其正意"或"誠正其意"，而特重誠意即可。此解未嘗不可稍通，然而終究文、義不能對應，不合今之文法或作文通例，且易生誤會，故今可改易之。

不聞,合言之,皆鬼神也)①。莫見(現)乎隱,莫顯乎微,(隱微之間,天地鬼神本心,皆的的在焉,無可欺揜,必報應(或曰果報)之,)故君子慎其獨也②。")③富潤

---

① 鄭玄註:"小人閒居為不善,無所不至也。君子則不然,雖視之無人,聽之無聲,猶戒慎恐懼自修正,是其不須臾離道。"原文錯簡於"可離非道也"之下,故鄭玄有"是其不須臾離道"之註語。今調整其次序至此,則不需此句。詳見拙著《中庸廣辭》。

② 鄭玄註:"慎獨者,慎其閒居之所為。小人於隱者,動作言語,自以為不見睹,不見聞,則必肆盡其情也。若有佔聽之者,是為顯見,甚於眾人之中為之。"原文錯簡於"可離非道也"之下,今調整次序至此。詳見拙著《中庸廣辭》。

③《周易·繫辭下》:"子曰:'知幾其神乎!君子上交不諂,下交不瀆,其知幾乎?幾者,動之微,吉之先見者也。君子見幾而作,不俟終日。《易》曰:"介於石,不終日,貞吉。"介如石焉,寧用終日?斷可識矣。君子知微知彰,知柔知剛,萬夫之望。'子曰:'顏氏之子,其殆庶幾乎?有不善未嘗不知,知之未嘗復行也。《易》曰:"不遠復,無祗悔,元吉。"'"參見:《宋本周易註疏》,中華書局,2018 年 10 月,pp. 451 - 453。又曰:"《易》曰:'憧憧往來,朋從爾思。'子曰:'天下何思何慮?天下同歸而殊途,一致而百慮。天下何思何慮?日往則月來,月往則日來,日月相推而明生焉。寒往則暑來,暑往則寒來,寒暑相推而歲成焉。往者屈也,來者信(同伸)也,屈信相感而利生焉。尺蠖之屈,以求信也;龍蛇之蟄,以存身也。精義入神,以致用也;利用安身,以崇德也。過此以往,未之或知也;窮神知化,德之盛也。"參見:《宋本周易註疏》,中華書局,2018 年 10 月,pp. 444 - 445。《周易·繫辭上》亦曰:"《易》與天地准,故能彌綸天地之道。仰以觀於天文,俯以察於地理,是故知幽明之故;原始反終,故知死生之說;精氣為物,遊魂為變,是故知鬼神之情狀。與天地相似,故不違;知周乎萬物,而道濟天下,故不過;旁行而不流,樂天知命,故不憂;安土敦乎仁,故能愛。範圍天地之化而不過,曲成萬物而不遺,通乎晝夜之道而知,故神無方而《易》無體。"參見:《宋本周易註疏》,中華書局,2018 年 10 月,pp. 389 - 392。又曰:"是故蓍之德圓而神,卦之德方以知,六爻之義易以貢。聖人以此洗心,退藏於密,吉凶與民同患。神以知來,知以藏往,其孰能與於此哉!古之聰明睿知,神武而不殺者夫。"參見:《宋本周易註疏》,中華書局,2018 年 10 月,p. 419。皆可交互參證之。

屋;德潤身①;心寬（而）（則;又）體胖（大）②（,囂囂而坦蕩）;故君子必誠其意。

羅按:

誠實其意（念之善）,以合於（心志之）善。何以誠之? 曰慎獨。誠意修養之方,其（之一）在慎獨。

慎獨:心、意一致;內外一致,或外言行與內心意一致;慎其心志與意欲。若意欲不正善,迫於外力外緣,則或偽言飾偽志,或偽志而飾言,故曰言與實當一致。

或問:誠其意＝正心? 意念上判斷? 意＝慮? 或答曰:誠正諸意,可謂正心也。

或問:致知＝致是非之心（王陽明:致良知）? ＝窮理而致其真識（朱熹:窮極其知）? ＝致知其義理,如"知止於至善之道義"? 今答曰:先秦之所謂"知",多人事智慧、人事義理,今則又當並重其理性、理智、"致物理、智理"之知或理也。

---

① 羅按:"德潤身",亦孟子所謂"君子所性,仁義禮智根於心,其生色也,睟（suì,cuì,潤澤溫潤之貌）然見於面,盎（泱泱然盛）於背,施（shī,散佈、用,加;遍及;或行、流;yì,延及;移動）於四體,四體不言而喻"。參見:《孟子·盡心上》。

② 鄭玄註:"三者,言有實於內,顯見於外。"孔穎達疏:"言家若富,則能潤其屋,有金玉又華飾見於外也。又謂德能霑潤其身,使身有光榮見於外也。又言內心寬廣,則外體胖大,言為之於中,必形見於外也。以有內見於外,（故）必須精誠其意,在內心不可虛也。"

格物＝來物(人事)之善惡效驗(鄭玄、孔穎達)＝至物理(朱熹：窮盡物理。物者，人事也)＝正物去惡(王陽明)＝叩問推究格來物事(人事與品物)之果徵(效驗)、而後究其物(人事與品物)理(羅雲鋒)。

或曰：《大學》中，"心"(或"心"字之用法)指良心、是非之心、靈知之心，並無"邪心"之含義(今則將心視為中性詞，而有良心、正心、好心與惡心、邪心、壞心之分)。換言之，在上古，心只有褒義，是褒義詞，而非中性詞。

問：致理知之外，如何誠意(自誠其意)？定靜安慮得？觀想美好法(想象其善好善果而使歡喜愛好之)？情感力？意志力？主靜？主敬？內觀？省察克治？戒慎恐懼？滿灌療法(今之心理學)？觀想恐嚇法(佛教之方法，想象其惡象惡果而使厭棄克治之)？實踐而各知其善惡之果徵，而後意誠正？且各自深思體悟之。

所謂正心在誠正其意者

（所謂正心在誠正其意者：心者，千萬意念之本所；千萬意念者，本心之發也。心是意之能藏，意是心之所嚮所發；心是能發者，意是所發者；心是體，意是用。質言之，心是本體，萬物是客體，意以接之。以言其靜也，則本體先天寂然不動，無偏無倚，自然正中，而涵萬有。以言其動也，則心感物而動，以應萬物，而意以介發之。故曰：心動即意之發，意聚而為心之嚮，故正意即是正心，正心即是正意。心原是此一心，意是萬事之來應也。應之而有道，正道斯中，謂之正心。諸意不正，則此心亦未正；諸意紛雜變亂，可見心無定主而不誠固，祇是假正假心；又或心欲在而意每牽，千念萬緒擾亂其心，心欲正而難也。若夫每念存正，諸念自誠，則此心自安自正；一意不誠正，則一心不正。故曰正心在誠正其意。

何以誠正之？曰慎獨，曰：守意於正，非道不應也。萬物之接，諸意之來，即權格以道義理知及其果徵，正道應之，而皆誠實誠守，不躁狂偏僻，不為諸意所動轉。如斯每意誠正之，意不失正，正意實有，則為正心之工夫也。何謂邪？曰：若此心未正，則當誠正其諸意，此是修行工夫。工夫到處，諸意皆誠正，然後此心乃能安正。若夫此心正後，則心者意之主，意者心之發，心主而制度之，而諸意每發皆自誠正，自在從心所欲不逾矩也。故又曰：誠正其意亦在正其心，正心亦在致其理知。）

（所謂正心在誠正其意者：心者①，千萬意念之本（本體，根本，意之所本）所（居所，居藏之地，意之所處所出；心是千萬意念之本與所，又是千萬意念之總體也）；千萬意念者，本心之發也。心是意（意念，或曰識，zhì）之能藏，意是心之所嚮所發（發動，或曰識，zhì，包括心音或音聲，"心之所識"）；心（本心）是能發者，意是所發者；心（本心）是體，意是用。質言之，心是本體，萬物（外物，外在人、事與品物等）是客體，意以接（交接、中介）之。以言其靜也，則本體（本心）先天寂然不動（《中庸》所謂"喜怒哀樂之未發，謂之中"），無偏無倚，自然正中（多重涵義：中間；中於天性天道，中於天命性道等②），而涵萬有（天生此心，本靜涵萬有，將以接動

---

① 此"心"非生物學意義上之實體之"心"，乃哲學或性命、心性意義上之"心"，即人之明靈"命性"、本性、天性、靈性等（之所在或所會聚者）；若乃"心所"，則或有之（實體）矣，或曰心性或命性之"心所"在於方寸之間（即心臟），或曰在於腦（大腦皮層等），或曰在於今之所謂杏仁核等，迄無定讞。或解曰：心是意（或識 zhì）之能藏，意是心之所識（zhì，包括心音或音聲，或曰"心之所發動"）；心是能發者，意是所發者；心是體，意是用；"總包萬慮謂之心，爲情所意念謂之意"。"誠其意"即"信合、實有其所識（zhì）、意念、心音於心性、天道、義理，而無僞不欺"也，"誠正其意"者，則或又"審之正之"也。

② 於其本體或靜體言之，心不必正而自正。參見拙著《中庸廣辭》。

萬物也)①。以言其動也，則心（人生而後，心以成動；後天）感物（外物）而動，以應萬物，而意以介發之。故曰：心動（心動或動心）即意之發，意聚而為心之嚮（定嚮，嚮往，定嚮或嚮往於某物或現象，今世西方現象學名之為所謂"意嚮性"，intentionality），故正意即是正心（正此後天之動心），正心（正其動心，非正其本心靜心，本心自正）即是正意②。心（本心，心體，心所）原是此一心（本心，心體，心所），意是萬事之來應也。應之而有道（合道），正道斯中（音zhòng），謂之正心（心之發或心之動）。諸意不正（中道，正中於道），則此心（心之發或心之動）亦未正（正道，中道，合道；心未正，則偏頗害道義，動輒得咎）；諸意不誠（此言不誠於正），紛雜變亂，可見心無定主（正主，正主於正道本心）而不誠（誠有誠正）固，祇是假正假心（心動而偏頗邪僻；或偽飾；或曰非本心也；情牽意馬，本心遮蔽也）；又或心欲在（在正，在中）而意（不正之意念）每牽，千念萬緒擾亂（動擾淆亂）其心（本心），心（本心）欲正（安處於本心或心所）而難也。若夫每念（意）存正，諸念（意）自誠（誠於正），則此心自安自正（安處於本心或心所）③；一意（念）不誠正，則一心（心

---

① "正心"之"正"，有"**靜、敬、純**"等義，又有"**正在、正中**""**止於一、止於是、止於天道**""**守持其心**"等義，皆言其本體、靜守、合道、自然自在。

② "正心"之"正"，又有"**是**""**以天道義理或正道正義治正其心**"等義，即言其發動、發用。

③ 言其靜，言其本體，本體自然自在。

之發或心之動）不正^①。故曰正心在誠正其意。

何以誠正之（諸意）？^② 曰慎獨^③，曰：守意（諸意）於正（正心、本心、正道等），非道（正道，天道）不應也。萬物（事，人事乃至自然物事、義理之事等）之接，諸意（每意每念）之來，即權（權衡）格（來，叩問推究格來）以道（正道，天道）義（正義）理知（此言致理知或致權於理知）及其果（後果、因果）徵（徵驗，效驗，吉凶休咎成敗等之效驗等。此言格物），正道應之，而皆誠實誠守（有）（其道義理知），不躁狂偏僻（於道義理知，此言復守其心體自在之靜，定靜安，而後乃能慮得也），不為諸（諸等）意（此言邪僻意念，非曰誠正之意）所動轉。如斯每意誠正之，意不失正，正意實有（實有而誠信），則為正心之工夫也（以誠正其意而正心，誠意與正心，合二為一）。何謂邪？曰：若此心未正，則當誠正其諸意，此是修行工夫。工夫到處，諸意皆誠正，然後此心乃能安正。若夫此心正後，則心（心體）者意（諸意）之主（主宰），意者心之發，心主而制度（制約、規度）之（諸意），而諸意每發

---

① 言其動，言其行用。

② 揆諸《大學》全文之思路或章法，此一段本可置於"所謂誠（正）其意者"這一論題之下，然因該段頗關涉"正心"而為說，故乃置於"所謂正心在誠正其意者"論題下，雖與全書章法稍有扞格，然亦無傷大雅也。

③ 加一"慎獨"，以接上文；以下續講慎獨之心法。文意自能貫通，故未加"何以慎獨"。

皆自誠正，自在從心所欲不逾矩（規矩，又中道，正中也）也。故又曰：誠正其意亦在正其心，正心亦在致其理知。）

所謂正其心者

（所謂正其心者，止於一而是之曰正，身形之中、神明之主（而總包萬慮）曰心。止者，守持而定也；一者，上天也，故正又曰止於天；是者，正於日而直之曰是，曰正見也，"十目燭隱則曰直，以日為正則曰是。"日者天也，則所謂正心者，守一以止，止於天而以天直之，乃止斯心而中通天道是也。

何以止之？曰惟精惟一，舜曰："惟精惟一，允執厥中。"曰靜也，敬也，純也，審也，曰自在中通也，知止而後有定能靜安慮得也。

何以直之正之？曰以天為直為正，中通於天為正直。故所謂正心者，亦曰用中也，曰致中和也。《中庸》曰："喜怒哀樂之未發，謂之中；發而皆中節，謂之和。中也者，天下之大本也；和也者，天下之達道也。致中和，天地位焉，萬物育焉。"本天道以推人道，本人道以製仁義。以天道正心，以仁義正心，以禮正心，則雖發而皆中節，則其心正矣。）

（所謂正(詳見前文關於"正心"之"正"之註解)其心者，止於一而是之曰正，身形之中、神明①之主(而總包萬慮)曰心②。止者，守持③而定也④；一者，上天也，故正又曰止於天(包括天體之天、天帝之天、天道之天、先天之天等，此主言天道元

---

① 亦曰"神靈"，人秉陰陽之精而生，而"陽之精氣曰神，陰之精氣曰靈"。《曾子·天圓》：曾子曰："且來！吾語汝。參嘗聞之夫子曰：'天道曰圓，地道曰方，方曰幽而圓曰明；明者吐氣者也，是故外景；幽者含氣者也，是故内景，故火日外景，而金水内景，吐氣者施而含氣者化，是以陽施而陰化也。陽之精氣曰神，陰之精氣曰靈；神靈者，品物之本也，而禮樂仁義之祖也，而善否治亂所由興作也。陰陽之氣，各從其所，則靜矣；偏則風，俱則雷，交則電，亂則霧，和則雨；陽氣勝，則散為雨露；陰氣勝，則凝為霜雪；陽之專氣為電，陰之專氣為霰，霰電者，一氣之化也。毛蟲毛而後生，羽蟲羽而後生，毛羽之蟲，陽氣之所生也；介蟲介而後生，鱗蟲鱗而後生，介鱗之蟲，陰氣之所生也；唯人為倮匈(倮，赤體、裸體，保匈指無毛羽鱗介蔽體)而後生也，陰陽之精。毛蟲之精者曰麟，羽蟲之精者曰鳳，介蟲之精者曰龜，鱗蟲之精者曰龍，倮蟲之精者曰聖人；龍非風不舉，龜非火不兆，此皆陰陽之際也。茲四者，所以聖人役之也；是故，聖人為天地主，為山川主，為鬼神主，為宗廟主。"參見：《曾子輯校》，中華書局，2017 年 12 月，pp. 64 – 68。

② 《荀子·解蔽篇》："心者，形之君也，而神明之主也。"此曰人心，人秉陰陽之精而生。

③ 守於一，守其心，守其中也。

④ 《說文解字》：正，古文正，從一足。足者亦止也(羅按：亦是"止於至善"之意；知止而後能定)。【注】徐鍇曰："守一以止也。"

道,詳見拙著《中庸廣辭》)^①;是者,正於日而直之曰是,曰正見也,"十目燭隱則曰直,以日爲正則曰是。"^②日者天也,則所謂正心者,守一以止,止於天而以天直之,乃止斯心^③而中通^④天道(包括天則或天數、天心、天道或元道、先天之天等,此主言天道元道,詳見拙著《中庸廣辭》)是也。

何以止之?曰惟精惟一^⑤,舜曰:"惟精(精心)惟一(一意,專一,專意),允執厥中(多重涵義:本心,中心;中道,常道;中通

————————————

① 《說文解字》:正:**是也。從止,一以止**(羅按:"一"者何? 天道、元道、"至善"是也,"正心"即"止於一""止於至善"也)。凡正之屬皆從正。**疋,古文正從二。二,古上字**(羅按:"上"者何? 曰"天"也,"天道"也,"正心"即"止於上""止於天""止於天道"也,亦即《中庸》所謂"中","中通於天道"也)。**疋,古文正從一足。足者亦止也**(羅按:亦是"止於至善"之意)。之盛切。〖注〗徐鍇曰:"**守一以止也。**"

② 《說文解字註》:正:**是也。從一,句。一以止。**江沅曰:一所以止之也,如乍之止亡、母之止姦,皆以一止之。之盛切,十一部。凡正之屬皆從正。關於"是",《說文解字》:是:**直也,從日正**(羅按:此言"直於日天""是以日天""正以日天""以天日、天道而直之是之正之"之意,同於《中庸》之"中",中通於天或天道也)。凡是之屬皆從是。**是,籀文是從古文正。**承旨切。《說文解字註》:是,直也。直部曰:**正見也,從日正。十目燭隱則曰直**(羅按:此解甚好,可對應《中庸》所謂"慎獨"之意),**以日爲正則曰是**(羅按:此即"中通天道"之意)。從日正會意,天下之物莫正於日也。《左傳》曰:"**正直爲正,正曲爲直。**"《五經文字》是入日部,則唐本從曰也,恐非。承旨切。旨當作紙。十六部。凡是之屬皆從是。參見:漢典。

③ 斯心者,我心也,又人心也,又天心也,我心、人心、天心一本。

④ 故"正"亦是"中"(四聲),正心即是中(四聲)其心於天道。

⑤ 《尚書・大禹謨》:"人心惟危,道心惟微,惟精惟一,允執厥中。"《論語・堯曰》:"天之歷(或作曆)數在爾躬,允執其中。"

大學廣辭

一三二一

於天道者等）。"①曰靜也②，敬也③，純也④，審也⑤，曰自在中通也，知止而後有定能靜安慮得也。

　　何以直之正之？曰以天為直為正，中（多重涵義，詳見下）通於天為正直。故所謂正心者，亦曰用中也，曰致中和也⑥。《中庸》曰："喜怒哀樂（諸情，諸種情感或情意，《禮記・樂記》曰喜怒哀樂敬愛）之未發，謂之中（多重涵義，四聲，又平聲，中通；心也，中心；正中，不偏不倚等⑦。此言人情諸意未發時，則此心或本心純然靈明安靜，自在其正中，正中天道或天命性道，而無偏頗紛爭）；（喜怒哀樂敬愛諸情、意、慾等）發而皆中（去聲，符合）節（度，節度；中節即符合正道義

---

① 堯以"允執厥中"授舜，舜以"人心惟危，道心惟微，惟精惟一，允執厥中"授禹。（偽）古文《虞書・大禹謨》云："帝曰：來，爾禹！乃云天之曆數在汝躬，汝終陟元後，人心惟危，道心惟微，惟精惟一，允執厥中。"《傳》曰："人心為萬慮之主，道心為眾道之本。立君所以安人，人心危則難安；安民必須明道，道心微則難明。將欲明道，必須精心；將欲安民，必須一意，故以戒精心一意。又當執其中，然後可得明道以安民耳。"參見：《尚書正義》，上海古籍出版社，2007 年 12 月第一版，pp. 132 - 134。

② 靜，意為提神靜氣、心神矜持端肅，或端嚴其身心，而持一種端肅敬慎之心理準備態度或狀態——蓋《大學》之"正"與《中庸》之"中"，或皆與古之巫覡或祭祀等相關，而心神敬慎端肅而已。

③ 敬其心於天道正義，又矜慎敬畏而戒慎恐懼、戰戰兢兢、如臨深淵、如履薄冰然也。

④ 純（或凝神、聚精會神，無雜念，無妄念，心不走失迷失），純淨、專一，純澈專一其心於天道正義，即所謂"惟一"。

⑤ 亦有矜慎之意。以上數者皆言"正心"之心態或心理條件等。

⑥ 此外，關於"何以致中和"，可以參見拙著《中庸廣辭》中之相關廣辭，茲不贅述。

⑦ 詳見拙著《中庸廣辭》。

禮，無過與不及），謂之和（和當，相應或相應合，合度，合於正中，無過與不及）（和，古字為龢，調也，相應也，調和相應；引申為和當、合度、合於正中、無過與不及、"情意言行發而各中於節度、道義"而後和悅也①）。 中（多重涵義，中通；心也，中心；正中無偏；靈明中正等）也者，（天命人心（又性也）明靈，）天下之大本（本心，心體）也②；和也者，（率性（又心也）明靈，中節合度，）天下之達道也。 致（行之至；或曰至於，達致，獲致，追求）中（去聲或平聲）和，（則）天地位（正，正位，得其所）焉，萬物育（生，長，遂其生）焉。"③本天道以推人道，本人道以製仁義。④ 以天道正心，以仁義正心，以禮正心，則雖發而皆中節，則其心正矣。）

所謂修身在正其心者

　　所謂修身在正其心者，身，（心）有所忿懥，則（身，或身、心）不得其正；（心）有所恐懼，則（身，或身、心）不得其正；

---

① 《學而》：有子曰："禮之用，和為貴。先王之道斯為美，小大由之。有所不行，知和而和，不以禮節之，亦不可行也。"詳見拙著《中庸廣辭》。
② 鄭玄註："中為大本者，以其含喜怒哀樂，禮之所由生，政教自此出也。"
③ 詳見拙著《中庸廣辭》。
④ 《中庸》："天命之謂性，率性之謂道，修道之謂教。"

(心)有所好樂，則(身，或身、心)不得其正；_(心)有所憂患，則_(身，或身、心)不得其正。心不在焉，視而不見，聽而不聞，食而不知其味。（如斯，雖有鐘鼓饌玉，何以修養其身?！故曰：心為身之主，若夫心正，止一正中，直之是之，則身心不動搖失中，不以忿懥、恐懼、好樂、憂患而失其正身正行，然後乃可修養其身矣。）此謂修身在正其心。

所謂修_(修治，修飾，修美，修養；正，直，修正等)身_(身行)在正_(止一而是之，正中於天道義理等)其心者：（修亦正_(直也，治也)也，又美也，修身即正身美身_(身與行)，以道德義禮修正美飾之也。然若其心不正_(止一而是之，正中於天道義理等)，身亦難正_(修，直，正直，治)。此何故邪？曰：心為身之主，身為心之使，心不正，則將主使其身不正_(正直，正行，正身，正事，正節)也。何謂心不正？曰：放心未止_(止於一，止於斯)定，偏頗_(偏倚，偏倚於中道、中正)而失中_(多重涵義，如中通天道、中正等，詳見《中庸廣辭》)，非是而不直_(正直)也。"凡不能正其心者"[1]，則

---

① 參見：王夫之，《讀四書大全說》，中華書局，1975 年 9 月，p. 30。

一旦（其心意①）（心與意，意為心感物而發，心為意之總②））③有所忿

懥（怒貌，或作憤，或為懫。懫音致，又得計反。蓋言**"有所忿懥之事"**；或曰是

"有所忿懥之情或意"；蓋心接感外物外緣而有所發意，即"有所忿懥之事或情、

意"④）（而（心意）偏倚失正節），則（其身（身行。《大學》原本中，前文已

出此字，為四個分句之共有主語，本廣辭為敘述解讀方便故，乃省去前一"身"字，

讀者識之；或曰此兼身、心而言，以下同）⑤亦）不得其正（言因怒而違於正

---

① 或曰此言忿懥、恐懼、好樂、憂患之事，則不必另加"其心意"三字。

② 以下同。

③ 原文當斷句為："所謂修身在正其心者：身，有所忿懥，則不得其正，有所恐懼，
則不得其正，有所好樂，則不得其正，有所憂患，則不得其正。""身"為此後四
分句之共同主語，即"如心因有所忿懥、恐懼、好樂、憂患而偏倚失正，則身亦
皆不得其正也。"或曰：原文之"身"，當為心，或刪去此一"身"字；程子亦以為
是"心"，而王夫之以為是"意"。則不知此段句勢也。

④ 或曰：此當作"一旦其心感物而有所忿懥"（之情感意念，或"之事"），蓋忿懥、
恐懼、好樂、憂患等皆是情、意而已，是心感物而發者也。雖聖人亦難免有忿
懥、恐懼、好樂、憂患之事或情、意（七情六慾），然聖人君子之情意之發也，皆
合於道理、正中不偏而已，所謂"發而皆中節"是也。

⑤ 實則其身、心皆不得其正，質言之，此可兼身、心而言，故此處不必增字或廣辭。
若前句作"其心意"或"其心"，則此句乃加"其身亦"，以為上句"心"之對文，"身"
者，身行也。以下同。然揆句意，下一分句雖可兼身、心而言，然似以"身"意為
重。此數句之文法理路蓋為："所謂修身在正其心者，（人或）有所忿懥（之情、意
或事），（若未能正其心，）則（身）不得其正；有所恐懼（之情、意或事），（若未能正
其心，）則（身）不得其正；有所好樂（之情、意或事），（若未能正其心，）則（身）不
得其正；有所憂患（之情、意或事），（若未能正其心，）則（身）不得其正。故曰修
身在正其心。"（或曰"之事"當為"之情或意"）古文為文章簡潔故，乃省略分說
"若未能正其心"四句，又以一"身"字總該下文四分句之主語也——倘然，則此乃
先秦古人之特別文法耳。然又或曰：此數句之文法理路當為："所謂修身在正其
心者，（蓋若其人未能正其心）有所忿懥（之事），則（心）不得其正；有所恐懼（之
事），則（心）不得其正；有所好樂（之事），則（心）不得其正；有所憂患（之事），則（心）
不得其正，心不在焉，視而不見，聽而不聞，食而不知其味，如斯何以修身?！故曰
修身在正其心。"然此解太過牽纏，且"身"字之上下文呼應相距太過遙遠，故不取。

也，以"身"言則此"正"亦是"修""直""治"也。所以然者，若遇忿怒而心不正，則將發而不正中其節度，或違於道理，或過猶不及，則身、心皆失於正也，即謂"偏倚失正中正節"，而將害於身也；蓋兼身、心而言："心不正"意為心已放、不在焉、未止一、不正中、不合道等，"身不正"意為身行不正直，不檢束，為邪僻放蕩之事等，以下同）；（或加"其心意"，同上）有所恐懼（而偏倚失正節），則（或加"其身亦"，同上）不得其正（言因恐懼而違於正也，蓋言"身"；或曰兼身、心而言，同上）；（或加"其心意"，同上）有所好樂（而偏倚失正節），則（或加"其身亦"，同上）不得其正；（或加"其心意"，同上）有所憂患（而偏倚失正節），則（或加"其身亦"，同上）不得其正。（不能正心者，謂心不正（未曾止於一、止於天、止於道理義禮等），又謂正心（止於一之心，合道之心等）不在（不在即不止定於斯，心已放或已放心矣；或曰不在其正道、正物、正理等之上）焉。正）心不在焉（不在即不止定於斯，心已放或已放心矣，此兼言不在、不正；或曰"心不正在焉"），（則將）視而不見，聽而不聞，食而不知其味（味道，或正味）。（如斯，雖有鐘鼓饌玉，何以修養其身？！此何謂邪？心不正在（分言之，不正與不在稍有區分，"在"又有"自在"之意，合言之則不正即不在）焉，則身無所主，而偏頗紛亂以害身；正心不在，則身無所正主也（此係變化文法而反復論說耳，實則"心不正在焉"即是"正心不在焉"）。（心）無正主，則（身）無正見正行；正心在焉，然後得其正身正行。正心者，配義與道（正義與正道)而不動心也[1]，則其身心行事也，將不因忿懥、恐懼、好樂、憂患之意發而違正害身也；"即有忿懥、恐懼、好樂、憂患，而無不得其正"[2]。故曰：心為身之主，若夫心正，止一正中，直之是之，則身心不動搖失中，不以忿懥、恐懼、好樂、憂患(忿懥、恐懼、好樂、憂患云云，皆因其心不正或失其中正而然也)而失其正身正行，然後乃可修養其身矣。)此謂修身(正身)在正其心。

羅按：

身於其人(心或意)有所忿懥(時)，則不得其正＝(其心或意)有所忿懥，則(其身、行)不得其正＝身，有所忿懥則不得其正(正身＝修身)。

正心＝存(即止、守、持)其良心，存其是非之心，存其靈知(判斷是非)之心，存其中通天道之心等＝正在其心(存其正心，守其正心，自在其天心)。

正(心)＝正＋存、在＋是非之心。

正心＝存心＋存心於一、天、正、中、善、道(正道、中道；天道、人道等)。

---

[1] 王夫之解為"持志"，參見：《讀四書大全說》。

[2] 參見：王夫之，《讀四書大全說》，中華書局，1975 年 9 月，p. 29。

身心或為情意所轉所移所拘。

心當不妄動於情慾，而發乎情，止乎禮，止乎天道正中仁善也。心當不妄動於情慾物慾，以存心（心在焉）、虛心、正心等；心不妄動，不偏移，不離所離正，不過猶不及，不轉偏於情慾物慾等。

心不失，又不失正。

此心常在，蓋此心即謂良心或明靈之心、覺醒之心、自覺之心、是非之心、中通天道之心、自在之天心等。

（諸）意不失正，正意實有，則心亦不失，不失正。

以心修身，有（存）心方能修身。

所謂修其身者

（所謂修其身者，"修身以道，修道以仁"也，古者"天下之達道五，曰：君臣也，父子也，夫婦也，昆弟也，朋友之交也；所以行之者三，曰：知，仁，勇。子曰：'好學近乎知，力行近乎仁，知恥近乎勇。'知斯三者，則知所以修身也"[①]。又曰：所謂修其身者，

---

① 以上節選自《中庸》，乃為先秦儒家之所謂"修身之道術"。於今正當有所改張，故正文廣辭另有論述也。

修其身以道德仁義、正禮、中和也，道德仁義言其原則，正禮言其法度，中和言其徵效也。

亦曰何以修身正身？則曰：以正心正身，以道理正身，以義禮正身也。義、禮何來？或則來於我人之正心，或則來於聖人之正心，或則來自於理知，而一之於人之正心也。人之正心何來？自天也，又自人之明靈也。心為意之總，則(正心)又來於正意；正意何來？來於正知；正知何來？來於格物；何以格物？來其是非善惡、吉凶成敗、本末始終等因果自然之果徵，又來其天地萬物之數與則也，而後知其必然之理也。人各格物致知而誠意正心修身也；又人各學習前賢往聖已格致之理知而誠意正心修身也。故曰：前人已格致之理知，則學習之，驗證之；而又溫故知新，以已格致之理，格求未知之理；又或修正更新其舊理，而將日臻於(新)公理，乃至臻於至善至理也。)

(所謂修其身者，"修(修治、修正、修美、修養等)身以道(天命性道、天道、人道、中庸之道、忠恕之道等)，修道以仁(仁愛，仁善，仁心、仁親,既兼愛,又別愛;仁即仁愛忠恕之心也①)"②也。仁者,人(人道、人意、人心,以人道、人意、人心相存問、相親愛、相偶敬也,凡人皆以人意人道相親愛存問偶敬也。又曰人性仁愛忠恕之心也。鄭註:人也,讀如相人偶之"人"。以人意相存問之言③)也,相人偶(二人相親好)也,凡(凡是,所有)人皆仁愛(兼愛,伻敬)之("仁愛之",謂以人道、人意、人心相存問、相親愛、相偶敬也,凡人皆以人意人道相親愛存問偶敬也,故曰伻敬兼愛);又忈(仍音仁)也,人心所同也(千之古字形仍為人,故忈即是人心;然解為"千心"亦可,千心所同也,一人之心即是千萬人之心也,則由二人相人偶而推至千萬人相人偶

① 《說文解字》:仁,親也。从人从二。忈,古文仁从千心。尸,古文仁或从尸。如鄰切。【注】臣鉉等曰:仁者兼愛,故从二。【注】忈 rén,親,仁愛。《說文解字註》:仁:親也。見部:親者,密至也。从人二。會意。《中庸》曰:仁者,人也。注:人也讀如相人偶之人,以人意相存問之言(羅按:互敬也,伻敬也)。《大射儀》:揖以耦。注:言以者,耦之事成於此意相人耦也(羅按:互敬也,伻敬也)。《聘禮》:每曲揖。注:以相人耦爲敬也(羅按:互敬也,伻敬也)。《公食大夫禮》:賓入三揖。注:相人耦。《詩·匪風》箋云:人偶能烹魚者,人偶能輔周道治民者。《正義》曰:人偶者,謂以人意尊偶之也(羅按:互敬也,伻敬也,成人平人皆互敬伻敬也;而後或倫類相敬)。《論語注》:人偶同位人偶之辭。《禮》注云:人偶相與爲禮儀皆同也(羅按:此即互敬伻敬)。按人耦猶言爾我親密之詞,獨則無耦,耦則相親,故其字从人二。孟子曰:仁也者,人也。謂能行仁恩者人也。又曰:仁,人心也。謂仁乃是人之所以爲心也。與《中庸》語意皆不同。如鄰切。十二部。參見:漢典。

② 《中庸》。

③ 意曰:仁,人道也,關乎人者也,人之相對待之道也。先秦儒家之"仁",主要指人道("人道之仁"),推己及人而已;人本,不言以人道推及於物(萬物眾生),或曰先人后物,故孟子曰:"仁民而愛(喜歡,非曰人際之仁愛)物(萬物眾生)",不言"仁物"(參見《孟子·盡心上》:孟子曰:"君子之于物也,愛之而弗仁;於民也,仁之而弗親。親親而仁民,仁民而愛物。");及其後,或因受佛教萬物眾生平等觀念之影響,而將"仁"之含義擴大,而推及萬物眾生,"仁"乃成為"天道之仁"。

親愛也；又：天命之心性皆同也，此處之"心""性"指天命人類之普遍命心、命性）。

天命人之心（仁心）性（命性）也同，又各有倫類，故凡（凡是，所有）人皆仁（性本仁）而又仁（愛，仁愛，兼愛，以伻敬人道兼愛之。或亦可為"伻""人伻"，下文有詳述）之，必致人伻（伻，平人，人人命性、道命平等，故當以人道平等相敬，曰人伻、伻敬、伻禮等，下文有詳註）也。何謂必致人伻？曰：仁（動詞，仁愛）人而普敬人伻（人仁，今日平等人權與平等人格），不犯（今日人權或基本權利）不擾（今日自由），所以仁（動詞）人伻敬也。重申之曰：仁（動詞）人伻敬，兼愛普敬人（民）伻也，人（民）無不敬也（今日平等人權與平等人格）；不犯，人（國人，民，人們）有尊嚴也（今日基本人權或基本權利，包括人格權利）；不擾，人（國人，民，人們）自在也（今日自由權或自主權）。雖然，仁者人也，人皆伻敬之，而親親（親近其親）為大（重大。此為"倫"，或"份""人份""倫份"。於公職公政，普敬萬民，一視同法（公法）；於公共道德與公共事務，則必先人伻；於私域或私情之義務責任，必先親親倫敬而推及之，所謂"君子之道，辟如行遠必自邇"也）；義者宜也，萬事皆有其義（即其所宜），而尊賢為大。此何故邪？親者（父母等）以仁愛鞠（jū，通"育"）我，吾親（親愛之、孝敬之）親（父母等）孝悌而體充我之仁心（本有仁心，感此父母之仁心，而又感恩親親孝悌體養此仁心。或曰仁愛責任，即吾人之責，吾人當任當報者；生養在家，生有仁心，家有仁愛，感其恩情，親親乃愈能體知仁道仁責，是親親之仁），為仁之本，而後能推及（於他人天下，如人伻之仁，如行道積德之仁等）；賢者以道義教我，尊賢養我道義省察（尊賢，所以尊師重道取賢友而與人為善也），而後能希（企慕）賢（又希聖）自新止善也。人者，本體乎天地之道，秉承天地陰陽之精氣（"陽之精氣曰神，陰之精氣曰靈，神靈者品物之本也。"①），參化而生，故其天命之性（即人之命性）也同；天（兼天地而言）道好仁（天地之道好仁），天命仁心，仁相人偶（相親好），則人皆當相仁善也，曰'伻'（原音 bēng②，今或可借讀為"平"píng，則可謂之曰"人伻""人仁"，人之天賦命性、命道、道命皆同也。今曰"平等人權""平等人格""基本人權""基本人道、權利或人際尊重"。上文"旅酬下為上，所以逮賤也"，《論語·學而》所謂"泛愛眾"，《禮記·曲禮》所謂"雖負販者，必有尊也"，即可謂"人伻"，雖所謂卑下者必待之有"伻禮"或"人伻之禮"），無不伻敬也，無不伻愛也。若夫（其後）私域私事私情之親疏不同，其仁愛意責（今日情意責任之程度）亦不同，曰'倫'③（或曰"份"，謂之曰"人份"，今曰"倫愛"或"倫仁"；份，原音氛，今或亦作"分"，如曰"安分守己"然），而有親親之殺（減少，降等）

---

① 《曾子·天圓》。

② 《尚書》即有"伻"字，鄭玄解為"使人、遣人"，"伻來以圖，及獻卜"（《尚書·洛誥》，p. 592），孔安國傳："遣使以所卜地圖及獻所卜吉兆，來告成王。"又曰"公既定宅，伻來，來視予卜休恆吉……"（《尚書·洛誥》，p. 595），不贅。參見：《尚書正義》。《康熙字典》解"伻"曰：【廣韻】普耕切【集韻】【韻會】悲萌切【正韻】補耕切，𠅤音抨。【爾雅·釋詁】使也。又從也。【書·洛誥】伻來以圖及獻卜。又【立政】乃伻我有夏式商受命。【註】使周有此諸夏，用商所受之命也。參見：漢典。今皆不取，而賦予新義。

③ 或曰"份"。

也。故曰：人相平等仁善愛敬，曰伻，曰人伻，曰人仁，曰伻愛（命性之"同仁"或"伻仁"，又謂"兼愛"）；情愛仁責有差等，曰倫（或曰份），曰人倫（或"人份"），曰倫仁，曰倫愛（於命性之同仁之外，又有親親之"親仁"或"責仁""報仁"也，又謂"別愛"）。尊賢亦有如是者（先"人伻之禮"或"同仁之禮"，而後或自敬人"實德之禮"）。故命性（又道命）、命道（道體之仁，命性之仁，道命、命道之仁）之同仁（人心所同，人心同仁，千心所同），伻禮之所由生也；親親之殺（音煞，差，等差，減，減殺，按親疏倫類差等而相應減少其禮儀分等），尊賢之等（等級），倫禮之所由生也（禮所由生）。此皆用中正心而仁愛忠恕推及之道也，所謂人伻同仁；若乃於（私）情（私）禮也親親，於（公）法（公）理（包括公事、選任公職等）（或"道、法"，公道、公法也）也尊賢（如"取人以公德，取人以公道，取人以德身"等），必也公私分明。①

　　"修身以道"者何？道曰天道也。②《中庸》曰："天下之達（通達天下，人所共識，萬世不易，即曰"天下古今之共識"。鄭

---

① 然則親親之禮亦正可用於尊賢之禮，徒公私不同耳。以上轉引自拙著《中庸廣辭》而稍有增刪。

② 關於"天"與"天道"，可參閱拙著《中庸廣辭》中之相關論述。另可參見拙文：《論"道"：正名與分析》，茲不贅述。參見：羅雲鋒撰，《論語廣辭》附錄，上海三聯書店，2022年；又可參見拙文《論"天"》，參見拙著：《中國古代天道義禮正名論》或《中國古代哲學範疇正名論》（暫未出版）。

註:達者常行,百王所不變也）道①五,所以行之者三。曰:君臣也,父子也,夫婦也,昆弟也,朋友之交也,五者天下之達道也（五種通行之道,五種通行天下之倫類相與之道）;知,仁,勇（義勇而非氣勇,勇於脩持衛護道義、正義）,三者天下之達德（朱熹註:達德者,天下古今所同得之理也）②也。"以此三達德,行此五達道,則曰父子有親（慈愛、孝敬、恩情、親密）、君臣有義（今曰天道公義）、夫婦有別、長幼有序（齒序友恭）、朋友有信是也,'伻'（"人伻",今曰"平等基本人權"）而後'倫'（或曰"份""人份",或曰"倫愛""倫仁"）是也,所謂忠恕用中（中於道義、中於心性等）而絜矩推及,是中庸（用致中和,用中以致和）之道（如忠恕）也。其所以行之者則一（身也,身行之也,修身也）也。一於何? 一於身（身也,身行之也,修身也,德也,身修道也;或曰誠）,一於天,一於天道義理,一於'伻'（"人伻",今曰"平等基本人權"）而後'倫'也。何以行之? 以三達德行之也。曰:若夫知也,"或生而知之（知天命性道、道命或命道,即"天命之謂性,率性之謂道"。或曰原文

----

① 朱熹註:"達道者,天下古今所共由之路,即《書》所謂五典,孟子所謂'父子有親、君臣有義、夫婦有別、長幼有序、朋友有信'是也。知,所以知此也;仁,所以體此也;勇,所以強此也。"

② 鄭玄註:"達者常行,百王所不變也。"朱熹註:"達德者,天下古今所同得之理也。一則誠而已矣。達道雖人所共由,然無是德,則無以行之;達德雖人所同得,然一有不誠,則人慾間之,而德非其德矣。"

意為知此"五達道"。以三達德行五達道,而得乎中庸之道),或學而知之(立志力學性道、命道、人道),或困(困厄、困惑、困辱等)而知之[1],及其知(知而行)之,一(我知行之,我身心自知行之也)也;若夫仁也,或安(心安理得,即孟子所謂"性之"也)而行之(以三達德行五達道,而得乎中庸之道,而行之為仁),或利(知其有利,權衡利害而行之,亦智者之事也。或曰此即孟子所謂"身之"也;或解若"貪榮名",則即孟子所謂"假之",鄭註:利,謂貪榮名也,亦或通)而行之,或勉強而行之(恥不若人,而勉強行之,則亦曰孟子所謂"身之",而上文"利而行之"乃孟子所謂"假之",若然,或當先言"勉強以行之"而後言"利以行之"[2]),及其成功,一(我終實成其功,我終實行此仁,而不問其初心之或有差異也[3]。"一",即行此五達道也)也。"若夫勇也,子曰[4]:好學近乎知(智),力行近乎仁,知恥近乎勇[5],所謂知、仁而知恥勇進也。勇者,義勇也,勇

---

① 鄭玄註:"'困而知之',謂長而見禮義之事,己臨之而有不足,乃始學而知之,此'達道'也。"

② 參酌以孟子之論述,則此處之"勉強而行之"則為孟子所謂"身之","利而行之"則為孟子所謂"假之"。而《中庸》《孟子》論述次序稍不同耳,《孟子》稍顛倒《中庸》之敘述次序,以言"身之"優於"假之"也。參見:《孟子·盡心上》。

③ 或曰此即孟子所謂"久假而不歸,惡知其非有"之意。孟子論述蓋本此。參見:《孟子·盡心上》。

④ 或言"子曰"二字蓋衍文,或曰是另引文,皆可。

⑤ 朱熹註:"此言未及乎達德而求以入德之事。通上文三知為知,三行為仁,則此三近者,勇之次也。"呂氏曰:"**愚者自是而不求,自私者殉人慾而忘反,懦者甘為人下而不辭。故好學非知,然足以破愚;力行非仁,然足以忘私;知恥非勇,然足以起懦。**"參見:《四書章句集註》。陳柱曰:"三者之中,知恥其尤要者也。達而在上,德不及堯舜,吾之恥也;窮而在下,道不及孔孟,吾之恥也。夫然,故人一己百,人十己千。"參見:《中庸通義》,p. 33。

於為仁義也，集義而生者也[①]。知斯三者（知、仁、勇，好學、力行、知恥也），則知所以修身（修身即以此三達德而行五達道也）[②]。何謂邪？曰以此三達德，行此五達道，脩己忠恕，用中絜矩推及，而為中庸（用致中和，用中以致和）之道而已矣[③]。）又曰：所謂修其身者，修其身以道德仁義、正禮、中和也，道德仁義言其原則，正禮（以道義或仁義創製公禮正禮）言其法度，中（四聲，多重涵義，中通天道等）和（和當，相應，合度，合於正中，無過與不及）言其徵（徵象，效驗，驗證，證據等）效（效驗等，徵效，猶今之所謂正當性證明與合法性證明等然，legitimacy and legality）也。

亦曰何以修身正身？則曰：以正（動詞，或形容詞，見下註）心（及理知。形容詞之"正心"者，或曰天賦靈知之心，或曰是非之心，或曰王陽明所謂良知，良知即先天或天賦自有、內外相應之明德也，亦即朱熹所謂"虛靈不昧，以具眾理而應萬事者"，而又筆者所謂"靈智虛澄不昧，能長養擴充而思慮眾理以應萬事者"也；良知明德能發為是非之心，故良知亦曰是非之心也）正身，以道理（道是天道、元道、人道，理是理知）正身，以義禮正身也。義（諸道義或諸人義）、禮（正禮）何來？或則來於我人之正心，或則來於聖人之正心（我人之正心與聖人之正心同，聖人先

---

① 參見：《孟子·公孫醜》。
② 鄭玄註："言有知、有仁、有勇，乃知修身，則修身以此三者為基。"
③ 以上轉引自拙著《中庸廣辭》而稍有增刪。

得我人之心之所同然者,發而為道為義禮也^①),或則來自於理知(分為事理、智理、义理、物理或天數天則等,與乎内稟、内在、内合天道(天數元道)之明靈,即今之内在理性或智慧等也),而一之於人之正心也。人之正心何來? 自天也(來自天賦神明性靈也,又曰天與天道等),又自人之明靈也(來自人之内稟靈明即明德也)。心為意之總,則(正心)又來於正意;正意何來? 來於正知(事理與物理或天數天則,即人事必然因果之理與客觀自然規律或機理。又曰正義與理知);正知(或曰理、理知等)何來? 來於格物(扣問格來推究物事之果徵效驗);何以格物(扣問格來推究物事之果徵效驗)? 來其是非善惡、吉凶成敗、本末始終等因果自然之果徵(因果效驗等),又來其天地萬物(即品物,包括今之所謂客觀自然物等)之數(天數,物理,客觀規律等)與則(天則,物理,客觀規則)也,而後知其必然之理(事理與品物之理,或曰物理即天數天則等)也。人各格物(人事與品物)致知(求理正知,即求真理、致正知)正知而誠意正心修身也;又人各學習前賢往聖已格致之理知而誠意正心修身也。故曰:前人已格致之理知,則學習之,驗證之;而又溫故知新,以已格致之理,格求未知之理;又或修正

① "聖人與我同類者","至於心,獨無所同然乎? 心之所同然者何也? 謂理也,義也。聖人先得我心之所同然耳。故理義之悦我心,猶芻豢(huàn,牛羊犬豕之美味也)之悦我口。"參見:《孟子·告子上》,詳見拙著《孟子解讀》。

更新其舊理，而將日臻於（新）公理，乃至臻於至善至理也。）

所謂齊其家在修其身者

所謂齊其家在修其身者，人之其所親愛而辟焉，之其所賤惡而辟焉，之其所畏敬而辟焉，之其所哀矜而辟焉，之其所敖惰而辟焉。故好而知其惡，惡而知其美者，天下鮮矣。故諺有之曰："人莫知其子之惡，莫知其苗之碩。"此謂身不修不可以齊其家。是故君子有諸己而後求諸人，無諸己而後非諸人。所藏乎身不恕，而能喻諸人者，未之有也。故齊家在修其身。

所謂齊（齊正之以正道正理正義正禮，齊正之以伻禮[1]與倫禮；齊則齊

---

[1] 參見拙著《中庸廣辭》。

整之意,以正禮齊整其家)其家①在修其身者②,(身自修(正,修

正)循(遵循)於倫常正禮,而後方能齊其家以倫常正禮

也。故)人之(適,至;或解為由於,不取)其(家中之)所親愛(者

(德厚者也;或曰妻夫兒女之愛寵者——今世夫妻平等也))而辟(原為辟,辟

音譬,謂譬喻也,絜矩、恕之意;鄭註:辟,猶喻也。言適彼而以心度之③)(諸

己)焉,之其所賤惡(者(德薄者也;或曰古之家中臣僕之賤惡者))

而辟(諸己)焉,之其所畏敬(者(賢於己者也;或曰父兄長老之

矜嚴賢者))而辟(諸己)焉,之其所哀矜(者(無所知能者也;或

曰宗族中之孤寡幼弱者))而辟(諸己)焉,之其所敖惰(者(不率

---

① 此一"家"字,原指"卿大夫之家",故亦有家臣、家人之類,故後文言及"親愛德
   厚者""賤惡德薄者""畏敬賢於己者"云云,又謂"治家而後能治國",皆此之謂
   也;非謂後之家族、家庭乃至核心小家庭也。然今人讀之,則解為"家族、家庭
   乃至核心小家庭"可也。

② 古之家者,卿大夫之家也,卿大夫身自修正遵循於倫常正禮,而後方能齊其家
   以倫常正禮也。今曰一切人之家,雖曰今亦可有新正其義之"男女有別",而
   仍可謂一切男女之家,並非僅謂男人丈夫之家,或僅謂男為家主。家者,男女
   家人之共家也,皆為其主,而有合乎新正道(天道、人道亦有隨時而變者——
   此謂新知之天道——,今之天道、人道,有擴展於古者)之人倫(職責義務)之
   別而已。

③ 羅按:此或即是絜矩之意,以正禮法相對待之也;或"恕","以心度物曰恕"
   (《聲類》),"以己量人謂之恕"(賈誼,《新書·道術》,中華書局,2000 年 7
   月,p. 303)。辟即以他人辟諸己,恕則以己量度他人他物,辟與恕,皆推也,
   而一者自外嚮內己,一者自內嚮外他,合之而通內外也。或曰法,效法,音
   pì,或音 bì。辟另有便辟之意,"威儀習熟少誠實曰辟"。朱熹註曰偏、邪,或
   曰傾、側。

教者也；或曰頑劣子弟）)而譬（諸己）焉①（。譬即絜（持）矩（規矩之矩，引申為法則，絜矩即持矩）之道也，絜矩以譬諸人己也。②譬諸己以正禮，則倫各（自處各倫，對待各倫）絜矩於正禮，得其中焉；譬諸己以賢不肖，則見賢思齊，見不賢而內自省，外自修焉。"見賢思齊，則之其所親愛（德厚者）畏敬（賢於己者）哀矜（孤寡幼弱）而辟（譬喻於己）焉；見不賢而內自省，則之其所賤惡（德薄者，或家族中德薄者，餘同）

---

① 鄭玄註："言**適彼而以心度之**，曰：吾何以親愛此人，非以其有德美與？吾何以敖惰此人，非以其志行薄與？**反以喻己，則身修與否，可自知也**。"孔穎達疏："此言修身之譬也。設我適彼人，見彼有德，則為我所親愛，當反自譬喻於我也。以彼有德，故為我所親愛，則我若自修有德，必然亦能使眾人親愛於我也。'之其所賤惡而譬焉'者，又言我往之彼，而賤惡彼人者，必是彼人無德故也，亦當回以譬我。我若無德，則人亦賤惡我也。'之其所畏敬而譬焉'者，又我往之彼而畏敬彼人，必是彼人莊嚴故也，亦回其譬我，我亦當莊敬，則人亦必畏敬我。'之其所哀矜而辟焉'者，又我往之彼，而哀矜彼人，必是彼人有慈善柔弱之德故也，亦回譬我，我有慈善而或柔弱，則亦為人所哀矜也。'之其所敖惰而辟焉'者，又我往之彼，而敖惰彼人，必是彼人邪僻故也，亦回譬我，我若邪僻，則人亦敖惰於我也。"鄭註、孔疏之意甚好，然揆之文句之義，後曰**"故好而知其惡，惡而知其美者，天下鮮矣"**，顯是承順此前句意而來，則**"辟焉"當是言其弊病，非言其"善以心度之"也**；且上文**"修身在正其心"**一節，亦講其弊病；下文**"平天下在治其國"**一節中，**"辟則為天下僇矣"中之"辟"，亦作邪僻、偏僻意**。然以後句**"恕"、"喻諸人"**而言，則此**"辟"又當是"譬喻"之意**。蓋朱熹解**"辟"**字（曰偏、邪）**尤切，然鄭注、孔疏尤富啟發，甚可獲益，而明（通）人情之通理**。故筆者此《廣辭》**乃兩解兩存之**。

② 下文講"平天下在治其國"時將有詳述，此暫不贅述。實則修身齊家治國平天下皆是"絜矩之道"而已。分修身齊家治國平天下而說之，所以明其大小先後次序也。

哀矜（無所知能者）敖惰（不率教者）而辟（譬喻於己）焉。"①絜矩譬喻，以反推之於我身，而後反審求（審視責求）諸己也；審責諸己，然後正禮斯得；然後善者有諸己，惡者去諸己，而其身修（修於正道、仁善、理義與正禮等）也；其身修，則可以身率之而齊家，於家中倫類，而倫各相與親愛之、畏敬之、哀矜之，而免其賤惡、敖惰者也。如此則家自齊整以正禮（又正道正理正義正禮等）而不過不亂也。"眾人之情察於人而蔽於己，如**以人之賢不肖反求諸己**，則己可得而察也。（若夫）好而不知其惡，惡而不知其美，（則）情亂之也。"②世之亂於情者多），故好而知其惡，惡而知其美者，天下鮮（罕，少）矣。③（此無他，不能絜矩推及故也。親愛、畏敬、哀矜、賤惡、敖惰之倫類相與，不能譬己而恕人，平心倫對，各得其正中，而過猶不及，失禮失正，則家亂不治也。）故諺有之曰："人莫知其子之惡（人莫知其子之惡，猶愛而不察，不自

---

① 《禮記集說》。

② 《禮記集說》。

③ 孔穎達疏："人心多偏，若心愛好之，而多不知其惡。若嫌惡之，而多不知其美。今雖愛好，知彼有惡事；雖憎惡，知彼有美善，天下之內，如此者少矣。"此即《禮記·曲禮》"愛而知其惡，憎而知其善"之意。

知也①），莫知其苗之碩（大；貪羨於人而自不知足，或謂不知自家人之好或優點也）②。"（此所謂親愛賤惡之而過猶不及（亦心不正），正坐其不能絜矩譬諸人己，不能自譬喻自審察以中正（正道正理正義正禮等）故也（不能絜矩正反推求、平心譬恕；親愛之而過當，賤惡之而過當，皆是自身之不修於中道正禮，而所親愛者將恃寵而驕橫，所賤惡者將失歡而怨恨）。）此謂身不修不可以齊其家。③（若夫絜矩譬喻之，察身之有無（賢不肖）能否（於正禮），而後可以正禮齊其家也。）是故君子（絜矩，）有諸己（有其"親愛妻子兒女、畏敬父兄長老、哀矜孤寡幼弱"之賢與禮④）而後求諸人，無諸己（己無"德薄、無知能、不率教、敖惰"等不肖之事；或曰無其"德薄者見賤

---

① 孔穎達疏："人之愛子其意至甚，子雖有惡不自覺知，猶好而不知其惡也。"
② 孔穎達疏："農夫種田，恒欲其盛，苗唯碩大，猶嫌其惡，以貪心過甚，故不知其苗之碩。"
③ 孔穎達疏："此不知子惡、不知苗碩之人，不脩其身，身既不脩，不能以己譬人，故不可以齊整其家。"衛湜，《禮記集說》："藍田呂氏曰：所謂親愛，德厚者也；所謂賤惡，德薄者也；畏敬，賢於己者也；哀矜，無所知能者也；敖惰，不率教者也。見賢思齊，則之其所親愛畏敬而辟焉；見不賢而內自省，則之其所賤惡哀矜敖惰而辟焉。衆人之情察於人而蔽於己，**如以人之賢不肖反求諸己**，則己可得而察焉。好而不知其惡，惡而不知其美，情亂之也。子溺於私愛，故不能察其有惡，苗求其實利，故唯恐其不碩，皆非好惡之正也。家人之象君子，以言有物而行有恆，**之其所愛敬而修其言行，則人亦將愛敬之；之其所賤惡而去其不善，則人不可得而賤惡之，如此則人將矜式之，況其家乎？** 故曰其身不修，不可以齊其家也。"
④ 鄭玄註："有於己，謂有仁讓也。"孔曰善行仁讓，而附之以"治國在齊其家"講。

惡、無所知能者見哀矜、不率教者與敖惰不肖者之見不禮敬”之事①）而後非
（批評、指斥乃至鄙棄，如賤惡其德薄者、哀矜其無所知能者、不禮敬其不率教而
敖惰不肖者等）諸人。（若夫）所藏乎身不恕（孔解為恕實），而
能喻諸人者，未之有也②。（此何謂邪？曰：譬恕者，
皆絜矩推己及人之意也，倘身不能絜矩譬喻恕人而
推及，則亦不能使其家中（各倫各人）絜矩譬喻恕推而各
守正禮（正道正理正義正禮等）也，則身各（家中各倫各人）恣肆自
逞，無禮非禮，家遂不治齊（於禮）也。）故齊家在修其身。

或曰：所謂齊（齊正之以正道正理正義正禮，齊正之以伻禮③與倫
禮；齊則齊整之意，以禮齊整其家）其家（古之家者，卿大夫之家也，今曰人、民
之家）④在修其身（修其身以道德仁義、正禮、中和，道德仁義言其原則，正禮

---

① 鄭玄註：“無於己，謂無貪戾也。”羅按：鄭玄此上兩註，乃本乎古本《大學》，今
   移易之，故稍不對應。見下注。
② 此上兩句原附於“治國必先治其家者”之後，吾意以為此句乃說明“齊家在修
   其身”，故今移於此。鄭注：“‘有於己’，謂有仁讓也。‘無於己’，謂無貪戾
   也。”孔穎達疏：“所藏積於身既不恕實，而能曉喻於人，使從己者，未之有也。
   言無善行於身，欲曉喻於人為善行，不可得也。”又曰：“‘是故君子有諸己而後
   求諸人’者，諸，於也。謂君子有善行於己，而後可以求於人，使行善行也。謂
   於己有仁讓，而後可求於人之仁讓也。‘無諸己而後非諸人’者，謂無惡行於
   己，而後可以非責於人為惡行也。謂無貪利之事於己，而後非責於人也。”
③ 參見拙著《中庸廣辭》。
④ 此一“家”字，原指“卿大夫之家”，故亦有家臣、家人之類，故後文言及“親愛德
   厚者”“賤惡德薄者”“畏敬賢於己者”云云，又謂“治家而後能治國”，皆此之謂
   也；非謂後之家族、家庭乃至核心小家庭。然今人讀之，則解為“家族、家庭
   乃至核心小家庭”可也。

言其法度，中和言其徵驗效用）者，（身自修正而遵循於倫常正禮，而後方能身教言傳，而齊其家以倫常正禮也（家人各以倫常正禮自奉）。若夫）人之其所親愛而辟（偏，偏頗，偏心，偏於正禮法度，過度，過當，或過猶不及）焉（如褻狎寵溺，如恃恩寵而驕。此後五者皆言"身不修"，不修於正禮而偏辟也），之其所賤惡（德薄不肖者，或家族中德薄不肖者，後同）而辟焉（如忿疾苛刻，如失歡而怨恨狠戾），之其所畏敬而辟焉（此蓋言家族中事親事長事賢之事，辟則如父母有失而不能柔聲以諫，如幾諫、微諫、熟諫等①），之其所哀矜而辟焉（此蓋對慈幼鰥寡孤獨者而言，辟則姑息縱溺而不能教以正禮），之其所敖惰（敖：簡於為禮；惰，懶於為禮。或曰不屑教誨。此有兩解：或曰他人敖惰，或曰自己敖惰簡慢於德能不如己者，不能為正禮，不屑教誨之。此蓋後解也）而辟（蓋"吾"所敖惰者，其人平庸無所賢德，或有性情之偏失，雖不至於賤惡之，而亦無以敬重之，故或不免簡慢其人，不屑教誨，而無所意諭色授之君子之言行也）焉（，辟則言行動失其倫常正禮法度，不正不平也："有所當言，因親愛而黷（狎近，輕慢不敬，輕浮等，或曰污濁辱慢），因畏敬而隱（隱約其辭，不敢諫以正道正禮），因賤惡而厲（過於嚴厲，苛刻），因哀矜而柔（失之過於慈柔，不能示以正理與正禮），因敖惰而簡（簡慢）；有所當行，因親愛而荏（軟弱，不敢示行對待以正禮），因

---

① 此蓋言家族中事親事長事賢之事，"辟"則如父母有失而不能柔聲以諫，如幾諫、微諫、熟諫等。或曰此祇是說修身，祇就"凡為人之修身者言"，非謂家中之事。後數條同。

畏敬而葸（畏懼，怯弱，不敢示行對待以正禮），因賤惡而矯（蓋為强亢而矯枉過正之意），因哀矜而沮（蓋言阻止阻撓對哀矜者之正教。或曰沮喪、頹喪，不能禮義振作），因敖惰而吝（吝嗇於為禮或教誨）；於其動也，因親愛而媟（狎近不莊敬），因畏敬而餒（荏弱，正氣不堅充），因賤惡而暴（暴虐），因哀矜而靡（萎靡喪氣，或曰陰柔、柔雌失度失節），因敖惰而驕（驕慢）：皆身之不修也。"[1]因其辟也，則"才有所辟，言必過言，行必過行，動必過動；抑言有過言，行有過行，動有過動，而後為用情之辟。辟者偏也，非邪也。邪生於心而辟在事。非施之言行動而何以云辟哉？故修身者，修其言行動之辟也。欲得不辟，須有一天成之矩為之範圍，為之防閑（防備約束，防範），則禮是已。故曰'非禮不動，所以修身也。'禮以檢束其身，矯偏而使一於正，則以此准己之得失者，即以此而定人之美惡，不待於好求惡，於惡求美，而美惡粲然，無或蔽之矣。此修身所以為齊家之本。舍是，則雖欲平情以齊其家，不可

① 又曰：若辟也，"有所當言，因親愛而讟，因畏敬而隱，因賤惡而厲，因哀矜而柔，因敖惰而簡；有所當行，因親愛而茬，因畏敬而葸，因賤惡而矯，因哀矜而沮，因敖惰而吝；於其動也，因親愛而媟，因畏敬而餒，因賤惡而暴，因哀矜而靡，因敖惰而驕：皆身之不修也。"此非謂不可有所區別對待，然皆不可失其正禮也。王夫之，《讀四書大全說》，p. 36。

得也。"①然人每有偏辟之弊），故（其人，或其家人）好（優點）而（吾能）知其惡（缺點。此是親愛之而不偏辟），惡而知其美者（此是賤惡之而不偏辟），天下鮮矣。故諺有之曰："人莫知其子之惡（義不勝恩寵、情愛比昵而私之意。前皆言修身之事，此舉齊家之一端概言之，言其家之不齊也），莫知其苗之碩（亦喻指家事，辟，故於其家事不能"惡而知其美"也）。"（此皆身行偏辟（身行言動之偏，以及偏心等）於正中，偏於正禮法度故也；身行不修而如斯偏辟，則人事禮儀皆不得其中正公平，而家事亦亂矣。故知"大抵家之不齊，始於身之不修，而身之不修，則以其情之有所偏耳。身之不修如此，而欲化行於閨門之內，胡可得哉？"②）此謂身不修不可以齊其家。故知（"修身在於去辟，無所辟而後身修"③，身修而後家齊，）是故君子（善）有諸己而後求諸人，（惡、過，如辟等）無諸己而後非諸人，（而皆修己（即正己）而後推以及人而已）。所藏乎身（盡己、修己，忠也誠也，即善有諸己、惡無諸己）

---

① 又曰："蓋所謂修身者，則修之於言行動而已。"皆見：王夫之，《讀四書大全說》，p35－36。

② 黃氏洵饒曰："大抵家之不齊，始於身之不修，而身之不修，則以其情之有所偏耳。身之不修如此，而欲化行於閨門之內，胡可得哉？此謂身不修不可以齊其家。"參見：《四書大全校註》，p. 60。

③ 王夫之，《讀四書大全說》，p. 34。

不恕，而能喻（教諭）諸人者（推及、教化、推己，恕也絜矩也，即善求諸人、惡非諸人），未之有也[1]。（"以身率之易，以令驅之難"[2]（齊家治國，靡不如是），）故齊家在修其身。

羅按：

求其同好惡之心而用以自修自行事也，奉行其善好者，而避免其邪惡者，亦可謂絜矩之道，所謂"己所不欲，勿施於人"；又"己所愛善（他人之行事）者，己亦行之。"又稍類於西方自由主義道德。

朱熹解"辟"字尤切，然鄭注、孔疏尤富啟發，甚可獲益，而明（通）人情之通理。

此亦可謂同情心、同理心、知善善惡惡之心，而反諸一己之身行。修身即求此天下共同、同理之心、之共識、之道理，而趨避奉免之也（趨奉其善者，避免其惡者）。此種心理學頗高明。

此即格物之法，來示其善惡之果徵效驗而知其吉凶成敗是非正邪。

---

[1] 此上兩句原附於"治國必先治其家者"之後，吾意以為此句乃說明"齊家在修其身"，故今移於此。鄭注："'有於己'，謂有仁讓也。'無於己'，謂無貪戾也。"孔穎達疏："所藏積於身既不恕實，而能曉喻於人，使從己者，未之有也。言無善行於身，欲曉喻於人為善行，不可得也。"

[2] 吳氏言。參見：《四書大全校註》，p. 66。

養其同理心、公正心，而後方能齊家，即知所親愛、賤惡、畏敬、哀矜、敖惰之情而自修自免，又修家人免家人也。齊其家先須有其身正，修正其身而後，（其待他人、家人之情皆得其正，）則其待親愛、賤惡、畏敬、哀矜、敖惰他人等，皆能得其正。

此則亦可講誠意動人，有諸己即內實有也。

身行當正，身正則治家無不得正。故曰齊家必修身。

所謂齊其家者

（所謂齊其家者，齊整其家以人倫禮義，所謂正人倫、行禮義，齊之以"父子兄弟夫婦之正禮"也。何以齊之？曰身自修行孝弟慈義而教化於家，曰仁恕絜矩，平心不辟，以正禮齊之也。《詩》曰："妻子好合，如鼓瑟琴。兄弟既翕，和樂且耽。宜爾室家，樂爾妻帑。"子曰："父母其順矣乎！"斯之謂齊家也。）

（所謂齊其家者，齊整其家以人倫禮義_{（人倫禮義當本乎天道，合於人道，仁善中正於正理正義而後可）}，所謂正人倫、行禮義,齊之以"父子兄弟夫婦之正禮"也①。何以齊之?曰身自修行孝弟慈②義③而教化於家,曰仁恕絜矩,平心不辟,以正禮齊之也。④《詩》曰:"妻子(夫妻)好合,如鼓瑟琴(琴瑟,聲相應和也)。兄弟既翕(xī,合),和樂且耽(亦樂)。宜爾室家,樂爾妻帑(實指為人父母。古者謂子孫曰"帑",又曰妻子。鄭玄註:此《詩》言和室家之道,自近者始⑤)。"子曰:"父母其順矣乎(為人子女。鄭玄注:謂其教令行,使室家順)!"⑥斯之謂齊家也。)

---

① 如後文之所謂"宜其家人""宜兄宜弟""其儀不忒"而已矣。
② 對應於下文之"孝者,所以事君也;弟者,所以事長也;慈者,所以使眾也"。然齊家又有夫婦倫,故增一"義"字以概括之。
③ 《禮記·禮運》:"故聖人耐以天下為一家,以中國為一人者,非意之也,必知其情,辟於其義,明於其利,達於其患,然後能為之。何謂人情?喜怒哀懼愛惡欲七者,弗學而能。**何謂人義?父慈、子孝、兄良、弟弟、夫義、婦聽、長惠、幼順、君仁、臣忠十者,謂之人義。**講信修睦,謂之人利。爭奪相殺,謂之人患。故聖人所以治人七情,修十義,講信修睦,尚辭讓,去爭奪,舍禮何以治之?飲食男女,人之大欲存焉;死亡貧苦,人之大惡存焉。故欲惡者,心之大端也。人藏其心,不可測度也;美惡皆在其心,不見其色也,欲一以窮之,舍禮何以哉?"
④ "孝弟慈,體之身則為修其身,行之家則為齊其家,推之國則為治其國,天理人倫,一以貫之而已;況家有父猶國有君,家有兄猶國有長,家有幼猶國有眾,分雖殊,理則一也。"吳氏言。參見:《四書大全校註》,p. 61。
⑤ 此言為人父親丈夫。古者唯男子入學,今則男女平等,故此句當改為"宜爾室家,樂爾夫妻兒女",言為人夫妻父母,皆當修身以庸德庸言庸行,以宜樂其室家也。
⑥ 《中庸》。

所謂治國必先齊其家者

所謂治國必先齊其家者，其家不可教而能教人者，無之。故君子不出家而成教於國。孝者，所以事君也；弟者，所以事長也；慈者，所以使眾也。《康誥》曰："如保赤子。"心誠求之，雖不中不遠矣；未有學養子而後嫁者也。故治國在齊其家。

一家仁，一國興仁；一家讓，一國興讓；一人貪戾，一國作亂：其機如此。此謂一言僨事，一人定國。

堯、舜率天下以仁，而民從之；桀、紂率天下以暴，而民從之。其所令反其所好，而民不從。

《詩》云："桃之夭夭，其葉蓁蓁。之子於歸，宜其家人。"宜其家人，而後可以教國人。《詩》云："宜兄宜弟。"宜兄宜弟，而後可以教國人。《詩》云："其儀不忒，正是四國。"其為父子兄弟足法，而後民法之也。《詩》云："樂只君子，民之父母。"民之所好好之，民之所惡惡之，此之謂民之父母。此謂治國在

齊其家。

　　所謂治國必先齊其家^①者，其家不可教而能教人者，無之。故君子不出家而成教於國_{（為國之事、之道術；成教於國，即成其為國之教化也，如身教之教化感染等）}：孝者，所以事君也；弟者，所以事長也；慈者，所以使眾也_{（此皆"不出家而成教於國"之事）}。《康誥》曰："（治國治_{（使乂安善好、安居樂業）}民，）如保_{（愛，保愛，寶愛）}赤子_{（心所愛之子，嬰兒）}。"^②（何以保養之_{（赤子）}？以彼心加諸此_{（我）}心也_{（如今曰"將他人放在心上"云然）}：）心誠_{（苟誠愛之）}（愛之_{（赤子）}）求之_{（求赤子之好，欲赤子之樂好或嗜好，亦曰求赤子合禮之所好、所慾求、所嗜慾，與乎赤子之善好成立）}，雖_{（即使可能）}不中_{（完全合於赤子之嗜好）}不遠矣^③。（此一譬恕絜矩_{（譬、恕、絜矩等。譬者，譬喻，譬諸人己也）}之心，弗學而能，人皆本有之，猶）未有（先）學養子而後嫁者也_{（鄭玄註：養子}

---

① 此一"家"字，原指"卿大夫之家"，故亦有家臣、家人之類，非謂後之家族、家庭乃至核心小家庭也。然今人讀之，則解為"家族、家庭乃至核心小家庭"可也。詳見前文註。

② 鄭玄註："養子者，推心為之，而中於赤子之耆（即嗜）欲也。"孔穎達疏："'《康誥》曰：如保赤子'者，此成王命康叔之辭。赤子謂心所愛之子。言治民之時，如保愛赤子，愛之甚也。"

③ 三山陳氏曰："赤子有慾不能自言，慈母獨得其慾，雖不中亦不遠者，愛出於誠，彼己不隔，以心求之，不待學而後能也。"參見：《四書大全校註》，p. 62。

者，推心為之而中於赤子之嗜慾也）[1]。（保民治國亦如是（謂齊其家保赤子也）。能本心而誠為之，保愛其國民如保養赤子，愛之求之教之如赤子（餘如父兄夫婦等亦皆是也），則國治矣。齊家治國皆在於一"辟"（譬、恕、絜矩等。譬者，譬喻，譬諸人己也）字，又在於一"誠"字。"人患不用心耳，使其用心亦如父母之於赤子，則雖不能盡中斯民之所欲，而相去不遠矣。不過以真實無妄之心而求之耳。循是而行之，則自家至國，自齊至治，雖不出戶可也。"[2]）故治國在齊其家。

一家（國君之家，此謂人君也）仁，一國興仁；一家讓，一國興讓；一人（家長，齊家者，如父母等，此又喻人君、國君也。於家則曰家長、家君，於國則曰國君等）貪戾（利也，貪戾即貪利，戾或為吝），一國作亂：其機（關機，樞機，發動所由者）如此。（以君國之政，亂自上作也。[3]）此謂一言（惡言，非禮之言，非道之言，惡政）僨（覆敗，或

---

[1] 孔穎達疏：前"言愛此赤子，內心精誠，求赤子之嗜慾，雖不能正中其所慾，去其所嗜慾，其不甚遠。言近其赤子之嗜慾，為治人之道亦當如此也。'未有學養子而後嫁者也'，言母之養子，自然而愛，中當赤子之嗜慾，非由學習而來。**此皆本心而為之**，言皆喻人君也。"

[2] 黃氏洵饒言。參見：《四書大全校註》，p. 63。

[3] 若夫所謂"民國""共和國""人民共和國""民主共和國"之政，則不然矣。民國，即今之所謂民主共和國、人民共和國、共和國、民治國、民主國等，而又有所區分也。

為㹟)事，一人（人君或賢君，或人君之善政）定國①。

堯、舜率天下以仁，而民從之（好仁）；桀、紂率天下以暴，而民從之（好暴）。（及其後也，）其（或專言桀紂暴君，或兼指堯舜賢君與桀紂暴君，則為假言命題）所令反其（或專言桀紂暴君，或兼言堯舜賢君與桀紂暴君，則為假言命題）所好（嗜好、嗜慾），而民不從（言桀、紂己自率天下而為暴虐貪戾氣，而後雖欲令民仁善守禮守法，則民不從，言民亦從其暴虐貪戾而難驟然改新也；反之，堯舜賢君亦然，則為假言命題②）。③

───────────

① 孔穎達疏："'一家仁，一國興仁。一家讓，一國興讓'者，言人君行善於家，則外人化之，故一家、一國，皆仁讓也。'一人貪戾，一國作亂'者，謂人君一人貪戾惡事，則一國學之作亂。'其機如此'者，機，謂關機也。動於近，成於遠，善惡之事，亦發於身而及於一國也。'此謂一言僨事，一人定國'者，僨，猶覆敗也。謂人君一言覆敗其事，謂惡言也。'一人定國'，謂由人君一人能定其國，謂善政也。古有此言，今記者引所為之事以結之。上云'一人貪戾，一國作亂'，是'一言僨事'也。又云一家仁讓，則一國仁讓，是知'一人定國'也。一家則一人也，皆謂人君，是一人之身，先治一家，乃後治一國。"孔穎達"正義曰：'一家一人，謂人君也'者，以經言'治家'，故知是人君也，若文王'刑於寡妻，至於兄弟，以禦於家邦'是也。云'《春秋傳》曰：登戾之'者，此隱五年《公羊傳》文。案彼傳：'文公觀魚於棠，何以書？譏。何譏爾？遠也。公曷為遠而觀魚？登來之也。'彼注意謂以思得而來之，齊人語，謂'登來'為'得來'也。聲有緩急，得為登。謂隱公觀魚於棠，得此百金之魚，而來觀之。《公羊傳》為'登來'，鄭所引《公羊》本為'登戾之'，以'來'為'戾'，與《公羊》本不同也。鄭意以戾為'貪戾'，故引以證經之'貪戾'也。云'又曰鄭伯之車，僨於濟'者，隱三年《左傳》文。"

② 《詩大序》曰："庶殷頑民被紂化日久，未可以建諸侯，乃三分其地，置三監，使管叔、蔡叔、霍叔尹而教之。"參見：《毛詩註疏》（上冊），p. 148。

③ 鄭玄註："言民化君行也。君若好貨而禁民淫於財利，不能正也。"孔穎達疏："'其所令反其所好，而民不從'者，令，謂君所號令之事。若各隨其行之所好，則人從之。其所好者是惡，所令者是善，則所令之事反其所好，雖欲以令禁人，人不從也。"

（是以堯舜之世，君（實則王、天子，以此節主論治國，故祇言"君"）民俱化於仁義，而皞皞安居樂生；桀紂之世，暴君倡率暴民（頑民，或刁民）於暴亂邪僻，橫行爭鬥而自斃也。①　人而不自修仁義，齊（家）之以禮，以禦（治）於家邦，則何以治國（平天下）？）

《詩》云："桃之夭夭（美盛貌），其葉蓁蓁（茂盛）。之子（之子，是子，原詩意指長成待嫁之女子，此處引以喻指學成身立、德能修正美盛之男女君子也）於歸（嫁），宜（美好而適宜）其家人。"②（若夫君子也（不論男女）③，）宜其家人，而後可以教國人。《詩》云："宜兄宜弟。"④宜兄宜弟，而後可以教國人（今則兼包男女姊妹）。《詩》云："其儀不忒（差），正（長，正掌；正法之，為之

---

① 以"一人興仁作亂"而言，此句似以置於"治國在齊家"之論述中為稍切；然以其乃言"平天下"之事而言，則亦可置於"平天下在治國"中。故本《廣辭》乃兩可重出於"治國在齊家"與"平天下在治國"之中，而稍增減其辭，兩處皆存之。

② "之子於歸，宜其家人"，在此比喻君子或卿大夫學道成立，德能修正美盛，將出仕為國，宜其國人也。孔穎達疏："《詩》云'桃之夭夭，其葉蓁蓁'者，此《周南·桃夭》之篇，論婚姻及時之事。言'桃之夭夭'少壯，其葉蓁蓁茂盛，喻婦人形體少壯、顏色茂盛之時，似'桃之夭夭'也。'之子於歸，宜其家人'者，'之子'者，是子也；歸，嫁也；宜，可以為夫家之人。引之者，取'宜其家人'之事。'宜其家人，而後可以教國人'者，言人既家得宜，則可以教國人也。"

③ 於今世也，君子不論男女。

④ 孔穎達疏："《詩》云'宜兄宜弟'者，此《小雅·蓼蕭》之篇，美成王之詩。《詩》之本文，言成王有德，宜為人兄，宜為人弟。此《記》之意，'宜兄宜弟'，謂自與兄弟相善相宜也。既為兄弟相宜，而可兄弟之意，而後可以教國人也。"

正則師範）是四國。"①其（君子）（德能道學身正）為父子兄弟（母女姊妹）足法，而後民法之也。②《詩》云："樂只（語氣詞）君子，民之父母。"③民之所好（謂善政恩惠，若發倉廩、賜貧窮、賑乏絕等是也）好之，民之所惡（謂苛政重賦）惡之，（此即"如保赤子"之意也，）此之謂民之父母。④（於一家也，有我父母兄弟姐妹，推而及之，於一國也，則一國之人皆我父母兄弟姐妹；於天下也，則天下人皆我父母兄弟姐妹。四海之內，皆兄弟姐妹也，而忭敬倫及，民胞物與。）此謂治國在齊其家。

羅按：

愛民如子，乃能治其國；教國民如教家人，治國在誠仁

---

① 孔穎達疏："《詩》云：'其儀不忒，正是四國'者，此《曹風·鳲鳩》之篇。忒，差也；正，長也。言在位之君子，威儀不有差忒，可以正長是四方之國，言可法則也。"

② 孔穎達疏："'其為父子兄弟足法，而後民法之也'者，'此謂治國在齊其家'，謂其修身於家，在室家之內，使父子兄弟足可方法，而後民皆法之也。是先齊其家，而後能治其國也。"

③ 父母即包男女也。此句或似當置於"平天下在治其國"下，以此詩乃言成王也，然亦不必盡然，故吾移置於此。孔穎達疏："《詩》云：'樂只君子，民之父母'，此記者引之，又申明**絜矩之道**。若能以己化民，從民所欲，則可謂民之父母。此《小雅·南山有台》之篇，**美成王之詩**也。只，辭也。言能以己化民，從民所欲，則可為民父母矣。"

④ 孔穎達疏："'民之所好好之'者，謂善政恩惠，是民之願好，己亦好之，以施於民，若發倉廩、賜貧窮、賑乏絕是也。'民之所惡惡之'者，謂苛政重賦，是人之所惡，己亦惡之而不行也。"

誠愛。

此亦可知真正之同理心、情商之所由來或所以養成。

先治一身，再治一家，後治一國。

"一家仁讓，一國興仁讓"等之謂，類於誠意動人。

所謂治其國者

（所謂治其國者，慎乎仁德，以上率下，如保赤子，修身明德以正一國也。曰：散財聚民，樹義立國；曰不以利為利，以義為利；曰舉賢用善，退遠惡人也。）

《中庸》曰："凡為天下國家有九經（常，常法）（一本。所謂九經，）曰：修身也，尊賢也，親親也，敬大臣也（司馬光曰：敬大臣者，苟其人不足任大臣之重，則勿實諸其位；既實諸位而複疑之，舍大臣而與小臣謀，則讒慝並興，大臣解體矣）體（如愛其四體而愛之，猶接納，體恤；司馬光曰："體者，元首、股肱，義猶一體。"）群臣也，（怦敬[1]不

---

[1] 今日平等人權、平等人格。

犯①不擾②而）子（愛（保愛，如保赤子））（如愛其子其己而愛之）庶民也，來（招徠，使來，禮敬）百工（各行業工匠、專技、學者等，今曰重視科學工技等）也③，柔（安，和）遠人（遠方之氓，或古所謂蠻夷之氓人；鄭註：蕃國之諸侯。此即懷柔遠人之意；司馬光曰：柔遠人者，馭以寬仁，不強致也。人道吸附與推及擴展④）也，懷（撫，安，撫之以天道王道與性道仁義正法也，此言古之天子諸侯之治國，如巡狩朝聘盟會之類。今則曰民國、共和國、民治國、公國等⑤）諸侯也（；一本曰仁（動詞，仁愛）人伻敬，而九經皆本之以仁（動詞，仁愛）人伻敬不犯不擾也）。修身（修身即曰以道修身，以天道修身，以天命之性道修身，故修身即是脩道德，修道德而後能自立，道內化正立於身也⑥）則道立（立於道，立於天道人道性道命道正道正禮，亦即"中"於道，中通於天道人道，正直仁善；又曰能以此道感化眾人，所謂"君子之德風，小人之德草，草上之風必偃"，君子之道德，人皆見之仰之），尊賢則不惑（不惑於事理，謀者良正故也。賢者以道義交，有所道義切磋見

---

① 今曰基本人權或基本權利。
② 今曰自由權或自主權。
③ 亦可謂重視專業技術人才或工技人才，而來之安之。何以來安之？古有官府工肆而安居之。下文所謂"日省月試，既稟稱事，所以勸百工也"，可參見相應之註疏正義。
④ 朱熹註："柔遠人，所謂無忘賓旅者也。"
⑤ 民國、共和國等，英語俱為 republic。
⑥ 陳柱曰："位於天地之中者亦謂人，則人者固與天地同體者也。修身者脩天地之道，以合乎天地之體者也。"此解與筆者之意甚合。參見：《中庸通義》，p. 32。

教諫止也)^①，**親親則諸父昆弟不怨**（則家庭宗族和睦而義強有依），**敬大臣**（古曰公卿之類，敬之以禮義。此以古代王君治平而為說，今則民治國，乃曰公職人員集義相敬共事，又稍有公事職級之別）**則不眩**（不迷於事，所任明正故也。友其賢德而選任大臣，則大臣忠義而見正教，則國治民安也），**體**（體恤）**群臣**（古曰大夫士之類）**則士之報**（感恩回報，以道義竭力效忠效勞王君邦國。今日效忠於天下國家人民，是其職事之本分，而國民亦視其職、功而報之以祿以禮）**禮重，**（伻敬^②不犯^③不擾^④而）**子**（愛）**庶民**（平民，庶民，兆民。今之公職人員乃由庶民選任而暫代民為民行政者，本從庶民中來，退職後則仍歸於庶民，公仕、庶民本無軒輊，職事不同而已，故首當以人伻相交，其次則有公仕之法度禮儀，公仕者必當奉守不失。所謂"子愛庶民"者，為民行政也）**則百姓勸**（勉，勸勉於正道忠義，勤勉於各項職事、公事乃至國事等，古曰農事），**來百工則財用足**（平常日用之工物器用；今日來倡諸物理學即科學、工技之學、人，而創造新產品、增加就業機會、促進市場繁榮與民生福祉，故亦曰財用足也），**柔**（以道義仁愛柔待之）**遠人則四方**（四方之國、民與民心，民，又曰氓；國，如古之所謂侯、賓（《漢書》作"綏"）、要、荒等，今日天下之國、民）**歸之**（亦曰天道仁義文明之自然柔性擴展也），**懷**（以天道王道與性道正道仁義懷禮之）**諸侯**（古之列國諸侯乃至天下蕃國之諸侯）**則天下**（指天

---

① 《伐木》序云："《伐木》，燕朋友故舊也。自天子至於庶人，未有不須友以成者。親親以睦，友賢不棄，不遺故舊，則民德歸厚矣。"參見：《毛詩註疏》，上海古籍出版社，2013年2月，p. 819。
② 今日平等人權與平等人格。
③ 今日基本人權或基本權利。
④ 今日自由權或自主權。

下之或懷為非作歹之心者）**畏之**（天子懷諸侯，而朝聘盟會、巡狩述職、頒正朔、正道義禮樂典制等，天下大一統於王道天道，而共尊天道王道、尊王攘非道^①、聲討征伐其不道不義者，故天下之或懷為非作歹之心者皆畏之，不敢違道幹義而害人害道也。"畏之"，畏其正道法度、禮樂政刑等也^②）（；**仁**（動詞）人伾敬則天下同安各適而歸心）^③。

所謂平天下在治其國者

所謂平天下在治其國者，上老老而民興孝，上長長而民興弟，上恤孤而民不倍，是以君子有絜矩

---

① 古曰"尊王攘夷"。然自人伾之義言之，夷狄亦人也，若有非人非道侵略之事乃可攘，救民於水火之中而已，反之則不然。今曰人伾而文化多元共處而已。

② 或曰：諸侯每皆天子王君之諸親，親親仁義而懷之，則人不敢叛逆道義；如異姓功臣而為諸侯者亦如是，義敬而懷之，亦稍可通。然以"以天下事為家事"而解之，稍失"王天下"之公義，非正解也。

③ 另可參閱《中庸》："凡為天下國家有九經，曰：修身也。尊賢也，親親也，敬大臣也，體群臣也。子庶民也，來百工也，柔遠人也，懷諸侯也。修身則道立，尊賢則不惑，親親則諸父昆弟不怨，敬大臣則不眩，體群臣則士之報禮重，子庶民則百姓勸，來百工則財用足，柔遠人則四方歸之，懷諸侯則天下畏之。齊明盛服，非禮不動，所以修身也；去讒遠色，賤貨而貴德，所以勸賢也；尊其位，重其祿，同其好惡，所以勸親親也；官盛任使，所以勸大臣也；忠信重祿，所以勸士也；時使薄斂，所以勸百姓也；日省月試，既廩稱事，所以勸百工也；送往迎來，嘉善而矜不能，所以柔遠人也；繼絕世，舉廢國，治亂持危。朝聘以時，厚往而薄來，所以懷諸侯也。凡為天下國家有九經，所以行之者一也。"詳見拙著《中庸廣辭》。

之道也。所惡於上，毋以使下，所惡於下，毋以事上；所惡於前，毋以先後；所惡於後，毋以從前；所惡於右，毋以交於左；所惡於左，毋以交於右；此之謂絜矩之道。

好人之所惡，惡人之所好，是謂拂人之性，菑必逮夫身。堯、舜率天下以仁，而民從之。桀、紂率天下以暴，而民從之。其所令反其所好，而民不從。

《詩》云："節彼南山，維石巖巖。赫赫師尹，民具爾瞻。"是故君子有大道，必忠信以得之，驕泰以失之。《詩》云："殷之未喪師，克配上帝。儀監於殷，峻命不易。"道得眾則得國，失眾則失國。《康誥》曰："惟命不於常。"道善則得之，不善則失之矣。有國者不可以不慎，辟則為天下僇矣。

所謂平天下在治其國者，上老老而民興孝，上長長而民興弟[1]，上恤（憂，體恤，優撫）孤而民不倍（倍棄，背棄，或作偝[2]），是以君子有絜（持，或曰結）矩（矩法，法度，或作巨）之

---

[1] 鄭玄註："老老、長長，謂尊老敬長也。"
[2] 鄭玄註："民不倍，不相倍棄也。"

道也①。（絜矩之道者，本諸天道之中通、人心之同仁，而製正義(理義)禮(人義與禮儀)，然後絜持此天下通行之矩法義理(正道正理正義正禮)，而普施推及於天下人己上下也。所謂伻敬而倫對也。故所惡於己，毋以施人；所惡於人，毋以己為(此謂人己交際之倫理，可解為人際通則，曰普遍人際公平也，今曰人伻，又曰平等、基本人權與自由②)；此謂製作伻禮也。然後)所惡於上，毋以使下(君所惡者，勿以使民；或曰：上所惡者，勿以使下；所謂"上下"者，此言古之君臣一倫。今亦可謂概言諸種倫對，然今不論尊卑貴賤，而言倫禮相敬而已。以下同)；所惡於下，毋以事上(民所惡者，毋以事君；或曰：臣下有所惡者施於己，己毋以此惡者事上。以上蓋言古代君臣上下之禮或今之所謂集義共事之倫理③)。所惡於前(年長於己者，前者；或前所為者，前行者)，毋以先(先施之於)後(年幼於己者，後來者；或後所為者)；所惡於後(後者；或後生小子，後生者施惡於我，

---

① 鄭玄註："絜，猶結也，挈也。矩，法也。**君子有挈法之道，謂當執而行之，動作不失之。**孔穎達疏："'上恤孤而民不倍'者，孤弱之人，人所遺棄，是上君長若能憂恤孤弱不遺，則下民學之，不相棄倍此人。'是以君子有絜矩之道也'者，絜，猶結也；矩，法也。言君子有執結持矩法之道，動而無失，以此加物，物皆從之也。孔穎達正義曰："'所謂平天下在治其國'者，正義曰：自此以下至終篇，覆明上文'平天下在治其國'之事。**但欲平天下，先須治國，治國事多，天下理廣，非一義可了，故廣而明之。言欲平天下，先須修身，然後及物。自近至遠，自內至外，故初明'絜矩之道'，次明散財於人之事，次明用善人、遠惡人。此皆治國、治天下之綱，故總而詳說也。**今各隨文解之。"羅按：吾調整《大學》全文次序，尤其其後半部分，覆視之，乃不期然而與孔氏此意合。

② 質言之，先製作人伻、人倫(或人份)之伻敬之禮，而後有倫對相敬之禮或倫敬之禮。

③ 《祭統》(第二十五篇)："所不安於上，則不以使下；所惡於下，則不以事上。"

或曰後所為者），毋以從（施行於，從而施之於）前（前者；或前人；或前所為者）。以上蓋言**長幼倫理**或父母子女倫理，乃至**代際公平**或歷史公平[①]；**所惡於右，毋以交於左；所惡於左，毋以交於右**（朋友倫理，或同倫友朋之公平。左右者，平輩同儕之左右也）[②]。（**此謂製作倫理**

[①] 以上兩句乃言**長幼倫理**或父母子女倫理，與**代際公平**乃至歷史公平，製禮作樂當思籌衡平長幼倫理、代際公平與歷史公平也。以言長幼倫理或父母子女倫理，老、幼皆人之身心柔弱時期，而人皆有幼小時，又皆有年老時，為充分考慮與照顧**人生全時段之福祉**，故聖人乃預先製作倫理，對於老幼予以合理之尊重與優待，以扶持而不棄，是人仁、人智以及人性、人道之所在也。此為長幼倫理乃至父母子女倫理之來源或原委也，亦是一種基於或著眼於人類全體代代相續、人生全體福祉之更高之動態相與之代際公平，不可謂老幼對於青壯成人之剝削或不公也。然此長幼倫理之節度亦當合理，而避免過猶不及，此亦是代際公平之又一維。質言之，**以言代際公平，一則製作長幼倫理，對於老幼有所照顧優待禮遇，二則長幼倫理或禮節亦當合理公平，不可過猶不及，失之公平，然後長幼成人皆持守之而已**；然則既然吾人厭惡某些前人、年長者或前輩之或惡，則吾不以之施於後人、年輕者或後輩；而後人、年輕人或後輩之或惡，吾不施之於前人、年長者或前輩，則代際公平可得也。以言歷史公平，則既然吾人厭惡某些前代之或惡，則吾不以之施於後代；而後代之或惡，吾不施之於前代。後一解稍有牽強，可見此句重心在於長幼倫理或代際公平。或曰：女性在體力層面，與男性相比或亦有所柔弱，故在現代倫理禮儀製作方面，或亦可於此有所設計優待——包括夫婦倫理——，則亦可謂人道或人類文明之體現也。然現代女性主義者或有不同思路，茲不贅言。

[②] 孔穎達疏："'所惡於上，毋以使下'者，此以下皆是'絜矩之道'也。譬諸侯有天子在於上，有不善之事加己，己惡之，則不可回持此惡事，使己下者為之也。'所惡於下，毋以事上'者，言臣下不善事己，己所有惡，則不可持此惡事，回以事己之君上也。'所惡於前，毋以先後己'者，前，謂在己之前，不以善事施己，己所憎惡，則無以持此惡事施於後人也。'所惡於後，毋以從前'者，後，謂在己之後，不以善事施己，己則無以惡事施於前行之人也。'所惡於右，毋以交於左'者，謂與己平敵，或在己右，或在己左，以惡加己，己所憎惡，則無以此惡事施於左人也。舉此一隅，餘可知也。'此之謂絜矩之道'者，上經云'吾子有絜矩之道也'，其'絜矩'之義未明，故此經中說。能持其所有，以待於人，恕己接物，即'絜矩之道'也。"

也。如斯而用中製正禮（伻禮與倫禮）法（法度），過猶不及，而後得其通矩（法）正禮（有特別倫理或倫禮，又有普遍通禮），持以推及天下，)此之謂絜矩之道①。

〔(此亦（上文"齊家在修其身"）所謂齊家絜矩譬喻諸人己之道也。平治天下國家者（今日邦國公職人員），猶民之父母保（愛）養其子也，)《詩》云："樂只（語氣詞）君子，民之父母。"②民之所好（謂善政恩惠，若發倉廩、賜貧窮、賑乏絕等是民之所好也；或曰人所同好、通好，世人同好之者）好之，民之所惡（謂苛政重賦；或曰人所同惡、通惡，世人同惡之者）惡之，(此即"如保赤子"之意也，)此之謂民之父母③。〕

---

① 鄭玄註："'絜矩之道'，善持其所有，以恕於人耳。**治國之要盡於此。**"羅按：《大學》之講"齊家治國平天下"，其實祇是講"絜矩"之一事。絜矩，即持其正禮之通矩通法，以推及於天下也；故絜矩即是正禮之治、正禮法度之治、通正禮法之治，簡曰"禮治"；絜矩（禮法）以普遍通行於天下，則絜矩又即是今之所謂"法治"也；唯今之法治乃基於全民平等之法治，而吾國古之所謂"法治"（即"禮法治治"）乃民各有倫而基於對等有別之倫理為其正禮而為"法治或禮法之治"（皆法度）也。今則棄其等級制乃至可能之專制主義因素，而又增加平等伻敬之禮也。**或曰格物致知誠意正心即是講誠意明德，修身齊家治國平天下即是講絜矩新民，而皆止於至善也。**

② 父母即包男女也。鄭玄註："言**治民之道無他，取於己(身)而已。**"羅按：即取於己身，而絜矩推及於天下人也。孔穎達疏："《詩》云：'樂只君子，民之父母'，此記者引之，又申明'**絜矩之道**'。若能以己化民，從民所欲，則可謂民之父母。此《小雅・南山有台》之篇，美成王之詩也。只，辭也。言能以己化民，從民所欲，則可為民父母矣。"

③ 孔穎達疏："'民之所好好之'者，謂善政恩惠，是民之原好，己亦好之，以施於民，若發倉廩、賜貧窮、賑乏絕是也。'民之所惡惡之'者，謂苛政重賦，是人之所惡，己亦惡之而不行也。"

好人（民，凡民；世人，他人；正人，君子等）之所惡（惡，或曰世人同惡之者），惡人之所好（喜好，嗜好；同好正好，世人同好之者，如仁義善道。以上兩句乃謂"違反絜矩之道"之人事），是謂拂（拂戾，猶佹也）人之性（天性，或天命之性①），菑必逮（及）夫身。堯、舜率天下以仁，而民從之（好仁）（堯、舜能以正道禮義絜矩推及）；桀、紂率天下以暴，而民從之（好暴）（桀、紂不能以正道禮義絜矩推及②）。（及其後也，）其（或專言桀紂暴君，或兼指堯舜賢君與桀紂暴君，則為假言命題）所令反其（或專言桀紂暴君，或兼言堯舜賢君與桀紂暴君，則為假言命題）所好（嗜好、嗜慾），而民不從（言桀、紂己自率天下而為暴虐貪戾氣，而後雖欲令民仁善守禮守法，則民不從，言民亦從其暴虐貪戾而難驟然改新也③；反之，堯舜賢君亦然，則為假言命題）。（不能絜矩

---

① 至誠大聖製作人道即循此"人所同好同惡之天性或天賦命性"也，亦曰用中製作，而為中道或中庸之道。詳見拙著《中庸廣辭》。

② 或曰桀、紂反以邪道暴行以上率下，雖亦可謂推及，然乃以惡法暴行推及，非絜其矩或正道正法正禮也。

③ 《詩・大序》曰："庶殷頑民被紂化日久，未可以建諸侯，乃三分其地，置三監，使管叔、蔡叔、霍叔尹而教之。"參見：《毛詩註疏》（上冊），p. 148。

④ 鄭玄註："言民化君行也。君若好貨而禁民淫於財利，不能正也。"孔穎達疏："'其所令反其所好，而民不從'者，令，謂君所號令之事。若各隨其行之所好，則人從之。其所好者是惡，所令者是善，則所令之事反其所好，雖欲以令禁人，人不從也。"此即《尚書-君陳》所謂"違上所命，從厥攸好"之意，孔安國傳："人之於上，不從其令，從其所好，故人主不可不慎所好。"參見：《尚書正義》，p. 717。羅按：以"一人興仁作亂"而言，此句（以下補辭）似以置於"治國在齊家"之論述中為稍切；然以所言皆治"平天下"之事，且與下文刺幽王、讚師尹之詩相貫通——唯於前句之說"絜矩之道"稍有語意轉折耳——則亦可置於"平天下在治國"中。故本廣辭乃將其兩可重出於"治國在齊家"與"平天下在治國"之中，而稍增減其辭，兩處皆存之。

（正道法度[①]故也。是以堯舜之世，君（實則王、天子，以此節主論治國，故祇言"君"）民俱化於仁義，而皞皞安居樂生；桀紂之世，暴君倡率暴民（頑民，或刁民）於暴亂邪僻，橫行爭鬥而自斃也。亦皆絜矩之果（後果，因果）徵（徵驗，證明等）也。）（絜矩（正道法度[②]）者，通則（理則，效則）於人己也，及乎人者，亦將反及乎身。仁義出，則仁義入；邪僻出，則邪僻入；悖而出，亦悖而入。此何謂？曰"君有逆命，則民有逆辭也"[③]。故欲人之待己以伻敬與倫敬，則先身之以伻、倫之敬也；欲人之待己以仁義，則先身以仁義推及也。若夫人而不自修仁義伻倫，齊家治國以禮，以絜矩之道，則何以平天下？保（保全）身猶不及也。）

《詩》云："節（節然高峻；或自我檢束，高峻其德）彼南山，維

---

① 古代漢字，頗多意象字，如"矩"之本義即是"矩尺"，引申而為"正道法度"，是褒義詞義，古人用此字時大體皆取此義，故絜矩（以及"絜矩之道"）亦是褒義詞，乃謂絜持其正道法度。然"矩"之比喻義亦可作中性字義"法度"解，則"絜矩"亦為中性字或詞，故上文桀、紂率天下以暴，亦可謂桀、紂絜矩，徒桀、紂乃絜其邪道或惡法而已。或辯之曰：此解不通，因為"矩"本來便為"方尺"之意，故祇能作"正道法度"之字義或詞義而用之。此固亦有其理據。然今之讀者在用漢字尤其是古代漢語字詞讀書作文時，對此當有自覺，而在解讀或作文時，有意避免可能之誤解。

② 此一"矩"字，古雖主要解為褒義詞義"正道法度"，然若結合上下文，有時似亦可解為中性詞義"法度"。詳見上註。

③ 鄭玄註。

石巖巖（喻幽王大臣師尹之高嚴也，自修高嚴。師尹為賢臣）。赫赫（威儀顯盛，道德美盛）師尹（天子之大臣，為政者也），民具（俱）爾（汝）瞻（瞻視而法則之）。"①（為政者在上，舉措（一舉一動）言行（一言一行）關乎百姓國家（之福祉或利害），民皆瞻之則之，豈可不自修謹嚴？故）有國者不可以不慎，辟（邪僻，偏僻於正道正禮②）則為天下僇（刑戮，討誅）矣。③

是故君子有大道（仁義絜矩之道，包括倫理或倫理相敬之道；今又有伻敬之道；或曰是所由行孝悌仁義之大道），必忠信（以仁義正禮、伻禮倫理等忠信於人、民、倫類也）以得之，驕泰（驕慢侈泰，違逆仁義禮法）以失之。④（周公戒成王）《詩》云："殷之未喪師（眾，民，殷民，有德

① 鄭玄註："巖巖，喻師尹之高嚴也。師尹，天子之大臣，為政者也。言民皆視其所行而則之，可不慎其德乎？邪辟失道，則有大刑。"孔穎達疏："《詩》云：'節彼南山，維石巖巖'，此《小雅·節南山》之篇，刺幽王之詩。言幽王所任大臣，非其賢人也。節然高峻者，是彼南山，維積累其石，巖巖然高大，喻幽王大臣師尹之尊嚴。'赫赫師尹，民具爾瞻'者，赫赫，顯盛貌。是太師與人為則者。具，俱也。爾，汝也。在下之民，俱於汝而瞻視之，言皆視師尹而為法。此《記》之意，以喻人君在上，民皆則之，不可不慎。"

② 如以此進行上下文對照，則上文"齊其家在修其身"一節中之"辟"，蓋"邪僻""偏僻""偏倚"之意。然作"譬喻"解亦富啟發，故本《廣辭》兩存之。前文亦已述明之。

③ 孔穎達疏："'有國者不可以不慎'者，有國，謂天子、諸侯。言民皆視上所行而則之，不可不慎其德乎，宜慎之也。'辟則為天下僇矣'者，僇，謂刑僇也。君若邪辟，則為天下之民共所誅討，若桀、紂是也。"

④ 此句又為兩可置之之辭，故稍變其注釋，而兩存之。鄭玄註："道行所由。"孔穎達疏："'是故君子有大道'者，大道，謂所由行孝悌仁義之大道也。'必忠信以得之，驕泰以失之'者，言此孝悌仁義，必由行忠信以得之，由身驕泰以失之也。"

絜矩故能得民心），克（能）配上帝（言殷自紂父帝乙之前，未喪師眾之時，王之德能，所行政教等，皆能配上天而行也）。（汝成王）儀（宜，當）監（視）於殷，（當知）峻（大）命（大命，天命，指周繼殷為天子）不易（不易，難也）。"①（此）道（言）得眾則得國，失眾則失國。②《康誥》曰："惟命不於常。"③道（言）善則得之，不善則失之矣。（何以得之？亦曰中本天道人心以製正道俾（人俾）倫義禮，絜矩以治天下而已矣。）

（此謂治天下以絜矩之道。）

羅按：

或曰：農業文明社會講德教、德化，工業文明社會則兼講專業治理。

恕則通人情也，人之同理心也。

---

① 鄭玄註："言殷王帝乙以上，未失其民之時，德亦有能配天者，謂天享其祭祀也。及紂為惡，而民怨神怒，以失天下。監視殷時之事，**天之大命，持**（或作"得"）**之誠不易**也。"孔穎達疏："《詩》云：'殷之未喪師，克配上帝'，此一經明治國之道在貴德賤財。此《大雅·文王》之篇，美文王之詩，因以戒成王也。克，能也；師，眾也。言殷自紂父帝乙之前，未喪師眾之時，所行政教，皆能配上天而行。'儀監於殷，峻命不易'者，儀，宜也；監，視也。今成王宜監視於殷之存亡。峻，大也。奉此天之大命，誠為不易，言其難也。"
② 孔穎達疏："'道得眾則得國，失眾則失國'者，道，猶言也。《詩》所云者，言帝乙以上'得眾則得國'，言殷紂'失眾則失國'也。"
③ 鄭玄註："**天命不於常，言不專祐一家也。**"孔穎達疏："《康誥》曰：'惟命不於常'者，謂天之命，不於是常住在一家也。'道善則得之，不善則失之矣'，《書》之本意，言道為善則得之，不善則失之，是不常在一家也。"

持人類、人情共通共同之矩法而公正無差，一視同矩以待一切人也。人己無二法，以天下之達道通則人情（人類共同之情）而待一切人（包括自己）也。

絜即持之意，矩即為方為矩之公器（工器）、之通則。

以己仕民，非謂單向強制、命令、灌輸，乃以己心通他心，而又通天下之大道、通則、同情，以此率先作範，感化兆民也。

"無情者不得盡其辭。大畏民志"：或解此為正德感服。

是故君子先慎乎德

是故君子先慎乎德。有德此有人，有人此有土，有土此有財，有財此有用。德者本也，財者末也。外本內末，爭民施奪，是故財聚則民散，財散則民聚。是故言悖而出者，亦悖而入；貨悖而入者，亦悖而出。

是故君子有大道，必忠信以得之，驕泰以失之。生財有大道，生之者眾，食之者寡，為之者疾，用之者舒，則財恒足矣。仁者以財發身，不仁者以身發財。未有上好仁而下不好義者也，未有好義其事不終者也，未有府庫財非其財者也。

　　孟獻子曰："畜馬乘不察於雞豚，伐冰之家不畜牛羊，百乘之家不畜聚斂之臣。與其有聚斂之臣，寧有盜臣。"長國家而務財用者，必自小人矣。彼為善之，小人之使為國家，菑害並至。雖有善者，亦無如之何矣！此謂國不以利為利，以義為利也。

　　《楚書》曰："楚國無以為寶，惟善以為寶。"舅犯曰："亡人無以為寶，仁親以為寶。"《秦誓》曰："若有一个臣，斷斷兮無他技，其心休休焉，其如有容焉。人之有技，若己有之；人之彥聖，其心好之，不啻若自其口出。實能容之，以能保我子孫黎民，尚亦有利哉！人之有技，媢嫉以惡之；人之彥聖，而違之，俾不通；寔不能容，以不能保我子孫黎民，亦曰殆哉！"

　　見賢而不能舉，舉而不能先，命也；見不善而不能退，退而不能遠，過也。唯仁人放流之，迸諸四夷，不與同中國。此謂唯仁人為能愛人，能惡人。

是故君子①先慎乎德②。有德此有人（賢人、民人，今曰一切親朋好友、國人同胞、天下人、人類諸等人也③），有人此有土（古曰農人田土，有德則賢人樂輔助、民人樂附歸故也；今可喻言其自立之地），有土此有財（有土則生植萬物，故有財），有財此有用（國用，國之財政用度）。德者本也，財者末也。（倘）外（疏、輕）本（德）內（親、重）末（財），爭民施奪（鄭玄註：施其劫奪之情也，謂厚賦斂而劫民財也）（，則賢人不齒，民人不附）。是故財聚（君官聚斂）則民散（散流四方，民心消散，去此暴君虐政也），財散則民聚（來聚歸附，民心民氣聚）④。是故言（人之出言發語，此又指人君政

---

① 原意當指王君卿大夫等之子，又指有意出仕為政之俊秀之士，約略類於後之所謂治民者、統治者或貴族，故下文言有人有土有財用，即所謂得賢人之輔助、民人之親附以及相應之田農之事、賦稅之獲、財用之行等。但亦可指一般有志治平之士乃至一切人士之自處相處，有德則有朋友，有朋友則能集義共事而成功（一切人生諸事皆如此），乃至亦可出仕為政而一遂治平之志也（今日公職人員等）。

② 實則“是故君子先慎乎德”此一大章節，即所以言“所謂治國者”“所謂平天下者”，此因治國、平天下二事關聯密切而有其同然者，故《大學》原本乃合言之。筆者為彰顯其文理或論述思路，以及使讀者明了治國與平天下之分際，故又分說縷述之；今之讀者自可與“所謂治國者”“所謂平天下者”兩大章節對照參悟之。

③ 人皆樂於親近有德者，如此則有德乃能得人之相助，此人類世界之通則也。

④ 《周易·繫辭下》：“天地之大德曰生，聖人之大寶曰位。何以守位？曰仁。何以聚人？曰財。理財正辭、禁民為非曰義。”

教之言^①）悖（逆，悖逆通常人心，悖逆正禮法度，悖逆伻敬倫敬之道等）而出者，亦悖而入（君有逆命，則民有逆辭也；在上者悖禮逆理，在下者亦將反之^②）；貨悖而入者，亦悖而出（劫奪而來之貨利，亦將被劫奪而去；曰上貪於利，則下人侵畔；又曰多藏必厚亡等^③）^④（此亦絜矩之道之反動者也）。

---

① 儒家經典之文，孔子教人之語，每省略主語，當時或為特定對象所言說，如君子（國君之子等）、弟子乃至其他眾倫，實則亦每乃是對於一切人之普遍德教化及，或可普遍行於一切民人倫類者也。乃至或以是故意而省略之，則當時聽者固知言己，後人讀者亦知自審自思自修於道德，非獨對某人某倫言者也。後人固可補充主語而幫助理解所謂"情境原意"，然亦不必膠柱鼓瑟，而知孔子等所謂儒家聖賢為文普教化及之微意也。此"經"體言辭之特點之一，可深味之。

　　實則今人尤當關注其省略主語、歷史背景之普遍理義或經義，而有時或可略其具體歷史背景、歷史制度等，此乃閱讀所謂"聖經"（聖人之經典）、理解所謂聖人之言論理義之正當應然（之方式）也，何以故？所謂聖人，仁愛善好大公者也，從善者也，必讚同一切善好仁義之言論，所謂"聞善言則拜""與人為善""擇善而從"云云，皆是也，其聖本來得之於此，故若知後有善言好意，亦必從之也。後人不必泥從其一時之言論，而必師其聖人之心而已矣。

② 今亦可解作普遍義理：以悖謬違禮、邪僻不正之言待人，則人亦將以此反之。此仍是絜矩之道也。

③ 今亦可解作普遍義理：以邪僻不正當之目的手段而獲其財利，則亦將以不邪僻不正當之目的方式而用財，而喪亡之，而戕害其正心正身也。

④ 鄭玄註："施奪，施其劫奪之情也。悖，猶逆也。言**君有逆命，則民有逆辭**也。**上貪於利，則下人侵畔**。《老子》曰：'**多藏必厚亡。**'"孔穎達疏："'有德此有人'者，有德之人，人之所附從，故'有德此有人'也。'有人此有土'者，有人則境土寬大，故'有土'也。'有土此有財'，言**有土則生植萬物**，故'有財'也。'有財此有用'者，為國用有財豐，以此而有供國用也。'德者本也，財者末也'者，德能致財，財由德有，故德為本，財為末也。'外本內末，爭民施奪'者，外，疏也；內，親也；施奪，謂施其劫奪之情也。君若親財而疏德，則爭利之人皆施劫奪之情也。'是故財聚則民散，財散則民聚'者，事不兩興，財由民立。君若重財而輕民，則民散也。若散財而周恤於民，則民咸歸聚也。'是故言悖而出者，亦悖而入'者，悖，逆也。若人君政教之言悖逆人心而出行者，則（轉下頁）

　　是故君子有大道（仁義絜矩之道，包括倫理或倫理相敬之道；今又有伻敬之道；或曰是所由行孝悌仁義之大道），必忠信（以仁義正禮、伻禮倫理等忠信於人、民、倫類也）以得之，驕泰（驕慢侈泰，違逆仁義禮法）以失之。① 生財有大道（謂絜矩愛人，仁義正禮立國，教訓生聚，而懷柔遠人，成其廣土眾民之仁義富足大國也），生之者眾（古謂為農桑者多也，今曰自食其力而生產者多），食之者寡（謂減省無用之費也，或曰減少所謂"吃皇糧者"，無冗官，自食其力者多，不勞而獲者少；猶今言精兵簡政，裁撤冗官冗職，提高行政效率，減少行政人員或公職人員等），為之者疾（古謂百姓急營農桑諸事業也，所謂"勞之而不怨"云云），用之者舒（古謂君上卿臣百官緩於營造費用也；今曰國之用度），則財（古曰國家之財，國庫與家庫或不分，而賢明之國君天子亦每以家庫之財帛賞賜功臣國士或救濟庶民。今則分言之，曰國庫之公幣與民人之私財）恒足矣。②

（接上頁）民悖逆君上而入以報答也，謂拒違君命也。'貨悖而入者，亦悖而出'者，若人君厚斂財貨，悖逆民心而入積聚者，不能久如財，人畔於上，財亦悖逆君心而散出也。言眾畔親離，財散非君有也。"

① 此句又為兩可置之之辭，故稍變其注釋，而兩存之。鄭玄註："道行所由。"孔穎達疏："'是故君子有大道'者，大道，謂所由行孝悌仁義之大道也。'必忠信以得之，驕泰以失之'者，言此孝悌仁義，必由行忠信以得之，由身驕泰以失之也。"

② 鄭玄註："是不務祿不肖，而勉民以農也。"孔穎達疏："'生財有大道'者，此一經明人君當先行仁義，愛省國用，以豐足財物。上文'大道'，謂孝悌仁義之道，此言人君生殖其財，有大道之理則，下之所云者是也。'生之者眾'者，謂為農桑多也。'食之者寡'者，謂減省無用之費也。'為之者疾'者，謂百姓急營農桑事業也。'用之者舒'者，謂君上緩於營造費用也。'則財恒足矣'者，言人君能如此，則國用恒足。"

仁者以財發（起）身（施財行義，而成其令名；此言用財之道），不仁者以身發財（貪吝聚斂劫奪，以危其身）。① 未有上（古謂王君卿大夫等，今謂民選而暫代人民治國者、公職人員等）好仁而下（民人，今日國民、人民、公民等）不好義者也（立國於仁正，則其人民好道義，而事皆得其宜），未有好義（而）其事不終者也（立國於道義，人民、公職人員皆好道義，則國家萬事皆可成功興盛；國無正道仁義則必不立），（如此，則）未有府庫財（國庫之財）非其（故曰君國，或君民，今日國家財富即是全民財富，而無論民眾或公職人員等，皆能依法得其公平合理之利益，所謂國富而民富也）財者也②，（此何謂邪？曰上（古曰王君或君上，今日

① 鄭玄註："發，起也。言仁人，**有財則務於施與，以起身，成其令名；不仁之人，有身貪於聚斂，以起財，務成富**。"孔穎達疏："'仁者以財發身'者，謂仁德之君，以財散施發起身之令名也。'不仁者以身發財'者，言不仁之人，唯在吝嗇，務於積聚，勞役其身，發起其財。此治家、治國天下之科，皆謂人君也。"

② 其意曰，如"上好仁義"，取之有道而以財發身，則其府庫之財乃為有道之財而合理合法者，非橫征暴斂而悖入者，且因取之有道（即諸如十一稅之類），故民人百姓亦皆財用富足，君民各各取之有道，倉廩足而知禮義，且感國家王君之仁義忠信，相互無所施其覬覦劫奪之情。君民之貨利皆正道而入，正道而出，故無"貨利悖而入，復悖而出"之虞（君民相安，天下國家自安樂治平），故曰"未有府庫財非其財者也"。鄭玄註："言君行仁道，則其臣必義，以義舉事無不成者。其為誠然，如己府庫之時為己有也。"孔穎達疏："'未有上好仁而下不好義者也'，言在上人君好以仁道接下，其下感君仁恩，無有不愛好於義，使事皆得其宜。'未有好義其事不終者也'，言臣下悉皆好義，百事盡能終成，故云'未有好義其事不終者'，言皆能終成也。'未有府庫財非其財者也'，又為人君作譬。君若行仁，民必報義，義必終事。譬如人君有府庫之財，必還為所用也，故云'未有府庫財非其財者也'。"孔穎達正義曰："言君行仁道，則臣必為義。臣既行義，事必終成。以至誠相感，必有實報，如己有府庫之財，為己所有。其為誠實然，言不虛也。"此處鄭註、孔疏皆不甚明朗或妥當，故本《廣辭》乃增廣其辭而補述之。

民選民督之國家公職人員等）以仁義治國，保民而取（征收賦稅國用）之有道，如先之以為民制產，而後取之以十一（稅賦，今日稅收法定），以為國用（國之公用，古則包括君卿大夫士之俸祿；今日公共行政、公共事業等之用度，而亦用之有合理之法律或法度），則國、民皆取之有道，皆能財用富足，如此則倉廩足而知禮義，感邦國（或天下）王君之仁政忠信，故君（古曰王君卿大夫等）民皆無所施其覬覦劫奪之志，而無悖入悖出之患也；又曰國者民之聚，國財來自民財，國財即是民財也；民足，國孰與不足？）（此言散財聚民，樹義立國。）

孟獻子（魯大夫仲孫蔑）曰："（士（或曰大夫，蓋言士初試為大夫，故又或解為大夫），）畜（xù）馬乘（shèng，四馬一車為一乘，意曰畜養馬匹以乘車，謂以士初試為大夫，則賜有車馬可乘也[1]），不察於雞豚（士初試為大夫或今之所謂公職，不闚察於雞豚之小利，將以心力用以養德長才為國仁民也）；伐冰之家（卿大夫之家。卿大夫喪葬用冰；伐冰，謂於冰寒處伐擊得冰[2]），不畜牛羊（卿大夫不畜牛羊為財利，以其食祿，故不與人民爭利也）；百乘之家（謂卿大夫有采地者），不畜聚斂之臣（聚斂之臣，即掊克

---

[1] 孔穎達正義："《書傳》'士飾車騈馬'，《詩》云'四牡騑騑'，大夫以上，乃得乘四馬。"

[2] 孔穎達正義："昭四年《左傳》云：大夫命婦，喪浴用冰。《喪大記》注云：士不用冰。"

之臣，專事聚斂，使賦稅什一之外徵求采邑之物也）。**與其有聚斂之臣**（古謂為君國聚斂盤剝民人之臣，如橫征暴斂，稅收過重，則民生貧竆而將不堪其重負矣），**寧有盜臣**（偷盜之臣，猶言貪官）。"[1]（盜臣但害財而已，聚斂之臣則害道害義也，以政害民也。此言為政食（公）祿（之君子，今曰國家公職人員等）者不得與民爭財利

---

① 鄭玄註："孟獻子，魯大夫仲孫蔑也。'畜馬乘'，謂以士初試為大夫也。'伐冰之家'，卿大夫以上，喪祭用冰。'百乘之家'，有埰地者也。雞豚、牛羊，民之所畜養以為財利者也。**國家利義不利財，盜臣損財耳，聚斂之臣乃損義。**《論語》曰：'季氏富於周公，而求也為之聚斂，非吾徒也，小子鳴鼓而攻之可也。'"孔穎達疏："'孟獻子曰：畜馬乘，不察於雞豚'者，此一經明治國家不可務於積財（羅按：今謂公職人員營私貪冒），若務於積財，即是小人之行，非君上之道。言察於雞豚之所利，為畜養馬乘。士初試為大夫，不闚察於雞豚之小利。'伐冰之家，不畜牛羊'者，謂卿大夫喪祭用冰，從固陰之處伐擊其冰，以供喪祭，故云'伐冰'也。謂卿大夫為伐冰之家，不畜牛羊為財利，以食祿不與人爭利也。'百乘之家，不畜聚斂之臣'者，百乘，謂卿大夫有采地者也。以地方百里，故云'百乘之家'。言卿大夫之家，不畜聚斂之臣，使賦稅什一之外徵求采邑之物也，故《論語》云'百乘之家'是也。'與其有聚斂之臣，寧有盜臣'者，覆解'不畜聚斂之臣'之本意。若其有有聚斂之臣，寧可有盜竊之臣，以盜臣但害財，聚斂之臣則害義也。'此謂國不以利為利，以義為利也'者，言若能如上所言，是國家之利，但以義事為國家利也。"

　　又：孔穎達正義曰："'孟獻子，魯大夫仲孫蔑'者，此據《左傳》文也。'畜馬乘，謂以士初試為大夫'者，案《書傳》'士飾車騈馬'，《詩》云'四牡騑騑'大夫以上，乃得乘四馬。今下云'伐冰之家'，'百乘之家'，家是卿大夫。今別云'畜馬乘者，不察雞豚'，故知'士初試為大夫'也。伐冰之家，卿大夫者，案昭四年《左傳》云：大夫命婦，喪浴用冰。《喪大記》注云：士不用冰。故知卿大夫也。士若恩賜及食，而得用，亦有冰也。但非其常，故《士喪禮》'賜冰則夷槃'可也。《左傳》又云'食肉之祿，冰皆與焉'是也。云'百乘之家，有采地者也'，此謂卿也。故《論語》云'百乘之家'，鄭云'采地，一同之廣輪'是也。"

也。）長（音掌，執掌、治理）國家而務（專力於，致力於）財用（務財用，謂專力聚斂，不務道義等）者，必自（由，由小人所行者；或曰用，任用小人之故。或曰自為，自是，蓋為前兩者）小人矣①。彼（君國者，治國者，為政者；或謂所選用之臣官等。蓋謂君國者或為政者之本意，乃為了"善"其國或"利"其國）為（四聲）善之（善其國，蓋謂彼君國者用此小人而務財用聚斂，其原本之初衷，乃欲善其君國，或乃欲有利於其君國也；曰：以之為善，即彼國君以此聚斂之臣為善，而任用之②），（而欲益反損：）小人（小人之君或臣）之使（假使；或派使）為（為政，治理；或輔佐）國家，菑害並至。（如斯則）雖有（欲圖）善者（為國之正善君子；或曰：即使其本意或有為善或善國之意），亦（將）無如之何矣！③（故當棄小人之心術，而選舉（原文蓋謂君王當親選賢臣）賢臣（今日賢能守法之國家公職人員等），為道義之治也（以君言，又當親為賢君）。）此謂國不以利

---

① 鄭玄註："言務聚財為己用者，必忘義，是小人所為也。"孔穎達疏："言為人君長於國家而務聚財以為己財者，必自為小人之行也。"

② 或解為："彼（賢君）為（國則將圖）善之"，善其仁義政教也。或曰彼小人善於聚斂。揆上下文可知，此皆言君王選任人才或賢臣之事。

③ 鄭玄註："彼，君也。君將欲以仁義善其政，而使小人治其國家之事，患難猥至，雖云有善，不能救之，以其惡之已著也。"孔穎達疏："前經明遠財重義，是'不以利為利，以義為利'，此經明為君治國，棄遠小人，亦是'不以利為利，以義為利'也。彼，謂君也。君欲為仁義之道，善其政教之語辭，故云'彼為善之'。'小人之使為國家，災害並至'者，言君欲為善，反令小人使為治國家之事，毒害於下，故災害患難，則並皆來至。'雖有善者，亦無如之何矣'者，既使小人治國，其君雖有善政之亦無能奈此患難之何。言不能止之，以其惡之已著故也。"

為利,以義（與賢）為利也。

《楚書》曰（秦晉嘗欲伐楚,使使者至楚,欲觀楚國寶器,楚臣以此辭對秦晉之使者也）:"楚國無以為寶（無以金玉幣帛之類為寶,或曰無所可為寶器者）,惟善（善道;又善人,賢人,賢臣,《楚書》原指楚國賢臣觀射父、昭奚恤）以為寶。"①舅犯（晉文公之舅狐偃）曰:"亡人（指當時出亡之重耳,即晉文公）無以為寶,仁親（即親仁,親愛仁道仁人;或曰仁愛而相親）以為寶。"②《秦誓》（秦穆公伐鄭,為晉所敗於崤,還誓其群臣,而

---

① 鄭玄註:"《楚書》,楚昭王時書也。言以善人為寶。時謂觀射父、昭奚恤也。"孔穎達正義曰:"正義曰:鄭知是'楚昭王時書'者,案《楚語》云:'楚昭王使王孫圉聘於晉,定公饗之。趙簡子鳴玉以相問於王孫圉,曰:"楚之白珩猶在乎?其為寶幾何矣?"**王孫圉對曰:"未嘗為寶。楚之所寶者,曰觀射父,能作訓辭,以行事於諸侯,使無以寡君為口實。"**'又《新序》云:'秦欲伐楚,使者觀楚之寶器。楚王召昭奚恤而問焉,對曰:"寶器在賢臣。"楚遂使昭奚恤應之。昭奚恤發精兵三百人,陳於西門之內,為東面之壇一,南面之壇四,西面之壇一。秦使者至,昭奚恤曰:"君客也,請就上居東面之壇。"令尹子西南面,太宗子牧次之,葉公子高次之,司馬子發次之。**昭奚恤自居西面之壇,稱曰:"客欲觀楚之寶器乎? 楚之所寶者,即賢臣也。唯大國之所觀!"**秦使無以對也。使歸,告秦王曰:"楚多賢臣,無可以圖之。"'何知有觀射父、昭奚恤者? 案《戰國義》云:'楚王築壇,昭奚恤等立於壇上。楚王指之,**謂秦使曰:"此寡人之寶。"**'故知有昭奚恤等也。謂賢為寶者,案《史記》云:'**理百姓,實府庫,使黎庶得所者,有令尹子西而能也。執法令,奉圭璋,使諸侯不怨,兵車不起者,有大宗子牧能也。守封疆,固城郭,使鄰國不侵,亦不侵鄰國者,有葉公子高能也。整師旅,治兵戈,使蹈白刃,赴湯蹈火,萬死不顧一生者,有司馬子發能也。坐籌帷幄之中,決勝千里之外,懷霸王之業,撥理亂之風,有大夫昭奚恤能也。是皆為寶也。**'引之者,證為君長能保愛善人為寶也。"

② 鄭玄註:"舅犯,晉文公之舅狐偃也。亡人,謂文公也,時辟驪姬之讒,亡在翟。而獻公薨,秦穆公使子顯弔,因勸之復國,舅犯為之對此辭也。仁親,猶言親愛仁道也。明不因喪規利也。"孔穎達疏:"此舅犯勸重耳之辭。於時重耳逃亡在翟,秦穆公欲納之反國,而勸重耳不受秦命,對秦使云:奔亡之 （轉下頁）

作此篇）曰："若（假若。或解為吾、吾國，不取）有一个（或為介）臣（這個"臣"；或曰天子之臣，即所謂君子或國君之子，或將繼位作諸侯國君者），斷斷（誠一端慤之貌）兮（兮或作猗，猗猗然專一）無他技（異端之技，正也）；其（這個"臣"；或曰是為國者、君，言國君自修自處之道）心休休（休美，善好，樂善寬大）焉，其（這個"臣"；或曰為國者、君）如有容（包容，胸懷寬大；或曰容納任用，意曰國君容納任用此斷斷之賢臣）焉：人（這個"臣"；或曰他人、民人、賢人等）之有技（才藝之技也），若己（這個"臣"；或曰是國君，國君敬賢親賢愛賢也）有之；人之彥（美士為彥，才美，才俊；或曰即"這個臣"）聖（德粹而智識圓通者），其（這個"臣"；或曰是國君）心好之，不啻（不止，不祇，不僅僅）若自其口出（此蓋言公心推賢進士），實（誠，實際上，此又有轉折之意：而且内心真實能容，誠能容，真心讚揚；或解為"是"，而能容之如是）能容（包容、真心讚揚；或曰是容納任用）之（他人賢人之賢德才技等；或曰是"這個臣"），以（以之，或因）能保我（我國）子孫黎（眾）民，尚（庶己）亦有利哉！（若夫）人之有技，媢（妒）嫉以惡之；人之彥（或作'盤'）聖，而違（戾）之，俾（使）不通（不達，不能舉賢任用也），寔（誠；或曰是）不能容，以不能保我子孫黎民，亦曰

（接上頁）人，無以貨財為寶，唯親愛仁道以為寶也。"孔穎達正義曰："'舅犯，晉文公之舅狐偃'者，《左傳》文也。云'時避驪姬之讒，亡在翟而獻公薨。秦穆公使子顯弔之，因勸之復國。舅犯為之對此辭也'，《檀弓》篇文。"

殆（危）哉！①”②（此謂為國為天下當尊賢（即上文“惟善以為

---

① 鄭玄註：“《秦誓》，《尚書》篇名也。秦穆公伐鄭，為晉所敗於殽，還誓其群臣，而作此篇也。斷斷，誠一之貌也。他技，異端之技也。有技，才藝之技也。‘若己有之’，‘不啻若自其口出’，皆樂人有善之甚也。美士為‘彥’。黎，眾也。尚，庶幾也。媚，妒也。違，猶戾也。俾，使也。佛戾賢人所為，使功不通於君也。殆，危也。彥，或作‘盤’。”孔穎達疏：“‘《秦誓》曰’者，此一經明君臣進賢詘惡之事。《秦誓》，《尚書》篇名。秦穆公伐鄭，為晉敗於殽，還歸誓群臣而作此篇，是秦穆公悔過自誓之辭。記者引之，以明好賢去惡也。‘若有一介臣，斷斷兮’者，此秦穆公誓辭云，群臣若有一耿介之臣，斷斷然誠實專一謹愨。兮是語辭。《古文尚書》‘兮’為‘猗’。言有一介之臣，其心斷斷、猗猗然專一，與此本異。‘無他技，其心休休焉，其如有容焉’者，言此專一之臣，無他奇異之技，惟其心休休然寬容，形貌似有包容，如此之人，我當任用也。‘人之有技，若己有之’者，謂見人有技藝，欲得親愛之，如己自有也。‘人之彥聖，其心好之，不啻若自其口出’者，謂見人有才彥美通聖，其心中愛樂，不啻如自其口出。心愛此彥聖之美，多於口說，言其愛樂之甚也。‘實能容之，以能保我子孫黎民，尚亦有利哉’者，實，是也。若能好賢如此，是能有所包容，則我國家得安，保我後世子孫。黎，眾也。尚，庶幾也。非直子孫安，其下眾人皆庶幾亦望有利益哉。‘人之有技，媚疾以惡之’者，上明進賢之善，此論蔽賢之惡也。媚，妒也。見人有技藝，則掩藏媚妒，疾以憎惡之。‘人之彥聖，而違之，俾不通’者，見他人之彥聖，而違戾抑退。俾，使也，使其善功不通達於君。《尚書》‘通’為‘達’字也。‘實不能容，以不能保我子孫黎民，亦曰殆哉’者，若此蔽賢之人，是不能容納，家國將亡，不能保我子孫。非唯如此，眾人亦曰殆危哉。”孔穎達正義曰：“‘秦穆公伐鄭，為晉所敗於殽，還誓其群臣，而作此篇也’者，案《尚書序》，秦穆公伐鄭，晉襄公帥師敗諸殽，還歸，作《秦誓》。又《左傳》僖三十二年秦穆公興師伐鄭，蹇叔等諫之，公不從，為晉人與姜戎要而擊之，敗諸殽，是其事也。云‘美士為彥’者，《爾雅·釋訓》文。‘黎，眾也’，‘俾，使也’，皆《釋詁》文。‘尚，庶幾’者，《釋言》文。《爾雅》‘庶幾，尚也’，是‘尚’為‘庶幾’矣。云‘媚，妒也’者，《說文》云‘媚，夫妒婦’，是‘媚’為‘妒’也。”

② 此一小節蓋有兩解或兩種斷句方式，其一，整節皆以“一個臣”為主語，曰：“若有一個臣，斷斷兮無他技，其（這個臣）心休休焉，其（這個臣）如有容焉。人（他人）之有技，若己（這個臣）有之；人之彥聖，其（這個臣）心好之，不啻若自其口出，實（誠）能容之，以（這個臣）能保我子孫黎民，尚亦有利哉！人之有技，（這個臣）冒嫉以惡之；人之彥聖，而（這個臣）違之，俾不通，實不 (轉下頁)

實"、"仁親以為寶"之意)容賢(即上文"休休有容能容賢人"之意)、進賢詘惡(即上文"斥黜其務財用聚斂之小人掊克之臣"之意)也。)

見賢而不能舉，舉而不能先，慢(原文作"命"，實則慢，聲之誤也，輕慢，怠慢賢人)也；見不善而不能退，退而不能遠(遠佞人小人)，過(愆過，罪愆)也。[1] 唯仁人放流之(惡人媢嫉之類者)，迸諸四夷，不與同中國。[2] 此謂唯仁人為能愛人，能惡人[3]。(此謂舉賢用善，退遠惡人，以集義公治天下也。)

（接上頁）能容，以（這個臣）不能保我子孫黎民，亦曰殆哉！"其二則以"國君"為主語，意曰國君能容納親近任用賢臣（這個臣），曰："若有一個臣，斷斷兮無他技。其（國君）心休休焉，其（國君）如有容焉：人（這個臣）之有技，若己（國君）有之；人（這個臣）之彥聖，其（國君）心好之，不啻若自其口出。實（是）能容之（即國君能容納任用賢臣也），以能保我子孫黎民，尚亦有利哉！人（這個臣）之有技，（國君）冒嫉以惡之；人（這個臣）之彥聖，而（國君）違之，俾不通。實（是）不能容，以不能保我子孫黎民，亦曰殆哉！"蓋原意當為第二解，言國君當舉賢容賢也。而第一解亦稍可通，意曰任用此種賢人以保我子孫黎民，故《廣辭》正文兩存之。

[1] 鄭玄註："命，讀為'慢'，聲之誤也。舉賢而不能使君以先己，是輕慢於舉人也。"孔穎達疏："'見賢而不能舉，舉而不能先，命也'者，此謂凡庸小人，見此賢人而不能舉進於君。假設舉之，又不能使在其己之先，是為慢也。謂輕慢於舉人也。'見不善而不能退，退而不能遠，過也'者，此謂小人見不善之人而不能抑退之。假令抑退之，而不能使遠退之。過者，言是愆過之人也。"

[2] 鄭玄註："放去惡人媢嫉之類者，獨仁人能之，如舜放四罪而天下咸服。"孔穎達疏："言唯仁人之君，能放流此蔽善之人，使迸遠在四夷，不與同在中國。若舜流四凶，而天下咸服是也。"

[3] 孔穎達疏："既放此蔽賢之人遠在四夷，是仁人能愛善人，惡不善之人。"

所謂平天下者

（所謂平天下者：堯曰："咨！爾舜！天之曆數在爾躬。允執其中。四海困窮，天祿永終。"舜亦以命禹。（湯）曰："予小子履，敢用玄牡，敢昭告於皇皇后帝：有罪不敢赦。帝臣不蔽，簡在帝心。朕躬有罪，無以萬方；萬方有罪，罪在朕躬。"周有大賚，善人是富。"雖有周親，不如仁人。百姓有過，在予一人。"（子曰：）"謹權量，審法度，修廢官，四方之政行焉。興滅國，繼絕世，舉逸民，天下之民歸心焉。所重：民、食、喪、祭。寬則得眾，信則民任焉，敏則有功，公則說。"

子曰："不知命，無以為君子也。不知禮，無以立也。不知言，無以知人也。"

語在《論語·堯曰》[1]，又在《春秋》。）

（所謂平天下者：堯（名放勳，謚堯）（命舜）曰："咨（呼

---

① 詳細解讀，請參見：羅雲鋒著，《論語廣辭》。

（諮嗟，嗟呼））！爾舜（名重華，諡舜）！天（命（賦命天位））之歷（次；或作曆）數（歷數，謂天位列次也，帝王相繼之次第，猶言天命今畀乎汝也），（今）在（在；或解為察）爾躬（汝身；"歷數（或作曆）在爾躬"即"天命畀乎汝身"之意。或解"在爾躬"即省察其身，則有先自修身以道德之意）。允（信；或曰用）執（持）其中（多重涵義，中通天道；中正之道，無過不及等①），（以治安天下）。（不然，若）四海困窮（困厄窮乏），（將）天祿（王位、天位）永終（絶）。"

舜亦以（此（此道此辭））命禹②。

堯舜聖賢禪讓（揖讓而授之）而王，中（多重涵義，中通天道；中正之道等）正公仁，其治天下之道也同。

（湯（禱雨）③告天（受命而王））曰："予小子履（履者，湯名；天乙者，號；湯亦號，商湯，成湯而死後之諡號，如商紂然，蓋周人諡之，以商代無諡也④），敢（斗膽，謙稱）用玄（黑）牡（雄，玄牡即黑色犧牲，黑公牛），

---

① 參見拙著《中庸廣辭》。

② 其辭蓋為："咨！爾禹，天之歷（或作曆）數在爾躬。允執其中。四海困窮，天祿永終。"此以下皆轉引自拙著《論語廣辭》，稍有修訂。其注釋出處，亦參見《論語廣辭》之相關說明和參考書目，茲不贅註。

③ 或曰此為商湯禱雨，以身代牲而為民受罪之辭。

④ 《四書辨證》："仲虺之誥曰'成湯放桀於南巢'，孔傳云：'湯放桀，武功成，故以爲號。'又《路史》（夏后紀）注引羅蘋老云：'禹之功至平水土而後大，故於禹成厥功之後始稱大禹。湯之功至克夏而後成，故於湯歸自夏之後始稱成湯。其果諡乎？抑號乎？'此說得之。《檀弓》：'死諡，周道也。'《周書·諡法解》：'**安民立政曰成，除殘去虐曰湯。**'蓋後人因周有此諡法，因移用加之於成湯，故云成湯死後諡（見《商頌》疏）。"《論語集釋》："按：《白虎通》云：'湯本名履，克夏以後，欲從殷家生子以日爲名，故改履名乙，以爲殷家法也。'是漢人舊說如此，紛紛異解，均可不必。"參見：《論語集釋》。

敢（斗膽，謙稱）昭（明）告於皇皇（大）后（君）帝（天帝；皇皇后帝，即大君大帝；或作"皇王后帝"，或作"皇天上帝"）：有罪（有罪者；或曰是夏桀，茲不取）不敢（擅）赦（順天奉法，刑賞不敢私濫），帝臣（天帝之賢臣，天下賢人；或曰是夏桀[1]，或曰是商湯自稱，茲皆不取）不（敢私）蔽（選任不敢私專，即選賢任能而有公正之道德法度之意），簡（閱，選任）（任皆）在帝（上天、上帝）心（公正）（選任刑賞惟奉天命、持公法；簡閱在天心，言天簡閱其善惡也），（惟帝（上天、上帝）所命，奉天行法）。朕（我）躬有罪，無以（及）萬方；萬方有罪，罪在朕躬。[2]（天命靡常，惟天制之。）"

（武王曰：）"周（周家）有大賚（賜、予，意即：天有大賚賜予周），善人是富（富，多也，多善人：周家受天大賜，故富足於善人，即所謂"有亂臣十人"之類，而殷紂則多用惡人，則此是**選賢任能**之意；或曰善人是黎元即黎民之意[3]，則"善人是富"，**仍是愛民、民本之意**；或曰：賜予財帛於善人而富之：周家大賜財帛於天下之善人，善人故是富也，此是**教化慕善之意**，或曰即是"祿之"之意）。雖有周（至，至親；或解為多；或曰周家至親；或曰是紂王雖多至親，而不用仁人，則是伐紂時語）親，不如仁人（仁賢之人；或曰周親指周家

---

[1] 若如《皇疏》解"帝臣"為"夏桀"，則其文當為："有罪不敢赦。帝臣（夏桀）不蔽（不敢隱瞞夏桀其罪，必討伐之也）。"然則"簡在帝心"何意？《集解》作："言桀居帝臣之位，罪過不可隱蔽，以其簡在天心故也。"似牽強，故不取。

[2] 或曰此兩句可見此非伐桀之辭，乃禱雨之辭。

[3] 《九經古義》："《戰國策》云：'制海內，子元元，非兵不可。'高誘曰：'元元，善也。'姚察《漢書訓纂》曰：'古者謂人云善人，因善爲元，故云黎元。其言元元者，非一人也。'……善人爲黎元審矣。何晏以爲有亂臣十人，失之。"

至親，而善人、仁人皆是針對殷商遺民之仁人如箕子微子而言，乃武王收攬人才而安撫之言[①]；或曰仁人指太公尚，此數語是分封諸侯時語[②]，大賚即大封之意[③]）[④]。百姓有過，在予一人。[⑤]"

（湯武革命，替天行道，奉天行法，選賢用善，政教清明，刑賞分明，其治天下之道也通。）

（(孔)子曰[⑥]：）"謹(謹嚴其事)權(秤)量(斗斛量器)，審(審定，諦)法度(禮樂制度[⑦]；治國之典制；凡制之有限節者皆謂之法度。或解曰：尺度，丈尺；即律度，律即法，法謂音律之十二律，度謂尺度之五度如分寸尺丈引)，修廢官(昏暴之君因其約己而廢棄之正當必要之舊有官職，更修立之，此亦包含於設官分職以佐諫之事之內)，四方(天下)之政行焉。興滅國(封建古之聖王之後，或曰已滅國之諸侯之後)，繼絕世(古之賢德卿大夫之後，絕祀，故仍立其後以繼祀；或曰卿大夫世襲，故指卿大夫之後，或曰亦包君而言)，舉(舉任，授任)逸民(德操才行超逸者)，天下之民歸心焉。所重：民、食、喪、祭。寬則得眾，信則民任焉，

---

① 《四書答問》。

② 《論語正義》引宋翔鳳論。

③ "按：《周頌詩序》：'賚，大封於廟也。賚，予也，所以錫予善人也。'《洪範》曰：'凡厥正人，既富方穀。'"參見：《論語集釋》。

④ 《泰誓》："受有億兆夷人，離心離德。予有亂臣十人，同心同德。雖有周親，不如仁人。"參見：《書集傳》，中華書局，2018年2月，p.150。

⑤ 此又武王襲用商湯語。

⑥ 或曰此以下皆是孔子所言，為陳王道大法也。故以此意補之。

⑦ 邢疏："法度，謂車服旌旂之禮儀也，審之使貴賤有別，無僭偪也。"參見：《論語後案》。

敏（為政行事敏疾）則有功，公（公平；或曰"公"當作"惠"）則（民）說。"①

（孔子時承亂世，禮崩樂壞，政教失墜，法度淆亂，故重定禮樂政教法度，冀後之王者起，能藉以興滅繼絕舉逸，仁民富庶教化而安之，民德歸厚，而天下複歸於堯舜湯武周公之正道大法也。）

子曰："不知命（命，謂窮達之分），無以為君子也。不知禮，無以立也。不知言，無以知人也（聽言則別其是非也）。""此言君子立身知人也。命，謂窮達之分，言天之賦命，窮達有時，當待時而動；若不知天命而妄動，則非君子也。禮者，恭儉莊敬，立身之本；若其

大
學
廣
辭

---

① 或曰《堯曰》此節之"公"字乃當作"惠"。《陽貨》：子張問仁於孔子。孔子曰："能行五者於天下，為仁矣。"請問之。曰："恭、寬、信、敏、惠。恭則不侮，寬則得眾，信則人任焉，敏則有功，惠則足以使人。"**或曰《堯曰》此節此數語及下節蓋皆孔子答子張語，可與《陽貨》篇"子張問仁"一節合而為一篇（共納入《子張》篇），而為《子張》篇之首**，即：子張問仁於孔子。孔子曰："能行五者於天下，為仁矣。"請問之。曰："恭、寬、信、敏、惠。恭則不侮，寬則得眾，信則人任焉，敏則有功，惠則足以使人。"子張問於孔子曰："何如斯可以從政矣？"子曰："尊五美，屏四惡，斯可以從政矣。"子張曰："何謂五美？"子曰："君子惠而不費，勞而不怨，欲而不貪，泰而不驕，威而不猛。"子張曰："何謂惠而不費？"子曰："因民之所利而利之，斯不亦惠而不費乎？擇可勞而勞之，又誰怨？欲仁而得仁，又焉貪？君子無眾寡，無小大，無敢慢，斯不亦泰而不驕乎？君子正其衣冠，尊其瞻視，儼然人望而畏之，斯不亦威而不猛乎？"子張曰："何謂四惡？"子曰："不教而殺謂之虐；不戒視成謂之暴；慢令致期謂之賊；猶之與人也，出納之吝，謂之有司。"

一
八
五

不知，則無以立也。聽人之言，當別其是非；若不能別其是非，則無以知人之善惡也。"①

　　詳言之，則曰："知命，言天之所生（天命之謂命性②），皆有仁義禮智順善之心；不知天之所以命生（天命之謂命性），則無仁義禮智順善之心；無仁義禮智順善之心，謂之小人。故曰：'不知命，無以為君子。'《小雅》曰：'天保定爾，亦孔（甚）之固。'言天之所以仁義禮智保定人之甚固也。《大雅》曰：'天生蒸（眾）民，有物有則。民之秉彝，好是懿德。'言民之秉德以則天也。不知所以則天，又焉得為君子乎！"③"人受命于天，固超然異於群生，孔子曰：'天地之性（俗語或作"間"）人為貴。'明於天性，知自貴於物；知自貴於物，然後知仁誼（義）；知仁誼，然後重禮節；重禮節，然後安處善；安處善，然後樂循理；樂循理，然後謂之君之。故孔子曰：'不知命，無以為君子'，此之謂也。"④知命，即知天也，知天命也；知天則知命，安然修俟之，孟子曰："盡（極、儘量擴展）其心（本心靈明）者，知其性（天性，命

----

① 《論語注疏》。
② 參見拙著《中庸廣辭》。
③ 《韓詩外傳卷六》。
④ 《漢書·董仲舒傳》引董仲舒對策。

性,天命之性,本性,如仁、義、禮、智之端等是也)也。知其性,則知天(天命,元道,天命,元道貴仁善)矣,(而天道好生貴善)。存其(仁)心,養其(善)性,所以事天(天道、天神、天數、天命等)(對待天命的方法)也,(天道無親,惟仁是與)。殀壽不貳(違反、改易),修身以俟之(待天命),所以立命(證立天命,安身立命)也。"(天之賦命者,天性明靈也,又元道、人道、人義、仁德也,天賦之,人順之,善則得正命,違之不善則得非命,所謂"積善之家必有餘慶,積不善之家必有餘殃"是也。)孟子曰:"莫非(勿違逆,或曰無非)(天)命也,順受其正(順受其善性,而得其正命)。是故知(天)命者,不立乎巖牆之下。盡其道(正道、善道、修身之道)而死者,正命也。桎梏(比喻犯罪)死者,非正命也。"又曰:"求則得之,舍則失之,是求有益於得也,求在我者也(天爵)。求之(人爵)有道(修其天爵、居仁由義),得之(人爵)有(天)命(今曰天則、天律、天律、必然規律),是求無益於得(人爵)也,求在外者也(人爵)。"①

若"夫聖人之製禮也,事有其制,曲有其防,為其可傳,為其可繼,賢者俯就,不肖跂及(qí jí,企及)。是

---

① 《孟子·盡心上》,詳見拙著《孟子解讀》《孟子廣義》。

故子張過而子夏不及，然則無愈；子路喪姊，期而不除，仲尼以為大譏；況於忍能矯情，直意而已也哉？《詩》云：‘不愆不忘，帥由舊章。’《論語》：‘不為禮，無以立。’”①凡事奉守正禮，無過無不及，斯可謂立於禮也。

　　言不可不知也。知言者，知其真假是非（善惡）也。言為心之聲與飾，有真假，有是非，故當聽而別之，則人（及事）之是非善惡亦可知矣。②《易·繫辭傳》曰：“將叛者其辭慙，中心疑者其辭枝，吉人之辭寡，躁人之辭多，誣善之人其辭遊，失其守者其辭屈。”孟子云：“吾知言。詖辭知其所蔽，淫辭知其所陷，邪辭知其所離，遁辭知其所窮。（其言辭也，）生於其心，害於其政；發于其政，害於其事。”③知（辨別）言則知人，知人乃能用人行政，“人之邪正長短不能掩者，言也，知之而人才入吾洞照矣。不然，而何以

---

① 《風俗通義·愆禮第三》：“夫聖人之制禮也，事有其制，曲有其防，為其可傳，為其可繼，賢者俯就，不肖跂及。是故子張過而子夏不及，然則無愈；子路喪姊，期而不除，仲尼以為大譏；況於忍能矯情，直意而已也哉？《詩》云：‘不愆不忘，帥由舊章。’《論語》：‘不為禮，無以立。’故注近世苟妄曰愆禮者也。”案：愆，籀文作僭。參見：應劭撰，王利器校注，《風俗通義校注》，中華書局，1981年1月，p. 137。
② 參見《論語正義》，p. 769。
③ 《孟子·公孫醜上》。

知之（辨別人），而取之用之？此聖聖相傳之要道也。"①

　　或疏曰："命，謂窮通夭壽也。人生而有命，受之由天，故不可不知也。若不知而強求，則不成爲君子之德，故云無以爲君子也。禮主恭儉莊敬，爲立身之本。人若不知禮者，無以得立其身於世也。故《禮運》云：'得之者生，失之者死。'《詩》云'人而無禮，不死何俟'是也。不知言，則不能賞言，不能賞言，則不能量彼，猶短綆（gěng，汲井綆，汲水所用繩子）不可測於深井，故無以知人也。"②蓋"聽人之言，當別其是非。若不能別其是非，則無以知人之善惡也。"③

　　語在《論語·堯曰》④，又在《春秋》。是皆古代平天下之道法也。）

　　　　　　　　　夏曆庚子年乙酉月己卯日

（西曆 2020 年 10 月 3 日）初稿，後多次修訂之

---

① 《論語傳注》。

② 《皇疏》，參見：《論語義疏》，pp. 524–525。

③ 《論語注疏》。

④ 以上論"平天下"之章節，引自拙著《論語廣辭》，另可參證其詳細解讀：羅雲鋒著，《論語廣辭》。

《中庸①廣辭②》

羅雲鋒

① 鄭玄曰:《中庸》"以其記中和之為用也。庸,用也。孔子之孫子思伋作之,以昭明聖祖之德也。"參見:《禮記鄭註彙校》(下冊),王鍔彙校,中華書局2020年11月第一版,p. 733。據此可知,此篇(或此書)之著述初衷蓋有二:**一者述孔子之行狀聖德,二者可謂述孔子學說及其立說之方法**(中庸之道)。然則讀者亦可結合此二者解讀之,則其思路、文意自能豁然貫通顯明也。不然,則將以為晦澀虛玄無統係,乃至離其思路本意而牽強附會也。自前者而言,《中庸》此篇之本意乃是頌聖祖聖德,文字皆可聯係原文此一初衷來解讀,則"天命之謂性,率性之謂道,修道之謂教"祇是說孔子乃有天命至誠之天性,而又順循守持,盡性成己成物而行道,不改初衷;而又弘道傳教不遑,乃至退而返魯,則刪削修訂《詩》《書》《禮》《易》《春秋》,以明王法,傳道教於後世。後世有志君子賢士伻人讀之自能感奮自立向上也。自後者而言,《中庸》一篇之本意又在頌聖道,講明性與天命,乃至立道行教之法,以及君子人伻率性修行之大道也,如至誠盡性、率性行道、脩道行教、致中和、擇善固執、死守善道、素位而行……盡皆如是。斯則可見《中庸》此篇明道傳道弘道教化修行之普遍命意也。質言之,《中庸》既是性論、命論、道論,又是率性盡性、修道立道、設教學教之方法論。

又:《中庸》之所謂**"性""命",既是以孔子為說而立論,又是陳述普遍"性命"學說**。以孔子為說,則《中庸》乃言孔子有聖德,可謂天命性道之**"素王"**,可謂得天大命者,類於《尚書》所謂堯、舜、禹、夏、商、周等古聖王得受天之大命者;以普遍性命學說而為言,則不獨聖王、聖者有天命(大命),而凡人亦無不各有其天命也。觀乎《尚書》之數言"天命"者,亦可明此:《尚書》之言"天命",雖多關涉堯、舜、禹、夏、商、周等古聖王之受天大命而為說,然亦有言及"民命"者,"予大降爾四國民命"(《多士》,p. 625),所謂"民命"者,可見於先秦人之觀念中,乃認為人皆有天命,或則"天命"人皆有之,而人皆不同也。然則《中庸》《孟子》之言"命",乃尤其言及人類或人類個體之普遍性命,為普遍性命學說也。此則《中庸》性命學說之特別價值。

② 《中庸》之文本,稍有古本與程朱本之分,本《廣辭》主要依據程朱本,同時尋繹其內在思路,而稍有移易。欲知《中庸》之本文或古本,可另參見鄭、孔之註疏或朱熹等之註本。所謂《中庸廣辭》者,吾今增廣《中庸》之本文而成之辭章也,所增廣者,皆以小括號標明區別之。增廣之初衷和方法見本書體例說明部分。

天命之謂性：通天道，致中和

天命之謂性，率性之謂道，脩道之謂教。

道也者，不可須臾離也；可離非道也。［是故君子戒慎乎其所不睹，恐懼乎其所不聞。莫見乎隱，莫顯乎微，故君子慎其獨也。］①

喜怒哀樂之未發，謂之中；發而皆中節，謂之和。中也者，天下之大本也；和也者，天下之達道也。致中和，天地位焉，萬物育焉。

（天（有多重涵義：自然之天；天帝之天；所謂哲學範疇，如"先天"或"Great Being or Great Universe Being"，老子曰："有物混成，先天地生。"參見正文中下一"天"字之詳細註解）生（今日天然生成或"先天自然生成"或"being"）之謂"生性"｛"生性"，或謂"氣性""質性"②，萬物眾生皆有"生性"與下文所提

---

① 古本與程朱本皆置此句於斯，其思路或猶曰：不可離，故無論外人知否，我不可離道也，故而慎獨。筆者又將此句移至下文（接"鬼神之為德……豺可射思"一段之下，而合之以移置於"故至誠如神"一句之下），而以中括號標示之，似亦稍可通，故本《廣辭》兩存兩解之。

② 而情、欲（乃至智、靈）等皆蘊涵於此一氣性內，遇物而發露（《郭店楚簡·性自命出》所謂"物取之"而為情——此"情"兼言"欲"），發而中節則為合（转下页）

（接上頁）乎命性、道義、禮義之正情。今謂生性論曰"自然主義人性論"。情者，如喜怒哀樂愛惡懼等，皆是也；愛、惡，猶言好惡、欲惡然，則欲亦是情之一。

① 值得指出的是，先秦所謂"物"的含義並未作嚴格界定，一般指人類之外的眾生尤其是禽獸而言，即**"禽獸之生物"**（有時又包括人類在內，曰"**眾生**"），則禽獸（眾生）亦有其各類之"生性"（或"氣性"）與"命性"；有時又包括植物，即**"動植之生物"**，乃至其他自然物或客觀事物在內，即**"天地萬物"**，則其"生性"（或"氣性"）、"命性"（或"天命"）

又可理解為古人之"萬物有靈論"；有時"物"又用指**"人事之物"**，則不曰"生性"與"命性"，乃曰"人事之**道或理**"；有時又指一切外在環境、習俗、物事等，亦即一切外在環境、後天習俗和文化、外物等皆可謂之**"天地外物"**，亦曰"**外物之道或理**"。當然，此處所列舉之"物"之諸種含義，或經歷有歷史主義之演變，比如，"物"之"人事"之義蓋屬後起者。

綜合之，則先秦之所謂"物"，蓋有如下若干涵義：禽獸之生物、眾生、動植之生物，而古人或皆以之為"生物"，故皆有其各類之"生"或"氣"（生性、生氣、氣性等）與"性"（命性）；人事之物、天地萬物或天地外物，則不言之以"生""命"，而論之以"道"或"理"，如"人事之物"之理（今日人文社會科學），天地萬物外物之理（今日自然科學），和今之所謂物理學、生物理學等。本書為了論述方便，有時用"萬類"，有時用"萬物"，來涵蓋包括人類在內的一切生物類，然亦有依上下文而含混用之者。實則"物"之涵義當先如上述而界定或區分之。下文亦同，不贅述。

曾子蓋**以禽、獸、人為"生物"，各有其類之氣性、生性乃至命性**，然禽、獸徒得乎陰、陽之精之一偏，唯人乃兼得陰陽之精者，故"人"為萬物靈長。若夫植物等天地萬物或外物，雖或亦偏得陰、陽之氣，然不得其精，故**"有氣而無生"，不謂之"生物"**，亦無命性，而論之以"理"或"氣"，曰"氣學"或"氣理"，今曰物理學或自然科學等，以智能哲學或所謂心靈哲學而言，或由此皆"純粹智能知識"或"純粹邏輯知識"而已。所謂"氣學""氣理"，今曰分子學、原子學、基因學等，曰波曰粒，曰"波粒二象性"，曰陰極陽極等，其實皆"氣"，所謂萬物一氣而已。氣聚而成物，陰陽之氣之聚也多方無量，故其成物也多方無量，曰"萬物"乃至無量數之"天地之物"；求其"氣聚之方"則曰"氣學""氣理"等，今曰物理學、自然科學云云。唯"生物"則不僅有"氣"，且得其"精"，有"神靈精神"、有"性命"也。今人研究人類靈魂、智慧、生命何來，而求之於氣如原子、電子、分子、基因等，未曾知其"神靈精神"及其何來，則仍是偏執，故仍不得其門而入也。限於篇幅，茲不贅述。

（轉下頁）

的萬物或萬類皆有其各自之"自天所生"之"類生性或類氣性"①,亦即每類皆公

共具有之共同"生性"或"氣性",每類天生皆同(名之為"物類之生性"或"物類之

普遍生性",或簡稱為"類生性"),而不同類種則其"類生性"或"類氣性"亦不同,

另一方面,每類中之每個個體所實際獲得或秉受之"生性之清濁厚薄"(或又以

(接上頁)　　　觀乎曾子之論,可知孔子乃至先秦人之相關觀念。

　　為便於讀者理解,附錄《曾子·天圓》全文如下:

　　單居離問於曾子曰:"天圓而地方者,誠有之乎?"曾子曰:"離!而聞之云乎?"單居離曰:"弟子不察,此以敢問也。"曾子曰:"天之所生上首,地之所生下首,上首謂之圓,下首謂之方,如誠天圓而地方,則是四角之不揜也。"

　　"且來!吾語汝。參嘗聞之夫子曰:'**天道曰圓,地道曰方,方曰幽而圓曰明**;明者吐氣者也,是故外景;幽者含氣者也,是故内景,故火日外景,而金水内景,吐氣者施而含氣者化,是以**陽施而陰化也。陽之精氣曰神,陰之精氣曰靈;神靈者,品物之本也**(羅按:此蓋言萬物皆含神靈而生,只是萬物所含神靈成分各異而已),**而禮樂仁義之祖也,而善惡治亂所由興作也。**

　　陰陽之氣,各從其所,則靜矣;偏則風,俱則雷,交則電,亂則霧,和則雨;陽氣勝,則散為雨露;陰氣勝,則凝為霜雪;陽之專氣為雹,陰之專氣為霰,霰雹者,一氣之化也。

　　毛蟲毛而後生,羽蟲羽而後生,毛羽之蟲,陽氣之所生也;介蟲介而後生,鱗蟲鱗而後生,介鱗之蟲,陰氣之所生也;**唯人為倮匈**(倮,赤體,裸體,倮匈指無毛羽鱗介蔽體)**而後生也,陰陽之精也。**

　　毛蟲之精者曰麟,羽蟲之精者曰鳳,介蟲之精者曰龜,鱗蟲之精者曰龍,倮蟲之精者曰聖人;龍非風不舉,龜非火不兆,此皆陰陽之際也。茲四者,所以聖人役之也;是故,聖人為天地主,為山川主,為鬼神主,為宗廟主。

　　聖人慎守日月之數,以察星辰之行,以序四時之順逆,謂之曆;截十二管,以索八音之上下清濁,謂之律也。律居陰而治陽,曆居陽而治陰,律曆迭相治也,其間不容髮。

　　聖人立五禮以為民望,制五衰以別親疏;和五聲以導民氣,合五味之調以察民情;正五色之位,成五穀之名;序五牲之先後貴賤,諸侯之祭,(牲)牛,曰太牢;大夫之祭,牲羊,曰少牢;士之祭,牲特豕,曰饋食;無祿者稷饋,稷饋者無尸,無尸者厭也。宗廟曰芻豢,山川曰犧牷,割列襢瘞,是有五牲。此之謂品物之本、禮樂之祖、善惡治亂之所由興作也。'"(《曾子輯校》,中華書局,2017年12月,pp. 64 - 68)

① 以及所謂"類命性"或"各類之命性",乃天命萬物萬類中各類之公共命性。

“質”與“量”名之，曰“氣之質”“氣之量”，“氣之質”則曰清濁，“氣之量”則曰厚薄，“氣之性”或“氣性”則曰喜怒哀樂等之氣，今曰自然本能之性，又曰自然本能之潛能或可能性。就人類而言，氣性人皆天生有之，如人皆有喜怒哀樂等之氣性，然個體“氣之質與量”則各人天生各不同，然亦可後天改易增損之，比如宋儒所謂“讀書改變氣質”，即曰改變個體“氣性”或“性氣”之質與量也）又稍有異而不同（名之為“個體生性”或“個體實際生性”）。質言之，自天生而言之，則每類之生性或氣性皆同，不同類之生性與氣性不同；自萬物萬類中之每類中之個體而言，則雖同類而每個個體所秉受之生性或氣性之清濁厚薄等或稍有異也。所謂“命性”亦有同然者。｝。）天〔曰，太陽，以及自然宇宙，合稱為“天體之天”或“自然之天”，天體之天自涵有天文天象、天時天數天則等，曰“天體之理”（簡稱“天理”或“天則”①）或“天體之道”；又天神，或絕對主宰者，而總稱為“天神之天”或“天帝之天”，而自有“天心”②；又為哲學範疇或文化倫理範疇，古人名之曰“義理之天”，而涵有或衍生“元道”（或“天之元道”），今乃稱之為“元道之天”③；此之謂“三元天”。此外，“天神之天”及其“天心”，去其神性則為現代概念意義上的“先天”，則純粹是一個哲學概念，謂曰“Great Being or Great Universe Being”（比如前文所謂的“天生”就取此一含義，意為“出生以前，存在以前”，有點類似於西方哲學中的“before being or before existence”的概念），今人在思及宇宙論、人性論等論

---

① 然此“天理”不同於宋明儒家之所謂“天理”。在本書中，**明確大致區分“道”與“理”的意義和用法**，“道”主要涉及元道或主觀倫理價值，有時亦用作綜合概念，兼涵“理”之含義；但“理”則主要用作“客觀規律、理則”等之意。

② 然而中國文化亦或曰：“**為天地立心**”或“**天工人其代之**”（《尚書》），則此“天心”來自於人，來自於人所立之元道。此即哲學上所謂之“獨斷論”，亦是一種分析思路。然人所立之元道合理可行否，最終仍須由——或以——“天道”來判定，合於天道乃可行，不合於天道者終不能行，故曰合天道、合天理、合天心云云。所謂“天道”，詳見拙著《論語廣辭》中《論“道”：正名與分析》一文，茲不贅述。

③ 或曰此“元道”皆人所立，謂之哲學獨斷論。見上註。

題時，每以此思路解之。而先秦以來之中國思想則以"一""元""太極（或大極）"或"空""無"等解之，為中國文明之宇宙論，而以此統合"三元天"，故許慎於《說文解字》中首解"一"，曰："一，惟初大極，道立於一。造分天地，化成萬物。"有一而後有"元"（始），天即"至高無上，大一"也。就此而言，則天即是一，一即是天。① "一""大極"而後有道，而後有天地人萬物。故"三元天"所涵有之"天體之理""天心""（天之）元道"，又總名之曰**天道**（而道生於一）；分言之則"天道"包涵天文天象、天時天數②天則、天心、（天之）元道等。質言之，**"天道"**來自於**"一"、"大一之天"**，而**"天"**又分而為**"三元天"**，則**"天道"**又分而為**"三元天"**之**"天則""天心"與"元道"**；析言之，"三元天"之間，以及"天道"與"三元天"之"天則""天心""元道"之間，亦有不同而複雜之關聯。**本書之所謂"天"，既是統攝性之"大一之天"，又兼"三元天"（"天體之天""天神之天""元道之天"）與"天道"而合言之，而尤重"天道"之意，而道生於一。故所謂"天"之"命"，既是"天"所賦命，亦是"天道"所賦注，而"性"必循合於"天道"，又循合於"天"或"三元天"也**③——此亦是墨子所謂**"上同於天"**之意。④｜命｛①**動詞，命令**，賦命，"天命之"即"天"或"三

---

① 《漢書》曰："元元本本，數始於一。"參見：《說文解字註》，p. 1。

② 數，一般稱物，"在天而為象，在物而有數，在人心而為理"（王夫之，《船山思問錄》，上海古籍出版社，2000 年 12 月，p. 33），然"數"亦有"絕對理則"之意，故此曰"天數"。

③ 董仲舒所謂**"道之大原出於天"**（《舉賢良對策》），參見：《漢書·董仲舒傳》："道之大原出於天。天不變，道亦不變。是以禹繼舜，舜繼堯，三聖相受而守一道，亡救弊之政也，故不言其所損益也。繇是觀之，繼治世者其道同，繼亂世者其道變。"然董子此論今當進一步評述損益之。

④ 即以"天道""一同天下之義"，參見：《墨子·尚同》《墨子·天志》，參見：《墨子校註》，中華書局，1993 年 10 月，pp. 107 - 139，pp. 287 - 317。然則"合於天命""合於天道"者何謂？ 另可參見拙文：《論"道"：正名與分析》，茲不贅述。參見：羅雲鋒，《論語廣辭》附錄，上海三聯書店，2022 年；又可參見拙文《論"天"》，參見拙著：《中國古代天道義禮正名論》或《中國古代哲學範疇正名》（暫未完成和出版）。

元天"賦命之，又猶言"天"以其"天道"命而賦注之①。此處"命"之本義為動詞：自"天"申命之曰"天申命（動詞）"，自人（類）受之則曰"人受天命（動詞而隱含或轉為名詞含義）"（或"人受命性"）；②**名詞，命性或性命，天命，猶今之所謂天賦義理之性，命運等**②，質言之，"命"字又有名詞用法，或逐漸獲得名詞含義，則"天申命（動詞）"引申為名詞含義作**"天命（名詞）"**，即"天所命之命性"或今所謂"性命、命運"等③，"人受天命（動詞而隱含名詞含義，或轉為名詞含義）"引申為

---

① **命，以動詞言，天可命人，人亦可命人，而王者之命人，則托言代天而命人乃至**"致天之罰"，如"（成）王曰：'爾乃不大宅天命，爾乃屑播天命，爾乃自作不典圖忱于正。我惟時其教告之，我惟時其戰要囚之，至于再，至于三。乃**有不用我降爾命，我乃其大罰殛之。**非我有周秉德不康寧，乃**惟爾自速辜。**'……'嗚呼，多士！爾不克勸忱**我命**，爾亦則惟不克享，凡民惟曰不享。爾乃惟逸惟頗，大遠**王命**，則惟爾多方探天之威，我則**致天之罰**，離逖爾土。'王曰：'我不惟多誥，我惟**祗告爾命**。'"孔安國傳："我不惟多誥汝而已，我惟敬告汝吉凶之命。"參見：《尚書正義・多方》，p. 674，p. 678。

② **命，以名詞言，或曰人有命或天命，禽獸生物亦有命或天命。**

③ 實則儒家之所謂"天命"，乃欲將其禮義學說繫於"天"，以此論證其禮義價值之淵源，而證明其正當性，"天命之道"在當時實有所指，即所謂"天工人其代之。**天敘有典**（羅按：天敘即天命），**敕我**（羅按：敕我即天命我）**五典五惇哉！天秩有禮，自我五禮有庸哉！同寅諧恭和衷哉！天命有德，五服五章哉！天討有罪，五刑五用哉！**"儒家固然亦對"天何以命之"或"天道"與"人之元道"之關係有所論證，但我們今天在關注儒家的這一部分內容時，應當分成兩個部分來考察，**第一是其"立道精神"與"立道方法"**，即天命、法天則天，或在"天""天道"與"人道""元道"之間建立某種關聯的立道精神和方法，**第二是其所立之道的內容**，即上述引文中的"五典、五禮、五刑"等，對這兩者都須進行分析和批判，以期建立更為合理的天道淵源、立道方法以及相應的道義體系，尤其是後者，更要進行新的分析、批判和建構。參見：《尚書・虞書・皋陶謨第四》：皋陶曰："無曠庶官，天工人其代之。天敘有典，敕我五典五惇哉！天秩有禮，自我五禮有庸哉！同寅諧恭和衷哉！天命有德，五服五章哉！天討有罪，五刑五用哉！政事懋哉！懋哉！"參見：《尚書正義》，上海古籍出版社，2007 年 12 月第一版，pp. 151－153。然吾人於今世不必照搬古人"代天"所立之"天命之道"，而自可有新論證、新立道，師其"天命立之"之意，而順循今之所已知未知之天道而"代立"新天命人命即今世"天命之性道"也。

名詞作**"人之天命"**，而或簡稱**"人命**（名詞）**"**（或**"人之命性"**或**"人性"**）。於是此處之**"天命**（名詞）**""人命**（名詞）**"**（或**"人性""人之命性"**）皆是**"人之天命**（名詞）**"**而已①，即**"天命"**＝**"人命"**（俗語所謂**"人命關天"**），**而皆區分為"性命"與"實命"**，自人之道德自主性言之又有個體**"實德"**或個體**"德命"**，**"德命"**與**"實命"**稍有不同（自天實命之而言曰**"實命"**，自人實有其德而言曰**"實德"**或**"**（自）

----

① 在本《廣辭》的概念體系中，"天命"和"人命"的含義基本等同（但卻不完全等同於平常語言中的相關含義，這也是哲學研究的目的和意義所在，即通過哲學研究，使得一些概念的意義更為明確，避免含混或混淆，以便促進人們對於相關論題的思考），自天命之而言則曰"天命"，自人受之而言則曰"人命"，其實一也。而為了說明"人命"和"天命"的含義，又皆區分為**"性命"與"實命"**，"性命"乃就其本初或元本而言，是"體"，"實命"乃就其盡性之實際程度或行用而言，是"用"，其實亦只是一事。就人類全體或人類本性而言，人類之天命與人命皆同，皆是"性命""道命"而已；就一人或人類個體而言，人類個體之實際天命與實際人命並不是固定的，而毋寧說是**動態變化的**，即隨著個體率性行道之實德的程度而相應變化，率性行道之實德高者可得更高之實命，德行低者則其實命也低，"天"根據個體之"實德"而有相應之賦命，而皆是其人之天命與人命也。就人類全體和人類個體之"命性"本原和理想而言，人人皆當上進復性於"性命"或"道命"；就個體或有氣質之偏、人慾之私與過、後天習染之移（外物之染）等而言，則各人自有其"實命"，但這個"實命"並不是天生必然的，而是可以通過後天努力恪行道德而改變的，改變氣質，改變實命，等等。所以儒家文化並不一定是消極的、保守的文化氣質，而是也同時蘊含或宣揚著積極上進、作為進取精神的文化氣質。雖然這種理論有可能被人別有用心地利用來維護保守性的、專制性的等級制，但同樣或本質上是蘊含著和可以被用來維護積極的、進取的、進步的人道主義和仁道主義的文化觀念。當然，**在今天，我們尤其要強調"性命"或"命性"學說裡面的"天賦命性皆同"的思想，而確立人怦主義文化的基本底線，然後在此基礎上談及德性主義或合理的人倫主義文化的構建的論題。**

　　值得注意的是，為了更好地幫助理解"天命"與"人命"的概念含義，筆者又創造**"實德"**乃至**"德命"**二詞來補充說明"人命"（嚴格地講，實命與德命亦不同，德命是人自所有，實命是天所實賦），可參見本《廣辭》的相關論述。

德命"），另詳見下文。"**天所命**（動詞）**於人者**"，有"**性**"（命性）、有"**命**（名詞）"①

---

① "命"有兩種用法或含義，作動詞用法則為"申命""命令"，作名詞用則為"所命之命"或"命令"（名詞），但**漢語無法在文字形式本身上區分兩者**（字詞的名詞用法與動詞用法），**這往往導致一些哲學表達和解讀探討的問題，現代漢語研究者或漢語言哲學研究者或應於此有所作為更張**，以使漢語能夠更好地承擔哲學表達或哲學思考的功能。

質言之，從哲學概念的建構或哲學表達的角度來看，同一個漢字"命"，於今言之，同時具有名詞意義和動詞意義，或者，它的名詞形式和動詞形式用完全相同的漢字來進行表達，而無法從字形或其他語言形式、語法形式上區分開來，由此（無法區分名詞意義與動詞意義等）命名或建構的概念，以及相應的思想論述，於今言之，在哲學上有時會顯得不夠準確或嚴格；以這種語言方式或命名方式（構建哲學概念的方式）來進行哲學表達和哲學思考，可能造成哲學表達上的某些缺陷。所以，在筆者看來，如果這裡能在語言形式上明確區分"命"的動詞形式和名詞形式，就會有利於減少許多可能的概念上的牽纏和混亂，而更加有利於漢語哲學或中國哲學的研究和發展。

同樣，在筆者看來，中國哲學的真正發展（涉及中國古代哲學的研究發展更是如此），離不開漢語（古代漢語與現代漢語）的進一步規範化和創新發展，離不開真正的漢語語言哲學的深入研究和發展；而要達成這個目標，便要求中國的哲學家具有語言文字學和語言哲學的深厚知識理論（兼顧中西古今），也要求中國的語言文字學家、文學家等具有明確的語言創新發展的意識自覺和眼光視野，同樣要求他們掌握深厚的語言文字學乃至語言哲學方面的知識理論，各個學科領域共同發展，最後促成漢語文學、漢語語言、漢語語言哲學和漢語哲學的進展。

比如，這裡單指出一點，當代哲學頗為重視所謂的觀念史或概念史的研究思路，實則這是中國古代哲學研究或思想構建的重要方式之一，即所謂的"正名"（乃至造字或"造名"，"造名"即今之所謂概念建構），通過"正名"的方式構建一個包蘊深廣的哲學體系或思想體系。某種意義上我們甚至可以說，中國古代哲學或某一學說體系，是以創建相應的"字"、"名"、"書"的體系的形式來建構的，或是建立在對於"字""名""書"的重新解釋即"正名"的基礎之上的，一本"字書"或"字典"就有可能建構起一個哲學體系、思想體系或學說體系，比較典型的便是許慎的《說文解字》，《爾雅》是另一本較早的有名的字書或字典，同樣對中國古代哲學或古代思想的研究具有重要意義。筆者的《中國古代天道義禮正名論》或《中國古代哲學範疇正名》亦是基於此一思路，通過"正名"來釐清乃至重構中國古代思想文化或中國古代哲學等。限於篇幅，不贅述。

（轉下頁）

等^①，"性"即下文所謂"性"或"命性"，**"命（名詞）"則分為"性命"與"實命"**，皆"天"或"天道"所命致。然則自天而命之則曰"命"（動詞與名詞），自人而受之則曰"性"（或"命性"）與"命"（名詞），天命（動詞）人之性（命性），又命（動詞）人之命（名詞，性命與實命），命（動詞）性（命性）則人人皆同，命（動詞）命（實命）則人各不同（"性命皆同，而實命不同"，實命在乎其人之實德），准乎其人之實德。//或曰：天不僅命人類，亦命萬物萬類，故萬物萬類皆有其"命性"，然此當進一步從兩個層面說明之：一方面，包括人類在內的萬物或萬類皆有其各自之自天所命之"類命性"，亦即每類皆公共具有之共同"命性"，每類之天所命之命性皆同（名之為**"物類之命性"**或**"物類之普遍命性"**，簡稱為**"類命性"**），而不同類種則其"類命性"亦不同；另一方面，每類中之每個個體之"先天""命性"皆同，而其所實際秉受之天之"實命"，則據其個體之"實德"（尤指人類而言）之不同而有差異。^② 質言

（接上頁）在此過程中，對於哲學思考和哲學表達而言，至少在同一本哲學著作中，或在同一位學者的概念體系、哲學體系或哲學語言系統中，其所用以進行哲學思考和表達的哲學詞彙或概念系統，應該具有內在統一性或貫通性，能夠互相說明或限定其確切的哲學意義。但這確實是一個很複雜的論題，涉及語言學、文字學（現代語言文字學與古代語言文字學，尤其是古代中國的傳統小學如音韻訓詁學等）、語言哲學乃至文學等多個領域和方面。筆者期待偉大的漢語文學家、漢語語言學家、漢語語言哲學家和漢語哲學家或中國哲學家將來能夠不斷地湧現。

① 乃至有"氣（質）"。不過，《廣辭》為區分生性與命性，乃將"氣質"歸為"天生"，不曰"天命"，故此處不把"氣（質）"歸入"天所命於人者"之中。

② 當然，這種說法有爭議，一種意見認為：先秦時的"性"字專指人性，先秦儒家祗將"性"或"命性"用於人，即祗認為人類才有所謂"性"或"命性"，"性"字原就是人性或命性之意；另一種意見認為，天不僅命人之性，亦命萬物之性，故"性"字亦可用以指代萬物之性，比如後文所謂的"盡物之性"，即可證明。但萬物萬類的"實德"或"德命福命"的說法仍然顯得激進，具有某種衝擊性乃至挑戰性，因為這樣一來，似乎就在一定程度上減損了"唯人能仁""人作為天地之間唯一道德主體"或人類靈長的地位，故仍可商榷。然而，曾子亦謂"萬物皆有靈"，雖則並未說"萬物皆有德"。故對於萬物而言，不言"實德"或"德命福命"，乃曰"實命"即可，萬物萬類，尤其是禽獸意義上的萬物，若不循其命性，則其"實命"亦堪虞，如此而已。

之，自不同物類之關係而言，不同物類之命性各不相同；如果是同一物類內部，那麼，自天之普遍賦命而言，則每類之命性皆同，自萬物萬類中之每類中之個體而言，則同類中的每個個體所實際秉受的命性亦皆相同，但其**個體"實命或福命"**（此尤指人類而言①）則不同。《中庸》重在論"人之天命"，故以下乃主要從"天命人"而為說。② //那麼，就"天命人"或人類的性、命分析而言，天所命與（給與，與之）人類全體或所有個體之"命性"皆相同，如孟子乃認為仁義禮智之"四端"③皆是人類"命性"，凡人皆有之；而就其人類個體所實際秉受之天之"實命"而言，則據其人**實德**之不同而有差異（名之為**天之實命**或**個體之實命**，簡稱為**實命**，實則此所謂"實命"乃有**福命**之意，這種"福命"有時表現在"爵位"上，然亦有其他不同表現，比如心神安寧、一生平安喜樂、安居樂業、令聞令望、得人敬重讚譽、少有災殃悔吝糾纏、生有所成等——就**"實際福命"**之意而言，**"命"不同於**

---

① 這種說法有爭議，見上註。
② 正如上文所述，"天"可命人（包括王者、聖人、凡民等一切人），亦可命眾生等，"天"不止命人也。故從嚴格語言表述或概念表述而言，所謂"天命"，兼"天"命"人"、命"眾生"乃至命"萬物"而言；而所謂"人命"，祇是"天"所申命者或"天命"對象之一類而已，此外亦有獸（之天）命、禽（之天）命、蟲（之天）命等，質言之，雖則人類認為"人（之天）命"最為特殊，實則"人（之天）命"祇是天所命之對象之一種或一類。萬物萬類皆各有其天之所命。但《中庸》的論述對象主要是"人"，乃每圍繞人立說，故本《廣辭》中之"人（之天）命""天命"亦皆主要是關聯"人"而為說。
③ 所謂"四端"之"端"，猶言"潛性或潛能"（現代漢語曰"潛質"等，為避免與"生性或命性之質與量"之混淆，故此處不取"潛質"這一概念）。按孟子觀念，凡人皆有仁義禮智之"端"或"潛能"，而生長發育、學習修為之，乃成仁義禮智之人。如以"知（智）"中之"語言智能"而論，則其"端"猶西方學者喬姆斯基（Chomsky）所言之"普遍語法"（Universal Grammar）或"內語言"（Internal Language/internalized or individual or intentional language）然。詳見：V. J. Cook, Mark Newson, *Chomsky's Universal Grammar：An Introduction* (Third Edition)(《喬姆斯基的普遍語法教程》)，外語教學與研究出版社，2021年9月版。

"性"，當區分用之①：人之**"命性"**無差別，只有無蔽與遮蔽、率性與復性之分，而人之**"實命或福命"**則有差異，或高或低，乃天一准乎其**"實德"**或**"脩循命性之情形"**而實際賦命之。//此外，"天"之申命有**"正命"**②，有**"罰命"**③，"人之天命"正

---

① 在筆者看來，嚴格區分"性"與"命"更有利於有效的哲學分析和哲學表達。

② **正命也罷，罰命也罷，雖曰天降命之，實則"惟人自求"而已；人修德有德，則天降正命，反之則有罰命；天之降命，在乎人之實德；人得正命，以其有德；人得罰命，以其失德**，所謂"天非虐，惟民自速辜"（《尚書·酒誥》，p558），故人所當為者，乃"恭天成命"（《武成》，p. 434）、"用端命于上帝"（《康王之誥》，p747）而已。《尚書·咸有·德》曰："啟迪有命……惟尹躬暨湯**咸有一德，克享天心，受天明命。以有九之師，爰革夏正。非天私我有商，惟天佑于一德。……惟天降災祥，在德。**"孔安國傳："謂之受天命。……**德一天降之善，德不一天降之災，是在德。**"孔穎達疏："**德當神意，神乃享之。天道遠而人道近**，天之命人，非有言辭文誥，正以神明佑之，使之所征無敵，謂之受天命也。"《尚書·召誥》："我受天命"；《尚書·多士》："時惟天命"；《尚書·顧命》："敬迓天威"，皆言如此。參見：《尚書正義》，p. 322，p. 589，p. 624，p. 724。"正命"，則亦《易》之所謂"天祐"：《易·繫辭傳上》曰：'**自天祐之，吉無不利。**'子曰：'祐者助也。天之所助者順也，人之所助者信也。履信思乎順，又以尚賢。是以自天祐之，吉無不利也。'"（《洛誥》："王如弗敢及**天基命定命**"，孔安國傳："如，往也。言王往日幼少，不敢及如天始命周家安定天下之命，故己攝。"（《洛誥》，p. 592））

③ 《尚書·商書·伊訓》："嗚呼！嗣王祇厥身，念哉！聖謨洋洋，嘉言孔彰。**惟上帝不常，作善降之百祥，作不善降之百殃。**爾惟德罔小，萬邦惟慶；爾惟不德罔大，墜厥宗。"（《尚書正義》，pp. 306－307。）《尚書·胤征》："今予以爾有眾，奉將天罰。"（《尚書正義》，p. 275）《尚書·西伯戡黎》：殷紂言"我生不有命在天"而乃"錯天命"（《微子》，p. 385，p. 384），而"商罪貫盈，天命誅之"（《泰誓》，pp. 405－406），故周乃"厎天之罰"（《泰誓》，p. 406）），"恭行天罰"（《泰誓》，p. 416），"行天之罰"（《牧誓》，p. 425）。《尚書·多士》："明致天罰"（《多士》，p. 625）。《尚書·多方》："（成）王曰：'爾乃不大宅**天命**，爾乃屑播**天命**，爾乃自作不典圖忱于正。我惟時其教告之，我惟時其戰要囚之，至于再，至于三。乃有不用我降爾命，我乃其大罰殛之。非我有周秉德不康寧，乃惟爾自速辜。'"又曰："爾乃惟逸惟頗，大遠王命，則惟爾多方探天之威，我則致天之罰，離逖爾土。"（《多方》，p. 674，p. 678）（羅按：此則稍有"替天行罰"之意）觀此等論述，而其意自明，不贅述。參見：《尚書正義》。《易傳·文言傳·坤文言》亦云："積善之家，必有餘慶；積不善之家，必有餘殃。"《管子·四時篇》："刑德者，（轉下頁）

受也獨秀，即"正命"[①]；不受或違逆"天"之"正命"，則有"罰命"，又曰**非命**[②]，下文所謂"傾者覆之"；"天"改其"申命"或收回其"申命"，則人之命或不永或非命或死也。//一般而言，在人類個體層面，"天之實命"和"個體實德"會對應起來，所謂"天之命人也不爽"；但也不盡然，有時或因個人之"實德"難測，而不得"天之實命"，似顯得"天之賦命"難測[③]，比如，倘單以"人爵"或"爵祿"解說"實命"，則

（接上頁）四時之合也。刑德合於時則生福，詭則生禍。"（轉引自《春秋繁露義證》，p. 336）又猶墨子所謂"我為天之所不欲，天亦為我所不欲"，"**反天意而得罰**"。參見：《墨子·天志》，參見：《墨子校註》，中華書局，1993 年 10 月，pp. 288－289。《黃帝書》亦有"**天殃**"（p. 107）、"**天誅**"（p. 147，p. 155）、"**天刑**"（p169）之說。參見：《黃帝四經今註今譯——馬王堆漢墓出土帛書》，陳鼓應註譯，商務印書館，2007 年 6 月第一版。羅按：**天命、天意者，實即天道**；悖逆天道，如《尚書·畢命》所謂"悖天道"（《尚書正義》，p. 755），則有罰報也。

① 猶墨子所謂"我為天之所欲，天亦為我所欲。"墨子雖非"命"，實則亦講"天志"，天志實亦"天命"也，墨子徒非其"別愛"（而主張天意"兼相愛，交相利"）與不思進取道德之命而已。參見：《墨子·天志》，參見：《墨子校註》，中華書局，1993 年 10 月，p. 288。

② 此不同於墨家之所謂"非命"。墨家之"非命"，乃曰非議、批評其"命"論。雖然，墨家乃反對不思修德進取之"命論"，又反對儒家"親親別愛"之等級制之"命"，而對於儒家進德修命、進取於"道命"之觀念，實持讚成態度。可參看《墨子·非命》。

③ 因為天是根據個體人的綜合全體的表現來評估和賦命（於個體）的，並且天所賦予個體之"實命"同樣可以多種形式表現出來，比如上文所述的"心神安寧、一生平安喜樂、安居樂業、令聞令望、得人敬重讚譽、少有災殃悔吝糾纏、生有所成"等，都是天所賦予個體人的"正命"或"好命"，未必表現在"爵祿"、"表面一時的風光"等單一表象層面；"罰命""非命"同樣有多種表現，同樣是和個體的綜合全體或具體的德行表現相關聯對應的。人們如果不能認識和理解這一點，而動輒曰"天道不公"，實際乃把"天道"想得太簡單，或以一己之私心私智來猜測"天道""天心"，當然仍是未悟而已，未能真正體悟"天道"的真正含義。"天道"並不是那麼容易通達悟會的，尤其不是可以憑著一己私心私智而悟會，故當敬畏，不敢動輒曰"天道不公"。天上天下，天地之間，天下萬物，皆自有一個道或理在，乃曰天道、大道、公道。恰恰是因為"天道大公"，所以從私人私心私智看來，似乎每每覺得天道於己不公；實則未必如此。

尚且有孔孟所云“遇不遇”或天“實命不實命”的問題——何況上文已述，“實命”並不單一表現於“爵祿”——然而君子皆當“素其位而行”，不怨天不尤人，以“實德可自為而難自評定”故也，故君子皆謂之“天之命”或“知天之命”，而不曰“天之命難測”或“天之命不公”。//結合思想史詳細論之，則按照先秦儒家，或者更準確地說，按照思孟學派的觀念來看，無論是從人類全體、人類個體或理論上而言，子思和孟子都認為或主張君子乃至所有人的“命性”都相同，即每個人的“命性”本同，在命性或德性上“人皆可（可能性）為堯舜”，故每個人都可以並且都應該盡心盡性知天，這就意味著理論上所有人都可以守持其“先天”“命性”，或通過後天脩習復得其“命性”之全體，即純全“命性”（之全體）是人人都應該遵循或求復的，每個人都應該率循此一天所命之先天“命性”而精進嚮上，盡性明明德，而上達天道，獲得大圓滿，亦即將一己之“命性”復歸或歸化於上文所謂之**“人類普遍命性”**（並且孟子也認為“生性”皆人之所欲，則“生性”同樣是普遍的）。這一思路也可以和筆者所謂的**“人伻”**理論銜接起來（儘管當時他們主要是就君子或男性立論的，但自今而論，將其“論述”從男子擴展到女子也是很容易的），亦可謂**“人伻普遍命性”**。但另一方面，從人類個體的具體表現而言，子思和孟子又認為“天”雖然無條件地賦命所有人同樣的“命性”，但卻並非是無條件地賦命所有人同樣的**“實命”**（或“福命”，遑論所謂“最高”“人爵”），而是有選擇性地進行**“個體實際賦命或命受”**（儘管也許是普遍地賦命同樣的“生性”），即根據人類個體的實際的德行表現亦即**“實德”**，或根據個體節制氣性（“節性”）的情形，來給予相應的“實際賦命”或“實際命受”，而主張**“德命相應”**或**“德命區分理論”**乃至**“德命等級制”**，即“天”實際所賦予個體之“實命”“福命”或“個命”乃是動態變化的，時刻根據個體自身的實際德能表現而有相應的調整；個體如果想獲得更好的實際命受或“實命”“福命”，就應該率循“天”所普遍賦命和要求的“人類普遍命性”來盡性、明道或明明德，不斷精進嚮上，乃至上達天道，獲得純全“命性”，所謂“惟克天德，自作元命"(《尚書·呂刑》^①)、"求仁得仁"、"永言配命,自求多福"(《詩經·大雅·文王》)、"禍福無不自己求之者"(《孟子·公孫醜上》)等,乃至自然而然獲得天所予之更高或"'最高'實際命受"^②——當然,按照孟子的說法,這也不是必然的,因為還涉及"遇不遇"等條件或問題,類於所謂"生死有命,富貴在天"之意,故曰人之於天命也,"不可必",而"素其位而行,不怨天不尤人"而已。//筆者將遵循"人類普遍命性"或盡性後之純全"命性"基礎上之"純全""德命"命名為**性命**"或"**道命**"^③或"**天命**",將"個體實際命受"之"人命"命名為"**實命**""**具命**""**個命**""**各命**"("性命之實具、各具"),則"道命"或"性命"乃是人類純全"德命"之"普遍正中"追求、"普遍正中"準則或普遍形態(或"最高追求""最高準則"等)^④,人類或人類個體之"道命"皆同;而個體之"**實命**"則各隨其人之"實德"而各不相同;人人皆當遵循其"命性",提升其"個體實德實命",以盡性,以上進於"純全"之"德

---

① 參見:《尚書正義》,p. 779。

② 但在"(命)性"和"(實)命"之間,儒家更重視和主張:個體尤其應當循順或歸復其天賦純全之"(命)性",率性脩道而提升其"實德",而積極進取;至於"實命"則交由天來判斷,而聽天由命,人類個體不當怨天尤人。質言之,在先秦儒家看來,"實命"之好壞高低是個體所無法完全掌控的,即來之亦衹是"脩其天爵,而人爵從之"而已,是"天意自在而人不可臆測之";"實德"或"德命"卻是自己可以積極進取的,亦即孟子所謂"脩其天爵"而已。所以先秦儒家並不特別強調所謂的"最高實命",而更強調最高或純全命性。這是在使用"更高"或"最高"實命的表述時所應當注意的。孟子曰:"舜之飯糗(qiǔ,乾糧,炒熟的米或面等)茹(rú,食菜,吃)草(粗食草菜之饌具,野菜)也,若將(以此)終身焉;及其為天子也,被袗衣(zhěn,畫衣;絺繡:禪衣,盛服珍裘;單衣),鼓琴,二女果(通媟 wǒ,侍,女侍),若固有之。(君子之為人也,素行素志,道樂自然,窮達無違無改,一往終身也。)"(《孟子·盡心下》,參見拙著《孟子解讀》)此處孟子所論,即是此意,可細心體會之。

③ 其"道"則曰"**命性之道**""命性之道義"。或曰"命性之理",然本書以"道"作包涵主觀道義之"元道"意,而以"理"用作客觀理則之意,故不用"命性之理"一詞名之。

④ 所謂"最高",參見前註,不贅述。

命"或"普遍道**命**"也①。但"道命"或"性命"是一個抽象名詞,正如下文之"道""性"

---

① 亦即孟子所謂"脩其天爵("道命"),而人爵("實命")或隨之",即或"人爵"或
不遇,而得天爵,亦可自囂囂。當然,所謂"人爵",乃是一種比喻性的說法,不
可狹隘地理解為祇有"當官"或"擔任公職"才是"人爵",今亦可言,脩其"天
爵",而更好的生活也會隨之而來。同樣,對於"天爵",古代乃謂德行或賢德
等,然而今天對於"德行"、"德能"的概念內涵同樣可以擴展之,比如學術、知
識、科技、勞動等方面的追求和成就,亦可謂德行或"天爵"形式之一,同樣可
以提高個人的"實命"。質言之,古代對於"德行""實德""實命"等的理解稍嫌
狹隘,今則須將力業治生、勞動致富、學術研究和科技研究等事亦納入之。
　　然而,以上是我們今人的解釋,或者是一種理想化的分析,亦可視為創造
性詮釋乃至創造性轉化的路徑,自有其價值。然而,漢唐以來的解釋則每為
固定等級制張目,則當斥棄之:
　　《尚書·虞書·皋陶謨第四》:皋陶曰:"無曠庶官,天工人其代之。天敘
有典,敕我五典五惇哉! 天秩有禮,自我五禮有**庸**哉! 同寅諧恭**和**衷哉! 天
命有德,五服五章哉! 天討有罪,五刑五用哉! 政事懋哉! 懋哉!"
　　孔安國傳曰:曠,空也;庸,常;自,用也;衷,善也。位非其人為空官,言人
代天理官,不可以天官私非其才。**天次敘人之常性,各有分義**(羅按:即《中
庸》所謂"天命之謂性"),當敕正我五常之敘,使合於五厚,厚天下。天次秩有
禮,當用我公、侯、伯、子、男五等之禮以接之,使有常。以五禮正諸侯,使同敬
合恭而**和善**。五服,天子、諸侯、卿、大夫、士之服也。尊卑彩章各異,所以命
有德。言天以五刑討五罪,用五刑宜必當。言敘典秩禮,命德討罰無非天意
者,故人君居天官,聽政治事,不可以不自勉。
　　孔穎達疏:"無教"至"懋哉",正義曰:……又言:"**典禮德刑皆從天出,天
次敘人倫,使有常性**(羅按:此即《中庸》所謂"天命"及"天命之謂性"),故人君
為政,當敕正我**父、母、兄、弟、子五常之教**教之(羅按:此即《中庸》所謂人君
"脩道之謂教"),使五者皆惇厚哉! 天又次敘爵命(所謂"天命之"),使有禮
法,故人君為政(所謂人君"脩道而教"),當奉用我公、侯、伯、子、男五等之禮
接之,使五者皆有常哉! 接以常禮,當使同敬合恭而和善哉! 天又命用有九
德(所謂"天命之"),使之居官,當承天意為五等之服,使五者尊卑彰明哉! 天
又討治有罪(所謂"天命之"),使之絕惡,當承天意為五等之刑,使五者輕重用
法哉! 典禮德刑,無非天意(所謂"天命之"),人君居天官,聽治政事(所謂人
君"脩道而教"),當須勉之哉!"……傳"曠空"至"其才",正義曰:"曠"之為空,
常訓也。位非其人,所職不治,是為空官。天不自治,立君乃治之(所謂"天命
之")。君不獨治,為臣以佐之。**下典、禮、德、刑,無非天意者。天意**(轉下頁)

道"一樣，如要完全實現或通悟人之"性命""道命"或"道""性道"（之全體），則需自卑及高，自邇及遠，居仁由義，循序漸進，而或最終上悟"天道"或"命性"之全體①，實現"道命"之全體，即盡性，《中庸》後半部分即是論述此意，而《大學》之"明明德"、"止於至善"亦只是中通體悟天道、盡性而已，是"體"；而脩齊治平乃是循序漸進之方法路徑，是"用"。通言之，或以其抽象名詞之意而言，則曰：道體無二；分言之，或以其集合通用名詞之意而言，則此一道體發為諸種道義，而當循而脩治，即用達體，而體悟、通達天道全體（即"盡性"）。}②之謂性{**命性**，人之所

（接上頁）**既然，人君當順天，是言人當代天治官。官則天之官，居天之官，代天為治，苟非其人，不堪此任，人不可以天之官而私非其才。**王肅云："天不自下治之，故人代天居之，不可不得其人也。"傳"天次"至"天下"，正義曰：天敘有典，有此五典，**即父義、母慈、兄恭、弟恭、子孝是也。五者人之常性，自然而有，但人性**（生性與實性）**有多少耳。天次敘人之常性，使之各有分義**（羅按：此即《中庸》所謂"天命之謂性"）。義，宜也。今此義、慈、友、恭、孝各有**定分**（羅按：此即《中庸》所謂"節"或"節度"），合於事宜。此皆出天然，是為**天次敘之**（羅按：此即《中庸》所謂"天命之謂性"，又"中通天地之道"也）。天意既然，人君當順天之意，敕正我五常之教，使合於五者皆厚，以教天下之民也（羅按：此即《中庸》所謂人君"脩道之謂教"）。五常之教，人君為之，故言"我"也。五教遍施於海內，故以"天下"言之。傳"庸常"至"有常"，正義曰："庸，常"，《釋詁》文。又云："由，自也。""由"是用，故"自"為用也。"天次敘有禮"，謂**使賤事貴，卑承尊，是天道使之然也**（羅按：此為未論及人仃前提之等級制，今當斥之）。天意既然，人君當順天意，用我公、侯、伯、子、男五等之禮以接之，使之**貴賤有常**（羅按：今則斥其無人仃前提之等級制）也。……傳"衷善"至"和善"，正義曰：……此文承"五禮"之下，**禮尚恭敬**，故"以五禮正諸侯，使同敬合恭而和善"也。參見：《尚書正義》，上海古籍出版社，2007 年 12 月第一版，pp. 151–153。

① 所謂"全體"，亦祇是一個權宜說法，實則天道一體而已，即盡性。

② 鄭註：天所命生人者也，是謂性命。《孝經說》曰："性者，生之質命，人所稟受度也。"然則"天"何以生之（生性）命之（命性）？"人"何以受之？"天命"如何過渡到"人命"等，又都是極為重要之論題，須另行詳細論述分析之而後可。比如，正如前註，"天"本來包含多重含義，那麼，此處的"天命"，是哪一個"天"來命？各自如何命？都須說清楚。這些說清楚了，中華文化的人文（轉下頁）

同者。此言"人性"中之**"命性"**或**"天命之性"**，涉及元道或倫理觀念等，乃是殷周之際新出現之一種觀念傾向——《中庸》一書於使用"性"字時，每皆取其"命性"之義。[①] **人有"命性"，是"天"所命，又有人之"生性"，是"天"所生，合之而為今之**

（接上頁）理性或天道理性或天道系統（不僅僅包括"理性"，還包括暫時的"非理性"的成分，不僅有"已知之天道"，還有"未知之天道"，而都明確區分開來）也就真正建立起來了。漢人頗以五行陰陽、天人合一等為說，如董仲舒曰："**為生不能為人，為人者，天也。人之人本於天，天亦人之曾祖父也，此人之所以乃上類天也。人之形體，化天數而成；人之血氣，化天志而仁；人之德行，化天理而義；人之好惡，化天之暖清；人之喜怒，化天之寒暑；人之受命，化天之四時；人生有喜怒哀樂之答，春秋冬夏之類也。**喜，春之答也；怒，秋之答也；樂，夏之答也；哀，冬之答也。天之副在乎人，**人之情性有由天者矣**。故曰受，由天之號也。為人主也，道莫明省身之天，如天出也。使其出，答天之出四時而必忠其受也，則堯舜之治無以加，是可生可殺而不可使為亂。故曰：'非道不行，非法不言。'此之謂也。傳曰：**唯天子受命於天**（此則不同於筆者之解《中庸》，筆者乃曰人皆同受天所命之命性，故天子與凡民同一命性，兆民皆可為天子——猶今之所謂被選舉權——，然因各人之後天實德不同，乃有不同實命，而天子乃天從兆民中選命而來耳。然董子亦曰"人受命於天"，《春秋繁露》多言之，如《人副天數》《王道通三》等篇皆言之。此蓋強調"天子受命為天子"耳），天下受命於天子，一國則受命於君。**君命順，則民有順命；君命逆，則民有逆命**；故曰：'一人有慶，兆民賴之。'此之謂也。"（《春秋繁露義證·為人者天》，pp. 318-320）"天乃有喜怒哀樂之行，人亦有春秋冬夏之氣者，合類之謂也。"（《春秋繁露義證·天辨在人》，p. 336）董子以此發明斯義甚詳，茲不贅述，詳細論證可參見拙文《論"道"》《論"天"》（暫未發表）、《論"命"》（暫未發表）等。

① 實際上，墨子亦主張或讚同"天命之謂（命性）"，雖然墨子亦並未提出"生性"的概念——祇說"諸陳執"，人後天之惡蓋即此所謂"諸陳執"所致，然亦稍語焉不詳（不同學者對此句有不同解讀，故亦只引以暫闕疑而已，參見：《墨子校註》，p. 598，pp. 607-608；又，譚戒甫，《墨辯發微》，中華書局，1964 年 6 月，pp. 355-357）——，或沒有區分"生性"與"命性"；墨子之所謂"天命之謂性"，蓋亦包涵"天生之謂生性"與"天命之謂命性"兩層含義，吾今乃明確以"生性"與"命性"區分之。"為暴人語天之為是也（邪）？而（如）性為暴人，歌（口言之也，聲言）天之為非也（羅按：墨子之意曰：然實際並非如此，並非天性即為暴人，後文論證之。則墨子於此亦和儒家持同一觀念：人性，或至少人（轉下頁）

所謂"**人性**"（或"**本性**"："命性"亦是本性，乃至從其"来源於天"而言亦可謂"氣性"或從"氣性"中來，至少孟子是這樣論述的）①（同時，同個體"氣性"或"氣"有其"質"與"量"一樣，個體"命性"亦有其後天"質"與"量"，曰個體"命或命性之質"與個體"命或命性之量"，前者即個體"體性、悟性、明性、知性、盡性之實際程度"，後者即上文所謂個體"實德""實命"。個體"命或命性之質"乃個體體性、體命或悟性悟命之深淺正偏，即"中不中""純不純""誠不誠"，是"體"，或可名之為"**個體實性**"——即"**個體實悟實體實明之命性**"；個體"**命或命性之量**"則曰個體用性用道或行道盡性積德之厚薄深淺程度，即"厚不厚""廣不廣"，是"用"，曰實德、實命；人之"命之性"或"命性"則曰仁義禮智信等之性端性本，今曰道義之性或義理之性，又曰道義或義理之"端"乃至"本能"或"潛能""可能性"等。人類之命性，天

（接上頁）**之命性本善**）。諸陳執（偏執，執一，執一偏等，猶言後天習染）既有所為（既有所為者，蓋言習染、有所偏），而我（一般擬稱詞，我人我行。或曰具體代暴人自稱，亦可，"我為之"，"我暴人自為之"也）為（應和此陳執而為之）之，陳執執（後一"執"字或重出）之所為，因吾（我人我行）所為也（猶言人生或有所陳執不足偏倚，然若我堅持命性，而身心不行命性之外之事，則亦可正命；而陳執之所以終於行之，乃仍是因為我心我身而行之也）。若陳執未有所為（天生未有所陳執或氣質習染之偏倚），而我為之陳執（之行事），陳執因吾所為也（則仍是我自為之，非天命我為暴人也）。暴人為我（暴人自為之而已），為天之以人非為是也（天不以人為非，天生天命人命性善也）。**而性猶在，不可正而正之**（此性即命性，命性固善故正，人自不正耳）。"參見：吳毓江，《墨子校註·大取》，中華書局，1993 年 10 月，p. 598, pp. 607 - 608；又：譚戎甫，《墨辯發微》，中華書局，1964 年 6 月，pp. 355 - 357。

① 然亦有人主張"人性"即"命性"，其對立面是"生性"，從而將"生性"從"人性"中排除出去，並論證說：所謂"人之異於禽獸也幾稀"，其潛在含義便是將人性與生性對舉而區分開來。顯然，孟子並不讚同這一意見，因為孟子認為"生性"也是"人性"的一部分，詳細論述見下註。但這裡主要涉及的還是在哲學思考和哲學論述中，有關概念使用、概念區分或概念處理等的問題——事實上，這也是中國古代思想文化研究尤其是古代哲學研究的一大關鍵，或癥結。前面已有相關論述，茲不贅。

命人類皆有之;個體"命或命性之質與量",則在乎各人後天之修習持守而天之實際賦命各不同,所謂"個體實性"與"實德""實命"也。然個人亦可後天改易增損其命性之質、量,比如體性、體道、問道乃至率性、修性、擴性、盡性而提升"我""個體實性"——孟子所謂擴充"四端"——,又修道、修德而增厚我實德,而後乃增我實命,即曰後天改變個體"命性"或"性命"之質與量也),而人當以"**命性**"節制"**生性**"而已,曰"**節性**"①。然殷周之際人們在使用"性"字時,或意指人之"命性",或意指人之"生性",並未明確區分之,故今人閱讀時須特別注意之②;待到孟

中庸廣辭

———————————

① 《尚書·召誥》:"**節性**惟日其邁。"孔安國傳:"時節其性,令不失中,則道化惟日其行。"孔穎達疏:"時節其性命,令不失其中,則王之道化,惟日其行矣。"參見:《尚書正義》,p. 585。

② 如孟子曰:"口之於味也,目之於色也,耳之於聲也,鼻之於臭也,四肢之於安佚也,性也,有命焉,君子不謂性也。仁之於父子也,義之於君臣也,禮之於賓主也,知之於賢者也,聖人之於天道也,命也,有性焉,君子不謂命也。"參見:《孟子·盡心下》。此則孟子一方面區分"性"與"命",以"性"為"生性"之意,另一方面又說"命"中亦有、亦是"生性"之"性",從而認為"生性"中本來亦包括"命性",筆者稱之為"**性命反復之學**",而表現出了頗為複雜的觀念和論證思路。質言之,孟子在處理"命""命性"與"生性"的關係時,亦頗費斟酌和苦心。總體而言,在文字表述上,在《孟子》一書中,孟子並未很好地作出前後一貫的區分,而大體是在這兩個意義或觀念層面上來使用"性"字或"人性"一詞,不斷在這兩個意義層面遊移。當然,如果仔細分析,我們是可以尋繹出孟子在每處論述中使用的"性"字的真正含義和真正思路,但在語言文字上或概念命名上,確實並未作出有效的區分,為了避免誤解,需要我們**用更為精確的概念命名,將兩者或不同的意義或概念有效區分開來——這是哲學研究的基本邏輯要求,也是研究古代中國哲學的一大關鍵**。而子思之《中庸》主要論人之"性",大體將"性"的含義直接等同於"命性",其所謂"盡性"皆是說"盡命性"(包括"盡物性",亦是"盡物之命性"之意,所謂"物之命性",可參看前註),而這種"命性"自然而然便會"發而皆中節"。但那些"反中庸"或不能"中庸"的人則不能"發而皆中節",因為他們並未用此"命性",也不能"盡性",不能"中庸";然而,除了作為"中"的反面的"過猶不及"這一說法,子思並未直接說到底是什麼因素或原因導致人們不能"發而皆中節",尤其並未談及"生性"意義上之所謂"性"——當然,因此也更未涉及"生性"之善惡問題。孟子則敏銳地意識到這些問題,或者是因為和時人時論比如和告子等的辯論而(轉下頁)

二三一

子,又認為"命性"既是"天"所申命,同時亦是從"生性"中來(孟子的"性命反復學說",見上文註,又參見拙著《孟子解讀》),表現出了更為複雜的理論思路。質言之,為了哲學分析或思想分析的清晰性和準確性,或可將今人所謂"**人性**"或"**人之本性**"①,分為"生性"與"命性"②,"生性"乃是"天生之謂生性","命性"乃是

(接上頁)涉及此一難題,從而作出了自己的理論回應,雖然仍未能明確以不同概念來命名,但在真實思路上確實有"生性"與"命性"之區分的意味在:**質言之,"生性"是"天"所生,"命性"既是"天"所生,尤其是"天"所命,是"天"之"正命","生性"必受"命性"即"正命"之節制,乃謂中節,乃謂正命,這就是孟子從子思那裡傳承過來的"性命學說"**,和子思的"性命學說"毫無扞格,而在理論上做了發展或補充說明,或者,孟子是發展或細化了子思的"性命"學說或論述——只是,今人在進一步關注孟子的"性命學說"時,一定要區分"生性"與"命性",或在此區分的基礎上說清楚"生性"和"命性"、"命"的關係。

① 嚴格地說,"性"本來就包含"本有"之意,本來就是"本性"之意,則再解為"本性"乃屬多餘,現代漢語蓋以此強調耳,又或有語音辨別之情形在。現代漢語每多此類同意複合造詞法,一者為了強調,二者為了讀音上之辨別,三者乃是將古人之訓詁漸漸固化組合為一個詞。

② 宋儒則以人心、道心區分之,人心乃所謂"形氣之私",道心乃所謂"性命之正"。然此種分說乃將"人心"(之意義)狹隘化而等同於私心私慾,反易增誤解歧異,從概念系統建構而言,有其不嚴密周延處,乃至不如將人心或人性作為**上位概念**而分為生心與命心(或生心與道心),生性與命性,更為妥善。然若引入禽獸萬物,則**"性"或又可作為人類之"性"與禽獸萬物之"性"之共同上位概念? 亦即:禽獸萬物亦有"性"(乃至"天命之性")? 然後再分別將"人性""禽獸萬物之性"各自分為"生性"與"命性",然則人類之"生性"與禽獸萬物之"生性"、人類之"命性"與禽獸萬物之"命性",關係或區分何在?** 王夫之似乎大體讚同以上思路,而認為人性**"獨厚"**於禽獸萬物而已。質言之,王夫之認為禽獸亦有"性"(乃至所謂"命性"),則無論人類與禽獸萬物,皆是"天命之謂性"(甚至不必區分生性與命性);然人類之所稟得者**獨厚**而已,此一"獨厚"或得"陰陽之精"即人之所以為人以及人道之所以立之所在。此種思路更合於先秦人之觀念,亦較為符合生物學事實:王夫之曰:"知、仁、勇,人得之厚而用之也至,然禽獸亦與有之矣。禽獸之與有之者,天之道也。'好學近乎知,力行近乎仁,知恥近乎勇',人之獨而禽獸不得與,人之道也。故知斯三者,則所以修身、治人、治天下國家以此矣。近者,天、人之詞也;《易》之所謂繼也。"參見:王夫之,《船山思問錄》,上海古籍出版社,2000 年 12 月,p32。

"天命之謂命性";"命性",由"天"所賦命,故曰"**天命之性**"。歸納之,今可詳解"**人性**"曰:"人性"是人類普遍本性,受之於"天"與"天道",內在本有,分為"生性"與"命性";"生性"天生而有,"命性"亦"天"所命賦,故曰"**天命之性**"(自天所申命言之則曰"天命之性",自人所受言之則曰"人之命性",其實是一事)。或又謂此"人性"尤其是"命性"涵納於所謂"**心**"也,**心者**,"**性**"之會,又"性"之府(亦可謂《大學》中之明德心)①。}②,率性(命性){率,循;"率性"即率循此"**命性**"(或

---

① 又或引"**靈**"或"**靈性**"解"人性",曰今之所謂"人性"本"**靈明**"而"**中正**",以其乃天命賦予靈明,乃生而為人,而有"**靈性**",而中正於"天",故"人性"又謂生來而有此靈明——無此靈明則將生為禽獸也;天地之間,唯人有"靈",又生而內在,故曰"**靈性**"或"**性靈**"。然單以"靈"解"人性",似不合先秦古人之意,蓋人乃"合陰陽神靈之精"而生者也。在《曾子·天圓》中,曾子明確指出:"**陽之精氣曰神,陰之精氣曰靈,神靈者品物之本也。陰陽之氣各從其行則靜矣。**偏則風,俱則雪,交則電,亂則霧,和則雨。陽氣勝,則散為雨露;陰氣勝,則凝為霜雪。陽之專氣為雹,陰之專氣為霰。霰雹者,一氣之化也。"參見《曾子輯校》,中華書局,2017年12月,p. 64。

② 羅按:儒家或孔子學說,無非是本乎天道、託於天命而為說(發衍而為人道)也。實則先秦諸家之學說,無不託本乎天道、天命而發為人道而已,徒其當時所察問體認之天道、天命及其論證有異耳。而今世之學說,每日立基於理性與科學,然則其關聯乎天道、天命乎?實則亦猶如是,然當先明乎何謂天道乃至天命而後可議論也(天道乃至所謂天命之內涵或定義)。詳見筆者《論"道"》、《論"天"》(未發表)等文,茲不贅述。又:關於"性"之內涵分析,至少可有兩種處理方式:一種是本文之處理方式,以"天生之謂生性,天命之謂命性"而區分"天生"與"天命""生性"與"命性",將後者視為"道德之性"或"道義之性",即涉及道德價值倫理層面之命性,前者則為自然本能屬性等;另一種方式是:仍取"天命之謂性"這一句,然後以註疏的形式將"性"分為"生性"(或氣性)與"命性",來進行相應的解說。實際上兩者所言是同一思想或理論(不過,這裡也有一個問題:"知(智)"到底屬於"生性"還是"命性"? 孟子對此給出了明確的答案:仁義禮智四端都屬於"命性",但孟子所理解的"知(智)"更多是一種"知其道義之知(智)",所以和偏重道德性的"命性"是相通的,但問題是,今天所說的科學理性理智等,和孟子所說的道德性的"知"或"命性",是否相通?)。換言之,雖然"性"作為一個更高位階之普遍抽象概念,可以包涵多重涵義,但如果不對"性"進行進一步之分類或分析,就無法進行 (轉下頁)

"普遍道命"),循此"天"或"天道"所賦命而又冥通"天道"之"命性"而行,而體悟

（接上頁）更為精細、準確的分析,不免就會有某種思想含混之問題或弊病——當然,從別的視角或特別情形來看,未必也不是一種特色乃至優點——所以,人類思想以及語言概念總體上是越來越朝向概念分化、增加和語言精細化的方向發展的。這對語言進化本身也提出了相應的更高要求。現代漢語即面臨此一問題。就此而言,中國古代思想文化和古代語言學說論述,往往蘊涵十分豐厚深涵之意蘊,可謂博大深沉,倘沉思體會之,所得亦可甚大(亦可謂伸縮性極強)。但在概念和思想的精確性或分析性方面,卻有所難能。我們今人在古代漢語、現代漢語和西方語言之間轉換出入,有時便覺得是在不同的思維方式或思維工具間進行切換,雖然各有優點,比如古代漢語尤其意象性強、詩意盎然、聯想豐富、言簡意賅("賅"即"意義包蘊性"強,又不"辭費")、優美舒緩、親和自然等,和心靈若合符節,十分熨帖,讓人十分受用喜歡而沉浸其中;現代漢語則相對便於進行現代邏輯分析或思想表述;英語、德語等則語法相對更為嚴密等。但對於古代漢語,卻是既愛又恨(遺憾或缺憾),覺得其在進行更為準確精細的邏輯分析和思想分析方面有所不足,而想對古代漢語進行一番改造,或進化為既能保留或不失其優點、又能滿足更為精細準確的現代邏輯分析和思想表述的語言。這當然是一種理想化的設想,兩者未必能完全或在大範圍內兼容,但在一定程度上兼容或並行不悖而又統一在同一種語言之中,應該也是可能的。但這確實是一個極為複雜而艱難的論題,需要更多更高更長久的智力投入……限於主題與篇幅,茲不贅述。

又:先秦儒家與黃老之學皆談天道、性、命等,對照之,可知先秦諸子本出同源而後分別流衍也,如《黃帝書・十大經・立命第一》曰:"昔者黃宗,質始好信,作自為象,方四面,傅一心,**四達自中**,前參後參,左參右參,踐立(位)履參。是以能為天下宗。**吾受命於天,定立(位)於地,成名於人**。唯余一人德乃肥(配)天,乃立王、三公,立國置君、三卿。數日、磨(曆)月、計歲,以當日月之行。允地廣裕,**吾類天大明。吾畏天愛地親民**,□無命,執虛信。吾畏天愛地親民,**立有命**,執虛信。吾愛民而民不亡,吾愛地而地不兄(荒)。吾受民□□□□□□□□死,吾位不失。吾句(苟)能親親而興賢,吾不遺亦至矣。"《黃帝書・經法・論第六》曰:"天建八正以行七法:明以正者,天之道也。適者,天度也。信者,天之期也。**極而反者,天之生(性)也。必者,天之命也。**□□□□□□□□□者,天之所以為**物命**也。此之謂七法。七法各當其名,謂之物。**物各合於道者,謂之理**。理之所在,謂之順。物有不合於道者,謂之失理。失理之所在,謂之逆。逆順各自命也,則存亡興壞可知也。"此亦言**人、物皆有性、命**。參見:《黃帝四經今註今譯——馬王堆漢墓出土帛書》,陳鼓應註譯,商務印書館,2007 年 6 月第一版,pp. 196－204,p. 130。

行為之①。或曰："**率此命性**"而"**體悟或體會之**（即兼包天、天道、天命、命性等）"，是"**體性**"、"**悟性**"，是"**喜怒哀樂之未發而中**"，是"**體**"；"率性"而"行之為之"，即是"率性而開道""行道"，是"用"。古曰天命"普遍道命"於伾人，然唯大聖乃能生而率"命性"而盡己盡人盡物之性（即"盡性"）；今曰天命伾人"普遍道命"，而皆當率其"命性"而行，而以盡性悟道為最高目標，雖不能至，亦將終身嚮往上行之。"人之天性"尤其是人之"普遍道命"，聖人伾人初無二本，率此"天命之性"而不失而行，脩其"實命"，精進上達不止，則人皆可盡性成聖也。｝②之謂道

｛此言"人**率行'命性'之道**"或"**人道**"之總名，亦"'**道命'之道**"或"天命之道"，率循此"天"命之"（人之命）性"或"人之天性"而行之"道"也。或總名之曰"**人之元道**"（然則自"元道之天"而言則曰"**天之元道**"，自人而言則曰"**人之元道**"，若自"天之元道"乃人法"天"或"**中通**""天道"而立而言，則曰"天之元道"即是"人之元道"，合稱"（天人）元道"或"**天命元道**"可也；若曰二者不同，則分言之）；或總名之曰"**人之大道**"，或總名之曰"（人之）**性道**"乃至"（人之）**命道**"，或曰性靈之道、靈明之道；或曰"人性"善，"人性"仁，故言"人道"是"**善道**""**仁道**"，人類普遍仁善之"人道"也。此"人道"乃率"天"命之"人性"，中通"天""地"之道，而合"**三才之道**"而立而成之也，故"人道"合通於"**天地之道**"，即合通於"**天道**"與"**地道**"；"人道"善仁而皆中節，即所謂"正中""正合"於"**天地人三才之道**"也；"中通""正中""天地之道"，故又曰"**正道**""**中道**"③。又：總言之曰"人道""性道""天命之

---

① 或曰人類普遍"精神""精靈"或"神靈""靈明""靈性"等，前註已述，不贅述。

② 如何"率性"？此又一重要關目。如"喜怒哀樂之未發""誠與誠之""自誠明與自明誠"以及《易》所言"寂然不動，感而遂通"等，皆言"率性"。然當分"體""用"而分疏之，孔子、孟子多有相關論述，可參悟之。

③ 天命之謂性，率性之謂道，故此"道"或"人道"即是循"天命之性"亦即循"天道"而來，人道與天道之關係遂如斯而相合，故又曰元道。鄭註：循性行之，是謂道。或曰此道即是仁道，即是"發而皆中節"之"合禮""合樂"而 （轉下頁）

道"（抽象名詞），分言之又發衍為諸道義或諸條道義}①，**修**（治，修治，修設，猶

（接上頁）"和"；或曰此道兼有善道、正道與惡道、邪道之分，正如人性兼有善性與惡性然。本書則曰：合於天道、地道、人道之中而已，天地之道好生好仁，故人道亦然。參見拙文《論"道"：正名與分析》，不贅述。

① "天命之謂性，率性之謂道"，反之，則曰："不虞天性，不迪率典。"參見：《尚書正義・西伯戡黎》，p. 383。又：至誠大聖能率性立道，所謂"唯天下至誠能率性設道"也。此外，董仲舒以"天人感應"、"天人合一"等來解釋天道、天命等，頗有其可通者，故錄之於下。然今亦將有所創說申論，參見拙文《論"天"》、《論"道"》等，茲不贅述。《春秋繁露・王道通三》："古之造文者，三畫而連其中，謂之王；三畫者，天地與人也，而連其中者，通其道也。取天地與人之中以為貫，而參通之，非王者孰能當是？（羅按：此可用以解"中"之"中通天地人三才之道"）是故王者唯天之施，施其時而成之，法其命而循之諸人，法其數而以起事，治其道而以出法，治其志而歸之於仁（羅按：此解則天、法天、聽天命而脩人道）。仁之美者在於天，天仁也，天覆育萬物，既化而生之，有養而成之，事功無已，終而復始，凡舉歸之以奉人。察於天之意，無窮極之仁也。**人之受命於天也，取仁於天而仁也。是故人之受命天之尊，父兄子弟之親，有忠信慈惠之心，有禮義廉讓之行，有是非逆順之治，文理燦然而厚，知廣大有而博，唯人道為可以參天。天常以愛利為意，以養長為事，春秋冬夏皆其用也**（羅按：此解亦可，然不可如秦制以後乃淪為單向專制倫理等級制。故今仍可云乃至必云法天、則天、聽天命，而天命、天道之具體內容則必不同於單向專制等級制也。今人對於天道之理解業已大為擴展，故天道變，而人道亦變也）；王者亦常以愛利天下為意，以安樂一世為事，好惡喜怒而備用也；然而主之好惡喜怒，乃天之春夏秋冬也，其俱暖清寒暑，而以變化成功也；天出此物者，時則歲美，不時則歲惡；人主出此四者，義則世治，不義則世亂，是故治世與美歲同數，亂世與惡歲同數，以此見**人理之副天道**也。天有寒有暑，夫喜怒哀樂之發，與清暖寒暑其實一貫也，喜氣為暖而當春，怒氣為清而當秋，樂氣為太陽而當夏，哀氣為太陰而當冬，**四氣者，天與人所同有也，非人所能蓄也，故可節而不可止也，節之而順，止之而亂**（羅按：此言"節性"，即"節生性"或"節氣性"，甚好）。**人生於天，而取化於天，喜氣取諸春，樂氣取諸夏，怒氣取諸秋，哀氣取諸冬，四氣之心也。**四肢之答各有處，如四時；寒暑不可移，若肢體；肢體移易其處，謂之壬人；寒暑移易其處，謂之敗歲；喜怒移易其處，謂之亂世。**明王正喜以當春，正怒以當秋，正樂以當夏，正哀以當冬，上下法此，以取天之道。春氣愛，秋氣嚴，夏氣樂，冬氣哀；愛氣以生物，嚴氣以成功，樂氣以養生，哀氣以喪終，天之志也。是故春氣暖者，天之所以愛而生之，秋氣清**（轉下頁）

修平修正修直修廣修遠修美也，修治而廣之，猶今曰修築道路云；身修；或曰正，

（接上頁）**者，天之所以嚴以成之，夏氣溫者，天之所以樂而養之，冬氣寒者，天之所以哀而藏之；**春主生，夏主養，秋主收，冬主藏；生溉其樂以養，死溉其哀以藏，為人子者也。**故四時之行，父子之道也；天地之志，君臣之義也；陰陽之理，聖人之法也。陰，刑氣也，陽，德氣也，**陰始於秋，陽始於春，春之為言猶偆偆也，秋之為言猶湫湫也，偆偆者，喜樂之貌也，湫湫者，憂悲之狀也。是故春喜、夏樂、秋憂、冬悲，悲死而樂生，以夏養春，以冬藏秋，大人之志也。是故先愛而後嚴，樂生而哀終，天之當也；而**人資諸天，**天固有此，然而無所之如其身而已矣。人立於生殺之位，與天共持變化之勢，物莫不應天化。天地之化如四時，所好之風出，則為暖氣，而有生於俗；所惡之風出，則為清氣，而有殺於俗；喜則為暑氣，而有養長也；怒則為寒氣，而有閉塞也。人主以好惡喜怒變習俗，而天以暖清寒暑化草木，**喜怒時而當，則歲美，不時而妄，則歲惡，天地人主一也。**然則人主之好惡喜怒，乃天之暖清寒暑也，不可不審其處而出也，當暑而寒，當寒而暑，必為惡歲矣；人主當喜而怒，當怒而喜，必為亂世矣。**是故人主之大守在於謹藏而禁內，使好惡喜怒，必當義乃出，若暖清寒暑之必當其時乃發也，人主掌此而無失，使乃好惡喜怒未嘗差也，如春秋冬夏之未嘗過也，可謂參天矣。深藏此四者而勿使妄發，可謂天矣**（羅按：此解"喜怒哀樂之未發謂之中，發而皆中節謂之和""時中"等，甚好）。"參見：《春秋繁露義證·王道通三》，pp. 328－333。又："**天之道，有序而時，有度而節，變而有常，反而有相奉，微而至遠，踔而致精，一而少積蓄，廣而實，虛而盈。聖人視天而行，**是故其禁而審好惡喜怒之處也，欲合諸天之非其時，不出暖清寒暑也；其告之以政令而化風之清微也，欲合諸天之顛倒其一而以成歲也；其羞淺末華虛而貴敦厚忠信也，欲合諸天之默然不言而功德積成也；其不阿黨偏私而美泛愛兼利也，欲合諸天之所以成物者少霜而多露也。其內自省以是而外顯（羅按：此講"喜怒哀樂之未發謂之中"，即內自省也。此下蓋有闕文），不可以不時，人主有喜怒，不可以不時。可亦為時，時亦為義，喜怒以類合，其理一也。故義不義者，時之合類也，而喜怒乃寒暑之別氣也。"（《春秋繁露義證·天容》，pp. 333－334。）此仍是講"節性""時中"等義，可參看。又："**天德施，地德化，人德義。**天氣上，地氣下，人氣在其間。春生夏長，百物以興，秋殺冬收，百物以藏。故莫精於氣，莫富於地，莫神於天。**天地之精所以生物者，莫貴於人。人受命乎天也，**故超然有以倚；物疢（音趁）疾莫能為仁義，唯人獨能為仁義；物疢疾莫能偶天地，唯人獨能偶天地。人有三百六十節，偶天之數也；形體骨肉，偶地之厚也；上有耳目聰明，日月之象也；體有空竅理脈，川穀之象也；**心有哀樂喜怒，神氣之類也。**觀人之體，一何高物之甚，而 （轉下頁）

脩正）道〈道，"人道"、"命道"、"人之元道"、"天命之道"、"性道"等（總言之曰"人道""性道""天命之道"（抽象名詞），分言之又發衍為諸道義或諸條道義）。修道，修治、修美、修廣"人道"；自修為、自身修"人道"；修正"人道"〉之謂教（教，教化，脩道而教，"人道之教"。一曰身脩而身教，又脩美"人道"而設教、教化兆民；二曰以"人道"教化、使效仿之。鄭註：治而廣之，人放效之①，是曰"教"，亦

（接上頁）類於天也。物旁折取天之陰陽以生活耳，而**人乃爛然有其文理**。是故凡物之形，莫不伏從旁折天地而行，**人獨題直立端尚，正正當之**。是故**所取天地少者，旁折之**（羅按：此解則"天生萬物之謂萬物之生性，天命萬類之謂萬類之命性"，徒多少有異耳，詳見前註）；**所取天地多者正當之，此見人之絕於物而參天地**。是故人之身，首妾而員，象天容也；髮，象星辰也；耳目戾戾，象日月也；鼻口呼吸，象風氣也；胸中達知，象神明也；腹胞實虛，象百物也。百物者最近地，故要以下，地也。天地之象，以要為帶。頸而上者，精神尊嚴，明天類之狀也；頸而下者，豐厚卑辱，土壤之比也；足布而方，地形之象也（羅按：此講"人何以受天地之中"）。是故禮，帶置紳必直其頸，以別心也。帶而上者盡為陽，帶而下者盡為陰，各其分。陽，天氣也，陰，地氣也，故陰陽之動，使（此下蓋有闕文）人足病，喉痺起，則地氣上為雲雨，而象亦應之也。**天地之符，陰陽之副，常設於身，身猶天也，數與之相參，故命與之相連也**（羅按：此解"人何以中通天地人三才之道""人何以得天生天命"等，頗好）。**天以終歲之數，成人之身**，故小節三百六十六，副日數也；**大節十二分**，副月數也（羅按：小節、大節，猶言經禮、曲禮然）；內有五臟，副五行數也；外有四肢，副四時數也；占視占瞑，副晝夜也；占剛占柔，副冬夏也；占哀占樂，副陰陽也；心有計慮，副度數也；行有倫理，副天地也。**此皆暗膚著身，與人俱生，比而偶之弇合。於其可數也，副數，不可數者，副類**（"小節、大節、五臟、四肢之屬，副數也。視、瞑、剛、柔、哀、樂、計、慮之屬，副類也。"參見《春秋繁露義證》，p. 357），**皆當同而副天一也**。是故陳其有形，以著無形者，拘其可數，以著其不可數者，以此**言道之亦宜以類相應**，猶其形也，以數相中也。"（《春秋繁露義證·人副天數》，pp. 354–357）

① 即今之所謂仿效。羅按：此可知，古人之所謂"教"，乃是"身教"，乃是"感化""感動"而他人主動仿效之。《禮記·曲禮》曰："禮聞取於人，不聞取人。"亦是此意。鄭註曰："謂君人者取於人，謂高尚其道；取人，謂制服其身。"此言"取於人者"，蓋曰以自修明德而為他人所主動取法敬禮也，非謂我制服他人強使其取法敬禮於我也。道德禮義，首先貴在自脩自得，得他人自願主 （轉下頁）

大學廣辭　中庸廣辭

二三八

有兩層意義：自修而效仿"人道"或"人之元道"；又修治其"人道"或"人之元道"以教化兆民他人，使萬民他人效仿之。《釋文》作"傚"，曰：傚，胡教反。或解"脩"為修正、教化，修正教化"人道"於世，曰為世人立道立教立禮立法而又教化之也，《中庸》云唯生知性靈之聖人為能脩道立教也。古曰聖賢率性致曲，自誠誠之，至誠而脩道設教；今曰生人立志，率性致曲，自誠誠之，至誠而能修道設教[①])[②]。

（接上頁）動之心服口服而敬禮取法，非曰先一味責人，強人尊己。故古人之"身教"乃有效。無"身教"之以上率下，而徒騰口說之言語道理之教，則或淪為虛偽之教而已矣。陸德明《釋文》則曰："取於，謂趣就師求道也，謂取師之道；取人，謂制師使從己。"

① "脩道之謂教"即講脩習教化之事，所謂"唯天下至誠之小聖賢德能致曲"也。羅按：《中庸》此篇，即是"立道之學"或"脩道（教化）之學"，"立道之學"即"天下至誠大聖""創立人道（之學問）"也，"脩道（教化）之學"即"（聖賢或聖賢在位者）創脩教化人道之學問"也。而"脩道之謂教"亦即"述'脩道之學'以教化兆民"也，仍是聖人本諸天命創造設教之學。

② 羅按：或曰：脩道，即脩治其天命之仁性正道，而為人道或仁道也，此之謂教人以正道、仁道，而棄其惡性與惡道也。董仲舒曰："傳曰：**唯天子受命於天**（此即所謂"天命之謂性"，然此論不合筆者之解《中庸》，前註已述），天下受命於天子，一國則受命於君。君命順，則民有順命；君命逆，則民有逆命；故曰：一人有慶，兆民賴之。此之謂也。//傳曰：政有三端：父子不親，則致其愛慈；大臣不和，則敬順其禮；百姓不安，則力其孝弟。孝弟者，所以安百姓也；力者，勉行之，身以化之。**天地之數，不能獨以寒暑成歲，必有春夏秋冬；聖人之道，不能獨以威勢成政，必有教化。**故曰：**先之以博愛，教以仁也；難得者，君子不貴，教以義也；雖天子必有尊也，教以孝也；必有先也，教以弟也。**此威勢之不足獨恃，而**教化之功**不大乎！//傳曰：天生之，地載之，**聖人教之。**君者，民之心也，民者，君之體也；心之所好，體必安之；君之所好，民必從之。故君民者，貴孝弟而好禮義，重仁廉而輕財利，躬親職此於上而萬民聽，生善於下矣。故曰：'**先王見教之可以化民也。**'此之謂也。"參見《春秋繁露義證·為人者天》，p. 320。今人陳柱曰："就其質而言之，則謂之性；就其體而言之，則謂之道；就其用而言之，則謂之教。戒慎恐懼，**脩道之工夫**，所以率性也；位天地，育萬物，**修道之事業**，所以廣教也。……（人之後天德行之各不同），所脩道異耳。修之時義大矣哉。**修則道存，不修則道亡。**道存則盡己之性，以盡人之性；盡人之性，以盡物之性，故其性存；道亡則賊物之性，以賊人之性；賊人（轉下頁）

道（"人率'命性'所行之道"，即**"人道""命道""天命元道、人道""人之元道""天人元道"**，"天"命人率其"命性"、法"天"而中通"天道"、"地道"而後立成之"人道"或"人之元道"）也者，（根於天所命之（人之）命性，必率而後行，人）**不可須臾離也**（猶如"正命"不可離，"命"離則不正，則"非命"，"天"或將降"罰命"，乃至非命而死）[1]；**可離非道也**（道，"命性之道""命道""天命元道人道"。非道者，非人道也，亦曰不道、不人道也，其意曰：離其命性，則非正道）[2]。（**離道**（"人道""命性之道""命道""天命元道、人道"等），**危而將非人也**（又非"正命"）。）**是故君子戒慎乎其所不睹**（雖或於人所不睹之時地，而我自必不離道，必循此性道正道也。離則非道，而有罰命。或解曰：自己不能睹道，不睹其命道，然非謂命道不在不見，自矇瞀耳，實則道自在，天與天道皆必在，而必致其命如正命或罰命也，則豈可不戒慎！此解雖非原文之意，而發揮其義亦可通），**恐懼乎其所不聞**（雖或於人所不聞之時地，而我自必不離道，必循此性道正道也。離則非道，而有罰命。或解曰：自不能聞其命道，然非謂命道不在不顯，自蔽聾耳，實則道自在，而必致其報命，則豈可不恐懼之！此解雖非原文之意，而發揮其義亦可通。或又解為天

（接上頁）之性，以賊己之性，故其性亡。**其性存，故為聖為賢；其性亡，故為禽為獸**。是故人有須臾之脩其道，則須臾而為聖賢；人有須臾之離其道，則須臾而為禽獸。'不為聖賢，便為禽獸。'唯自離其道，而賊其性，故恝然自居於小人，而將降為禽獸。夫**不率性則亡道，不脩道則失性**。率性脩道，莫先於養氣；養氣莫要於中和。喜怒哀樂不可以不中和也。"參見《中庸通義》，pp. 5 - 7。

[1] 鄭玄註："道，猶道路也，出入動作由之，離之惡乎從也？"

[2] 先言天、天命、性、道、教，次言道不可離，理路清晰。道根於性，性根於天，天命天性本有，故不可離，離則失其本性，違逆天道，天將罰之也。

地鬼神，人或不睹不聞之，而皆時時的的在焉，故人當時刻戒慎恐懼，不敢稍有離違大道正道，亦可通。或解曰不能睹道聞道）。（天眼（天心天氣天眼，天地鬼神之心與眼）無不在，）莫見乎隱，莫顯乎微，故君子慎其獨也（天無不照，天道彰然、燭照洞幽而無不在，雖或謂人己不睹不聞，實則雖隱微而必見顯如天地日月，豈可又豈能自欺欺人！正命罰命之應，自是歷然不爽，故慎獨）[1]。

（故曰：秉此純然不昧（闇，闇閉，閉塞）不蔽不失不偏之天（三元天、天道等）命（動詞）神靈（陽之精氣曰神，陰之精氣曰靈）[2]之明德（《大學》之"明德"）命性（或"人性"，神靈命性，亦即《大學》所謂明德或明德心），循（即"率"）而修治（修正修平修直修廣修美修遠等），而創立正道（"人道""命道""天命元道""大道""性道""正道"等）、禮義（道者，總言之，曰"大道一本"，分言之，則"一本萬殊"、"萬物各有'其道'"，一性本大道而發用萬事，則萬事各有"其道""具道"，或"諸道"，即名之曰諸禮諸義也；

---

[1] 鄭玄註："小人閒居為不善，無所不至也。君子則不然，雖視之無人，聽之無聲，猶戒慎恐懼自脩正，是其不須臾離道。"今人陳柱曰："由於情慾（羅按：此言過度不中之情慾），入自禽門；由於禮義，入自人門；由於獨知，入自聖門。……故精誠在躬，而中和自致，神明在心，而穢惡不來矣。……'為不善於顯明之中者，人得而誅之；為不善於幽間之中者，鬼得而誅之。'"參見：陳柱，《中庸通義·自敘》，pp. 1－2。另，《莊子·庚桑楚》："不見其誠己而發，每發而不當；業（事）入而不舍，每更為失。為不善乎顯明之中者，人得而誅之；為不善乎幽閒之中者，鬼得而誅之。明乎人，明乎鬼者，然後能獨行。"

[2] 《曾子·天圓》："陽之精氣曰神，陰之精氣曰靈，神靈者品物之本也。陰陽之氣各從其行則靜矣。偏則風，俱則雪，交則電，亂則霧，和則雨。陽氣勝，則散為雨露；陰氣勝，則凝為霜雪。陽之專氣為雹，陰之專氣為霰。霰雹者，一氣之化也。"（《曾子輯校》，中華書局，2017年12月，p. 64）

禮、義亦可為總名與分名,總名曰禮曰義,分名曰"**其禮**""**其義**"或"**諸禮**""**諸義**"。今日有通名總名類名,有專名分名),以正教生民,謂之創道("人道""命道""天命元道""大道""性道""正道")設教("天命元道"之教、"命道"之教、"人道"之教)。孰以立(創立,創設)之?天(三元天、天道等)命(動詞)立之,神靈明德(人之神靈之精,即三才中之人道)立之,命性("人性""天命人性","命性"本純明)立之(天地人三才之道融合為一為人),至誠聖人在位而本此天(三元天、天道等)命(動詞)神靈"命性",通三才之道而為立之也。立之而何謂?曰正道仁道(人道、元道、大道、正道等),曰仁義禮樂也。創道設教,即秉命(天之所命)率性(天所命之"命性")法天(三元天、天道、天地人之道等)①,立②正道仁義禮樂,而行教化也。)

　　(然則何以立之("之"謂道,"人道""命道""元道",謂禮義)?曰:致中和(致中又致和,致此中又致時中而和;用中以致和,用此中以致時中而和)以立之。)喜怒哀樂(諸情,諸種情感或情意,《禮記·樂記》曰喜怒哀樂敬愛)之未發(未發而誠也,性也,誠於天命性道,誠於命性等),謂之中〈此言"體性"或"性道","體其命性""體其天命""體其命性之道"等;或曰"**率此命性**"而"**體悟或體會之**(即兼包天、天道、天命、命性等)",則是"**喜怒哀樂之未發而中**",是"體";"率性"而"行為之",則是"道""體道"乃至"行道",是

① 法天,法天地人三才之道。
② 何以立?用中而立。下文有述。

“用”。)）{中，有多重涵義：①或讀四聲①，動詞②，**中，通也，合也**，(《說文》解“中”之“｜”曰“上下通”，董仲舒解“王”及“王”之“｜”曰：“三畫而連其中，通其道”③，故曰)A.**中通天道，中合天道**④，**中以通天地**(上下鬼神)，**冥合幽通於上下天地之**

---

① “中”亦可有多種讀音，蓋解“中”為動詞則讀為去聲，解為名詞則讀為陰平，而無論解為名詞、動詞、形容詞，方言中有時又有讀為陽平或上聲者，如河南方言之“中”即大體讀陽平。上古音韻或未嚴格區分之，或不同方言有不同讀法，未有天下統一之音也(上古單字聲調相應於其詞類，皆未嚴格分化；雅言與方言)。關於“上古漢語”之“漢字”聲調，據王力之總結，歷來學者有幾種意見：①古無四聲說；②四聲一貫說；③古有四聲說；④古無入聲說；⑤古無去聲說；⑥五聲說；⑦長去短去說；⑧四聲舒促說。綜合之，蓋以“古有四聲說”為主。參見：王力，《漢語語音史》，商務印書館，2010 年 12 月，pp. 75 - 91。

② 實則先秦時之“上古漢語”或“華夏語”，詞類尚未分化，並無詞類之嚴格區分如受西洋語法學影響甚大之現代漢語然，尤其是名詞、動詞、形容詞不分，往往一字兼可用作名詞、動詞、形容詞等，筆者名之為“上古漢語”(乃至“古代漢語”)之**“不分名動形，一字兼三詞”**(“詞”指“詞類”)，而讀者乃據其上下文或語意相應解讀之。其讀音亦大致如此，或未有嚴格區分。其後“華夏語”或“漢語”發展而為“中古漢語”(南北朝以迄宋代)，字音、字義皆有所變化，然詞類亦只稍有分化而已，仍不明顯或不嚴格。直到近現代受西方語言學影響之“現代漢語”建構，始欲嚴格區分之。故今人在解讀古代漢語尤其是上古典籍時，應時刻注意這一點，而因文相應解讀之。

③ 實則“王”亦有中通三才之道之意，所謂“‘一貫三為王’，董子曰：‘三者天地人也，而參通之者王也。’(《春秋繁露·王道通》)此言能參通天地人之神道者，則可以受命而王也。”轉引自《中庸通義》，p. 25。董仲舒曰：“古之造文者，三畫而連其中，謂之王。三畫者，天地與人也，而連其中者，通其道也。取天地與人之中以為貫而參通之，非王者孰能當是？”(《春秋繁露·王道通》，參見：《春秋繁露義證》，pp. 328 - 329)《易·繫辭》曰：“有天道焉，有人道焉，有地道焉，兼三才而兩之。”“仰則取象於天，俯則取法於地，近取諸身，遠取諸物。”此即言天命人之性道、人道乃從天、天道、天命或天地人三才之道而來；又可與**“為天地立心”**對照參悟。又：聖，亦從耳口王，所謂聞聲知情、聲入心通，乃至中通天地人三才之道，然後聖也。由此亦可悟會“中”之涵義。

④ 《黃帝書》所謂**“中天理”**。參見：《黃帝四書·經法·四度第五》。參見：《黃帝四經今註今譯——馬王堆漢墓出土帛書》，陳鼓應註譯，商務印書館，2007 年 6 月第一版，p. 107。

道^①，合三才而立人道人義也^②，B 又曰中通天命"命性"，亦可謂"中有主"而"中主於命性、性

道"也——前文言"天命之謂性，率性之謂道"，此承接而言，正所以言當"中於天命性道"也^③，

---

① 猶墨子所謂"**當天意**""**中天志**"；"我為天之所欲，天亦為我所欲""我為天之所
不欲，天亦為我所不欲"；"反天意而得罰"云云。此之所謂"**中通於天地之
道**"，即墨子所謂"**上同於天（義）**""**當天意**""**中天志**"等。墨子雖非"命"，實則
亦講"天志"，天志實亦"天命"也，墨子徒非其"*別愛*"（*而主張天意*"兼相愛，交
相利"）與不思進取道德之命而已。儒墨雖有爭執，實則兩者又共享著一些思
想文化共識，合之乃可見先秦學術之整體面目，或由此逆推道術分裂之前的
大道狀態。參見：《墨子·天志》，參見：《墨子校註》，中華書局，1993 年 10 月，
pp. 288－290。儒家與黃老道亦如是，《黃帝書》亦言"**中天理**"："聲華實寡者，
用（庸）也。順者，動也。**正者，事之根也。執道循理，必從本始，順為經紀。
禁伐當罪，必中天理**。不（倍）約則窘，達刑則傷。倍逆合當，為若又（有）事，
雖□無成功，亦無天央（殃）。"（《黃帝四書·經法·四度第五》）《黃帝書·經
法·道法第一》曰："故唯執道者能上明於天**之反**（返，以言天運有常，即天道
也），而**中**達君臣之半（畔，界限）（羅按：中，人道也，或曰"中合人心"），當密察
於萬物之所終始，而弗為主（無成見，順天道，而自成）。故能至素至精，浩彌
無刑（形），然後可以為天下正。參見：《黃帝四經今註今譯——馬王堆漢墓出
土帛書》，陳鼓應註譯，商務印書館，2007 年 6 月第一版，p. 107，p. 31。
② 《黃帝書·經法·六分第四》曰："**王天下者之道，有天焉，有地焉，又（有）人
焉，參（三）者參用之，然後而有天下矣**。"《黃帝書·十大經·立命第一》所謂
"畏天愛地親民"亦為是意。《黃帝書·十大經·果童第四》曰："**觀天於上，視
地於下，而稽之男女**。"（羅按：上則天道，中則人道，下則地道。中，又謂定人
道也。）參見：《黃帝四經今註今譯——馬王堆漢墓出土帛書》，陳鼓應註譯，商
務印書館，2007 年 6 月第一版，p. 87，p. 201，p. 241。《管子·五輔》亦曰："上
度之天祥，下度之地宜，人度之人順。"《莊子·說劍》曰："上法圓天，下法方
地，中和民意。"（轉引自《黃帝四書》，p.89）實則"三才"之說，蓋亦為當時各家
之共識，百家同源，道通為一耳。此又尤可證明中華文化乃是天道文化也。
③ **以《易經》八卦言，則三畫之卦，初爻為地，中爻為人，上爻為天，是為天地人三
才，而人在其中，"用中"即通天地之道而用為人道也。《說文》：中，內也，從
口，｜，上下通**。據現代人識認研究，"中"的甲骨文字形，頗類於在一個一般用
於祭祀的"建鼓"上，從中垂直穿插一棍狀物，上下皆有旗幟狀物，蓋為古代巫
覡祭祀通天地或上下神祇之物，則"道"或"中道"乃來源於天地之道或上下鬼
神之道也。據此，則"中"本是"**通**""**通天地（之道）**"或"**通上下神祇**"之意，"用
中"即所以"**通天道**""**通上中下天地人三才**之道而製作人道（元道）"（轉下頁）

C. 又曰中通於神明①**, D. 又曰極也**，中通其極，法天立極，順天道而立民極、民中②，亦即**大中之道、中正之道**③，所謂"允執厥中"是也，今曰元則、極則、準則、

（接上頁）**之方法路徑也**。今人陳柱曰："《左氏傳》曰：'**民受天地之中以生，所謂命也**。'民受剛柔之中以為命。"參見：《中庸通義》，p. 10。實則此即曰人乃中通天地人三才之道、之精華神靈而生者也，猶言天以此三才之道、之精華神靈而賦命通貫於人也，故曰"**人受天命之中而生**"，又曰"**人之性（生性與命性）中通天地人三才之道**"，《禮記・禮運》又曰："**人者，其天地之德、陰陽之交、鬼神之會、五行之秀氣也**。故天秉陽，垂於星，地秉陰，竅於山川，播五行於四時，和而後月生也。是以三五而盈，三五而闕，五行之動，迭相竭也。五行、四時、十二月，還相為本也。五聲、六律、十二管，還相為宮也。五味、六和、十二食，還相為質也。五色、六章、十二衣，還相為質也。故**人者，天地之心也，五行之端也**。食味、別聲、被色而生者也。**故聖人作則，必以天地為本，以陰陽為端，以四時為柄，以日星為紀，月以為量，鬼神以為徒，五行以為質，禮義以為器，人情以為田，四靈以為畜**。以天地為本，故物可舉也。以陰陽為端，故情可睹也。以四時為柄，故事可勸也。以日星為紀，故事可列也。月以為量，故功有藝也。鬼神以為徒，故事有守也。五行以為質，故事可復也。禮義以為器，故事行有考也。人情以為田，故人以為奧也。四靈以為畜，故飲食有由也。何謂四靈？麟鳳龜龍謂之四靈。故龍以為畜，故魚鮪不淰。鳳以為畜，故鳥不獝。麟以為畜，故獸不狘。龜以為畜，故人情不失。"

① 《黃帝書》曰："**道者，神明之原也。神明者，處於度之內而見於度之外者也**。處於度之內者，不言而信；見於度之外者，言而不可易也。處於度之內者，靜而不可移也；見於度之外者，動而不可化也。靜而不移，動而不化，故曰神。神明者，見知之稽也。"參見：《黃帝四經今註今譯——馬王堆漢墓出土帛書》，陳鼓應註譯，商務印書館，2007 年 6 月第一版，p. 176。

② "中"或又有"社"義，所謂"建中立極"或與"立社"相關。【詩・小雅】以社以方。【疏】社，五土之神，能生萬物者，以古之有大功者配之。共工氏有子句龍為后土，能平九州，故祀以為社。后土，土官之名，故世人謂社為后土。杜預曰：在家則主中霤，在野則為社。【白虎通】人非土不立，封土立社，示有土也。【禮・祭法】王為羣姓立社曰大社，王自為立社曰王社，諸侯為百姓立社曰國社，諸侯自為立社曰侯社，大夫以下成羣立社曰置社。參見：《康熙字典》，又可參見《說文解字註》，茲不贅。

③ 《尚書・洪範》："**次五曰建用皇極**。……五，皇極：皇建其有極，斂時五福，用敷錫厥庶民。惟時厥庶民於汝極，錫汝保極。凡厥庶民無有淫朋，（轉下頁）

中（四聲）道等；②又"正中（四聲）、正在、正好吻合、符合、合於"也①，初或與射箭狩獵相關，正中其的，引申為正中其心，正中於天地人三才之道，正中於天命天性，正中於道、理、義教也，質言之，則為"大中之道""中正之道"②；③又"恰如其分"也，如言折獄之"中"③；④又不偏不倚也，不偏倚於天道、地道、人道與乎天命

（接上頁）人無有比德，惟皇作極。"孔安國傳："皇，大；極，中也。凡立事，當用大中之道。……**大中之道，大立其有中**，謂行九疇之義。君上有五福之教，眾民於君取中，與君以安中之善。民有安中之善，則無淫過朋黨之惡、比周之德，惟天下皆大為中正。"《尚書·君奭》："前人敷乃心，乃悉命汝，作汝民極。"《尚書·呂刑》："嗚呼！嗣孫，今往何監？非德于民之中？尚明聽之哉！哲人惟刑，無疆之辭，屬于五極，咸中（羅按：此"中"有"中合"意）有慶。"參見：《尚書正義》，p. 449，p. 459，p. 656，p. 793。《左傳》亦云："履端於始，序則不愆；**舉正於中，民則不惑**，歸餘於終，事則不悖。"或亦有此意。

① 《尚書·君牙》："民心罔中，惟爾之中。"孔安國傳："言汝身能正，則下無敢不正。民心無中，從汝取中，必當正身，示民以中正。"參見：《尚書正義》，p. 762。《墨子》一書中之"中"字，亦每用此義，如**中效**，如**中規中矩**等，亦皆是"符合"、"中合"之意，可見先秦之"中"字，本有此意此用。"效者，為之法也，所效者，所以為之法也。故**中效**，則是也；**不中效**，則非也。此效也。""子墨子言曰：'我有天志，譬若輪人之有規，匠人之有矩。輪匠執其規矩，以度天下之方圓，曰：**中者是也，不中者非也**。'"參見：吳毓江，《墨子校註·小取》《墨子校註·天志》，中華書局，1993 年 10 月，p. 628，p. 290。又荀子之所謂"合於"：**"心合於道，說合於心，辭合於說。正名而期，質請而喻辨異而不過，推類而不悖。"**（《荀子·正名》）

② 《尚書·大禹謨》："刑期于無刑，民協于中，時乃功。懋哉！"孔安國傳："民皆合於大中之道。"孔穎達疏曰："……使民合於中正之道，令人每事得中。"參見：《尚書正義》，pp. 130－131。又，《尚書·湯誥》："王懋昭大德，建中于民，以義制事，以禮制心，垂裕後昆。"孔安國傳："欲王自勉明大德，立大中之道於民，率義奉禮，垂優足之道示後世。"參見：《尚書正義》，p. 295。

③ 《尚書》似每用此義，如《尚書·立政》："茲式有慎，以列用中罰。"又如《尚書·呂刑》："非佞折獄，惟良折獄，罔非在中。……哀敬折獄，明啟刑書胥占，咸庶中正。……民之亂，罔不中，聽獄之兩辭。"然亦字義豐涵，不必拘泥。參見：《尚書正義》，p. 698，pp. 789－791。

神靈之命性也，亦讀四聲；//⑤又心也，神明也，又內也，裡也，正心正中也①，或止於中、止於正中、止於中心也②，中心中命中性，內守正心正中，靜而內守此性，所謂"中有主"，道義常為一身之主也，或亦可讀平聲；⑥又中間狀態也，常也，如狹義之中道、常道等；⑦又中間、中央也③；⑧又正也，平也④，守其本心、命性之正而不離也；⑨又平也，平分也，又引申為準則⑤（羅按：②～⑨此數義實皆由同一本義引申而來，義相關聯，此為縷析故而勉強區分之）；//⑩或曰是"心恭敬"，"禮尚恭敬"也；⑪又有"忠"意⑥；⑫或曰是空空而不執泥，虛心以體道知天達命；

———————————

① 《詩·序》：情動于中。《正義》曰：中謂中心。凡言中央曰心。羅按：古者以"心在一身之中"，故謂心為中，則心亦中，中亦心也。

② 亦即《大學》所謂"正心"，或"止於中""止於一"等。

③ 《大戴禮記·保傅》："故成王中立而聽朝，則四聖維之。""中"之甲骨文字形類於旗幟，蓋或樹立旗幟於正中。古之所謂"立其中或用其中於民"，其"中"字之意義來源，其初或與此情形有所關聯。

④ 如以甲骨文字形為解，則曰"立旗端正"，樹立其旗幟平正也。古之所謂"立其中或用其中於民"，其"中"字之意義來源，其初或亦與此情形有所關聯。關於"中"之甲骨文字形等，參見下文諸註。又：《尚書·君陳》："予曰宥，爾惟勿宥，惟厥中。"孔安國傳："……惟其當以中正平理斷之。"《尚書·呂刑》："故乃明于刑之中，率乂于民棐彝。"孔安國傳："天下皆勤立德，故乃能明於用刑之中正，循道以治於民，輔成常教。"《尚書·呂刑》："罔擇吉人觀于五刑之中。"參見：《尚書正義》，p. 714，p. 777，p. 779。

⑤ 《說文》小篆"中"字字形為中。

中 中 中

（圖片參見：漢典）

⑥ 中、忠，互訓而見義。《周禮·春官·大司樂》："以樂教國子：中、和、祇、庸、孝、友。"鄭玄註：中猶忠也。和，剛柔適也。祇，敬。庸，有常也。善父母曰孝，善兄弟曰友。賈公彥疏曰：注"中猶"至"曰友"，釋曰：此六德，其中和二德取《大司徒》六德之下，孝友二德取《大司徒》六行之上，其祇庸二德與彼異，自是樂德所加也。云"中，猶忠也。和，剛柔適也"，注《大司徒》與此同。"祇，敬。庸，有常也"，並訓而見其義也。"善父母曰孝，善兄弟曰友"，《爾雅·釋訓》文也。

《周禮·地官司徒第二·大司徒》："以鄉三物教萬民而賓興之：一曰六德，知、仁、聖、義、忠、和。"鄭玄註：忠，言以中心。賈公彥疏：如心曰恕，如下從心；中心曰忠，中下從心，謂言出於心，皆有忠實也。

⑬或曰是空空無成見，無臆必固我[①]；⑭或曰即是"惟精惟一"或"精一"，"精則察夫二者（宋儒所謂人欲之私與天理之公、筆者之所謂生性與命性等）之間而不雜也，一則守其本心之正而不離也"[②]——此則涉及用中或致中之方法，《易・繫辭》所謂"無思也，無為也，寂然不動，感而遂通天下之故"是也；又或曰祇是"誠"、"誠於中"而已，中庸之道祇是誠道、慎獨之道而已，曰"誠於中"、"誠中於心、道、天"等也；⑮綜合之，中者，以言所本、言"體"則曰天、命、性、心、道，以言所用之方、術則曰中通、卬中、中合乃至虛靜、空空不泥無成見，以言其"用"則曰義禮、準則、中間、中常、恰如其分等；⑯或曰："中"即是"心"，是"心在得中"之意；中庸即是用心得中（四聲，多重涵義）；⑰先秦為意象文字、意象語言和意象化思想表達，故此處之"中"，實包涵以上多層意涵，今人不必以現代語言觀念拘泥之。《說文》：中，內也，從口，丨，上下通。[③]﹜（，體（即悟也，通也，中也，悟其命性、感其

---

① 《論語・子罕》：子曰："吾有知乎哉？無知也。有鄙夫問於我，空空如也，我**叩其兩端而竭焉**。"（而後得其中，發而皆中節也。）《先進》：子曰："回也其庶乎，屢空。賜不受命，而貨殖焉，億則屢中。"（通解"空"為空乏，然或曰此"空"是虛心以就道，聊備一說）

② 朱熹，《中庸章句序》。

③ 中，又曰正中，不偏不倚，不偏倚於天命靈明之性也，又冥合幽通於天道，故"中"又可謂天命靈明本性；人情未發，純然靈明安然，自在其正中，無偏頗紛爭；或曰"中"是"心"，即是（天命之人）"性"，亦可通。古昔詞義未分化，故一字而包含多重詞義，亦常事也。又或曰"喜怒哀樂之未發之中"是人"天生或先天而靜"，"發而皆中節"是人"生或後天而動"，亦可備一說。

④ **先秦甲骨文或金文等之"中"字**：據現代學者的研究，甲骨文中亦有"中"字，字形稍不同，即為"中"字上下各有兩橫，像旗幟形狀，唐蘭解字曰："象旅（音旗）之斿（音流，又音游），古文字凡垂直之綫中間恆加一點，雙鉤寫之因為形，省變為'中'形。**本為氏族社會徽幟，古時有大事，聚眾於曠地先建中焉，群眾望見中而趨赴，群眾來自四方則建中之地為中央矣**。"（《殷墟文字記》）（羅按：此一"中"字蓋亦有"社"意，立社以為民中、民極而號召之，所謂"建中立極"或與"立社"相關。）"今案唐說可從，卜辭多有'**立中**'（轉下頁）

命性、天命、天道等）**性**（命性）**體**（即悟也，通也，中也，悟其道）**道盡性**（命

（接上頁）之辭，與唐說合。🚩為旂之初文，旟旗為後起之形聲字。周原甲骨之'再🚩'，即周金文《三年盉》'王再旂于豐'之'再旂'，皆同於立中之義。周金文《中甗（音掩）》有'漢🚩州'，即後世江漢間之蘄州。故🚩🚩為一字。又省變之中字，卜辭用為伯仲之仲，重見卷八八部仲字說解。（其義乃為）：一，**旂幟。立中即立旂，立中可以聚眾，又可借以觀測風向**（其例如："卜夬（音怪）貞王立中""己亥卜夬貞王勿立中""丙子其立中亡風八月"等）。二，**中間，相對於左右、上下而言**（其例如："丁酉貞王作三師右中左。"）。三，中日即日中，約當於後世之午時（"中日至塽兮啟（音啟，或音度）"）。四，中室，宮室名（"丁巳卜更（音揮或音專）小臣刺…吕勾（音蓋）于中室"）。五，人名（"丙子小臣中…"）。六，殷先王廟號區別字（其例如"**執其用自中宗祖乙王受…**""己卯卜翌庚辰虫于大庚至于中丁一牢"）。參見：《甲骨文字典》，四川出版集團，四川辭書出版社，2014 年 1 月，pp. 39－41。有意思的是，甲骨文還有另外兩個與"中"接近的字：一個是"申"，從又從中，《說文》所無，其例曰："癸酉卜王在申卜"；另一個是"中（中字上又有一橫）"，字典解為"於中字上加一畫為指示符號，《說文》所無，如"又茲用在中"、"丁未卜夬貞令塽吕虫族尹中虫友五月"。筆者以為此蓋亦"中"字，刻寫稍異而已（本書所引字形或不甚準確，請參閱原書）。參見：《甲骨文字典》，pp. 41－42；又可參見，容庚編著，張振林、馬國權摹補，《金文編》，中華書局，1985 年 7 月，pp. 30－32。
以下為"中"之字形演變：

中字源字形					
字源演變					
甲骨文	金文	楚系簡帛	說文	秦系簡牘	楷書
「中」甲398 合32500	「中」從中且歝 商代晚期 集成6213	「中」郭語1…	「中」說文古文	「中」睡秦197	「中」
「中」安9.3 合26700	「中」中婦鼎 西周早期 集成1714	「中」包2.14…	「中」說文籀文		
「㫃」前5.6.1 合35347			「中」說文·丨…		

（轉下頁）

性)**也**(此即下文所謂“尊德性”，至誠而盡性，盡“天命之性”，故下文言“誠者，天

（接上頁）以下為甲骨文之“中”字字形：

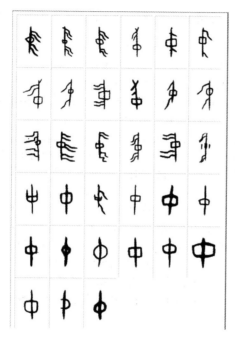

（以上圖片均參見：漢典）

《論語》中的“中”字（另出現“中牟”一次）：

《論語·學而》：子張學干祿。子曰：“多聞闕疑，慎言其餘，則寡尤；多見闕殆，慎行其餘，則寡悔。言寡尤，行寡悔，**祿在其中矣**。”

《公冶長》：子謂公冶長，“可妻也。**雖在縲紲之中**，非其罪也”。以其子妻之。

《雍也》：冉求曰：“非不說子之道，力不足也。”子曰：“力不足者，**中道而廢**。今女畫。”

《雍也》：子曰：“**中人以上，可以語上也；中人以下，不可以語上也**。”

《雍也》：子曰：“**中庸之為德也**，其至矣乎！民鮮久矣。”

《述而》：子曰：“飯疏食飲水，曲肱而枕之，**樂亦在其中矣**。不義而富且貴，於我如浮雲。”

《鄉黨》：入公門，鞠躬如也，如不容。**立不中門**，行不履閾。

《鄉黨》：升車，必正立執綏。**車中**，不內顧，不疾言，不親指。 （轉下頁）

之道也";又下文之"誠者自誠",成己而仁;因而明道,即下文所謂"自誠明",至誠

（接上頁）《先進》:魯人為長府。閔子騫曰:"仍舊貫,如之何? 何必改作?"子曰:"夫人不言,**言必有中**。"

《先進》:子曰:"回也其庶乎,屢空。賜不受命,而貨殖焉,**億則屢中**。"

《子路》:子路曰:"衛君待子而為政,子將奚先?"子曰:"必也正名乎!"子路曰:"有是哉,子之迂也! 奚其正?"子曰:"野哉由也! 子於其所不知,蓋闕如也。名不正,則言不順;言不順,則事不成;事不成,則禮樂不興;**禮樂不興,則刑罰不中;刑罰不中,則民無所措手足**。故君子名之必可言也,言之必可行也。君子於其言,無所苟而已矣。"

《子路》:葉公語孔子曰:"吾黨有直躬者,其父攘羊,而子證之。"孔子曰:"吾黨之直者異於是。父為子隱,子為父隱,**直在其中矣**。"

《子路》:子曰:"**不得中行而與之,必也狂狷乎**? 狂者進取,狷者有所不為也。"

《衛靈公》:子曰:"君子謀道不謀食。耕也,**餒在其中矣**;學也,**祿在其中矣**。君子憂道不憂貧。"

《季氏》:季氏將伐顓臾。冉有、季路見於孔子曰:"季氏將有事於顓臾。"孔子曰:"求! 無乃爾是過與? 夫顓臾,昔者先王以為東蒙主,且在邦域之中矣,是社稷之臣也。何以伐為?"冉有曰:"夫子欲之,吾二臣者皆不欲也。"孔子曰:"求! 周任有言曰:'陳力就列,不能者止。'危而不持,顛而不扶,則將焉用彼相矣? 且爾言過矣。虎兕出於柙,**龜玉毀於櫝中**,是誰之過與?"

《微子》:逸民:伯夷、叔齊、虞仲、夷逸、朱張、柳下惠、少連。子曰:"不降其志,不辱其身,伯夷、叔齊與!"謂:"柳下惠、少連,降志辱身矣。**言中倫,行中慮**,其斯而已矣。"謂:"虞仲、夷逸,隱居放言。**身中清,廢中權**。""我則異於是,無可無不可。"

《子張》:子夏曰:"博學而篤志,切問而近思,**仁在其中矣**。"

《堯曰》:堯曰:"咨! 爾舜! 天之曆數在爾躬。**允執其中**。四海困窮,天祿永終。"舜亦以命禹。

　　對以上句子裡的"中"的含義稍作分析(當然,更為有效或嚴格的分析方式,應該是將先秦古書乃至甲骨文、金文等中的所有出現"中"字的文句都收集起來,然後進行歸納分析,尋繹其可能的確切含義),大體有如下幾種意義:裡,內;中間,中段或中央;符合,正中(四聲),加上賓語就是合於、中於天命、天性、天道、道義、禮樂等。前兩義或是"中"的本義(當然,如果現代學者對於"中"的甲骨文起源的推論是正確的,那麼,在甲骨文裡,以 🏴 等字形出現的"中"字,其本義乃是旗幟),"合於或符合"為引申義,由"在其中,在　（轉下頁）

盡性，則一心一性之發，無不是道，無不合道，後之所謂性學、心學、仁學或"內聖

（接上頁）裡面"而引申為"符合、合於、正中"之義。然而，在具體分析每句話的含義時，有的"中"字的含義較為明確而單一（以現代語言或現代漢語的觀念或標準來看），有的句子裡的"中"字的含義就不是那樣明確而單一，而往往是一種綜合性的模糊字義或象意化字義，一個字裡面包涵多重含義，有象意、本義（造字理據，有時本義和象意是重合的）、比興義、引申義、類推義等的成分，並未完全概念化和分化，所以就需要採取意會或象會或闡釋的方法，或者，一種綜合的、模糊的理解和把握（現代語言學、邏輯學或計算機科學對此有不同描述、分析和處理），比如"中行""中庸""力不足者，中道而廢""允執其中"這幾句裡面的"中"的含義就是如此："中行""中道"裡的"中"字，其象意乃是"道路的中間、中段"，同時"行""道"也都是意象化的字，就其象意而言是"道路"，就其引申義而言又是"元道、道義、道理"等之"道"，如果和後一義結合起來，則"中"又有其引申義"符合，正中（嚴格來說應讀四聲），合中於"之意；而"中庸""允執其中"裡面的"中"字就更為複雜，因為"庸"的含義尤其是其象意，和"中"的象意之間的關係並不明確；而"允執其中"更是如此，我們祇能首先收集先秦古籍裡含有此字此句的不同句子，然後綜合所有句子的上下文，試圖按照歸納法以及其他小學方法或語文學方法等，來固定或確認其可能的確切含義。

　　但饒是如此，因為古人——或不同作者——在字詞使用或語言表達方面的不同特點，如果相關"語料"不充足，無法排比、歸納、分析，也可能導致一時難以取得一個確定的答案，而更多是一種概率化的或經驗化的確認，乃至猜度，以至於許多解釋如果不說是一種武斷，也可以說是一種嘗試性的理性化乃至藝術化猜測。當然，對於這種困難也不必過分強調，或過分悲觀，無論是從傳統語言學還是從現代語言學的角度來看，對此我們都積累了一套較為科學化的有效的研究方法，加上現代檢索技術的輔助，以及必要的語言學觀念和理論的進展（尤其是對於先秦"漢字漢語"的元語言學研究和哲學研究），假以時日，應該可以徹底解決先秦思想文化中的許多問題，真正恢復其"本來"面目。

　　不過，筆者此處關注的重點尚不止此，更關鍵的是，我們在研究古代尤其是先秦思想文化時，對於中國古代哲學或文化的一些最重要的哲學範疇、文化範疇或概念的解讀，如果一味簡單化地以現代語言觀念、哲學觀念和方法來處理，比如一定要求給某個"字"或重要"概念"確定一個單一的字義，那就可能會導致很大的問題，而可能偏離或誤解了古代思想文化的真實含義或面目。比如對於"中庸"的"中"的理解，如果簡單化地解釋為"中間"　　（轉下頁）

學"是也））；（喜怒哀樂敬愛諸情意）**發**（生性、命性合而為本性或本心，本心本

（接上頁）或"庸常"，那就將"中庸"理解成了一種不問是非尤其不問道義或不問正當性、同時又不注重思想方法的庸常倫理觀念和思維觀念，比如機械性的"折中（調和）論""和稀泥""庸人觀念""鄉願文化""隨大流"等，造成非常嚴重的思想、文化、社會等多方面的後果或惡果，比如不講理、不講是非曲直、不問道義正當性、缺乏直道而行而挺立道義的剛毅勇決和擔當、不講思想方法、思維籠統等（而其"不走極端""應時通變"的優點也就成了"不問是非"的庸人哲學，這顯然和孔子挺立道義、知其不可而為之的剛毅行道思想和形象並不吻合）。所以，**對於古代的重要思想概念或哲學範疇，根據具體情形，有時要綜合採取闡釋法或多重（綜合）涵義描述法的方式來進行分析研究，不可畸輕畸重或偏倚失實失真。**"致中和"中的"中"，強調其"中通上下天地之道"的含義，就提示了中國文化的天道來源，並可以在將天道進行進一步的"多重涵義"描述的基礎上，建構起中國文化與自然科學的特別形式的關聯（參見拙文：《論"道"：正名與分析》），甚至也為其可能的宗教文化維度之分析或建構提供了某種可能——當然，中國文化也就不再被誤解為一種非理性的武斷文化，尤其不是非理性的"折中論文化"；"致中和"的"中"的"符合、正中、合中於（天命、天性、靈明人性、明德心、道義等）"的含義，同樣揭示了中國文化對於道義性和正當性的關注的優良特質，顯然不是和稀泥的庸人倫理和庸人思想；其他諸如"不偏不倚""靜守正心""寂靜感通""正心正中""空空不拘泥、無成見，不臆必固我"等的涵義或描述，都自有其價值，此後乃可言及"中間"乃至"中央"等之含義，而必須和其他涵義結合一起才有其正確理解。祇有將這些多重涵義綜合起來，才能真正理解"致中和"的內在含義，也才能領悟中國古代文化精神和思維特質的內在精髓。

另外，先秦乃至古代"漢字""漢語"的這樣一些特點，使得其論述包蘊了更為豐富亦多歧異的多重涵義，這就要求我們在閱讀先秦思想文化典籍時，尤其必須注意其字其文其意象化論述的"意象"本身（尤其是明瞭每個"漢字"的"象"與造字理據），首先發揮充分的想象力，並時刻結合其"意象"來理解乃至象會、意會、靈悟各種語言表達論述的真正的含義，換言之，一種意象化、形象化、詩化的交融感通領悟。就此而言，我們並不簡單地批評古代"漢語"表達的不精確，相反，某種意義上，比如相對於現代語言的對於外部自然世界尤其是內在心靈世界的生硬的、近乎暴力扭曲的、分析的（肢解的）和抽象化（其實就是一種邏輯的暴力解析或粗暴區分）或概念化的"掌控"和操縱，那可能是一種更精確、也是對人心外物的更溫柔體貼的表達，或者，更為全息、統覺、整體的描述和表達，一種更為藝術化的表達。陶冶在那樣的一種意（轉下頁）

性感外物而其慾、情、意發動）而皆中（去聲，符合）節〔度①，節度，猶謂諸善諸義諸禮。"中節"猶中諸節，猶謂（致諸曲而）拳拳服膺而弗失，時時事事而皆中合於節度道義②；"發而皆中節"，猶言發而**各自守分，不相奪道理，是言理不錯亂相奪也**③；又曰無過與不及，即《易》之陰陽變化而皆當順應之，如八卦、六十四卦乃至三百八十四爻④，皆當隨機應變而皆中其節度〕⑤，謂之和（此言

（接上頁）象化的世界裡面，也許，人們的精神都會更為健康。當然，現代科學與理性也有其重要價值。

　　文學語言或意象化、形象化、藝術化的語言是人們心靈生活的家園，比如中國人之於陶淵明、杜甫（古典詩詞），英國人之於莎士比亞，德國人之於席勒、歌德，俄國人之於普希金等，對於他們的作品，那是無論走到哪裡都可以帶上一本來慰藉自己的思鄉之情的。

① 《黃帝書》曰："道者，神明之原也。神明者，處於度之內而見於度之外者也。處於度之內者，不言而信；見於度之外者，言而不可易也。處於度之內者，靜而不可移也；見於度之外者，動而不可化也。靜而不移，動而不化，故曰神。神明者，見知之稽也。"又言及其"不合度"者。參見：《黃帝四經今註今譯——馬王堆漢墓出土帛書》，陳鼓應註譯，商務印書館，2007 年 6 月第一版，p. 176，p. 183。

② 節度道義亦本是"中通天道、天命、命性、天道等製作而來"，故"中節"亦本於"中天命、命性等"，兩事只是一事，所以下文祇說"中庸"，即是"中和庸"之意，兼包或省文而已。質言之，"**喜怒哀樂之未發之中**"是本，"**發而皆中節之時中皆中**"是本之用；有"**喜怒哀樂之未發之中**"，然後有"**發而皆中節之時中皆中**"；"**時中皆中**"本乎"**中**"，"**中**"發而累積即是"**時中皆中**"。故後文祇說"**中庸（用中）**"便可兼包"用中"與"用中和"之意，故曰"中庸"與"中庸之道"。

③ 參見：《尚書正義》，上海古籍出版社，2007 年 12 月，pp. 106 - 108。

④ 又有三百六十策乃至一萬一千五百二十策之說，《易經·繫辭傳上》論筮法："乾之策二百一十有六，坤之策百四十有四，凡三百有六十，當期之日。二篇之策萬有一千五百二十，當萬物之數也。"亦即通萬物之變而皆中節度。

⑤ 《先進》：魯人為長府。閔子騫曰："仍舊貫，如之何？何必改作？"子曰："夫人不言，**言必有中**。"（中於性道也）
《子罕》：子曰："吾有知乎哉？無知也。有鄙夫問於我，空空如也，我**叩其兩端而竭焉**。"（而後得其中，發而皆中節也）

"率命性而情、意、慾之發動或發用"或"脩道行道"）〔（和，古字為龢，調也，相應也；又：龠，乐之竹管，三孔，以和众聲也，故又解為各中、皆中音律而又和諧和同。此蓋以"樂"為喻，"樂節人心"①，"發而皆中節"，猶言發而"**各自守分，不相奪道**

---

① 《周禮·春官·大司樂》："以樂教國子：**中、和**、祇、**庸**、孝、友。"鄭玄註：**中猶忠也**。和，**剛柔適也**。祇，敬。**庸，有常也**。善父母曰孝，善兄弟曰友。賈公彥疏曰：注"中猶"至"曰友"，釋曰：此六德，其中和二德取《大司徒》六德之下，孝友二德取《大司徒》六行之上，其祇庸二德與彼異，自是樂德所加也。云"中，猶忠也。和，剛柔適也"，注《大司徒》與此同。"祇，敬。庸，有常也"，並訓而見其義也。"善父母曰孝，善兄弟曰友"，《爾雅·釋訓》文也。

《周禮·地官司徒第二·大司徒》：……四曰**以樂禮教和，則民不乖**。……十有二曰以庸制祿，則民興功。

鄭玄註：……**庸，功也。爵以顯賢，祿以賞功**。

賈公彥疏：……"四曰以樂禮教和則民不乖"者，自"一曰"至"三曰"已上，皆有揖讓周旋升降之禮，此樂亦云禮者，謂**饗燕作樂之時，舞人周旋皆合禮節，故樂亦云禮也。凡人乖離，皆由不相和合，樂主和同民心，故民不乖也**。參見：《周禮註疏》，2010 年 10 月第一版，pp. 339 - 341。

《周禮·地官司徒第二·大司徒》：以鄉三物教萬民而賓興之：一曰六德，知、仁、聖、義、**忠、和**；二曰六行，孝、友、睦、姻、任、恤；三曰六藝，禮、樂、射、禦、書、數。

鄭玄註：物猶事也，興猶舉也。民三事教成，鄉大夫舉其賢者能者，以飲酒之禮賓客之，既則獻其書於王矣。知，明於事。仁，愛人以及物。聖，**通而先識。義，能斷時宜。忠，言以中心。和，不剛不柔**。

賈公彥疏：……云"忠，言以中心"者，此以字解之。如心曰恕，如下從心；**中心曰忠**，中下從心，**謂言出於心，皆有忠實也**。云"和，不剛不柔"者，謂寬猛相濟者也。參見：《周禮註疏》，2010 年 10 月第一版，pp. 370 - 371。

《尚書·虞書·舜典》："詩言志，歌永言，聲依永，律和聲。八音克諧，無相奪倫，神人以和。"孔穎達正義曰："聲依永者，謂五聲依附長言而為之，其聲未和，乃用此律呂調和其五聲，使應於節奏也。……'八音克諧'，**相應和也**。**各自守分，不相奪道理，是言理不錯亂相奪也**。如此，則'神、人咸和'矣。……《大司樂》云：'大合樂以致鬼神示，以和邦國，以諧萬民，以安賓客，以說遠人。'是神、人和也。"參見：《尚書正義》，上海古籍出版社，2007 年 12 月，pp. 106 - 108。

理，理不錯亂相奪也"①，"和"謂調和相應；引申為和當、合度、合於正中、無過與不及、不剛不柔、"情意言行發而各中於節度、道義"而後和悅也②）}③（，率(循，發用)性(命性)修(修治)道致曲也(曲謂曲小諸事之禮義節度也，致曲謂皆致其中節，致其各義理也，此即下文所謂"道問學"，吾人生而將致曲脩治，以達"天命人道""命性人道"等，故下文言"誠之者，人之道也"；如斯"明道以至於至誠"，以臻"至誠能化"，即下文所謂"自明誠"，又下文之"誠之者自誠"，博學審問慎思明辨篤行盡力而明諸義明大道，而後亦盡性至誠，又成物而知，從心所欲不逾矩也，亦即後之所謂道學、義學、禮學或"外王學"等④）)⑤。（中(四聲，有"中通天地之道""正中於天、天道、天命、命性、道義""正中神靈明德天性本心"等多重涵義)則正中(四聲，符合)神靈明德天性(命性)而冥通

----

① 參見：《尚書正義》，上海古籍出版社，2007 年 12 月，pp. 106 - 108。

② 《學而》：有子曰："禮之用，和為貴。先王之道斯為美，小大由之。有所不行，知和而和，不以禮節之，亦不可行也。"

③ 程頤曰："不偏之謂中，不易之謂庸；中者，天下之正道，庸者，天下之定理。此篇乃孔門傳授心法。"然漢儒之解不同，參見下文評注。吾今亦有新解，見全書註解。又：《黃帝四書·十大經·五正第三》："黃帝問閹冉曰：'吾欲佈施五正(政)，焉止焉始？'對曰：'始在於身，中有正度，後及外人，外內交接，乃正於事之所成。'"羅按：此即《中庸》之所謂"中和"也。參見：《黃帝四書·十大經·五正第三》。參見：《黃帝四經今註今譯——馬王堆漢墓出土帛書》，陳鼓應註譯，商務印書館，2007 年 6 月第一版，pp. 233 - 240。

④ 此不取"理學"之名。本書以"道"涉元道人道，"理"涉"物理"或自然理則等，稍作區分，而宋明理學，於此稍混淆，實為道義之意，而牽纏客觀之理則，故本書不用"理學"之名。

⑤ 由上文可知，"中有二義，有已發之中，有未發之中。未發是性上論，已發是就事上論。已發之中，當喜而喜，當怒而怒，那恰好處，無過不及，便是中。此中即所謂和也。所以周子《通書》亦曰：'中者，和也。'是指已發之中而言也。"參見：陳淳《北溪字義·中和》，轉引自：唐文治輯，《性理學大義》，華東師範大學出版社，2016 年 4 月，p. 71。

體悟（天道）天地之道①也，和（發而皆中節而後和悅和同，發而"各自守分，不相奪道理，理不錯亂相奪"而後和同）則率（神靈明德天）性（命性）而行為脩治各皆中（之，至，合，中）道而諧和（和當，和悅，和同）也②，故曰：）中（四聲，有"中通天道""正中於天、天道、天命、命性、道義""正中神靈明德天性本心"等多重涵義）也者，（（中於）天命冥通體悟（天道）之人性（命性）靈明（神靈明德）③，）天下之大本（天命性

---

① 天地之道，或亦省而合稱天道。

② 總結之，關於"中"與"和"，亦有其他解讀，**或以樂比方而論**，則"喜怒哀樂之未發"之"中"乃是奏樂之前之凝神寂然，守於正心，通於幽冥，而正心待發，待發即待作，待作樂也；而"發而皆中節"即是發作演奏而皆中於節律樂理也。進一步具體申述之，則解曰：中、和皆是演奏音樂時之情狀："中"者，樂師們準備好樂器，靜坐凝神待發，所謂聚精會神，以待奏樂（簥或竹笙等），將行其喜怒哀樂之樂聲樂情，故"中"是 ready，是 focus；"和"（龢），則曰奏樂各合音律樂理法度，配合中節度（節之象意蓋亦取其竹管之節之意，引申而為音律樂理法度等）。**或以祭祀比方而論**，則"喜怒哀樂之未發"之"中"乃是祭祀前與祭祀時之端肅凝神虛靜敬慎之心神狀態；而"發而皆中節"則是祭祀時之一舉一動皆合於祭祀之禮樂法度，又合於事奉鬼神之心神法度，然後引申以至於人間世俗道義尊奉修習之事也。**或以思想行事比方而論**，則如文中所引《易經》之說，"中"是守正心正道，冥通天地之道，不偏不倚，"和"是隨機應變而皆合於天道、天命、天性、正心、元道、人義、禮義等也。**或以"人心"解"中"**，"中"者，內也，心也，內心也，"用中"即是"用心"，"中"是內心，故為大本，"和"是實行、奏行、行事、用事，故為達道，朱熹解之甚詳，可參看。如此，則（人）性即在此"中"，此"中"即是此心，而人性即是人心——中庸即是用心。**或以精神狀態或心理態度解"中"**，則"中"是"端肅""敬畏""靜慮"，《大學》所謂"知止而後定靜安"。**或以思想方法解"中"**，則"中"是"無成見"或"捫成見"，《大學》所謂"知止而後定靜安，然後慮得之"等。

③ 《黃帝書》曰："**道者，神明之原也。神明者，處於度之內而見於度之外者也。**處於度之內者，不言而信；見於度之外者，言而不可易也。處於度之內者，靜而不可移也；見於度之外者，動而不可化也。靜而不移，動而不化，（轉下頁）

道，天下之根本）也①；和（發而皆中節而後和悅和同，發而"各自守分，不相奪道理，理不錯亂相奪"而後和同）也者，（率性（命性）修道，動心行事修治合禮中節合度，而為）天下之達道（人皆可行，行而可達）也。②（本立而道生。立道立教，所以本天命冥

─────────

（接上頁）故曰神。神明者，見知之稽也。"參見：《黃帝四經今註今譯──馬王堆漢墓出土帛書》，陳鼓應註譯，商務印書館，2007 年 6 月第一版，p. 176。

① 鄭玄註：中為大本者，以其含喜怒哀樂，禮之所由生，政教自此出也。此解中為心。

② **以下總結分析漢儒、宋儒註解之異。**

朱熹於《中庸章句》下註曰："**中者，不偏不倚、無過不及之名。庸，平常也。**"又參見：朱熹，《四書章句集註》："**子程子曰：'不偏之謂中，不易之謂庸。中者，天下之正道，庸者，天下之定理。'**此篇乃孔門傳授心法，子思恐其久而差也，故筆之於書，以授孟子。其書始言一理，中散為萬事，末複合為一理，"放之則彌六合，卷之則退藏於密"，其味無窮，皆實學也。善讀者玩索而有得焉，則終身用之，有不能盡者矣。命，猶令也。**性，即理也。天以陰陽五行化生萬物，氣以成形，而理亦賦焉，猶命令也。於是人物之生，因各得其所賦之理，以為健順五常之德，所謂性也。**率，循也。道，猶路也。人物各循其性之自然，則其日用事物之間，莫不**各**有當行之路，是則所謂道也。脩，品節之也。**性道雖同，而氣稟或異，故不能無過不及之差，**聖人因人物之所當行者而品節之，以為法於天下，則謂之教，若禮、樂、刑、政之屬是也。蓋人之所以為人，道之所以為道，聖人之所以為教，原其所自，無一不本於天而備於我。學者知之，則其於學知所用力而自不能已矣。故子思於此首發明之，讀者所宜深體而默識也。……樂，音洛。中節之中，去聲。喜、怒、哀、樂，情也。其未發，則性也，無所偏倚，故謂之中。發皆中節，情之正也，無所乖戾，故謂之和。大本者，天命之性，天下之理皆由此出，道之體也。達道者，循性之謂，天下古今之所共由，道之用也。此言性情之德，以明道不可離之意。致，推而極之也。位者，安其所也。育者，遂其生也。自戒懼而約之，以至於**至靜之中**，無少偏倚，而其守不失，則極其中而天地位矣。自謹獨而精之，以至於**應物之處**，無少差謬，而無適不然，則極其和而萬物育矣。蓋天地萬物本吾一體，吾之心正，則天地之心亦正矣，吾之氣順，則天地之氣亦順矣。故其效驗至於如此。此學問之極功、聖人之能事，初非有待於外，而脩道之教亦在其中矣。是（轉下頁）

（接上頁）其一體一用雖有動靜之殊，然必其體立而後用有以行，則其實亦非有兩事也。故於此合而言之，以結上文之意。"

鄭玄註《中庸》曰："**以其記中和之為用也。庸，用也。**天命，謂天所命生人者也，是謂性命。**木神則仁，金神則義，火神則禮，水神則信，土神則知**（羅按：此即先秦上古古人"法天地而製作人道人義"之事也，故曰法天或則天人文理性文化；或曰生物類比之文化；或曰此乃"先武斷定其所謂人道人義而後牽強附會天地之文、理"）。《孝經說》曰：'性者，生之質命，人所稟受度也。'率，循也。循性行之，是謂道。修，治也。治而廣之，人放效之，是曰'教'。中為大本者，以其含喜怒哀樂，禮之所由生，政教自此出也。"孔穎達正義曰："**此節明中庸之德，必修道而行**；謂子思欲明中庸，先本於道。'天命之謂性'者，天本無體，亦無言語之命（羅按：孔穎達此言"天"，不以上帝鬼神神秘玄虛之事為解），但人感自然而生，有賢愚吉凶，若天之付命遣使之然，故云'天命'。老子云：'道本無名，強名之曰道。'但人自然感生，有剛柔好惡，或仁、或義、或禮、或知、或信，是天性自然，故云'謂之性'。'率性之謂道'，率，循也；道者，通物之名。言依循性之所感而行，不令違越，是之曰'道'。**感仁行仁，感義行義之屬，不失其常，合於道理，使得通達，是'率性之謂道'。'修道之謂教'，謂人君在上脩行此道以教於下**，是'修道之謂教'也。注'天命'至'曰教'，正義曰：云'天命，謂天所命生人者也，是謂性命'，案《易·乾·象》云'**乾道變化，各正性命**'是也。云'木神則仁'者，皇氏云'東方春，春主施生'，仁亦主施生。云'金神則義'者，秋為金，金主嚴殺，義亦果敢斷決也。云'火神則禮'者，夏為火，火主照物而有分別，禮亦主分別。云'水神則信'，冬主閉藏，充實不虛，水有內明，不欺於物，信亦不虛詐也。云'土神則知'者，金、木、水、火，土無所不載，土所含義者多，知亦所含者眾，故云'土神則知'。云《孝經說》曰：'性者，生之質命，人所稟受度也'，不云命者，鄭以通解性命為一，故不復言命。但**性情**之義，說者不通，亦略言之。賀瑒云：'**性之與情，猶波之與水，靜時是水，動則是波；靜時是性，動則是情。**'（羅按：此解"性"動而發為"情"）案《左傳》云天有六氣，降而生五行。至於含生之類，皆感五行生矣。唯人獨稟秀氣，故《禮運》云：人者五行之秀氣，被色而生。既有五常仁、義、禮、智、信，因五常而有六情，則性之與情，似金與鐶印，鐶印之用非金，亦因金而有鐶印。情之所用非性，亦因性而有情，則性者靜，情者動。故《樂記》云：'**人生而靜，天之性也。感於物而動，性之欲也。**'故《詩·序》云'情動於中'是也。但感五行，在人為五常，得其清氣備者則為聖人，得其濁氣簡者則為愚人。降聖以下，愚人以上，**所稟或多或少，不可言一**，故分為九等。孔子云：'唯（轉下頁）

用中（四聲，多重涵義）製節度（謂禮樂節度），循行脩治以皆至於

（接上頁）上智與下愚不移。'二者之外，逐物移矣，故《論語》云：'性相近，習相遠也。'亦據中人七等也。'道也者，不可須臾離也'者，**此謂聖人脩行仁、義、禮、知、信以為教化**。道，猶道路也。道者，開通性命，猶如道路開通於人，人行於道路，不可須臾離也。若離道則礙難不通，猶善道須臾離棄則身有患害而生也。'可離非道也'者，若荒梗塞澀之處是可離棄，以非道路之所由。猶如兇惡邪辟之行是可離棄，以亦非善道之行，故云'可離非道也'。……'喜怒哀樂之未發謂之中'者，言喜怒哀樂緣事而生，未發之時，澹然虛靜，心無所慮而當於理，故'謂之中'。'發而皆中節謂之和'者，**不能寂靜而有喜怒哀樂之情，雖復動發，皆中節限**，猶如鹽梅相得，性行和諧，故云'謂之和'。'中也者，天下之大本也'者，**言情慾未發，是人性初本**，故曰'天下之大本也'。'和也者，天下之達道也'者，**言情慾雖發而能和合，道理可通達流行**，故曰'天下之達道也'。'致中和，天地位焉，萬物育焉'，致，至也。位，正也。育，生長也。言**人君**所能至極中和，**使陰陽不錯**，則天地得其正位焉。生成得理，故萬物其養育焉。"

　　鄭玄解"中庸"為"用中"，乃曰"用中和""用中以致和"，似重在講"中"或"中和"之用，然今亦可引申推論其"何以用中"，則又可嘗試推衍其"用中"之方法論，或"用中"的理據，而使"用中或中庸"立一理性文化之地基，即強調其求道方法上的"用中"，而不是確定的道或道義；然惜乎鄭、孔未解說"中"字，蓋以中為心，不待說也。程子解"中"為"不偏"，解"和"為"不易"，朱熹解"中"為"不偏不倚，無過不及之名"，解"庸"為"平常"（羅按：朱熹自註"中""庸"，與程子稍有不同，讀者可味之），此則結合《中庸》全文而確定"中庸"之含義，如《中庸》下文每言"庸德之行，庸言之謹""擇乎中庸"，故程朱解為"不易"或"平常"；這種解釋強調其"道"或"中道"之確定性，如言"中庸"為道義、禮義然，但卻隱匿了之前的求道過程，並且似乎有將"道"或"道理""道義"教條化的嫌疑，似乎不合於"易""時中"等之意。對此，或可如此解釋：聖人則天創道設教，是"用中以達道創道，用中以致中和"，常人則循道受教脩禮義，是守道受教而遵守其不偏不倚、無過不及之平常不易之道義；又無論常人聖人，常時守經，變時權而合道。如此而將漢儒與宋儒之解讀結合起來。然而今亦可在漢儒宋儒解讀之基礎上，進一步更生維新之，則曰：《說文》曰：中，內也，從口，丨，上下通。而根據現代人的識認研究，"中"的甲骨文之字形，頗類於在一個一般用於祭祀的"建鼓"上，從中垂直穿插一棍狀物，上下皆有旗幟狀物，蓋為古代巫覡祭祀通天地或上下神祇之物，則"道"或"中道"乃來源於天地之道或上下鬼神之道也。據此，則"中"本是"**通**""**通天地之道**"或"**通上下** （轉下頁）

和（發而皆中節而後和悅和同，發而"各自守分，不相奪道理，理不錯亂相奪"而

（接上頁）**神祇**之意，"用中"即所以"通天道""通上中下天地人三才之道而製作人道（元道）"之方法路徑也。如此而言解，則便涉及**道或中道之何以來、何以得、何以中或何以是**之重要論題，將"道"或"中道"的內容與"道或中道"的來源、正當性論證等論題結合起來，補充其本體性、正當性論證的上段（何以來，何以是），而不是只講下段（是什麼）而忽略其理論論證或理據說明，以至於有武斷化的嫌疑，從而結合上、下兩段，使中華文化的理性特質真正完整起來，理性地基真正確立起來。質言之，**通過"中""天通""用中"來溝通天道、地道與人道**，人道既來源於天道，不能出天道的範圍，同時又結合天賦或天命人類的靈明本性（這個靈明本性也仍然內在於天地之道之中），而用中製作人道人義。同時，"天"又不純然是"義理之天"，還有包括日月在內的自然宇宙天體之天、上帝之天以及義理之天，三者合而賦性於人曰"天命""天命人性""天命人性道義"，而"天體之天"之"天道"又包含天文天象、天時天數天則等自然宇宙之客觀規律，從而將主觀價值原則之天道與客觀自然規律之天道結合起來，由此共同形塑賦命人道人性人義，然後中華天道文化乃可兼顧則天象意理性文化與則天"科學"理性文化，而得一更生維新之新方向。與此同時，也因此將天道、人道、中道、人義、禮義等，從古代聖人、聖王尤其是後代無實而自相標榜的那些虛假的所謂"聖人明君賢德"的壟斷（權）中解放出來，使得所有人類個體都可以據此方法途徑來探索（格致）、推演或論證天道、真理與元道人義等，亦即求道之方法，具有十分重要的意義。

筆者又論曰，朱熹拈出一"理"字（唐代孔穎達之疏亦以"理"為說），但未區分"天則天數之宇宙自然客觀之物之理"與"人類主觀價值規範之元道、道義之理"，或兼有二義而未作明確區分，時或混淆用之，故朱熹乃至宋明儒家每講"天理"，實則每是"義理""人類主觀價值規範之元道"之意，而托之於天，即托之於"客觀真理"，然有時又是指自然物理，而未區分兩者，即未區分作為"客觀自然宇宙規律"之"天理"，與作為"人類主觀價值規範"之"天理"（實則祇是義理）；**朱熹等祇是強為言說（武斷）儒家禮義是客觀真理意義上之"天理"**（託言於天，武斷其為客觀真理），**實則並未講清楚"理"或"人義"與"天道"的真正的關係**——今人若不知此，也就不能理解或解釋近代中國為何落後的真正原因所在，亦難真正懂得中華文化更生維新之路徑。故今人讀之，反多歧迷，故亦有不足。**而本書乃講"天道"，又將"天道"剖析之，指出先秦古人之所謂天道實兼顧包涵天文天象、天時天數天則、天命、元道等多重含義，而釐清人道人義與天道**（包涵天文、天則、天命、元道等多重含義）**之真正關係**（通過"用中"而將人道與天道、地道溝通起來），**又釐清客觀自然科學** （轉下頁）

後和同，又各中、時中、時措之宜）也，故曰致（獲致）中（四聲，有"中通天道""正中於天、天道、天命、命性、道義""正中神靈明德天性本心"等多重涵義）和（發而皆中節而後和悅和同，發而"各自守分，不相奪道理，理不錯亂相奪"而後和同），又曰用中以致和[1]，致中又（而）致和，合外內之道，而時措之宜。致中和，體道（命道、性道）脩道（命道、性道）[2]之學也，今曰創道設教之法、立禮學或立禮之法也[3]。）

（何以致中和？曰：其致中也，舜曰："惟精（精心）惟一（一意，專一，專意。"精""一"皆言誠意正心之功也，正心即是中心，虛靜冥通天命之性道；又有"恭敬"之意，禮尚恭敬也），允執厥中（多重涵義：本心，中心；中道，常道；中通於天道者等）"[4]，所謂"執其兩端（乃至多端

（接上頁）物理與人類主觀價值觀念之間的關係（當然，這本身亦是一大哲學命題，現代科學哲學、心靈哲學、語言哲學或知識論等對此亦多研討，茲不贅述），**同時重視兩者，兼顧重視科學理性與經驗理性、象意理性人文主義等，有其極為重要之意義**。本書不用"天理"之概念，即言"天理"，仍當區分上述兩者。詳見拙文《論"道"》、《論"理"》（暫未發表），不贅述。

[1] 唯用中然後適於用，用中而用然後能皆中節。

[2] 今曰"立道"，"脩道"又曰"行道""弘道""傳道""教道"等。

[3] 或曰"立道學"、"立道法之學"。

[4] 堯以"允執厥中"授舜，舜以"人心惟危，道心惟微，惟精惟一，允執厥中"授禹。（偽）古文《虞書·大禹謨》云："帝曰：來，爾禹！乃云天之曆數在汝躬，汝終陟元后，人心惟危，道心惟微，惟精惟一，允執厥中。"《傳》曰："人心為萬慮之主，道心為眾道之本。立君所以安人，人心危則難安；安民必須明道，道心微則難明。將欲明道，必須精心；將欲安民，必須一意，故以戒精心一意。又當執其中，然後可得明道以安民耳。"參見：《尚書正義》，上海古籍出版社，2007年12月第一版，pp. 132-134。

萬端），用其中（中通於天道、常道等）於民。"湯乃建中（中通於天道、常道等）於民①。《易》云："無思也，無為也，寂然不動，感而遂通（感通，通達）天下之故。"（而能不勉而中，不思而得，從容中道）②孔子曰："吾空空如也，我叩其兩端（乃至多端萬端）而竭焉"③，然後得用其中。"建諸天地而不悖，質諸鬼神而無疑"（見《中庸》下文），"戒慎乎其所不睹（敬畏天道），恐懼乎其所不聞（敬畏天道），而慎其獨"也（見前註）。忠也，敬也，畏也，忠其已知之天道，敬其天心公仁廣大，畏其未知之天道也。其致和也，曰仰觀俯察，曰好問而察邇言，曰擇善（擇善即是揚善而隱惡）而固執（固執即是拳拳而服膺），曰"多聞擇其善者而從之，多見而識

---

① 《尚書》云："湯懋昭大德，建中於民。"
② 《易·繫辭》。又，《易·繫辭》云："古者包犧氏之王天下也，仰則觀象於天，俯則觀法於地，觀鳥獸之文與地之宜，近取諸身，遠取諸物，於是始作八卦，以通神明之德，以類萬物之情。"《易·說卦傳》云："昔者聖人之作《易》也，將以順性命之理。是以立天之道，曰陰與陽；立地之道，曰柔與剛；立人之道，曰仁與義。兼三才而兩之，故《易》六畫而成卦。分陰分陽，迭用柔剛，故《易》六位而成章。"此皆言聖人法天（法天地之道，則天地之道）順人性以製作人道人義也。
③ 《論語·子罕》：子曰："吾有知乎哉？無知也。有鄙夫問於我，空空如也，我叩其兩端而竭焉。"（而後得其中，發而皆中節也）或曰"空空如也"即是"喜怒哀樂之未發"之"中"，"扣其兩端而竭焉"即是"致"，"用其中於民"即是"和"。又如《述而》：子曰："不憤不啟，不悱不發，舉一隅不以三隅反，則不復也。"又可參見拙著《論語廣辭》，上海三聯書店，2022 年 7 月。

之"①，曰扣其兩端而執中（中通於天道、常道等）有權，曰博學審問慎思明辨篤行盡力，曰致曲而誠形著明動變化，曰合內外之道而得時措之宜，曰行一事而一事中節義，行萬事而萬事中，所謂百世以俟聖人而不惑，曰"行一不義，殺一不辜，而得天下，皆不為也"②。此皆所以中（四聲，多重涵義）通上下天地，上合天道，下合地道，中合人道，而製作人義（之常經）（即"庸"）而皆中，脩道行（用）道而皆和，故曰致中和。）

致（達致，獲致，追求、至於；或曰行之，不取）中（四聲，多重涵義，如"中通天地之道"等）和，（則）天地位（正，正位，得其位，得其所，如"中通天地之道"等，則使陰陽不錯，則天地得其正位，萬物得其四時生成之理，故得養育焉）焉，萬物育（生，長，遂其生）焉（，所謂天地得正，陰陽不錯，萬物各適其性（命性，各適其命性而互不相害，亦即各盡其物性物理，或盡萬物之性、理）、各得其位育（各安生而相生）③，而（正）道（人道、命道、性道）斯立焉，（正）教（性道、命道之教）斯行焉）。（何以

---

① 《述而》：子曰："蓋有不知而作之者，我無是也。多聞擇其善者而從之，多見而識之，知之次也。"
② 《孟子·公孫醜上》。
③ 然此解則以"性"為"萬物之性"之總名，不專為"人性"或"人之性"也。以《中庸》尤重講明人性、人道，故本書在解說時，並未取此解（"性"為總名），然先秦大道未分時，原本實有此意。大道既分，儒家乃專以"性"字講人性，於萬物之"性"，或於《易》講之。實則萬物各有（天命之各）性，道家乃不忘此意。

故？於斯天地之間（或曰"於斯大地"，大地，地球也）也，人為天命靈明（神靈明德）之主，明性（即命性，變文耳，神靈明德之命性）冥合中通天道（包天地之道而言），得其（命性）正中（四聲，多重涵義），成己成物無所違（其中和之本道），而天地萬物亦皆各得其（生性等）正中（四聲，多重涵義。亦曰各得各適其命性）而位育（生，生長）也。）

（致中和，乃曰用中（四聲，多重涵義）以致和，故又曰中（四聲，多重涵義）庸（用，而亦有多重涵義，如"常"義，又如"通"義。中庸：①"庸"為動詞"用"，則"中庸"即用中以致和，致中以致和，致中又致和，簡曰用致中和、用中和，再簡曰用中——或解中為心，則用中即是用心，中庸即是用心，中庸學即是用心之學，省曰心學；又或解用中為"誠於中"、"誠中於心"，則中庸之道乃是誠道，乃是慎獨之道而已；古者多有賓動結構，故曰中庸。②"庸"後又化增為"常"義，則"中庸"亦可解為"用中致和，以至於中庸常道"。③"庸"又有"通"義，同於"中"），所謂求道立道（人道、命道、性道）行教之學與法，在於用中（四聲，多重涵義，實則此處之"用中"之"中"乃包"中和"而言，乃為"用中和"，用中以致和，用此中通天道之命、性、心，發而皆中節而後和同和悅也）也；其所立之道（人道、命道、性道）與教，亦謂之中（中和）庸（用；或解為常、常道，蓋亦可包涵多重涵義，或作多解，詳見下文"君子中庸"之註解）之道（人道、命道、性道）與教（中庸之道：名詞，用中之道；或用中和而為常經之常道。鄭玄註：庸，常也。用中為常，道也）。亦即中道、人道、命道乃至常道,即仁義也①;或曰心學,忠恕之道也。)

仲尼曰君子中庸:用中守善,無過不及(用中之法)

　　仲尼曰:"君子中庸,小人反中庸。君子之中庸也,君子而時中;小人之中庸也,小人而無忌憚也。"

　　子曰:"中庸其至矣乎! 民鮮能久矣!"

　　子曰:"道之不行也,我知之矣:知者過之,愚者不及也。道之不明也,我知之矣:賢者過之,不肖者不及也。人莫不飲食也,鮮能知味也。"

　　子曰:"道其不行矣夫!"

　　子曰:"舜其大知也與! 舜好問而好察邇言,隱惡而揚善,執其兩端,用其中於民,其斯以為舜乎!"

　　子曰:"人皆曰予知,驅而納諸罟擭陷阱之中,

---

① 《易·說卦傳》云:"昔者聖人之作《易》也,將以順性命之理。是以立天之道,曰陰與陽;立地之道,曰柔與剛;**立人之道,曰仁與義**。兼三才而兩之,故《易》六畫而成卦。分陰分陽,迭用柔剛,故《易》六位而成章。"羅按:用中,所以用此天(命之)性、天(命)之心(故天命之心即良心)也,中庸之道與教,即所以用此天命玄通之靈明良性良心,發動而皆中(合)節(度)也。

而莫之知辟也。人皆曰予知，擇乎中庸，而不能期月守也。"

子曰："回之為人也，擇乎中庸，得一善，則拳拳服膺弗失之矣。"

子曰："天下國家可均也，爵祿可辭也，白刃可蹈也，中庸不可能也。"

子路問強。子曰："南方之強與？北方之強與？抑而強與？寬柔以教，不報無道，南方之強也，君子居之。衽金革，死而不厭，北方之強也，而強者居之。故君子和而不流，強哉矯！中立而不倚，強哉矯！國有道，不變塞焉，強哉矯！國無道，至死不變，強哉矯！"

子曰："素隱行怪，後世有述焉，吾弗為之矣。君子遵道而行，半途而廢，吾弗能已矣。君子依乎中庸，遯世不見知而不悔，唯聖者能之。"

［君子之道費而隱。］①

仲尼曰："（人之自處行事也，）君子中（四聲，多重涵

① 此句或曰接上，或曰啟下。本《廣辭》乃兩存之。

義,有"中通天道""正中於天、天道、天命、命性、道義""正中神靈明德天性本心""忠敬""中間"等多重涵義,詳見前文之註解;又:實則此處之"用中"之"中"乃包"中和"而言,乃為"用中和",用中以致和,用此中通天道之命、性、心,發而皆中節而後和同和悅也;或曰各中、皆中即和,則和亦是中,各中、皆中而和也)庸〔①庸,動詞,用;中庸,中(多重涵義)而用之,用中,用中和,用中以致和;或曰中庸即用心而各中、皆中,皆中於天道、天命、天性、命性、人道等也;中讀四聲;或曰"誠於中",則是誠道、慎獨之道耳。②或解"庸"為"常",鄭玄註:庸,常也^①,常

---

① 《尚書·虞書·皋陶謨第四》:皋陶曰:"無曠庶官,天工人其代之。天敘有典,敕我五典五惇哉!天秩有禮,自我五禮有**庸**哉!同寅諧恭**和**衷哉!天命有德,五服五章哉!天討有罪,五刑五用哉!政事懋哉!懋哉!"鄭玄註曰:曠,空也;庸,常;自,用也;衷,善也。位非其人為空官,言人代天理官,不可以天官私非其才。**天次敘人之常性,各有分義**(羅按:此即《中庸》所謂"天命之謂性"),當敕正我五常之敘,使合於五厚,厚天下。天次秩有禮,當用我公、侯、伯、子、男五等之禮以接之,**使有常**。以五禮正諸侯,使同敬合恭而**和善**。五服,天子、諸侯、卿、大夫、士之服也。尊卑彩章各異,所以命有德。言天以五刑討五罪,用五刑宜必當。言敘典秩禮,命德討罰無非天意者,故人君居天官,聽政治事,不可以不自勉。羅按:此處之"庸",亦可解為"用"。然其所謂五典、五禮、五服等,或含等級制之意者,今皆當斥棄之,而**首重普遍"人伻命性"或普遍"人伻命道",然後或可言"進德修業,德能暫居其位以為民"**也。

孔穎達疏:"無教"至"懋哉",正義曰:皋陶既言用人之法,又戒以居官之事:"上之所為,下必效之。無教在下為逸豫貪欲之事,是有國之常道也。為人君當兢兢然戒慎,業業然危懼。"言當戒慎。"一日二日之間而有萬種幾微之事,皆須親自知之,不得自為逸豫也。萬幾事多,不可獨治,當立官以佐己,無得空廢眾官,使才非其任。**此官乃是天官,人其代天治之,不可以天之官而用非其人**"。又言:"典禮德刑皆從天出,天次敘人倫,使有常性,故人君為政,當敕正我**父、母、兄、弟、子五常之教**教之,使五者皆惇厚哉!天又次敘爵命,使有禮法,故人君為政,當奉用我**公、侯、伯、子、男五等之禮**接之,使五者皆有常哉!接以常禮,當使同敬合恭而和善哉!天又命有九德,使之居官,當承天意為五等之服,使五者尊卑彰明哉!天又討治有罪,使之絕惡,當承天意為五等之刑,使五者輕重用法哉!典禮德刑,無非天意,人君居天官,聽治政事,當須勉之哉!"……傳"曠空"至"其才",正義曰:"曠"之為空,常訓也。（轉下頁）

道;中庸,中(多重涵義)而常,或中道與常道,亦可謂用中為常,中其常,中其常道也;或曰用心而中天道、命性、天命、人道等,而為常道。總言之,則"庸"亦有"用""有常""常道"等多重涵義。③或曰"庸""用"皆有"中""通"之義①。簡單總結

（接上頁）位非其人,所職不治,是為空官。**天不自治,立君乃治之**。**君不獨治,為臣以佐之**。下典、禮、德、刑,無非王意者。**天意既然,人君當順天,是言人當代天治官**。**官則天之官,居天之官,代天為治,苟非其人,不堪此任,人不可以天之官而私非其才**。王肅云:"天不自下治之,故人代天居之,不可不得其人也。"傳"天次"至"天下",正義曰:天敘有典,有此五典,**即父義、母慈、兄友、弟恭、子孝是也**。**五者人之常性,自然而有,但人性有多少耳。天次敘人之常性,使之各有分義**。義,宜也。今此義、慈、友、恭、孝各有**定分**（羅按:即《中庸》所謂"節"或"節度"）,合於事宜。此皆出天然,是為**天次敘之**（羅按:即《中庸》所謂"天命之謂性",又"中通天地之道也"）。天意既然,人君當順天之意,敕正我五常之教,使合於五者皆厚,以教天下之民也。五常之教,人君為之,故言"我"也。五教遍於海內,故以"天下"言之。傳"庸常"至"有常",正義曰:"庸,常",《釋詁》文。又云:"由,自也。""由"是用,故"自"為用也。"天次敘有禮",謂使賤事貴,卑承尊,是天道使之然也。天意既然,人君當順天意,用我公、侯、伯、子、男五等之禮以接之,使之**貴賤有常**（羅按:今則斥其等級制）也。此文主於天子,天子至於諸侯,車旗衣服、國家禮儀、饗食燕好、饔餼飧牢,禮各有次秩以接之。上言"天敘",此云"天秩"者,"敘"謂定其**倫次**,"秩"謂制其**差等**,義亦相通。上云"敕我",此言"自我"者,**五等以教下民**,須敕戒之;**五禮以接諸侯**,當用我意;故文不同也。上言"五惇",此言"五庸"者,**五典施於近親,欲其恩厚;五禮施於臣下,欲其有常**;故文異也。王肅云:"五禮謂王、公、卿、大夫、士。"鄭玄云:"五禮,天子也,諸侯也,卿大夫也,士也,庶民也。"此無文可據,各以意說耳。傳"衷善"至"和善",正義曰:"衷"之為善,常訓也。故《左傳》云"天誘其衷",說者皆以衷為善。此文承"五禮"之下,**禮尚恭敬**,故"以五禮正諸侯,使同敬合恭而和善"也。鄭玄以為"並上之禮共有此事"。五典室家之內,務在相親,非複言以恭敬,恭敬惟為五禮而已,孔言是也。參見:《尚書正義》,上海古籍出版社,2007年12月第一版,pp. 151-153。

《周禮・春官・大司樂》:"以樂教國子:中、和、祇、庸、孝、友。"鄭玄註:**中猶忠也**。和,剛柔適也。祇,敬。**庸,有常也**。善父母曰孝,善兄弟曰友。

① 陳柱曰:"庸,《說文》云:'用也,從庚用,用從中聲',故'用'、'庸'均有'中'義,**惟中而後適於用也**。故《莊子・齊物論》云:'庸也者用也,用也者通也,通也者得也。'惟用中而後可得於道也。故天地之道莫尚乎中。……聖人（轉下頁）

之，"中庸"至少有兩層含義：①用中而中通中合於天命性道等；②中於天道人道之常道。如解"中庸"為"常道"，則可對應於下文所謂"人伻"之道，《中庸》原文所講中庸之道大體是"倫常道"或"倫道"，吾人乃廣辭增加"伻道"，《中庸》之倫道與人伻之道皆人素日自脩自處處他之常道而已，而儒家所述之《中庸》常道是"倫道"或"倫理"，人伻常道則是"伻道"或"伻理"，兩者合而為中國人之常道；分言之曰《中庸》倫道與伻道，合言之又皆是中庸之常道而已。行此第二層含義即中庸之常道以修身，終身奉守不失，然後上進於大道、天道、性道、天命等，則為"中庸"之第一層含義：用中之道，或用其中合中通天道、天命性道之大道，故下文講祭祀、為政治國、盡性知天、製作王法等，皆是用中而上合天道之大道之事也），小人（對照下文言民、眾人等）反中庸（用中以致和，用中而中通天道，用中之常道）①。　君

（接上頁）法天而行事，故聖人之道，亦莫尚乎中。故其於乾也，初九、九四，不及中者也，則或潛或躍；上九、九三，過乎中者也，則或悔或惕；九五、九二，得乎中者也，則或蕫或見。是聖人用中之道也。唯聖人用乎中，故無往而不中夫道。是故以之處物則平，以之為己則正。既中且正，斯天下之情通矣。此虞舜所以執其兩端而用其中於民者也。**然中庸之道必大知而後可**者，非夫中庸之難行也，知者過之，而愚者不及也；非夫中庸之難明也，賢者過之，而不肖者不及也。夫惟**大知斯能以天下之知為知，能以天下之善為善**，又烏有過不及之病哉？且夫人為天地之心，而處乎三才之中，則夫天地之生人，固無不得其中者，而卒有過與不及者，則守之之道異耳。守之奈何？脩道而已。"參見：《中庸通義》，p. 8。

① 鄭玄註："'反中庸'者，所行非中庸，然亦自以為中庸也。"鄭玄此解甚好，世間每多"小人肆無忌憚而大言不慚其為中庸，又不知自為小人"之事也。人皆自以為"中庸"或"正義""正直""正當""有道""合道""合理"等，然則何為"中""正""道""中庸""道理"等，固有其"公道""公理"，非"私意私智自是"者。然則何以知其正、中、道？或曰何以正之、中之、道之？則古曰"聖人則天，本天命與天地人三才之道而創道設教製禮作樂"，曰"至誠盡性之聖人本諸身，徵諸庶民，考諸三王而不繆，建諸天地而不悖，質諸鬼神而無疑，百世以俟聖人而不惑"而已，今則曰"合理性分析"或"正當性分析"，而皆非私智"私心自用"所可文飾也。

子之（於）中庸也，君子而時中（每時中，每事中，時時事事發合於天性天心、良性良心、命性命道，又中於正道正禮之節度；時中亦猶"素其位而行"。鄭玄註：時節其中。此所謂"君子之中庸"，即君子用中而發皆中節，而時中而和也）①；小人之（反）中庸也（或"小人之於中庸也"，或"小人之所謂中庸也"），小人而無忌憚也②（不顧其中心，不顧此良性良心，又不顧道義、不敬畏此中庸之道也，如曰小人行險以僥幸，又曰自暴自棄者也。此句或有"反"字，如藍田呂氏《中庸解》，或無之，如鄭註孔疏，如朱熹之《中庸章句》；若後者，則謂小人亦曰用中，而實乃肆無忌憚於正道正禮之節度）。"（所謂"小人不知天命而不畏也，狎大人，侮聖人之言（道，即中庸之道）。"③）

子曰："中庸（之道，）其至（極致）④矣乎！⑤（至今而）民（眾人，民人，凡民，對照上文"小人反中庸"與此"眾人鮮能中庸"；或解為"天

---

① 亦可以《易》道解"時中"，今人陳柱曰："聖人法天而行事，故聖人之道，亦莫尚乎中。故其於乾也，初九、九四，不及中者也，則或潛或躍；上九、九三，過乎中者也，則或悔或惕；九五、九二，得乎中者也，則或蠆或見。是聖人用中之道也。唯聖人用乎中，故無往而不中夫道。"此即《易》之所謂"時中"。又曰："故孔子之於《象傳》也，言時者二十四卦，言中者三十卦。其於《象傳》，言時者六卦，言中者三十九卦，故曰'《易》者寡過之書，中庸之學'也。"參見《中庸通義》，p. 8，p. 10。

② 鄭玄註："'反中庸'者，所行非中庸，然亦自以為中庸也。'君子而時中'者，其容貌君子，而又時節其中也。'小人而無忌憚'，其容貌小人，又以無畏難為常行，是其'反中庸'也。"

③ 《季氏》：孔子曰："君子有三畏：畏天命，畏大人，畏聖人之言。小人不知天命而不畏也，狎大人，侮聖人之言。"

④ 即"天地位，萬物育"。

⑤ 《音義》：一本作"中庸之為德，其至矣乎"。

生此生性，而人或偏執之"，即墨子所謂"諸陳執"[①]；宋儒則解為"生稟之異而失其中""氣質之偏""人慾之私與過""外物習染"云云）鮮（罕，少）能（能知，能行，兼知行言），久（久已不能持行此道；或曰長久行之）矣（民久已不能為此道；或解曰：此即下文"不能期月守"之意，則其斷句當為：民鮮能久矣[②]）![③]（蓋今也聖王不作，道（命道、命性之道、中庸之道等）教不立（立民極），故民鮮能。然斯民也，三代之所以直道而行也[④]。"先聖先王用中以立民極（準則，即"中"，中通於天道、天命、命道、性道，則"中"亦有準則之意，準則皆當"正中"也。此即秉天命率命性立道立教之事）故也〔"立極"之事，如《尚書》"五典"，《周禮》之"九兩"[⑤]、"六德"、"六行"、

———————

① 《墨子·大取》，參見：《墨子校註》，p. 598，pp. 607 - 608。然不同學者對此句有不同解讀，故亦暫闕疑而已，參見：譚戒甫，《墨辯發微》，中華書局，1964 年6 月，p355 - 357。

② 鄭玄註："鮮，罕也。言中庸為道至美，顧人罕能久行。"蓋亦斷句為"民鮮-能久矣"。亦可通，**此謂"中庸之道"須終生奉守，回應前文所謂"道不可離，可離非道也"**；其論證邏輯蓋曰：中庸之道是命性之道，不可或離，今人不能期月守，則仍是不知中庸之道。筆者解為"未立民極"，乃尤其重視"中通天道以立正道正教"之意。

③ 《雍也》：子曰："中庸之為德，其至矣乎！民鮮久矣。"《周易·繫辭上》："一陰一陽之謂道。繼之者善也，成之者性也。仁者見之謂之仁，知者見之謂之知，百姓日用而不知，故君子之道鮮矣。顯諸仁，藏諸用，鼓萬物而不與聖人同憂，盛德大業至矣哉！"又曰："夫《易》廣矣大矣，以言乎遠則不禦，以言乎邇則靜而正，以言乎天地之間則備矣。夫乾，其靜也專，其動也直，是以大生焉。夫坤，其靜也翕，其動也辟，是以廣生焉。廣大配天地，變通配四時，陰陽之義配日月，易簡之善配至德。"可對照參互之。

④ 《衛靈公》：子曰："吾之於人也，誰毀誰譽？ 如有所譽者，其有所試矣。斯民也，三代之所以直道而行也。"

⑤ 《周禮·天官·冢宰第一》。

"六藝"（以上合之為"鄉三物"）、"鄉八刑"、"五禮"、"六樂"①之類然﹜，乃若"困而不學，不知道（中庸之道），（則）民斯為下矣"②。）

　　子曰："（中庸之）道（致中和之道，又天命率性之道）之（於今而）不行（未行，難行；或曰此從"道自流行天下"之意言，非曰"人去行道"③）也，我知之矣：（今之所謂）知者（智慧之士；或曰是今世之諸侯君卿大夫等秉政者④）過之（過即不中，不能正中，不能恰如其分，過此道，即過猶不及之"過"。比如所謂智慧之士不能素其位而行，欲速不達⑤，類於孟子所謂"揠苗助長"⑥，不能正中其心性，不能"集義"而"養其浩然之氣"，徒"義襲而取"而已；又比如能知不能行，所謂智慧之士私意以此中庸之道為不足，而欲更求高深之道⑦，乃至"多用私智"，故不能撙節屈身行庸常日用之禮與事，好高騖遠而不

① 《周禮·地官司徒第二》，乃至所謂"荒政十二""保息六養""本俗六安"等。
② 《季氏》：孔子曰："生而知之者，上也；學而知之者，次也；困而學之，又其次也；困而不學，民斯為下矣。"
③ 《四書大全校註》，p. 155。
④ 或曰知此道者。意為：知中庸之道者，而猶過之，則其實仍是"不知此道"，仍是下文之"不明此道"，此道，即中庸之道。
⑤ 或曰"知者過之"為"欲速"，《子路》：子夏為莒父宰，問政。子曰："無欲速，無見小利。**欲速，則不達**；見小利，則大事不成。"又如《述而》：子曰："聖人，吾不得而見之矣；得見君子者，斯可矣。"子曰："善人，吾不得而見之矣；得見有恆者，斯可矣。**亡而為有，虛而為盈，約而為泰，難乎有恆矣**。"亦曰"知者過之"。
⑥ 《孟子·公孫醜上》：孟子曰："必有事焉而勿正，**心勿忘，勿助長也**。無若宋人然：宋人有閔其苗之不長而揠之者，芒芒然歸，謂其人曰：'今日病矣！予助苗長矣！'其子趨而往視之，苗則槁矣。**天下之不助苗長者寡矣**。以為無益而舍之者，不耘苗者也；**助之長者，揠苗者也，非徒無益，而又害之**。"
⑦ 詳言之則曰：所謂知者，往往自恃其知，不能素其位而行，而欲急行之，亦即子貢所謂"惡徼以為知者"，徼者，絞急而抄他人之善以為己有，實則未必真有。若夫顏回則拳拳服膺而真有誠也。中，亦即是誠而已。

能行其本分中庸之常道常事，蓋智者以為中庸之道平庸簡易低淡淺顯，無甚高明俊偉淵深瑰奇之處、之高行，故以為不足行；又比如今世君卿大夫皆不能守三王之中庸之道，所謂"諸侯放恣"，"諸侯惡其(道)害己，而皆去其籍"，而過之，如"祭祀僭禮""祭祀失之奢淫""初稅畝"等事；又比如"處士橫議"而失中之事。子曰："好知不好學，其蔽也蕩"①，放離於義，不中而無守於性道命道也。"過之"，即下文所云"有餘"，而言"有餘不敢盡")，**愚者**(概言之。或以當世君卿大夫秉政者之愚者為解)**不及也**(不及即不中，或曰愚者不知此中庸之道，故雖曰"簡易平庸低淡"亦不及知行之；子曰："古者民有三疾，今也或是之亡也。古之狂也肆，今之狂也蕩；古之矜也廉，今之矜也忿戾；古之愚也直，今之愚也詐而已矣。"②不及，即下文所謂"不足"："有所不足，不敢不勉")。**(中庸之)道**(即中庸之道③)**之(於今而)不明**(不知中庸之道，不用用致中和以得知中庸之道；或曰此從"道之自著名於天下"之意言，非謂"人自知此道"④)**也，我知之矣：賢者過之**(過即不中，猶"狂者進取而不得其中行"然⑤。蓋賢者騖好德行而或失於極端，不能以中庸之道即正中之命道、道義節之，如北宮黝、孟施舍

---

① 《陽貨》：子曰："由也，女聞六言六蔽矣乎？"對曰："未也。""居！吾語女。好仁不好學，其蔽也愚；好知不好學，其蔽也蕩；好信不好學，其蔽也賊；好直不好學，其蔽也絞；好勇不好學，其蔽也亂；好剛不好學，其蔽也狂。"

② 《陽貨》：子曰："古者民有三疾，今也或是之亡也。古之狂也肆，今之狂也蕩；古之矜也廉，今之矜也忿戾；古之愚也直，今之愚也詐而已矣。"

③ 或曰此"道"字當解為"法"，立道之法，用中之法。則此節乃講"用中製作立道"之事。

④ 《四書大全校註》，p. 155。

⑤ 《子路》：子曰："不得中行而與之，必也狂狷乎？狂者進取，狷者有所不為也。"《孟子·盡心下》："孔子豈不欲中道哉？不可必得，故思其次也。"

之好勇而過①；或曰賢者立道甚高而過，所謂"以為不足而過之"，故不能致中和，故不得、不明中庸之道也，如《論語》中記錄弟子學生每或動輒問"仁"言"仁"，而孔子皆所不許也，蓋賢者自律律他、立道立禮，或多有高尚其心志行事而崖岸太高之過，常人或難奉之，又難以常奉之，故不可為常道即中庸之道也。"過之"，即下文所云"有餘"，而言"有餘不敢盡"），**不肖者不及也**（不及即不中，不肖者則自律律他皆不及，故亦不能明中庸之道②；或曰此蓋即上文所謂"小人肆無忌憚"，故亦不知不明中庸之道也；不及，即下文所謂"不足"："有所不足，不敢不勉。"）（或曰此處"行與明、智愚與賢不肖"，皆是互文對舉，互文而見義，不必膠柱鼓瑟拘泥之，所謂不能中行者亦不能正明，不能正明者亦不能中行，二而一也，故曰**知難行難、知易行易，乃至知難行易、知易行難，皆是一事，曰知行合一**

---

① 《孟子‧公孫醜上》：孟子論"勇"論"不動心"：公孫醜問曰："夫子加齊之卿相，得行道焉，雖由此霸王，不異矣。如此則動心否乎？"孟子曰："否！我四十不動心。"曰："若是，則夫子過孟賁遠矣。"曰："是不難，告子先我不動心。"曰："不動心有道乎？"曰："有。北宮黝之養勇也，不膚撓，不目逃，思以一豪挫於人，若撻之於市朝，不受於褐寬博，亦不受於萬乘之君；視刺萬乘之君，若刺褐夫，無嚴諸侯，惡聲至，必反之。孟施舍之所養勇也，曰：'視不勝猶勝也；量敵而後進，慮勝而後會，是畏三軍者也。舍豈能為必勝哉？能無懼而已矣。'孟施舍似曾子，北宮黝似子夏。夫二子之勇，未知其孰賢，然而孟施舍守約也。昔者曾子謂子襄曰：'子好勇乎？**吾嘗聞大勇於夫子矣。自反而不縮，雖褐寬博，吾不惴焉；自反而縮，雖千萬人，吾往矣。'孟施舍之守氣，又不如曾子之守約也。**"**大勇**"即義勇、致中和之勇、中庸之勇、正中之勇，"**守約**"即守心、守**中、用中、用中和也。**孟子之學問每每從子思來者。

② 或曰此即子貢問"何如斯可謂之士"時孔子之所答，《子路》：子貢問曰："何如斯可謂之士矣？"子曰："行己有恥，使於四方，不辱君命，可謂士矣。"曰："敢問其次。"曰："宗族稱孝焉，鄉黨稱弟焉。"曰："敢問其次。"曰："言必信，行必果，硜硜然小人哉！**抑亦可以為次矣。**"曰："今之從政者何如？"子曰："噫！斗筲之人，何足算也。"所謂次者，即不肖者，不及即不中，不肖亦曰不中也。

而已）^①。人莫不飲食也，鮮能知味（正味）也（不能知）^②。"
（此何謂邪？"蓋知者惟知是務而略於行，賢者惟行

---

① 中庸之道，在於"適中（四聲）""適宜"，所謂不高不卑、無過不及而皆"中"於人
　性人道之"常"。由此可見，"中庸"或"中庸之道"之"中"之"庸"，確有中間、中
　道、常道、平常、常人之道等含義在內，但又不能簡單等同於統計學等意義上
　的"中間"或"常"，而仍需關聯到儒家學說對於人性、天道等的認知，或必須結
　合其整體文化系統、文化模式或思維模式等來進行解釋。當然，如何判定其
　"常"，也是這個文化模式中的一部分，自有其"用中"之法，而今世哲學亦每多
　相應討論或批評，如現代西哲或後現代思想家福柯以及現代心理學、社會學、
　人類學乃至政治學等，對此都良多討論和識見，可與中學相互對照參校。又：
　《論語》中亦多談弟子之過與不及，如《先進》：子路問："聞斯行諸？"子曰："有
　父兄在，如之何其聞斯行之？"冉有問："聞斯行諸？"子曰："聞斯行之。"公西華
　曰："由也問聞斯行諸，子曰'有父兄在'；求也問聞斯行諸，子曰'聞斯行之'。
　赤也惑，敢問。"子曰："**求也退，故進之；由也兼人，故退之。**"如《先進》：柴也
　愚，參也魯，師也辟，由也喭。《先進》：顏淵死，門人欲厚葬之，子曰："不可。"
　門人厚葬之。子曰："回也視予猶父也，予不得視猶子也。非我也，夫二三子
　也。"《述而》：子曰："聖人，吾不得而見之矣；得見君子者，斯可矣。"子曰："善
　人，吾不得而見之矣；得見有恆者，斯可矣。**亡而為有，虛而為盈，約而為泰，
　難乎有恆矣。**"可細味之。
　　　今人陳柱解曰："惟用中而後可得於道也。故天地之道莫尚乎中。……
　聖人法天而行事，故聖人之道，亦莫尚乎中。故其於乾也，初九、九四，不及中
　者也，則或潛或躍；上九、九三，過乎中者也，則或悔或惕；九五、九二，得乎中
　者也，則或蜚或見。是聖人用中之道也。唯聖人用乎中，故無往而不中夫道。
　是故以之處物則平，以之為己則正。既中且正，斯天下之情通矣。此虞舜所
　以執其兩端而用其中於民者也。**然中庸之道必大知而後可者，非夫中庸之難
　行也，知者過之，而愚者不及也；非夫中庸之難明也，賢者過之，而不肖者不及
　也。夫惟大知斯能以天下之知為知，能以天下之善為善，**又烏有過不及之病
　哉？且夫人為天地之心，而處乎三才之中，則夫天地之生人，固無不得其中
　者，而卒有過與不及者，則守之之道異耳。守之奈何？修道而已。"參見：《中
　庸通義》，p. 8。
② 鄭玄註："罕知其味，謂'愚者所以不及也'。過與不及，使道不行，唯禮能為
　之中。"

是務而略於知"①，善（擅長、主於）知者或不善不能行道，善（擅長、主於）行者或不善不能明道也，前如"好知不好學，其蔽也蕩"②，如冉求不能諫正季氏③，後如狂者進取，如子路疑"君子修己"而言"如斯而已乎"④、如北宮黝、孟施舍乃至子路之好勇而過、如"好勇不好學"⑤等皆是；"世之高明洞達、識見絕人者，其持論常高，其視薄物細故若浼焉，則必不屑為中庸之行。如老佛之徒（此後人解說之辭，實則先秦中國尚無佛教也），本知者

---

① 《四書大全校註》，p. 156。

② 《陽貨》：子曰："由也，女聞六言六蔽矣乎？"對曰："未也。""居！吾語女。好仁不好學，其蔽也愚；好知不好學，其蔽也蕩；好信不好學，其蔽也賊；好直不好學，其蔽也絞；好勇不好學，其蔽也亂；好剛不好學，其蔽也狂。"

③ 《雍也》：冉求曰："非不說子之道，力不足也。"子曰："力不足者，中道而廢。今女畫。"《先進》：季氏富於周公，而求也為之聚斂而附益之。子曰："非吾徒也。小子鳴鼓而攻之，可也。"《季氏》：季氏將伐顓臾。冉有、季路見於孔子曰："季氏將有事於顓臾。"孔子曰："求！無乃爾是過與？夫顓臾，昔者先王以為東蒙主，且在邦域之中矣，是社稷之臣也。何以伐為？"冉有曰："夫子欲之，吾二臣者皆不欲也。"孔子曰："求！周任有言曰：'陳力就列，不能者止。'危而不持，顛而不扶，則將焉用彼相矣？且爾言過矣。虎兕出於柙，龜玉毀於櫝中，是誰之過與？"綜合此數句，可味知"知者過之"之意，冉求知者也，於諫正季氏一事，可謂**知之不能行之**。

④ 《憲問》：子路問君子。子曰："修己以敬。"曰："如斯而已乎？"曰："脩己以安人。"曰："如斯而已乎？"曰："修己以安百姓。修己以安百姓，堯舜其猶病諸！"

⑤ 《陽貨》：子曰："由也，女聞六言六蔽矣乎？"對曰："未也。""居！吾語女。好仁不好學，其蔽也愚；好知不好學，其蔽也蕩；好信不好學，其蔽也賊；好直不好學，其蔽也絞；好勇不好學，其蔽也亂；好剛不好學，其蔽也狂。"

也，求以達理，而反滅人類，非過乎？至於昏迷淺陋之人，則又蔽於一曲，而暗於大理，是又不及矣。二者皆不能行道。世之刻意厲行、勇於有為者，其操行常高，其視流俗污世若將浼焉，則必不復求於中庸之理。如晨門荷蓧之徒，本賢者也，果於潔身，而反亂大倫，非過乎？至於閹茸卑污之人，則又安於故常而溺於物慾，是又不及矣。二者皆不能明道。"①曰：知者過之，乃鶩高深遠大，不屑行中庸之道，而立度（立法度，即立道，立標準、常道也）甚高嚴，（人或常人，兼包己他）或不能行，或難久行；愚者不及，則幾希禽獸而無所自立人道（無所振作有為於人道、命道），將以害世道，故亦皆難能行之長久廣遠也（長久以言歷時持續，廣遠以言共時橫通，皆言其影響風力。或曰廣大久遠，廣大就道之所及之人群講，久遠就道之所行之歷時講），故曰不行。曰：賢者過之，則自處重而責人或亦重，故中人難行；不肖者不及，乃（將使人）自

---

① 三山陳氏言："世之高明洞達、識見絕人者，其持論常高，其視薄物細故若浼焉，則必不屑為中庸之行。如老佛之徒，本知者也，求以達理，而反滅人類，非過乎？至於昏迷淺陋之人，則又蔽於一曲，而暗於大理，是又不及矣。二者皆不能行道。世之刻意厲行、勇於有為者，其操行常高，其視流俗污世若將浼焉，則必不復求於中庸之理。如晨門荷蓧之徒，本賢者也，果於潔身，而反亂大倫，非過乎？至於閹茸卑污之人，則又安於故常而溺於物慾，是又不及矣。二者皆不能明道。"參見：《四書大全校註》，p. 155。

處處他皆輕,違道犯義,遺害世道。過猶不及,皆非用中之道,故曰不明。質言之,"知者,知之過,以道為不足行,不仁也;賢者,行之過,以道為不足知,不知(智)也;愚不肖者,安於不及,不能勉而進,不勇也。"①曰:嗜慾所驅,每遮蔽靈明本性,致其行為過度失中(失中即不能中通於天道、命道等)失禮,不知其正味也(譬喻"不知",猶俗語云:勿太鹹,勿太淡,太鹹太淡則不知正味)。此皆過與不及,不中(多重涵義)也,不知用致中和之道,乃使中庸之道不明不行。而唯中(多重涵義)率(循)天性而立道,製正禮義,人皆謹嚴奉行之,方能為之中(去聲,多重涵義)也。故)子曰:"(聖王不作,中庸之)道其不行矣夫(不行)!"②(蓋閔"聖王不作",當世無明君(明王明君)用致中和以立道教化之(身教此中庸之道。先秦儒家以為唯有位有德王君,乃得用中製作而創設身教此中庸之道,聖人有德無位,亦難行教也)也。)

(若夫古之虞舜則不然,其知用致中和而為立中庸之道者也。)子曰:"舜其大知(大知,不同於前文所謂"知者過之"或"知而過者",乃小知也)也與! 舜好問(其道(天地人三才

---

① 胡氏雲峰語,參見:《四書大全校註》,pp. 155－156。或曰:世之有知識者不行道,有德行者不明道,每為鄉願行事,或則親近多施(市)恩德而疏遠多侵害伐異,或則多行以私害公之事,皆此之謂也。
② 鄭玄註:"閔無明君教之。"

之道等）理（天則、事理、物理、智理、名理等，不獨人事之所謂理或道也）　）（好問大道、高明之道）而（又）好察邇（近）言（邇近平常之言，平常日用中言，如詢於芻蕘、請問下民之類，又如"孔子每事問"然，所謂道不遠人、道不棄人也。鄭玄註：近言而善，易以進人，察而行之也。此句言大道、曲小近常之事理，皆問而察；既問思其理，又察體其事，既識其高遠，又寬諒其平近，事理相應，遠近不遺；又可謂集思廣益，不自足其智，不自恃一人之私智，朱熹所謂"不自用而取諸人也"），隱惡而揚善（此即"與人為善"，蓋兼言自脩、相處、明道設教之法也，孟子所云舜之"舍己從人，樂取於人以為善，而與人為善"也①。又或具體解之曰：於思問討論、察訪對話時，"於其言之未善者則隱而不宣，其善者則播而不匿"②，俗語解曰：聽取其說得有道理的，不斤斤計較其說得沒道理的；又：此言"用中""製中"之法，即論道設教之法，又察訪討論之法、集思廣益之法、集議之法、聽人言語之法、探討切磋之法乃至今之所謂調研訪談之法，乃至素人相處之法③——若夫朋友之交，則有道義切磋諫正之義——，皆致此"用中"之法；至於所謂"論道設教之法"，乃曰：其論道設教立禮典也，不侈言天下人之惡氣質行事之邪術，但多揚天下人之善氣質行事之道理，而宣揚之，質言之，非不知人之惡而不言，乃知而不言，以免人民效尤，反類於倡揚播惡於人間風氣也④），執

---

① 《孟子・公孫醜上》：孟子曰："子路，人告之以有過則喜。禹，聞善言則拜。**大舜有大焉，善與人同，舍己從人，樂取於人以為善。**自耕稼、陶、漁以至為帝，無非取於人者。**取諸人以為善，是與人為善者也。故君子莫大乎與人為善。**"

② 朱熹，《四書章句集註》。

③ 又如《述而》：子曰："三人行，**必有我師焉。擇其善者而從之，其不善者而改之。**"亦是擇善而從、與人為善之斯意。

④ 或解曰：不多言人性之惡，而多揚人性之善，然此解似不合"天命天性靈明冥通"之說，故不取。

（叩問、推問、推敲、斟酌、窮究等，"執"猶孔子"扣其兩端"之"扣"）**其**（或將此句合上句而為解，曰此之所謂"其"，即上述"隱惡"後之一切善者，所言之一切善好者。[1] 然若作此解則難與下文"兩端"銜接，反多扞格牽強，故不必拘泥之，而自可作多重理解）**兩端**（"兩端"亦喻言也，自可作多重解說發揮，皆可通，不必拘泥，如曰"兩端"乃包舉本末終始善惡吉凶休咎等為說，又如天道陰陽、地道柔剛、人道仁義之兩端等；如朱熹解"兩端"曰，"謂眾論不同之極致"[2]，頗好；或曰"兩端"即善言德行之極高卓配天地者與善言德行之極平實細近者；或曰"兩端"即"過與不及"；乃至多端萬端。**"執"即尋繹之、扣求之、叩問之、執持之，或曰叩問窮究，至於極致而無可究詰處，然後尋得、執持其兩端**，《論衡》所謂"揆端推類，原始見終"。"執其兩端"蓋即孔子所謂之"扣其兩端"也[3]），**用其中**（中，可作多重涵義來解說，中通於天道、天命、命性等，中通於天性神靈之明德心者，中通於天道之中道常道或道義禮義，皆可通；此外，或曰此"中"猶善言善道德之"中人眾人可行"者，即**先擇其道德言說之善好者，然後於道德禮義善好者中擇其中庸可行者**，猶今言：道德禮義要求不可過高，亦不可過低，賢與不肖皆能行之，

---

① 若作此解，則其文當為："於其善（言之善好者，包舉一切善言善意，從德行之高卓配天地者，以至於德行之平實細行者，皆包涵在內。而其言之不善或惡者，皆已隱而不宣）者則執其兩端……"

② 朱熹："兩端，謂眾論不同之極致。蓋凡物皆有兩端，如小大厚薄之類，**於善之中又執其兩端，而量度以取中，然後用之，則其擇之審而行之至矣**。然非在我之權度精切不差，何以與此。此知之所以無過不及，而道之所以行也。"鄭玄註：兩端，過與不及也。孔疏：愚智兩端。又或曰：所謂兩端，遠近、愚智賢不肖、過不及、本末終始乃至大善大惡等，皆是也，茲皆不取。

③ 《荀子·非相》："**以近知遠，以一知萬，以微知明。**……聖人何以不可欺？曰：**聖人者，以己度者也。故以人度人，以情度情，以類度類，以說度功，以道觀盡，**古今一也。**類不悖，雖久同理。**故鄉乎邪曲而不迷，觀乎雜物而不惑。"《論衡·實知》："**凡聖人見禍福也，亦揆端推類，原始見終。**"

質言之，今之立法乃曰最低標準或最低要求[①]，立德義禮義則曰求其中道，自修自明明德則曰求其最高之道，止於至善而作聖、上達天道也[②]，亦可通——而作多重理解，既以存作者原意，又可作思想文化之創造性轉化。此之所謂"賢不肖而皆"者，眾人也，或曰中人。又："用其中"時，乃亦得用其叩問、推敲、討論、切磋、斟酌之功力）於民（古代聖王能建中立民極，故古昔之民皆能直道而行，能得其中，天命靈明不泯。此言舜能用致中和而製作人義，以立民極民中也。鄭玄註：用其中於民，賢與不肖皆能行之也。前言知者賢者過之，若夫舜則無過與不及），其斯（用中，用致中和以為中庸之道，以為民極）以為舜（鄭玄註："其德如此，乃號為'舜'，舜之言'充'也。"積充其善也）乎！"（斯也者，中庸（用中，用中和）也，用致中和也，此言古昔（古者）聖王製作以為民極也。孟子曰："子路，人告之以有過則喜。禹，聞善言則拜。**大舜有大焉，善與人同，舍己從人，樂取於人以為善。**自耕稼、陶、漁以至為帝，無非取於人者。取諸人以為善，是與人為善者也。故君子莫大乎與人為善。"[③]亦斯之謂也。）

---

① 餘則不干涉人民之自主權或基本自由權利。
② 然非他律或他人強求，自求自律也。
③ 《孟子·公孫醜上》：孟子曰："子路，人告之以有過則喜。禹，聞善言則拜。大舜有大焉，善與人同，舍己從人，樂取於人以為善。自耕稼、陶、漁以至為帝，無非取於人者。取諸人以為善，是與人為善者也。故君子莫大乎與人為善。"又，《孟子·盡心上》：孟子曰："舜之居深山之中，與木石居，與鹿豕遊。其所以異於深山之野人者幾希。**及其聞一善言，見一善行，若決江河，沛然莫之能禦也。**"

（如舜之所為（好問而察邇言，隱惡揚善，執其兩端，用其中於民，此四者），乃可謂中通天地人而成道（秉天命率命性而成道立道），可謂大知也。其初（before being），天以性道命我，又命他人（一切人），天下之人無不同賦命之（天賦命人之命性、命道），人同此心此性（命性，又命道，天所賦命人類之命性、命道，初本皆同也），而天無不仁愛，人伻（原音 bēng①，今或可借讀為"平"，píng，則可謂之曰"人伻""人仁"，人之天賦命性、命道，道命皆同也。詳細註解見下文）也。故曰：天命性（命性）道（命道）在人心：在我心（"為仁由己"即是用我心、**用我之"中"**），又在他心（一切人之心中）；在我心，又在天（多重涵義，見前文註）心（天心，見前文註解）；在內（人心之內），又在外（人心之外）。天氣天心無內外，彌綸通達於天地萬物。天心賦命人心（天心賦命人心曰性），人心中通天心（人心中通、感通天心而體天心、體"仁"，以命性率我身心之行曰"道"或"命道"，亦曰"導"），人終不能離天心天道，所謂"可離非道也"。然而天雖賦命性道（先天，或 before being），而人之"生性"（或曰"氣質之

---

① 《尚書》即有"伻"字，鄭玄解為"使人、遣人"，"伻來以圖，及獻卜"（《尚書·洛誥》，p. 592），孔安國傳："遣使以所卜地圖及獻所卜吉兆，來告成王。"又曰"公既定宅，伻來，來視予卜休恆吉……"（《尚書·洛誥》，p. 595），不贅。參見：《尚書正義》。《康熙字典》解"伻"曰：【廣韻】普耕切【集韻】【韻會】悲萌切【正韻】補耕切，音抨。【爾雅·釋詁】使也。又從也。【書·洛誥】伻來以圖及獻卜。又【立政】乃伻我有夏式商受命。【註】使周有此諸夏，用商所受之命也。參見：漢典。今皆不取，而賦予新義。

偏"或清濁輕重、"人慾之私與過"、"後天習染"，墨子曰"諸陳執"，偏執也）或有偏（又或有過與不及），故其（創道設教者，古曰聖賢聖王，今曰全民立道立法，即以全體人民之心為天下之心，又以天心為全民之心也）創道設教也，雖舜之大知，亦必既用誠復（求合，求中求中通也）我心（天之命性，天命性道。然人或有生性之偏，或後天氣稟染著有差），又用復他人天下人之心（天命性道，然或生性有偏，又或後天氣稟染著有差），印（各人相互印證，又皆印證於天心天道）以天（見前文註解）心天道（命道），以復天命性道之全體本真，然後用中以致和，而中庸之道斯得矣。）

（然則何以（方法論）知（判，判斷）其中（中於天心天道①、天命性道、靈明或明德心；得其正中，得其善好德義言說之正中；得其適中合度、恰如其分、中道②）？古曰仰觀俯察（天文天象天時，地文地理等），用天官③而格物致知（"致知"兼包"致道"與"致理"，元道、人道、事道與元理、物理、智理、名理等；"知天"亦兼言"知天道"與"知天理"等）而中。④ 曰類

---

① 兼天文天象、天則天數天理、天命、元道等而言。
② 或曰**中無定體**，然此表述稍抽象，容易造成誤解，故當謹慎使用，而申述之。中者，中通，"中於天道天心天命""中於靈明、明德人心""中於性道"也，或直言天心、人心、性道，則用中，即用此中以致和也，如此則"中天、中心"是"體"，發而為用，不可謂"中無定體"；若曰天心、人心無定體，然後言"中無定體"，可也；若曰"中"為"中通"，乃用此以致中和之方法，又可謂"中無定體"。
③ 《荀子·正名》："何緣而以同異。曰：緣天官。凡同類同情者，其天官之意物也同。"
④ 關於"格物致知"之詳細論述，參見拙著《大學廣辭》，茲不贅述。

（比，類比）推（推類①）也，"以類度類（而推之），以近知遠，以一知萬，以微知明"②，所謂"摹（規，索取、探討）略（求，探討）萬物之然，論求群言之比；以名舉實，以辭抒（引而洩之，今曰抒寫、表達）意，以說出故；以類取，以類予"③，又"心合於道，說合於心，辭合於說，正名而期，質請而喻，辨異而不過，推類而不悖"④也。曰辯也，"夫辯（或作"辨"）者，將以明是非之分，審治亂之紀，明同異之

---

① 《墨子·大取》："**夫辭以故生，以理長，以類行者也**。立辭而不明於其所生，忘也。今人非道無所行，唯有強股肱，而不明於道，其困也，可立而待也。**夫辭以類行者也，立辭而不明於其類，則必困矣**。"參見：吳毓江，《墨子校註·大取》，中華書局，1993 年 10 月，p. 602。故當"以類取，以類予"（《墨子·小取》）。《荀子·正名》："心合於道，說合於心，辭合於說。正名而期，質請而喻，辨異而不過，推類而不悖。"《荀子·非相》："**以近知遠，以一知萬，以微知明**。……聖人何以不可欺？曰：聖人者，以己度者也。故以人度人，以情度情，**以類度類**，以說度功，以道觀盡，古今一也。**類不悖，雖久同理**。故鄉乎邪曲而不迷，觀乎雜物而不惑。以此度之，五帝之外無傳人，非無賢人也，久故也。五帝之中無傳政，非無善政也，久故也。禹湯有傳政，而不若周之察也，非無善政也，久故也。"《論衡·實知》："**凡聖人見禍福也，亦揆端推類，原始見終**。"

② 《荀子·非相》。

③ "以類取，以類予"，"此言辯之兩基本原則：於個體事物之中，擇取其相類者，捨棄其不類者，是之謂'以類取'；於相類事物之中，已知其一部分如此，因而判斷其他一部分亦如此，是之謂'以類予'。類之觀念在《墨經》中至為重要，明是非、辨同異，其要不外乎明類。"參見：吳毓江，《墨子校註·小取》，中華書局，1993 年 10 月，p. 627，pp. 631–632。

④ 《荀子·正名》："心合於道，說合於心，辭合於說。正名而期，質請而喻，辨異而不過，推類而不悖。"

處，察名實之理，處（決斷）利害，決嫌疑焉"①。曰格（格致）天（天體之天）理（天則天數等）以參證天道，體天（三元天等）心以悟中人心（命性）元道（元道亦是天道），順已知之天道而敬畏其未知者。曰權也，"於所體（行）之中而權輕重，之謂權；權非為是也，亦非為非也，權正也。於事為之中而權輕重，之謂求；求為之（之即是，之、是通）非也，害之中取小，求為義，非為義也。"②曰"執六枋（柄），審三名（審名即正名，所謂"審三名"，一曰正名立而安，二曰倚名法廢而亂，三曰強主滅而無名）"也，如觀（類於前之所謂"仰觀俯察"；或曰亦包含靜觀、觀照、察幾知微之意，而近乎"惟精惟一"③）、論（論辯、討論、梳理等）、動（進取，相時而動，不失時機）、專（決斷，《老子-道經》所謂"專氣致柔"，稍類"義以斷之"）、變

---

① 此外又如辟、侔、援、推等。參見：吳毓江，《墨子校註·小取》，中華書局，1993年10月，pp. 627-630。

② 或作"於所體輕重之中而權其輕重，之謂權"。論者曰："人於行為之中，莫不權其輕重是非而行之。**權所以明是非，是非在物，權無事焉，權執正而已矣，不為是亦不為非也。**《荀子·正名》：'**人無動而可以不與權俱**，權不正，則禍託於欲，而人以為福，福託於惡，而人以為禍，此亦人所以惑於禍福也。'《申子·大體篇》曰：'**衡設平無為，而輕重自得**'。《韓子·飾邪篇》曰：'**衡執正而無事，輕重從而載焉**'。本書《經上篇》曰：'欲正權利，惡正權害。'"參見：吳毓江，《墨子校註·大取》，中華書局，1993年10月，p. 597，pp. 604-605。

③ 又如：《黃帝四書·經法·論約第八》："故執道者之觀於天下也，必**審觀事之所始起，審其形名**。形名已定，逆順有位，死生有分，存亡興壞有處，然後**參之於天地之恆道**，乃定禍福死生存亡興壞之所在。**是故萬事舉不失理，論天下無遺策。**故能立天子，置三公，而天下化之。之謂有道。"此亦是《大學》所謂格物致知之法。參見：《黃帝四經今註今譯——馬王堆漢墓出土帛書》，陳鼓應註譯，商務印書館，2007年6月第一版，p. 173。

（應變，稍類"權"）、化（類於"易"），如正名（正名即審名）。① 又曰純靜空寂（無成見）、虛心體道、感通冥會天地人三才之道，誠②復命性，而觀此天真純粹純善純靈之心，不拘泥，無成見③，以中（多重涵義）；舜曰"執其兩端"，孔子曰"扣其兩端而竭焉"，所謂"竭其兩端，是自精至粗，自大至小，自上至下，都與他說，無一毫之不盡，（所謂）執兩端，是取之於人者，自精至粗，自大至小，總括以盡，無一善之或遺。"④ 此古之知定其"中"之法也。若夫今世也，又或以經驗理性或經驗論判斷其中（古代大體類此，又比如現代英美哲學），以現代科學（包括心理科學）方法（實驗與觀察、測量；假設⑤、解釋與邏輯論證；歸

① 詳見《黃帝四書·經法·論第六》。羅按：此所謂"六柄、三名"，並非全是今之所謂思想方法，亦包含行事方法，揆以今之邏輯或概念分類，稍有不倫，讀者當識之。參見：《黃帝四經今註今譯——馬王堆漢墓出土帛書》，陳鼓應註譯，商務印書館，2007 年 6 月第一版，pp. 123 - 146。

② 《易·文言》："脩辭立其誠。"

③ 所謂"空空如也"。**"空空如也"者，聖人但"以人度人，以情度情，以類度類，以說度功，以道觀盡"而已，自無成見、不恃私智、以人心為我心、以天心為我心也**。參見：《荀子·非相》："以近知遠，以一知萬，以微知明。……聖人何以不可欺？曰：聖人者，以己度者也。故以人度人，以情度情，以類度類，以說度功，以道觀盡，古今一也。類不悖，雖久同理。故鄉乎邪曲而不迷，觀乎雜物而不惑。"

④ 《四書大全校註》引朱子語，p. 157。

⑤ 墨子所謂"假"，"假者，今不然也"。參見：吳毓江，《墨子校註·小取》，中華書局，1993 年 10 月，p. 628。

納、推理[1]與演繹；猜想與反駁，證實與證偽等）研究之而後定其"中"（關於廣義"天道"中所涵有之"天體之理"或"天則天數"等，皆當以此科學方法格致之），以元道設定（一定程度的理想設定或價值武斷，或元道獨斷論）而後邏輯推演論證為之（比如現代歐陸哲學及相應現代邏輯學等）等。以性道（人道、天命元道、命道等）、天數終究有所不同（廣義"天道"中既涵有"天體之理"或"天則天數"等，又涵有"天心""元道"等），故於性道也，仍將有本參乎天道而用致中和之法也。其中庸之道或所謂常道之立也，不可高而過，亦不可低而過，本參乎天地人之數（理數，今日自然規律、客觀規律、理則、物理等），而中合於人性人道之中，蓋如此而已矣。）

（若夫今之凡俗眾人乃至愚不肖者或不然（不知、不明，不行中庸之道）。）子曰："（眾）人皆曰予（一般擬稱代詞，非孔子自稱[2]）知，驅而納諸罟（網羅）擭（捕獸機檻）陷阱之中（罟音古，罔之總名；擭，捕獸機檻；陷，陷沒之陷；阱，穿地陷獸也），而莫之知辟（躲避，主動避開）也（言慾牽情擾，而多心行失正失常而有如飛蛾撲火之事也）。（眾）人皆曰予（一般擬稱代詞）知，（雖或一時）擇乎中庸，而不能期（一年為期）月（一月；或曰期匝一月，期滿一月）守也

---

① 類於墨子所謂"效"或"中效"，以已知之理推求未知之理，"效者，為之法也；所效者，所以為之法也。故中效，則是也；不中效，則非也。此效也。"參見：吳毓江，《墨子校註·小取》，中華書局，1993 年 10 月，p. 628。

② 或解此為孔子自道，不取。蓋為孔子設代他人而為說也。

（不能行，鄭玄註：自謂擇中庸而為之，亦不能久行，言其實愚又無恒）。"（知禍而不知辟，能擇（中庸，中庸之道）而不能守，奚知（智）？孟子曰："仁之實，事親是也；義之實，從兄是也；知（智）之實，知斯二者弗去是也；禮之實，節文斯二者是也；樂之實，樂斯二者，樂則生矣；生則惡可已也；惡可已，則不知足之蹈之手之舞之。"①不能期月守，故曰不知中庸者也。唯當終身奉守乃可。）

（若夫顏回則不然②。）子曰："回之為人也，擇乎中庸，得一善，則拳拳（拳拳，奉持之貌）服膺（終身）弗失之矣（前言自足其智者欲速不達而不能期月守，此言顏回則誠能用中得中，守之終身不失不放，則是真知中庸者、真知道者——以"可離非道"故也。擇中庸，精知之意；弗失，勇行之意，程子曰："人凡於道，擇之則在乎知，守之則在乎仁，斷之則在乎勇"③）。"（"道之不明，起於賢者之過、不肖者之不及，故必賢如顏子，而後可以望斯道之明。"④能擇守積大，而後能用中於民。蓋"舜達而在上，擇乎中庸而用之民，聖人之道所以行也。顏淵窮而在下，擇

---

① 《孟子·離婁上》：孟子曰："仁之實，事親是也；義之實，從兄是也；知之實，知斯二者弗去是也；禮之實，節文斯二者是也；樂之實，樂斯二者，樂則生矣；生則惡可已也，惡可已，則不知足之蹈之手之舞之。"
② 《論語·雍也》：子曰："回也，其心三月不違仁，其餘則日月至焉而已矣。"
③ 參見：《四書大全校註》，p. 159。
④ 黃氏語，參見：《四書大全校註》，p. 159。

乎中庸而不失於己，聖人之學所以傳也。"①"用其中（以為民極）者，舜也；擇乎中庸，得一善拳拳服膺而不失者，顏子也。夫顏子之學，所以（積以）求為舜者，亦在乎精擇而敬守之耳。蓋擇之不精，則中不可得；守不以敬，則雖欲其一日而有諸己，且將不能，尚何用之可致哉？"②）

（若夫他人（此言王君卿大夫士、官臣等，今日公職人員，與前言眾人、民人不同）則或有過之（指前文"知者過之""賢者過之"），不能用中。）子曰："（或有人也，雖）天下（天子）國（君，諸侯）家（卿大夫）可均（治，治國，乃至平治天下。或曰平其差等）也（資稟明敏者能治之；或有賢者其才能可平治天下國家之政。或曰其無私心，而可天下為公），爵祿可辭也（資稟廉潔者能辭之；不貪婪爵祿；或曰智而隱遁，義而不食爵祿），白刃可蹈也（資稟勇敢者能蹈之。勇強而身死不辭），（而）中庸不可能（難能，終身奉守之難）也（教不立，故前言"民鮮能"；學不立，故此言君卿官臣"中庸不可能"。謂奉守中庸之道之難；或謂不能用中創道設教也；胡氏雲峰謂"非義精仁熟者不能知，不能行"③，朱熹曰"非義精仁熟而無一毫人欲之私者，不能及也"）。"｛何以故？此前三事（均、辭、蹈）雖極難者，而

---

① 胡氏雲峰語，參見：《四書大全校註》，p. 159。
② 朱子語，參見：《四書大全校註》，p. 159。
③ 《四書大全校註》，pp. 154－155。

資稟明敏者能均(治)之,如管仲一匡天下;廉潔者能辭之,如晨門荷蓧之徒;勇敢者能蹈之,如召忽死子糾之難①;若夫"中庸,乃天命人心之當然,(不可)以資稟勉強(不及者)力為之(而難能),須是學問篤至,惟那義精仁熟("擇之審者,義精也;行之至者,仁熟也"②),真有以自勝其人欲之私,方能盡得,(終身樂道奉守不失,)此所以若易而實難也"③(所謂"君子無終食之間違仁,造次必於是,顛沛必於是"④,"久要不忘平生之言"⑤,終身俟之而已。))〕

　(賢如子路,於斯(用中和,又中庸之道)也蓋有所過,猶(猶如,如)不及(不中)也。)子路問強(鄭玄註:強,勇者所好也。然非孔子之所謂勇)。　子曰:"南方(蓋喻言耳,然古人亦牽連天時天象天氣等而為言說,有其道理在焉⑥。或曰南方謂中國,或曰為荊揚之南;或曰祇是設南

---

① 綜合胡氏雲峰語,參見:《四書大全校註》,p. 160。

② 胡氏雲峰語,參見:《四書大全校註》,p. 160。

③ 北溪陳氏語,參見:《四書大全校註》,p. 160。

④ 《里仁》:子曰:"富與貴是人之所欲也,不以其道得之,不處也;貧與賤是人之所惡也,不以其道得之,不去也。君子去仁,惡乎成名? **君子無終食之間違仁,造次必於是,顛沛必於是。**"

⑤ 《憲問》:子路問成人。子曰:"若臧武仲之知,公綽之不欲,卞莊子之勇,冉求之藝,文之以禮樂,亦可以為成人矣。"曰:"今之成人者何必然? 見利思義,見危授命,久要不忘平生之言,亦可以為成人矣。"

⑥ 《孔子家語·辨樂》:"子路鼓琴,孔子聞之,謂冉有曰:'甚矣由之不才也! 夫先王之制音也,奏中聲以為節,流入於南,不歸於北。**夫南者生育之鄉,北者殺伐之域。故君子之音,溫柔居中,以養生育之氣……小人之音則不然,亢麗微末,以象殺伐之氣。**"

(轉下頁)

北以喻，以說過猶不及之理而已，故不必拘執之）**之強與？北方**（喻言，見

上一註解。或曰狄，或夷狄，不必拘泥）**之強與？抑而**（汝；鄭玄註：謂中

國也）**（之所當）強與？寬柔以教，不報無道**（謂犯而不校乃至

以德報怨①；藍田呂氏：而未害為君子），**南方之強也②**（程子謂此為"義理

之強"；尚德），**（其或有所不及③，然犯而不校亦曰善，故）**

（接上頁）　《家語》：孔子曰："夫先王之制音也，奏中聲以為節，流入於南，不歸於北。夫南者生育之鄉，北者殺伐之域，故君子之音溫柔居中以養生育之氣，憂愁之感不加於心也，暴厲之動不在於體也，夫然者乃所謂治安之風也。小人之音則不然，亢麗微末以象殺伐之氣，中和之感不載於心，溫和之動不存於體，夫然者乃所以為亂之風也。昔者舜彈五弦之琴，造《南風》之詩，其詩曰：'南風之薰兮，可以解吾民之慍兮；南風之時兮，可以阜吾民之財兮。'唯脩此化，故其興也勃然，德如泉流，至於今王公大人述而弗忘；殷紂好為北鄙之聲，其廢也忽然，至於今王公大人舉以為誡。夫舜起布衣，積德含和而終以帝；紂為天子，荒淫暴亂而終以亡。"臣按：《家語》此章，孔子聞仲由鼓琴而發也，蓋人心善惡皆於樂聲見之，故孔子聞其琴聲而為此言。既言樂必以中聲為節，而又推其聲有南北之異。南者生育之鄉，舜歌《南風》之詩，其興也勃然，含和而終以帝；北者殺伐之域，紂好北鄙之聲，其廢也忽然，暴亂而終以亡。人君之於音樂，烏可以不謹其所好樂者乎？然舜非獨帝也，當世化之皆有諧讓之美；紂非獨亡也，當世化之皆變靡靡之風。由是觀之，聲之有南北其來也遠矣。今世樂部亦分為南北，北音自金、元始有之，世因謂宋世以來所遺之音，南音流於哀怨，北音極其暴厲。我國家復二帝三王之正統，而世俗所尚之音猶有未盡去者，所以奏中聲之節，歌解慍、阜財之詩，一洗亢麗微末之習，不能無望於當代之英君誼辟云。參見：丘濬，《大學衍義補》。

① 《泰伯》：曾子曰："以能問於不能，以多問於寡；有若無，實若虛，**犯而不校**，昔者吾友嘗從事於斯矣。"

② 此即《孔子家語》中孔子所謂，"**南者生育之鄉**，北者殺伐之域，故**君子之音溫柔居中以養生育之氣**，憂愁之感不加於心也，暴厲之動不在於體也，夫然者乃所謂**治安之風**也"。

③ 其中也，則曰："以直報怨，以德報德"。參見：《憲問》：或曰："以德報怨，何如？"子曰："何以報德？以直報怨，以德報德。"

君子（君子守仁尚德）居（居仁處義之"居"，居其各"強"，身用之，身行之，非居住其地）之（藍田呂氏：然犯而不校，未害為君子。故君子居之）。 衽（衽猶席也；或曰以金革盔甲為衣裳）金革（戈兵甲冑類），死而不厭（延平周氏曰：知其可以死，而不知其可以無死者也。孟子曰："可以死，可以無死，死傷勇。"子路之病亦在此，所謂能勇不能"怯"），北方之強也（程子謂此為"血氣之強"；藍田呂氏：未及君子之中；尚力），（其或有所過之，然勇而不脅屈（謂不屈於脅迫。脅，兩膀也，身左右兩膀；迫脅，以威力恐人也；又斂也，收斂，竦體也），故）而（或曰而為汝，嚴陵方氏曰：蓋子路能勇而不能怯——故終於死於蒯聵之難——，近於北方之強。然此或是語氣詞）強者（強者好剛敢鬥）居（處之，用之）之（程子解曰："凡人血氣，須要以義理勝之"）。（然暴虎馮河，死而無悔者，吾不與也。[1] 若夫得君子之中者（不剛不柔，或剛柔相濟，守其正中義理，中和厚重），乃而（汝）所當強也（或言即"南方之強"）。）故（中行）君子（則）和（即"發而皆中節"，言動中節，和而有節）而不流[2]（移；不移即不移易於中道，有所守於中道，不可不及也；和而不流，即中而不流。或曰如柳下惠；嚴陵方氏曰：和故無剛之失，不流故無柔之失），強哉矯（矯正，以強力矯正之，自強不息，自勝其過與不及，以趨就中道，孔子以此勉勵子路也；或曰矯木、揉木，矯曲以從直，仍是矯正之

---

[1] 《述而》：子謂顏淵曰："用之則行，舍之則藏，唯我與爾有是夫！"子路曰："子行三軍，則誰與？"子曰："**暴虎馮河，死而無悔者，吾不與也**。必也臨事而懼，好謀而成者也。"

[2] 或曰此即是喜怒哀樂之發而皆中節，和而不流，即中而不偏，皆中、各中而不流移偏亂。

意,矯其偏以就中,矯其曲以就直,矯枉就正,皆是也。矯,強貌;或曰壯大之形;或曰剛毅;或曰強哉矯,猶勉乎哉[①](不及者強哉而矯正之)！中立(中立中通於天道等,不偏不倚[②])而不倚[③](敢於守志守道而獨立於中道,而不倚而偏之。或曰如夷、齊),強哉矯(偏倚、過、不及者,皆強哉而矯正之)！國

---

① 孔穎達疏:"中正獨立,而不偏倚,志意強哉,形貌矯然。"
② 此一"中立",非謂今日國際法或國際關係中之所謂"中立",亦不可簡單等同於俗語中有關人際關係或人際爭論中之所謂"中立"。《現代漢語詞典》分別這樣解釋"中立""中立國"和"中立主義":中立:處於兩個對立的政治力量之間,不傾向於任何一方。中立國:指在國際戰爭中奉行中立政策的國家,它對交戰國任何一方不採取敵視行為,也不幫助;由國際條約保證,永遠不跟其他國家作戰,也不承擔任何可以間接把它拖入戰爭的國際義務的國家。中立主義:某些國家在國際關係上所持的原則和所執行的政策,就是保持本國的政治獨立和主權完整,不參加任何軍事集團,不把自己的領土作為外國的軍事基地,不對任何國家採取敵對態度(參見:《現代漢語詞典》)。而在俗語中,人們往往將"中立"理解為"處於對立雙方或各方之間,不傾向或偏袒任何一方,或擁有自己的主見,或明哲保身;道德中立,不帶有任何感情色彩;以及堅持道德原則,認理不認人"等多重涵義。英語裡的"中立"單詞乃為 neutral,其定義為:neutral: ① not supporting or helping either side in a disagreement, competition, etc. (SYN: impartial, unbiased); ②not belonging to any of the countries that are involved in a war; ③ not supporting any of the countries involved in a war; ④ deliberately not expressing any strong feeling; ⑤ not affected by sth; etc. (參見:《牛津高階英語詞典》(第九版))。而《中庸》之所謂"中立",尤重其"中立於道義"之意("中"乃有多重涵義,而尤重其"中通道義"之意),而"強哉矯"又尤重其積極進取衛護道義之意。分說之,天下無道而自己一時無力救濟時,或爭鬥雙方皆無道悖理暴虐時,則"我"固然亦可乃至不得不保持"消極之中立",猶孟子所謂"雖閉戶可也"——然雖說是對外取"不干預之'消極之中立'"之態度,而"我"本身或自修,始終仍"中立乎道義",因"道義"乃為"中立"之境地或根本,不可或失也;若夫天下有道時,則取"積極之中立"態度,積極進取中立於道義也。質言之,談論"中立"時,當補足賓語,而問:中立於何處呢? 倘若省略了賓語,往往就糊塗了,乃至淪為濫做老好人、鄉願等是非不分、道義無論之無行無恥境地。
③ 或曰此即是喜怒哀樂之未發時。

有道，不變塞（實，內充實，德行充實，充實於中道，不以富貴等而變其德行充實①；或曰阻塞其中庸之道，阻塞與中通相反，變塞即變而阻塞之，使不能中通天道等，王安石言此所以矯素隱行怪者之枉；或曰未達，雖國有道而獲爵祿富貴，而不變未達時之所守中道——然此解稍迂曲，不取）焉，強哉矯（即"不流不移"而中）！ 國無道，至死不變（不變其守中，不變其中通，不變其中庸之道。"至死不變"即所謂"拳拳服膺終身弗失之"，對比於"不能期月守"。國無道而隱，雖困窮而不變其中道，不變平生之所守中道，不變節，所謂"久約不忘平生之言"。王安石言此蓋所以矯半途而廢者之枉。鄭玄註：國有道，不變以趨時。國無道，不變以辟害。有道、無道一也。"塞"，或為"色"。或曰伊尹是此真強者），強哉矯！ （亦即"不流不移"而中）"（君子守此中庸之道，而強矯以守，是勇也，故曰用中（多重涵義，中通天地之道、命性之道等，又正、正中、無過猶不及等）以勇。②）

（若夫孔子，）子曰："素隱行怪（傃，嚮也，嚮，趨嚮，嚮慕也，傃隱即嚮慕於隱遯；或曰：素，"一嚮""從來"也，類於"素日""平素"之意；或曰"素"是"索"之訛。"素隱行怪"者，或曰當合為同一主語而為解，即**素隱而行怪者**，一嚮隱而為怪異之事者，非"龍德而隱者"或"天下無道則**樂道而隱**者"；朱熹

---

① 參見：《尚書正義》，上海古籍出版社，2007 年 12 月第一版，pp. 147 - 148。
② 羅按：強哉矯，孟子所謂配義與道、持志養（其浩然至剛之）氣也。儒家並非一味慈柔，如老子之所謂"柔弱勝剛強"，而每有剛強堅毅、震頑起懦之剛毅之風。今人陳柱接合《易》道解曰："'衽金革，死而不厭'，務欲以剛勝人，此則行偏乎剛，常易流為殘暴，故曰'強者居之'。若夫'和而不流'，則'嘉會足以合禮'矣；'中立而不倚'，則'利物足以和義'矣；'國有道，不變塞'，則'禮仁足以畏仁'矣；'國無道，至死不變'，則'貞固足以幹事'矣。此《易》之四德，乃中庸之強也。"又曰："然強者制人，柔弱者制於人，非夫大同之世，一切平等，則非剛強不足以自立，故孔子之道主剛強者為多。"參見：《中庸通義》，p. 10，p. 13。

以為"素"乃"索"之訛，"**索隱行怪者**"，則"索隱行怪"類於"攻乎異端則害""攻乎小道恐泥"，故孔子曰"我弗為也"，亦通；亦或可將"素隱行怪"分為兩事，素隱者固當區分論之，而天下無道時，孔子則無論行怪者與素隱者皆所不為，可謂堅定之入世淑世行道主義者；然而若天下有道，孔子未嘗不能隱，而乃謙言之。限於篇幅體例，茲不贅述[①]），**後世有述焉**（述，傳述，乃至讚述。蓋其間亦每多聖賢高士，故雖孔子亦或讚歎焉，見《論語・微子》等章節[②]），**吾弗為之矣**

---

① 素有一嚮、從來、平素意，然此蓋解作傃，嚮也，嚮慕、趨嚮。鄭玄註：素，傃也，猶鄉也。言方鄉辟害隱身，而行詭譎以作後世名也。質言之，"素隱而行怪者"，乃無論天下有道無道，而嚮慕但為隱怪之事，故鄭玄以此解而斥之。然此當區分孔子所謂"**隱**"之不同情形："**素隱而行怪者**"，"**素隱而樂道者**"即"**龍德而隱者**"，如舜之行事，如伊尹未出仕時之囂囂樂道（參見《孟子》），以及**其他隱逸者**，如《微子》所舉"逸民"中每多聖賢高士，而亦或"隱居放言，身中清，廢中權"也。又當區分天下有道之時與天下無道之時，孔子乃根據有道無道以及隱逸之不同情形，而有不同之態度與評價：於天下有道之時，未嘗不艷羨其囂囂隱逸；而於天下無道之時，則必以天下道義自任，剛毅艱卓而行道，雖"知其不可而為之"。然即或如此，對於各種隱逸者，孔子仍區分而論，未嘗一概大加斥責，觀《論語》等書可知，如對於《易》所稱"龍德而隱者"，乃曰聖人，孔子大加讚歎而自謙不能；對其他各類隱逸者，亦往往稍存其讚美歆羨之情，如曰"身中清，廢中權"等；雖對於狷隱者之"有所不為而不同流合污"，乃至荷蓧丈人等，亦祇說其"不得中行"而已，並未深惡痛疾之。（《論語》論荷蓧丈人，乃唯借子路非之之言，以申孔子行道之心志而已，"不仕無義。長幼之節，不可廢也；君臣之義，如之何其廢之？欲潔其身，而亂大倫。君子之仕也，行其義也。道之不行，已知之矣。"）

　　鄭玄此處所斥者，蓋乃天下無道時之"素隱而行怪者"此一種而已，然讀者須知隱逸者固未必皆是"行詭譎者"也。下文於論"無道則隱"時續有所論，可參互之。

② 《微子》：逸民：伯夷、叔齊、虞仲、夷逸、朱張、柳下惠、少連。子曰："不降其志，不辱其身，伯夷、叔齊與！"謂："柳下惠、少連，降志辱身矣。言中倫，行中慮，其斯而已矣。"謂："虞仲、夷逸，隱居放言。身中清，廢中權。""我則異於是，無可無不可。"然此必區分兩種"無道則隱"之情形，見後註。

（以其不得人道正中，不能行其人道正中，有所"不及"，非中庸之道，故不為也）①。君子（當）遵道而行，（勇毅精進；）（若夫任道乃）半途而廢（罷止，乃指"托言力不足而自廢者"，乃至自趨邪僻之路。此則不及大道、中庸之道，勇毅君子任道而行，恥之而不為半途而廢之事也）②，吾弗能

---

① 其意蓋曰：無論天下國家有道無道，尤其是天下無道之時，若皆素隱而行怪，不能襄助於大道，行仁於兆民，此乃"不及中道"者，是吾所不為者也。然此又當區分不同"隱逸"情形而區分解說之（見前註），於天下無道時之"素隱而行怪者"固或有所責，於"龍德而隱者"則自謙不能，於其他隱逸者，亦各分明言其善者與過不及者，故孔子此處僅曰"我弗為之"而已。朱熹以為"索"之誤，"深求隱僻之理，而過為詭異之行也"。則"索隱行怪"類於"攻乎異端則害""攻乎小道恐泥"，故"我弗為也"，亦通。

或解曰：……實則唯道倦費時吾乃隱耳，若夫有一絲機會，則當汲汲行道，此則正中而無過與不及，合乎中庸之道也。如此解則下句"君子之道費而隱"當接此段而非啟下段。然此不合孔子於天下無道時"知其不可而為之"之弘道行道精神，故不取。

或又解"半途而廢"為"天下無道則隱"，則"素隱行怪者"乃是"未嘗努力而廢"，從未嘗試行道，雖"半途而廢者"猶未及，"不及""不中"至極，故必弗為也——此解未嘗不可通，則《論語・雍也》"力不足，中道而廢，今女畫"，則當解為：孔子責冉求曰："陳力就列，在其位當謀其政，而遵行其道以諫正季氏之過。汝若曰力不足，則不能者止，當辭位。然則汝非力不足者，況吾也未見力不足者，汝乃自畫耳。雖亦可備一說，而稍迂曲，故不取。

② 不可將"半途而廢"等同於"無道則隱"。蓋"無道則隱"分為若干種情形：一種是龍德而隱者遁世無悶之隱，一種是素隱行怪之隱，此外尚有其他隱逸者，孔子羨慕"龍德而隱者"而自謙不能，而於"素隱行怪者"則曰"我弗為之"，於其他隱逸亦皆有所區別對待。

"半途而廢"則不然，其固亦可解為"天下無道則隱"，（乃至"龍德而隱，遁世無悶"），則孔子自有不同分說，見前文之注釋解說；然孔子此處之意，實乃指"托言力不足而自廢者"，即於正向道業脩行等半途而廢，不能勇毅精進，自脩向上，擔當其道義職責，此則孔子所痛責者，如孔子責冉求"今汝畫"然。若夫孔子，則"知其不可而為之"，任道行道之心重志堅，故曰"吾不能已"。質言之，孔子本人之意，雖亦曰乃至亦讚許"有道則現，無道則隱"、"邦有（轉下頁）

已矣（已，止，弗能已，即知其不可而為之。^① 或解"已"若"為"，不能為半途而廢之事，亦同意，言孔子汲汲行道，不為時人之隱行。鄭玄註：汲汲行道，不為時人之隱行）^②。君子依乎中庸，（其出（行道）也，外動蕩而不改其平生之志（不改其中庸之道，不改其正道而行之心行，故將時刻奮勇精進，知其不可而為之，徑用其中而不改也）；若夫其或處（隱）也，）遯世不見知而不悔，唯聖者能之（此即《易》"龍德而隱者"），（吾弗能已矣（為之，孔子自謙不能；或曰止息，隱處，即"吾弗能隱遯"））。"（蓋素隱而行怪（不合於中庸之道），若無關世道人心仁行，雖曰亦有可讚述者，然君子不為也（無論天下有道無道，君子皆不可玩物喪志，雖隱，實則亦為求道樂道之事，如學道著述、格物致知、求道求理——包括今之所謂科學技術研究、學術研究等——、在野教化禮義、民間組織等，時刻以天下道仁自任，以有待也，亦羅洪先所謂"苟當其任，皆吾事也"，非謂行怪自廢自放、毫無作為乃至淫嗜萎靡而不振於道義也）。 孔子，龍德而

（接上頁）道，不廢；邦無道，免於刑戮"，則"隱逸"自可為一途，乃言其"不同流合污"，有其善者存焉；然孔子本人則尤傾向於"知其不可而為之"，故剛毅艱卓，不改初衷，棲棲遑遑，席不暇暖，而必堅毅任道於世，必為其"龍德而正中者"之事，不輕棄世，不棄其道義擔當之勇概也。此種人格精神，既是繼承前聖而來，亦是孔子之真正光輝處，更是中華文化精神之偉大光輝處，影響巨大。

　　或曰此言天下無道則當半途而廢，"若夫道廢道不行，則將半路而廢隱"，亦可備一說，然稍迂曲，不取，理由見前註。

① 雖一絲行道之機會可能，亦必將奮勇汲汲爭取之，不輕言放棄也。
② 君子當遵道而行，若夫半途而廢，吾弗能為矣，吾弗能止矣。或解為"止"，意為：孔子自謙其不能為"道不行而當半途而廢"之事，此解則過於迂曲，故不取。前註已言之。

中正，知其不可而為之者也（此言孔子欲居《易》之所謂"龍德而正
中者"））。①

君子之道費而隱：素位而行，反己實德，上進性道

　　君子之道費而隱。夫婦之愚，可以與知焉；及
其至也，雖聖人亦有所不知焉。夫婦之不肖，可以
能行焉；及其至也，雖聖人亦有所不能焉。

　　天地之大也，人猶有所憾。《詩》云："鳶飛戾
天，魚躍於淵。"言其上下察也。故君子語大，天下

---

① 另解：或曰蓋此節之意，君子當依乎中庸之道，而用中行事，則天下有道則見，
　無道則隱，此為用中庸之道之當然行事，無過與不及也。若夫天下有道不能
　見，或有"不及"；無道不能隱，或有"過之"。故孔子自謙曰：於此天下無道之
　世，吾自亦不能守此中庸之道而隱，即不能做到"天下無道時，雖半途而將廢
　而仍將隱之""遯世不見知而不悔"等境界。故下文又曰"唯聖人能之"——孔
　子不敢自居聖人，又謙言自不能隱之"過"；以此解之，則孔子蓋對於天下無道
　時之"素隱行怪"者，雖曰"不仕無義"（子路語）、"天下有道，丘不與易"（參見
　《論語·微子》），然亦有所褒揚艷羨，以為其"知時"乃至能用"中庸"也，故亦
　言"後世有述焉"——如此則《論語·微子》一卷之論隱者，皆當作此解
　讀——，而下句"君子之道費而隱"又可解釋為"如君子之道費佹（佹，乖戾，道
　與世乖佹；疑即"廢"之音誤），則君子當隱"，而接上文意思。蓋以中庸之道
　言，天下無道則隱，而孔子乃"知其不可而為之""無可無不可"，亦稍異於此，
　故此乃自謙曰"唯聖人能遯世不見知而不悔"，我丘未能也（非不可隱，唯君子
　之道費，而後隱。君子依乎中庸而時中，此之謂也。然而孔子自謙不能隱）。
　然此解稍迂曲，茲不取，說見前。

莫能載焉；語小，天下莫能破焉。君子之道，造端乎夫婦，及其至也，察乎天地。

　　子曰："道不遠人。人之為道而遠人，不可以為道。《詩》云：'伐柯伐柯，其則不遠。'執柯以伐柯，睨而視之，猶以為遠。故君子以人治人，改而止。

　　"忠恕違道不遠，施諸己而不願，亦勿施於人。君子之道四，丘未能一焉：所求乎子，以事父未能也；所求乎臣，以事君未能也；所求乎弟，以事兄未能也；所求乎朋友，先施之未能也。庸德之行，庸言之謹，有所不足，不敢不勉，有餘不敢盡；言顧行，行顧言，君子胡不慥慥爾！"

　　君子素其位而行，不願乎其外。素富貴，行乎富貴；素貧賤，行乎貧賤；素夷狄，行乎夷狄；素患難，行乎患難，君子無入而不自得焉。在上位不陵下，在下位不援上。正己而不求於人，則無怨。上不怨天，下不尤人，故君子居易以俟命，小人行險以徼幸。

　　子曰："射有似乎君子，失諸正鵠，反求諸其身。"

君子（先代聖賢之道，或曰有性道命道自任之志向者，或曰是孔子）之道（即兼包兩層涵義之中庸之道。作者於行文中，似乎稍區分使用"君子之道"與"中庸之道"，此前正文中之"中庸"，似稍偏重"常道"之意，而"君子之道"似兼顧"常道"而又尤重"用中以中通天道"之意，讀者自可細心體會）費（重累，累積，重疊，費而用，喻言多用，言平常日用而常用者；或解"費"為"明"，光也，廣也①，曰所用廣大遍及，遠近可用。此解此句開下文）而隱（細，匿。精深隱微，彌綸天地，無所不在，亦即下文之所謂"及其至"）②（，切近而深遠）。（以其費用（費而多用、切用）而切近而言，雖）夫婦之愚（舉夫婦而包父母兄弟姊妹，所謂邇近者也），可以與（參與，與聞；或曰讚與）③知（與知、與聞君子之道即中庸之道，即可以有所知聞其中庸之道之條目枝節）焉（即中庸之道之平易淺近者，雖愚夫愚婦亦可有所知行，此乃極言中庸之道之平常簡易淺近，合於平常日用，人皆可知行之）；及其（中庸之道，即君子之道）至（極致，指"隱"與"深遠"，而解"及其至"為"及中庸之道之精微高明淵深之極致"；或解為"至於君子之道"，不取。"至"即是擴充之意）也，雖聖人亦有所

---

① 陳柱，《中庸通義》，p. 13。
② 或解此句接上文，茲不取：鄭玄註："言可隱之節也。費，猶佹也。道不費則仕。《音義》：費，本又作'拂'。"其意為：君子之道（即中庸之道）（若）費（被違背，被拂逆。鄭玄註：費，猶佹也。道費則仕，道不費則仕。《音義》：費，本又作"拂"。佹，guǐ，乖戾，奇怪），而（則）（後）隱（鄭玄註：言可隱之節也。此解則謂此句接上文）。筆者傾向於認為此句開下文，故正文以"開下文"意而為廣辭，而鄭玄此解則亦於注釋中稍存另一種廣辭耳。
③ 鄭玄註："'與'讀為讚者皆與之'與'。言匹夫匹婦愚耳，亦可以其與有所知，可以其能有所行者。以其知行之極也，聖人有不能，如此舜好察邇言，由此故與。"

不知焉（即中庸之道之精微深遠高明之極致者，雖聖人亦有所不知，如“未知之天道”——對應於“已知之天道”——，故曰“天道難聞，猶或鑽仰”而純亦不已也。此又極言中庸之道之廣大精微淵深①）。（雖）夫婦之不肖，可以能行焉（能行君子之道，即中庸之道，如言能行其費用而切近者然）；及其（中庸之道，即君子之道）至（極致，指“隱”與“深遠”。或解為“及其至於君子之道”，不取）也，雖聖人亦有所不能焉（如“行仁”之悠久廣大博厚高明而至於極，《論語》所謂“堯舜其猶病諸”②）③。（而人之脩行中庸之道也，先行其日用（即費用）切近，擴而充之，而後臻於精微深遠，自進實德，以應待天命，而體悟命性之道也（即下文所謂“君子之道，辟如行遠必自邇，辟如登高必自卑。”）。）

天地之大也，人猶有所憾（鄭玄註：憾，恨也。天地至大，無不覆載，人尚有所恨焉，“況中庸之道可包舉天地萬物，無所不備乎”，或曰：況聖人君子於中庸之道乃能盡備之乎?! 中通天地人三才之道，所以能盡備也。《音義》：憾，本又作“感”。反證中庸之道之盡備）④。（而聖人君子之依乎中庸而立道（人道、命道、性道、中庸之道）設教也，仰觀天象，俯察地理，近取諸身（人之本身，三才中之人道，又謂體性、成

---

① 或曰此對應於上文“知者過之，愚者不及”。
② 《雍也》：子貢曰：“如有博施於民而能濟眾，何如? 可謂仁乎?”子曰：“何事於仁，必也聖乎! 堯舜其猶病諸。仁者，己欲立而立人，己欲達而達人。能近取譬，可謂仁之方也已。”
③ 或曰此對應於上文“賢者過之，不肖者不及”。
④ 鄭玄註：“憾，恨也。天地至大，無不覆載，人尚有所恨焉，況於聖人能盡備之乎。”

己），遠取諸物（格致而盡物之性），以通神明之德，以類萬物之情①，以法天地，而包舉天地萬物，而中庸之道乃盡備之也。）《詩》云："鳶（猛禽，今曰鷂鷹）飛戾（至）天，魚躍於淵。"言其（指創道設教之聖人君子）（創設（創道設教）而）上下察也（察猶著也。鄭玄註：言聖人之德至於天，則"鳶飛戾天"；至於地，則"魚躍於淵"，是其著明於天地也；乃謂求索天地之道，"上律天時，下襲水土"，法天象地，以立人道。上察者，問天而求天道也；下察者，察水文、地理，求地道也）。

故君子語大（喻言，即前言所謂隱微深遠高明者。言中庸之道、聖人之言之重大者或高明遠大者，又謂高明遠大深微之天道、元理也。鄭曰所說大事，謂先王之道也），天下莫能載焉；語小（言中庸之道、聖人之言之輕微而小者。鄭曰所說小事，謂若愚、不肖夫婦之知行也），天下莫能破（再細分、剖分，言其極精微精確不易；"破"又或駁斥、證非意）焉。②（故曰：）君子之道（中通之道，用中致和之道等；創道設教，或所創造之道、教，即中庸之道），造（創始，開始）端（端緒，造端即發端）乎夫婦（夫婦為人倫之始，故舉夫婦而包父母兄弟姊妹也。造端乎基本人倫與平常日用也，言道不遠人。鄭玄註：謂匹夫匹婦之所知、所行）（之所知所行，近人而平實易行（此即

① 此借用《周易·繫辭》語。參見：《周易·繫辭下》："古者包犧氏之王天下也，仰則觀象於天，俯則觀法於地，觀鳥獸之文與地之宜，近取諸身，遠取諸物，於是始作八卦，以通神明之德，以類萬物之情。"
② 鄭玄註："所說大事，謂先王之道也。所說小事，謂若愚、不肖夫婦之知行也。聖人盡兼行。"

"近取諸身"〕）；及其至（極致）也，察（著，昭著）乎天地①（，而廣大高明深遠（此即"上下察"、"語大莫載，語小莫破"）〕②。（此即君子中庸製作之道術（方法）也。）③

子曰："道（人道、性道、命道、中庸之道、用致中和之道）不遠人（不離人倫，不離平常日用，即切近人倫平常日用，平易近人而可用，即前文所謂"費用而切近"；或曰不離自身之脩行）④，人之為（創設；脩治）道（人道）而遠人（謂人本身，人生人事，遠人謂遠離人倫平常日用，不能切近而易用；或曰遠於自身之脩養行事，則亦或有"古之學者為己"之意），（則）不可以為

---

① 《周易·繫辭上》："一陰一陽之謂道。**繼之者善也，成之者性也。**仁者見之謂之仁，知者見之謂之知，百姓日用而不知，故君子之道鮮矣。**顯諸仁，藏諸用，鼓萬物而不與聖人同憂，盛德大業至矣哉！**"又曰："夫《易》廣矣大矣，以言乎遠則不禦，以言乎邇則靜而正，以言乎天地之間則備矣。夫乾，其靜也專，其動也直，是以大生焉。夫坤，其靜也翕，其動也辟，是以廣生焉。**廣大配天地，變通配四時，陰陽之義配日月，易簡之善配至德。**"《繫辭下》："**夫《易》，彰往而察來，而微顯闡幽，開而當名，辨物正言斷辭，則備矣。其稱名也小，其取類也大。其旨遠，其辭文，其言曲而中，其事肆而隱。**因貳以濟民行，以明失得之報。"又曰："《易》之為書也，廣大悉備。**有天道焉，有人道焉，有地道焉。**兼三才而兩之，故六。六者非它也，三材之道也。"可對照參互之。

② 本乎性，循行之，而擴張乎道，乃可彌綸乎天地。所謂"盡性擴張"或"性體擴展"也。

③ 或於此後加此段文字：（君子之道也如斯，而何以致之？曰：）"博學之，審問之，慎思之，明辨之，篤行之。有弗學，學之弗能，弗措也；有弗問，問之弗知，弗措也；有弗思，思之弗得，弗措也；有弗辨，辨之弗明，弗措也；有弗行，行之弗篤，弗措也。人一能之，己百之；人十能之，己千之。果能（努力求取，獲致）此道矣。雖愚必明，雖柔必強。"

④ 羅按：道，人道也，為人而創設樹立之道，豈可遠人？故曰道不遠人，遠人非道。

道（人道、命道、中庸之道）①。《詩》云：'伐（砍伐，製造）柯（音科，斧柄，此處指用以製造斧柄的木材）伐柯（斧柄，此處指用以製造斧柄的木材），其則（法，法則，取法，製造斧柄之法則。即依手中之斧或斧柄而法則之，砍木以造新斧柄也，此斧同於彼斧，猶言此人同於他人、同於一切天下人而人之命性皆同也）不遠。'（此言立道（人道）之方，近取諸身（手之柯）（即所謂"切近"，喻言不遠人，乃曰中華文化為人本論或人本主義文化也），不必遠求，切近不遠則易行用也。②）執柯（音科，斧柄）以伐柯（斧柄，此處指用以製造斧柄的木材），睨（左右掃視比較，即睥睨，木匠於製作斧柄時，或於尋覓砍伐樹木以得新斧柄時，於手中既有之斧柄與方作之斧柄木材，而左右來回逡巡察視比較取則之，故曰睨③）而視之，猶以為遠（即睥睨比照手中之斧柄與新伐之木材，則而欲得造新斧柄，其所取則者即手上所有之舊斧，乃近在手上，人猶以為遠）④（。此何故邪？以其近則切

---

① 孔穎達疏："正義曰：此一節明中庸之道去人不遠，但行於己則外能及物。'道不遠人'者，言中庸之道不遠離於人身，但人能行之於己，則中庸也。'人之為道而遠人，不可以為道'，言人為中庸之道，當附近於人，謂人所能行，則己所行可以為道。**若違理離遠，則不可施於己，又不可行於人，則非道也**，故云'人之為道而遠人，不可以為道也'。"

② 亦可寫成：執柯伐柯，其則不遠。意曰：執此斧柄（此處代指整個斧頭）伐此木材（柯，此處指用以製造斧柄的木材），以製作斧柄，其（製作斧柄，此喻指聖人君子創道設教；或常人之行事）所當取法者，即手中所持之柯，所謂（製法或創道設教當）近取諸身，不必遠求也。

③ 或曰：木匠於製作木工或斧柄時，一眼微瞇而斜視，以比較其大小曲直也。是為木匠之繩墨曲直，非此之比較取則。

④ 鄭玄註："則，法也。言持柯以伐木，將以為柯近，以柯為尺寸之法，此法不遠人，人尚遠之，明為道不可以遠。"孔穎達疏："此《豳風·伐柯》之篇，（轉下頁）

於平常日用（易於切實施行），遠則虛渺難取法也。常人之用事行道也，恆欲其切近易施行也。且他心（眾人之心）同於我心，人心同於此心（天下人之心，皆是天命之心、命性而已矣）而已）。故君子以人（常人、眾人，指常人之道，常道，人道，簡易可行之道，非苛刻難行之道，非苛求也；又天下人，天下人之道，即命道、性道，命道、性道亦衹是中庸之道而已；今又謂伻人，伻人之道即是人伻或人伻之道）治（教化）人（常人、眾人、天下人。以常人之常道、眾人之常道、天下之人之常道、伻人之常道治之，初非一概律以聖人道德之高峻嚴苛也——實則聖人之道亦衹是常人之道行之累積耳），改（改常，歸於常道，歸於常人之道，歸於常人之行事，歸於中庸之道，歸於中正之道，歸於人伻之道，即可，**人伻而後，餘則人之自主權也，而任何人不能干預侵犯之。**鄭曰：言人有罪過，君子以人道治之，其人改則止赦之，不苛求，不責以人所不能也）而止（即曰奉行常道、伻道即可，中道即可，外人不苛求也）①。（所謂"以聖人責（或"治"）己，以眾人

（接上頁）美周公之詩。柯，斧柄也。《周禮》云：'柯長三尺，博三寸。'則，法也。言伐柯，斫也。柯柄長短，其法不遠也，但執柯睨而視之，猶以為遠。言欲行其道於人，其法亦不遠，但近取法於身，何異持柯以伐柯？人猶以為遠，明為道之法亦不可以遠。即所不原於上，無以交於下；所不原於下，無以事上。況是在身外，於他人之處，欲以為道，何可得乎？明行道在於身而求道也。"

① 鄭玄註："言人有罪過，君子以人道治之，其人改則止赦之，不責以人所不能。"孔穎達疏："'故君子以人治人，改而止'者，以道去人不遠，言人有過，君子當以人道治此有過之人。'改而止'，**若人自改而休止，不須更責不能之事。若人所不能，則己亦不能，是行道在於己身也。**"

責人"①、"責人以伴道"是也。何以故？ 中庸者，本乎常人之道耳，必先自盡人伴，而後自修進實德，純（德之純美無玷缺，純一不雜，至誠無息；或曰大，雖極大而猶進脩不已；或曰不已）亦不已，精進以待天命也。故曰：君子聖人之用中創道（人道）設教也，近取諸身，而道（人道、性道、命道、中庸之道、人伴之道等）不遠人而已矣。）

忠恕（忠，自體中我心，自中正我心（此"中"皆為四聲）：中體於己心，即誠心體心，誠體中通我心，以體知我心之性情愛惡；又曰中正我心，誠我良心，中正不苟而皆中通天道命性正義而已，自誠自律也；質言之，"忠"即是《大學》所謂正心誠意，而中通於天命之命性與道義。② 恕，推我心於人心，如我心於人心，人

---

① 又曰："忠恕之道，以聖人治己，以眾人治人。以聖人治己，故治己也嚴，而修身之道立；以眾人治人，故治人也寬，而愛人之道著。"參見：陳柱，《中庸通義》，p. 14，p. 16。羅按：所謂"以聖人責己"，自律而非律他也；所謂"以眾人責人"，責人以眾人常道而已，即筆者所謂"伴道"與"伴敬"，乃平等互敬之常道，而不以高標準苛求他人也。道德重在自奉自擇。質言之，自律嚴，律人寬，而皆須守其人伴之常道；人伴之道乃社會基本規範或最低要求，或最低之責任義務，一切人皆當奉守而以此相互對待；高於人伴之上之道德要求，其本質在於責己律己，而後或有相互間之好意，非所以始則即苛求他人也。

② 忠，必以道義為準繩矢的，必以道義法度節之，非思愚也。"忠"字內之"中"旁，即"中通道義"之意。朱熹解"盡己之謂忠"，固有好意，然亦必先中於天道、命性、義理而後可，不然乃或有愚忠、逢迎、諂媚乃至為虎作倀之嫌疑。首為中人，而後為忠人；首中於道（天道、三才之道、中庸之道等），而後忠於人；首中於天心、人心、眾心、己心、他心、公心，而後忠於一人眾人。後世或於此"忠"之"中"義未能的然，乃至有解讀倡導愚忠愚孝愚友者，而為非道專制獨裁、人身依附等文化觀念張目，可謂不識字、不知道義也。故君臣共忠於道義，集義共事，而所謂臣忠君則以道義維君正君諫君；父子有親而孝，有道義而忠，亦或有幾諫之事；朋友而忠，亦有切磋琢磨、道義相規、相進於善之事也。豈可曰愚忠愚孝愚友而陷君親友朋於不義哉。有此中通道義之"忠"，然後其國其族乃能自立於道義，仁善正直，剛毅艱卓，而自有中立天道、天地清高、相與公正仁愛之心志情意也。

心同於我心，即絜矩；如我心於他心，推己及人，以我有此性情愛惡之心，而推知他人亦有此性情愛惡之心也，即以我心推人心，推知他人之心性愛惡，皆同於我也；如我心於人心或他人之心，即既推己心於他人之心，又推他人之心於己心，所謂"人同此心"是也；又曰"以眾人常道責人"，今乃曰"是故伴敬而不苟求於人"。

忠恕，謂中（正）於我心，如於人心。朱熹註：盡己之心為忠，推己及人為恕。忠即自脩自律也，恕即通他心為己心也，祇是常人皆能自行之，故近乎中庸之道^①}

違（離，去）道不遠（猶言忠恕而行則道通而達；不忠則多不誠不正、欺詐奸佞、行險僥倖、偏頗不暢而過猶不及之事，不恕則不能伴敬他人而多"以我冒犯壓服乃至暴凌壓迫爭鬥、欺人太甚"之事），（故用中創道設教、修身行道之一法，忠恕是也（能行忠恕，可謂近於中庸之道矣，或曰則離中庸之道不遠矣）。）施諸己而不願，亦勿施（行）於人（，此曰

---

① 董仲舒則解"忠"曰**"心止於一中者，謂之忠；持二中者，謂之患"**，亦好。"天之常道，相反之物也，不得兩起，故謂之一；一而不二者，天之行也。陰與陽，相反之物也，故或出或入，或右或左，春俱南，秋俱北，夏交於前，冬交於後，並行而不同路，交會而各代理，此其文與！天之道，有一出一入，一休一伏，其度一也，然而不同意。陽之出，常縣於前，而任歲事；陰之出，常縣於後，而守空虛；陽之休也，功已成於上，而伏於下；陰之伏也，不得近義，而遠其處也。**天之任陽不任陰，好德不好刑**，如是。**故陽出而前，陰出而後，尊德而卑刑之心見矣。**陽出而積於夏，任德以歲事也；陰出而積於冬，錯刑於空處也；必以此察之。**天無常於物，而一於時，時之所宜，而一為之。**故開一、塞一、起一、廢一，至畢時而止，終有復始於一，一者，一也。是於天凡在陰位者，皆惡亂善，不得主名，天之道也。故常一而不滅，天之道。事無大小，物無難易，反天之道無成者。是以目不能二視，耳不能二聽，手不能二事。一手畫方，一手畫圓，莫能成。人為小易之物，而終不能成，反天之不可行，如是。是故古之人物而書文，**心止於一中者，謂之忠；持二中者，謂之患**；患，人之中不一者也。不一者，故患之所由生也。是故君子賤二而貴一。人孰無善？善不一，故不足以立身；治孰無常？常不一，故不足以致功。《詩》云：'上帝臨汝，**無二爾心。**'知天道者之言也！"《春秋繁露義證‧天道無二》，pp. 345–347。

忠己而後絜矩，而如推己心於人心（他人之心），又如推他心於己心也）。子曰："君子之道四，丘未能一焉：所求（責求）乎子（今日兼包子女等），以事父（今日兼包父母等），未能也；所求乎臣，以事君，未能也；所求乎弟（今日兼包弟、妹等），以事兄（今日兼包兄、姊等），未能也；所求乎朋友先施之（我先施行之），未能也（聖人而猶曰我未能，明人當勉之無已）。（反之豈不然？所求（責求）乎子臣弟友（今日兼包子女弟妹等），固當先自盡乎其父君兄友（今日兼包父母兄姊等）之道也。[①] 施諸己而未能，則人亦不施乎我。）庸（用；常；通；中）德之行，庸言之謹，有所不足（有所不足，即不及也）（而）不敢不勉（或曰此主"庸德之行"而言），有餘（有餘即過也，過度也，逾常過度之言行）（而）不敢盡（鄭曰：常為人法，從禮也，故有餘不敢盡。如孔子雖愛顏回，而其葬禮必不敢過，以為常法，即所謂"有餘不敢盡"也。或曰此主"庸言之謹"而言）[②]；言顧（相應，對照而符合）行，行顧言，君子（君

---

① 於今而言，所謂父兄，乃兼顧父母兄弟姐妹而言，非僅謂男子也。

② 鄭玄註："注：庸猶常也，言德常行也，言常謹也。**聖人之行，實過於人，'有餘不敢盡'，常為人法，從禮也。**"亦可以"子路贖人"之事為之解說：《呂氏春秋·先識覽·察微篇》："魯國之法，魯人為人臣妾於諸侯，有能贖之者，取其金於府。子貢贖魯人於諸侯，來而讓，不取其金。孔子曰：'賜失之矣。自今以往，魯人不贖人矣。取其金則無損於行，不取其金則不復贖人矣。'子路拯溺者，其人拜之以牛，子路受之。孔子曰：'魯人必拯溺者矣。'孔子見之以細，觀化遠也。"子貢知者賢者，或有過之，而子路於此則知"用中"或"用中道"。孟子亦曰："可以取，（則取之）；可以無取，（而）取，（則）傷廉。可以與，（則與之）；可以無與，（而）與，（則）傷惠。可以死，（則死之）；可以無死，（而）死，（转下页）

子,謂眾賢也)胡不慥慥(慥慥,篤實,守實言行相應之貌)爾!"(中庸之道,言其庸言庸德不可逾失(逾則過度,失則不及,過猶不及;即不可失常,不可違失常識、常道、常理、常禮等)也。忠恕者,先自修·自律也。)

(故)君子素(傃也,猶鄉也,即嚮,相應,對應也;又素,安常守素;或平,平實,相應,德位相應於)其(德(實德))位(道位、德位、倫位、爵位等。德位,一曰"天爵"之位,即命性之位、性道之位,君子所欲盡性上達者;一曰實德之位,關乎君子所脩行之實德;一曰實命之位,或天命之實位,此言人雖或有德,而仍有遇不遇之分,故亦聽命於天或聽天之實命而已。孟子謂"德位"為"天爵",謂"爵位"為"人爵"即世俗爵祿,又有諸如"齒序"之"倫位"。先秦儒家蓋以此倡導性命德能之分際乃至動態開明德命等級制,然若用此以維護僵化封建專制等級

(接上頁)(則)傷勇。"(《孟子·離婁下》,參見拙著《孟子解讀》。)孔子亦曰"不為已甚"。此皆可謂"用中""用中道、常道"而不偏不倚之意也。《論語·陽貨》:子曰:"由也,女聞六言六蔽矣乎?"對曰:"未也。""居!吾語女。好仁不好學,其蔽也愚;好知不好學,其蔽也蕩;好信不好學,其蔽也賊;好直不好學,其蔽也絞;好勇不好學,其蔽也亂;好剛不好學,其蔽也狂。"//子路曰:"君子尚勇乎?"子曰:"君子義以為上。君子有勇而無義為亂,小人有勇而無義為盜。"此則不用中而過而偏倚之病也。今人陳柱則解"庸"為"通",曰:"'庸德'、'庸言',謂於用世而無不通,無不得者也。父慈、子孝、兄友、弟恭,行之於身則為庸德,宣之於口則為庸言。然德雖庸,行之於身而易忽;言雖庸,告之於人而易誇。忽,故於德也常不足;誇,故於言也常有餘。世之小人,不知求諸己,而常欲求諸人,**不知求諸己,故虧德而不自知;常欲求諸人,故多言以欺世。是以言愈有餘,而德愈不足。**君子則反是,**知夫言之易為也,是以謹之而不敢盡,**蓋'恥躬之不逮'也;**知夫德之難盡也,是以勉之而惟恐其不足,**故'戒慎乎其所不見,恐懼乎其所不聞'也。是言彌謹而德彌宏。……然則君子小人之判,固在乎力行,而不在乎多言矣。"此解甚好而通。參見:《中庸通義》,p. 17。

制度，如所謂徒言"人爵之位"，則今必斥棄不可之）**而行**（無過無不及），（**中**（合於，奉持）**道不改，**）**不願**（羨慕，希望，欲求）**乎其**（實德配位之）**外**（鄭玄註：不願乎其外，謂思不出其位。今人陳柱解為"不問乎其外之得失也"）。[1]（**亦曰實德聽命**（天之實命），**素位而行。**）**素**（德位相應於）**富貴，行乎富貴**（猶言達則兼善天下，得志則澤加於民，而不僅僅是不驕不淫）；**素貧賤，行乎貧賤**（猶言窮則獨善其身，不得志則修身見於世，而不僅僅是不諂不懾）；**素夷狄，行乎夷狄**（猶言"言忠信，行篤敬，雖蠻貊之邦行矣"）[2]；**素患難，行乎患難**（猶言"文王內文明而外柔順，以蒙大難，箕子內難而能正其志"），**君子無入而不自得**（自得，謂所鄉不失其道，亦謂中節合道適度）**焉。在上位不陵**（侵侮）**下**（猶言"愛人不親反其仁，治人不治反其智"），**在下位不援**（援，攀援，謂牽持之）**上**（即孟子所謂"士不見諸侯"，此亦是"素其位而行"之意；又猶言"彼以其富，我以吾仁，彼以其爵，我以吾義，吾何慊乎哉"）。[3] **正己**（己之命性、命道、德位；正己以中庸之道、人伴之道、命性、德命、命道等；"正"亦可涵有進德脩業上進天道之意）**而不求**（責求）**於人**（仍是"以聖人責己，以眾人責人"，"君子

---

[1] 與上文相比，此節所論，似有語意轉折或語意轉移。此上言"常"，"中庸之道是常道，不可逾失；過猶不及，故奉守其常道也"；此節則言"中"（四聲），君子之言行當合乎（即中，四聲）其真實德位，處處中（四聲）節中（四聲）道。蓋就此而言，所謂"中庸之道"有二義：常道與中（四聲）道也。

[2] 此句頗可玩味。或解曰：亦曰誠也，不偽飾，如此其進退乃真乃誠，無自欺欺人之病。孟子所謂"勿揠苗助長"。

[3] 以上數句之註解皆藍田呂大臨語，轉引自《中庸通義》，p. 18。

求諸己，小人求諸人"之意。然若純粹以道義或道德脩養而論，此固是好意。然若牽合史事而言，猶孟子所謂"後義而先利，不奪不饜；上下交征利而國危矣"，然則此須配合先秦之動態德能性命學說之學說全體而為言，如"天下人皆是王者"——猶今言公民皆有選舉權與被選舉權然——尊重一切人之人俦自主權，反對任何形式的"大人世襲"等；若獨言"不爭""不求於人"，於不正不義之亂世，則或有維護封建僵化專制等級制度之嫌疑，固當區分論之），**則無怨**（"不怨人"，正己而不有所求於人；鄭註：人無怨之者也。《論語》曰："君子求諸己，小人求諸人。"羅按：亦曰忠以律己，用中、用恕、用常於人，不以庸德庸言、人俦外之道德責求他人，則無怨。此解亦可亦合）。**上不怨天**（天道天命大公，人自有天命，天有命位而已），**下不尤人**（人各有實德與德命，實德不足則德命乃卑，而處於下位，亦曰實德配命而已，唯當自修實德而上進，而或改德命，不當尤人也——然此當先創設中合天道正義之人間文制與政制而後或可。或曰：尤人，苛責於人，苛責人於中庸之外、庸德庸言之外）。① **故君子居易**（易，猶平安、平地、平道也，安處平易之道之地，對應下文所云"小人之行險道"。居易，猶言安處其道然。安處其命道，安處其德能所配之位，實德相配之位，即素其位；又不違庸德庸言，既以安易自處，又將自脩其實德也，而無論天下有道無道，我皆守此道而終身不違也。質言之，居易即是囂囂樂道、安居自修實德上進、平易行道而已）（**修德**（德，實德；或修身，亦可））**以俟命**（俟命，聽天任命也，聽天或改易其德命也；天何以命之？以其人之實德命之也，德能修長則天或將有命之，乃至改命之，而有新德位新天命，即新德命，皆自然而至矣。"改"者，乃方便說法

---

① 陳柱曰："**陵下不從則罪其下，援上不得則非其上，是所謂尤人者也。**"又曰："**若夫行險以徼一旦之幸，得之則貪為己力，不得則不能反躬，是所謂怨天者也。**故君子正己而不求於人，如射而已。"參見：《中庸通義》，p. 18，p. 19。

之言，實則原皆祇是天命而已；此處所謂之"命"，既是"天"之申命，乃至"普遍道命"，又是個體實德之命或德命，"德"即孟子所謂"天爵"，脩其實德即脩其天爵，有天爵之德，然後天或命之人爵），**小人行險**（險，謂傾危之道，即失其命性之道、中庸之道、人伾之道等；行於傾險之道路，失其常道、中道、正道也）（**違常**（或違中，或詐偽或偽飾；違常道、違中庸之道也））**以徼幸**（徼求榮幸之道，徼求僥幸之得；一旦之幸。朱熹解曰：徼，求也；幸，謂所不當得而得者）。（君子素其位而行者，自修其實德天爵，不外騖乎德命之外也。）

　　子曰："射有似乎君子，失諸正鵠（正音征，鵠[1]音縠，皆鳥名，而皆用作箭矢之的，即標的，或以正鳥之畫圖為標的則為正，或以鵠鳥之皮為標的而為鵠[2]，反求諸其身。"（先反求諸其身，即下文所謂"君子之道，辟如行遠必自邇，辟如登高必自卑"，先自修常道、人伾之道，然後進於更高實德、德命、性道、命道、大道也，所謂"終也自求為聖人"[3]，此是中華德性文化之真正含義，質言之：**先皆脩人伾之常道，而後各各自脩上進於性道、命道、聖賢之大道也**）（君子忠恕以行中庸之道（性道、命道、人伾之道），亦猶是也[4]，只是必先求諸己而已，拳拳服膺而終身守之不失，實德上進，如虞舜、顏回然，然後乃可謂真知

---

① 鵠，hú，天鵝；gǔ，射箭的目標；箭靶子。
② 鄭玄註："反求於其身，不以怨人。畫曰正，棲皮曰鵠。正、鵠皆鳥名也，一曰**正，正也；鵠，直也**。大射則張皮侯而棲鵠，賓射張布侯而設正也。"《音義》：正音征，注同。鵠，古毒反，注同。
③ 祇是自律自脩，不是律他，唯以常道、人伾之道律他而已。
④ 故君子囂囂自道樂，無所怨尤苛責於人。

道知命（天命、德命、實命等）者；而不願乎一己德（德，實德，德命）位（德位）之外，又不先（或遽）責人（他人）以庸德（中庸之道、人伻之道）之外也。）

君子之道辟如行遠必自邇：人伻人倫，中庸常道

　　君子之道，辟如行遠必自邇，辟如登高必自卑。《詩》曰："妻子好合，如鼓瑟琴。兄弟既翕，和樂且耽。宜爾室家，樂爾妻帑。"子曰："父母其順矣乎！"

　　[子曰："鬼神之為德，其盛矣乎？！視之而弗見，聽之而弗聞，體物而不可遺；使天下之人齊明盛服，以承祭祀，洋洋乎如在其上，如在其左右。《詩》曰：'神之格思，不可度思！矧可射思！'"][1][夫微之顯，誠之不可揜如此夫[2]。是故君子戒慎乎其所不睹，恐懼乎其所不聞[3]。莫見乎隱，莫顯乎微，故君

---

① 程朱本置此段於此，本《廣辭》又移置於下文。
② 程朱本調整其次序至於"矧可射思"之後，而移置於此，本《廣辭》又移置於下文。
③ 程朱本錯簡於"可離非道也"之下，而本《廣辭》又調整至於下文。

子慎其獨也①。]②

　　子曰："舜其大孝也與！德為聖人，尊為天子，富有四海之內。宗廟饗之，子孫保之。故大德必得其位，必得其祿，必得其名，必得其壽。故天之生物，必因其材而篤焉。故栽者培之，傾者覆之。《詩》曰：'嘉樂君子，憲憲令德，宜民宜人，受祿於天，保佑命之，自天申之。'故大德者必受命。"

　　子曰："無憂者，其惟文王乎！以王季為父，以武王為子，父作之，子述之。武王纘大王、王季、文王之緒，壹戎衣而有天下。身不失天下之顯名，尊為天子，富有四海之內。宗廟饗之，子孫保之。武王末受命，周公成文、武之德，追王大王、王季，上祀先公以天子之禮。斯禮也，達乎諸侯大夫，及士庶人。父為大夫，子為士，葬以大夫，祭以士。父為士，子為大夫，葬以士，祭以大夫。期之喪，達乎大夫。三年之喪，達乎天子。父母之喪，無貴賤，

---

① 程朱本錯簡於"可離非道也……恐懼於其所不聞"之下，本《廣辭》今又調整次序至此"鬼神之為德"一段之下，而又整體移置至於下文"故至誠如神"一句之下。

② 以上一段，本《廣辭》又將其移置於"故至誠如神"一句之下。

一也。"

　　子曰："武王、周公，其達孝矣乎！夫孝者，善繼人之志，善述人之事者也。春秋修其祖廟，陳其宗器，設其裳衣，薦其時食。宗廟之禮，所以序昭穆也。序爵，所以辨貴賤也。序事，所以辨賢也。旅酬下為上，所以逮賤也。燕毛，所以序齒也。踐其位，行其禮，奏其樂，敬其所尊，愛其所親，事死如事生，事亡如事存，孝之至也。郊社之禮，所以事上帝也。宗廟之禮，所以祀乎其先也。明乎郊社之禮、禘嘗之義，治國其如示諸掌乎！"

　　君子之道（即中庸之道、人道、性道、命道、仁道等，又修身進德之道），辟如行遠必自（從）邇（近），辟如登高必自卑（行之以近者、卑者，始以漸致之高遠）①（，而必從自脩於平常日用、庸德庸言（常道，人伻之常道，人人皆當奉守）始，又終身奉守，始終不忘本也）（既不躐等而好高騖遠，且又雖至於高遠而仍不廢其庸德庸言之謹脩，終身奉守不違，非謂至於高遠後便可棄其庸德庸言之奉行也，實則高遠祇是

① 《尚書·咸有一德》："若升高，必自下；若陟遐，必自邇。"《中庸》此句蓋從此來。參見：《尚書正義》，p318。

庸德庸言之累積與擴展而已）[1]。（"邇者遠之本也，卑者高之本也，父母者人之本也，而人道者本乎孝也（孝者，親親而能養其仁愛之心）。"[2]）《詩》曰："妻子（夫妻）好合，如鼓瑟琴（琴瑟，聲相應和也。《白虎通義》曰："琴者，禁也，禁人邪惡，歸於正道，故謂之琴。"又曰："瑟者，嗇也，閑也，所以懲忿窒慾，正人之德也。"亦曰以禮義自禁閑也）。兄弟既翕（合，相合，投合），和樂且耽（亦樂）。宜爾室家，樂爾妻帑（實指為人父母。古者謂子孫曰"帑"，又曰妻子。鄭玄註：此《詩》言和室家之道，自近者始[3]）。"子曰："父母其順（和順）矣乎（順乎父母，使室家和順。鄭玄注：謂其教令行，使室家順。父母正慈而子女孝順，則室家和樂。或曰父母亦因而順心和樂，言為人子女而和樂其家人，則父母亦順心和悅，不取）！"（孟子亦曰："道在邇而求諸遠，事在易而求諸難（人人必先奉其常道，盡其常責本務，行有餘力，則將又進乎遠大艱難之德行，進於大道，所謂恪盡常道人伻本倫職守，而又德業自脩、精進向上不已也）。人人親其親，長其長，而天下平（此言各自先盡常道本倫）。"[4]此[5]皆

---

[1] 此節又有"易"與"新"之意，"易"則"天行健，君子自強不息"而"變易"（以新）也，"新"則"自新其德"、"自新其人其民"而"其命惟新"也。自脩進德，自新新民，而後天或將易命其新德位也。易亦新，新亦易，皆曰自強不息而膺新天命也。

[2] 用陳柱言，參見《中庸通義》，p. 19。

[3] 此言為人父親丈夫。古者唯男子入學治平大道，今則男女平等，故此句當改為"宜爾室家，樂爾夫妻兒女"，言為人夫妻父母，皆當修身以庸德庸言庸行，以宜樂其室家也。

[4] 《孟子·離婁上》。今曰人伻及於兆民，又人倫推及兆民。

[5] 上述為人夫妻、為人兄弟、為人父母、為人子女（父母兒女）之事。

庸德庸行（常德常道）之必始行之於身家（妻子兄弟姊妹父母）者也（造端乎夫婦，而終生持守此義）。庸德修身齊家，然後乃可推及治平（推己及人，治國平天下），故曰忠恕而中庸，其道邇易而能至盛深微矣（此講何以行中庸之道，亦祇是得一善則拳拳服膺，終身不失，而又與人為善，積累上進以至於廣大精微）。）

[（中庸之道，卑近自修於身家，而高遠上達乎鬼神天地。君子之道，本乎天地（天地，天地之道，天地之命等，人道參本乎天道或天地人之道），故君子敬畏天地鬼神（天曰神，地曰鬼），而祭祀之，祭祀鬼神如鬼神在。）子曰："鬼神之為德（即天地鬼神之心與命，鬼神之正命罰命，皆歷歷爽然大公平也），其盛矣乎?! 視之而弗見，聽之而弗聞，體（生）物而不可遺（鄭玄註：體，猶生也。可，猶所也。不有所遺，言萬物無不以鬼神之氣生也。猶言"天生之謂生"或"天生之謂生性"、"天地神祇仁生萬物萬類"然，又或亦各命其物性、類性或物類之命性）；使天下之人齊（齊整，端肅；或通齋，齋戒）明（潔）盛服（正其衣冠，皆言端肅敬慎），以承祭祀，洋洋（洋洋，流動充滿；鄭註曰人想思其傍偯（ài，仿佛也）之貌）乎如在其上，如在其左右（此即所謂"祭神如神在"）[1]。《詩》曰：'神（兼鬼神而言）之格（來）

---

[1] 今人陳柱曰："古聖人之以神道而設教，所謂宗教也。蓋所以導民宗於善，為善知勸，為惡知畏。（此）所以禁民為惡於隱微之處者也。而墨子亦謂'天地之亂縣於不明鬼神之能賞賢而罰暴'，此聖人以神道設教之意，蓋已昭然若揭日月而行矣。而反聽東夷嫉忌之言，信外教排異之說……（則）謂孔（轉下頁）

思（語助詞），不可度（忖度）思！矧（況，何況）可射（厭，厭倦，因厭倦而怠慢不敬）思！'①"（敬天畏命（猶言敬畏天、天道與天命），率性脩道，亦猶如是，不可須臾或怠或射也。而中庸之道之發用，亦猶如是，故修習無已，不可射（厭）也。（今曰重鬼神宗教教化之力））]②

（踐跡中庸之道（常道、人伻之道，即前述諸如孝悌宜家、人伻自主自脩等庸德庸言庸行，而又中於天命之性之大道），邇可行遠，卑可登高，推己及人，將以進德（實德）行仁。中庸之德（實德與命德、性德等）亦大矣。）子曰："舜其大孝也與！（父頑母嚚象（舜之後母弟）傲，而克諧（和）以孝。）德（德位，又實德、實

（接上頁）子不得與於宗教之列，夫豈不妄哉？今考諸六經，《易》言鬼神吉凶，《詩》《書》稱上帝，《春秋》著災異，《樂》言率神，《禮》言居鬼，是為言鬼神乎？不言鬼神乎？……**宗教者人群之愛力，所以葆其道德心者也。無宗教則道德喪而愛力離，宗教不可去也。** 孔教者，神州之國魂，所以維其愛國心者也。"又曰："天命豈必哉？然可必者道之常，不可必者時之變。孔子道其常者，欲以禍福勸善也；不可言其變者，不欲以禍福自沮也。故賢者不惑於鬼，而不肖者有所畏乎神。"參見《中庸通義》，pp. 22－23，p. 25。羅按：陳氏此論，乃言儒家有其宗教特質，又言其宗教性之價值也。又：前文所謂天之"罰命"，亦可與墨子之"明鬼"學說相通。

① 鄭玄註："言神之來，其形象不可億度而知，事之盡敬而已，況可厭倦乎。"孔穎達疏："'《詩》曰：神之格思，不可度思，矧可射思'者，格，來也；思，辭也；矧，況也；射，厭也。此《大雅·抑》之篇，刺厲王之詩。**詩人刺時人祭祀懈倦，故云神之來至，以其無形不可度知，恒須恭敬，況於祭祀之未可厭倦之乎？言不可厭倦也。**記者引《詩》，明鬼神之所尊敬也。"

② 羅按：本《廣辭》又將此段移置於下文。而兩存兩解之。

命)為聖人,尊(爵位)為天子,富有四海之內(天下);宗廟(祭祀先祖處)饗(祭祀,以酒食祭祀)之,子孫保(安,保安)之。① 故(若循乎中庸之道,素位而行,而又自強(強立於道義,脩持無已,即前文所謂"強哉矯")不息,自新進德(實德),則)大德(大實德)必得其位(實命,德位,爵位。今曰人生世上之德命之地位,得位以推行仁德於眾人、國人乃至天下人也),必得其祿(實命,爵祿。今曰人生世上之福報福祿,行仁愛人,則人亦愛之祿之,今曰"勞而獲""有付出,必有回報",即或初未以回報為念,而天必報之),必得其名(令名令聞,德聞聲名。今曰人生世上之令名尊重),必得其壽(正命者報其壽。今曰正命安生得壽)。故天之生物,必因其材(謂其材質也,又猶言其心志或實德也)而篤(厚,加厚)焉。② 故栽(植,種植,自樹立,自生長,自修行;栽者即可樹立者;或曰為茲,滋生)者(自脩自樹立者)培(培植,益,勉勵,即天之正命)之,傾者(傾斜傾倒不正者,自傾邪者)覆(傾覆,敗,懲罰,即天之罰命)之。(故君子將自發自盡其材,而終生自修(修正、修治)自新不

---

① 孔穎達疏:"'子孫保之'者,師說云:舜禪與禹,何言保者,此子孫承保祭祀,故云'保'。周時陳國是舜之後。"

② 鄭玄註:"言善者天厚其福,惡者天厚其毒,皆由其本而為之。"其意若曰:言行之本若誠善則善之,言行之本若誠惡則惡之,固難欺心,尤難欺天也——天終不能欺也。此解頗可玩味,不侈言本性之正、善,而亦道其邪、惡,而各有因果,鄭玄似頗多此種思路,有似道家者,如其解"誠意""致知""格物"等,亦不言"誠正其意""致其正知""格來善物",有類似者。鄭玄註"致知格物"曰:"知,謂知善惡吉凶之所終始也。格,來也。物,猶事也。其知於善深則來善物,其知於惡深則來惡物,言事緣人所好來也。此'致'或為'至'。"詳見拙著《大學廣辭》。

大學廣辭 中庸廣辭

三二〇

已,自培避覆,奉持常道不失,而又將自進乎中庸之至德也。)《詩》曰:'嘉(善)樂(愉樂)君子,憲憲(憲憲,興盛之貌;《詩經》作"顯顯",光明也)令(美)德。宜民宜人,受祿於天,(主語為"天")保(安)佑(助)命(申命,降命,即天命之,天賦予實命)之(降命於此嘉樂君子也),自天申(伸長,增伸,加重,增長,猶言天因其人實德之上進,而降命改命,而伸增其德命以嘉獎報德之也)之。'①故大德者必受命(天命,受天命,受天之實命,各各配位以德,以其人"天爵之德"授命其"人爵之位",如古之為士為大夫卿乃至為國君為天子,以行仁也。此處指舜受命為天子。君子唯當脩德進德而已,天必不辜負也)。"(君子憂德(實德)不憂命(實命,又天命,不憂者,以天命不爽失也),信天也(信天道不爽,天道大公,又信天命不爽失也。質言之,憂實德之不長,不憂天命之或有蔽遲;非天命之遮蔽遲緩也,乃實德之未誠至也)。若夫大德受命為天子,而後乃可本乎天地人三才之道(兼文象、數則理、道等而言之,如天文天象、天數天則天理、元道,如地文地象、地數地則地理等,合言之則曰道②),依乎中庸,而創道(人道)設教,製作禮樂,而教化推及天

---

① 孔穎達疏:"'《詩》曰:嘉樂君子,憲憲令德',此《大雅·嘉樂》之篇,美成王之詩。嘉,善也。憲憲,興盛之貌。詩人言善樂君子,此成王憲憲然,有令善之德。案《詩》本文'憲憲'為'顯顯',與此不同者,齊、魯、韓《詩》與《毛詩》不同故也。'宜民宜人,受祿於天。保佑命之,自天申之。故大德者必受命'者,宜民,謂宜養萬民,宜人,謂宜官人。其德如此,故受福於天。佑,助也。保,安也。天乃保安佑助,命之為天子,又申重福之。作《記》者,引證大德必受命之義,則舜之為也。"

② 詳見拙文:《論"道":正名與分析》,參見拙著《論語廣辭》。

下也。)

（舜也處難（家事之憂難，猶言舜之怨慕。舜生長於瞽瞍之家，父頑母嚚弟傲，其初乃有家庭倫理非常之事，不類於文王，生於太王之家，自來慈孝忠義親親，故下文尤其申重文王之無憂）而無憂（無憂天命），父頑母嚚弟（即象）傲①，而克諧（和）以孝，成大德（實德配天，而為天子；舜之子曰義均，後為虞君）。若夫文王也雖處患（如拘於羑裡，非家庭之憂難）而無憂（無憂天命，又無家庭之憂難）。）子曰："無憂者（家事之憂與天命之憂。原文乃曰家事始終無憂，蓋文王生長於太王之家，自太王、泰伯仲雍季歷、文王以至武王周公等，一家慈孝忠義，文王上承受而下傳述之而已，不類於舜之初也父頑母嚚弟傲，尤須自興作感化，故曰"惟文王無憂"，申重家庭倫常之要也。言"惟文王之無憂"者，尤讚歎舜之終無憂也，即舜初雖有家庭之難事，乃大孝感化而終無憂也。本《廣辭》又增"無憂天命"之意），其惟文王乎（惟者，尤申言之）！② 以王季為父，以武王為子，父作之，子述之（繼其志述其業，故無憂也）。③ （父慈而子孝，家事和美；且聖人以為天下立法度為大事，子能述成之，如此，則何憂之有？④）武王纘（zuǎn，繼，承繼而光大之）大王（周太王，古公亶父）、王季（季歷）、文王之緒（業，緒業，基業），壹（一旦，一

---

① 舜子曰義均，封於商，故又謂商均，後為虞君。

② 何以無憂？曰：身脩至德，體悟承受天命，而上承先人之緒業而孝焉，下有子孫繼述其德業而孝焉，德養天下，復以天下養，故無憂也。

③ 鄭玄註："聖人以立法度為大事，子能述成之，則何憂乎？堯、舜之父子則有凶頑，禹、湯之父子則寡令聞。父子相成，唯有文王。"

④ 此借鄭玄註語。

時，一發，言其志意行動迅捷立成）戎（兵）衣（鄭玄註曰衣讀如殷，壹戎殷者，壹用兵伐殷也；孔疏曰"一著戎衣而滅殷"，《尚書》亦謂"一著戎衣而天下大定"）而有天下[1]；身不失天下之顯名（令德令名令聞令望），尊為天子，富有四海之內；宗廟饗之，子孫保之。（以（因為））武王末（老）（方）受命（為天子[2]，未及製作（即創道設教、製禮作樂之事業））；周公（乃）成（繼承完成）文、武之德（天命之性德，亦指為天下創道設教、製禮作樂、樹立王法之事），（創道設教，製禮作樂。遂）追王（追王者，追加王號；或曰又以天子之禮改葬之矣）大王、王季，上祀先公（周太王以上之先祖）以天子之禮（此即言周公製禮作樂之事，舉喪禮而言之。又：祭用生者之祿，故成王、周公乃可追王大王、王季而上祀先公以天子之禮）。斯（喪祭之）禮（喪禮[3]。謂葬之從死者之爵，祭之用生者之祿也）也，（葬之從死者之爵，祭之用生者之祿，）達乎（通達於，通於）諸侯大夫，及（推及於）士庶人（，天下一之）。父為大夫，子為士，葬以大夫，祭以士；父為士，子為大夫，葬以士，祭以大夫。期（音基，一週年；此

---

[1]《音義》："'壹戎衣'，依注衣作殷，於巾反，謂一用兵伐殷也。《尚書》依字讀，謂一著戎衣而天下大定。"

[2] 武王伐紂時已老，越三年而崩，故曰"武王末受命"。

[3] 前所"廣辭"者，乃總謂周公製禮作樂；此則單舉喪禮、宗廟之禮而例言之；實則以喪禮而包總諸禮也。諸禮，皆是製禮作樂之事，即用中（中庸）製作（"中庸之道"）之事也。下文則續言宗廟之禮、治國平天下之禮樂政教等事，皆是創道設教之事之意也。

處之期喪,謂旁系親屬之一年期喪)之喪,達乎大夫(此蓋言天子諸侯親親之禮:旁系親屬之一年期喪,祇及於大夫而已,即大夫須為旁系親屬服一年期喪,而天子諸侯不必為旁系親屬服期喪);三年之喪(蓋指直系親屬之三年喪禮),達乎天子(通達於天子,雖天子亦將服其三年之喪也);父母之喪,無貴賤,一也(一於三年之喪。鄭曰:三年之喪者,明子事父以孝,不用其尊卑變①。"(此言周公製作喪葬、祭祀之(兌)禮(或兌禮)也(上半節亦言孝道)。)

　　(若夫郊社宗廟諸吉禮,亦曰用中製作也。)子曰:"武王、周公,其達(通達,通達其大者,無所不通;或曰天下通謂之孝)孝矣乎! 夫孝者,善繼人(父祖先人)之志(道義正志),善述人之事(道義正事)者也。春秋修(謂掃糞也,糞即糞除,亦作抃,pàn,捨棄,不顧惜;又 pīn,捨棄)其祖廟,陳(陳設,陳列)其宗器(祭器)②,設其裳衣(鄭註:先祖之遺衣服,設之當以授屍也),薦(獻,陳)其時食(四時祭③)。(製作)宗廟之禮,所以序(次,次序之,為之次序)昭穆(宗廟之制,始祖廟居中,父為昭,其廟居左,子為穆,其廟居右)也。序爵(爵,謂公、卿、大夫、士也,意曰"宗廟之中,以爵為位,崇德也"。此

---

① 鄭玄註:"'期之喪,達於大夫'者,謂旁親所降在大功者,其正統之期,天子諸侯猶不降也。大夫所降,天子諸侯絕之不為服,所不臣乃服之也。承葬、祭說期、三年之喪者,明子事父以孝,不用其尊卑變。"
② 朱熹註:"宗器,先世所藏之重器;若周之赤刀、大訓、天球、河圖之屬也。"
③ 朱熹註:"時食,四時之食,各有其物,如春行羔、豚、膳、膏、香之類是也。"

言周代天子宗廟祭祀之禮，非平民之祭祀常禮，今亦不可逕以此為人伾常禮。下皆同），**所以辨貴賤也**（意曰"宗廟之中，以爵為位，崇德也"，以德序爵辨貴賤，辨貴賤所以辨其德能而授爵任職也，今曰公職，而皆曰舉賢任能，而公事私事分立不僭越。又：今乃曰人格平等而人伾，斥棄貴賤觀念，下皆同）。**序事**（祭祀之職事，"序事"謂次序其祭祀時之薦羞職事，謂薦羞等事也。序事，蓋謂隨其賢德——乃至古之所謂貴賤長幼——不同而各職掌相應之祭祀之禮事），**所以辨賢**（以其事別所能也，意曰"宗人授事以官，尊賢也"，乃是古代宗族部落內部之組織制度，曰宗法、部族法也[①]。今論分工，又論公私分明，以德能而有其分工，而復必先尊奉其人伾常道）**也**。**旅**（眾）**酬**（導飲，旅酬即祭後燕禮，而眾酬也），**下為上**〈為，wéi，子弟卑下者亦得舉觶（zhì）於其長者，而使卑下者先飲之，若待賓上之禮[②]，故曰"下為上"，以曰恩意先及於子弟卑下者[③]〉，**所**

---

① 又謂內朝，所謂"公族朝於內朝，內親也，雖有貴者以齒，明父子也"，若夫外朝，其相異處則在於"外朝以官，體異姓也"（《禮記‧文王世子》）。或曰此一內朝宗法，後乃擴而為國家組織之法，既有所承繼諸部族宗法，又有所變化也，蓋於天下邦國外朝言，辨賢所以尊賢為公為天下為國家也。

② 並非今之俗語所謂"先幹為敬"。古者迎賓或鄉飲酒禮，先敬賓客長者或所謂貴者，所以為敬；此處之"下為上"，蓋旅酬時子弟卑下者舉觶（zhì）先敬其長者，而長者謙不受，反請卑下者先飲，反敬之也，即所謂施恩、敬禮而亦有所及於卑賤者也。蓋亦孟子所謂"斯須之敬"，以此申明"禮"之"相對待性"（非單向之專制、單向之義務或單向之禮），又以此明"無不敬也，無不愛也"之"伾敬"之意：庸敬則卑下者敬其長者先飲；斯須之敬，則於旅酬時，卑下者固然仍先向長者敬酒，而長者謙不受而不先飲酒，反請卑幼者先飲。此則蓋今之所謂"先幹為敬"之由來，而其內涵有所不同耳。實則"斯須之敬禮"，非"庸敬之禮"；庸敬之禮，固是敬請賓客長者（所謂）貴者等先飲酒也。

③ 孔穎達疏：謂祭末飲酒之時，使一人舉觶之後，至旅酬之時，使卑者二人各舉觶於其長者。卑下者先飲，是下者為上，賤人在先，是恩意先及於賤者，故云"以逮賤也"。或讀為 wèi，下敬上也，茲不取。

以逮（及）賤（使古之所謂卑賤者亦有所禮尊恩施，即施恩、敬禮而亦有所及於卑賤者，非謂可輕蔑卑賤者也[1]。孔曰"恩意先及於賤者"，逮賤所以仁恩禮敬及於卑下乃至一切人也。今無卑賤之說，乃曰"人伻"，而後或有不過分之若干人倫之禮，下文有詳述）也。燕（四聲，宴飲）毛（毛髮之色別，如斑白而老者，如烏絲而幼小青壯者。燕毛，即燕飲時乃以毛色黑白別長幼，而序以為親親也，即齒序，不似祭祀時以賢德爵位貴賤為序而尊尊。鄭註曰"燕，謂既祭而燕也。燕以髮色為坐，祭時尊尊也，至燕親親也。"[2]），所以序齒（年。序齒所以親親一家有序有情也）也[3]。踐（猶升也。踐或為纘）其（其先祖，所祭祀者；或曰

---

① 故中國文化雖曰有倫類之別，各有分際而各守其倫理，然又各有倫禮，各各相待相尊以相應之倫禮，非謂可輕蔑鄙棄而不禮敬其卑下者也。鄭曰"宗廟之中，以有事為榮也"。

② 孟子曰："曾子曰：'晉楚之富，不可及也。彼以其富，我以吾仁；彼以其爵，我以吾義，吾何慊（qiàn，歉、少）乎哉？'夫豈不義而曾子言之？是或一道也（大概也有一種道理）。**天下有達**（最高；通達天下，普遍、普世、普適）**尊三：爵一，齒一，德一。朝廷莫如爵，鄉黨莫如齒，輔世長民**（輔佐君主長養治理百姓）**莫如德。"**此之謂也。詳見拙著《孟子解讀》。

③ 鄭玄註："序，猶次也。爵，謂公、卿、大夫、士也。事，謂薦羞也。'以辨賢'者，以其事別所能也。若司徒'羞牛'，宗伯'共雞牲'矣。《文王世子》曰：'**宗廟之中，以爵為位，崇德也。宗人授事以官，尊賢也**'。'旅酬下為上'者，謂若《特牲饋食》之禮賓，弟子、兄弟之子各舉觶於其長也。'逮賤'者，宗廟之中，以有事為榮也。'燕'，謂既祭而燕也。燕以髮色為坐，**祭時尊尊也，至燕親親也**。齒，亦年也。"孔穎達疏："'旅酬下為上，所以逮賤也'者，旅，眾也；逮，及也。謂祭末飲酒之時，使一人舉觶之後，至旅酬之時，使卑者二人各舉觶於其長者。**卑下者先飲，是下者為上，賤人在先，是恩意先及於賤者**，故云'所以逮賤也'。案《特牲饋食》之禮，主人洗爵，獻長兄弟，獻眾兄弟之後，眾賓弟子於西階，兄弟弟子於東階，各舉觶於其長也。弟子等皆是下賤而得舉觶，是有事於宗廟之中，是其榮也。又制受爵，是'逮賤'也。'燕毛，所以序齒也'者，言祭末燕時，以毛髮為次序，是所以序年齒也。故注云：'燕謂既祭而燕也。燕以髮色為坐，祭時尊尊也，至燕親親也。'"

"其"是祭祀者）位（踐其位，謂孝子升其先祖之位，行祭祀之禮；或曰是祭祀者各就其本位即祭禮之位次，歷歷不亂）[①]，行其禮（祭祀之禮），奏其樂（祭祀之樂。此蓋言各按先祖在生之爵位而奏樂祭祀，不僭禮。今乃人伻之世，而亦追慕讚述先人在世時之德命也），敬其所尊（蓋於其鬼神宗人皆序爵尊尊也），愛其所親（蓋於其鬼神宗人皆序事序齒親親也），事死（先祖鬼神等）如事生（"如其生"，又或曰父兄宗人親族等），事亡（先祖鬼神等亡者）如事存（"如其存"，又或曰父兄生者），孝之至也。郊（祭天）社（社，祭地神。不言后土者，省文；后土者，地祇也）之禮，所以事上帝（即天地鬼神等，尊天地也，明天道也，又中通天地之道也）也（古者唯天子祭天地山川，若言天下為公則曰天下邦國郡縣之大祭，平民則或祭地方土地神等）。宗廟之禮，所以祀乎其先也。明乎郊社之禮（明而敬畏天地鬼神之命、道、德等）、禘（dì，大祭，天子宗廟之祭祀，祭宗廟之神）嘗（秋祭，實則包四時之祭如春祠夏禴秋嘗冬蒸[②]而言，此省文也）之義（敬畏天地，敬畏天地之道也，天地之道，人道命性命道實命等之所中通從來也，故當敬畏之、祭祀之），治國其如示（讀如寘，寘，置也。物而在掌中，易為易治者也；又"見"，所以

---

① 孔穎達疏："'踐其位，行其禮'者，踐，升也，謂孝子升其先祖之位，行祭祀之禮也。"

② 禴，yuè，古同礿，yuè，古代宗廟祭祀名，夏、商二代為春祭，周代則改稱夏祭。四時之祭之最薄者也。《詩經‧小雅‧天保》："禴祠烝嘗，于公先王。"漢毛亨傳曰："春曰祠，夏曰禴，秋曰嘗，冬曰烝。"《釋天》曰："春祭曰祠，夏祭曰礿，秋祭曰嘗，冬祭曰蒸。"孫炎曰："祠之言食。礿，新菜可汋。嘗，嘗新穀。蒸，進品物也。"《王制》："春曰礿，夏曰禘。"與《周禮》異。參見：漢典。

使人見也^①）諸掌乎（知敬畏，順天道，敬畏、法則天地之道而不敢違，知天知命，戒慎恐懼，然後能治其國）！"^②（知敬畏（敬其已知之天道，畏其未知之天道），順天道，遵禮義，盡性知命，則（動詞，法則、效法、循順）天行道而不敢違，戒慎恐懼，進德實命（造實德而進實命），然後能治國治天下也。此言序爵、辨賢、尊尊、親親（之禮），乃古代治國之要也。^③ 中庸（用中，用致中和）以則（取則，效法）天（天，三元天，天道，天地人三才之道等）創道（人道、元道，本乎天道天命之命性之道、命道等）製禮（禮義、禮儀、禮樂等。原指前文所云喪祭之兇禮、宗廟郊社之吉禮等，總言之則曰則天創道設教、製禮作樂；今則已知之天道較古時大所擴展，而有新天道，如人伻等，故當法則新天道而新製作也），人伻而後人倫（基於人伻之新人倫，而斥棄其單嚮專制等級制等），本乎身家之修齊，絜矩推及以治天下國家，其斯之

---

① 《說文》：示：天垂象，見吉凶，所以示人也。從二。三垂，日月星也。觀乎天文，以察時變。示，神事也。凡示之屬皆從示。爪，古文示。神至切。《說文解字註》：示："天巫象，見吉凶。"見《周易‧繫辭》。所以示人也。從二，古文上。三巫，謂川，日月星也。"觀乎天文，以察時變。"見《周易‧賁象傳》。示，神事也，言天縣象箸明以示人，聖人因以神道設教。凡示之屬皆從示。神至切。古音第十五部。《中庸》《小雅》以示爲實。參見：漢典。

② 鄭玄註："序爵、辨賢、尊尊、親親，治國之要。"今人陳柱曰："王者之祭莫重於郊天。天者百神君也，王者之所最尊也。**王者何為獨尊於天？尊民也。何言乎尊民？人者天地之心也。天為民以立君，尊天所以尊民也。故《春秋》置王於春之下，訕王以信（即伸）天，即抑君以尊民也**，其旨亦微矣哉！"參見：《中庸通義》，pp. 28-29。

③ 此借鄭玄註語。

謂也。）

哀公問政：五道三德九經一本

哀公問政。

子曰："文武之政，布在方策。其人存，則其政舉；其人亡，則其政息。人道敏政，地道敏樹。夫政也者，蒲盧也。故為政在人，取人以身，修身以道，脩道以仁。仁者人也，親親為大；義者宜也，尊賢為大。親親之殺，尊賢之等，禮所生也。[在下位不獲乎上，民不可得而治矣！]① 故君子不可以不修身；思修身，不可以不事親；思事親，不可以不知人，思知人，不可以不知天。"

"天下之達道五，所以行之者三。曰：君臣也，父子也，夫婦也，昆弟也，朋友之交也，五者天下之達道也。知，仁，勇，三者天下之達德也，所以行之者一也。或生而知之，或學而知之，或困而知之，及

---

① 程朱本無此，此句蓋錯簡重出，然亦可以之為解。

其知之,一也。或安而行之,或利而行之,或勉強而行之,及其成功,一也。子曰:好學近乎知,力行近乎仁,知恥近乎勇。知斯三者,則知所以修身;知所以修身,則知所以治人;知所以治人,則知所以治天下國家矣。"

"凡為天下國家有九經,曰:修身也。尊賢也,親親也,敬大臣也,體群臣也。子庶民也,來百工也,柔遠人也,懷諸侯也。修身則道立,尊賢則不惑,親親則諸父昆弟不怨,敬大臣則不眩,體群臣則士之報禮重,子庶民則百姓勸,來百工則財用足,柔遠人則四方歸之,懷諸侯則天下畏之。齊明盛服,非禮不動,所以修身也;去讒遠色,賤貨而貴德,所以勸賢也;尊其位,重其祿,同其好惡,所以勸親親也;官盛任使,所以勸大臣也;忠信重祿,所以勸士也;時使薄斂,所以勸百姓也;日省月試,既稟稱事,所以勸百工也;送往迎來,嘉善而矜不能,所以柔遠人也;繼絕世,舉廢國,治亂持危。朝聘以時,厚往而薄來,所以懷諸侯也。凡為天下國家有九經,所以行之者一也。"

"凡事豫則立,不豫則廢。言前定則不跲,事前定則不困，行前定則不疚，道前定則不窮。

[在下位不獲乎上，民不可得而治矣。]①獲乎上有道，不信乎朋友，不獲乎上矣；信乎朋友有道，不順乎親，不信乎朋友矣；順乎親有道，反諸身不誠，不順乎親矣；誠身有道，不明乎善，不誠乎身矣。"

（若夫為政治國平天下，亦曰用中（多重涵義）而忠（忠，自體中我心，自中正我心（此"中"皆為四聲）：即修正我身心之意，中正不苟而皆中通天道命性正義而已，自誠自律也；亦曰自修中庸之道）恕（恕，推我心於人心，如我心於人心，人心同於我心，猶曰待人如己，不干涉他人之人俬自主權），盡性實德，以順行天道也。）哀公問政（問何以為政，何以治國）。子曰："文武之政（治國平天下之政教法度），布（同佈，展佈、宣佈）在方（木版，木板，版板通）策（簡，竹簡。先王之正道典章法度具在，在乎其秉政者繇不繇、用不用耳）。其人（道義之人、有道德之人、賢人，有中庸之道、忠恕之德者。古者於解此"人"為賢人之同時，又解為治人、君子大人，即德能足可用中而為正大高明之政教者，而取政治精英主義思路，今曰此"人"亦包舉全民而言，謂全民當自脩自求為道義之人，在野曰義民，在下位曰義士，在上位曰道義大人、君子、君臣或義官，如此乃能興一國乃至天下之政。然則何以"全民皆義人"？則曰自脩與教化也，先秦儒家、《中庸》曰聖賢大人用中則天、以正道禮義教化兆民也，《大學》所謂"有德此有人"是也。"其人"，又猶曰得其人）存（存在，兼

---

① 程朱本置此句於斯。《廣辭》上文亦用此句，乃重出而兩解之。

言道義之人與人之道義，謂道義之人及其道義、道德，皆存在），則其政舉（行，興）；其人（其人其道其德，在野曰義民，在下位曰義士，在上位曰義官或義君義臣）亡（義人及其道德消亡，或曰無其人其道其義），則其政息（息，猶滅也）。人（賢人，道義道德之人，在野則曰民，在下位則曰士，在上位則曰大人君子或君臣。又猶曰"以其人""用其人"，或"人之用道"、"用人之道"等）道（循其道，賢人循其道①）敏（捷敏亟務，興作其事。其義或繫於"人"，作動詞，猶勉也，致力於，捷敏，亟務，"**賢人乃能循道而敏勉於政事**"也②；或繫於"政"，作形容詞或使動詞，捷敏興盛、疾興，"**賢人循道乃能使政事興盛**"也。蓋為後者，然亦皆可通，古代文法本稍鬆散而自可蘊涵多重含義③）政（政事，或政教法度），地道（循其道，循其坤地之道，地循其道）敏（捷敏興盛、疾興、興盛繁茂，其義蓋繫於"樹"，"**循地之道乃能使樹木繁茂**"也）樹（樹，謂種植草木五穀之類也。地主生物，故循其道則能樹植萬物而暢茂。人之無政，若地之無所樹立而無草木；政事當賢人循其人道而為之，猶樹植之事當循其地道而為之矣）。夫政也者，蒲盧（"蒲葦"，喻言草木五穀等，循地道而敏樹，其果也。人道之勉力於為政，猶地道之勉力於樹蒲盧；或解為蒲盧，螺蠃，謂土蜂也，今曰細腰蜂。螺

---

① 或解為"人之道"，賢人君子之道，賢人用中治國之道，即中庸之道等；或解為"人世、用人或人事興旺之道，在於亟勉於政事，用地或坤地繁茂之道，在於亟勉於樹植，如此乃能興盛繁茂"，而皆須得其人，得其人則政興樹茂。皆稍不通於上下文，故不取。
② 如此解則曰"人道之敏勉於為政，猶地道之敏勉於樹蒲盧矣"。
③ 朱熹解為"速"，疾興；或解為"善於"；或曰敏為謀，皆未能前後通，不取。

音果）①也，（蒲盧（喻指草木五穀等）得地循道（地道）乃茂，政事得人（道義之人、有道德之人、賢人，有中庸之道、忠恕之德者，又猶言"有其義人"）循道（天道、天地之道、人道、命性之道、中庸之道等）乃興。蒲盧何以生（生植繁茂）？地生之矣；政事何以興？賢人（義人、賢人、有道德之人）循道興之矣。②然則何以（包舉"孰以"而言）為政如樹蒲盧？曰賢人（賢人、道義之人、用中循道之人、有道德之人）循道也）（或解蒲盧為蜾蠃，則其廣辭當為：夫政也者，蒲盧（蜾蠃）也，（敏政以教育得人才也。）《詩》曰：'螟蛉有子，蜾蠃（蜾蠃謂土蜂也，今日細腰蜂。蜾音果）負（保愛撫育）之。'③螟蛉，桑蟲也；蒲盧，蜾蠃也；蒲盧取桑蟲之子，如為己子（喻言為政者、任公職者當"愛民若子""愛民如己"，亦是行其忠恕之道），撫育（喻言

---

① 鄭玄註："蒲盧，蜾蠃，謂土蜂也。《詩》曰：'螟蛉有子，蜾蠃負之。'螟蛉，桑蟲也。蒲盧取桑蟲之子，去而變化之，以成為己子。政之於百姓，若蒲盧之於桑蟲然。"朱熹註曰："敏，速也。蒲盧，沈括以為蒲葦是也。以人立政，猶以地種樹，其成速矣；而蒲葦又易生之物，其成尤速也。言人存政舉，其易如此。"若作是解，則此句當改為："夫政也者，蒲盧（蒲葦）也。政教易化育，蒲盧易生長也。化育兆民，莫若賢人立政教，其化育之效，若大地生蒲盧然。"康有為曰："蒲，葦也。以人立政，猶以地種樹，且如種蒲葦之草，最為速成也。"參見：《中庸註》，p. 207。或解曰：政教易化育，蒲盧易生長；為政治平，莫若聖賢則天用中創道，立正法度政教，則其化育之功效，若大地生蒲盧然。又或解曰：有庶人賢人則其政舉政興而繁茂如蒲盧，猶曰：得其賢人而為政，則其政之興也，如地之蒲盧繁茂然。

② 此回應哀公"問政"，言當脩道教化立人（中道之人，道義之人，道德之人），又循道而行，然後乃能談及"為政"。

③ 古人據其觀察，以為蜾蠃取螟蛉之子為己子，而悉心撫育變化之，故喻言為王君愛民若子而教化之。今知此乃誤解，故只取其所喻之意，而斥其物理之誤會。

保愛教育。保亦愛，曰愛曰撫育也；育，教育，喻言為政者、擔公職者當以命性之道、中庸之道教化之）**而變化**（喻言，言民或有生性偏執或氣質之偏者，人慾之私與過者，以及後天習染者，亦教而變化之，如《大學》所謂"新民"然）**成之。**

賢人為政之於百姓，若蒲盧（螺蠃）**之於桑蟲然，此喻言為政當保民新民化民**（新民即化民，教民化民也）**若己若子**（亦曰中樞之道而已），**又伻敬之，是忠恕也，是知政者也）。**

故為政在人（人，通言人也，又義人、賢人、道德之人也。通言之曰人或賢人義人，分言之則曰：在野曰義民賢民，在下位曰義士賢人，在上位曰道義君臣或義官。古者解此"人"為賢人，又解為賢君賢臣等治人①，包君、臣或選人者、被選者而言，要皆在自修，而取政治精英主義思路；今曰此"人"亦包舉全民而言，謂"為政之要，在於人，在於全民皆能自脩教化為道義之人"。"在人"，或通言"在乎人及其中庸道德"，或曰"在於得賢或得賢臣"，或曰"在於君卿為政者自身之脩道"。又：揆上文，實則此處當為"故為政在人而循道"，故下文復言"修身脩道"，然事理及行文次序有主次先後，故分言之），**取**（選取，評價，選任）**人**（見前註）**以身**（身行、德行、實德、道德。分言之或指君或君子之道德，或指賢臣賢人之道德②，總言之則曰其人即賢君或君子賢臣或賢人乃至今解之"全民之人"自身之德行；或曰祇是"取人者之自身道德"，鄭註：言明君乃能得人，即曰君自當修身

---

① 古曰得其明王賢君賢臣以治國平天下；今曰天下邦國得其賢人賢臣，為民代民而治平也。或曰：於今言之，民皆可為古之王君今之公職人員，則全民皆可為王者（今日被選舉權）而為民代民為治（被選為邦國公職人員）；或曰：今者全民為君王，而邦國公職人員乃服務於民或為民服務者，猶古之所謂臣僕也。

② 蓋可兩存之，可見無論取人或見取（被選取），皆當自修其道德也。蓋自無道德，則無以感召賢人，而賢人不願歸集見取也；自無道德，又君民無以取用之也。

而賢明，而後乃能得人，仍是自修自新之意也①），修（修治、修正、修美）身以道（天命性道、天道、人道、中庸之道、忠恕之道等，猶率其純然天性之善道、天下之達道。無論君臣、取人者或見取者或凡民，皆當修身以天命性道而已），修道以仁（仁愛，仁善，仁心，仁親，既兼愛，又別愛，人伻而人倫也；仁即仁愛忠恕之心也②）③。仁者，人（人道、人意、人心，以人道、人意、人心相存問、相

---

① 此蓋古之通義，今或可更張之，以免在高位者之尸位素餐、人浮於事、偽飾自誇、朋黨裙帶汲引、結黨營私、剝削使役臣僚、據貪人天之功為己有等弊病。康有為解曰："百官庶職，以亮天工，為政以人才為本，故人君勞於求賢，而逸於得人。然人之賢否，因用人之才德高下，而與應之。故有湯而後有伊尹，有桓公而後有管仲，有先主而後能取諸葛。君臣相等，乃能相與有成。否則讒佞盈朝，雖有賢才，必不聽用也。故求賢審官，先本君身，君身才識德性，由於學道。然天下之道術多矣，刑名法術不足修也，所道之道必在於仁。仁者，在天為生生之理，在人為博愛之德。（董子所謂）'治其道而以出法，治其志而歸之於仁。'《尸子》曰：'孔子本仁。'此孔子立教之本。"參見：《中庸註》，pp. 207 - 208。

② 《說文解字》：**仁，親也**。从人从二。𛀁忎，**古文仁从千心**。𛀁𠤈，**古文仁或从尸**。如鄰切。〖注〗臣鉉等曰：**仁者兼愛，故从二**。〖注〗忈，rén，**親，仁愛**。《說文解字註》：仁：親也。見部曰：親者，密至也。从人二。會意。《中庸》曰：仁者，人也。注：人也讀如**相人偶之人，以人意相存問之言**（羅按：互敬也，伻敬也）。《大射儀》：揖以耦。注：言以者，**耦之事成於此意相人耦也**（羅按：互敬也，伻敬也）。《聘禮》：每曲揖。注：**以相人耦為敬也**（羅按：互敬也，伻敬也）。《公食大夫禮》：賓入三揖。注：相人耦。《詩·匪風》箋云：人偶能烹魚者，人偶能輔行道治民者。《正義》曰：**人偶者，謂以人意尊偶之也**（羅按：互敬也，伻敬也，成人平人皆互敬伻敬也；而後或倫類相敬）。《論語注》：人偶同位人偶之辭。《禮》注云：**人偶相與為禮儀皆同也**（羅按：此即互敬伻敬）。按**人耦猶言爾我親密之詞，獨則無耦，耦則相親，故其字从人二**。孟子曰：仁也者，人也。**謂能行仁恩者人也**。又曰：**仁，人心也**。謂仁乃**是人之所以為心也**。與《中庸》語意皆不同。如鄰切。十二部。參見：漢典。

③ 朱熹註曰："此承上文人道敏政而言。為政在人，《家語》作'為政在於得人'，語意尤備。人，謂賢臣。身，指君身。道者，天下之達道。仁者，天地生物之心，而人得以生者，所謂元者善之長也。言人君為政在於得人，而取人之則又在修身。能脩其身，則有君有臣，而政無不舉矣。"

親愛、相偶敬也，凡人皆以人意人道相親愛存問偶敬也。又曰人性仁愛忠恕之心也。鄭註：人也，讀如相人偶之“人”。以人意相存問之言①）也，（相人偶（二人相親好）也，凡（凡是，所有）人皆仁愛（兼愛，伾敬）之（“仁愛之”，謂以人道、人意、人心相存問、相親愛、相偶敬也，凡人皆以人意人道相親愛存問偶敬也，故曰伾敬兼愛）；又忈（仍音仁）也，人心所同也（忈字中之千之古字形仍為人，故忈即是人心；然解為“千心”亦可，千心所同也，一人之心即是千萬人之心也，則由二人相人偶而推至千萬人相人偶親愛也；又：天命之心性皆同也，此處之“心”“性”指天命人類之普遍命心、命性）。天命人之心（仁心）性（命性）也同，又各有倫類，故凡（凡是，所有）人皆（仁（性本仁）而又）仁（愛，仁愛，兼愛，以伾敬人道兼愛之。或亦可為“伾”“人伾”，下文有詳述情）之，必致人伾（伾，平人，人人命性、道命平等，故當以人道平等相敬，曰人伾、伾敬、伾禮等）也（此對應於前文“天命人之心性也同”）；而乃）親親（親近其親）為大（重大。此為“倫”，或“份”“人份”“倫份”。此對應於前文“又各有倫類”）（於公職公政，普敬萬民，一視同法（公法）；於公共道德與公共事務，則必先人伾；於私域或私情之義務責任，必先親親倫敬而推及之，所

---

① 意曰：仁，人道也，關乎人者也，人之相對待之道也。先秦儒家之“仁”，主要指人道（“人道之仁”），推己及人而已；人本，不言以人道推及於物（萬物眾生），或曰先人后物，故孟子曰：“仁民而愛（喜歡，非曰人際之仁愛）物（萬物眾生）”，不言“仁物”（參見《孟子·盡心上》：孟子曰：“君子之于物也，愛之而弗仁；於民也，仁之而弗親。親親而仁民，仁民而愛物。”）；及其後，或因受佛教萬物眾生平等觀念之影響，而將“仁”之含義擴大，而或推及萬物眾生，“仁”乃成為“天道之仁”。然而為名實相副或字名之形意相顧故，“天道之仁”之“仁”，或當另改其字，如“上天下平或上天下一”（即㐤、丕），如“忕”（現音 tài，古同“太”）等；而人權平等之“仁”或可另用字如“伾”（現音 bēng），皆仍可念音“人”。

謂“君子之道，辟如行遠必自邇”也）；義者宜也，（萬事皆有其義（即其所宜），而）尊賢為大。（此何故邪？ 親者（父母等）以仁愛鞠（jū，通“育”）我，吾親（親愛之、孝敬之）親（父母等）孝悌而體充我之仁心（本有仁心，感此父母之仁心，而又感恩親親孝悌體養此仁心。或曰仁愛責任，即吾人之責，吾人當任當報者；生養在家，生有仁心，家有仁愛，感其恩情，親親乃愈能體知仁道仁責，是親親之仁），為仁之本，而後能推及（於他人天下，如人伻之仁，如行道積德之仁等）；賢者以道義教我，尊賢養我道義省察（尊賢，所以尊師重道取賢友而與人為善也），而後能希（企慕）賢（又希聖）自新止善也。人者，本體乎天地之道，秉承天地陰陽之精氣（“陽之精氣曰神，陰之精氣曰靈，神靈者品物之本也。”[1]），參化而生，故其天命之性（即人之命性）也同；天（兼天地而言）道好仁（天地之道好仁），天命仁心，仁相人偶（相親好），則人皆當相仁善也，曰‘伻’（原音bēng[2]，今或可借讀為“平”píng，則可謂之曰“人伻”“人仁”，人之天賦命性、命道、道命皆同也。今曰“平等人權”“平等人格”“基本人權”“基本人道、權利或人

---

[1] 《曾子·天圓》。

[2] 《尚書》即有“伻”字，鄭玄解為“使人、遣人”，“伻來以圖，及獻卜”（《尚書·洛誥》，p.592），孔安國傳：“遣使以所卜地圖及獻所卜吉兆，來告成王。”又曰“公既定宅，伻來，來視予卜休恆吉……”（《尚書·洛誥》，p.595），不贅。參見：《尚書正義》。《康熙字典》解“伻”曰：【廣韻】普耕切【集韻】【韻會】悲萌切【正韻】補耕切，音抨。【爾雅·釋詁】使也。又從也。【書·洛誥】伻來以圖及獻卜。又【立政】乃伻我有夏式商受命。【註】使周有此諸夏，用商所受之命也。參見：漢典。今皆不取，而賦予新義。

際尊重"。上文"旅酬下為上，所以逮賤也"，《論語‧學而》所謂"泛愛眾"，《論語‧子張》所謂"君子無眾寡，無大小，無敢慢"，《禮記‧曲禮》所謂"雖負販者，必有尊也"，即可謂"人伻"，雖卑下者必待之有"伻禮"或"人伻之禮"），無不伻敬也，無不伻愛也。若夫(其後)私域私事私情之親疏不同，其仁愛意責(今日情意責任之程度)亦不同，曰‘倫’①(或曰"份"，謂之曰"人份"，今曰"倫愛"或"倫仁"；原音氛，今或亦作"分"，如曰"安分守己"然)，而有親親之殺(減少，降等)也。故曰：人相平等仁善愛敬，曰伻，曰人伻，曰人仁，曰伻愛(命性之"同仁"或"伻仁"，又謂"兼愛")；情愛仁責有差等，曰倫(或曰份)，曰人倫(或"人份")，曰倫仁，曰倫愛(於命性之同仁之外，又有親親之"親仁"或"責仁""報仁"也，又謂"別愛")。尊賢亦有如是者(先"人伻之禮"或"同仁之禮"，而後或自敬人"實德之禮")。故命性(又道命)、命道(道體之仁，命性之仁，道命、命道之仁)之同仁(人心所同，人心同仁，千心所同)，伻禮之所生也；)親親之殺(音煞，差，等差，減，減殺，按親疏倫類差等而相應減少其禮儀分等)，尊賢之等(等級)，(倫)禮(之)所生也(禮所由生)。(此皆用中而仁愛忠恕推及之道也，而天命王君取人也如是②，所謂人伻同仁；若乃於(私)情(私)禮也親親，於(公)法(公)理(包括公事、選任公職

---

① 或曰"份"。
② "大德必受天命"；有實德乃或有命位，古曰天據其實德而命之，今曰民選任之，皆是命也。君子修其實德，而聽命於天於民。

等)（或"道、法"，公道、公法也）也尊賢（如"取人以公德，取人以公道，取人以德身"等），必也公私分明①。是故）在下位（今曰在野或在低職位）不（以其實德賢能而）獲乎上（古曰獲王君卿大夫等選任，今曰獲選任而擢拔公職）②，民不可得（得民乃能得位，今曰得民選任公職而為民代民為治也）而（佪敬以代為）治矣！③ 故君子④不可以不修身（脩得賢人之道德。無論古今，為政在人，取人以身之道德賢能，故君子欲得位行政治公事，則當修身也，學道修道長才幹也⑤），（若欲得位行政（公政國政等）治公事（回應"哀公問政"），則尤其如此）；思修身，不可以不事親（修身以道仁，而修道仁以親親為先、為切近、為首要也。事親又知事賢尊賢之禮也）；思事親，不可以不知人（知賢人，又曰知人道、性道、命道等，如中庸之道理、忠恕推及之道理，如古之所謂"五常"之類。知賢人，即上文所謂"尊賢為大"、能"取人"，即能選拔任用賢人也。原文之意曰，於先秦

---

① 然則親親之禮亦正可用於尊賢之禮，徒公私不同耳。

② 古代權力授受自上而下，今乃為人民主權時代，為民主民選政治，權、位來自人民之選任，故此句於今不當，或可改為：在下位（僅謂公事職位之上下，非人格之上下）而無其實德賢能，民不可得而佪敬以治矣。

③ 或曰此句脫簡重複（見下文），可刪除。然若重置於彼此兩處，亦皆可通。故兩存之。

④ 先秦或春秋以前，每曰君子為國君之子，將繼位為諸侯卿大夫者也；春秋戰國以後，乃轉為道德君子之意。

⑤ 《中庸》此句原意為得位治民，今改之。蓋先秦乃至秦漢之所謂君子大人之教育，首先乃為治術人才之教育，而治道以仁德也；其後之教育，尤其是平民教育興起後，雖仍多治術人才教育之意，而道德教育，或教育之心性修養之義，乃日益凸顯，故"修身"乃為終極目的，非徒為"治民"為政而修身也。或曰：實則先秦亦復如是，徒此處乃哀公問政，主要涉及為政治民，故孔子如此答之，非謂孔子意為"為政第一，修身第二"也。

而言，無論王君卿大夫士，欲孝其親，皆"非得賢人以為師友不能全也"（《禮記集說》），蓋謂君子（王君之子）尊賢則能親近賢人而修身以道仁，而知道德自修與尊賢取友之重，故能事親安親也，意曰：君子親賢人賢臣，遠小人佞臣，然後能自脩自安國治，身體髮膚乃至道義不敢毀傷違背而貽羞遺害父母，而天子祀太廟而德教刑於四海、諸侯保社稷、卿大夫保宗廟、士保祿位，故能事親也。又，知尊賢乃能親賢遠佞，師法、解惑、進德、薦任以悅親安親也）；**思知人，不可以不知天**（天即天道，知天即知天道也，如"天道好仁""天道無親，唯德唯仁是取"等。人道本乎天道，聖賢本乎天道用中參悟而創設之也；人道當正中乎天道，欲知人與人道之正，當知天而中天道也。天命之謂性，率性之謂道，故曰知天；又曰知天道好善惡惡，故尊賢遠佞，則知人也。下文所謂"質諸鬼神而無疑，知天也；百世以俟聖人而不惑，知人也"，亦曰知天道、人道而已。司馬光曰："夫仁義禮智信皆本於天性，其引而伸之則在人矣，君子知五常之本於天，有之則為賢，無之則為不肖，以此觀人，人焉廋哉。故思知人不可以不知天。"[①][②]。"[③]（知天道

---

① 涑水司馬氏曰："天子以德教加於百姓、刑於四海為孝，諸侯以保其社稷為孝，卿大夫以保其宗廟為孝，士以保其祿位為孝，四者非得賢人以為師友不能全也，故思事親不可以不知人。夫仁義禮智信皆本於天性，其引而伸之則在人矣，君子知五常之本於天，有之則為賢，無之則為不肖，以此觀人，人焉廋哉。故思知人不可以不知天。"參見：衛湜，《禮記集說》。

② 鄭玄註："言修身乃知孝，知孝乃知人，知人乃知賢、不肖，知賢、不肖乃知天命所保佑。"鄭蓋言孝敬父母乃是修身之第一要務，又言修身學習以道德，則知孝道也；自知自重孝道則亦知所以"知人"，即先以孝道來知人（判斷人之賢否），又言知孝則當知人之賢否而尊賢取賢也；知其人孝否賢否則知當判別其人賢、不肖，又曰人之賢、不肖之首要標準乃在於是否孝敬父母；知賢、不肖之本末始終、禍福休咎，則知天命保佑賢德孝悌者也。

③ 孟子亦談及此論題，實則引自《中庸》（見下文），而其邏輯與此處稍不同，可參看《孟子·離婁上》："孟子曰："居下位而不獲於上，民不可得而治也。獲於上有道：不信於友，弗獲於上矣；信於友有道：事親弗悅，弗信於友矣；（轉下頁）

義理之正,然後能識別賢德邪僻。此謂天命令德_{(命}

性之德)_,天道好善惡惡,故若君子知賢_{(知賢德之重,乃能自脩}

而又尊賢也)自修_(修身修實德)善任_{(尊賢,選之任之用之,此謂"知}

人"^①,知此即知天也^②。)

（知天則知達道達德。達者,通達天地古今人

己而天下共識通行之_(或"之道")也。此即中庸_{(用致中和,}

用中以致和)_{之道也。）}天下之達_{(通達天下,人所共識,乃至萬世不易,}

即曰"天下古今之共識"。鄭註:達者常行,百王所不變也)道^③五,所以行

之者三。曰:君臣也,父子也,夫婦也,昆弟也,朋友

之交也,五者天下之達道也_{(五種通行之道,五種通行天下之倫類}

相與之道)_;知,仁,勇_(義勇而非氣勇,勇於修持衛護道義、正義),三者

天下之達德_(朱熹註:達德者,天下古今所同得之理也)^④也_{(。}以此

三達德,行此五達道,則曰父子有親_{(慈愛、孝敬、恩情、親密。}

（接上頁）悅親有道:反身不誠,不悅於親矣;誠身有道:不明乎善,不誠其身

矣。**是故誠者,天之道也**;思誠者,人之道也。至誠而不動者,未之有也;不

誠,未有能動者也。""

① 下文又曰:"百世以俟聖人而不惑,知人也。"蓋謂知人之性明性善也。

② 下文又曰:"質諸鬼神而無疑,知天也。"

③ 朱熹註:"達道者,天下古今所共由之路,即《書》所謂五典,孟子所謂'**父子有**

親、君臣有義、夫婦有別、長幼有序、朋友有信'是也。**知,所以知此也**;仁,所

以體此也;勇,所以強此也。"

④ 鄭玄註:"達者常行,百王所不變也。"朱熹註:"達德者,天下古今所同得之理

也。一則誠而已矣。達道雖人所共由,然無是三德,則無以行之;達德雖人所

同得,然一有不誠,則人慾間之,而德非其德矣。"

今則兼包父母子女）、君臣有義（今日天道公義）、夫婦有別、長幼有序（齒序友恭）、朋友有信是也，"伻"（"人伻"，今日"平等基本人權"）而後"倫"（或曰"份""人份"，或曰"倫愛""倫仁"）是也，所謂忠恕用中（中於道義、中於心性等）而絜矩推及，是中庸（用致中和，用中以致和）之道（如忠恕）也。其）所以行之者（則）一（身也，身行之也，修身也；或曰誠；或曰此處"一"乃"三"之誤）也（。一於何？一於身（身也，身行之也，修身也，德也，身修道也；或曰誠）也。何以行之？以三達德行之也。曰：若夫知也），或生而知之（知天命性道、道命或命道，即"天命之謂性，率性之謂道"。或曰原文意為知此"五達道"。以三達德行五達道，而得乎中庸之道），或學而知之（立志力學性道、命道、人道），或困（困厄、困惑、困辱等）而知之（若後天或有偏執習染，或不能體命性、循命道，則必困辱，困辱知恥而後左右上下追問求索，得其吉凶休咎始終之徵效，而後或將悟會推類知之）[①]，及其知（知而行）之，一（我知行之，我身心自知行之也）也；（若夫仁也，）或安（心安理得，即孟子所謂"性之"也）而行之（以三達德行五達道，而得乎中庸之道，而行之為仁），或利（知其有利，權衡利害而行之，亦智者之事也。或曰此即孟子所謂"身之"也；或解若"貪榮名"，則即孟子所謂"假之"，鄭註：利，謂貪榮名也，亦或通）而行之，或勉強而行之（恥不若人，而勉強行之，則亦曰孟子所謂"身之"，而上文"利而行之"乃孟子所謂"假之"，若然，或當先言"勉強以行之"而

---

① 鄭玄註："'困而知之'，謂長而見禮義之事，己臨之而有不足，乃始學而知之，此'達道'也。"

後言"利以行之"①），及其成功，一（我終實成其功，我終實行此仁，而不問其初心之或有差異也②。"一"，即行此五達道也）也；（若夫勇也，）子曰③："好學近乎知（智），力行近乎仁，知恥近乎勇（此三者即所以"誠之者"，人之道也。質言之，何以誠之？好學、力行、知恥而已矣）"④，（所謂知、仁而知恥勇進也。勇者，義勇也，勇於為仁義也，集義而生者也⑤。）知斯三者（知、仁、勇，好學、力行、知恥也），則知所以修身（修身即以此三達德而行五達道也）⑥；知所以修身，則知所以治人（所以治人者，即脩己而後安人也，即以此三達德行五達道而忠恕推及也，即用中絜矩也，故如斯而言。古之所謂"治

---

① 參酌以孟子之論述，則此處之"勉強而行之"則為孟子所謂"身之"，"利而行之"則為孟子所謂"假之"。而《中庸》《孟子》論述次序稍不同耳，《孟子》稍顛倒《中庸》之敘述次序，以言"身之"優於"假之"也。參見：《孟子·盡心上》。

② 或曰此即孟子所謂"久假而不歸，惡知其非有"之意。孟子論述蓋本此。參見：《孟子·盡心上》。

③ 或言"子曰"二字蓋衍文，或曰是另引文，皆可。

④ 朱熹註："此言未及乎達德而求以入德之事。通上文三知為知，三行為仁，則此三近者，勇之次也。"呂氏曰："**愚者自是而不求，自私者殉人慾而忘反，懦者甘為人下而不辭。故好學非知，然足以破愚；力行非仁，然足以忘私；知恥非勇，然足以起懦。**"參見：《四書章句集註》。陳柱曰："三者之中，知恥其尤要者也。達而在上，德不及堯舜，吾之恥也；窮而在下，道不及孔孟，吾之恥也。夫然，故人一己百，人十己千。"參見：《中庸通義》，p33。王夫之曰："知、仁、勇，人得之厚而用之也至，然禽獸亦與有之矣。禽獸之與有之者，天之道也。'好學近乎知，力行近乎仁，知恥近乎勇'，人之獨而禽獸不得與，人之道也。故知斯三者，則所以修身、治人、治天下國家以此矣。近者，天、人之詞也；《易》之所謂繼也。"參見：王夫之，《船山思問錄》，上海古籍出版社，2000年12月，p.32。

⑤ 參見：《孟子·公孫醜》。

⑥ 鄭玄註："言有知、有仁、有勇，乃知修身，則修身以此三者為基。"

人”，亦有使人治安、使人安生、教化之意，不全是今之所謂“管理”乃至“等級制管治”之意，如《墨子》一書中之“治”字每是此意。今固不可有等級制管治、強制他人之觀念，以此違反人伻自主權等也）；**知所以治人，則知所以治天下國家矣**（所以治天下國家者，即以此三達德行五達道，即用中絜矩之道而已矣）。（何謂邪？曰以此三達德，行此五達道，修己忠恕，用中絜矩推及，而為中庸（用致中和，用中以致和）之道而已矣。）

“凡為天下國家有九經（常，常法）（一本。所謂九經，）曰：**修身也，尊賢也，親親也，敬大臣也**（司馬光曰：敬大臣者，苟其人不足任大臣之重，則勿實諸其位；既實諸位而複疑之，舍大臣而與小臣謀，則讒慝並興，大臣解體矣），**體**（如愛其四體而愛之，猶接納，體恤；司馬光曰：“體者，元首、股肱，義猶一體。”）**群臣也，**（伻敬①不犯②不擾③而）**子**（愛（保愛，如保赤子））（如愛其子其己而愛之）**庶民也，來**（招徠，使來，禮敬）**百工**（各行業工匠、專技、學者等，今日重視科學工技等）**也**④，**柔**（安，和）**遠人**（遠方之氓；鄭註：蕃國之諸侯，茲不取。此即懷柔遠人之意；司馬光曰：柔遠人者，馭以寬仁，不強致也。人道吸附與推及擴展⑤）**也，懷**（撫，

---

① 今曰平等人權、平等人格。
② 今曰基本人權或基本權利。
③ 今曰自由權或自主權。
④ 亦可謂重視專業技術人才或工技人才，而來之安之。何以來安之？古有官府工肆而安居之。下文所謂“日省月試，既稟稱事，所以勸百工也”，可參見相應之註疏正義。
⑤ 朱熹註：“柔遠人，所謂無忘賓旅者也。”

安，撫之以天道王道與性道仁義正法也，此言古之天子諸侯之治國，如巡狩朝聘盟會之類。今則曰民國、共和國、人民共和國、民主共和國、民治國、公民國等[①]）諸侯也（；一本曰仁（動詞，仁愛）人伻敬，而九經皆本之以仁（動詞，仁愛）人伻敬不犯不擾也）。修身（修身即曰以道修身，以天道修身，以天命之性道修身，故修身即是修道德，修道德而後能自立，道內化正立於身也[②]）則道立（立於道，立於天道人道性道命道正道正禮，亦即"中"於道，中通於天道人道，正直仁善；又曰能以此道感化眾人，所謂"君子之德風，小人之德草，草上之風必偃"，君子之道德，人皆見之仰之），尊賢則不惑（不惑於事理，謀者良正故也。賢者以道義交，有所道義切磋見教諫止也）[③]，親親則諸父昆弟不怨（則家庭宗族和睦而義強有依），敬大臣（古曰公卿之類，敬之以禮義。此以古代王君治平而為說，今則民治國，乃曰公職人員集義相敬共事，又稍有公事職級之別）則不眩（不迷於事，所任明正故也。友其賢德而選任大臣，則大臣忠義而見正教，則國治也），體（體恤）群臣（古曰大夫士之類）則士之報（感恩回報，以道義竭力效忠效勞王君。今曰效忠於天下國家人民，是其職事之本分，而國民亦視其職、功而報之以祿以禮）

---

① 民國、共和國、民主共和國等，英語俱為 republic。
② 陳柱曰："位於天地之中者亦謂人，則**人者固與天地同體者也。修身者脩天地之道，以合乎天地之體者也。**"此解與筆者之意甚合。參見：《中庸通義》，p32。
③ 《伐木》序云："《伐木》，燕朋友故舊也。**自天子至於庶人，未有不須友以成者。**親親以睦，友賢不棄，不遺故舊，則民德歸厚矣。"參見：《毛詩註疏》，上海古籍出版社，2013年2月，p. 819。

禮重，（伻敬①不犯②不擾③而）子（愛）庶民（平民，庶民，兆民。今之公職人員乃由庶民選任而暫代民為民行政者，本從庶民中來，退職後則仍歸於庶民，公仕、庶民本無軒輊，職事不同而已，故首當以人伻相交，其次則有公仕之法度禮儀，公仕者必當奉守不失。所謂"子愛庶民"者，為民行政也）則百姓勸（勉，勤勉於正道忠義，勤勉於各項職事、公事乃至國事等，古曰農事），來百工則財用足（平常日用之工物器用；今日來倡諸物理學即科學、工技之學、人，而創造新產品、增加就業機會、促進市場繁榮與民生福祉，故亦曰財用足也），柔（以道義仁愛柔待之）遠人則四方（四方之國、民與民心，民，又曰氓；國，如古之所謂侯、賓（《漢書》作"綏"）、要、荒等，今日天下之國、民）歸之（亦曰天道仁義文明之自然柔性擴展也），懷（以天道王道與性道正道仁義懷禮之）諸侯（古之列國諸侯乃至天下藩國之諸侯）則天下（指天下之或懷為非作歹之心者）畏之（天子懷諸侯，而朝聘盟會、巡狩述職、頒正朔、正道義禮樂典制等，天下大一統於王道中道天道，而共尊天道中道王道、尊王攘非道④，聲討征伐其不道不義者，故天下之或懷為非作歹之心者皆畏之，不敢違道幹義而害人害道也。"畏之"，畏其正道法度、禮樂政刑等也⑤）（；仁（動詞）人伻敬則

---

① 今曰平等人權與平等人格。

② 今曰基本人權或基本權利。

③ 今曰自由權或自主權。

④ 古曰"尊王攘夷"。然自人伻之義言之，夷狄亦人也，若有非人非道侵略之事乃可攘，救民於水火之中而已，反之則不然。今曰人伻而文化多元共處，共中天道、天下大中而已。

⑤ 或曰：諸侯每皆天子王君之諸親，親親仁義而懷之，則人不敢叛逆道義；如異姓功臣而為諸侯者亦如是，義敬而懷之，亦稍可通。然以"以天下事為家事"而解之，稍失"王天下"之公義，非正解也。

天下同安各適而歸心）。

齊（整齊；或通齋，齋戒而潔淨身心，喻整肅身心於禮義）明（嚴明，或明潔）盛服（謂正其衣冠：是修身之禮也），非禮不動（是以正道禮義脩其身心言行也），所以修身也；去讒（讒佞之人，以不正邪誣之讒言構陷）遠色（以容色而違道幹義邀寵者），賤貨（財貨及聲色玩好之類）而貴德，所以勸賢也；尊其位（有實德者賜爵，大德授大位；或曰僅授爵祿，不任事而已，以"**天官不可私**"故也，此甚可斥古代"任人唯親"、"裙帶僭公選"之弊病），重其祿，同其好惡（孔穎達疏："好，謂慶賞，惡，謂誅罰。言於同姓既有親疏，恩親雖不同，義必須等，故不特有所好惡。"），所以勸親親也[1]；官盛任使（鄭註：大臣皆有屬官所任使，不親小事也），所以勸大臣也[2]；

---

[1] 鄭玄註："'同其好惡'，不特有所好惡於同姓，雖恩不同，義必同也。尊重其祿位，所以貴之，不必授以官守，**天官不可私**也。"孔穎達疏："'尊其位，重其祿，同其好惡，所以勸親親也'者，'尊其位'，謂授以大位；'重其祿'，謂重多其祿位。**崇重而已，不可任以職事**。'同其好惡'，好，謂慶賞，惡，謂誅罰。言於同姓既有親疏，恩親雖不同，義必須等，故不特有所好惡。'勸親親也'者，尊位重祿以勉之，同其好惡以勵之，是'勸親親也'。"正義曰："'尊重其祿位'者，言同姓之親，既非賢才，但尊重其祿位，榮貴之而已，不必授以官守也。"羅按：此條今不可從，乃或可改為："於私情也，愛其人，敬其禮，私情同其好惡，所以勸親也。而公私分明，公事固不可行此也。"若夫或有私家產業，則可自（人不可強求）量其（親）德才，或尊其位，或重其祿，同其好惡，所以勸親也。

[2] 鄭玄註："'官盛任使'，大臣皆有屬官所任使，不親小事也。"孔穎達疏："官盛，謂官之盛大。'有屬臣'者，當令任使屬臣，**不可以小事專勞大臣**。大臣懷德，故云'所以勸大臣'也。"正義曰："云'大臣皆有屬官所任，使不親小事也'者，若《周禮》六卿其下，各有屬官，其細碎小事，皆屬官為之，是'不親小事'。"朱熹註："官盛任使，謂官屬眾盛，足任使令也，蓋大臣不當親細事，故所以優之者如此。"

忠信重祿（忠信之，重祿之，待之誠而養之厚也。又：君臣皆忠信，人皆忠信，亦曰達道達德，非謂單向之忠信），所以勸士也①；（伻敬（今日平等權利或平等人格）而不犯（今日基本人權或基本權利）不擾（今日自由權或自主權），如保赤子，本道依法）時使（鄭註：使之以時）薄斂，所以勸（敬）百姓也；日省（視察，省察）月試（考校其成功也），既（讀為餼，xì，餼廩，稍食也）稟（原文為稟，通廩。餼廩，炊食、糧廩，謂月給之官俸）稱（音趁，四聲，稱其職事，相應）事②，所以勸百工也（正義公平，而後能勸）③；送往迎來（蓋言賓旅朝聘之事④），嘉善（嘉善謂撫其懷服，今日嘉賞任用其賢德有才具學術技能者）而矜（矜恤，憐憫）不能（古若鰥寡孤獨，或窮困之蕃國遠氓等是也；司馬光曰：嘉善謂撫其懷服，矜其不能謂不責其驕慢），所以柔遠人也（亦曰仁道文明之自然柔性擴展也）；繼絕世（古之賢德卿大夫之後，絕祀，故仍立其後以繼祀——蓋亦包舉侯、賓、要、荒等而

---

① 朱熹註："忠信重祿，謂待之誠而養之厚，蓋以身體之，而知其所賴乎上者如此也。"

② 朱熹註："稱事，如《周禮·稿人職》曰'考其弓弩，以上下其食'是也。"

③ 鄭玄註："日省月試，考校其成功也。'既'讀為'餼'，'餼廩'，稍食也。《稿人職》曰：'乘其事，考其弓弩，以下上其食。'"孔穎達疏："'日省月試，既廩稱事，所以勸百工'，既廩，謂飲食、糧廩也。言在上每日省視百工功程，每月試其所作之事，又飲食糧廩，稱當其事，功多則廩厚，功小則餼薄，是'所以勸百工也'。正義曰：云'既讀為餼，餼廩稍食也'者，以既與廩連文，又與餼字聲同，故讀既為餼。'稍食'者，謂稍給之，故《周禮》'月終均其稍食'是也。引《稿人職》者，證其餼廩稱事。案《周禮·夏官·稿人》掌弓矢之材，其職云'乘其事'，乘，謂計算其所為之事。'考其弓弩'謂考校弓弩之善惡多少。'以下上其食'，下，謂貶退；上，謂增益。善者則增上其食，惡者則減其食故也。"

④ 朱熹註："往則為之授節以送之，來則豐其委積以迎之。"

言；或曰卿大夫世襲，故指卿大夫之後，或曰亦包君而言），舉廢國（即《論語》所謂"興滅國"，興滅國者，封建古之聖王之後——而無論其侯、賓、要、荒等；或曰已滅國之諸侯之後，封而使興之）①，治亂（討治其內亂於道義者）持危（扶持其危弱者）②；朝（諸侯見於天子）聘（諸侯使大夫來獻）③以時（適時，使不疏遠，又使不數煩，而天下諸國親和大一統於天道中道王國），厚往（諸侯等還國，王者以其材賄厚重往報之）而薄來（謂諸侯等貢獻，使輕薄而來）④，所以懷諸侯也（使諸侯大夫等歸服）⑤⑥；（仁（動詞，仁愛）人而普

---

① 此即《論語·堯曰》所謂："興滅國，繼絕世，舉逸民，天下之民歸心焉。"《論語註疏》；"'興滅國，繼絕世，舉逸民，天下之民歸心焉'者，諸侯之國，為人非**理滅之者**，復興立之；賢者當世祀，為人非**理絕之者**，則求其子孫，使復繼。節行超逸之民，隱居未仕者，則舉用之。政化若此，則天下之民歸心焉，而不離析也。"《韓詩外傳》曰："古者天子謂諸侯受封謂之采地，百里諸侯以三十里，七十里諸侯以二十里，五十里諸侯以十里，其後子孫雖有罪而絀，**使子孫賢者守其地**，世世以祠其始受封之君，此之謂興滅國，繼絕世也。"詳見拙著《論語廣辭》。

② 孔穎達疏："'治亂持危'者，諸侯國內有亂，則治討之，危弱則扶持之。"

③ 《王制》："比年一小聘，三年一大聘，五年一朝。"

④ 孔穎達疏："'厚往而薄來，所以懷諸侯也'，'厚往'，謂諸侯還國，王者以其材賄厚重往報之。'薄來'，謂諸侯貢獻，使輕薄而來。如此則諸侯歸服，故所以懷諸侯也。"朱熹註："**朝，謂諸侯見於天子。聘，謂諸侯使大夫來獻**。《王制》：'比年一小聘，三年一大聘，五年一朝。'厚往薄來，謂燕賜厚而納貢薄。"

⑤ 鄭玄註："'同其好惡'，不特有所好惡於同姓，**雖恩不同，義必同也**。尊重其祿位，所以貴之，不必授以官守，**天官不可私**也。'官盛任使'，大臣皆有屬官所任使，**不親小事也**。'忠信重祿'，有忠信者，重其祿也。'時使'，使之以時。**日省月試，考校其成功也**。'既'讀為'餼'，'餼廩'，稍食也。《槁人職》曰：'乘其事，考其弓弩，以下上其食。'"

⑥ 涑水司馬氏曰："**體者，元首、股肱，義猶一體。柔遠人者，取以寬仁，不強致也**。敬大臣者，苟其人不足任大臣之重，則勿實諸其位；既實諸位而復疑之，舍大臣而與小臣謀，則讒慝並興，大臣解體矣。嘉善謂撫其懷服，矜其不能謂**不責其驕慢**。"參見：衛湜，《禮記集說》。

敬人伻（人仁，今日平等人權與平等人格），不犯（今日人權或基本權利）不擾（今日自由），所以仁（動詞）人伻敬也。重申之曰：仁（動詞）人伻敬，兼愛普敬人（民）伻也，人（民）無不敬也（今日平等人權與平等人格）；不犯，人（民）有尊嚴也（今日基本人權或基本權利，包括人格權利）；不擾，人（民）自在也（今日自由權或自主權）。先本同之以仁（動詞）人伻敬，是謂天下大同；又加之以九經倫敬，而統之於修身，合之於親善相人偶，而君子以成，國家天下以乂安也。故曰：）凡為天下國家有九經（如斯①，而先本同之以仁人伻敬），所以行之者一也（一者，修身誠身，身行之也，人皆自修身誠身，自修自新也；一者，亦曰本也，為天下國家之本在於修身；或曰是"誠身"；或曰是身行之；或曰是中庸忠恕絜矩推及之道②）。"（一於誠身修行也，一於中庸（用致中

---

① 以上"九經一本"，古乃謂天子、諸侯（國君）、君子（國君之子）、卿大夫等治國平天下之道。然當時乃皇權私有時代，故每就王、君或君子之身、家而為說立言，而古代天下國家亦每以此維持穩定，乃至於大亂中重建王道秩序，亦曰有其一定歷史主義正向意義；並且，如果將此"九經一本"之德義規範嚴格局限於民間社會之私域（即公私分明）私情和合相與，則亦未嘗無其相當正面價值。然今乃人民主權時代，斥去推翻王權君權政治制度，故此處之"九經一本"祇可以邦國言，以暫攝之公職公德言，又必公私分明，不以私人之身、家而僭言國事公事也。其中或有言及或可牽涉私人身、家之私德私情私事者，則必嚴公私之分，必限於私德私情，不可僭越公私界限。質言之，公私區分或國、家分離原則——對應於西方所謂的"政教分離"原則。

② 朱熹曰"一者誠也"，朱熹註："一者，誠也。一有不誠，則九者皆為虛文矣，此九經之實也。"或曰"一者豫也"，謂當豫，豫前謀之也，茲不取；然若解作"當豫為修身誠有"，則仍是"一於身，一於誠"，亦稍可通。

和，用中以致和）誠脩也①。）

　　"凡事②豫（豫前謀之；或曰先事；朱註為素定）則立，不豫則廢。（故知此三德、五道、九經、一本，而尤當豫脩於身也。）言前定（司馬光：言前定，謂擬之而後言也）則不跲（音潔，躓，躓蹶，無以立足，猶今謂站不住），事前定（思籌謀定，謀劃其事）則不困（遭遇困難困窘），行前定（定奪；司馬光：行前定，謂行無越思也，即行其事而循其事前思謀）則不疚（病，愧悔），道前定（前定於正道，道心不亂也；司馬光：道前定謂止於至善也）則不窮（止，道窮，窮困，困厄）③。（豫以修身（修其言行事理）修道（人道），則成矣，故當豫修之（人道，如五達道三達德三近九經一本者）於身（若夫所云五達道三達德三近九經一本者，皆所當豫也），又當用中豫定其道（道即天命率性之道，聖人率性脩教之道，中庸之道等），所謂豫先創道（人道）設教製禮立法也。然則何以豫？曰誠，誠身（誠以修身，修身誠有，誠有其道。誠身一詞，而包《大學》所謂誠意正心修身之義，乃至包格物致知之義，皆是"誠"之事）而學習也。）

　　（凡成人為事（亦包括為政從政即所謂"以九經而為天下國家"之事）必先有所豫，豫修其身也（以三德五道九經一本修治其身）。

---

① 或曰：一於何？一於豫也，豫學而脩習前謀也。茲不取。
② 朱熹註："凡事，指達道達德九經之屬。"
③ 涑水司馬氏曰："言前定，謂擬之而後言也；行前定，謂行無越思也；道前定，謂止於至善也。"參見：《禮記集說》。

豫必誠。何謂邪？夫欲為政也（政事，即上文所謂"為天下國家"），）在下位（今日在野或在低職位）不（以其實德賢能而）獲（得，獲得，獲信其德能而任之）乎上（古曰獲王君卿大夫等選任，今曰獲選任而擢拔，皆選賢任能）[1]，民不可得（得民乃能得位，今曰得民選任而為民代民為治也）而（伻敬以代（先秦時，按照儒、墨等學派之觀念，雖王者亦祇是代天則天法天道而為治也，君卿大夫等亦皆可謂代天為治。今曰代民而法天道為治）為）治矣！（不獲乎上，即若自無身脩行道之忠信賢德，則上固不以之為賢而選任居位治民也；上者，古乃指王也，君也，所謂王者，**天下为公**者也，亦以其德選乎天與民而已，所謂"天與之，民受之"，故其選人亦公之以天道民德，不敢私拔擢其無賢德者也[2]。於今而言之，則"獲乎上"乃謂"獲乎民"，全民為上為王者，猶曰全民有選舉權與被選舉權然）。[3] 獲乎上（先秦之政治觀念，天子獲乎天，諸侯獲乎天子，卿大夫獲乎諸侯等，而皆以實德獲乎天獲乎民而已。今曰獲乎民，又或曰亦以性道實德獲乎天）有道，不信乎朋友，不獲乎上矣（為人不忠信，不忠信於道德，不能以道德為朋友所取信，則不獲乎上，以其無忠信道德也。此謂君以道德友賢尊賢，人無道德不賢，則君不友尊乃至師事之

---

① 鄭玄註："言臣不得於君，則不得居位治民。"然古代權力授受自上而下，今乃為人民主權時代，為民民主選政治，權、位來自人民之選任，故此句於今不當，或可改為：在下位（僅謂公事職位之上下，非人格之上下）而無其實德賢能，民不可得而伻敬以治矣。

② 孟子所謂"天與之、神享之、民受之"，詳見《孟子·萬章上》，又詳见拙著《孟子解读》。

③ 或曰此句脫簡重複（見下文），可刪除。然若重置於彼此兩處，亦皆可通。故本《廣辭》乃重出而皆解讀之。

也^①。且若不信乎朋友，又不能群合集義共事於大道業也）；信乎朋友有道，不順（安順）乎親（親覺安順），不信乎朋友矣（為人不親親孝親，則不信乎朋友，以其無親親孝悌仁愛也，蓋謂親猶不順，其人不仁也可知）；順乎親有道，反諸身不誠（誠身實有，誠有其道德，其心行不妄偽，即誠有誠"中"天命性道也），不順乎親矣（為人不誠純真實，則親難安順，以其虛偽不誠於身也，蓋表裡不一，但有虛假敷衍之言行，而無真實之身心，故人難安承之）；誠身有道，不明乎善（明曉而明達於善，明其善惡吉凶成敗之理^②，即《大學》之所謂"知""致知""格物致知"也；"明乎善"即"中乎善"，即"用中而中通乎天命性道、仁善之道"也；又曰此心此身此言動行事皆光明磊落於正善也），不誠乎身矣（為人不能明曉明達乎善，不能中通天命性道仁道，不能身心誠正光明磊落於善好，則不誠乎身；此又曰若夫已有染著分離而虛偽假妄，則何以誠復之？則曰格物致知而明乎善惡之理乃可誠復之也。明曉明達乎善，即下文所謂"自明誠，謂之教"，"明乎善而誠身"，即從正教而明善而誠身也）^③。（何以明乎善？格物致知誠意正心是矣，即用致中和也，以至於大至誠）。"

---

① 參見：《孟子·萬章下》，詳見拙著《孟子解讀》《孟子廣義》，茲不贅述。
② 鄭玄註："言知善之為善，乃能行誠。"
③ 《孟子·離婁上》：孟子曰："居下位而不獲於上，民不可得而治也。獲於上有道，不信於友，弗獲於上矣。信於友有道，事親弗悅，弗信於友矣。悅親有道，反身不誠，不悅於親矣。誠身有道，不明乎善，不誠其身矣。是故誠者，天之道也。思誠者，人之道也。至誠而不動者，未之有也。不誠，未有能動者也。"

誠者天之道：致曲感化，盡性知天

　　“誠者，天之道也；誠之者，人之道也。誠者不勉而中，不思而得，從容中道，聖人也。誠之者，擇善而固執之者也。”

　　[“博學之，審問之，慎思之，明辨之，篤行之。有弗學，學之弗能，弗措也；有弗問，問之弗知，弗措也；有弗思，思之弗得，弗措也；有弗辨，辨之弗明，弗措也；有弗行，行之弗篤，弗措也。人一能之己百之，人十能之己千之。果能此道矣，雖愚必明，雖柔必強。”]①

　　自誠明，謂之性。自明誠，謂之教。誠則明矣，明則誠矣。

　　唯天下至誠，為能盡其性；能盡其性，則能盡人之性；能盡人之性，則能盡物之性；能盡物之性，則可以贊天地之化育；可以贊天地之化育，則可以與天地參矣。

---

① 程朱本置此段於斯，本《廣辭》同之。

其次致曲。曲能有誠，誠則形，形則著，著則明，明則動，動則變，變則化。唯天下至誠為能化。

至誠之道，可以前知。國家將興，必有禎祥；國家將亡，必有妖孽。見乎蓍龜，動乎四體。禍福將至：善，必先知之；不善，必先知之。故至誠如神。

[子曰："鬼神之為德，其盛矣乎?！視之而弗見，聽之而弗聞，體物而不可遺；使天下之人齊明盛服，以承祭祀，洋洋乎如在其上，如在其左右。《詩》曰：'神之格思，不可度思！矧可射思！'夫微之顯，誠之不可揜如此夫。]①[是故君子戒慎乎其所不睹，恐懼乎其所不聞②。莫見乎隱，莫顯乎微，故君子慎其獨也。"]③

誠者自成也，而道自道也。誠者物之終始，不誠無物。是故君子誠之為貴。誠者非自成己而已也，所以成物也。成己，仁也；成物，知也。性之德也，合外內之道也，故時措之宜也。

---

① 程朱本此段在他處，《廣辭》乃移置於此，似亦通。故兩存兩解之。
② 鄭玄註："小人閒居為不善，無所不至也。君子則不然，雖視之無人，聽之無聲，猶戒慎恐懼自修正，是其不須臾離道。"原文錯簡於"可離非道也"之下，故鄭玄有"是其不須臾離道"之註語。今調整其次序至此，則不需此句。
③ 程朱本此段在"可離非道也"之下，《廣辭》乃移置於此，似亦通。故兩存兩解之。

故至誠無息。不息則久，久則徵，徵則悠遠，悠遠則博厚，博厚則高明。博厚，所以載物也；高明，所以覆物也；悠久，所以成物也。博厚配地，高明配天，悠久無疆。如此者，不見而章，不動而變，無為而成。天地之道，可壹言而盡也。其為物不貳，則其生物不測。天地之道：博也，厚也，高也，明也，悠也，久也。

今夫天，斯昭昭之多，及其無窮也，日月星辰繫焉，萬物覆焉。今夫地，一撮土之多，及其廣厚，載華嶽而不重，振河海而不洩，萬物載焉。今夫山，一卷石之多，及其廣大，草木生之，禽獸居之，寶藏興焉。今夫水，一勺之多，及其不測，黿鼉、蛟龍、魚鼈生焉，貨財殖焉。《詩》曰："維天之命，於穆不已！"蓋曰天之所以為天也。"於乎不顯，文王之德之純！"蓋曰文王之所以為文也，純亦不已。

"'誠'〔天生誠身實有其性（生性與命性，此尤指命性），人性本誠而無偽無離（今日靈肉融洽一體，無其精神分裂或身心分裂），誠實持守其命性。天生誠有其命性大道，誠實無偽無雜於天命之性，即"天命之謂性"；誠實持守其命性，即"率性"，亦孟子所謂"性之"也。天之命生其性，人之秉命而受其性，誠身實有，無偽無雜，誠實持守（而為赤子之性之心，誠一無貳），故曰"天之道"也。朱註：誠者，真實無妄之謂，天理之本然也。羅按：關於"誠"之涵義，又可對照拙著《大學廣辭》之分析：①**信，誠信，意合於心**，言合於行，即言意合於心行，《書·太甲》："鬼神無常享，享于克誠。"《傳》曰："言鬼神不係一人，能誠信者則享其祀。"《禮記·郊特牲》："幣必誠。"《列子·湯問》："帝感其誠，命誇娥氏二子負二山，一厝朔東，一厝雍南。"羅按：由此可知，誠意或意誠之方法或標準即在於"**意合於正心**"，可兼顧心性與工夫之二維。②**誠有其實，實有，誠實，真實，真實無妄**，"**誠意謂實其心之所識也**"，《易·乾卦》："**閑邪存其誠**。"《疏》曰："言防閑邪惡，當自存其誠實也。"《禮記·大學》："此謂誠於中，形於外。"《韓非子·說林上》："巧詐不如拙誠。"羅按：實則此義同於第①義，"實有"亦是"合"之意，徒一相較言之、一獨立言之而已。③**無偽，勿自欺**，《大學》下文曰："所謂誠其意者，毋自欺也。"《禮·樂記》："著誠去偽，禮之經也"，又《中庸》："誠者，天之道也。誠之者，人之道也。"《註》曰："誠者，真實無妄之謂。"——實則此與第②義相同，徒一正說、一反說而已。羅按：此亦可為修養論。④**審**，《玉篇》：**審也**。《禮·經解》："故衡誠縣，不可欺以輕重。"《註》曰："誠，猶審也。"如此則"**誠意**"即"**審意**"，審其意以歸於正道也。羅按：此則講明"誠意"之方法在於"審"，而為修養論或工夫論。⑤或曰**誠正**，即誠而正，誠有而正其意。羅按：此仍是講"誠意"之標準，而重道義自證。⑥多重涵義，即兼包上述諸多含義，此上古漢語、文化、思想或哲學思考之特徵①）者，天之道也（天之道者，天本命生其性，固本誠身實有也；天賦命其

---

① 《說文解字》：信也。从言成聲，氏征切。《康熙字典》：【唐韻】氏征切【集韻】【韻會】【正韻】時征切，音成。【說文】信也。【廣雅】敬也。【增韻】純也，無偽也，真實也。【易·乾卦】閑邪存其誠。【疏】言防閑邪惡，當自存其誠實也。【書·太甲】鬼神無常享，享于克誠。【傳】言鬼神不係一人，能誠信者則享其祀。【真德秀曰】唐虞時未有誠字，《舜典》允塞即誠之義。至伊尹告太甲始見誠字。【禮·樂記】著誠去偽，禮之經也。【中庸】誠者，天之道也。誠之者，人之道也。【註】誠者，真實無妄之謂。又【玉篇】審也。【禮·經解】故衡誠縣，不可欺以輕重。【註】誠，猶審也，或作成。參見：漢典。另可參見拙著：《儒家廣論·先儒論"誠"之若干材料》，社會科學文獻出版社，2017 年 10 月第一版，pp. 19-24。

性，人秉受其性，皆誠而實有，乃純一赤子之心[①]，誠一無貳，正合順受於天命之性也，故曰"天之道"。鄭註：言"誠者"，天性也。或曰"生而知之者"性之而誠合天道也）；'誠之'（既生而身之以致誠。人既生之後，或有氣質之偏、人慾之私或過，與習染偏執，則當力行以持其誠性，好學力行勇進其性道以止於至善、止於至誠，即"率性脩道"，亦孟子所謂"身之"也；既生而秉此純一無貳之靈明之誠性，當終生持念力行保守之，不使染著離散而分裂虛偽，墮入惡道苦道也，故曰"終生誠之"，又曰"或染離而復誠之"，是工夫也。朱註：誠之者，未能真實無妄，而欲其真實無妄之謂，人事之當然也）者，人之道也（人道也，率性之謂道也，循其命性而持守而行，不使偏失。鄭註："誠之者"，學而誠之者也，或曰此乃"學而知之者"身之誠之而求其誠以合命性天道也。古曰聖人天生至誠，賢者學而至誠，而創道設教，教化眾人，以皆上進於命性之道；今曰人皆當本其天生誠性，而終身脩持以誠之，上進於命性之道[②]）。'誠者'（性之者，天性本然未失，實有無妄偽者，誠實者）不勉（勉強，勉力）而中（四聲，中於誠，中於本心，中於天命之性道），不思而得，從容（從容間暇而自中乎道）中（四聲，合於）道，聖人也。'誠之者'（持志力行、學習踐履而保守誠復

---

① 顧念來時路，能憶赤子心？或在無原始，或在嬰孩時。思之仍在否？能復否？

② 何以誠之？即上文所謂好學、力行、知恥三者，為人之道。王夫之曰："知、仁、勇，人得之厚而用之也至，然禽獸亦與有之矣。禽獸之與有之者，天之道也。'好學近乎知，力行近乎仁，知恥近乎勇'，人之獨而禽獸不得與，人之道也。故知斯三者，則所以修身、治人、治天下國家以此矣。近者，天、人之詞也；《易》之所謂繼也。"參見：王夫之，《船山思問錄》，上海古籍出版社，2000 年 12 月，p. 32。

之),擇善而固執之者也"①(,人而誠之以成道義賢人也。無論聖賢眾庶,皆當誠之以求復天誠,而將悟天道(天命性道,天道等),天人合一,歸天而喜樂無憂怖也)。

(若曰既生或有氣質之偏、人慾之過或習染偏執,眾人也,非"性之者"、非"生而知之者",則)何以"誠之"? 曰:好學力行勇進,以求之(到,至於)誠止(處)誠也。)("博學之(天道、命性之道、中庸之道、一切道理禮義經術也),審(詳審,詳細)問(求教叩問請益。好問,是求道進學之一大法門)之,慎思之,明辨(辨別)之,篤(實,切實)行之。(或)有弗學(或有不學者,猶言不學則已、對於不學者也就不論了)(者,則罷而不論),(若乃)學之,弗能(精通,精熟)(則)弗措

---

① 擇善而固執,即上文所謂"好學、力行、知恥"三者,"人之道"也。孔穎達疏:"前經欲明事君,先須身有至誠。此經明至誠之道,天之性也。則人當學其至誠之性,是上天之道不為而誠,不思而得。**若天之性有殺,信著四時,是天之道。**'誠者人之道也'者,言人能勉力學此至誠,是人之道也。不學則不得,故云人之道。'誠者不勉而中,不思而得,從容中道,聖人也'者,此覆說上文'誠者,天之道也'。唯聖人能然,謂不勉勵而自中當於善,不思慮而自得於善,從容間暇而自中乎道,以聖人性合於天道自然,故云'聖人也'。'誠之者,擇善而固執之者也',此覆說上文'誠之者,人之道也',謂由學而致此至誠,謂賢人也。言選擇善事,而堅固執之,行之不已,遂致至誠也。正義曰:**以前經云欲事親事君,先須修身,有大至誠,故此說有大至誠。**大至誠,則經云'誠者,天之道也',聖人是矣。"

（廢置）也（對應上句"博學之"）^①；（或）有弗問，（若）問之，弗知弗措也（必得知而後止，對應上句"審問之"）；（或）有弗思，（若）思之，弗得弗措也（對應上句"慎思之"）；（或）有弗辨，（若）辨之，弗明弗措也（對應上句"明辨之"）；（或）有弗行，（若）行之，弗篤（切實，篤厚）弗措也（對應上句"篤行之"）^②。人（他人）一能之，己百之；人十能之，己千之^③。果（勇毅果決）能（精通，致力精熟）此道矣，雖愚必明，雖柔必強（所謂"強哉矯"，強立於道義，故強）。"）（雖既生或有氣質習染之偏，而誠之必能明強（所謂"強哉矯"，強立於道義，故強），此之謂勇毅精進，學而"誠之"也^④。）

　　自（由，從；又或自來，本來）誠（命性之誠，本性自誠，性誠，至誠，誠純）明（明道，明曉性道、大道、人道等而身行之，為"誠性之發用而知道知義而行用

---

① 其意曰："或有弗學者，則罷而不論；若夫乃學也，則學之弗能弗措也。"白話則為：不學則已，或不學也就罷了，但一旦開始學習，那麼學而未會則絕不止息，言必須學會也。孔穎達疏："謂身有事，不能常學習，當須勤力學之。措，置也。言學不至於能，不措置休廢，必待能之乃已也。以下諸事皆然，此一句覆上'博學之'也。"

② 或解"有弗學，學之弗能，弗措也"為"或有所未曾學習者，則必學之，弗能則弗措，不能則不止也"，故全句乃曰："博學之，審問之，慎思之，明辨之，篤行之。有弗學（者），（則必）學之，弗能（則）弗措也；有弗問（者），問之，弗知（則）弗措也；有弗思（者），思之，弗得（則）弗措也；有弗辨（者），辨之，弗明（則）弗措也；有弗行（者），行之，弗篤（則）弗措也。"亦通。

③ 朱熹註："君子之學，不為則已，為則必要其成，故常百倍其功。**此困而知、勉而行者也，勇之事也。**"

④ 孔穎達疏："此勸人學誠其身也。"

之"。"自誠明"即"自誠而明","**自性誠而至於率性擴展,而明曉行用道義,不違其性誠**",亦即"率性之謂道""誠率其性而明道"之意。或解猶大學所謂"明明德",天命而人本有之明德,或智識本自明,而吾人乃**率性誠以明曉發用此明德**也,亦即明明德而知曉身行道義。或解"自誠明"為"**本自誠而蘊明德**"①),謂之性(天性、命性,所謂"天命之謂性"也。此句意為:**由天性本然之誠而有明德、而明曉明達行用乎善道,謂之天性而"性之"也**;又可解曰:**自來本來至誠性誠而有明德、而明曉明達乎善道,是天性本誠,是誠性之也。**),亦所謂"**天命之謂性**"(天命性誠,誠則必明當明能明,明明德,明道義),唯聖人能自始(大聖)天性不失,明其明德而至誠也(聖人或大聖是也,通達聖人天性純全而明德;"此天授聖人之性也",或曰成聖後之天性自誠完足狀態))。 自(由、從;又或自来,本来)明(明,動詞,明之,即明道、明明德,明其明德,又明乎道,明乎仁善,明曉明達行用於善道也)誠(誠,動詞,即誠之,明明德、明曉明達於善而誠復其命性;或曰由明道、明明德而至於至誠,亦通),謂之教{兼今之教與學(教者,傚,效也)二義,所謂"脩道之謂教"也。本句意曰:賢人以下之人**由學習致曲而自明明德、明曉明達乎道、仁善,或教學眾人,而皆至於復性至誠也**,此乃後天教學之事。此亦即前文所謂"誠身有道,不明乎善,不誠乎身也"}(,亦所謂"**修道之謂教**"(明道義、明明德則能復其性誠至誠),賢人以下(賢人、眾人等;或曰賢聖)教學以成之是也(賢人是也,賢人學道明道也,又眾庶學道明道而成賢人也,又賢人脩治其善道而教眾庶入乎善道,孟子所謂"中(四聲,中通於道等)也養不中"是也;或曰"此賢者脩

---

① 明德,朱熹所謂"虛靈不昧,以具眾理而應萬事者",筆者詳述曰:"天命神靈而中通天道,蘊元智而虛澄不昧,能長養擴充而思慮眾理以應萬事者"也。

聖人之教而學也")）①。誠（名詞或形容詞，天性誠純，至誠，性誠等；又作動詞，"誠之"——古者名詞動詞未分化，而兼其意，下同）則明（名詞或形容詞，明德，有明德，天德明善；亦可為動詞意：明道義，明明德，明曉明達乎善道）矣，明（明德，有明德；又明道，明明德，明曉明達乎善道，即"明之"，兼有今之所謂名詞或形容詞、動詞乃至動名詞之含義）則誠（名詞或形容詞，性誠、至誠等；動詞，誠之，誠復之，復其天性之誠）矣。②（其（至於）誠，則一也。）

（若夫"率性之謂道"者，本諸天命而盡性，率性而用中，創道而設教，而製作禮樂（製禮作樂，禮樂亦是政教）政（政教）刑，而為中庸之道也。孰能為之（即創道設教，製禮作樂立法）？曰：大聖能為之。大聖者，天性（天命之性）純

---

① 涑水司馬氏曰："率由誠心，而智識自明，此天授聖人之性也。由智識之明，求知道者，莫若至誠，故誠心爲善，此賢者脩聖人之教也。**所稟賦於天有殊，然苟能盡其誠心，則智識無不明矣**。"參見：《禮記集說》。

② 鄭玄註："由至誠而有明德，是**聖人之性**者也。由明德而有至誠，是**賢人學以知之**也。有至誠則必有明德，有明德則必有至誠。"朱熹註："自，由也。德無不實而明無不照者，聖人之德。所性而有者也，天道。先明乎善，而後能實其善者，賢人之學。由教而入者也，人道。誠則無不明矣，明則可以至於誠矣。"孔穎達疏："正義曰：此一經顯**天性至誠，或學而能。兩者雖異，功用則相通**。'自誠明謂之性'者，此說天性自誠者。自，由也，言**由天性至誠**，而身有明德，此乃自然天性如此，故'謂之性'。'自明誠謂之教'者，此說**學而至誠**，由身聰明，勉力學習，而致至誠，非由天性，教習使然，故云'謂之教'。然則'自誠明謂之性'，**聖人之德**也。'自明誠謂之教'，**賢人之德**也。'誠則明矣'者，言聖人天性至誠，則能有明德，由至誠而致明也。'明則誠矣'者，謂賢人由身聰明習學，乃致至誠，故云'明則誠矣'。是誠則能明，明則能誠，**優劣雖異，二者皆通有至誠也**。"

全而性之，而盡性者也。）唯天下至誠（至誠者，極言其誠，時時事事皆誠而求中命性天道，不敢自恃私智自逞私慾也。或曰誠而無所不至，命性純全至德實誠如通達聖人者，此謂盡性大聖[1]，亦所謂聖人之集大成者，聖之時者也；或曰是天性純全至誠者，孟子所謂"性之"者，或所謂"生而知之者"也。朱熹註：天下至誠，謂聖人之德之實，天下莫能加也）（而性之者（天性純全），）為能盡其（天下至誠者或命性純全之人）性（天命之性，天命之人性之純全。"盡其性"，即本性純全而擴展發揮於無所不至，亦即"明其性""明明德"，自誠而明也。即上文"自誠明，謂之性"者；鄭註：盡性者，謂順理之，使不失其所也）（，為能創道設教（其意曰：唯天下命性至誠而盡性者，為能創道設教）。此何謂邪？曰：）能盡其性（天命之性，天命之人性之純全；盡其性即擴充其天授純全之命性，如中通天道之仁義禮智等，所謂"成己"也），則能盡人（人類兆民，常人眾庶）之性[2]（人類兆民、常人眾庶倫類之人性或命性，即人類之命性，聖人之命性與庶人之命性通同，故盡己則能盡人；此謂通達聖人脩道教人，以充兆民之性，俾人人皆盡其人性命性，盡其仁義禮智之性也，若"教學，然後人皆可為堯舜"然[3]，又所謂"成人"也）；能盡人之性，則能

---

① 下文又謂小聖亦"至誠"。其間之分際在於：**大聖乃至誠能盡性者，小聖則至誠能致曲者。**

② （大聖）能使人人皆盡其性，所謂感動教化推及也。

③ 亦即孟子所謂"充之"："凡有四端於我者，知皆擴而充之矣，若火之始然，泉之始達。苟能充之，足以保四海；苟不充之，不足以事父母。"參見：《孟子·公孫醜》。按照先秦儒家的觀念來推理，此一天命之命性與仁義禮智，發而乃有人伻之道與人倫人份之道，前者為命性本同終通，後者為不同關係倫理，亦是"天命如此"——當然，今天我們反對其單嚮等級制倫理。此外，又有天命普同之命性與基於個體實德而來之不同實命之區分，並因此一方面要求各應素其實德實位而行、安分守己，另一方面又各自脩德上進，以俟新命，而又表現出了某種積極進取性。

盡物（先秦之"物"有多重涵義，如禽獸生物、動植生物、宇宙萬物，以及人事等，此合言之；或曰此蓋言**"禽獸生物"**[①]，"盡其性"即"盡各類禽獸生物之'類生性'與'類命性'"，下文所謂**"贊天地之化育"**，蓋亦謂**"贊禽獸生物之化育"**也[②]。後

---

① 值得指出的是，先秦所謂"物"的含義並未作嚴格界定，一般指人類之外的眾生尤其是禽獸而言，即**"禽獸之生物"**（有時又包括人類在內，曰"眾生"）；有時又包括植物，即**"動植之生物"**，乃至其他自然物或客觀事物在內，即**"天地萬物"**；有時"物"又用指**"人事之物"**；有時又指一切外在環境、習俗、物事等，亦即一切外在環境、後天習俗和文化、外物等皆可謂之**"天地外物"**，乃至包涵今之所謂智物、意物、名物等。當然，此處所列舉之"物"之諸種含義，或經歷有歷史主義之演變，比如，"物"之"人事"之義蓋屬後起者。**綜合之，則先秦之所謂"物"，蓋有如下若干涵義：禽獸之生物、眾生、動植之生物，而古人或皆以之為"生物"，故皆有其各類之"生"或"氣"**（生性、生氣、氣性等）**與"性"**（命性）；**人事之物、天地萬物或天地外物，乃至意物、智物、名物等，則不言之以"生"、"命"，而論之以"道"或"理"，如"人事之物"之理**（今日人文社會科學），**天地萬物外物之理**（今日自然科學），**如今之所謂物理學、生物理學，乃至意理、智理、名理如今之所謂語言哲學、智能哲學、認識論、知識論、邏輯學等。**

② 《史記·孔子世家》："孔子曰：'丘聞之也，刳胎殺夭則麒麟不至郊，竭澤涸漁則蛟龍不合陰陽，覆巢毀卵則鳳凰不翔。何則？ 君子諱傷其類也。夫鳥獸之於不義也尚知辟之，而況乎丘哉！'乃還息乎陬鄉，作為陬操以哀之。而反乎衛，入主蘧伯玉家。"又：《孔子家語疏證·困誓》："孔子自衛將入晉，至河，聞趙簡子殺竇犨鳴犢，及舜華，乃臨河而歎曰：'美哉水，洋洋乎，丘之不濟，此命也夫。'子貢趨而進曰：'敢問何謂也？'孔子曰：'竇犨鳴犢，舜華，晉之賢大夫也，趙簡子未得志之時，須此二人而後從政，及其已得志也，而殺之。丘聞之，刳胎殺夭，則麒麟不至其郊；竭澤而漁，則蛟龍不處其淵；覆巢破卵，則鳳凰不翔其邑。何則？ 君子諱傷其類者也。鳥獸之於不義，尚知避之，況於人乎。'遂還息於鄹，作槃琴以哀之。"（《孔子家語疏證·困誓》，p. 161）《孟子·梁惠王上》：孟子對曰："賢者而後樂此；不賢者，雖有此，（亦將）不樂也。（此何故邪？）《詩》云：'（文王）經（規度，規劃）始靈臺（文王始經營規度此臺），經之營之（規度籌畫之），庶民攻（治，作）之，不日（不限時日，不設期日）成之。（文王語曰：）'經始勿亟'（jí，疾，急迫）（注："文王不督促使之"），（而）庶民子來（庶民自動而來，若子之赴父事）。（靈臺竣成，）（文）王在靈囿，（見）麀（yōu，母鹿，懷妊之鹿）鹿攸伏（自在而伏），麀鹿濯濯（zhuó，肥美而好），白鳥鶴鶴（肥澤而白）。（文）王在靈沼，（見）於（音烏）牣（rèn，滿）魚躍。'（此園囿也，（转下页）

"物"又擴展其義,有**動植生物**、**自然宇宙萬物**、**人事之物**等含義,而"盡其性"之含義亦隨之擴展,乃曰"盡其事物之理(或孟子所謂"故")"而已,則"盡'**動植生物**'之理"乃今之所謂生物科學,"盡'**自然宇宙萬物**'之理"乃今之所謂物理學或自然科學,"盡'**人事之物**'之理"乃今之所謂"人文社會科學"等。質言之,"盡其性"可謂"循其性(生性與命性)、道、理而擴展窮極之""循其本性本理而發展化育之",今曰"按照道理原則、科學精神行事"而已)**之性**①(原或指禽獸生物之本性(包括氣性與命性)或命性;後"物"之含義擴展,則曰:於動植生物或眾生而言則亦有生性與命性,於物理世界之物或"自然宇宙之物"而言則有其物理或理則,於人事之物而言則有人事之道與理等;簡言之曰"道理"或"命理"與"物理"或"氣理",乃至智理、名理等。人與物同處於天地之間,同來自於天地五行之氣,化合而成;人性物性,自與天道有相通者。此亦所謂"成物"也②);**能盡物之性,則可以贊**(助)**天地之化育**(聖人求知其物性物理③,而又一切順其物性

(接上頁)鳥獸魚鱉繁庶,各皆自在自安其所,一派豐足景象,此皆文王之公之德也)。文王以民力為臺為沼,而民歡樂之,謂其臺曰靈臺,謂其沼曰靈沼,樂其有麋鹿魚鱉,(此無他,與民共賞共用之故也)。"孟子曰:"王如知此,則無望民之多於鄰國也。不違農時,穀不可勝食也;數罟(cù gǔ,密網)不入洿(wū,大,深)池,魚鱉不可勝食也;斧斤以時入山林,材木不可勝用也。穀與魚鱉不可勝食,材木不可勝用,是使民養生喪死無憾也。養生喪死無憾,王道之始也。"所謂"**麀鹿攸伏,麀鹿濯濯,白鳥鶴鶴**"等,即有古人所謂"盡物之性""能贊天地之化育"之若干意思在焉,可體會之。

① (大聖)遵天地人三才之道性,能使萬物各盡其本性,安其本性,所謂知天地萬物之文理,使各順利自然也。

② 此何故邪?曰聖人知天道天性,一切性之,一切順之,順其天道天則天性也。天道兼天文(天象)、天則(天數)、元道(人道)乃至天性而言,天則涵蓋物理,元道涵蓋事理,天性涵蓋物性,聖人皆一切順其物理物性事理,一切性之而不違逆,故能盡物之性也。

③ 如前文所述,此一"物"包舉禽獸生物、動植生物、自然宇宙萬物、人事之物乃至意物、智物、名物等而言,故其物性物理亦當隨而區分之;此則通言之而已。

物理,順之則生,故可贊天地萬物之化育也^①);可以贊(助)天地之化育(生)^②,則可以與天地參(並立)矣(祇是順天行事、替天行道、天人中通合一、萬物性之,或順萬物之性理而已)^③。(故曰:如斯天性純全而至誠盡性之人,則可以為之(即創道設教,製禮作樂立法)也。天下之大本大道大經,用中製作,在乎至誠盡性之斯人也,在於大聖追本天命至誠,盡性推擴,而作興之也。)

(故曰:大聖天性至誠而盡性(而盡性),先(首也,先知

大
學
廣
辭

中
庸
廣
辭

三
四
六

① 今日聖人亦必格物致知而求其物性物理,順而用之。聖人不反對科技文明與工業文明——科技文明或科學原理本來就屬於天道中之天則——,徒順之(物性物理),又為人為眾生(一切有情生物或生命體)也。

② 鄭玄註:“助天地之化生,謂聖人受命在王位,致大平。”羅按:天地萬物之化育,則不僅盡人道,亦盡眾生道,而化育眾生也。今日生態主義。

③ 達天數天則天理天道也(參見拙文:《論“道”:正名與分析》,參見拙著《論語廣辭》)。孔穎達疏:“此明天性至誠,聖人之道也。‘唯天下至誠’者,謂一天下之內,至極誠信為聖人也。‘為能盡其性’者,**以其至極誠信,與天地合,故能‘盡其性’**。既盡其性,則能盡其人與萬物之性,是以下云‘能盡人之性’。既能盡人性,則能盡萬物之性,故能贊助天地之化育,功與天地相參。上云‘誠者,天之道’,此兼云‘地’者,上說至誠之理由神妙而來,故特云‘天之道’。此據化育生物,故並云‘地’也。”涑水司馬氏曰:“**人皆有仁義禮智之性,惟聖人能以至誠充之。如能盡其性,然後修其道以教人,使人人皆盡仁義禮智之性,如此則其道光被四表,格於上下,陰陽和,風雨時,鳥獸蕃滋,草木暢茂,取之有時,用之有節,萬物莫不遂其性,豈非可以贊天地之化育,而功德參於天地哉!**《易》曰:‘后以裁成天地之道,輔相天地之宜,以左右民。’此之謂也。”參見:《禮記集說》。今人陳柱曰:“修則道存,不修則道亡。道存則盡己之性,以盡人之性;盡人之性,以盡物之性,故其性存。道亡則賊物之性,以賊人之性;賊人之性,以賊己之性,故其性亡。”參見《中庸通義》,pp. 5 - 6。

也，先覺也，或曰先天也）秉天命，而率性首倡（依循天道，倡導，創道設教也）大道（謂中庸之道）（元則），所謂大聖立大（如盡人性、盡物性、贊天地之化育、與天地參，皆是其大）；）其次賢者〔次之者，謂通達聖人之次，小聖也，謂一般聖賢即小聖或賢者之"自明誠"者也，亦謂"通大賢以下凡（天性純全之）誠有未至者而言"[1]〕致（至；朱熹曰推致）曲（一曲之"性分"，意曰：雖然天賦所有人命性之全體，而"我"祇用此一曲之"性分"；曲者，一隅、一部、一偏、小小之事理，而精微完善之。此相對於天性純全、至誠盡性之全體大本大經而言。鄭玄註：曲，猶小小之事也，不能盡性而有至誠，於義有焉而已）[2]，（曰"脩道之謂教"者也。此何謂邪？謂其次唯天下致曲而至誠者（此謂小聖，即上文之賢者），為能效（即"教"）習（謂脩道）教化（謂效習教學）也。 至誠致曲（一曲之性分）者，小聖也，賢者也，各致其曲以臻至誠者也（即自明而誠）；致曲

---

[1] 亦即：非聖人之集大成者，然亦有所聖，身體力行而"誠之"之聖賢也，若孟子用以與時中集大成之孔子相對照之伯夷、伊尹、柳下惠然。參見：《孟子-萬章下》：孟子曰："**伯夷，聖之清者也；伊尹，聖之任者也；柳下惠，聖之和者也；孔子，聖之時者也。孔子之謂集大成。** 集大成也者，金聲而玉振之也。金聲也者，始條理也；玉振之也者，終條理也。始條理者，智之事也；終條理者，聖之事也。智，譬則巧也；聖，譬則力也。由（猶）射于百步之外也，其至，爾力也；其中，非爾力也。"另：此則對照於"自誠明"之"誠者""性誠者""至誠者"。鄭註："'其次'，謂'自明誠'者也。"朱熹註曰："其次，通大賢以下凡誠有未至者而言。"

[2] 所謂致曲，即孟子所謂伯夷、伊尹、柳下惠等**各致其一曲之至誠，而為小聖、賢者也，若夫大聖則能盡性而集大成**，故而時中也，"伯夷，聖之清者也；伊尹，聖之任者也；柳下惠，聖之和者也；孔子，聖之時者也。孔子之謂集大成"。《黃帝書》曰："唯王者能兼覆載天下，物曲成焉。"參見：《黃帝四經今註今譯——馬王堆漢墓出土帛書》，陳鼓應註譯，商務印書館，2007 年 6 月第一版，p. 95。

者，一時不能盡其全性（天命之命性全體。不能通盡人、物之性而贊天地之化育、與天地參，亦即不能盡天性之純全，如孔子之集大成、時中等，其對應者蓋如"伯夷，聖之清者也；伊尹，聖之任者也；柳下惠，聖之和者也"然[1]），而或推此性分（一曲之性分）至於至誠，或推此一性分於彼一性分（以此一性分推致彼一性分），信之美之，擴之充之，大之化之，又曰踐之形之（踐形[2]），身之得之，而亦將可至於至善而（為小）聖者（單數，故曰小聖；大聖盡性而可包舉一切，小聖雖得用其一曲"性分"而必至於至誠，亦聖也，如孟子所謂"伯夷，聖之

---

① 此亦類於公孫醜所謂"子夏、子游、子張**皆有聖人之一體**，冉牛、閔子、顏淵則**具體而微**"者；"孟子曰：'伯夷，聖之清者也；伊尹，聖之任者也；柳下惠，聖之和者也；孔子，聖之時者也。'**孔子之謂集大成。**"參見《孟子·萬章下》。孟子又曰："（伯夷、伊尹與孔子）不同道。非其君不事，非其民不使；治則進，亂則退，伯夷也。何事非君，何使非民；治亦進，亂亦進，伊尹也。可以仕則仕，可以止則止，可以久則久，可以速則速，孔子也。皆古聖人也，吾未能有行焉；乃所願，則學孔子也。""伯夷、伊尹於孔子，若是班乎？"曰："否。自有生民以來，未有孔子也。"曰："然則有同與？"曰："有。得百里之地而君之，皆能以朝諸侯有天下。行一不義，殺一不辜而得天下，皆不為也。是則同。"曰："敢問其所以異？"曰："宰我、子貢、有若智足以知聖人。汙，不至阿其所好。宰我曰：'以予觀於夫子，賢於堯舜遠矣。'子貢曰：'見其禮而知其政，聞其樂而知其德。由百世之後，等百世之王，莫之能違也。自生民以來，未有夫子也。'有若曰：'豈惟民哉？麒麟之於走獸，鳳凰之於飛鳥，太山之於丘垤，河海之於行潦，類也。聖人之於民，亦類也。出於其類，拔乎其萃，自生民以來，未有盛於孔子也。'"對照《中庸》與《孟子》，則兩書之意，皆以為孔子乃"自誠明者"，乃天下至誠之大聖也，乃可為天下萬世立法者；而伯夷、伊尹則"自明誠者"，乃天下至誠之小聖也，乃能"致曲者"，乃可脩聖人之道而行教者。參見：《孟子·公孫醜上》。

② 惟通達聖人可以盡其純全之性而踐其全形。

清者也；伊尹，聖之任者也；柳下惠，聖之和者也"然，或"皆有聖人之一體"者然①)也（"猶聖賢盡誠於小善，日新不已，乃至於聖德也"，"曲"猶所謂"小善"，集小成大者也②)，故曰致曲（此即上文所謂"自明誠，謂之教"者）。）

（致）曲（一曲之性分）能（若能，若至於）有誠，誠則（乃；又猶當；又，尤加。下同）形（自然形於容色身行，尤其形於行事，如伯夷之清、伊尹之任、柳下惠之和，皆是能形其"一曲"之誠者③。朱注：形者，積中而發外；鄭註：形謂人見其功——若夫"盡性之誠，人不能見也。"）④，形則（乃；又猶當，又，尤加。下同）著（脩習積累而其德業事功⑤彰顯大著，加著其功，所謂"初有小形，後乃大而明"，積累之功也；朱注：著，則又加顯矣；鄭注：形之大者⑥)，著則明（大而

---

① 參見：《孟子·萬章下》，《孟子·公孫醜上》。
② 涑水司馬氏曰："一言而盡，即為物不貳也。於穴隙之間窺天，不過昭昭之多；以手撮地，不過撮土之多；初陟山，足不過卷石之多；觀水之原，不過一勺之多；及窮其高厚，究其幽遠，然後知其遂大也。**猶聖賢盡誠於小善，日新不已，乃至於聖德也。**"參見：《禮記集說》。
③ 又比如：尾生雖不智，而能形其"信"（雖或難免硜硜小信），亦可謂頗能致曲，徒有所不智也；若夫戲曲說部中之梁山伯、祝英台二人，可謂能形其"情"（愛情，然亦或有其過不及者）者，而傳說故事中古代某母以身飼虎以救其兒、佛家以身飼虎，皆可謂能形其"慈愛、慈悲"者，似此等，皆亦可謂"形"也，乃至於可以形、著、明、動、變、化也。
④ 形，則孟子所謂"君子所性，仁義禮智根於心。其生色也，睟然見於面，盎於背，施於四體，四體不言而喻"。參見：《孟子·盡心上》。羅按：或謂自然形於容色，有至誠之容色也。
⑤ 德業、事功皆為單數，言其"曲"也，"曲"亦為單數。大聖則不在一二之德業事功，而為集大成也。
⑥ 羅按：修之修之，而誠益深固，深固則誠之形色愈加著明也；著則加著，明則散發光輝於外於人於世也；動則外人感動感格之也；感動感格之而後則將變化之也。誠、著、明是自修入德，是修身，是自明明德也；動、變、化是感格動人而變化人，是新民也。

後顯明於世於眾，德行自然發露光輝於時世庶眾。朱註：明，則又有光輝發越之盛也；鄭註：著之顯者。羅按：孟子謂此曰"充實而有光輝之謂大"，大明也），**明則動**（感染、感動、感格人心乃至動植萬物萬類——感格萬物，蓋謂人類動植萬物萬類感見光明如感見溫煦陽光，而將感而使發動出動。朱註：動者，誠能動物；鄭註：動人心①），**動則變**（漸變，有所改張變易，有所改正變遷；謂變化之過程中，**變化其人氣質性情身行如棄惡從善然**，謂發動而變化，如使人類動植感遇陽光，而俾發動變化而至於中通天性、明朗善好，如草木萌芽然。朱註：變者，物從而變；鄭註：改惡為善），**變則化**（漸變而後終於完全內化之，完全捐棄從前之習染污漬，而變化自新，如化惡為善然；又謂外在之身行改變之後，而又內化之，此心化也；又曰：化者，教行也②，比類而變化之。變化其人者，此雖重在變化他人，然亦可兼己身與他人而言。鄭註：變之久則化而性善也。孔穎達疏："初漸謂之變，變時新舊兩體俱有，變盡舊體而有新體謂之為'化'。"又曰化育生長。朱註：化，則有不知其所以然者③。

---

① 或曰動於四體，即身行之；或曰感動、感格人己之人心，即至誠能動人己之意，故可脩己安人、脩己治民也。
② 《說文》：化，教行也。從匕從人，匕亦聲。《說文解字註》：化，教行也。教行於上，則化成於下。賈生曰：此五學者既成於上，則百姓黎民化輯於下矣。老子曰：我無爲而民自化。從匕人，上匕之而下從匕謂之化。化篆不入人部而入匕部者，不主謂匕於人者，主謂匕人者也。今以化爲變匕字矣。匕亦聲。《說文》：匕，相與比敘也。从反人。匕，亦所以用比取飯，一名柶。凡匕之屬皆從匕。卑履切。《說文解字註》：相與比敘也。比者，密也。敘者，次弟也。以姁籀作姼，祂或作袘，秕或作秖等求之，則比亦可作匕也。此製字之本義。今則取飯之義行而本義廢矣。从反人。相與比敘之意也。卑履切。十五部。匕，亦所以用比取飯。以者，用也。用字衍。比當作匕。……參見：漢典。
③ 此即感化之功，孟子所謂："故聞伯夷之風者，頑（貪）夫廉，懦夫有立志。……故聞柳下惠之風者，鄙夫寬，薄夫敦。"參見：《孟子·萬章下》。

孟子謂此曰"大而化之之謂聖")①②。 唯天下至誠(大聖與小聖即賢者,

大聖至誠而盡性,小聖致曲而至誠;**大聖立大,小聖致曲**,而皆至誠)為能化

(教化,變化,自新新民;或曰化育兆民庶物 ③)④。（天性純全而至誠

---

① 孟子亦有類似表述:"可欲之謂善,有諸己之謂信,充實之謂美,充實而有光輝
之謂大,大而化之之謂聖,聖而不可知之之謂神。"參見:《孟子·盡心下》。
又:所謂"至誠致曲之小聖賢者"之"化",即如孟子所謂"聞伯夷之風者,頑
(貪)夫廉,懦夫有立志"、"聞柳下惠之風者,鄙夫寬,薄夫敦"之類。參見《孟
子·萬章下》。

② 動、變、化,兼言人己。

③ 羅按:或作"神化"為解,亦可與下文"至誠之道,可以前知"語意銜接,故朱熹
解為"有不知其所以然者"。然孔子等**先秦儒家乃天道設教,非神道設教**,本
來含有清明之人文精神和理性精神,而頗為注意避免神秘主義或宗教神秘主
義(如"不知生,焉知死"之類);所謂聖人"神化"亦乃是尤其強調其"為善為仁
為功為教化而不居"之意,並非故意往神秘主義一路流去。故此處仍解"化"
為"化育""教化"之義。其實下文之"至誠之道,可以前知。國家將興,必有禎
祥;國家將亡,必有妖孽;見乎蓍龜,動乎四體。禍福將至:善,必先知之;不
善,必先知之。故至誠如神"云云,仍可作理性主義解讀,即以理性主義尋繹
其間因果關係,仍可表現其人文主義與理性主義之精神旨趣。且上文之"化"
與下文之"神"並非同一物事。

④ 鄭玄註:"**不能盡性而有至誠,於義有焉而已,形謂人見其功也。盡性之誠,人
不能見也。**著,形之大者也。明,著之顯者也。動,動人心也。變,改惡為善
也,變之久則化而性善也。"孔穎達疏:"此一經明賢人習學而致至誠,故云'其
次致曲'。曲,謂細小之事。**言其賢人致行細小之事不能盡性,於細小之事能
有至誠也。**'誠則形,形則著'者,**謂不能自然至誠,由學而來,故誠則人見其
功**,是'誠則形'也。**初有小形,後乃大而明著,故云'形則著'也。若天性至誠
之人不能見,則不形不著也。**'著則明,明則動'者,**由著故顯明,由明能感動
於眾。**'動則變,變則化'者,既感動人心,漸變惡為善,**變而既久,遂至於化。**
言惡人全化為善,人無復為惡也。'唯天下至誠為能化',言唯天下學致至誠
之人,為能**化惡為善,改移舊俗。**不如前經天生至誠,能盡其性,與天地參矣。
注'其次'至'善也'。正義曰:以前經云'自明誠謂之教',是由明而致誠,是賢
人,次於聖人,故云'其次,謂自明誠也'。云'不能盡性而有至誠,於有義焉而
已'者,**言此次誠不能如至誠盡物之性,但能有至誠於細小物焉而已。**（轉下頁）

盡性者（謂大聖），致曲而至誠者（謂小聖），皆天下至誠，故皆能化也①。而大聖立其本，用中創道設教（中庸之道），

（接上頁）云'形謂人見其功也'者，由次誠彰露，人皆見其功也。**云'盡性之誠，人不能見也'者，言天性至誠，神妙無體，人不見也。**云'著，形之大者也'，解經'形則著'，初有微形，後則大而形著。云'變之久則化而性善也'者，解經**'變則化'，初漸謂之變，變時新舊兩體俱有，變盡舊體而有新體謂之為'化'。**如《月令》鳩化為鷹，是為鷹之時非復鳩也，猶如善人無復有惡也。"朱熹註此段曰："其次，通大賢以下凡誠有未至者而言也。致，推致也。曲，一偏也。形者，積中而發外。著，則又加顯矣。明，則又有光輝發越之盛也。動者，誠能動物。變者，物從而變。化，則有不知其所以然者。蓋人之性無不同，而氣則有異，故惟聖人能舉其性之全體而盡之。其次則必自其善端發見之偏，而悉推致之，以各造其極也。曲無不致，則德無不實，而形、著、動、變之功自不能已。積而至於能化，則其至誠之妙，亦不異於聖人矣。"孟子說此義理則曰："人恒過，然後能改；困於心，衡於慮，而後作；徵於色，發於聲，而後喻。"（《孟子·告子下》）此句亦可以結合下句參照之："君子所性，仁義禮智根於心。其生色也，睟然見於面，盎於背，施於四體，四體不言而喻。"此句即上文所謂"至誠者"也。參見：《孟子·盡心上》。孟子又曰："踐形"："孟子曰：'形（體貌）色（顏氣），天性也；惟聖人，然後可以踐形。'"（《孟子·盡心上》），此外也可以和"可欲之謂善，有諸己之謂信，充實之謂美，充實而有光輝之謂大，大而化之之謂聖，聖而不可知之之謂神"這一句結合起來，而對《中庸》此段進行解讀領悟（《孟子·盡心下》）。

① **致曲小聖與盡性大聖之別。所謂致曲，即孟子所謂伯夷、伊尹、柳下惠等各致其一曲之至誠，而為小聖也，若夫大聖則能盡性而集大成，故而時中也**，"伯夷，聖之清者也；伊尹，聖之任者也；柳下惠，聖之和者也；孔子，聖之時者也。孔子之謂集大成"（《孟子·萬章下》）。故孟子曰："（伯夷、伊尹與孔子）不同道（方式）。非其君不事，非其民不使；治則進，亂則退，伯夷也。何事非君，何使非民；治亦進，亂亦進，伊尹也。可以仕則仕，可以止則止，可以久則久，可以速則速，孔子也。皆古聖人也，吾未能有行焉；乃所願，則學孔子也。（此則吾所願安也。）"（《孟子·公孫醜上》）此言孟子願學大聖也。然伯夷、伊尹、柳下惠亦（小）聖也，亦能化人也。

**　　大聖、小聖，有其同者，亦有其不同者；小聖致曲而至誠之化，與乎大聖盡性而至誠之化，亦有所不同。**《中庸》此曰皆至誠能化，是大聖、小聖之同；孟子亦謂伯夷、伊尹小聖與孔子大聖之相同者曰："有。得百里之地而 （轉下頁）

以治天下，而參天地；小聖致其曲（用曲，用中致曲，如《曲禮》各條之製作完備等①），各致其曲以臻至誠②，亦可以脩道行教也（教化，自新新民，如伯夷、伊尹、柳下惠之感動變化世人世風）。故曰用中本道致曲、教化（教化，自新新民）為政治民，在斯人也。）

（又，唯天下至誠能先知如神。此曰）至誠之道，可以前（先）知（鄭玄註：言天不欺至誠者也。羅按：以現代理性解之，此即格物致知、正心誠意之功也，格來推究萬種物事禍福休咎之效驗、徵

（接上頁）君之，皆能以朝諸侯有天下。行一不義、殺一不辜而得天下，皆不為也。是則同。"（《孟子·公孫丑上》）其不同者，《中庸》此則曰：大聖至誠盡性而贊天地之化育而與天地侔，小聖至誠致曲而感化萬民而行教；《孟子》答公孫醜"伯夷、伊尹於孔子，若是班（位次齊等）乎？"之問，則曰："否。自有生民以來，未有孔子也。"（《孟子·公孫丑上》）具體言之，"小聖賢者至誠致曲之化"，即如孟子所謂"聞伯夷之風者，頑夫廉，懦夫有立志""聞柳下惠之風者，鄙夫寬，薄夫敦"之類（《孟子·萬章下》）；若夫"大聖至誠盡性之化"如孔子者，孟子曰："宰我、子貢、有若智足以知聖人。汙，不至阿其所好。宰我曰：'以予觀於夫子，賢於堯舜遠矣。'子貢曰：'見其禮而知其政，聞其樂而知其德。由百世之後，等（排，列）差等（或等同）百世之王，莫之能違也。自生民以來，未有夫子也。'有若曰：'豈惟民哉？麒麟之於走獸，鳳凰之於飛鳥，太山之於丘垤（dié，蟻封，小土丘），河海之於行潦（lǎo，雨水，路上流水；lào，同"澇"），類也。聖人之於民，亦類也。出於其類，拔乎其萃，自生民以來，未有盛於孔子也。'"（《孟子·公孫丑上》）詳見拙著：《孟子解讀》。

① 陸德明《音義》曰："曲禮者，是《儀禮》之舊名，委曲說禮之事。"又謂《禮記》曰："此記二《禮》之遺闕，故名《禮記》。"參見：《禮記鄭註彙校》（上冊），王鍔彙校，中華書局 2020 年 11 月第一版，p. 1。

② 羅按：賢者亦可學而至於至誠盡性也，所謂學而知之、困而知之，又或勉強而行之乃至利而行之，擇善而固執，亦將漸成其形、著、明、動、化，乃至成其至誠盡性也，亦即"人皆可為堯舜"也。故下文"至誠之道，可以前知"，即謂至誠盡性之後也。所謂"三知"即生而知之、學而知之、困而知之，其實一也，而曰"人皆可為堯舜"也。

553322222212112111111111111111111111111111111111111111111111111111111111111111111111111111111111111111111111

驗,而致其善惡吉凶之理知,誠意正心,不亂於幻像表象邪事也)①。(何以前知? 曰:"寂然不動(正心誠意於命性正念正道,不動妄念、不惑於邪道),感而遂通天下之故"也(《易》,羅按:實則即是格物致知誠意正心之功也);曰至誠知幾(音機,幾微,隱微徵兆)也②:)

---

① 大聖、小聖或聖人、賢人皆至誠之人,故皆能前知,故乃知"天下有道則見,無道則隱"也。若夫大聖或聖之時者如孔子者,則雖知其不可而為之而皆能時中也。孔穎達疏:"賢人至誠同聖人也。言聖人、賢人俱有至誠之行,天所不欺,可知前事。"

② 羅按:**至誠則實有其虛明澄澈之神靈,純全天性不昧,而與天地同道。天道,中道也,正道也,中通而合乎吉凶善惡因果之必然之理也,知天道即知正知中;君子守其天命純全之性靈,知天道人道吉凶善惡之因果必然之同理,守正用中,則知幾其神也。知幾祇是順受天道,守正守中而已;至誠乃能守正守中,不恃私智,不自欺欺人惡天。天道豈能欺哉! 至誠不欺,則能前知萬事吉凶善惡之理,而守正不移。知正不正、中不中之吉凶善惡因果必然之理**(即天道人道),**則能前知後知;故曰:前知後知,即是至誠不移,操存不苟,奉守天道而已。至誠純一,純一澄靜,澄靜不昧不惘,不惘如神。**長樂陳氏所謂"**清明在躬,志氣如神**"也;兼山郭氏曰:"自君子觀之,謂之知幾;自眾人言之,謂之前知。《易》曰:知幾其神乎。"高要譚氏曰:"至誠之道,可以前知。自不學者言之,事似渺茫,近乎怪誕,而不可信;自篤學者言之,事皆性中所有,才能存養,不失其全,便能至此,無足疑也。"譚氏又詳解知幾之道曰:"夫何故? 識得性與心之體,即灼然見此事,皆存養所致也。性之在人,非槁木死灰,兀然寂然,不生不出而已;**其中虛明,自然透徹,物有動乎其外,而吾必覺知於其內。**凡天下事物,有形有聲有臭有味有名有數,與吾耳目口鼻手足相接者,莫不皆先覺知。不特如此,天地之間,薄海內外,凡實有是事,實有是物,雖吾耳目口鼻手足之所未嘗及者,一有感乎其中,亦莫不皆有覺知。此乃一性之靈,可以應無方之變者;蓋天機將動之時也,夫是謂之心。識得此理,**當其本心覺知之時,專精緻一,固守勿失,使此一性之靈,常存不散;性本虛靜,虛極則通,靜極則明,正如持鑒,當中一影一像,靡不畢見。天下禍福善惡之事,既實有而不虛,端兆才萌,無有不知者矣。**故曰至誠如神。胡不觀諸《易》乎?"**寂然不動,感而遂通天下之故。**"寂然不動者,存養之力也;感而遂通者,前知之驗也。**此章重處全在至誠而前知之說,特以明其效驗,非如俗學專尚神怪而不知理之所在也。"參見:衛湜,《禮記集說》。

國家將興，必有禎（zhēn，祥也，休也①）祥（禎祥者，福之兆）②；
國家將亡，必有妖孽③（妖孽者，怪異之事，禍之萌。蓋政亂俗
醜，人心毀壞，不順萬物之本性，而違逆天道天則天命天性人性元道物性
物理，則必致怪異亂象也。妖亦作祆，衣服、歌謠、草木之怪謂之祆；孽亦
作蠥，禽獸蟲蝗之怪謂之蠥）；見乎蓍（shī，所以筮，shì④）龜（所以卜，

---

① 《康熙字典》：禎，【說文】祥也，休也。【徐曰】禎者，貞也。貞，正也。人有善，
天以符端正告之。【禮·中庸】必有禎祥。【疏】本有今異曰禎，如本有雀，今
有赤雀來，是禎也。本無今有曰祥，本無鳳，今有鳳來，是祥也。參見：漢典。

② 孔穎達疏："禎祥，吉之萌兆；祥，善也。言國家之將興，必先有嘉慶善祥也。
《文說》：'禎祥者，言人有至誠，天地不能隱，如文王有至誠，招赤雀之瑞也。'
國本有今異曰禎，本無今有曰祥。何為本有今異者？何胤云：'國本有雀，今
有赤雀來，是禎也。國本無鳳，今有鳳來，是祥也。'《尚書》'祥桑、穀共生於
朝'，是惡，此經云善，何？得入國者，以吉凶先見者皆曰'祥'，別無義也。"

③ 鄭玄注："妖，《左傳》云：'地反物為妖。'《說文》作'祆'，云'衣服、歌謠、草木之
怪謂之祆'。孽，魚列反，《說文》作'蠥'，云'禽獸蟲蝗之怪謂之蠥'。"

④ 《說文》：蓍，蒿屬。生十歲，百莖。《易》以為數。天子蓍九尺，諸侯七尺，大夫
五尺，士三尺。從艸耆聲。式脂切〔注〕䒒，古文。《說文解字註》：蓍，蒿屬。
謂似蒿而非蒿也。陸機曰：似藾蕭，青色，生千歲三百莖。《艸木疏》《博物志》
說皆同。《尚書大傳》曰：蓍之為言耆也，百年一本生百莖。《易》以為數。數，
筭（suàn）也，謂占《易》者必以是計算也。詳《易·繫辭》。天子蓍九尺，諸侯
七尺，大夫五尺，士三尺。此《禮》三正記文也，亦見《白虎通》。《儀禮》特牲饋
食：筮者坐筮，少牢饋食，筮者立筮。鄭注：卿大夫蓍五尺，立筮；士之蓍短，坐
筮，皆由便也。賈公彥曰：然則天子諸侯立筮可知。從竹，耆聲，式脂切。《說
文》：筮，《易》卦用蓍也。从竹从巫。巫，古文巫字。時制切。《說文解字註》：
筮，《易》卦用蓍也。《曲禮》曰：龜為卜，策為筮。策者，蓍也。《周禮·簭人》
注云：問蓍曰筮，其占《易》。《艸部》曰：蓍，《易》以為數，从竹巫。从竹者，蓍
如筭也，筭以竹為之。从巫者，事近於巫也。九簭之名：巫更、巫咸、巫式、巫
目、巫易、巫比、巫祠、巫参、巫環，字皆作巫。時制切，十五部。巫，古文巫字。
《康熙字典》：筮。【說文】《易》卦用也。【廣韻】龜曰卜，蓍曰筮。巫咸作筮。
筮，決也。【書·洪範】擇建立卜筮人，乃命卜筮。【左傳·僖四年】卜人曰：筮
短龜長，不如從長。【註】物生而後有象，象而後有滋，滋而後有數。（轉下頁）

（轉下頁）

bǔ[①]），動乎四體（蓋謂人己之身行舉動也，蓋有"禍福各皆自招"之意。林氏曰："謂吉凶禍福盡見於人之俯仰屈伸之際也"。或謂驗之於己，如己之動作威儀，或謂驗之於人，如小人、愚主之身行等；或謂是龜之四足，用以占卜[②]）。（故觀察幾微，格物（來其善惡吉凶之徵兆效驗）而致前知也。曰）禍福將至：善，必先知之；不善，必先知之[③]。（知之而因應轉移也。[④] 蓋"幽明一理，唯人慾蔽之耳，

（接上頁）龜，象。筮，數。故象長數短。【疏】象者，物初生之形。數者，物滋息之狀。凡物皆先有形象，乃有滋息，是數從象生也。龜以本象金、木、水、火、土之兆以示人，故爲長。筮以末數七八九六之策以示人，故爲短。//又筮之畫卦，從下而始，故以下爲內，上爲外。凡筮者，先爲其內，後爲其外，內卦爲己身，外卦爲他人。參見：漢典。

① 《說文》：卜，灼剝龜也，象灸龜之形。一曰象龜兆之從橫也。凡卜之屬皆从卜。卜，古文卜。博木切。《說文解字註》：卜，灼剝龜也，火部灼，灸也。刀部剝，裂也。灼剝者謂灸而裂之。灼雙聲，剝疊韻。象灸龜之形。直者象龜，橫者象楚焯之灼龜。一曰象龜兆之縱衡也。字形之別說也。博木切。凡卜之屬皆從卜。參見：漢典。

② 莆陽林氏曰："見乎蓍龜，謂人有吉凶禍福之事，盡見於蓍龜；四體者，謂吉凶禍福盡見於人之俯仰屈伸之際。"參見：衛湜，《禮記集說》。朱熹註："**四體，謂動作威儀之間**，如執玉高卑，其容俯仰之類。"鄭玄注："四體，謂龜之四足，春占後左，夏占前左，秋占前右，冬占後右。"孟子亦曰"四體"："君子所性，仁義禮智根於心。其生色也，睟然見於面，盎於背，施於**四體**，四體不言而喻。"然此句乃說"至誠者"。參見：《孟子·盡心上》。

③ 此即是格物致知之功。范陽張氏曰："**福將至，則善念見；禍將至，則慾念形。既先知，則以誠造化轉移變易，使禍爲福，妖孽爲禎祥，將亡反爲將興，蓋無難事也。故曰至誠如神。**"參見：衛湜，《禮記集說》。

④ 或曰"動乎四體"即"禍福見乎蓍龜"後之身行因應也，其意即："見乎蓍龜，則動乎四體，以因應轉移禍福也"。亦可備一說。

至誠①則無不知矣"②;"由身有至誠,而其性明③,性既明則(不蔽於貪嗔癡慾、邪僻幻象,)可以豫知前事,雖未萌未兆,可以逆知國家將興將亡之理。若進賢退不肖,其政教皆仁義,雖未大興,至誠之人必知其將興也,又天必有禎祥之應。若小人在位,賢人在野,政教廢弛,綱紀紊亂,雖未絕滅,至誠之人必知其將亡也,又天必有妖孽之應。④ 此以天下國家言,餘事亦類如,而皆至誠前知默契天意者也。"⑤)故至誠如神(朱熹註為鬼神,或亦可作人文主義解讀:純一無雜無偽,直照本相本原,而至誠則神也)⑥。("神者,無形而著,不言

---

① 至誠,亦是誠意正心之功。
② 晉陵錢氏語,"蓋幽明一理,人慾蔽之,至誠則無不知矣"。參見衛湜《禮記集說》。
③ 誠意正心,正心,即"自明誠",復其天性之誠明。
④ 羅按:**禎祥妖孽者,實則皆世間身心人事之徵應也。蓋當人間治平而有正常人事時,天地間乃是此一物象徵候;當其人間邪亂廢世時,正常人事顛倒,而天地間之物象徵候亦紊亂不經;聖賢見識廣博深遠,天文地理之廣大、歷史人事之悠久,皆學習廣聞而知其理(非窒礙迷惑於一時一地一人之現象或表象、幻像、假象也),故見而識知判別之也。**
⑤ 海陵胡氏語,參見衛湜《禮記集說》。
⑥ 朱熹註:"見,音現。禎祥者,福之兆。妖孽者,禍之萌。著,所以筮。龜,所以卜。四體,謂動作威儀之間,如執玉高卑,其容俯仰之類。凡此皆理之先見者也。然惟誠之至極,而無一毫私偽留於心目之間者,乃能有以察其幾焉。神,謂鬼神。"鄭玄註:"'可以前知'者,言天不欺至誠者也。前,亦先也。禎祥、妖孽,著龜之占,雖其時有小人、愚主,皆為至誠能知者出也。"孔穎達疏:"正義曰:鄭以**聖人君子將興之時,或聖人有至誠,或賢人有至誠,則國之將**(轉下頁)

而誠也。"①故曰：至誠則神。《易》曰："知幾其神乎!"斯之謂也。)②

子曰："鬼神之為德，其盛矣乎?! 視之而弗見，聽之而弗聞，體(生)物而不可遺(鄭玄註：體，猶生也。可，猶所也。不有所遺，言萬物無不以鬼神之氣生也)；使天下之人齊(整齊；或曰齋戒，齊通齋)明(潔)盛服，以承祭祀，洋洋{洋洋，人想思其傍僾(ài，仿佛也)之貌}乎如在其上，如在其左右。《詩》曰：'神之格(來)思(語助詞)，不可度(忖度)思! 矧(況)可射

（接上頁）興，禎祥可知。而小人、愚主之世無至誠，又時無賢人，亦無至誠，所以得知國家之將亡而有妖孽者，雖小人、愚主，由至誠之人生在亂世，猶有至誠之德，此妖孽為有至誠能知者出也（羅按：此解稍扞格）。案《周語》云：'幽王二年，三川皆震，伯陽父曰："周將亡矣。昔伊、洛竭而夏亡，河竭而商亡。"'時三川皆震，為周之惡讖，是伯陽父有至誠能知周亡也。又周惠王十五年，有神降於莘。莘，號國地名。周惠王問內史過，史過對曰：'夏之興也，祝融降於崇山，其亡也，回祿信於聆隧。商之興也，檮杌次於丕山，其亡也，夷羊在牧。周之興也，鸑鷟鳴於岐山，其衰也，杜伯射宣王於鎬。今號多涼德，號必亡也。'又內史過有至誠之德，神為之出。是愚主之世，以妖孽為至誠能知者出也（羅按：此解稍牽纏）。"
① 鄭玄語。
② 海陵胡氏曰："此一節言至誠前知之事。**由身有至誠，而其性明，性既明則可以豫知前事，雖未萌未兆，可以逆知國家將興將亡之理。若進賢退不肖，其政教皆仁義，雖未大興，至誠之人必知其將興也，又天必有禎祥之應。若小人在位，賢人在野，政教廢弛，綱紀紊亂，雖未絕滅，至誠之人必知其將亡也，又天必有妖孽之應。此皆至誠前知黙契天意者也。**蓍龜，先知之物，聖人有先知之見如蓍龜之靈也。人有四體，四體之動，必先知之，聖人於禎祥之兆亦先知之。神者，陰陽不測之謂也。"參見：衛湜，《禮記集說》。

（厭）思！'①（"鬼神之狀雖微昧不見，而精靈乃與人為吉凶；故知鬼神誠信，善者必降之以福（正命），惡者必降之以禍也（罰命）"②。天命幽隱而嚴正，不（不曾，不可）或欺也。）

（禎祥妖孽，始萌微也；禍福將至，漸著顯也。）夫（自）微（指禎祥妖孽之福禍兆萌之幾微也。或曰鬼神之狀微昧不見）之（至）顯（福禍吉凶之終於顯露發揚著成也；顯其吉凶），誠（真實無妄，實有）之（或謂此乃鬼神之誠）不可揜（音掩，掩蓋，遮蔽）如此夫。③ 是故

---

① 鄭玄註："言神之來，其形象不可億度而知，事之盡敬而已，況可厭倦乎。"孔穎達疏："'《詩》曰：神之格思，不可度思，矧可射思'者，格，來也；思，辭也；矧，況也；射，厭也。此《大雅·抑》之篇，刺厲王之詩。**詩人刺時人祭祀懈倦，故云神之來至，以其無形不可度知，恒須恭敬，況於祭祀之末可厭倦之乎？言不可厭倦也。記者引《詩》，明鬼神之所尊敬也。**"羅按：程朱本此段在他處，《廣辭》乃又移置於此，而兩存兩解之，似亦通。

② 借用孔穎達語，稍改動。

③ 鄭玄註："言神無形而著，不言而誠。"孔穎達疏："'**夫微之顯**'者，**言鬼神之狀微昧不見，而精靈與人為吉凶，是'從微之顯'也**。'誠之不可揜'者，**言鬼神誠信，不可揜蔽。善者必降之以福，惡者必降之以禍**。'如此夫'者，此詩人所云，何可厭倦？夫，語助也。此鬼神即與《易·繫辭》云'是故知鬼神之情狀，與天地相似'，以能生萬物也。案彼註：'木火之神生物，金水之鬼終物。'彼以春夏對秋冬，故以春夏生物，秋冬終物。其實鬼神皆能生物、終物也，故此云'**體物而不可遺**'。此雖說陰陽鬼神，人之鬼神亦附陰陽之鬼神，故此云'**齊明盛服，以承祭祀**'，是兼人之鬼神也。"羅按：或疏解曰：夫微而必將至於顯，誠有實有者而必不可揜。微有其善好，實有其善好，則必（將）顯而不可揜；微有其不善邪惡，實有其不善邪惡，亦必（將）顯而不可揜。故不可欺心，不可自欺欺人，必誠之，而又誠其善好，去其"誠不好"也。一人之心，他人視之，猶視己心，又猶陽光探幽微，無有不到，豈能隱揜之。故必慎獨。慎獨者，時時審查，正脩本心也。

君子戒慎乎其所不睹（人所不睹時；或曰不可睹者，鬼也），恐懼乎其所不聞（人所不聞時。或曰不能聞者，神也；不睹不聞，合言之，皆鬼神也，又天道天命也）①。莫見（現）乎隱，莫顯乎微，（隱微之間，天地鬼神、道理本心（人心），皆的的在焉，無可欺揜，必將顯而實（實即實有誠有，即真實不可揜），必報應（或曰果報）之。天下無可隱微蔽揜者，）故君子慎其獨（獨處或無人時之所思為，言誠於己心與命性，中於天道人義，非徒飾於外也）也。②"③

---

① 鄭玄註："小人閒居為不善，無所不至也。君子則不然，雖視之無人，聽之無聲，猶戒慎恐懼自脩正，是其不須臾離道。"原文置於"可離非道也"之下，故鄭玄有"是其不須臾離道"之註語。或曰此處疑有錯簡，當調整其次序至此，則不需鄭玄此句。然此句置於二處，似皆可通，故本《廣辭》姑且兩存兩解之。

② 鄭玄註："慎獨者，慎其閒居之所為。小人於隱者，動作言語，自以為不見睹，不見聞，則必肆盡其情也。若有佔聽之者，是為顯見，甚於眾人之中為之。"原文置於"可離非道也"之下；或疑有錯簡，當調整其次序至此，本《廣辭》姑且兩存兩解之。見上註。

③ 《周易·繫辭下》："子曰：'知幾其神乎！君子上交不諂，下交不瀆，**其知幾乎？幾者，動之微，吉之先見者也。君子見幾而作，不俟終日。**《易》曰："介於石，不終日，貞吉。"介如石焉，寧用終日？斷可識矣。**君子知微知彰，知柔知剛，萬夫之望。**'子曰：'顏氏之子，其殆庶幾乎？有不善未嘗不知，知之未嘗複行也。《易》曰："不遠復，無祇悔，元吉。"'"又曰："《易》曰'憧憧往來，朋從爾思。'子曰：'**天下何思何慮？天下同歸而殊途，一致而百慮。天下何思何慮？日往則月來，月往則日來，日月相推而明生焉。寒往則暑來，暑往則寒來，寒暑相推而歲成焉。往者屈也，來者信也，屈信相感而利生焉。尺蠖之屈，以求信也；龍蛇之蟄，以存身也。精義入神，以致用也；利用安身，以崇德也。過此以往，未之或知；窮神知化，德之盛也。**'"《周易·繫辭上》亦云："**《易》與天地准，故能彌綸天地之道。仰以觀於天文，俯以察於地理，是故知幽明之故；原始反終，故知死生之說；精氣為物，遊魂為變，是故知鬼神之情狀。與天地相似，故不違；知周乎萬物，而道濟天下，故不過；旁行而不流，樂天知命，故不憂；安土敦乎仁，故能愛。範圍天地之化而不過，曲成萬物而不遺，** （轉下頁）

（慎獨乃能至誠。）①

　　（故曰：慎其獨者，誠之也（誠其善好，誠其命性，誠其天道，誠其中庸之道等），自成（自成其性與天道，自成其道德。故曰自成其誠或其道德）也。）誠者（意曰"所謂誠者"；或曰"所謂誠之者"，亦通，蓋兼有二義②），自成也（"誠"之本質在於"自誠其性其道"，在於"誠有實有其命性性道"，在乎自己；又曰：誠者自成，自成其命性明德與天道；或曰乃用聖人中庸之道而求成其至誠與天命明德也），而道（意曰"所謂道者"；或曰"所謂脩道"，亦通；道者，天命性道、大道、人道、中庸之道），自道也﹝天命性道，性道合於天道，天道性道昭然自在天地之間，不以人之忽略無視或違逆得咎而不在，人不率循性道則得咎有罰，故"道自道"；或曰脩道在乎一己。自成、自道者，皆言其必然性（客觀規律，絕對律令，必然理則等），人不可違逆③。朱熹註："誠以心言，本也；道以理言，用也。"﹜④。誠者，（在於）物（物在先秦原包舉人事與萬物如生物與客觀物體等，此處亦然，有時又主要指"事"，萬般人事）之終始（稍

（接上頁）通乎晝夜之道而知，故神無方而《易》無體。"又曰："**是故蓍之德圓而神，卦之德方以知，六爻之義易以貢。聖人以此洗心，退藏於密，吉凶與民同患。神以知來，知以藏往，其孰能與於此哉！古之聰明睿知，神武而不殺者夫。**"可交互參證之。

① 程朱本此上兩段在他處。或疑有錯簡，當調整其次序至此，本廣辭姑且兩存兩解之。見前註。

② 古代未明顯或嚴格區分"定義"（概念界定）與"述方"（述其方法，方法描述），故兼顧此二意。下文"道，自道也"，亦如是。

③ 或解曰："道"之本質在於"人自道"即"人各自脩其道"；或曰在乎"道自在"（今日客觀必然性）；又曰：自行其道，自脩其道；或曰導，自導其道而行之，故"道，自道也"之意曰：脩道，乃是自脩自行其正道也。雖稍可通，然亦稍迂曲，存之以備思忖而已。

④ 鄭玄註："言**人能至誠，所以'自成'也**。有道藝，所以自道達。"

有不誠，即離矣，離其本性，失其物事之本性常道理則），**不誠無物**（鄭玄註："物，萬物也，亦事也。大人無誠，萬物不生，小人無誠，則事不成。言貴至誠。"羅按：誠於物事，循物事本性之謂也，循物性之故常，則物事乃實有，乃可成；不誠循其物事之性，雖有物事，假之虛之也，非實有，且終將失之，而不能成其物事。萬事皆如是，故曰不誠無物，物事人事將偏畸不成也）①。**是故君子誠之為貴。誠者非僅自成己**（自循命性而成其性道正命）**而已也，（又）所以成物也**（亦循萬物之本性而成之，因不違萬物之本性即物性，故能體之成之，所謂誠以動物。此即上文所云：唯天下至誠能盡人、物之性，唯天下至誠為能感動變化也）②。**成己，仁也**（天道好仁，人秉天地之道與氣，故天亦命人以仁性。鄭玄註：以至誠成己，則仁道立。亦可謂成己以仁）；**成物**（事，人事，物事，萬事，萬類乃至意物、智物、名物等，此段下同），**知也**（體天道，究物性，以循盡萬物之性，是為智。鄭玄註：以至誠成物，則知彌博。或曰成物以智，先求知萬物之性理也，即格物窮理，而其理既包括人事之道理，又包括今之所謂物理與生物之理或生物學，乃至智理、名理等）③。**（所謂以至誠成己，則仁道立；以至誠成物，則知（智）彌博也**（誠，誠於天命之性道與天道，天道好仁，故誠者自成而體仁；成物，則盡物之性，格致萬物之理，知也）④。**故曰：）性**（天命純全之性、人性、命性）**之**（或解"之"為

---

① 即謂：於萬般物事之始終，皆當誠也；不誠，則物事不成，雖或似成亦假成，終不成也。
② 孔穎達疏："此經明己有至誠能成就物也。"
③ 孔穎達疏："若成能就己身，則仁道興立，故云'成己，仁也'。若能成就外物，則知力廣遠，故云'成物，知也'。"
④ 此借用鄭玄語。

"至""到"，亦可通）德也（性之德用；或解曰：由性仁至德用，由成己至成物。孔疏：誠者是人五性之德，則仁、義、禮、知、信皆猶至誠而為德），合外內之道（孔疏：言至誠之行合於外內之道，無問外內，皆須至誠；外即成物，即德用，內即成己，即仁體）（，成己而成物（成己即"性己"或"盡己之性"，成物即"性物"或"盡物之性"））也①，故時措（鄭玄註：時措，言得其時而用。措，用，施行）之宜也（孔疏：言至誠者成萬物之性，合天地之道，故得時而用之，則無往而不宜。時措之而皆合宜，"時措之宜"即"時中"、"致中和"）。（此何謂邪？曰：誠，所以率循本性而已，然既能誠以自成，推此（以我之率循本性而成己，而亦推而率循物事之本性——孟子所謂"故"——而能成物也）及物，而物亦皆得其故（本性），而成物矣。"仁者體之存，知者用（即德用）之發，是皆吾

---

① 涑水司馬氏曰："凡物自始至終，誠實有之，乃能為物；若其不誠，則皆無之。譬如鳥獸草木之類，若刻畫而成，或夢中暫睹，豈其物邪？**況于仁義禮智，但以聲音笑貌為之，豈得為仁義禮智哉？內則盡己之性，外則化成天下，皆會於仁義禮智信，故曰合內外之道。**馬氏曰："夫成己者，自愛之至，所以為仁也；成物者，知周乎萬物，所以為知也。仁與知同出於德性，而有得於己，故曰性之德也。仁由於內，以成己；知由於外，以成物；合而言之，所以為內外之道也。然措之必宜其時也。蓋當其成己，則不可以不知其成物之時；當其成物，則不可以不知其成己之時，措之宜也。"參見：《禮記集說》。鄭玄註："以至誠成己，則仁道立。以至誠成物，則知彌博。此五性之所以為德也，外內所須而合也，外內猶上下。"孔穎達疏："'性之德也'者，言誠者是人五性之德，則仁、**義**、禮、**知**、信皆猶至誠而為德，故云'性之德也'。'合外內之道也'者，言至誠之行合於外內之道，無問外內，皆須至誠。於人事言之，有外有內，於萬物言之，外內猶上下。上謂天，下謂地。天體高明，故為外；地體博厚閉藏，故為內也。是至誠合天地之道也。"

（誠）性之固有，而無內外之殊。既得於己（即仁），則見於事者（即德），以時措（用，施行）之，而皆得其宜也。"①）

故至誠無息（止息，停息，若云"造次必於是，顛沛必於是"然②；又若孟子所云"必有事焉而勿止，心勿忘"然③；朱熹曰：既無虛假，自無間斷），不息則（至於）久（歷時之長久，長久至誠而至誠長久，因之仁知、五性之德、物事之發成亦皆長久也；朱熹曰"常於中"），久則（至於）徵〈徵或為徹，透徹，徹頭徹尾，徹始徹終，徹內徹外，而成於己、誠於己也（，又成物也），即**透徹於道德**。或曰徵顯，徵顯至誠賢德氣象，即"踐形"，蓋謂徵於色身面背，四體不言而喻，而美大充實有光輝也④，即**徵顯於己身**。或曰效驗，鄭玄註：徵，猶效驗也，此言至誠之德既著於四方，其高厚日以廣大也；朱熹亦曰驗於外，即**效驗於政、民**。皆可通。然下文言悠遠，則或曰此言**透徹而徵顯踐形**也，透徹與徵顯踐形，原是一事。闕疑而三解皆存之〉；徵則（又至於）悠遠〈徵，或透徹，或徵顯踐形，

① 朱熹註："誠雖所以成己，然既有以自成，則自然及物，而道亦行於彼矣。仁者體之存，知者用之發，是皆吾性之固有，而無內外之殊。既得於己，則見於事者，以時措之，而皆得其宜也。"
② 《論語‧里仁》："君子無終食之間違仁，造次必於是，顛沛必於是。"時時事事而誠之也，如是乃可漸成其深固廣大。亦可參酌西人柏格森氏之《時間與自由意志》，其思想論述與此有同然者。
③ 《孟子‧公孫醜上》
④ 如孟子所云："人恒過，然後能改；困於心，衡於慮，而後作；徵於色，發於聲，而後喻。"（《孟子‧告子下》）又如："君子所性，仁義禮智根於心。其生色也，睟然見於面，盎於背，施於四體，四體不言而喻。"（《孟子‧盡心上》）；又如"踐形"："孟子曰：'形（體貌）色（顏氣），天性也；惟聖人，然後可以踐形。'"（《孟子‧盡心上》）；又如："可欲之謂善，有諸己之謂信，充實之謂美，充實而有光輝之謂大，大而化之之謂聖，聖而不可知之之謂神"（《孟子‧盡心下》）。

或效驗；徵而後，則又將流佈其德悠長（乃至縱向歷時千古）、廣遠（乃至橫向通達四方），或曰悠即是遠，言範圍之廣遠，仁德及於廣遠之人、物，即成物久遠。至誠深固廣大，而賢德充實，徵於形色氣象，大有光輝，則將能動人、物而感化之，而**化及愈加悠遠之人、物也**〉①，悠遠則（又至於）博厚（悠遠，化及廣遠，而仍至誠無息，續以至誠集義行仁，則將不斷積累加厚其仁德，又愈加博厚之也，即言持續行仁化及，而仁德愈加積累廣博深厚也。博則廣博，厚則厚重，如大地然），博厚則（又至於）高明（高明蓋謂至誠聖賢之聲名道法孚於天下如天如日月也②；或曰：不息而久徵悠遠博厚高明，若孟子所云集義養氣而至於浩然之氣然——此則是功夫論。蓋博厚以地言，如下文所謂"聲名洋溢乎中國，施及蠻貊"，高明以天言，然則地或有所限域，天則尤為廣遠高大無所限止也）。博厚（大地），所以載物也（地無不載）；高明（高天日月），所以覆物也（天無不覆，日月無不照臨）；悠久（久徵悠遠），所以成物也（久徵悠遠，皆所以成己成物，成己又所以成物，成廣遠乃至千古萬世之物事，故曰"悠久所以成物"。物事之始終皆須誠，然後物事乃成也，始終一貫乃可悠久，悠久乃可始終，或悠久即所以貫徹始終也；此亦即前文所謂"誠者物之始終，不誠無物"）。博厚配地，高明配天，悠久無疆（疆界，限。悠久即曰俑行至誠無息而又於時空二維推及久遠，乃至"為天地立心，為生民立命，為往聖繼絕學，

---

① 孔穎達疏："若事有徵驗，則可行長遠也。"
② 仁德博厚乃自有令聞令望，令名令聲日益稱頌於世，日加高明也，而仁德愈將覆蓋廣大也。質言之，至誠博施濟眾行仁則博厚，博厚則聲名高遠，聲名高遠則其道法亦流傳孚遊廣遠高明也。

為萬世太太平"也①）②（，大聖之至誠率性道法（誠道，誠性之心法等），配乎天地也）。（大聖之至誠率性道法之）如此（此即至誠，即大聖之至誠率性道法。至誠而悠久博厚高明，言至誠大聖乎其道法或中庸之道於世間也）者，不見（其人（或又其道）即大聖（大道），不必現而自有道法；朱熹曰見猶示）而章（彰明。其人其道彰明，猶自在人心萬物天地間，乃至千古萬世不可磨滅者也），不動（至誠其人即大聖不必言動而道法自行，至誠其人或大聖不必言動而至誠感人也）而變（感化、教化、化及、化育，至誠、道法化人也），無為而成（至誠其人或大聖可垂拱無為，而道法自然成人成物成天下也，即治平天下，古代儒家所謂盛德感人化天下）③。天地之道，可壹言而盡（，而要在至誠）也（鄭玄註："言其德化與天地相似，可一言而盡，**要在至誠**。"孔疏："言聖人之德能同於天地之道，欲尋求所由，可一句之言而能盡其事理，正由於至誠"）。其為（作，行）物（為物，為事作事也）不貳（即至誠不貳，誠循其本性，不貳於天道天性，亦即順於天道天性，不貳於天地人三才之道理④；孔疏曰"聖人行至誠，接待於物不有差貳"），則其生物不測（不測，言無量數

---

① 如下文所謂："是以聲名洋溢乎中國，施及蠻貊。舟車所至，人力所通，天之所覆，地之所載，日月所照，霜露所隊，凡有血氣者，莫不尊親，故曰配天。"

② 鄭玄註："後言悠久者，言至誠之德，既至'博厚''高明'，配乎天地，又慾其長久行之。"

③ 朱熹註："此言聖人與天地同體。不見而章，以配地而言也。不動而變，以配天而言也。無為而成，以無疆而言也。"

④ 如天道，曰天文天象、天數天則、天心、元道等。詳見拙文：《論"道"：正名與分析》，參見拙著《論語廣辭》。

也；天下事物一皆順循其本性而已，而各生自在[①]）。天地之道：博也，厚也，高也，明也，悠也，久也。[②]（唯天下至誠可成之（成己成物，德配天地，"之"亦可謂至誠之道、命性之道、中庸之道等），天命聖人性誠而成之也，揆其實，則"誠自成而道自道"也。）

（至誠精進不止（即前文所謂"至誠無息"），乃能成其大（如天地之博厚高明悠久。）[③]今夫天，斯昭昭（昭昭猶耿耿，狹小貌，小明也）之多，及其無窮也，日月星辰繫（掛）焉，萬物覆焉。

---

① 鄭玄註："言至誠無貳，乃能生萬物多無數也。"孔穎達疏："'其為物不貳，則其生物不測'者，言聖人行至誠，接待於物不有差貳，以此之故，能生殖眾物不可測量，故鄭云'言多無數也'。"朱熹註曰："不貳，所以誠也。誠故不息，而生物之多，有莫知其所以然者。"

② 孔穎達疏："'故至誠無息'，言至誠之德，所用皆宜，無有止息，故能久遠、博厚、高明以配天地也。'不息則久'者，以其不息，故能長久也。'久則徵'，徵，驗也。**以其久行，故有徵驗**。'徵則悠遠'者，悠，長也。**若事有徵驗，則可行長遠也**。'悠遠則博厚'，**以其德既長遠，無所不周，故**'**博厚**'也。養物博厚，則**功業顯著**，故'博厚則高明'也。'博厚所以載物也'，以其德博厚，所以負載於物。'高明所以覆物也'，**以其功業高明，所以覆蓋於萬物**也。'悠久所以成物也'，以行之長久，能成就於物，此謂至誠之德也。'博厚配地'，言聖人之德博厚配偶於地，與地同功，能載物也。'高明配天'，言聖人功業高明配偶於天，與天同功，能覆物也。'悠久無疆'，疆，窮也。言聖人之德既能覆載，又能長久行之，所以無窮。'悠久'，則上經'悠遠'。'悠久'在'博厚高明'之上，此經'悠久'在'博厚高明'之下者，**上經欲明積漸先悠久，後能博厚高明。此經既能博厚高明，又須行之悠久，故反覆言之**。'如此者，不見而章，不動而變，無為而成'者，言聖人之德如此博厚高明悠久，不見所為而功業章顯，不見動作而萬物改變，無所施為而道德成就。'天地之道，可壹言而盡也'者，言聖人之德能同於天地之道，欲尋求所由，可一句之言而能盡其事理，正由於至誠，是'壹言而盡'也。'其為物不貳，則其生物不測'者，言聖人行至誠，接待於物不有差貳，以此之故，**能生殖眾物不可測量**，故鄭云'言多無數也'。"

③ 孔穎達疏："**此一節明至誠不已，則能從微至著，從小至大**。"

今夫地，一撮土之多，及其（積累之）廣厚，載華嶽而不重（不以為重），振（猶收也，亦曰載負，收納）河海而不洩（洩漏，言地之厚），萬物載焉。今夫山，一卷（猶區也。卷音quán，古本作拳，石小如拳）石之多，及其（積累之）廣大，草木生之，禽獸居之，寶藏興焉。今夫水，一勺之多，及其（積累之）不測，黿鼉（yuán tuó，巨鱉和豬婆龍，後者即揚子鰐）、蛟龍、魚鱉生焉，貨財殖（積，增殖）焉。①《詩》曰："維（或作"惟"，念、聽、秉）天之命（天之教命，即天命，天命之性，或天之道）②，於（語辭，音烏）穆（孔曰美，朱曰深遠）不已（天動而不已，行而不止，而人亦當脩習脩行天命性道不已，孔曰：美之不休已也。《乾卦·象》曰："天行健，君子以自強不息。"猶言天動行健不止息，以喻人當脩德不止也）！"③蓋曰天之所以為（成）天也（孔穎達疏：蓋說天之所以為天在乎不已），（自行（行，猶運也，天行天運）不已而自成其大也，"猶君子賢人（或小聖）盡誠於小善（即致曲），至誠

---

① 鄭玄註："此言天之高明，本生'昭昭'；地之博厚，本由'撮土'；山之廣大，本起'卷石'；水之不測，本從'一勺'：**皆合少成多，自小致大，為至誠者，以如此乎！**"孔穎達疏："**此以下皆言為之不已，從小至大。**然天之與地，造化之初，清濁二氣為天地，分而成二體，元初作盤薄穹隆，非是以小至大。今云'昭昭'與'撮土''卷石'與'勺水'者何？但山或壘石為高，水或眾流而成大，是從微至著。因說聖人至誠之功亦是從小至大，以今天地體大，假言由小而來，以譬至誠，非實論也。"涑水司馬氏曰："一言而盡，即為物不貳也。**於穴隙之間窺天，不過昭昭之多；以手撮地，不過撮土之多；初陟山足，不過卷石之多；觀水之原，不過一勺之多；及窮其高厚，究其幽遠，然後知其遂大也。猶聖賢盡誠於小善，日新不已，乃至於聖德也。**"參見：《禮記集說》。
② 孔穎達疏："《詩》稱'**維天之命**'，謂四時運行所為教命。"
③《詩經·周頌·維天之命》。

無息，日新不已，乃將求至於聖德（大聖之道德）也。"①
《詩》曰：）"於乎（語辭，嗚呼）不顯（豈不顯；顯，光明也），文王之
德之純（純一至誠，德之純美無玷缺；朱曰純一不雜；或曰大，雖極大而猶進脩
不已；或曰不已，孔曰"純"即不已）！"蓋曰文王之所以為文也（文王
之謚號為"文"），純（德之純美無玷缺，純一不雜，至誠無息；或曰大，雖極大而
猶進脩不已；或曰不已）亦不已（不已即"至誠無息"之意，雖其性德純美無缺，
而猶進脩不止息，以明道而上達天命天道，喻脩德不止也）②。（《易》曰：

---

① 改用司馬光語："猶聖賢盡誠於小善，日新不已，乃至於聖德也。"。
② 詩見《詩經·周頌·維天之命》："維天之命，於穆不已。於乎不顯，文王之德
之純！假以溢我，我其收之。駿惠我文王，曾孫篤之。"《詩序》曰："維天之命，
大平告文王也。"毛傳曰："告大平者，居攝五年之末也。文王受命，不卒而崩。
今天下大平，故承其意而告之，明六年製禮作樂。"毛傳曰："孟仲子：'大哉，
天命之無極而美周之禮也！純，大。假，嘉。溢，慎。收，聚也。'"鄭箋曰："命
猶道也。**天之道，於乎美哉！動而不止，行而不已。純亦不已也。**溢，盈溢之
言也。於乎不光明與！文王之施德教之無倦已。美其與天同功也。以嘉美
之道饒衍與我，我其聚斂之，以制法度，以大順我文王之意，謂為《周禮》六官
之職也。《書》曰：'考朕昭子刑，乃單文祖德。'"孔穎達疏："毛以為，言維此天
所為之教命，於乎美哉，動行而不已！**言天道轉運無極止時也。**天德之美如
此，而文王能當於天心，又歎文王：於乎！豈不顯乎？此文王之德之大！言文
王美德之大，實光顯也。**文王德既顯大，而亦行之不已**，與天同功。又以此嘉
美之道，以戒慎我子孫，言欲使子孫謹慎行其道。文王意既如此，我周公其當
斂聚之，以制典法，大順我文王之本意。作之若成，當使曾孫成王厚行之，以
為天下之法。周公以此意告文王，故作者述而歌之。鄭以純為純美，溢為盈，
曾孫通謂後世之王。唯此為異，其大意則同。"孔穎達又疏《周頌譜》曰："祭宗
廟之盛，歌文王之德，莫重於《清廟》，故為《周頌》之首。文王受命，為王者之
端，武王即因其業，且俱為聖人，令父先於子，故頌以文王為首。其事盛者在
先，所以先《清廟》也。次以《維天之命》者，言文王德與天同，溢於後世，周公
收其道以制法，告其廟以太平，盛之次也。"參見：《毛詩註疏》，pp. 1886 -
1890，又 pp. 1870 - 1881。

"君子以順德(順行道德)，積小以(成)高大"，自強上進不息，此率性脩習實德，以上達天命天道之方也(此言率性脩習實德以上達天命之方)①。)

附錄:《維天之命》孔穎達疏:

傳:"孟仲"至"之禮"。〇正義曰:文當如此。《孟子》云:齊王以孟子辭病，使人問。醫來，孟仲子對。趙岐云:"孟仲子，孟子從昆弟學於孟子者也。"《譜》云:"孟仲子者，子思弟子，蓋與孟軻共事子思，後學於孟軻，著書論《詩》，毛氏取以為說。"言此詩之意，稱天命以述制禮之事者，歎"大哉，天命之無極"，而嘉美周世之禮也。美天道行而不已，是歎大天命之極。文王能順天而行，《周禮》順文王之意，是周之禮法效天為之，故此言文王，是美周之禮也。定本作"美周之禮"。或作"周公之禮"者，誤也。《譜》云"子思論《詩》，'於穆不已'，仲子曰'於穆不似'"。此傳雖引仲子之言，而文無不似之義，蓋取其所說，而不從其讀，故王肅述毛，亦為"不已"，與鄭同也。〇箋:"命猶"至"不已"。〇正義曰:天之教命，即是天道，故云命猶道也。《中庸》引此詩，乃云:"蓋曰天之所以為天也。"是不已為天之事，故云動而不已，行而不止。《易·

---

① 鄭玄註:"天所以為天，文王所以為文，皆由行之無已，為之不止，如天地山川之云也。《易》曰'君子以順德，積小以成高大'是與。"羅按:此《易》升卦象辭。

繫辭》云："日往則月來，暑往則寒來。"《乾卦・象》曰："天行健，君子以自強不息。"是天道不已止之事也。

傳："純大"至"收聚"。○正義曰："純，大；假，嘉；溢，慎"，皆《釋詁》文。舍人曰："溢行之慎。"某氏曰："《詩》云：'假以溢我慎也。'"收者，斂聚之義，故為聚也。○箋："純亦"至"祖德"。○正義曰：《中庸》引此云："於乎不顯，文王之德之純。蓋曰文王之所以為文也，純亦不已。"指說此文，故箋依用之。箋意言純亦不已，則不訓為大，當謂德之純美無玷缺，而行之不止息也。《孝經》云："滿而不溢。"是溢為盈溢之言也。易傳者，以下句即云"我其收之"，溢是流散，收為收聚，上下相成，於理為密，故易之也。文王既行不倦已，與天同功，是其道有饒衍，至於滿溢，故言"以嘉美之道饒衍與我，我其聚斂之，以制法度"，謂收聚文王流散之德以制之也。其實周公自是聖人作法，出於己意，但以歸功文王，故言收文王之德而為之耳。文王本意欲得制作，但以時未可為，是意有所恨。今既太平作之，是大順我文王之本意也。欲指言所作以曉人，故言謂為《周禮》六官之職，即今之《周禮》是也。禮經三百，威儀三千，皆是周公所作，以《儀禮》威儀行事，禮之末節，樂又崩亡，無可指據，指以《周禮》，統之於心，是禮之根本，故舉以言焉。引《書》曰者，《洛誥》文也。《書》之意，言周公告成王云：今所成我明子成王所用六典之法者，乃盡是配文祖明堂之人,文王之德,我制之以授子,是用文王之德製作之事,故引以證此。彼注云:"成我所用明子之法度者,乃盡明堂之德。明堂者,祀王帝太皞之屬,為用其法度也。周公制禮六典,就其法度而損益用之。"如彼注,直以文祖為明堂。不為文王者,彼上文注云:"文祖者,周曰明堂,以稱文王。"是文王德稱文祖也。彼注更自觀經為說,與此引意不同,義得兩通故也。○箋:"成王能厚行之"。○正義曰:傳以周公制禮,成王行之,乃是為成王而作,故以《信南山》經、序准之,以曾孫為成王也。厚行之者,用意專而隆厚,即《假樂》所云"不愆不忘,率由舊章"是也。○箋:"曾猶"至"維今"。○正義曰:箋以告之時禮猶未成,不宜偏指一人,使之施用一代法,當通後王,故知曾孫之王非獨成王也。曾猶重也,孫之子為曾孫也。孫是其正稱,自曾孫已下,皆得稱孫。哀二年《左傳》云:"曾孫蒯聵,敢告皇祖文王、烈祖康叔。"是雖歷多世,亦稱曾孫也。《小雅》曾孫唯斥成王,文各有施,不得同也。[1]

大哉聖人之道:聖人創道設教

　　大哉! 聖人之道洋洋乎! 發育萬物,峻極於

---

[1] 參見:《毛詩註疏》,pp. 1886 - 1890。

天。優優大哉！禮儀三百，威儀三千，待其人然後行。故曰：苟不至德，至道不凝焉。故君子尊德性而道問學，致廣大而盡精微，極高明而道中庸，溫故而知新，敦厚以崇禮。

是故居上不驕，為下不倍。國有道，其言足以興；國無道，其默足以容。《詩》曰："既明且哲，以保其身。"其此之謂與！①

子曰："愚而好自用，賤而好自專，生乎今之世，反古之道：如此者，裁及其身者也。"非天子，不議禮，不制度，不考文。今天下車同軌，書同文，行同倫。雖有其位，苟無其德，不敢作禮樂焉；雖有其德。苟無其位，亦不敢作禮樂焉。子曰："吾說夏禮，杞不足徵也。吾學殷禮，有宋存焉。吾學周禮，今用之，吾從周。"

王天下有三重焉，其寡過矣乎！上焉者雖善無徵，無徵不信，不信民弗從；下焉者雖善不尊，不尊不信，不信民弗從。故君子之道：本諸身，徵諸庶民，考諸三王而不繆，建諸天地而不悖，質諸鬼神而

---

① 程朱本亦在此。

無疑,百世以俟聖人而不惑。質諸鬼神而無疑,知天也;百世以俟聖人而不惑,知人也。是故君子動而世為天下道,行而世為天下法,言而世為天下則。遠之則有望,近之則不厭。《詩》曰:"在彼無惡,在此無射。庶幾夙夜,以永終譽!"君子未有不如此而蚤有譽於天下者也。

仲尼祖述堯舜,憲章文武。上律天時,下襲水土;辟如天地之無不持載,無不覆幬;辟如四時之錯行,如日月之代明。萬物並育而不相害,道並行而不相悖,小德川流,大德敦化,此天地之所以為大也。

唯天下至聖為能聰明睿知,足以有臨也;寬裕溫柔,足以有容也;發強剛毅,足以有執也;齊莊中正,足以有敬也;文理密察,足以有別也。溥博淵泉,而時出之。溥博如天,淵泉如淵。見而民莫不敬,言而民莫不信,行而民莫不說。是以聲名洋溢乎中國,施及蠻貊。舟車所至,人力所通,天之所覆,地之所載,日月所照,霜露所隊,凡有血氣者,莫不尊親，故曰配天①。

　　唯天下至誠，為能經綸天下之大經，立天下之大本，知天地之化育。夫焉有所倚？肫肫其仁！淵淵其淵！浩浩其天！苟不固聰明聖知達天德者，其孰能知之？

　　《詩》曰："衣錦尚絅。"惡其文之著也。故君子之道，闇然而日章；小人之道，的然而日亡。君子之道，淡而不厭，簡而文，溫而理；知遠之近，知風之自，知微之顯，可與入德矣。《詩》云："潛雖伏矣，亦孔之昭！"故君子內省不疚，無惡於志。君子所不可及者，其唯人之所不見乎！《詩》云："相在爾室，尚不愧於屋漏。"故君子不動而敬，不言而信。《詩》曰："奏假無言，時靡有爭。"是故君子不賞而民勸，不怒而民威於鈇鉞。《詩》曰："不顯惟德！百辟其刑之。"是故君子篤恭而天下平。《詩》云："予懷明

---

① 或曰此下當接此段：子曰："舜其大孝也與！德為聖人，尊為天子，富有四海之內。宗廟饗之，子孫保之。故大德必得其位，必得其祿，必得其名，必得其壽。故天之生物，必因其材而篤焉。故栽者培之，傾者覆之。《詩》曰：'嘉樂君子，憲憲令德。宜民宜人，受祿於天，保佑命之，自天申之。'故大德者必受命。"不取。

德,不大聲以色。"子曰:"聲色之於以化民,末也。"《詩》曰:"德輶如毛。"毛猶有倫,上天之載,無聲無臭,至矣!

大哉! 聖人(至誠命性之大聖,歷代往聖;或曰即謂孔子)之道(道法,天地之道,中庸之道,禮樂道法,歷代往聖則天用中製作之大道;或曰即謂孔子刪削而成之王法禮樂之道),洋洋(充盈無極貌,孔謂道德充滿之貌)乎!發育(生)萬物,峻(高大)極於天。優優(寬裕充足之貌,朱註充足有餘之意)大哉①! 禮儀(蓋為"禮經"之誤,經禮也,禮又謂禮意也;或即《儀禮》)三百(概言其多),威儀(儀節,曲禮細目條例也,或即《禮記》之類)三千(概言其多)②,待其人(賢人,賢德之人;或曰聖賢,兼大聖小聖而言之;或曰亦包君子凡民而言)(至誠(盡性或致曲))然後行(禮、法行其效驗也,謂往聖本乎天地人三才之道而用中製作之禮、法,必得其人至誠致曲盡性而後可施行,行於己,施於世也。或曰:此兼顧行道、行教化、創道設教、禮樂製作等為言)。 故曰:苟(其人(君子賢人,或有志修道成德之眾人,或曰是治國為政之人))不至德(即曰當明明德而止於至善也),(則)至(大,聖,極致)道(大道,天命性道,中庸之道,王道大法、禮法等)不凝(聚,猶成也)(其

① 孔穎達疏:"優優,寬裕之貌。聖人優優然寬裕其道。"
② 孔穎達疏:"'禮儀三百'者,《周禮》有三百六十官,言'三百'者,舉其成數耳。'威儀三千'者,即《儀禮》行事之威儀。《儀禮》雖十七篇,其中事有三千。"

身（不凝其身，即曰不誠其身，其身不誠實有此至道也））焉[1]。

（何以至德（猶言"欲成其道德之方"）？亦曰至誠無息（脩習進德不已）而已。）故君子尊（恭敬追慕，恭敬奉持）德（天命之性德、道德、仁德）性（誠性，命性，天命之性。或曰此言"性至誠者"，猶率循尊尚追慕天命之純全德性也，猶前文所述之"敬仰天道而至誠盡性""志存天下至誠達聖之盡性"及"正心誠意"之意也；鄭註：德性，謂性至誠者；朱熹曰："吾所受於天之正理。尊德性，所以存心而極乎道體之大也。"）而道（道，或曰導，皆猶由也，今之所謂通過某方法渠道）問（叩問，猶大舜"好問而好察邇言"然）學（學習、學道。或曰此言"學誠者"，諮問學習，猶"致曲""格物致知"也，"道問學"即"經由問學之途而成其道德"之謂；鄭註：問學，學誠者也；朱曰："道問學，所以致知而盡乎道體之細也。"）[2]；致（推擴之，猶言"明明德""明道義"等，以至其天性之純全，推擴以廣大其知理道仁也，兼其尊德性、致理知與行仁推及之事功而言）廣大（鄭玄曰：廣大，猶博厚也。或曰：廣大，猶博厚也，地道博厚，博施濟眾也，又曰地道廣大博厚無私載；或曰此猶前文所言之"悠遠""推及行仁而致其治國平天

---

[1] 鄭玄註："**言為政在人，政由禮也。**"孔穎達疏："'待其人然後行'者，言三百、三**千之禮，必待賢人然後施行其事。**'故曰：苟不至德，至道不凝矣'，凝，成也。古語先有其文，今夫子既言三百、三千待其賢人始行，故引古語證之。苟，誠也。不，非也。**苟誠非至德之人，則聖人至極之道不可成也。**"羅按：道則原則也，禮則法度也，禮以定道。

[2] 孔穎達疏："**此一經明君子欲行聖人之道，當須勤學。**前經明聖人性之至誠，此經明賢人學而至誠也。"羅按：尊德性，尊奉天所命予人之命性道德也；道問學，借道、循由問學而盡性致知也。尊德性而道問學，尊大聖而效賢者；而學，而希賢希聖。又：或問：何故當"道問學"？答曰：自非聖人，則天命人類之德性、智識、道義之全體，自有不能致者，故當問學，又不可自恃其私智也。

下之心術學問、大仁達道”，兼就德性修養與事功推及而言；又或曰“盡性”也；或曰此即“君子之道費而隱”之“費”；皆可通，然不必拘泥，以其為喻言耳）而盡精微（盡其道理學問禮義乃至曲事物理之精微，蓋曰“致知、致曲”也；或曰：一為物事則誠之始終，致知處事而皆盡其精微不爽也；或曰此即“君子之道費而隱”之“隱”；朱曰“析理則不使有毫釐之差，處事則不使有過不及之謬”）；極（究極，窮究，極致，尚極；或曰上極於）高明（言道體之大之公，天道高明無私覆，公法普遍覆蓋施行，如雲行雨施，道法可通達天下而後行也；又言天命道法之製作當如是而中通天道也。質言之，“極高明”，公正普遍，如天無私覆、日月無不照臨也，又言人之脩行道德永無止境，於穆不已，如天運不息、天日無不照臨覆蓋也）而道（行，由）中庸（多重涵義，而此處似稍重其常道之意。中庸者，用中，用致中和，用中以致和，致中又致和，用中以製作，用中以行中庸之道，用中以臻高明，等等，兼就製作與踐形而言；程氏曰：理則極高明，行之祇是中庸也[1]；“道中庸”，自由中道，無過不及，行乎人己兆民也。質言之，循由經行其“中通天道”之常道，由邇及遠，由卑及高，而將漸進極於高明之境界也）；溫（鄭註：溫，讀如“燅[2]溫”之“溫”，謂故學之孰矣，後“時習之”謂之“溫”）故（溫習故知已知之道義理知，謂力學不倦也。羅按：此即筆者所謂溫習其“已知之天道”“已知之道義”等）而知新（擴展窮究格致其尚未習知或新致之道義理知也。謂舉一反三，推及新理知；謂致曲不已，而不斷擴展完善道義體系，致其道義之尚未習得學知完

---

① 程氏又曰：“極高明而道中庸非二事，中庸，天理也；天理固高明，不極乎高明不足以道中庸；中庸乃高明之極也。”參見：衛湜，《禮記集說》。

② 燅，xún，同“燖”。《說文・炎部》：“燅，於湯中爚肉。從炎，從熱省。燅，或從炙。”徐灝注箋：“燅，古通作尋，久而遂專其義，又增火旁作燖。”《儀禮・有司徹》：“乃燅尸俎。”鄭玄注：“燅，溫也。《（禮）記》或作燖。”參見：《漢典》。

善者；又謂以一心推究眾理，以一總理推及新諸理，以已知諸理推及未知諸理，而新知日進，人文知理日新日益矣。羅按：此即筆者所謂推類擴展窮究其"未知之天道""未盡之道義"等），敦（加）厚（加厚，此言重踐習實行。孔疏：敦厚重行於學）以崇禮（至誠積德，而折衷於禮，禮必合道而後為禮。孔疏：尊崇三百、三千之禮）。① （如此乃可進其實德，而將上進凝成乎其至誠道德也②。）

是故（用中（亦中庸）誠性（誠其天命之性）之君子也，）居上不驕，為下不倍（背，叛）；國有道，其言足以興（興，謂起在位也；孔謂發謀出慮）；國無道，其默足以容（容身於世，藏身於世；

---

① 涑水司馬氏曰："**君子雖貴尚德性，然必由學，乃成聖賢。德至廣大，猶不敢忽細事。智極高明，不為己甚，必為其中庸。力學不倦。至誠積德，而折衷於禮。**"參見：《禮記集說》。朱熹註："尊者，恭敬奉持之意。**德性者，吾所受於天之正理。**道，由也。溫，猶燖溫之溫，謂故學之矣，復時習之也。敦，加厚也。尊德性，所以存心而**極乎道體之大**也。道問學，所以致知而**盡乎道體之細**也。二者脩德凝道之大端也。不以一毫私意自蔽，不以一毫私慾自累，涵泳乎其所已知。敦篤乎其所已能，此皆存心之屬也。析理則不使有毫釐之差，處事則不使有過不及之謬，理義則日知其所未知，節文則日謹其所未謹，**此皆致知之屬也。**蓋非存心無以致知，而存心者又不可以不致知。故此五句，大小相資，首尾相應，聖賢所示**入德之方**，莫詳於此，學者宜盡心焉。"

② 孔穎達疏："'君子尊德性'者，謂君子賢人尊敬此聖人道德之性自然至誠也。**'而道問學'者，言賢人行道由於問學，謂勤學乃致至誠也。**'致廣大而盡精微'者，廣大謂地也，言賢人由學能致廣大，如地之生養之德也。'而盡精微'，謂致其生養之德，既能致於廣大，盡育物之精微，言**無微不盡**也。'極高明而道中庸'者，高明，謂天也，言賢人由學極盡天之高明之德。道，通也，**又能通達於中庸之理。**'溫故而知新'者，言賢人由學既能溫尋故事，又能知新事也。'敦厚以崇禮'者，言**以敦厚重行於學，故以尊崇三百、三千之禮也。**云'謂故學之執矣，後時習之，謂之溫'者，**謂賢人舊學已精熟，在後更習之，猶若溫尋故食也。**"

孔曰自容其身，免於禍害）^①。《詩》曰："既明（明德，有明德，明達）且哲（智慧，能識辨世道吉凶休咎出處之幾），以保（安）其身。"^②其此之謂與（言中庸之人亦能如此）！^③（"若夫不能中庸（用中）（而時中）者，皆不能量事制宜，必及禍患矣。"^④）^⑤

子曰："（若夫）愚（無德無道無智之人，對應下文"無其德"^⑥）而

---

① 陳柱曰："國有道則達而在上，言足以興國，而無驕矜之心；國無道，則窮而在下，默足以容身，而無倍亂之行，所謂'明哲保身'者也。"參見：《中庸通義》，p. 37。

② 此見《詩經·大雅·烝民》："肅肅王命，仲山甫將之。邦國若否，仲山甫明之。既明且哲，以保其身。夙夜匪解，以事一人。"原詩本"尹吉甫美宣王也，任賢使能，周室中興焉"，孔穎達疏曰："肅肅然甚可尊嚴而畏敬者，是王之教命，嚴敬而難行者，仲山甫則能奉行之。畿外邦國之有善惡順否，在遠而難知者，仲山甫則能顯明之。能內奉王命，外治諸侯，是其賢之大也。**既能明曉善惡，且又是非辨知，以此明哲，擇安去危，而保全其身，不有禍敗**。又能早起夜臥，非有懈倦之時，以常尊事此一人之宣王也。"參見：《毛詩註疏》，上海古籍出版社，2013 年 2 月，p. 1787。

③ 程朱本亦在此。

④ 孔穎達疏："若不能中庸者，皆不能量事制宜，必及禍患矣。"

⑤ 孔穎達疏：此經"論賢人學至誠，商量國之有道無道能或語或默，以保其身"；又曰："此一節明賢人學至誠之道，中庸之行，**若國有道之時，盡竭知謀，其言足以興成其國**。興，謂發謀出慮。'國無道，其默足以容'，**若無道之時，則韜光潛默，足以自容其身，免於禍害**。《詩》云：'既明且哲，以保其身'，此《大雅·烝民》之篇，美宣王之詩，言宣王任用仲山甫，能顯明其事任，且又哲知保安全己身，**言中庸之人亦能如此**，故云'其此之謂與'。"或問：保身何為？則曰：以受天命，以盡其性，以創道設教，以修道教學化及也。唯中庸至誠成德者，乃可保身用中製作也。又或問：此言創道過程中，為創道、成道法於世間而明哲保身？忍辱負重，以創成其道法，行於天下萬世？所謂"愛其身以有待"？乃可思悟之。

⑥ 鄭曰**"曉一孔之人"**，孔穎達疏："孔，謂孔穴，孔穴所出，事有多塗。今唯曉知一孔之人，不知餘孔通達，唯守此一處，故云。"

好自用（自足其德其智），賤（無位之人，對應下文"無其位"）而好自專
（剛愎專制）；生乎今之世，反（返）古之道（此對應下文"今用之"，謂
"復古之禮樂法度文書也"①，即下文所謂"考文、制度、議禮"三項，而皆欲復古）：
如此者，裁及其身者也。"②（此皆不知中庸者也。中
庸者，非（無位）自專（無德）自用也（自專自用者，皆不知中庸之道者
也），乃曰用中之道也；中道者，中通於天道（兼天、地、人三
才之道而言）也③，公道也，人率命性之中（多重涵義）道公道
也。大聖君子，雖生今世，而能斟酌（損益）古今之道
法，以用中製作，所謂"今人與居（尋師訪友、尊賢友士而請益切
磋之），古人與稽（考證、論究道義學術）"是也；若夫一孔之人，
不知中庸（用中）大道，不知今王之新政（謂周禮周政之美備，所

---

① "古聖之道雖當復，而古代之禮樂法度等則或有不可復。蓋禮樂法度等隨時
變者也。然亦歸於統一而後政教可施也。春秋之世，周道既微，列國之君，必
有變亂製作，各自立異者。孔子蓋懼禮樂之崩壞，文書之乖異，故明而告之
曰：有天子之位而無其德者，尚不敢製作，況無其位、無其德者乎？"參見：《中
庸通義》，p. 38。
② 鄭玄註："'反古之道'，謂曉一孔之人，不知今王之新政可從。"孔穎達疏："正
義曰：**上經論賢人學至誠，商量國之有道無道能或語或默，以保其身。若不能
中庸者，皆不能量事制宜，必及禍患矣。因明己以此之故，不敢專輒製作禮樂
也。**'生乎今之世，反古之道，如此者，災及其身者也'，此謂尋常之人，不知大
道。若賢人君子，雖生今時，能持古法，故《儒行》云'**今人與居，古人與稽**'是
也。俗本'反'下有'行'字，又無'如此者'三字，非也。"或曰：有德，有位，今用
之，此乃製作禮樂或王天下之三個前提條件，此蓋對魯國國君如哀公等之言。
③ 分言之則為天文、天數天則天理、元道，合言之則曰天道。詳見拙文：《論
"道"：正名與分析》，參見拙著《論語廣辭》。

謂"吾從周")可從，唯欲盡反（返）古道，則亦不可也①。若夫至德在位之君子（猶曰今之諸侯或當時之國君之子，其後乃曰有志於為公為國為天下之道德賢能志士等），用中而斟酌古今，以創行道法政教，則無咎。故曰：)非天子，不議（議定，論定，論其是非）禮（禮，禮義，禮樂，謂天下人所服行之公共禮義或禮樂制度），不制（製作，製定）度（法度，禮法、禮度乃至國家宮室及車輿等之一切制度），不考（校考，考正，考定）文（文字，猶言"書同文"之"文"，王者乃能考文而同文也；或曰正名；或曰：文制典章，司馬光：文謂聲名文物；鄭曰書名）②。今（今世，《中庸》作者子思自謂其世；鄭曰"孔子謂其時"）天下（雖王綱解紐（紐，繫，結，帶之交結之處；解紐謂廢弛、失去維繫，此處意謂當時周王暗弱乃至昏庸荒淫），禮崩樂壞，然猶)車同軌｛軌謂轍間之廣；"車同軌"即(車輿)制度之事｝，書同文（文字，六書之體；"書同文"即考文之事），行同倫（倫，孔曰道，言人所行之行，皆同道理；倫，倫類，倫理，善惡之理；或曰次序之體；行同倫即議禮之事）（，故知新政（周政）一統仍可從，可從而製作禮樂，以王天下也）。（然今之天子（即周王。或曰是"今

---

① 此句綜合鄭註孔疏而成。
② 鄭玄註："**此天下所共行，天子乃能一之也**。禮，謂人所服行也。度，國家宮室及車輿也。文，書名也。"孔穎達疏："'非天子不議禮'者，此論禮由天子所行，既非天子，不得論議禮之是非。'不制度'，謂不敢製造法度，及國家宮室大小高下及車輿也。'不考文'，亦不得考成文章書籍之名也。"

之諸侯"）①）雖有其位，苟無其德（大德，至誠性德，聖德，聖人之大德，謂聖王也），（亦）不敢作禮樂焉；（聖人（大聖，聖賢）君子（國君之子以及道德君子））雖有其德，苟無其位，亦不敢作禮樂焉。②（若夫孔子，不忍見王道廢棄，禮崩樂壞，乃斟

---

① 諸侯或可致力於王天下之事業也。子思中老年時，已是戰國時代，東周天子暗弱，祇是名義上之天子而已；而此前楚國熊通（楚武王，公元前 741 年稱王）、吳國姬乘（吳王壽夢，公元前 585 年稱王）、越國勾踐（越王，公元前 496 年稱王）等先後稱王，子思去世後之戰國後期，又分別有魏惠王、齊威王、秦惠文王、韓宣惠王、趙武靈王、燕易王等先後稱王。質言之，戰國時期，周天子威望下降，諸侯爭霸，征伐不休，乃至欲王霸天下；思想界亦當有相應之思考表現，子思身在戰國，感發影響於此種風氣思潮，亦欲在學術上作一回應或應對，故乃論及諸侯製禮作樂王天下之事也。孔子固然更多談論"君君臣臣父父子子"，同時亦嚮往與維護王道大一統，乃至言必曰"吾從周"，終身處春秋之世，其後亦有"王魯"即"魯王天下"之意，蓋亦或是孔子本人"王佐天下"之意。子思於《中庸》中雖惋惜其祖父孔子之"無位"而將其塑造成為大聖道統之代表，為聖人，而非聖王，然子思之思想，亦有與乃祖一以貫之者，即於此周王暗弱乃至荒淫無道、諸侯紛爭之世，諸侯國君自可追求"王天下"之事業也；而以孔子為代表之聖賢，亦自可為"創道設教、製禮作樂以王佐天下之事業"也。《中庸》即言創道設教、製禮作樂之學術（今可謂"立禮學"或"王道禮樂之製作之學"），此《中庸》之根本立意也。吾今乃揭櫫之。鄭玄僅曰《中庸》乃子思所作，"以昭明聖祖之德"。參見：《禮記鄭註彙校》（下冊），王鍔彙校，中華書局 2020 年 11 月第一版，p. 733。

② 鄭玄註："言作禮樂者，必聖人在天子之位。"《周易·繫辭下》："子曰：'德薄而位尊，知小而謀大，力少而任重，鮮不及矣。《易》曰："鼎折足，覆公餗，其形渥，凶。"言不勝其任也。'"可參證之。或曰：故孔子乃祖述堯舜，憲章文武，本周代典制而刪削之，乃是從周，乃是述，非製作也；雖然，子猶曰："知我罪我，其惟《春秋》!"此何謂邪？無位而立百王萬世之大經大法也。孔穎達疏："當孔子時，禮壞樂崩，家殊國異，而云此者，欲明己雖有德，身無其位，不敢造作禮樂，故極行而虛己，先說以自謙也。"

酌三代禮樂，以存天下大法，是不得已耳，不敢自言製作也。①)

子曰："吾說（論說，究論；或曰是"悅"）夏禮，杞（杞國之禮樂制度文獻；鄭曰杞君。夏之後人封於杞國，故或稍存夏禮，然年代久遠而散亂之）不足徵（"徵"猶明也，徵顯，顯明，"不足徵"即不能詳徵，不能詳盡徵明，不足徵明其夏禮之正宗原本與全體面貌，非謂毫無所徵，徒不足耳。或謂求訪引證；或曰杞國未曾施行驗證，即效驗於政民或徵顯於己身；或意曰：夏禮去今久遠，零斷殘缺，今僅存杞國而稍遺一二古物而已，不足詳盡徵求證明而又效驗於民、政——此則因古代字義未分化，故一字而包涵多義，今人讀之，不必拘泥執一也）也。② 吾學殷禮，有宋（殷之後人封於宋）（稍）存焉（存其禮樂、典制、文獻等，或有"然而未為時用"之微意；或意曰：殷禮亦去今久遠，然對比於更早之夏禮，宋國固稍有多存焉，非徒杞國之僅傳一二遺物而已，故杞言"徵"，宋則言"存"，"存"強於"徵"。或曰：存、徵，上下兩句互文，實則杞、宋各皆稍"存"夏、殷之禮，又皆"不足徵"，徒杞"僅存而已"，宋稍多存而不尊，故今皆不足用之，而用周禮也）③。 吾學周禮，今（今代、今王，即周王；或曰魯國，不從）用

---

① 故孔子乃祖述堯舜，憲章文武，本諸今所用之周代禮樂典制，而稍斟酌刪削之，乃是從周，乃是述，不敢言製作也。

② 鄭玄註："徵，猶明也，吾能說夏禮，顧杞之君不足與明之也。"羅按：前文解"久則徵"之"徵"並存三解：**透徹於道；徵顯於己身；效驗於政、民**。可參酌。

③ 《禮記·禮運》："言偃復問曰：'夫子之極言禮也，可得而聞與？'孔子曰：'**我欲觀夏道，是故之杞，而不足徵也，吾得夏時焉。我欲觀殷道，是故之宋，而不足徵也，吾得坤乾焉。坤乾之義，夏時之等，吾以是觀之。**'"

之(而大備焉)①,((周禮)鬱鬱乎文(備)哉,故)吾從(奉從)周(禮)(尊從周代之禮樂政教也)。"②(蓋)王天下(若(或"既"))有(若有,若用)三重(重,尊重奉行;三重,鄭、孔謂夏、商、周三王之禮,三重即三王之禮皆重視之,尊重之,如"行夏之時,乘殷之輅,服周之冕,樂則《韶》《舞》"然③。或曰"三種王天下之故事";或曰是"議禮、制度、考文"④;或曰"三種重要條件",即德、位、用也⑤焉,(曰夏、殷、周三王之禮皆尊重之,則)其(固可)寡過矣乎(以此治天下,則或可寡過,言天下可治

---

① "今用之",以此理由而從周,亦堪玩味。蓋周禮亦不無可議——尤其是透迤乃至沉淪(禮崩樂壞)以至春秋之時——,故而孔子亦有所保留邪?康有為則曰:此乃孔子不得已而"撥亂",至於升平、太平之世之製作,則有待後聖待時而作也。參見康有為:《中庸註》等。

② 涑水司馬氏曰:"愚而好自用,謂無德而作禮樂者也;賤而好自專,謂無位而作禮樂者也。**此無德無位之人,生今之世,強欲反古之道,必不為今人所容,故災必及其身。**文謂聲名文物,軌謂轍間之廣;文,六書之體;倫,善惡之理;徵,謂求訪引證。**殷人差近宋人,宋人雖不足徵,而散落差少,故曰有宋存焉。周禮今所用,其文最備,故吾從周。**"朱熹註:"此又引孔子之言。杞,夏之後。征,證也。宋,殷之後。三代之禮,孔子皆嘗學之而能言其意;但夏禮既不可考證,殷禮雖存,又非當世之法,惟周禮乃時王之制,今日所用。孔子既不得位,則從周而已。"或曰:周禮既透迤乃至沉淪以至春秋戰國時,禮崩樂壞,故亦或多可議者;或曰子思對之亦有所保留,據"非天子,不議禮,不制度,不考文。今天下車同軌,書同文,行同倫。雖有其位,苟無其德,不敢作禮樂焉;雖有其德,苟無其位,亦不敢作禮樂焉"一句可知,故而乃取現實主義態度而從之。

③ 《論語·衛靈公》:顏淵問為邦。子曰:"行夏之時,乘殷之輅,服周之冕,樂則《韶》《舞》。放鄭聲,遠佞人。鄭聲淫,佞人殆。"

④ 朱曰是議禮、制度、考文三者。朱熹註:"呂氏曰:'**三重,謂議禮、制度、考文。**惟天子得以行之,則國不異政,家不殊俗,而人得寡過矣。'其理雖好,然不合上下文意。

⑤ 參見附錄第六解,亦頗可通。

也，亦即《論語》所謂"行夏之時，乘殷之輅，服周之冕，樂則《韶》《舞》"①，然後可以寡過；反之，若單用其一，或將漸有文質之偏過也）！② "（然則其（指"三重"，三重王天下之禮）上焉者（上焉者，指夏禮，兼言杞，前文之上所言"吾說夏禮，杞不足徵"也③。或曰就其本原而上溯之而言，夏、殷也，指夏、殷之禮；或曰是堯舜時之禮；鄭曰"上"謂"君"④，此皆不從）（如夏（杞）之禮）（夏代、

---

① 《論語·衛靈公》：顏淵問為邦。子曰："行夏之時，乘殷之輅，服周之冕，樂則《韶》《舞》。放鄭聲，遠佞人。鄭聲淫，佞人殆。"

② 此亦即《論語》所謂"行夏之時，乘殷之輅，服周之冕，樂則《韶》《舞》"。孔穎達疏："'王天下有三重焉，其寡過矣乎'，言為君王有天下者，**有三種之重焉，謂夏、殷、周三王之禮，其事尊重，若能行之，寡少於過矣**。"康有為則曰："（孔子）尚恐法久生弊，又預為三重之道，因時舉措，通變宜民。惟其錯代明，故可並行不悖，既曲成萬物而不遺，又久歷百世而寡過。"則康有為又結合其所稱之"三統三世說""孔子撥亂改制說"，不拘泥其一時具體之制度，而重其聖人之心意、重其道體仁心，因時勢力而通權變，與《易》道正合。參見：康有為，《中庸註》，p. 188。

③ 蓋孔子其時，杞國自杞悼公（西元前 506 年）去世、其子杞隱公即位後，連年內亂，每見弟弒君自立之事，如杞釐公弒其兄杞隱公，西元前 471 年杞哀公弒其兄杞湣公等，故孔子曰"雖善無徵"，意曰："夏禮本來雖為王者之禮，而善，然今杞國（杞君）不能行用，無所徵驗於民，每多篡亂，故民苦其亂，無徵不信也。"參見《史記·陳杞世家第六》："悼公十二年卒，子隱公乞立。七月，隱公弟遂弒隱公自立，是為釐公。釐公十九年卒，子湣公維立。湣公十五年，楚惠王滅陳。十六年，湣公弟閼路弒湣公代立，是為哀公。"

④ 鄭玄註："**上，謂君也**。君雖善，善無明徵，則其善不信也。**下，謂臣也**。臣雖善，善而不尊君，則其善亦不信也。徵或為'證'。"羅按：鄭玄此解乃以假設句為解讀：上焉者君雖善，如若無徵，則云云；下焉者臣雖善，如若不尊，則云云。孔亦以此意疏之："**以上文孔子身無其位，不敢製作二代之禮，夏、殷不足可從，所以獨從周禮之意**，因明君子行道，須本於身，達諸天地，質諸鬼神，使動則為天下之道，行則為後世之法，故能早有名譽於天下。蓋孔子微自明已之意。'子曰：吾說夏禮，杞不足徵也'，徵，成也，明也。孔子言：我欲明說夏代之禮，須行夏禮之國贊而成之。杞雖行夏禮，**其君闇弱**，不足贊而成之。'吾學殷禮，有宋存焉'者，宋行殷禮，故云'有宋存焉'。但**宋君闇弱**，欲（轉下頁）

夏王之禮樂，兼言杞。或曰是夏、殷之禮；或曰是堯舜以上三皇五帝時之禮，雖善

（接上頁）其贊明殷禮，亦不足可成。故《論語》云：‘**宋不足徵也**。’此云‘杞不足徵’，即宋亦不足徵。**此云‘有宋存焉’，則杞亦存焉。互文見義。**‘吾學周禮，今用之，吾從周’者，既杞、宋二國不足明，己當不復行前代之禮，故云‘吾從周’。案趙商問：孔子稱‘吾學周禮，今用之，吾從周’，《檀弓》云‘今丘也，殷人也’，兩楹奠殯師之處，皆所法於殷禮，未必由周，而云‘吾從周’者，何也？鄭答曰：‘今用之者，魯與諸侯皆用周之禮法，非專自施於己。在宋冠章甫之冠，在魯衣逢掖之衣，何必純用。“吾從周”者，言周禮法最備，其為殷、周事豈一也。’如鄭此言，**諸侯禮法則從周，身之所行雜用殷禮也**。……上，謂君也，言為君雖有善行，無分明徵驗，則不信著於下，既不信著，則民不從。下，謂臣也，言臣所行之事，雖有善行而不尊，不尊敬於君，則善不信著於下，既不信著，則民不從，故下云‘徵諸庶民’，謂行善須有徵驗於庶民也。皇氏云‘無徵，謂無符應之徵’，其義非也。‘故君子之道’者，言君臣為善，須有徵驗，民乃順從，故明之也。”

羅按：**以下羅列其他若干解讀：**

或以本原與末流為解，曰：“上焉者”言其本原為夏、殷而皆無徵，而“下焉者”言其末流為杞、宋，杞、宋皆稍存夏、殷之禮，故杞宋之禮雖有其善者，又但為諸侯而不尊為天子，不可逕用，故而從周（魯）而斟酌三王之禮也。以周禮善而尊，而民信從也——然此解既說夏殷無徵，又說“杞不足徵而有宋存焉”，自相矛盾，蓋不可取。

又或解曰：上焉者，遠古堯舜乃至三皇五帝也，堯舜乃至三皇五帝之禮樂也，**亦稍可通**，則全句調整為：“……其寡過矣乎！若夫禮樂道法也，上焉者如堯舜乃至三皇五帝之禮樂，雖善無徵，無徵不信，不信民弗從；下焉者如杞宋以諸侯國而存夏殷之禮，雖善不尊（杞宋徒為諸侯），不尊不信，不信民弗從……”，故從周而斟酌三王之禮，似亦可——然則此“上焉者”之“堯舜乃至三皇五帝”之後代亦不可謂有尊為天子者，則亦不尊，故不當如此言說，則亦難切當——然此亦過於迂執苛求也。又可參見《荀子・非相》：“**五帝之中無傳政，非無善政也，久故也。禹湯有傳政，而不若周之察也，非無善政也，久故也。**”此解似頗切。

又或解曰：“上焉者”即上文所謂“雖有其位，苟無其德，不敢作禮樂焉”，蓋指天子或諸侯國君，“無徵”即“無其德”，“雖善”謂其“有位亦曰好也”，今曰“有位”乃滿足製作禮樂之條件之一，故曰“善”；“下焉者”即上文所謂“雖有其德，苟無其位，亦不敢作禮樂也”，蓋孔子自謂自謙，或子思述惜孔子之德知也，“不尊”即謂“無位無爵”，“雖善”謂其“有德亦曰好也”，今乃曰 （轉下頁）

無徵，今皆未用不從。皆不取），**雖善**（其道法雖善，然乃傳聞而知而不足詳徵

者也）**無徵**（無以詳盡徵求、證明而效驗於民、政，即上文所謂"不足徵"，以其年

代久遠，故文物典籍史事無所詳徵，徵求也；或曰證驗，表徵，無證驗於民，即曰今

（接上頁）"有聖德"乃是製作禮樂之條件之一，故曰"善"。"王天下有三重"，或曰是"三王之禮"，亦或指"有位""有聖德""今用之"。進一步解之，則曰："上焉者"乃指在上位者、有位者之諸侯國君，其有位雖曰善雖曰好，然而無所仁德徵驗於民；"下焉者"乃指在下位者、無位者之盛德君子，其有聖德雖曰善曰好，然而無位不尊。"徵"即"用"，即"今用之"，用其王道禮樂或道、教、禮、樂，"用"即"徵"；有位而無德固不可，有位而不徵亦不可；而有德者無位，故亦難徵用效驗其道、德，固亦難可（王天下）。吾原以為此解或甚當，然此處之"徵"，其義主於"徵明、求證"，如孔子嘗親身至於杞宋徵求文獻而得夏時五等、乾坤八卦，又嘗使子夏等十四人至周求其百二十國之寶書，而皆稍有得，如此則此解又不合原意也。參見拙著《論語廣辭》中之相關論述。朱熹則註曰："上焉者，謂時王以前，如夏、商之禮雖善，而皆不可盡考詳徵；下焉者，謂聖人在下，如孔子雖善於禮，而不在尊位也。"——**似亦頗可通；**

又或曰"上焉者"為君，"下焉者"為臣，如鄭、孔。

又或解"上焉者"為杞宋之君，夏殷之法雖善，而杞宋之君暗弱無徵（徵驗），"下焉者"為孔子，其道德雖善而位不尊；又或曰"上焉者"是夏，然夏則杞不足徵耳，非無徵也，故上焉者非曰杞也。

又或解"上焉者"為夏商周之先王禮樂，"下焉者"為杞宋魯之時君禮樂。《禮記·禮運》："孔子曰：'於呼哀哉！我觀周道，幽厲傷之，吾舍魯何適矣！魯之郊禘，非禮也，周公其衰矣！杞之郊也，禹也；宋之郊也，契也。是天子之事守也。故天子祭天地，諸侯祭社稷。'"

諸如此類論證，皆有所不足，此不過稍存諸家之異說，以作思想史之研究云爾。

又：本書正文之解釋，乃以上下文之"不足徵""無徵"以及"吾從周"而言，則解"上焉者"為"夏杞之禮"、"下焉者"為"殷宋之禮"為切：上夏杞無徵或不足徵，下殷宋不尊（故皆不用），今用周禮，郁郁乎文哉，故"吾從周"而斟酌三王之禮也（上指夏杞，下指殷宋，今指今周，所謂三王之禮也）——然而《論語》亦曰"宋不足徵"，且杞亦非天子而不尊（然以其不足徵，故不必言及"不尊"，故此則無妨），同於宋，故此解似亦有漏洞——但究竟殷宋為近世，故此特言"存"，以明其與夏禮之久遠無徵不同。

大學廣辭 中庸廣辭

三八八

無其行用故無效驗;或曰"徵",徵其本末而完足也,徵則誠實有之,不取^①),無徵不信(不信於民人),不信民弗從;下焉者(下焉者,指殷禮,兼言宋,殷、宋之禮,前文之下所言"吾學殷禮,有宋存焉"也。或曰單指宋;或曰就其末流而下溯之而言,指夏、殷二王之禮下流而為諸侯杞、宋之禮,故下焉者,杞、宋也,指杞、宋之禮,杞、宋以諸侯國而存夏、殷之禮,相對於"上焉者"之夏、殷之禮或"堯舜以上時世之禮";鄭謂"下"為"臣"。^② 皆不取)(如殷(宋)之禮)(殷代、殷王之禮樂。或曰是杞、宋之禮,亦善,今皆未用不從。不取)^③,雖善(其道法雖善,因有宋存焉,故頗存其殷商舊代禮樂之善者也^④)不尊(然宋徒諸侯在下,非天子,故其位不尊^⑤,蓋曰殷禮雖善,且有宋存焉,能徵,然不尊,故民不信也^⑥),不尊不信,不信民弗從(位不尊則民不敬畏信從也)^⑦……"(是故夏禮、殷禮(夏、殷、杞、宋之禮)皆難盡徵

---

① 或謂天子無道德之徵表也,指天子有其位而無其德;或為證;此句或指夏禮,夏禮雖善,無所行之而驗證於民,無徵驗,難證明,故民難信從之。

② **杞存夏禮,宋存殷禮,徒皆諸侯而已,非天子,非時王者,故雖善不尊也,難以推行天下也。不尊,即非天子也。**朱熹註:"下焉者,謂聖人在下,如孔子雖善於禮,而不在尊位也。"即聖人無位,在下位,故不尊。**或曰蓋指殷禮,殷商滅國,故殷禮不尊;**下焉猶言近古;孔曰為臣。皆不取。

③ 或曰聖人在下之道法。

④ 或曰聖人其道德、道法雖善。

⑤ 或曰而聖人其位不尊。

⑥ 然此解亦有牽強處,蓋無論春秋、戰國之世,宋國亦多昏亂之事。或曰"上焉者"是夏商周之先王禮樂,"下焉者"是杞宋魯之時君禮樂。《禮記·禮運》:"孔子曰:'於呼哀哉!我觀周道,幽厲傷之,吾舍魯何適矣!魯之郊禘,非禮也,周公其衰矣!杞之郊也,禹也;宋之郊也,契也。是天子之事守也。故天子祭天地,諸侯祭社稷。'"

⑦ 朱熹註:"上焉者,謂時王以前,如夏、商之禮雖善,而皆不可考。下焉者,謂聖人在下,如孔子雖善於禮,而不在尊位也。"

從,唯周禮,文質彬彬,善而有徵,尊而用之,民從之,故吾從周禮也①。)故君子（有志聖道者;或曰此處之君子即指孔子,或曰指有志"王佐天下而製禮作樂者"②）之道（君子之道,即天命道法、人道、命道、中庸之道、王天下之道法等,總名之;或曰此謂"君子之修道"③,修道即修治撰述,指創道設教、製禮作樂之事;或曰即指孔子用中修道;朱熹註:"其道,即議禮、制度、考文之事也。"④）:本諸身（自身,自身之命性,自身命性純明之性誠,乃至一切智愚、賢不肖、愚夫愚婦之身之性也,即天所命於人之命性或明德;朱註曰"有其德也";孔疏:言君子行道,先從身起）,徵（徵求證明而又效驗於民⑤;行之於民,驗證於民,而得其善好之證驗;或為證）諸庶民（朱註:驗

①　此即荀子所謂"五帝之中無傳政,非無善政也,久故也。禹湯有傳政,而不若周之察也,非無善政也,久故也。"參見:《荀子·非相》:"以近知遠,以一知萬,以微知明。……聖人何以不可欺? 曰:聖人者,以己度者也。故以人度人,以情度情,以類度類,以說度功,以道觀盡,古今一也。類不悖,雖久同理。故鄉乎邪曲而不迷,觀乎雜物而不惑。以此度之,五帝之外無傳人,非無賢人也,久故也。**五帝之中無傳政,非無善政也,久故也。禹湯有傳政,而不若周之察也,非無善政也,久故也。**"荀子此論似可解《中庸》此句,"雖善無徵"謂"上焉者"即"五帝之中無傳政";"雖善不尊"謂"下焉者"即"禹湯夏殷之禮"。然亦有其牽強處。

②　朱曰"此君子,指王天下者而言"。

③　或加"君子之修道也從周用中"一語。此即所謂"中焉者"也,中者,善而尊,民信從也,善則周禮鬱鬱乎文哉,尊則周為天子也,可使民信從也。中者,相對於"上焉者"與"下焉者"之雖善無徵不尊而言也。

④　或曰亦即上文所謂議禮、制度、考文,朱熹註:"其道,即議禮、制度、考文之事也。"又:此不可言"創道設教",以孔子無位,亦不敢自居仁德,故不敢創設製作也。然亦本乎淑世之心,知其不可而為之而已。

⑤　猶今言"從群眾中得來,到群眾中去徵顯驗證"然,亦所謂"舜好問而好察邇言,隱惡而揚善,用其中於民"、"道不遠人"、"君子之道,辟如行遠必自邇,辟如登高必自卑""切問而近思""吾無知也,空空如也,我扣其兩端而竭焉"等,皆是也。然又不僅於是,故下文又言"考諸三王、建諸天地、質諸鬼 （轉下頁）

其所信從也），考（考稽，參考，參照，比照）諸三王（三王三代之典章制度禮樂。三王即禹、湯、文、武，亦即夏商周三代之禮）而不繆（錯繆；合於先王往聖之大道大法也），建（樹立，朱曰立於此而參於彼也）諸天地（公之於天下，公立之於天地日月，此即上文所云"中"，"中通天道、天地人三才之道"等）而不悖（悖逆；不悖，即**不悖謬於"天道"**，不悖於天地之道等；天道大公也），質（正，質正；問）諸鬼神（先王往聖之大道與天地山川造化之神道相通，鬼神亦皆屬"三元天"之中者，如"天神之天"等，故鬼神之道亦天道之一部分；朱曰造化之跡）而無疑（確切無隱，或顯隱無妄，**無所違礙於"天心""鬼神之心"**也；或曰慎獨無隱、無妄無欺、無私智也），百世以俟（待）聖人（大聖，聖德，往聖來聖）而不惑（無可疑惑者，**無可疑惑於命性純明之"聖人之心"或"聖心"**；朱註：所謂聖人復起，不易吾言者也；合於來聖之天道聖心也；往聖來聖，天道天心，同歸一心一性，乃曰中通天道天心之心也）。① 質諸鬼神而無疑，知天（**知天道、天心**，知天即"中"合於天道天心）也；百世以俟聖人而不惑，知人（**知人道、人性或命性**、命道、人性之明德，天命之至誠神明人性等，

（接上頁）神、百世以俟聖人"等，是聖人創道設教之法門也，亦聖人所以為聖人也。質言之，聖人創道設教，判道理義，不斤斤於一己私智、剛愎自用，亦不蔑視庶民之智也，以聖人之心即是眾庶之心。故曰：道非一人之私智，乃天道也，在我之心性，又在一切人之心性，皆天所命；又在天道；而我之心性乃天所命，故我之心性本合於天道，在外而又在內也；外以命內，內以應外；一人之心性本合於一切人之心性，他心即是我心也。

① 朱熹註："此君子，指王天下者而言。其道，即議禮、制度、考文之事也。本諸身，有其德也。徵諸庶民，驗其所信從也。建，立也，立於此而參於彼也。天地者，道也。鬼神者，造化之跡也。百世以俟聖人而不惑，所謂聖人復起，不易吾言者也。"

知人即中合於天所命於人之命性命道或明德也；孔曰"知聖人之道"）也。^①　是故君子（虛指則有志脩養進德於聖道、命性之道者，實指則孔子）（之處身行事與製作道法也，）動（一舉一動。朱熹：動，兼下文言、行而言；或曰：蓋喻指或指代"議禮""行同倫"）而世（世世）為天下道（尊道，可通

---

① 鄭玄註："注：**知天、知人，謂知其道也。鬼神，從天地者也。**《易》曰：'故知鬼神之情狀，與天地相似。**聖人則之，百世同道。徵或為'證'。**"孔穎達疏："'**本諸身**'者，言**君子行道，先從身起**，是'本諸身'也。'徵諸庶民'者，徵，驗也；諸，於也。**謂立身行善，使有徵驗於庶民。**若晉文公出定襄王，示民尊上也；伐原，示民以信之類也。'考諸三王而不繆'者，繆，亂也。謂己所行之事，考校與三王合同，不有錯繆也。'建諸天地而不悖'者，悖，逆也。言己所行道，建達於天地，而不有悖逆，謂與天地合也。'質諸鬼神而無疑，知天也'者，質，正也。謂己所行之行，正諸鬼神不有疑惑，是識知天道。此鬼神，是陰陽七八、九六之鬼神生成萬物者。此是天地所為，既能質正陰陽，不有疑惑，是識知天道也。'百世以俟聖人而不惑，知人也'者，以聖人身有聖人之德，垂法於後，雖在後百世亦堪俟待。後世世之聖人，其道不異，故云'知人也'。注'知天'至'同道'。正義曰：以經云知天、知人，故鄭引經總結。云'知其道'者，**以天地陰陽，生成萬物，今能正諸陰陽鬼神而不有疑惑，是知天道也。以聖人之道，雖相去百世，其歸一揆，今能百世以待聖人而不有疑惑，是知聖人之道也。**云'鬼神從天地者也'，解所以質諸鬼神之德、知天道之意，引《易》曰'故知鬼神之情狀，與天地相似'者，證鬼神從天地之意。案《易·繫辭》云'精氣為物，遊魂為變。'鄭云：'木火之神生物，金水之鬼成物。'以七八之神生物，九六之鬼成物，是鬼神以生成為功，天地亦以生成為務，是鬼神之狀與天地相似。云'聖人則之，百世同道'者，解經知人之道，**以前世聖人既能垂法以俟待後世聖人，是識知聖人之道百世不殊，故'聖人則之，百世同道'也。**'遠之則有望，近之則不厭'者，**言聖人之道，為世法則，若遠離之則有企望，思慕之深也。若附近之則不厭倦，言人愛之無已。**'《詩》云：在彼無惡，在此無射，庶幾夙夜，以永終譽'，此引《周頌·振鷺》之篇，言微子來朝，身有美德，在彼宋國之內，民無惡之，在此來朝，人無厭倦。故庶幾夙夜，以長永終竟美善聲譽。言君子之德亦能如此，故引《詩》以結成之。'君子未有不如此而蚤有譽於天下者也'，言慾蚤有名譽會須如此，未嘗有不行如此而蚤得有聲譽者也。"

行之道；朱熹：道，兼下文法則而言）：行（行事作為；或曰：蓋喻指或指代"制度"
"車同軌"）而世為天下法（法度，效法），言（言論言語；或曰：蓋喻指或指
代"考文"、"書同文"）而世為天下則（準則，取則）。① （故君子（虛
指則有志脩養進德於聖道者，實指則曰孔子）其為人也，）遠之（"遠
之"，乃謂"去聖人遠者"，遠人，遠方之人，則慕望聖人聖道也。"之"，指至誠君
子或聖人及其大道，下同）則（人（他人））有望（企望，期望，言思慕之深，
思其人其道也，鄭曰"用其法度，想思若其將來也。"），（思慕深也；）近
之（指至誠君子或聖人及其大道，下通）則（人（他人））不厭（厭倦，言人愛
之無已），（人愛之（聖人，或志行道德深厚高尚者）無已也）。②
《詩》曰："在彼（遠，遠人，或曰他人）無惡（厭惡），在此（近，近人；或
曰己身，則"不厭"是脩道不厭不息也）無射（射，厭也，厭惡，怨恨。《音義》：射
音亦；朱熹曰：射，音妒，《詩》作斁）。 庶幾夙夜（早夜，指修身進德不懈
怠），以永（長也）終譽！"③君子（有志脩養進德於聖道者）未有不

---

① 朱熹註："動，兼言行而言。道，兼法則而言。法，法度也。則，準則也。"《禮
記·禮運》："故聖人耐以天下為一家，以中國為一人者（羅按：此亦言聖人用
中製作、創道設教、"考文、制度、議禮"等之效果），非意之也，必知其情，辟於
其義，明於其利，達於其患，然後能為之。"

② 孔穎達疏："言聖人之道，為世法則，若遠離之則有企望，思慕之深也。若附近
之則不厭倦，言人愛之無已。"

③ 朱熹註："惡，去聲。射，音妒，詩作斁。《詩·周頌·振鷺》之篇。射，厭也。
所謂此者，指本諸身以下六事而言。"羅按：《詩·周頌·振鷺》："振鷺於飛，於
彼西雍。我客戾止，亦有斯容。在彼無惡，在此無斁。庶幾夙夜，以永終譽。"
《毛詩正義》曰："《振鷺》，二王之後來助祭也。"箋云：二王，夏、殷也；其後，杞
也，宋也。振鷺，土之慎反，下音路。一名春鉏，水鳥也。傳曰：興也。（轉下頁）

如此（指上文“動為天下道法則”云云也）而蚤（早）有譽於天下者也①。②

　　羅按：關於“上焉者”“下焉者”云云，此外又有數解，然似皆稍不切，上文有注釋評論之，此處稍存以備異說而已：

（接上頁）振振，群飛貌。鷺，白鳥也。雝，澤也。客，二王之後。箋云：白鳥集於西雝之澤，言所集得其處也。**興者，喻杞、宋之君有絜白之德，來助祭於周之廟，得禮之宜也。**其至止亦有此容，言威儀之善如鷺然。在彼，謂居其國無怨惡之者；在此，謂其來朝，人皆愛敬之，無厭之者。永，長也。譽，聲美也。斁音亦，厭也。厭，於豔反。正義曰：《振鷺》詩者，二王之後來助祭之樂歌也。**謂周公、成王之時，已致大平，諸侯助祭，二王之後亦在其中，能盡禮備儀，尊崇王室，故詩人述其事而為此歌焉。**天子之祭，諸侯皆助，獨美二王之後來祭者，以先代之後，一旦事人，自非聖德服之，則彼情未適。今二王之後，助祭得宜，是其敬慕時王，故能盡禮。客主之美，光益王室，所以特歌頌之。（其詩）言有振振然絜白之鷺鳥往飛也，其往飛則集止於西雝之澤。色絜白之水鳥而集於澤，誠得其處也。以興有威儀之杞、宋。往，行也。其往而行，則來助祭於有周之廟。美威儀之人臣，而助祭王廟，亦得其宜也。此鷺鳥之色，有絜白之容，我客杞、宋之君，其來至止也，亦有此絜白之容。非但其來助祭有此姿美耳，又在於彼國國人皆悅慕之，無怨惡之者。今來朝周，周人皆愛敬之，無厭倦之者。猶復庶幾於善，夙夜行之，以此而能長終美譽。言其善於終始，為可愛之極也。”

① 欲稱譽於天下，必如此行乃可也。孔穎達疏：“言欲蚤有名譽會須如此，未嘗有不行如此而蚤得有聲譽者也。”

② 鄭玄註：“吾能說夏禮，顧杞之君不足與明之也。‘吾從周’，行今之道。‘三重’，三王之禮。上，謂君也。君雖善，善無明徵，則其善不信也。下，謂臣也。臣雖善，善而不尊君，則其善亦不信也。徵或為‘證’。知天、知人，謂知其道也。鬼神，從天地者也。《易》曰：‘故知鬼神之情狀，與天地相似。’聖人則之，百世同道。徵或為‘證’。**用其法度，想思若其將來也。**”孔穎達疏：“正義曰：**以上文孔子身無其位，不敢製作二代之禮，夏、殷不足可從，所以獨從周禮之意，因明君子行道，須本於身，達諸天地，質諸鬼神，使動則為天下之道，行則為後世之法，故能早有名譽於天下。**蓋孔子微自明已之意。”

一、"……其寡過矣乎！若夫其禮樂道法也①，上焉者如堯舜乃至三皇五帝之禮樂②，雖善無徵，無徵不信，不信民弗從；下焉者如杞宋以諸侯國而稍存夏殷之禮，雖善不尊，不尊不信，不信民弗從……"③

二、"（然則其）上焉者（上焉者，就其本原而上溯之而言，夏、殷也，指夏、殷之禮。或曰單指夏禮，前文之上所言"吾說夏禮，杞不足徵"也；或曰是堯舜時之禮。此皆不取）（如曰夏、殷之禮（或曰是夏商周先王天子如禹湯文武之道法，將周禮亦包納之；或曰是堯舜以上三皇五帝時之禮，雖善無徵，今皆未用不從。此皆不取），）雖善（其道法雖善）無徵（證驗，表徵，無證驗於民，

---

① 或曰：若夫其禮樂、制度、文物之道法也。
② 故下文乃言"祖述堯舜，憲章文武"，正相應也。
③ 吾以為此論亦頗切。又：涑水司馬氏曰："三王之禮，王天下者所宜重也。上於三王者，謂高論之士稱引太古以欺惑愚人，然無驗於今，故民莫肯信而從也。下於三王者，謂卑論之士趨時徇俗苟求近功，然不為人所尊尚，故民亦莫肯信而從也。惟中庸之道，內本於身，而可行外；施於民而有驗；前考於三王，不差毫釐；後質於來聖，若合符契；大則能配天地之高厚，幽則能合鬼神之吉凶，知天者窮性命之精微，知人者盡仁義之極致，如此故天下法而效之，慕而愛之，生榮死哀，令聞長世也。"此又一解，亦頗可通，故聊備一說。參見：《禮記集說》。羅按：或曰此解乃區分"三代學"與"前三代學"，孔子尤慕太古"天下為公"之道法，然而無徵，退而求"三王""三代""小康之世"之道法。如此，則"上焉者"是"天下為公"之世之道法，是"前三代之太古道法"，"下焉者"是"大人世及之小康之世之道法"，是"三代之道法"，孔孟皆不得已而求其次，而倡導三代"世及而選賢任能"之道法也。孟子似亦有此意，參見拙文：《"匹夫而有天下"與"繼世而有天下"——孟子政治思想中的理想主義與現實主義》，參見：羅雲鋒著，《孟子廣義》，pp. 613 - 674；另可參閱拙著《孟子解讀》中的相關論述（pp. 48 - 49）。荀子亦有類似說法，"五帝之中無傳政，非無善政也，久故也。禹湯有傳政，而不若周之察也，非無善政也，久故也。"參見：《荀子·非相》。

即曰今無其行用故無效驗;或無所詳徵,徵求也;或曰"徵",徵其本末而完足也,徵則誠實有之,不取①),無徵不信(不信於人),不信民弗從(若作此解,則上文當作:杞不足徵,宋稍存,杞宋皆不足徵而稍存而已);下焉者(如曰杞、宋之禮(下焉者,就其末流而下溯之而言,指夏、殷二王之禮下流而為諸侯杞、宋之禮,故下焉者,杞、宋也,指杞、宋之禮,杞、宋以諸侯國而存夏、殷之禮也。或曰是孔子今世杞宋魯諸國諸侯之道法;或曰指殷、宋之禮,或曰單指宋,前文之下所言"吾學殷禮,有宋存焉"也;或曰是夏、殷之禮而流為杞、宋者,相對於"上焉者"之"堯舜以上時世之禮",是夏殷杞宋之禮,亦善,今皆未用不從。② 此皆不取③,)雖善(雖亦稍存其舊代禮樂之善者④)不尊(然徒諸侯在下,非天子,故其位不尊⑤),不尊不信,不信民弗從(位不尊則民不敬畏信從也⑥。⑦"

三、"……其寡過矣乎! 若夫其禮樂道法也,上焉者如堯舜乃至三皇五帝之禮樂,雖善(而今之杞宋等國之君(杞宋等所立先王之後之諸侯國之君))無徵,無徵不信,不信民弗從;下焉者

---

① 或謂天子無道德之徵表也,指天子有其位而無其德;或為證;此句或指夏禮,夏禮雖善,無所行之而驗證於民,無徵驗,難證明,故民難信從之。
② **杞存夏禮,宋存殷禮,徒皆諸侯而已,非天子,非時王,故雖善不尊也,難以推行天下也。不尊,即非天子也。**朱熹註:"下焉者,謂聖人在下,如孔子雖善於禮,而不在尊位也。"即聖人無位,在下位,故不尊;或曰蓋指殷禮,殷商滅國,故殷禮不尊;下焉猶言近古;孔曰為臣。
③ 或曰聖人在下之道法。
④ 或曰聖人其道德、道法雖善。
⑤ 或曰而聖人其位不尊。
⑥ 朱熹註:"**上焉者,謂時王以前,如夏、商之禮雖善,而皆不可考。下焉者,謂聖人在下,如孔子雖善於禮,而不在尊位也。**"
⑦ 然此解既說夏殷無徵,又說"杞不足徵而有宋存焉",自相矛盾,蓋不可取。

如君子（指孔子）雖多聞上古三代之禮，雖善（而其位（未為諸侯也））不尊，不尊不信，不信民弗從……"

四、王天下（若）有三重（即三王之禮）焉，（則）其（其人，指王君等）寡過矣乎！（然而其（其人，指王君等））上焉者（如諸侯國君）（謂諸侯國君，諸侯國君無道德之徵表也，指諸侯國君有其位而無其德），（三王之禮）雖善（三王之禮雖善），（而君國（諸侯國君及其治國也））無徵（而天子國君無所徵驗於民），無徵不信，不信民弗從（諸侯國君在上位，有其國君之位，雖三王之禮亦曰善，然而諸侯無其道德政治之徵驗，故民不信從。此蓋言空有善好道法而不實行，則成虛文、空文、具文，與虛假制度，言而無實無徵，則民不信從也）；下焉者（如聖人賢者）（朱熹註："下焉者，謂聖人在下，如孔子雖善於禮，而不在尊位也。"），（三王之禮）雖善（三王之禮雖善），（而聖人在下，其位）不尊（而其人無位不尊），不尊不信，不信民弗從。（嗚呼，此君子中庸之道之所以不行也！）故君子（指孔子）之道：本諸身（乃本之於身），徵諸庶民，考諸三王而不繆，建諸天地而不悖，質諸鬼神而無疑，百世以俟聖人而不惑。質諸鬼神而無疑，知天也；百世以俟聖人而不惑，知人也。是故君子動而世為天下道，行而世為天下法，言而世為天下則（此皆言君子修身脩道之要）。遠之則有望，近之則不厭。《詩》曰："在彼無惡，在此無射。庶幾凤夜，以永終譽！"君子未有不如此而蚤有譽於天下者也（，所以將為後世百王製作大法也）。於是仲尼祖述堯舜，憲章文武……

五、王天下（若）有三重（而議禮、制度、考文）（三項重大之事,或三種尊奉之事,曰議禮、制度、考文。"有三重"即謂"若能尊奉此三事""重此三事",亦即創道設教、製禮作樂等之事也)焉,(則)其寡過矣乎!上焉者(或謂天子國君無道德之徵表也,指天子國君有其位而無其德)雖善(三王之禮雖善)無徵(而天子國君無所徵驗於民),無徵不信,不信民弗從(天子國君在上位,有其天子國君之位,雖三王之禮亦曰善,然而無其道德政治之徵驗,故民不信從。此蓋言空有善好道法而不實行,則成虛文、空文、具文,與虛假制度,言而無實無徵,則民不信從也);下焉者(朱熹註:"下焉者,謂聖人在下,如孔子雖善於禮,而不在尊位也。")雖善(三王之禮雖善)不尊(而其人無位不尊),不尊不信,不信民弗從。故君子(諸位君子,將或有位,又將進德,則既不同於"上焉者"之有位無德之天子,又不同於"下焉者"之有德無位之賢聖也)之道(君子欲為王天下之道事而議禮、制度、考文,或欲避免"上焉者""下焉者"之"不能王治天下"之果):(則當)本諸身(告誡諸君子,當身脩其道德,然後或能成其治平天下國家之事,否則,諸君子雖有其上位,民亦不信從,而無以治天下也),徵諸庶民,考諸三王而不繆,建諸天地而不悖,質諸鬼神而無疑,百世以俟聖人而不惑。質諸鬼神而無疑,知天也;百世以俟聖人而不惑,知人也。是故君子動而世為天下道,行而世為天下法,言而世為天下則(此皆言君子修身脩道之要)。遠之則有望,近之則不厭。《詩》曰:"在彼無惡,在此無射。庶幾夙夜,以永終譽!"君子未有不如此而蚤有譽於天下者也。(如此,乃或可創道設教、王治天下也。)①

---

① 如此,則"本諸身"是"自當修有道、德","徵諸庶民"是"當德行徵驗加乎民","考諸三王"云云,是"道法言行為政皆當中通於天道性理等"也。

六、……（蓋）王天下有（若有）三重焉，曰"德（有道德，有盛德）、位（有位，如國君之位之類）、用（謂"今用之"，有仁德徵用、徵驗於民，蓋用即徵，徵即用，即有"類同於王者之澤"者或有"王者之流風餘韻"①)"，（則）其（將、庶己）寡過矣乎！（然今之）上焉者（處上位者）（如今之諸侯國君，有位在上）雖（曰）善（有位雖曰好雖曰善），（而（仁德））無徵（無所道德仁行徵驗於民），無徵（則）不信，不信民弗從；下焉者（處下位者）（如盛德君子，有德）雖（曰）善（有德雖曰好雖曰善），（而）（位爵）不尊（無位），不尊（則）不信，不信民弗從。（故君子豈敢造次（制作禮樂）），而必先脩身體道也。至誠無息，於穆不已，而後盡性知天以創設製作（創道設教、製作禮樂）也。）故君子之道：本諸身，徵諸庶民，考諸三王而不繆，建諸天地而不悖，質諸鬼神而無疑，百世以俟聖人而不惑……②

（於是）仲尼祖（猶宗，本也）述（遠宗而述之）堯舜（朱熹註：祖述者，遠宗其道；三王之道亦本諸堯舜之道也），憲（法）章（明；憲章，取法，發

---

① 可參見孟子之相關論述：孟子曰："文王何可當也？由湯至於武丁，賢聖之君六七作。天下歸殷久矣，久則難變也。武丁朝諸侯有天下，猶運之掌也。紂之去武丁未久也，其**故家遺俗，流風善政**，猶有存者；又有微子、微仲、王子比干、箕子、膠鬲，皆賢人也，相與輔相之，故久而後失之也。尺地莫非其（商紂）有也，一民莫非其臣也，然而文王猶方百里起，是以難也。"參見：《孟子·公孫醜上》。

② 此第六解亦頗可通。

明）**文武**（文、武之德與道法，此即"吾從周"之意；朱曰憲章者，近守其法）^①：

上律（法，法則之；或曰述、順）**天時**（即天道，又天運天行之天數、天則也^②。

"上律天時"即法天，法天之陰陽四時運行等也；朱曰律天時者，法其自然之運；鄭曰律天時，謂編年，四時具也。此言法天），**下襲**（因，循，合）**水土**（即地道也，上言天道，此言地道，順其地道地文地理，各因襲其當地之水土或地道，而各因地制宜，即所謂"記諸夏之事，山川之異"，又如《禹貢》之所述；朱曰襲水土者，

---

① 鄭玄註："此以《春秋》之義說孔子之德。**孔子曰：'吾志在《春秋》，行在《孝經》。'**二經固以明之，**孔子祖述堯、舜之道而制《春秋》，而斷以文王、武王之法度。**《春秋傳》曰：'君子曷為為《春秋》？**撥亂世，反諸正，莫近諸《春秋》。**其諸君子樂道堯舜之道與？末不亦樂乎？堯舜之知君子也。'又曰：'是子也，繼文王之體，守文王之法度。文王之法無求而求，故譏之也。'又曰：'王者孰謂？謂文王也。'此**孔子兼包堯、舜、文、武之盛德而著之《春秋》，以俟後聖者也。**律，述也。述天時，謂編年，四時具也。襲，因也。因水土，謂**記諸夏之事，山川之異。**"孔穎達疏："'吾志在《春秋》，行在《孝經》'者，《孝經緯》文，言褒貶諸侯善惡，志在於《春秋》，人倫尊卑之行在於《孝經》。……《公羊傳》云：……'君子曷為為春秋'，曷，何也；'君子'，謂孔子。傳曰'孔子何為作《春秋》'，云'**撥亂世，反諸正，莫近諸《春秋》**'者，此傳之文，答孔子為《春秋》之意。何休云：'撥猶治也。'言欲治於亂世，使反歸正道。莫近，莫過也。言餘書莫過於《春秋》，言治亂世者，《春秋》最近之也。……云'又曰王者孰謂？謂文王也'，此隱元年《公羊傳》文。案傳云：'元年，春，王，正月。王者孰謂？謂文王也。'武王道同，舉文王可知也。云'**著之《春秋》，以俟後聖者也**'哀十四年《公羊傳》云'制《春秋》'之義，以俟後聖'。何休云：'待聖漢之王，以為法也。'云'述天時，謂編年，四時具也'，案《合成圖》云：'**皇帝立五始，制以天道。**'《元命包》云：'**諸侯不上奉王之正，則不得即位。正不由王出，不得為正。王不承於天以制號令，則無法。天不得正其元，則不能成其化也。**''五始'者，**元年，一也；春，二也；王，三也；正月，四也；公即位，五也。**"

② 天道一詞，此處主天則天數之意，而在先秦作者其他論述中，則往往兼言天文天象、天則天數、元道、天心等。分言之則為天文天象天時、天數天則天理、元道、天心，合言之則曰天道。詳見拙文：《論"道"：正名與分析》，參見拙著《論語廣辭》。

因其一定之理；鄭玄註："因水土，謂記諸夏之事，山川之異。"此言象地^①（，法天象地，循因配合天地之道，而用中製作人道（中庸之道））。辟（同譬）如天地之無不持載，無不覆幬（音導，徒報反，幬亦覆）；辟如四時之錯行（錯，迭，交錯有序運行），如日月之代明（日月代明、交替臨照也）；^②萬物並育而不相害（天道化萬物，地道生萬物也），道（天道、地道、人道乃至一切物事之道，又曰三王之道；意象雙關語）並行而不相悖（天道、地道、人道乃至一切物事之道；或曰堯舜三王之道，皆道通不悖，實則道通為一也；今曰道通為一、合道合法、內在貫通、邏輯自洽等，此亦創道設教、製禮作樂之標準——亦可對照比較古代立道立禮學與現代立法學之異同；或曰大道小道不相悖逆，猶曰禮之大經大本與禮之曲禮具禮、中庸之道與致曲之曲禮，皆通達不相悖逆也）^③；小德川流（如賢者至誠致曲，各致其一曲之德，有以感化教治之，如諸侯之德業；朱曰：小德者，全體之分；司馬光：言其順序易行，晝夜不息也；鄭曰以喻諸侯）（，一歸於大海（振之而不洩）），大德敦化（如至誠盡性，敦厚其根本，化生盡善萬事之系統，配天之仁德大道，如聖王之德；朱曰：大德者，萬殊之本；司馬光：言不肅而成，不言

---

① 朱熹註："**祖述者，遠宗其道。憲章者，近守其法。**律天時者，法其自然之運。襲水土者，因其一定之理。皆兼內外該本末而言也。"孔穎達疏："'**上律天時**'者，律，述也。**言夫子上則述行天時，以與言陰陽時候也。**'下襲水土'者，襲，因也。**下則因襲諸侯之事，水土所在。**此言子思讚揚聖祖之德，以仲尼修《春秋》而有此等之事也。"

② 此皆言天道之天文天時、天行天運之天數天則天理，然又可喻言元道，如大仁、大公、大明、大信等。

③ 鄭玄註："聖人製作，其德配天地，如此唯五始可以當焉。"朱熹註："天覆地載，萬物並育於其間而不相害；四時日月，錯行代明而不相悖。"

而喻也；鄭曰以喻天子)①（，至於博厚高明），此天地之所以為大也②。（堯舜三王之道，人道也，中庸之道也，近取諸身，遠大不測(猶言無際涯)，中通合配於天地(天地人三才之道)之大道大德也。）

　　唯天下至聖(大聖，至誠聖人)，為能聰明睿知(智)，足以有臨(朱曰謂居上而臨下，亦或曰臨民臨世臨天下也)也；寬裕溫柔，足以有容(包容)也(此言仁)；發(發起)強剛毅，足以有執(決斷)也(言大聖或孔子發起志意，堅強剛毅，足以斷決事物也。決斷於中通、中正之道義。此言義)；齊莊(矜莊)中正，足以有敬(自敬而又使人敬重)也(此言禮)；文(花紋，玉紋，紋華，文章)理(玉理，紋理，條理)密(詳細)察(明辨)，足以有別(明辨是非)也(司馬光曰：謂聖人製禮，**曲為之制，事為之防，可以別嫌明微也**。此言知)。③（至聖之道德，）溥(溥音普，無

---

① 朱熹註："**小德者，全體之分；大德者，萬殊之本**。川流者，如川之流，脈絡分明而往不息也。**敦化者，敦厚其化，根本盛大而出無窮也**。此言天地之道，以見上文取辟之意也。"

② 鄭玄註："聖人製作，其德配天地，如此唯五始可以當焉。幬亦覆也。'小德川流'，浸潤萌芽，喻諸侯也。'大德敦化'，厚生萬物，喻天子也。幬或作'燾'。"孔穎達疏："此明孔子之德與天地日月相似，與天子、諸侯德化無異。'小德川流，大德敦化'者，言孔子所作《春秋》，若以諸侯'小德'言之，**如川水之流，浸潤萌芽**。若以天子'大德'言之，則仁愛敦厚，化生萬物也。'此天地之所以為大也'，言夫子之德比並天地，所以為大不可測也。"

③ 鄭玄註："**言德不如此，不可以君天下也。蓋傷孔子有其德而無其命**。"朱熹註："聰明睿知，生知之質。臨，謂居上而臨下也。其下四者，乃仁義禮知之德。文，文章也。理，條理也。密，詳細也。察，明辯也。"

不周遍）博（博，所及廣遠。朱曰"溥博"為周遍而廣闊）淵泉（朱曰靜深而有本。此言聖人之心德），而時出（發見）之（言聖人之言行。孔曰"既思慮深重，非得其時不出政教，必以俟時而出"）。① 溥博如天，淵泉如淵。② 見（言其容儀）而民莫不敬，言而民莫不信，行而民莫不說。是以聲名洋溢乎中國，施（音亦，移）及蠻貊（又作貊，音默，武伯反）。 舟車所至，人力所通，天之所覆，地之所載，日月所照，霜露所隊（墜，霜露所墜處），凡有血氣者，莫不尊親（尊而親之），故曰配（匹，匹配）天（朱曰言其德之所及，廣大如天也）。③（唯至誠德能如斯（斯，謂天下至聖也），乃可以製作（創道設教，製禮作樂，乃至王天下之大法大經）也。）

唯天下至誠（至誠之聖賢，此蓋謂至誠盡性之大聖；或曰謂孔

---

① 鄭玄註："言其臨下普遍，思慮深重，非得其時不出政教。" 涑水司馬氏曰："此泛言聖人之德，文理密察，足以有別。**謂聖人制禮，曲為之制，事為之防，可以別嫌明微也。**溥博淵泉，謂其心；時出之，謂其言行。"參見：《禮記集說》。朱熹註："言五者之德，充積於中，而以時發見於外也。"

② 鄭玄註："如天取其運照不已也，如淵取其清深不測也。"孔穎達疏："此又申明夫子之德聰明寬裕，足以容養天下，傷其有聖德而無位也。'寬裕溫柔，足以有容也'，言夫子寬弘性善，溫克和柔，足以包容也。'發強剛毅，足以有執也'，發，起也；執，猶斷也。言孔子發起志意，堅強剛毅，足以斷決事物也。'溥博'至'配天'。此節更申明夫子蘊蓄聖德，俟時而出，日月所照之處，無不尊仰。'溥博淵泉'者，溥，謂無不周遍；博，謂所及廣遠。以其浸潤之澤，如似淵泉溥大也。既思慮深重，非得其時不出政教，必以俟時而出。'溥博如天'者，言似天'無不覆幬'。'淵泉如淵'，言潤澤深厚，如川水之流。"

③ 鄭玄註："'尊親'，尊而親之。"

子)①，為能經綸（朱曰：經，綸，皆治絲之事。經者，理其緒而分之；綸者，比其類而合之也）天下之大經（常，常典；鄭曰謂六藝，而指《春秋》；朱曰"五品之人倫"），立天下之大本（鄭曰謂《孝經》；朱曰：大經者，五品之人倫；大本者，所性之全體也），知天地之化育。② 夫焉有所倚（豈有所倚賴而後能哉？所恃者唯其至誠純性，皆其至誠而"肫肫其仁，淵淵其淵，浩浩其天"之所能致也，朱曰：其於所性之全體，無一毫人慾之偽以雜之，皆至誠無妄，夫豈有所倚著於物而後能哉；或曰無所偏倚，無過與不及）？③ 肫肫（zhūn，讀如忳忳，誠懇貌）其仁（仁心仁德），（可以經綸。）淵淵（靜深貌）其淵（本道本心，或可作"性"，如所謂"性海"然），（可以立本（命性為立道之

---

① 羅按：天下至誠，則秉受天命純全之天性，虛靈不昧，通達天道人道，無有偏倚私心，如斯則乃可經綸創立製作也。

② 鄭玄註："'至誠'，性至誠，謂孔子也。'大經'，謂六藝，而指《春秋》也。'大本'，《孝經》也。"涑水司馬氏曰："此以後復論孔子有至誠之德，人莫能知，亦莫能掩。經猶綱也，刪《詩》《書》，定《禮》《樂》，作《春秋》，贊《易》道，是能經綸天下之大綱，立天下之大本，知天地之化育也。"參見：衛湜，《禮記集說》。

③ 朱熹註："經，綸，皆治絲之事。**經者，理其緒而分之**；綸者，比其類而合之也。**經，常也。大經者，五品之人倫。大本者，所性之全體也。**惟聖人之德極誠無妄，故於人倫各盡其當然之實，而皆可以為天下後世法，所謂經綸之也。其於所性之全體，無一毫人慾之偽以雜之，而天下之道千變萬化皆由此出，所謂立之也。其於天地之化育，則亦其極誠無妄者有默契焉，非但聞見之知而已。此皆至誠無妄，自然之功用，夫豈有所倚著於物而後能哉。"孔穎達疏："'夫焉有所倚'至'浩浩其天'，以前經贊明夫子之德，此又云夫子無所偏倚，而仁德自然盛大也。倚，謂偏有所倚近，**言夫子之德，普被於人，何有獨倚近於一人，言不特有偏頗也。**'肫肫其仁'，肫肫，懇誠之貌。仁，謂施惠仁厚。言又能肫肫然懇誠行此仁厚爾。'淵淵其淵'，淵水深之貌也，言夫子之德，淵淵然若水之深也。'浩浩其天'，言夫子之德，浩浩盛大，其若如天也。"

本）。）浩浩（廣大）其天，（可以知化也（知天地之化育）。）①（唯天下至誠而無所偏倚，乃可公正化育如天地也，乃可通達天道人道，而經綸創立製作也。）苟不固（實，本來；或曰誠；或曰堅固）聰明聖知（智）達天德者（達天之德，達天道天心天命之德，又曰至聖之德），其孰能知之（至誠之道，天人之道，知之即知此至誠天人之道，即知此大經大本，與乎天地化育之道也；鄭曰"唯聖人乃能知聖人"）？②（此曰"至誠之道，非至聖不能知；至聖之德，

---

① 鄭玄註："安無所倚，言無所偏倚也。故人人自以被德尤厚，似偏頗者。肫肫讀如'誨爾忳忳'之'忳'。忳忳，懇誠貌也。肫肫，或為'純純'。"羅按：因為聖德廣大，無不照臨，廣遠深厚，故兆民無不皞皞安樂，故人人皆以為天地、聖人於其似有所偏厚者，實則乃聖人天地至誠之仁、之高明博厚有以自然致之而已，本來無所偏厚於一人也。此即孟子所謂"王者之民，皞皞如也"，參見：《孟子·盡心上》。孟子曰："霸者之民，驩虞（歡娛）如也；王者之民，皞皞（hào，浩浩瀚瀚，廣大，自由伸展，自由自在，怡然自得，若無掛礙束縛，廣大自得，無邊無際，正下文所謂"神化"也）如也。殺之（處死死犯達死罪之罪人）而不怨，利之而不庸（功，酬功，酬勞，酬謝），民日遷善而不知為之者。夫（聖人）君子所過（歷；行動）者化（感化），所存者神（留存於世或謀劃天下大利益之精神心思神妙廣遠），上下與天地同流（運行流轉不息），豈曰小補之哉？"詳見拙著《孟子解讀》。孔穎達疏："注'肫肫讀如誨爾忳忳之忳'。正義曰：此《大雅·抑》之篇，刺厲王之詩。言詩人誨爾厲王忳忳然懇誠不已，厲王聽我貌貌然而不入也。"

② 鄭玄註："言唯聖人乃能知聖人也。《春秋傳》曰'末不亦樂乎，堯舜之知君子'，明凡人不知。言君子深遠難知，小人淺近易知。人所以不知孔子，以其深遠。"孔穎達疏："上經論夫子之德大如天，此經論唯至聖乃知夫子之德。苟，誠也。固，堅固也。言帝誠不堅固聰明睿聖通知曉達天德者，其誰能識知夫子之德？故注引《公羊傳》云'堯舜之知君子'者，言有堯、舜之德乃知夫子，明凡人不知也。"

非至誠不能為"①，二而一也，故曰："唯聖人乃能知聖人也。"又唯聖人乃能製作天道大公之聖道也。故欲（有志）創立製作者，必用持其中庸之道（用中致和之道），而至誠盡其至聖之性德也。）

（君子（聖賢）中庸成德，以誠，誠則恥過其實。聖人小人之分，在乎誠與性（命性）也。）《詩》曰："衣（去聲，穿衣）錦（華美彩色綢衣）尚（加，上加）絅（音窘，同褧。絅為禪，單衣，罩衣）。"惡其文（衣飾之文章）之著（顯著，色彩鮮明）也②。（外文著而實不至，君子恥之③。）故君子之道，闇（暗然自隱）然（喻指自謙）而日章（彰明）；小人之道，的然（明，明見，鮮明，喻指自誇飾）而日亡④；

① 朱熹語。朱熹註曰：此章"承上章而言大德之敦化，亦天道也。前章言至聖之德，此章言至誠之道。然至誠之道，非至聖不能知；至聖之德，非至誠不能為，則亦非二物矣。此篇言聖人天道之極致，至此而無以加矣。"

② 孔穎達疏："'《詩》曰衣錦尚褧，惡其文之著也'，以前經論夫子之德難知，故此經因明君子、小人隱顯不同之事。此《詩·衛風·碩人》之篇，美莊姜之詩。言莊姜初嫁在塗，衣著錦衣，為其文之大著，尚著禪絅加於錦衣之上。絅，禪也，以單縠為衣，尚以覆錦衣也。案《詩》本文云'衣錦褧衣'，此云'尚絅'者，斷截《詩》文也。又俗本云'衣錦褧裳'，又與定本不同者。記人欲明君子謙退，惡其文之彰著，故引《詩》以結之。"

③ 而"人所以不知孔子，以其深遠"也，鄭玄語。

④ 鄭玄註："言君子深遠難知，小人淺近易知。人所以不知孔子，以其深遠。禪為絅。錦衣之美而君子以絅表之，為其文章露見，似小人也。"孔穎達疏："章，明也。言君子以其道德深遠謙退，初視未見，故曰'闇然'。其後明著，故曰日章明也。'小人之道，的然而日亡'者，若小人好自矜大，故初視時'的然'。以其才藝淺近，後無所取，故曰日益亡。"

君子之道：淡（薄，淡薄，平淡）而不厭（人不厭。孔曰"不媚悅於人，初似淡薄，久而愈敬，無惡可厭也"；若夫苛嚴過度，則人厭而不堪，不能行之久遠），簡而文（有文華。孔曰"性無嗜欲，故簡靜，才藝明辨，故有文也"。簡潔而又有文華，不過於質樸粗陋），溫（溫和）而理（有理致，有條理，有節度，有義理，猶正直也；鄭註：猶簡而辨，直而溫；溫和不失其義理正直。孔曰"氣性和潤，故溫也。正直不違，故修理也"），知遠之近（雖推擴廣遠闊大，而來乎邇近，來乎此心此性與道德也。朱曰：遠之近，見於彼者由於此也），知風之自（知風之所自來，蓋言皆來乎此至誠命性道德也。風或喻言風力。朱曰：風之自，著乎外者本乎內也①），知微之顯（其體道之精微幽隱者，亦來自於日常修持行用之費顯常道。朱曰：微之顯，有諸內者形諸外也），（明乎此，則）可與入德（入命性之德、聖人之德）矣（或曰此上三句皆互文之言，意為：知遠而知近，知近而知遠云云，而皆在乎一己之自修身心德行耳，有此身心德行，近而將可及遠，一孔竅而將可風乎天下，潛伏隱微而將可昭彰顯名乎世界也。無論令聞令望，乃至惡名昭著，皆來自其人其心其德而已，故人重慎獨也）。②《詩》云：

---

① 或曰"風"是"風牛馬"之"風"，"放逸""走失"之意，或曰"風"是"順風逆風"之謂，所謂"牛走順風，馬走逆風"，而"吾"知"風之所自來"，猶"知風之順逆"也。

② 鄭玄註："淡其味似薄也，簡而文，溫而理，猶簡而辨，直而溫也。'自'，謂所從來也。**'三知'者，皆言其睹末察本，探端知緒。入德，入聖人之德。**"孔穎達疏："此一經明君子之道，察微知著，故能'入德'。**'淡而不厭'者，言不媚悅於人，初似淡薄，久而愈敬，無惡可厭也。'簡而文'者，性無嗜欲，故簡靜，才藝明辨，故有文也。'溫而理'，氣性和潤，故溫也。正直不違，故修理也。**'知遠之近'，言欲知遠處，必先之適於近，乃後及遠。'知風之自'，自，謂所從來處，**言見目前之風則知之適所從來處**，故鄭注'睹末察本'。遠是近之末，風是所（原空缺五字）從來之末也。'知微之顯'，此初時所微之事，久乃適於顯明，微是初端，顯是縱緒，故鄭注云'探端知緒'。'可與入德矣'，**言君子**（轉下頁）

"潛（賢人雖潛隱伏處，原意蓋為潛伏清水中之魚）雖伏（隱處）矣，（其人其德）亦孔（甚）之昭（明）！"①（言人心行事或隱微獨秘，而實皆昭彰顯然也；又言聖人雖隱遯，其德亦甚明矣。②）故君子內省不疚（病，因過失而愧疚），無惡（亦愧疚也）於志（心）③（，慎獨也，誠也）。君子所不可及者，其唯人之所不見乎（於人所不見之處之時，而動心行事仍合道無爽失）！④《詩》云："相（視；或曰視其人）在爾（汝）室，尚不愧（愧懼）於屋

（接上頁）或探末以知本，或睹本而知末，察微知著，終始皆知，故可以入聖人之德矣。"朱熹註："衣，去聲。絅，口迥反。惡，去聲。闇，於感反。前章言聖人之德，極其盛矣。此復自下學立心之始言之，而下文又推之以至其極也。《詩·國風》衛《碩人》、鄭之《豐》，皆作"衣錦褧衣"。褧、絅同。禪衣也。尚，加也。**古之學者為己，故其立心如此。**尚絅故闇然，衣錦故有日章之實。淡、簡、溫，絅之襲於外也；不厭而文且理焉，錦之美在中也。**小人反是，則暴於外而無實以繼之，是以的然而日亡也。**遠之近，見於彼者由於此也。風之自，著乎外者本乎內也。微之顯，有諸內者形諸外也。有為己之心，而又知此三者，則知所謹而可入德矣。故下文引詩言謹獨之事。"

① 見《詩·小雅·正月》。鄭玄註："言聖人雖隱遯，其德亦甚明矣。"孔穎達疏："**此明君子其身雖隱，其德昭著。**所引者《小雅·正月》之篇，刺幽王之詩。《詩》之本文以幽王無道，喻賢人君子雖隱其身，德亦甚明著，不能免禍害，猶如魚伏於水，亦甚著見，被人采捕。**記者斷章取義，言賢人君子身雖藏隱，猶如魚伏於水，其道德亦甚彰矣。**"

② 鄭玄註語。

③ 鄭玄註："疚，病也。**君子自省，身無愆病，雖不遇世，亦無損害於己志。**"孔穎達疏："言君子雖不遇世，內自省身，不有愆病，則亦不損害於己志。言守志彌堅固也。"涑水司馬氏曰："苟內省不疚，雖謗議沸騰，刑禍交至，亦非其所惡也。"參見：《禮記集說》。

④ 孔穎達疏："此明君子之閒居獨處，不敢為非。"朱熹註："惡，去聲。《詩·小雅·正月》之篇。承上文言'莫見乎隱，莫顯乎微'也。疚，病也。無惡於志，猶言無愧於心，此君子謹獨之事也。"

漏（室西北隅安藏屋漏之神而人所不見處，指獨處無人時）。"①（言君子雖獨處隱居②，猶不失其君子之道心容德也③。）故君子不動而敬（人敬之），不言而信（人信之）（，以其嚮來慎獨至誠（嚮來至誠，性誠，無不誠）中（合於）道也）。《詩》曰："（方祭宗廟，）奏（奏樂，進）假（大，大樂；或曰同格，來也）無言（君卿賢德等一切人皆肅敬而無言），時（當是時，祭祀之時，又引申為道乎天下之時）靡（無）有（靡有即無有，即無）爭（至誠而中和公正於大道，則不爭）。"④（此言至誠而中和，公正於大道王法，則不爭。）是故君子不

① 見《詩・大雅・抑》。鄭玄註："言君子雖隱居，不失其君子之容德也。相，視也。室西北隅謂之'屋漏'。視女在室獨居者，猶不愧於屋漏。屋漏非有人也，況有人乎?!"孔穎達疏："此《大雅・抑》之篇，刺厲王之詩。詩人意稱王朝小人不敬鬼神，瞻視女在廟堂之中，猶尚不愧畏於屋漏之神。記者引之斷章取義，言君子之人在室之中'屋漏'，雖無人之處不敢為非，猶愧懼於屋漏之神，況有人之處君子愧懼可知也。言君子雖獨居，常能恭敬。正義曰：言'君子雖隱居，不失其君子之容德也'者，隱居，謂在室獨居猶不愧畏，無人之處又常能恭敬，是'不失其君子之容德也'。云'西北隅謂之屋漏'者，《爾雅・釋宮》文。以戶明漏照其處，故稱'屋漏'。'屋漏非有人'者，言人之所居，多近於戶，屋漏深邃之處，非人所居，故云無有人也。云'況有人乎'者，言無人之處尚不愧之，況有人之處不愧之可知也。言君子無問有人無人，恆能畏懼也。"朱熹註："相，去聲。《詩・大雅・抑》之篇。相，視也。屋漏，室西北隅也。承上文又言君子之戒謹恐懼，無時不然，不待言動而後敬信，則其為己之功益加密矣。故下文引詩並言其效。"
② 又喻隱居伏處，或身處下位側微時。
③ 鄭玄註語。
④ 見《詩・商頌・烈祖》。鄭玄註："假，大也。此《頌》也。言奏大樂於宗廟之中，人皆肅敬。金聲玉色，無有言者，以時太平，和合無所爭也。"孔穎達疏："此《商頌・烈祖》之篇，美成湯之詩。《詩》本文云'鬷假無言'，此云'奏假'者，與《詩》反異也。假，大也。言祭成湯之時，奏此大樂於宗廟之中，人皆肅敬，無有喧嘩之言。所以然者，時既太平，無有爭訟之事，故'無言'也。引證君子不言而民信。"

賞而民勸,不怒而民威(畏)於鈇{莝(cuò)斫刀①}鉞(斧。鈇鉞,fū yuè,帝王天子專征殺之具)。②《詩》曰:"(文王(代指聖王天子))不顯(猶言豈不顯,彰顯、彰明)惟德!(而,則)百辟(君,諸侯國君)其刑(法,效法)之。"③(言君子(至誠盡性之聖賢君子,或天子)有不顯(猶言顯昭之德)之至德,而後天下(諸侯君卿,百官兆民)皆法之也。)是故君子篤(厚其德)恭(恭敬其禮;篤恭即至誠而至德也)而天下平(治平)④(,言至誠盡性,致其至德,而天下自然(神)化而治平也)。《詩》云:"予(我)懷(歸,保有)明德(以化民,感化兆民也),不大聲以(而,與)色(聲色,猶言疾言厲色也,疾言即厲聲)。"⑤(至德王道(王道王法大備)將自然感化致治也。)子曰:"聲色(疾言厲色)之

---

① 莝,cuò,鍘草或鋤草。
② 朱熹註:"鈇,音夫。《詩·商頌·烈祖》之篇。奏,進也。承上文而遂及其效,言進而感格於神明之際,極其誠敬,**無有言說而人自化之也**。威,畏也。鈇,莝斫刀也。鉞,斧也。"
③ 見《詩·周頌·烈文》。鄭玄註:"不顯,言顯也。辟,君也。此《頌》也。言不顯乎文王之德,百君盡刑之,諸侯法之也。"孔穎達疏:"此《周頌·烈文》之篇,美文王之德。不顯乎文王之德,言其顯矣。以道德顯著,故天下百辟諸侯皆刑法之。引之者,證君子之德猶若文王,其德顯明在外,明眾人皆刑法之。"
④ 朱熹註:"《詩·周頌·烈文》之篇。不顯,說見二十六章,此借引以為幽深玄遠之意。承上文言天子有不顯之德,而諸侯法之,則其德愈深而效愈遠矣。篤,厚也。篤恭,言不顯其敬也。篤恭而天下平,乃聖人至德淵微,自然之應,中庸之極功也。"
⑤ 見《詩·大雅·皇矣》。鄭玄註:"言**我歸有明德者,以其不大聲為嚴厲之色以威我也**。"羅按:政道如是,人道亦如是,人之相與相處也,亦如是,其道切近淺易而深遠明大也。孔穎達疏:"此《大雅·皇矣》之篇,美文王之詩。予,我也。懷,歸也。言天謂文王曰,我歸就爾之明德,所以歸之者,以文王不大作音聲以為嚴厲之色,故歸之。記者引之,證君子亦不作大音聲以為嚴厲之色,與文王同也。"

於以化民,末（末務）也。"（何以化之？ 至誠至德也,本也。）
《詩》曰："德輶（yóu,輕）如毛（毫毛）。"①（此言化民當以德,德之易舉而用,其輕如毛耳。② 其有至德,而聲色輕淡如此,似不顯者。況）毛猶有倫（猶比、類也）,（若夫）上天之載（運行,如四時之運行;或讀如栽,生物,天地化生萬物。此以至德比天日）,無聲無臭,（而其德神妙化生,無可倫比,）至矣（無可倫比也）!③

夏曆庚子年丙戌月戊戌日（西曆 2020 年 10 月 22 日）寫畢,後多次修訂之

---

① 見《詩·大雅·烝民》。鄭玄註："言化民當以德,**德之易舉而用,其輕如毛耳。**"孔穎達疏："此一節是夫子之言。子思既說君子之德不大聲以色,引夫子舊語聲色之事以接之,**言化民之法當以德為本,不用聲色以化民也。**若用聲色化民,是其末事,故云'化民末也'。'《詩》曰:德輶如毛'者,此《大雅·烝民》之篇,美宣王之詩。輶,輕也。**言用德化民,舉行甚易,其輕如毛也。**'毛猶有倫',倫,比也。既引《詩》文'德輶如毛',又言德之至極本自無體,何直如毛? 毛雖細物,猶有形體可比並,故云'毛猶有倫'也。"

② 鄭玄註語。

③ 鄭玄註："載讀曰'栽',謂生物也。言毛雖輕,尚有所比;有所比,則有重。上天之造生萬物,人無聞其聲音,亦無知其臭氣者。化民之德,清明如神,淵淵浩浩然後善。"羅按:化民之德,非邀功邀名也,神化之,而人不必酬功感激也。如孟子曰:"王者之民,皞皞如。"若夫"霸者之民,驩虞如也。"未若王者之神化自然安居也。參見:《孟子·盡心上》。孔穎達疏："載,生也,言天之生物無音聲無臭氣,寂然無象而物自生。**言聖人用德化民,亦無音聲,亦無臭氣而人自化。是聖人之德至極,與天地同。**此二句是《大雅·文王》之詩,美文王之德。不言'《詩》云'者,孔子略而不言,直取《詩》之文爾。此亦斷章取義。注'載讀'至'後善'。正義曰:案文以'載'為事,此讀為'栽'者,言其生物,故讀'載'為'栽'也。云'毛雖輕,尚有所比,有所比,則有重',言毛雖輕物,尚有形體,以他物來比,有可比之形,則是有重。毛在虛中猶得隊下,是有重也。云'化民之德,清明如神,淵淵浩浩',則上文'淵淵其淵,浩浩其天'是也。"

參考書目

（一）《大學廣辭》主要參考書目：

《禮記鄭註彙校》，王鍔彙校，中華書局 2020 年 11 月

鄭玄註，孔穎達疏，《禮記註疏》，參見：《十三經註疏·禮記註疏》（聚珍仿宋版），中華書局，2020 年 10 月

朱熹，《四書章句集註》（簡體橫排本），中華書局，2011 年 1 月（繁體豎排本，1983 年 10 月）

衛湜，《禮記集說》，通志堂經解本

胡廣等，《四書大全》，參見：《四書大全校註》，武漢大學出版社，2015 年 11 月

王夫之，《讀四書大全說》，中華書局，1975 年 9 月

唐文治，《大學大義·中庸大義》，上海人民出版社，2018 年 6 月

程顥、程頤，《二程集》，中華書局，1981 年 7 月

朱熹,《朱子全書》,上海古籍出版社,2002 年 1 月

朱熹,《朱子語類》,中華書局,2020 年 4 月

王陽明,《王陽明全集》,上海古籍出版社,2011 年 9 月

朱熹、呂祖謙,《朱子近思錄》,上海古籍出版社,2000 年 12 月

真德秀,《四書集編》,福建人民出版社,2021 年 5 月

王陽明,《傳習錄註疏》,鄧艾民註,上海古籍出版社,2012 年 12 月

王夫之,《船山思問錄》,上海古籍出版社,2000 年 12 月

郭嵩燾,《大學章句質疑·中庸章句質疑》,朝華出版社,2018 年 8 月

程樹德,《論語集釋》,中華書局,2017 年 6 月

《十三經注疏》,藝文印書館,2013 年 3 月

《尚書正義》,上海古籍出版社,2007 年 12 月第一版(又:《阮刻尚書註疏》,(清)阮元校刻,浙江大學出版社,2015 年 1 月)

《周禮註疏》,上海古籍出版社,2010 年 10 月第一版

《毛詩註疏》,上海古籍出版社,2013 年 2 月

《周易註疏》,參見:《十三經註疏·禮記註疏》(聚珍仿宋版),中華書局,2020 年 10 月(又:《宋本周易註疏》,中華書

局,2018 年 10 月)

　　王先謙,《詩三家義集疏》,中華書局,1987 年 2 月

　　《曾子輯校》,中華書局,2017 年 12 月

　　《黃帝四經今註今譯——馬王堆漢墓出土帛書》,陳鼓應註譯,商務印書館,2007 年 6 月第一版

　　喻燕姣、王立翔主編,湖南省博物館、上海書畫出版社編,《馬王堆漢墓帛書書法・漢隸》(一),上海世紀出版集團,2021 年 1 月

　　(漢)許慎、(清)段玉裁,《說文解字註》,許惟賢整理,鳳凰出版社,2015 年 7 月

　　王引之,《經義述聞》,魏鵬飛點校,中華書局,2021 年 1 月

　　羅雲鋒,《孟子解讀》(猶《孟子廣辭》),上海三聯書店,2020 年 8 月

　　羅雲鋒,《孟子廣義》,上海三聯書店,2021 年 1 月

　　羅雲鋒,《論語廣辭》,上海三聯書店,2022 年 7 月

(二)《中庸廣辭》主要參考書目:

　　《禮記鄭註彙校》,王鍔彙校,中華書局 2020 年 11 月

　　鄭玄註,孔穎達疏,《禮記註疏》,參見:《十三經註疏・禮

記註疏》（聚珍仿宋版），中華書局，2020 年 10 月

朱熹，《四書章句集註》（簡體橫排本），中華書局，2011
年 1 月（繁體豎排本，1983 年 10 月）

衛湜，《禮記集說》，通志堂經解本

胡廣等，《四書大全》，參見：《四書大全校註》，武漢大學
出版社，2015 年 11 月

王夫之，《讀四書大全說》，中華書局，1975 年 9 月

康有為，《中庸註》，參見：康有為，《孟子微・禮運註・中
庸註》，中華書局，1987 年 9 月第一版

唐文治，《大學大義・中庸大義》，上海人民出版社，2018
年 6 月

陳柱，《中庸通義・中庸註參》，華東師範大學出版社，
2011 年 6 月

朱熹、呂祖謙，《朱子近思錄》，上海古籍出版社，2000 年
12 月

真德秀，《四書集編》，福建人民出版社，2021 年 5 月

王陽明，《傳習錄註疏》，鄧艾民註，上海古籍出版社，
2012 年 12 月

王夫之，《船山思問錄》，上海古籍出版社，2000 年 12 月

郭嵩燾，《大學章句質疑・中庸章句質疑》，朝華出版社，
2018 年 8 月

《尚書正義》，上海古籍出版社，2007年12月第一版（又：《阮刻尚書註疏》，（清）阮元校刻，浙江大學出版社，2015年1月）

《周禮註疏》，上海古籍出版社，2010年10月第一版

《毛詩註疏》，上海古籍出版社，2013年2月

《周易註疏》，參見：《十三經註疏·禮記註疏》（聚珍仿宋版），中華書局，2020年10月（又：《宋本周易註疏》，中華書局，2018年10月）

《曾子輯校》，中華書局，2017年12月

王先謙，《荀子集解》，中華書局，2012年3月

吳毓江，《墨子校註》，中華書局，1993年10月

譚戒甫，《墨辯發微》，中華書局，1964年6月

蘇輿，《春秋繁露義證》，中華書局，1992年12月

荊門市博物館編，《郭店楚墓竹簡·性自命出》，文物出版社，2002年12月

荊門市博物館編，《郭店楚墓竹簡·尊德義》，文物出版社，2002年12月

馬承源主編，《上海博物館藏戰國楚竹書（一）》（包括《孔子詩論》《緇衣》《性情論》等），上海古籍出版社，2001年11月

侯乃峰，《上博楚簡儒學文獻校理》，上海古籍出版社，2018年6月

喻燕姣、王立翔主編,湖南省博物館、上海書畫出版社編,《馬王堆漢墓帛書書法・漢隸》(一),上海世紀出版集團,2021 年 1 月

陳鼓應註譯,《黃帝四經今註今譯——馬王堆漢墓出土帛書》,商務印書館,2007 年 6 月第一版

(漢)許慎、(清)段玉裁,《說文解字註》,許惟賢整理,鳳凰出版社,2015 年 7 月

(清)王引之撰,《經義述聞》,魏鵬飛點校,中華書局,2021 年 1 月

羅雲鋒,《孟子解讀》(猶《孟子廣辭》),上海三聯書店,2020 年 8 月

羅雲鋒,《孟子廣義》,上海三聯書店,2021 年 1 月

羅雲鋒,《論語廣辭》,上海三聯書店,2022 年 7 月

後記

（一）

"經緯天地曰文。"①

若論古之所謂作文者，有**集道大成之文**，孔子是也；有**一家成道之文**，孟子、荀子、莊子、司馬遷等是也，而老子、墨子等預焉；有道教之文、文教之文、文化之文，曰**道文化及之文**，上述數人皆是也（老子、墨子雖有道，而其文章或稍有所不

---

① 《左傳・昭公二十八年》。又：鄭玄曰："敬事節用謂之欽，照臨四方謂之明，經緯天地謂之文，慮深通敏謂之思"。馬融解曰："威儀表備謂之欽，照臨四方謂之明，經緯天地謂之文，道德純備謂之思。"參見：（西漢）孔安國傳，（唐）孔穎達疏，《尚書正義》，上海古籍出版社，2007 年 12 月第一版，p. 36，p. 34。又：《史記・諡法》："經緯天地曰文，道德博聞曰文，勤學好問曰文，慈惠愛民曰文，愍民惠禮曰文，錫民爵位曰文。"

及)①。其道也,或一家成道,或集道大成;其文也,載道而有文,有文而可化;謂之道文化及。

(先秦兩漢)文人之最高境界或追求者,蓋不外乎上述三者矣(即集道大成、一家成道、道文化及斯三者),此即所謂立言,立其道言也(又曰立文,立道文),在通。求道參道悟道通道,而後立道立文,而化及。而其得立之與否,不在一時一世,不在乎權力聲勢之干求汲引強令,而在乎其求道參道悟道之深淺廣狹,在乎其道之中與通否,在乎其文之美約懿粹。故曰:孜孜求道,囂囂樂道,逍遙於道之自成與自在流衍化及,而不汲汲於求聞虛名也。

有道論之文,有策論之文(乃至縱橫之文),戰國兩漢唐宋學者多此。此外又有縱橫議論之文、應酬之文、八股之文、論文之文、寫人生之文(說部、戲文等,或今之所謂狹義文學)、抒情之文(如詩詞曲賦等)等,多如牛毛,非吾此所謂文或道文也,故不論。然或亦有可成其一家之言者。②

今世所謂學界學者,多以所謂論文相尚,亦曰現世重理

---

① 《呂氏春秋》亦可謂道教集成之文;《大學》《中庸》可謂道教之文,所謂道文化及者也。然以上皆就其道文醇粹者而言,又僅以今之傳世者而言,其未之傳者,蓋亦不少。又:此之所謂道教,道言文教也,非今之所謂"道教"即東漢以來之宗教性質之道教也。

② 以上文字寫於癸卯年正月初五中午。

風氣下之勢有所可然或應然者①,若有真知灼見、高論正理,更無可厚非②,而其所謂論文,内容大要有三類:**論事**、**論理**、**論道**。③ 論事者,考論事實、史事或史實也,乃曰論**事實之真,簡稱事真,**歷史學論文多此類,各科學術史或學科史中亦多此類。 論理者,如論物理、事理、意理、智理、名理、義理④乃至道理等皆是,乃曰論**理义之真,簡稱理真,**故廣義物理學論文或自然科學論文、社會科學論文乃至許多人文學科論文尤其是哲學論文皆可謂是。⑤ 論道者,討論元道、人道、道義、義禮乃至天地人三才之道者也,乃曰論**道義之真,簡稱道真。** 三者固未必截然分開、涇渭分明,或有一論文而相互兼顧雜糅者,此言其大略耳。

　　事真、理真、道真,三者有所不同,不可一概而論也。

---

① 有所可然或應然,而非唯其應然必然,換言之,是可有應有,而非唯有、祇有。

② 而避免"祇有述論而無創作"或"以述論或所謂論文而文飾掩蓋其創作乏志乏氣乏才乏力乃至不敢創作之實"等弊病。質言之,於今世,中國學人、學者乃至中國人當恢復其自我振拔創作之心志、勇氣、自信、實力與風力也,如先秦兩漢之中國學人與中國人之自我振拔慷慨、道義自任、元氣淋漓、意氣風發、風力遠大然。

③ 此文稍區分道與理,道偏重於道義、人道、元道、人文價值等義,理偏重於理則、客觀規律、必然公理等義。然"天道"之含義稍有不同,可參閱拙文《論"道":正名與分析》,參見拙著《論語廣辭》,茲不贅述。

④ 筆者又區分义與義,义者,如今之所謂"意义"(meaning);義者,如古之所謂義禮。稍區分用之。

⑤ 今世有哲學系,乃研究所謂超物理學(形而上學、宇宙論等)、智理(認識論、知識論、智能哲學或心靈哲學乃至數理邏輯、人工智能學等)、名理(語言哲學、語義學等)、义理(邏輯學、語言哲學、語義學等)、意理(心靈哲學、心理學、人工智能學等)等。

事之真者多矣（所謂事物界），或曰不必一切"事之真者"
皆考論，乃至多不必考論、無需考論。然則論者何故而考論
之？此可深思之。

理之真者亦可謂浩瀚無涯際（所謂理界或名理界、義理
界等），然理義不同於事實、物實，不可徑以"理真"當"事真"，
或以"理真"專制、扭曲"事真"即事實、物實等。然則何為理？
何謂理真？求理（理真或真理）何為？理與人、事、物之關係
何在？又可深思之。

道真何謂（所謂道界或道真界）？道有真否？抑或道衹
是理？抑或道衹是人？若有"道之真"，則"道真"與"理真"、
"事真"之區別何在？人不知道，其可乎？此等又可深思之。

中國古今皆有論道、論理、論事之文。於古代，道文勝，
其道雖曰古道，與今道或有所異同，然其道通達一貫，切近而
廣大，其文簡約彰美而善譬喻比興類推，人能藉以沉吟參悟
陶冶實行也；而理或不及今，蓋除事理外，如物理、意理、智
理、名理、義理等，雖古亦有之，每非主流學士所用心致力窮
究者，亦非其所斤斤在意標榜顯示者，故古不及今。於今世，
理勝，道文則有所不及，或則有理、論而無道、文，或則多論
理、少論道乃至多理障而不及道（泥理狹隘與大道通達），或
則道理論說繁瑣細碎、似若精微而致遠則泥、扞格不通等，蓋
道當通達廣遠，非徒一理二理、一端數端、一曲一隅之理論證

明也，而文為中文，不通中文，亦難用之為道文也。

質言之，**古代乃是道勝於理，而有文章，故曰道文勝；今世乃是理勝於道，而其文章不及，故曰理勝**[①]。道固當參於理，尤當貫通、切近可行（切近於人事與平常日用也），又當有文，然後乃可道文化及於國民百姓，其功大矣。理固當窮究而極深研幾，有自身之獨立價值，不待言也；又將能資以參道，蓋不知諸理（物理、意理、智理、名理、義理乃至事理等），則亦難參道，然則求理之事業之功亦大矣。故於今世，中國論理（物理、意理、智理、名理、義理乃至事理等）之事業自當繼續發憤圖強、繼長增高；然不可徒論理而不論道，乃至有理文而無道文化及，道、理失衡，則亦不可。

換言之，**祇講道而不講理，固不可行；祇講理而不講道，亦不可行。**質言之，**有道無理，或有理無道，是道、理失衡偏頗，故皆不可行。**

今世雖多論文，亦非全無道文或論道之文，然往往而非道文之體例風格，或不能吸收古代道文之優長，則亦不能盡量發揮道文化及之功能，是今世有志於道文之作者乃至道文化及者之失職也。今之所謂論文終究不同於道文，故亦不可以論道之文代道文。今世，雖與論事、論理之文乃至今之所謂狹義"文學"之文相比，學者論道之文（及著作）相對而言固難言多之，然就其自身數量而言，仍屬巨量。然此巨量論著，

---

① 理勝之偏過，則為理障。

除小範圍之學者、研究者而參考閱讀之外，論其可以為道文化及之文以供國民普遍閱讀參悟者，其中有幾何？或換言之：若有兩類所謂"文"，一者為充斥以晦澀術語、外來詞語與繁瑣論證之高頭講章之時人論文，一者為古代文從字順之經典道文，則國民平人（普通國民或絕大多數讀者）將何擇焉？何者尤多心得體悟實益？倘若祇有論文而無道文，豈不謂論道之論文中之道理思論成果，竟無以真正惠及國民讀者？

事實上，於今世，總體和大體而言，普通國民讀者尤願購閱傳統文化經典著作，而非購閱當代學者之所謂論道之專業或專題論文、著述，由此亦可見道文或道文體例風格之價值。然則今世新道文何在？此則吾之廣辭體之所以權宜而暫用也。

《大學》《中庸》亦屬道文，有道有文，而可道文化及。雖曰古道，而亦多古今相通者，讀之甚可資啟發參悟。然畢竟是古人於二千餘年前撰成，當時或簡約曉暢，今人讀之，卻或覺有一時難以索解者。故吾今乃廣辭之，以使其道論、義理顯明貫通，有道有理有論，又用古文，力求合乎道文之體例風格，仍歸於道文也。[1] 然吾之所撰廣辭也，大體是述，而稍有作者，如人伻之論等。述則述其原本之道理，不甚置可否[2]，

---

[1] 其細論，則納之於腳註，不妨礙正文之道文體式風格。故曰：正文為道文，腳註或有理論或所謂論文，而論道與論理、道文與論文相得益彰也。
[2] 雖則於注釋中或偶有評述。

而由讀者自行領悟評騭;作則亦非懸空立論,而力求從儒學義理中自然生發,然其可否,亦在乎讀者之自證各悟而已。

(二)

關於《大學廣辭》《中庸廣辭》及其註解或疏通,亦有可說明者。

本廣辭對"知止、定、靜、安、慮、得"這幾個名字的解釋都比較確切暢達,避免了以往一些學者可能存在的某種程度的懸空立論,或可為定讞。但是對於"正心、誠意、格物、致知"這幾個名辭的解釋,卻仍然主要是用一種"多重涵義分析法"來進行解釋疏通,未必完全符合原作者的原意。[①] 當然,這種解讀法雖然不是特別確切,未必那麼貫通,但也有其優點,就是提示了身心修養或心性修養、道德踐履等的多重進路、多重法門,所以也是有價值的。

其實,除了在《大學廣辭》《中庸廣辭》中所提出的一些疏解,筆者還想到其他一些或可幫助理解的思路[②],今亦稍臚

---

① 關於正心誠意致知格物,筆者在廣辭中的解讀還是做了很多發揮,未必完全符合《大學》原作者的原意,這點是需要予以承認和說明的。

② 比如:致知其實就是致知止於至善之道;格物其實就是實踐實行,從實踐中學習踐履,然後獲得至善之道和行。孔穎達說:大學之道在於止處於至善之行,也強調這個"踐行"或"踐履"。又:格物就是格天地萬物,或者說是節物、感物、扣物。格物就是窮究研究天地萬物,得其正反好惡本末休咎,以得其道、理、則等。若言扣物,則曰:扣物多端各有聲,扣鳴相應,力聲相應等。又:如果以學習來打比方,那麼,正心就是用心盡心,就是用心學習、記憶、識記;誠意就是用天道正道人道義禮來判斷思考,來主導意念,來充實內在 (轉下頁)

列之，以資參考。

比如：

知止定靜安慮得，其實就是定分止爭；其至善之道就是
禮，亦即《曲禮》裡面所說的班朝治軍、涖官行法等之分際法
度。[1] 這是從治平道術的角度而言的，另外一種思路則是從
心性修養的角度來解讀。

又比如：

……所謂"知止定靜安慮得"，這就好像現在的學生到教
室或課堂裡去上課，那麼你(學生)當然要知止了，也就是每個
學生都要知道你所應當止處的位置，先要找到其所應止居的
位置或地方，也就是找到你的課桌或座位(知道你是來學習的，不
是來隨便玩的)(當然，知止，也可以說是知求道問道，有求道之心志；彼以求道之
心志來，就是知止，而我則受以教之)。知道自己是學生弟子，要找自
己作為學生的這個課桌或座位，而不是老師的位置或講臺，

(接上頁)心思意念。簡單來說，正心就是用心學習，誠意就是實在記住，反復
充實而不忘。致知就是獲得至善之道，包括倫道倫理、天道義理等。格物就
是拿著竹簡木版作業簿來學習，來認字，來增長識字量。這種解釋當然很狹
隘，不足為訓。又：致知，即通過學習獲得知識道理，但這時對知識道理還祗
是記住了，祗是背誦，未必能夠真正理解，倘要真正理解，還要去格物，也就是
說要去觀察、瞭解、發現事物的效驗或徵象，然後才能夠真正鞏固你前面所學
習的那些知識和道理。總體而言，對於格物致知的解釋，還是頗為繁復牽纏，
不甚令我滿意。

[1] 《禮記·曲禮》：君臣上下、父子兄弟，非禮不定。宦學事師，非禮不親。班朝
治軍，涖官行法，非禮威嚴不行。禱祠祭祀，供給鬼神，非禮不誠不莊。是以
君子恭敬撙節退讓以明禮。乃至《周禮》裡面的設官分職之事。

然後你就會過去到你的位置或座位，也就是定位、定居下來，定居於學生位（，猶如古人所說的定居於父子、君臣、夫婦、兄弟姐妹、長幼、師弟之位）——古人說的居，就是跪坐下來嘛，所以簡單地說，定就是定位，就是正位，定的古文就是宀下面一個正字，也就是正位於某處。學生定位之後呢，可能還想東走走西看看，想跟其他同學吵吵嚷嚷、打打鬧鬧、東張西望、左顧右盼、喧嘩一番，乃至想換換位置，或趁老師沒來時想看看老師的講臺和座位，在上面裝模作樣優孟衣冠地胡鬧一番，這就是不靜於位、不安於位，妄動不靜，即人雖然知道正定的位置，也在那裡了，但身心手腳卻還不停息，那就沒有靜下來，所以還要收斂身心靜下來，靜下來之後身心手腳就不會妄動。不會妄動了，然後你就真正安靜下來了，安於那個課桌，那個位置或座位，那個情境身份，那個座位上學生或弟子讀書學習的身心狀態。然後你就可以慮了，所謂慮就是思（思不出其位），就是學，就是習，就是正式讀書學習了。思慮思考學習，大學之，然後才能夠獲得大道理，或大學之道理，或學習得到其大道。這就是知止定靜安慮得的意思。

當然，以上是將它比作學習的過程，甚至是一個學習的課堂紀律，以此來幫助理解它的意思。換言之，這裡祇是打比方幫助理解，並不是說先秦古人在大學大教其道術時，還要像今天小學裡先強調一下課堂紀律。並非如此。並且它的意思顯然也不止於此，主旨也不在於此，而是更為深廣，所以我們不能拘泥於此。其真實含義,我在廣辭中有詳細解讀。我這裡用這種比類或比喻的方式來解說,祇是為了加強理解,顯得相對更為具體、形象化。但是最終還是要得魚忘筌呀。

　　……又:今人往往喜歡說"找准你的位置,找准你的定位,定好自己的位置",跟這裡的"定"也可相通,而定位之後你就要靜下來,不要東想西想、左顧右盼,不要天天想著跳槽換專業換工作,如此就可以靜身心位職,就不會妄動;不會妄動,然後你就會安於那個狀態,那個職事,決心安心專心做事;既然找准位置了,也靜下來了,準備安於那個位置,並認真專心安心做事了,那麼然後你就會去專心盡心思考職事等,而終將有得而成功。①

　　以及由此而來的關於解讀先秦經典或道文的一些心得:

　　關於先秦兩漢古人之典籍文字及其解讀,有幾點可以注意:第一,古人好用物象比類、象喻象意思維和形象化表述,自有其內部貫通之象喻邏輯,第二,古人用字非常矜慎準確,決不是含糊混淆,第三,古人於道學、道文或天道義理文章之著述,態度嚴肅端正,非常注重平實自然、平易切近易懂,不會故弄玄虛,不像魏晉玄學講得那麼虛玄抽象。就其第一個特點來說,我們在解讀古人典籍著述的時候,一定要把它講通,把它的物象比類邏輯講清楚。我們講得很通的,也許仍

---

① 以上文字寫於西曆 2023 年 1 月 17 日下午。

然未必完全符合古人的原意，但是如果沒有講通，那就肯定不符合古人的原意，因為古人在著述的時候，一定是有一個邏輯在那裡的。關於第二點，如果你說：止者定也安也靜也；定者靜也，定者安也；靜者安也，靜者定也，靜者審也；然後安者靜也，安者定也；然後慮者審也，思也；靜者審也……這樣含糊地解釋或互注一氣，就講得很含糊混淆，各個字的含義不能明白區分開來，那麼顯然古人不可能是這樣去思考和著述的，肯定是有問題的。所以你一定要把這幾個字的意思明明白白分清楚，如果沒有分清楚，那麼意味著你這個講法就不通。就第三個特點來說，如果解讀時發揮得過於玄虛抽象，那麼也不會符合古人的原意。當然我們知道，比類象喻思維及其文字著述，它解讀的空間是非常大的，但是你也一定要有一個講得通的意象邏輯作為它的一個基礎，不然的話你就是懸空發揮，那就是你個人的思想，不是古人的原意，這點必須要區分清楚。①

又比如：

古代講齊家，家或為卿大夫之家，或為宗族之家，或為大家族，而有所謂宗法或宗法制；今世較少大家族，宗族意識亦不似古代那麼強烈，似乎無所依託。然今之所謂職所或職場亦或可代為家，而齊家之道術如"忠恕譬推而免辟邪"，亦可在自由平等之伴禮或平等主義價值觀的前提或基礎上得而

---

① 以上文字寫於西曆 2023 年 1 月 17 日下午。

或用之。實則古代固然家國一體，今世若基於自由平等之伓禮，而以此看待所謂齊家與齊職所，則職國伓敬一體，或家、職、社會、國有其可伓敬一體者，而一國不會一盤散沙，而可謂有組織法度和良善情意共處也。

又比如：

或曰：中庸的作者大概解中為心，中庸就是用心的意思，非常簡單明瞭顯豁——鄭玄和孔穎達似乎也傾向於這種解釋，亦和孟子所言的"盡心""求放心"等恰相吻合。不過，如果解中為心，解中庸為用心，固然可通，亦未嘗不可，然若拘泥於此，則亦未免太過於簡單了。所以仍可或仍應將"中"解為第四聲的"中"而包含多重涵義，以及用中之常道。過猶不及，中不中，常道不常道，其判斷的標準就是中不中通於天道或天地人三才之道。此外，解"中"為第四聲的"中"而包含多重涵義，便可以將"中"和"三元天"尤其是和天道結合起來，而特別強調中國的天道義理文化的來源、實質、求道的方法、中道的正當性論證之方法論等，所以我在《中庸廣辭》中做了一個新的解讀的嘗試，或也是一種非常有價值的創新性的解讀。

或曰：中庸就是用心得中（四聲，多重含義），得中則得常也，得常，即得常道。亦可通。

或曰：中，就是節，比如陰陽剛柔仁義，取其中；節曰節度，也就是孔子所說的"從心所欲不逾矩"，矩也是節度。中庸、用中，就是得其節度，又猶言"節性"然。

（三）

值得提及的是，廣辭中有許多重要道理之名字或所謂範疇、概念等，筆者都注重對其進行正名，使其涵義明晰確切，即使有些名字或有多重涵義，或以"多重涵義分析法"來闡釋，也都一一確定和列舉，從而便於名理清晰之理解與闡釋——而並非是毫無义界、可以隨便亂用的含混籠統的詞語或概念。**正名**，這既是中國古代道學或道理學研究著述的重要方法（論），也是今世研究、整理、重建或建構中國道學史、中國道理學史或中國哲學史[①]，乃至創造建構中國新道學、中國新道理學等的重要方法（論），所以筆者對此再三致意焉。筆者已完成的《中國文語哲學札記》[②]一書對這些論題有詳細探討，而筆者正在撰寫的《中國古代天道義理正名》一

---

① 筆者頗不以所謂"思想史"的說法或詞語為然，此一詞語，蓋對英語 history of thoughts 生搬硬套而硬譯而來，既不合於漢語字法與文法（所謂"思想"，思何意？想何意？其意重複否？又思又想？誰思誰想？任何人之思與想皆錄之？祇要是人腦中所思所想者便皆可納入所謂"思想史"？甚為不通），又不合於中國文明史、中國智識史或中國道理學史的歷史事實。因為，關於中國智慧文明史，與其說是中國思想史，不如說是中國道學史或中國道理史、中國道理學史，才相對更為確切。然而"思想"竟成為所謂現代漢語學術界一個所當然的詞語，一者可見現代以來之中國學術乃至中國學者被外國影響或籠罩太深，往往以西套中律中，以中就西，牽強附會，有失去自己的主體性和創造性之虞，二者可見現代中國學者對於漢語或中文的自覺意識之缺乏，和對於漢字、漢文、漢語之本色之理解與熏陶之淺薄。

② 凡四十餘萬字，暫未出版。

書則是以正名法來重釋或重構中國古代道學或中國道理學史的具體實踐，而《論"道"：正名與分析》一文則可視為其中的一篇，或一個具體嘗試[①]——這也提示著：在筆者的廣辭裡，諸如天、道、天道等道理名字，都通過正名賦予其相對確切的涵義，並在全書中貫通使用，而盡量避免名義或涵義的游移不定，和隨意籠統的闡釋[②]。我想，這對於整理和建構中國古代哲學史、道理學史等，也是非常關鍵的。也正是基於類似的考慮，本書往往不厭其煩地列舉《說文解字》《康熙字典》《說文解字註》等對某些字的詳細註解，以期给读者一个直观的印象，或正名的示範，讓讀者對於古代漢字漢語之奧妙或優美與理性特質、字義由來或造字理據、中國正字法或正名法等，有所了解和熏陶，可算是一种古代汉语文字学的通识教育，亦可謂是筆者煞費苦心之所指願也。

當然，"心嚮往之而實不能至"的情形也是常有的，比如，在本廣辭中，對於物、理的分類和各自分析，有的時候並不是特別明確，或偶有混淆的地方；對於义與義、義理與名理、意理與智理等的區分和各自正名，同樣或有不甚明確乃至混淆者，並未完全統一之；對於致知與格物、正心與誠意的確切含義與相互關係，對於兩端以及兩端與異端、多端萬端的關係，

---

① 參見拙著《論語廣辭》之附錄。

② 當然，與此同時，鑒於漢字的象意等特點，以及包括道文在內的古代漢語文學的譬喻比興推類等特點，在閱讀古代道文時，仍可多方涵詠品味想象參悟，而獲得更豐厚之體悟參證。

隱惡而揚善之間的關係等，都可以作進一步之思考解說。筆者更希望能通過拙著《中國古代天道義理正名》一書對中國古代天道義理諸名字進行一個徹底的整理和解決，以為中國道學史、中國道理學史、中國哲學史乃至中國新道學或新道理學之建構，奠定一個堅實的基礎——亦包括方法論的堅實基礎。當然，不可將其僅僅視為一種訓詁學、語言文字學或所謂語文學（philology）的基礎，然茲事體大，三言兩語難以盡明，筆者於拙著《中國文語哲學札記》中對相關論題有更為廣泛深入的探討，感興趣的讀者自可關注之。

此外，廣辭中有些章節的後面附錄有按語，這些都並非確切的解讀結論，而是一些並不成熟完善的解讀思路，聊供參考而已——這在凡例中也已經提及了。又：在《中庸廣辭》中，對於"何以致中和，何以知其中"等論題，筆者的廣辭文字，仍然有點牽纏或混淆不清，希望以後有機會可以思考和撰述得更為簡約明白。又：本廣辭中，有的地方講的較為精細繁瑣，稍失經體文體的體例或特點，比如對"智者過之，愚者不及；賢者過之，不肖者不及"這一節的解讀便稍有疊床架屋之嫌，這是為了讓讀者真正理解其義理而在一定程度上犧牲文字上的簡約；又比如，在文內簡註和腳註方面，許多注釋也十分繁複，如對"性""命""中""知""格""物"等即是如此，這是因為這些名字或"概念"本來頗為抽象，如果不作詳細分析解讀，難以真正領悟其深廣涵义，則亦不能達成其"道文化及"之功能，對此，古人是以註疏的方式或師儒講解的方式來應對，前者即是註疏體，後者卻額外增加了一個環節，而讀者無法直接從文本中自行獲得道理體悟，亦會影響其道文化及的初衷和功效（也可能導致所謂的"知識的精英壟斷"的問題，不合於現代社會的知識的全民公開和共享的理念），所以筆者一方面採取廣辭體，盡量使其文本義理自明，另一方面仍然借鑒古代註疏體的傳統，通過註疏來講明其道理或邏輯等，亦曰有所不得不然爾。事實上，同正名法一樣，註疏體同樣是中國古代道理學建構的重要方法（論）之一。

另外，關於《大學》《中庸》與《黃帝書》之間的相互影響關係或道理關聯，限於篇幅等原因，也沒有詳細展開論述，事實上，據筆者對《大學》《中庸》與《黃帝四書》的粗略對勘，發現甚多相互發明之處，讀《黃帝四書》而解《大學》《中庸》，則其疑難處，往往頗可渙然冰釋，然則《黃帝書》之所述，似可包舉《大學》與《中庸》，故或可以《黃帝書》統《大學》《中庸》也。筆者甚至大膽假設：《大學》《中庸》蓋自《黃帝書》（以及《尚書》等）而來①。然此乃一時臆測，而仍需有嚴謹考證而後或可。並且，於常識而論，上述假設也是不盡然的，因為在春秋戰國之前，蓋本來"學出王官""道通為一"未分，祇是其後道術為

---

① 此外，《黃帝書》與《尚書》亦甚多互相發明處，蓋《黃帝書》或為《尚書》之"尚書"，而《尚書》反乃是《黃帝書》之後出者，或《黃帝書》嘗為《尚書》之更早一部分而後佚失之。

天下裂,而分化衍生出諸子百家、各家各派而已,然雖是諸子百家,而仍然有同出一源者,所以有所相通也是理所當然的。

（四）

　　眾所周知,《大學》與《中庸》是兩篇極為重要的古代道論經典文獻,涵蘊豐富,在中國古代道學史、哲學史中具有極為重要的價值和地位。然而,我們今天該如何看待這兩篇文獻呢?且請嘗試略論之。

　　依筆者之淺見,揆諸中國古代道學史或道論史,與乎中國古代史或古代政治（制度）史,中國古代之道學（亦即道論學,以及相應之制度和政治實踐）可約略分為四個階段:第一為"前三代時期"之**"前三代道學"**①,第二為"三代時期"之**"三代道學"**②,第三為戰國以迄秦漢一統後直到清季之**"秦制道學"**③,

---

① 即《禮運》所謂"大同世":"大道之行也,天下為公,選賢與能,講信修睦。故人不獨親其親,不獨子其子,使老有所終,壯有所用,幼有所長,矜寡孤獨廢疾者皆有所養,男有分,女有歸。貨惡其棄於地也,不必藏於己;力惡其不出於身也,不必為己。是故謀閉而不興,盜竊亂賊而不作,故外戶而不閉。是謂大同。"

② 即《禮運》所謂"小康世":"今大道既隱,天下為家,各親其親,各子其子,貨力為己,大人世及以為禮,城郭溝池以為固,禮義以為紀,以正君臣,以篤父子,以睦兄弟,以和夫婦,以設制度,以立田里,以賢勇知,以功為己。故謀用是作,而兵由此起。禹、湯、文、武、成王、周公由此其選也。此六君子者,未有不謹於禮者也。以著其義,以考其信,著有過,刑仁講讓,示民有常,如有不由此者,在執者去,眾以為殃。是謂小康。"

③ 其道學義理之典型可以秦制後之"三綱五常"概括之。

第四為辛亥革命以來之**現當代新道學**。①　毋庸置疑,《大
學》、《中庸》乃是對於"三代"以來之政治實踐與道學理論的
總結,這是對於《大學》《中庸》的道學性質的根本定位。雖
然,其道論中仍保持著與"前三代道學"的某種潛隱血脈關
聯,並因此可與"前三代道學"建立某種道義關聯,或進行偏
向於"前三代道學"的道義闡釋。筆者之所以能在《中庸廣
辭》中對"天命之謂性"解讀出其普遍主義性命論之義理一維
(當然,同時亦可作、亦有乃至亦是開明德能等級主義性命
論),解"中"為"中通天道等",解"中庸"或"用中"為立道、論
道方法(故而或可謂**"中者無定體"**乃至方法論意義上的**"道
無定體"**,從而蘊涵或擴展了道義闡釋的更開闊空間),同時
又從"用中致和"或"用致中和""天命性恋"等中生發出"人
怦"論等,恰恰是因為這個緣故。而**"前三代"之"天下為公"
之道論**,即使以現代新道論衡量之,亦有其相當之正當性,也
更容易與現代以來之新道論,建立內在之道理或道義關聯。
這就是我們今天閱讀《大學》《中庸》的意義之一之所在。就
此而言,《大學廣辭》中的"明明德""新民或親民""止於至善"
以及"格物致知正心誠意"(乃至基於前三代道學解讀基礎上
的"修身齊家治國平天下")等,《中庸廣辭》中的"天命之謂普
遍命性""用致中和""慎獨""恋心同仁而普遍怦敬"等,仍有

---

① 所謂"現當代",祇是一個權宜的說法,其實都是現代,故下文徑用"現代"一詞
涵蓋之。

超越貫通古今的道義價值或心性修養論價值。

　　當然，與此同時，毋庸諱言，對於《大學》和《中庸》本身所蘊含的"三代道論"（或可謂為開明王道仁政及其道論），乃至秦漢以後所追加賦予的"秦制道論"因素，比如：成王敗寇、皇權專制、權力私有、人身依附、人格等級制或等級制性命論、三綱倫理道德等特點或弊病，以及在具體政治實踐和道德實踐層面的實際表現或流弊，都要有清醒的認識，而這也恰恰是辛亥革命推翻秦漢以來之專制皇權和帝制的偉大意義之所在。

　　質言之，《大學》與《中庸》中既蘊涵或可能蘊涵著"三代道論"尤其是"前三代道論"（通過筆者的廣辭而發掘其中之"前三代道論"之因素或可能義理）的一些有價值因素，乃至可與現代新道論相銜接貫通的優良因素，同時也蘊涵著"秦制道論"中的一些負面因素或不合於現代價值觀念的道義因素，後者當然要指斥摒棄之，前者卻可進行創造性轉化，以與現代新道論相貫通而資鑒融通之。同時，在此認識基礎上，如果採取歷史主義的態度，我們也承認：即使是所謂"秦制道論"中也仍然包涵有"三代道論""前三代道論"乃至可與現代新道論相銜接貫通的一些優良因素或普遍因素，不可簡單化地一筆抹撒①，而仍可揚棄之。**發掘和發揮其中所蘊涵貫通**

---

① 筆者當初在翻閱明代永樂年間纂成並頒布學官的《四書大全》時，稍有訝異，因為其中所收集的宋明諸儒之疏解，除開其中所謂封建性三綱倫理（轉下頁）

的"前三代道論"因素以及其他優良傳統，這也是筆者撰著
《大學廣辭》和《中庸廣辭》的初衷之一。

　　事實上，將"用中"理解為方法論，即以用中、求中、中通
天道的方法求大道、參悟大道、立大道、證大道、判道義等，並
不意味著完全無條件認可《大學》和《中庸》裡面的具體義理。
實際上，《大學》《中庸》本身主要是提出一些根本性或原則性
的道理前提，屬於道學或道理學；而對具體義禮則並未講得
那麼詳細，至於具體的禮儀、禮節的設計和規定，乃體現在
《禮記》的其他章節中，或《周禮》《儀禮》等經典中，屬於禮學。
今人在閱讀闡釋《大學》和《中庸》時，應首先將其作為一個道
學文本或道理學文本（乃至所謂哲學文本），而不是禮學文
本，所以反而不必牽合《禮記》《儀禮》《周禮》中的具體的禮儀
或禮節設定來理解，這也為今人的道理發揮或哲學發揮留下
了空間。同時，今人亦可以"用中"或"中通天道"的方法來求
得新的大道或現代道學，或基於新大道、新道學、新道理學等
來製禮作樂。質言之，所謂中庸之道、中道或大中之道，除了
常道的意義之外，本身也包括作為求道方法的大中之道、用
中之道等，即用中求道、參道、悟道、立道、證道、判道、製作

（接上頁）道德等不論，而仍頗蘊涵著某些普遍主義人文道義及其偉大精神信
仰與力量——即使歷史學家也指斥有明一代在政治制度和政治實踐層面的
皇權專制和政治黑暗等弊病。另外，即使是"秦制道論"中的某些所謂"封建
性"的因素，如忠孝精神、忠君報國等，如果放在天道、民本思想的框架下，在
面臨外敵入侵、民族危亡關頭，也具有或可能發揮其一定歷史主義意義的正
嚮積極作用。

（製禮作樂①）等。作為方法，這也可以用**"中無定體"**或**"道無定體"**（遑論"中者無定體"）來進行闡釋。

此外，筆者之所以為兩篇文獻作廣辭，也是為了**補足其某些道義論證乃至論述缺漏**，尤其是《大學》一文中的許多論述缺漏，比如流傳至今的《大學》文本中，對於格物、致知、齊家等，都並未如"誠意"那樣進行具體闡述，導致一些理解上的困難和踐履實行上的無所憑藉，所以一定要以廣辭補足之。

再者，既要發掘，亦要發展；既要發掘溫習固有或古有的道義物理，又要發展創新其新道理、新物理，或應該新創的道理與文化、文明等，以此更好地**回應現代理技工業文明的新形勢、新要求和新任務**。即在繼承固有優良傳統的基礎上，發展新文化、新道理和新文明。比如，傳統中華文化和文明主要是建基於農業文明基礎上的，雖然其道義論中或多有超越一切文明形態的成分，但道理論尤其是理（物理、智理、名理、意理、義理乃至事理等諸理）論亦當有所進展，那麼，如何在現代社會或工業文明時代，更好地促進科學技術發展與理論求索創新，就是一個特別重要的論題。質言之，**道論與理論有所不同**。對此，筆者在《大學廣辭》中，對格物、致知進行了一些擴展解讀，**試圖擴展"理論"以及相應的"道理論"，以**

---

① 值得提及的是，所謂製禮作樂，寫成制禮作樂也可以，前面是說製作，後面是說為禮義立制度，內涵是一樣的。

此為中華文明別開生面，打通一條新的康莊大道，從而以此溝通農業文明與理技工業文明、經驗理性與科學理性等①，使中華文明進入一個新的更高的發展階段。

作為生於斯、長於斯的中國人，我們仍然對中國古代聖賢和優秀傳統文化保持充分的敬意和溫情（同時對其可能的局限和問題亦有清醒的認識），但與此同時，我們也頗為慶幸生活於取消了宗經、宗聖的思想禁忌的現代社會（雖然我們對於先民先賢之聖心、仁心、公心、道心，仍然和仍應抱有充分之敬意和仰慕，又以歷史主義之眼光來看待其歷史功績或某些缺失，而並非簡單化地臧否乃至厚誣），免除了許多的思想顧慮或思論禁忌，可以更為客觀理性地審視、究論和評判之，從而使得我們或有機會做出超越前人先賢或歷代博雅通人學者的思論成果和成績。

顯然，古人出於宗經、徵聖和謙虛敬慎之心，往往祇是以註疏的方式去嘗試對經文進行註解疏通，而仍然謹守"疏不破註"的原則，遑論改經或增刪經文（或曰"註不破經"，又或"註不駁經，疏不駁註"等），故而即使流傳下來的經文或有缺

---

① 就此而言，要真正理解或闡述筆者在《大學廣辭》中所提及的對於"格物、致知"這兩條的論述，還需要懂得現代自然科學和社會科學及其方法論，現代邏輯學、知識論、認識論，所謂智理學、名理學、義理學等的常識，如此才能更好地發揮《大學廣辭》的作用。

漏，古人也很少敢於自行補充其缺漏的部分——除非找到實在的證據，比如從考古材料中發現記錄的較為原始的確切經文等，否則，歷代學者往往便仍然祇能在一個殘缺的文本上來進行註疏和解讀。這既是一種對待經典、道術和先賢先聖的敬畏謹慎之心行，值得尊重，但同時也可能束縛了學者的手腳，乃至導致一些理解、學習和教化上的問題或弊端。筆者處身於現代社會，基於還原存真、節省讀者暇晷、道文化及、道理創造維新等多重考量，乃覺應該把殘缺的部分補充完足，故而不憚谫陋而斗膽嘗試之。[①] 質言之，**本廣辭也，主要為還原存真，又或有疏通**（本乎還原存真，故而皆不予置評），**偶有小作**。然其廣辭或補辭之當否，仍不敢自謂必得，亦有待乎當世之或有博雅道論學者，有以指正之，則幸甚。

其實，放大歷史的視界，擴展而至於先秦兩漢之時代，則筆者之廣辭或補辭此種做法，亦屬平常，不必大驚小怪。先秦兩漢，一直是道論、道理創造的時代，而並非秦漢以後的以宗經乃至株守為主流的時代。三代及前三代之創作故事，今不可考，而**戰國兩漢學者於道理學術之創造、集成之心志、風力和功勞皆甚大，今可師法或恢復廓大之**。事實上，就中國道論史、思論史或中國學術史而言，中國學術或先秦學術乃是經由兩漢學者之中介整理而來，打上了兩漢學者的鮮明烙

---

① 就此而言，《大學廣辭》甚至可以看成是《大學補辭》。

印,有些著作根本就是兩漢學者的輯訂彙編乃至托古創作。兩漢時期出現了大批道力深厚、格局博大之博雅通儒學者以及相應之著述或編集,即是明證。何況,任何經典著作,起初都是由人創作出來的!中(四聲)即可,通即可,乃至勇於創作嘗試即可,初不必問其人何人也。

迄今為止,在既有的古典學術研究範式中,古今中國學者對於古典經學乃至先秦兩漢經典的整理、研究已經積累達到了一個高度,雖然新的考古材料仍然層出不窮,仍在繼續促進相應的研究,但與此同時,現在或亦是應該進行集成和創造的時候了,而相應的各方面的條件也慢慢具備了。筆者固然學殖薄弱,才疏學淺,然而之所以仍然勉為其難地撰著《四書廣辭》——以及正在著手修撰的《尚書廣辭》《詩經新辭》《周易廣辭》乃至《禮記選廣辭》等書——,一者是察觀乎時世情勢,深感時不我待而又一時責無旁貸,二者亦是想在古典道論學術研究方面,進行一些小小的嘗試和示範,而更希望通過此種示範,拋磚引玉,發揚風氣,引發和影響更多更有心志才華的學者來進行中國道理學術的集成、創作、開新的偉大事業,使吾中華文化與中華文明發揚重光,更生繼長,是吾願也。

(六)

略陳《大學廣辭》與《中庸廣辭》之寫作過程如下:夏曆

庚子年八月十七（西曆 2020 年 10 月 3 日）完成《大學廣辭》之初稿，後多次修訂之（至少修訂六次），2022 年 6 月 21 日修訂定稿；夏曆庚子年九月初六（西曆 2020 年 10 月 22 日）撰畢《中庸廣辭》之初稿，後多次修訂之（至少十餘次），2022 年 6 月 21 日修訂定稿。2022 年 6 月 21 日將《大學廣辭·中庸廣辭》書稿電子版提交給出版社，2023 年 1 月 11 日收到一校樣，17 日開始審讀，2023 年 1 月 30 日審讀完畢。

關於本書自序之寫作，當時乃在陽台審校一校樣，稍累而小憩，乃隨口道出"愛我中華，強我中華"一句，然後就順著思路吟詠下來，一氣呵成，理路清晰。然後覺得似乎正好可作為本書自序，乃用之。當時屋外天氣晴朗。

本書中所謂夏曆，非"行夏之時"之夏曆，乃用其名耳，而實指作為陰陽合曆的農曆而已。

本書之出版，分別得到華東政法大學科研處和傳播學院的部分資助，特此致謝。亦感謝本書責任編輯宋寅悅先生的辛勞編輯工作——當然，一切文責由筆者自負。

感謝我的父母！這些年來，你們一直以你們特有的方式，支持和關注著我的著述事業，而我則因全身心投入問學著述教學事業中，對你們疏於照顧和陪伴，心中時感愧疚，希望接下來有更多的時間來陪伴你們，到處走走看看。感謝平生愛我和我愛的親友師生，感謝你們的深情厚意與包容寬諒，亦為自己的無以相報繾綣而說一聲抱歉，乃曰或聊以此道理文書相示，或有利益焉，而不敢言望相報乎萬一，惟曰感念於心而已矣。

更感謝自己，發願以行，終有小成；而問學深思經年，在中國古典道學、中國古代哲學方面的思考都逐漸明朗成熟，時有大小通達、道通為一之體悟與喜悅；同時，在現代哲學方面，這一年也頗有豁然開朗之感，從對所謂"專名"、"物、真、理、名、義等的相互關係""文語哲學"等論題的深入探究中，以點帶面，牽一髮而動全身，逐漸（能）將（中西）哲學（史）上的許多基本命題和重要論題串聯貫通起來思考，有時頗有歷歷顯豁通達之感[1]，亦可欣慰。

接下來的任務就是集中時間精力，繼續深入閱讀思考，同時將一些思論成果撰寫出來，以貢獻給吾國吾民、世人和世界。雖然，吾人生也有涯，而學海無涯，道理無涯，吾身也人微智小言輕，而道則高則大矣，然則吾人豈敢自足其智、自謂必是，又豈敢不怵惕謹慎、臨深履薄，而仍將上下求索、好問多學切磋討論以共上進之也。

自從若干年前發願撰寫《四書廣辭》乃至《十三經廣辭》以來，至今可以說前一任務是初告小成了。前兩天晚上正好在翻閱《呂氏春秋》，其紀孟春之立春日曰："某日立春，盛德

---

[1] 乃至將各個學科的知識理論等貫通起來，也包括對廣義文學乃至狹義文學及文學理論、文藝理論等方面的新的領悟。

在木。"值此《大中廣辭》乃至《四書廣辭》告竣之日，聊錄以賀之。

羅雲鋒

撰於癸卯年正月十三晚至十四立春日

圖書在版編目(CIP)數據

大學廣辭·中庸廣辭/羅雲鋒著.—上海:上海三聯書店,
2023.8
ISBN 978-7-5426-8049-5

Ⅰ.①大… Ⅱ.①羅… Ⅲ.①《大學》-注釋②《中庸》-注釋
Ⅳ.①B222.1

中國國家版本館 CIP 數據核字(2023)第 050454 號

大學廣辭·中庸廣辭

著　　者 / 羅雲鋒

責任編輯 / 宋寅悦
裝幀設計 / 徐　徐
監　　製 / 姚　軍
責任校對 / 王凌霄

出版發行 / 上海三聯書店
　　　　　(200030)中國上海市漕溪北路 331 號 A 座 6 樓
郵　　箱 / sdxsanlian@sina.com
郵購電話 / 021-22895540
印　　刷 / 上海惠敦印務科技有限公司

版　　次 / 2023 年 8 月第 1 版
印　　次 / 2023 年 8 月第 1 次印刷
開　　本 / 890mm×1240mm　1/32
字　　數 / 380 千字
印　　張 / 14.5
書　　號 / ISBN 978-7-5426-8049-5/B·824
定　　價 / 88.00 元

敬啓讀者,如發現本書有印裝質量問題,請與印刷廠聯繫 021-63779028